不朽的面孔

高歌 著

作家出版社
全国百佳出版社

图书在版编目（CIP）数据

不朽的面孔 / 高歌著. -- 北京：作家出版社，2025. 6. -- ISBN 978-7-5212-3442-8

Ⅰ. I247.5

中国国家版本馆 CIP 数据核字第 20251FT521 号

不朽的面孔

作　　者：高　歌
责任编辑：丁文梅　朱莲莲
封面设计：李　超
出版发行：作家出版社有限公司
社　　址：北京农展馆南里 10 号　　邮　　编：100125
电话传真：86-10-65067186（发行中心）
　　　　　86-10-65004079（总编室）
E-mail:zuojia @ zuojia.net.cn
http://www.zuojiachubanshe.com
印　　刷：河北星强印刷有限公司
成品尺寸：155 × 220
字　　数：346 千
印　　张：22
版　　次：2025 年 6 月第 1 版
印　　次：2025 年 6 月第 1 次印刷
ISBN 978-7-5212-3442-8
定　　价：79.80 元

目　录

第一章　听父亲讲那过去的事情

一、学兵团南苑白刃战

我不是庄平，我是庄坚。

这件事情将我从十八岁纠缠到上了天堂。我如鲠在喉，曾经想一吐为快，却总事与愿违，越描越黑。我过去的事情、翻烙饼般的命运，从根上跟庄平融为一体，但我绝对不是这个人。我虽然老了，记忆力衰退了，但记不清楚的或张冠李戴的都是无关紧要的事情，对那些深刻的事情，不是随着我的衰老变得模糊，而是更加鲜亮了。

庄平是当时国民党陕西省军统处从北平调来执行任务的特工，因为特殊需要，我假冒庄平抛头露面，原本计划只假冒他执行一次任务，也就两三天时间，没想到从此我便无法还原自己了。命运给我们这样安排不知我们上辈子是兄弟还是仇人。中国政治在那次翻烙饼般的大变革中，我是把自己看成一个死人后，才开始活着。活着的这个人叫庄坚，不是庄平。

又激动了！怎么越老越爱激动了？好，不激动了，慢慢讲，从根上讲。

我一生有三个名字：庄书先，庄铭，庄坚。

庄书先是留在家乡的名字。这个名字跟冀中平原一望无际的红高粱、奔流不息的永定河和伸展在红高粱中的铁路线一样，是我对家乡记忆的符号。我于一九二〇年生于河北省的宛平县城。一间临街的小土屋，挂满了各种各样的衣服，有的补丁摞补丁，有的好一些，门外在两树间系着一条麻绳，上面搭满湿漉漉的衣服。这就是我对那个纯粹是属于自己的家的记忆。父亲在长辛店火车站当扳道工，我对父亲的记忆是卷起来或展开的信号旗和掩在深蓝颜色大盖帽底下的一双大眼睛。母亲非常勤劳，总想更多揽一些缝补浆洗的活，增加家庭收入，我对母亲最深的记忆是伏在永定河边噗嚓噗嚓洗衣服的背影。我能搓动衣服的时候，就帮母亲洗衣服，能捉针线的时候就帮母亲补衣服。母亲每次鼓励我干这些活的时候总是这样说：“这活本来不是男孩子干的，可你妹妹太小，你帮妈多干一点，妈就能多挣一点，攒起来好供你读书。”我的小手不是被河水泡得发白，就是被针戳得发红。父母都没有文化，却崇尚文化，希望我做个文化的播种者，所以给我起了这个名字——书先，就是教书先生的意思。

我八岁的时候，家里发生了变故。我搞不清楚，那个时候日本鬼子还没有来，为什么有人要大肆破坏铁路？父亲参加了工人护路队，父亲勇敢，尽守职责，被镐头砸死在铁道上。我不知道母亲是怎样忍受这丧偶的悲痛的，但我知道母亲的悲痛很久没有减轻，在很长一段时间里，母亲总想在我身上看到父亲的音容笑貌，每当她拥抱我的时候，总要说一句“你长得真像你爸爸”，我总能在她的叹息中感到，我是她依靠的希望。所以，每当她说，“书先，还记得爸爸吗？”我便说，“记得。妈妈，我一定好好读书，等我长大后当了教书先生，一定让你和妹妹过上好日子。”可是，拿什么让我读书？我怎么才能长大啊？母亲卖掉了县城的小屋，带着我和妹妹投奔了不知拐了多少弯的远房亲戚齐老爷。

齐老爷家在固安县城边上的齐家庄，距宛平城七十多里路，永定河在庄前流过。齐家有上千亩的田野，还有铁匠铺、油坊。家大业大，势力就要大，没有能干的亲儿子是不行的。齐老爷养着一院子太太，目的只有一个，就是多多生儿子。齐老爷一院子太太给他生了十八个儿子。齐家虽然家大业大，但齐老爷勤俭持家，我母亲做的事情就是给齐家孩子们和太太们缝缝补补，做用人。也许是营养不良，也许是自小帮母亲做的事情不利于骨骼生长，我瘦小体弱，一双大眼睛除了充满对生活的恐慌，还充满了对读书的渴望。面对这样一双眼睛，齐老爷不忍心让我去放羊，让我跟着八少爷和九少爷，他们读书我跟着读书，他们看护庄稼，我就跟着看护庄稼，玩耍的时候也在一起。八少爷和九少爷是同年同月同日生，但不同母亲，比我大三岁，我管他们叫八哥九哥，八哥九哥对我很好，有好吃的好玩的都让我跟着一起分享，他们没有让我感觉到一个用人孩子的卑贱，相反，他们处处把我当弟弟爱护，我对他们产生了如亲哥哥一样的感情和依赖心理。我们三个共同保守一个秘密，就是跟从齐家庄稼地里穿过的火车过不去，如果是货车，我们扒上去，将车上能扔下来的东西往下扔。不过，在我的记忆中，能扔下来的只有煤块，粮食之类的东西上面有防盗网，我们根本无法下手，我们不是想要东西，我们只是想为我们追着火车上蹿下跳找点理由。如果是客车，我们用弹弓打那一片片小玻璃窗，根本不会去想如果石子打碎玻璃伤了人怎么办这样的问题。从被墙壁包围的县城里投入到农村广阔的天地，田野、河流、稀疏的村庄，这种新奇的景色是多么优美，多么让人着迷啊！它大大加深了我对齐家庄的家乡情怀，此后，谁要问我家在哪里，我都说在齐家庄。我把这一切都看作是齐家的恩德，我紧紧追随着齐家哥哥，好像离开他们或者让他们不高兴就对不起这份恩德。

高粱红了的时候，乌鸦黑色的影子如同乌云，铺天盖地而来。仿佛全天下的乌鸦都看上了齐家的红高粱，它们发着“啊！啊！”的赞美诗句，展示出它们看见这一片红色美味时的幸福和快乐，但往往这是它们蓬勃生命的最后唱响，看庄稼人的枪声也往往在这个时候响起。哦，那个时节，地上的红与天上的黑构成了永定河两岸浓郁悲壮的田园色彩。齐老爷给我们每人发一支鸟枪，要求我们每人每天要至少打下一百只乌鸦。保卫收获是一件很庄严的事情，我们却干得嘻嘻哈哈，我们套上一辆毛驴车，坐在跑着的毛驴车上比赛打乌鸦，谁输了谁负责收工后的卸车喂驴。令两位哥哥不服气的是我几乎没有卸过车喂过驴。我们更大的乐趣是扒上奔驰的火车，居高临下，枪击那些抱着高粱穗子饱口福的乌鸦，它们跳动在一片红色中的黑得发亮的羽毛实在太藐视我们的射击水平了，当那黑得发亮的羽毛在红色中飞散飘落的时候，我们用魔鬼般的尖叫为它们致哀。后来我跟着两位哥哥进北平读中学了，但在高粱红了的时候，总会想出办法逃学回来枪击“悲伤的诗人”。把坠落的乌鸦叫“悲伤的诗人”是九哥发明的，九哥也把自己称为“悲伤的诗人”，可是我从来没有见他悲伤过，只是喜欢读伤感的诗。

不要嫌我啰唆，我讲这些，是为了让你在后面明白，我为什么对共产主义那么向往，为什么会是神枪手。

进北平读中学前两年还算平静，学校里是琅琅的读书声，大家谈论的事情都是学习上的事情，老师讲的也是学习上的事情。我知道了数还分正和负，有理和无理，数学在我心里产生了一种难以形容的特殊魅力，让我把教书先生的职业理想具体到了教数学的教书先生，我体会到了怀抱理想的充实和快乐。这是我一生中最平静最心旷神怡的阶段，即使那时候上数学课的时候我常常走神，我把自己想象成了讲台上的老师，对着一双双明亮的眼睛设未知数，然后解未知数，我的神情太痴呆，以致老师将粉笔头甩过来。这些满怀教书先生理想的对那个单纯时代的回忆，使我陶醉，也使我忧伤。八哥喜欢写诗，八哥说他以后要写出诗人戴望舒那样的诗！九哥喜欢画油画，九哥说他要画出像外国画家伦勃朗那样的人物肖像，九哥让我看过伦勃朗画册，我感觉伦勃朗把人的面孔画得像是从记忆的天空中浮现出来一样，让人产生一种思念的情绪。我不敢奢望这些，我是穷人的儿子，我只想着好好学习文化课，以后做个教书先生，教妹妹文化，教穷人家的孩子文化。直到大家谈论的不再是学习而是抗日、老师讲的不再是知识而是同学们大家起来奔向那抗日前方，直到学校里出现了传单、有了战斗的歌声，直到有同学放弃了学业参军走了，我才突然感到我也被同样的东西召唤着。

李嘉筠走了。何琦走了。八哥九哥也走了。

我是跟着八哥九哥去报名的，人家不要我，嫌我年龄小，身子骨也小。同学们越走越多，我心有些慌了。八哥九哥参加的是二十九军学兵团，在南苑，我去看过他们后再也在学校待不下去了，日本鬼子铁蹄已经踏入冀中平原，我也是冀中平原一男儿啊，我又去找八哥九哥，八哥九哥找到他们的王教官，谈判似的逼着王教官把我吸收了进来。我的八哥九哥走到哪里都是核心人物，王教官要带好学兵团，恐怕还得仰仗我的八哥九哥。王教官收下了我，却说了一句很伤我自尊的话，“如果不是战争，像你这样小老鼠一样的人永远走不进军营。”我从王教官鄙视我的眼睛里看到他说我像小老鼠，不只是说我身子骨小，还说我胆子小。我承认王教官鄙视得对，我是胆子小，想想我是生活在怎样环境下的孩子，怎么会胆子大呢?

我就这样进了二十九军学兵团，时年还没有过十七岁生日。

王教官还是对我另眼相待，不让我参加训练，让我当驴车夫，八哥九哥安慰我说，没有人比你当这个驴车夫更合适了，对此我好像也无言可反驳，因为这驴车是去齐家拉东西。二十九军有长城抗战的历史，有使大刀的光荣传统，自然在没有拿到枪支之前要教同学们练大刀。齐家有铁匠铺，日本鬼子逼近北平的时候，齐家铁匠铺就由打农具改成打大刀了，而且是昼夜地打。我的活就是赶着驴车从齐家庄往这里送大刀，边打边送，来来回回。齐老爷一时半会儿打不出上千把大刀，就在村里收了些木棍、扁担，加工成可手的棍子交给我。齐老爷说：让同学们先使着，一旦鬼子打过来，总比赤手空拳好。八哥挑了一根棍子给我说，你没有攻击力，你就躲在我们后面用这个防身吧。这好心话让我感到的不是关怀是侮辱，可是我又没话说，我是全团年龄最小的、个子最小的，胆子也是最小的，一个同学拿着大刀跟我开玩笑，我吓得尿了裤子。我那跟着母亲给人洗衣做针线，后来又寄人篱下的生活经历让我性格懦弱，但身上流淌的父亲勇敢的血液又让我非常渴望自己能勇敢起来，在这一段时期，当我身上固有的懦弱与心灵渴望的勇敢搏斗起来的时候，总是懦弱占上风，这让我非常恼恨自己。战争年代，懦弱是最让人瞧不起的，我偏偏是这样的人。可以想象我内心是多么痛苦。

这种状况结束于一九三七年七月二十八日在北平南苑二十九军学兵团与日本鬼子的那场白刃战。在这场白刃战中同学们的鲜血沁透了我的灵魂，激发了我勇敢的潜质。

那天黎明时分，鬼子用火炮轰倒了兵营的围墙，进攻就在眼前，但同学们十分钟前才领到枪。情况紧急，王教官一边喊同学们赶紧进入战壕，准备战斗，一边教同学们打枪。王教官说，“大家都听到了，鬼子半夜就进攻我们外围的阵地了，我们伤亡很惨重，守卫这里的官兵都去增援了。没时间了，大家三步并作一步学。”王教官强调说，“一会儿鬼子上来的时候，同学们一定要记住先拉枪栓，拉开了枪栓子弹才能打出去，看这样拉。”王教官站在战壕上面，我站在他旁边，举着火把，给王教官的手和手中的步枪照亮。同学们趴在战壕边上，仰面盯着王教官的手和手中的步枪。由于黑暗，我看不见同学们的脸庞，只看见同学们的眼眸在黎明微弱的曙光中闪烁，极大的一片，像天上的星星。王教官之所以让我举火把，是因为我没有枪，也没有刀，我只有背在身后的一根棍子。王教官对我说，“天亮后就不需你举火把了，你想办法逃回家去。”我绝不想逃离战场，我觉得自己并没有感到害怕，但我的腿却如秋风中的树叶一样在瑟瑟发抖。

王教官是二十九军一名连长，年轻精干，是有名的神枪手，示范的前两枪都打掉了挂在远处树枝上的小油灯，第三枪王教官在拉枪栓的同时身体急速转了九十度，射击，这次子弹射中了一个鬼子的脑门，也就是说当王教官给同学们做第三次打枪示范时鬼子就出现了。鬼子打过来的时间比王教官预计的还要短。

密集的子弹立即射进了王教官的胸膛，王教官在倒下去的那一刻将吓傻了的我推进了战壕。

同学们呆愣了一刻后开始还击，但他们中好多人拉不开枪栓，拉开了枪栓的也顾不得瞄准，敌人很快黑压压一片压到了眼前。

“拼大刀！”我八哥齐占强举起大刀喊，“跟我上，上！”没有了王教官，这个时候只要谁站出来带着大家往前冲，谁就是大家的主心骨，同学们扔下枪，举起大刀，纷纷跟着齐占强跃出了战壕。

历史上惨烈的南苑学兵团白刃战就是这样开始的，无论什么时期，面对什么样的政治舞台，我都是最有发言权的目击者，不，是参与者。

我八哥齐占强后面紧跟的是九哥齐占武，接着是一大片同学，向敌人冲过去了。

我回过神的时候，我待的这第一道战壕里已经没人了，头顶上不断有同学手持大刀飞跃而过，他们的腰细弱，臀瘦瘪，还没有长成男子汉的身板。我扶着战壕壁站起来，探出半个脑袋。暗淡的曙色中，宽宽的大刀片与窄窄的刺刀在碰撞狂舞，条条白光让我眼花缭乱，看不见血，但血腥的气味已经扑面而来。

我将身体一跃，想和同学们一起杀敌，但我的身体像一团烂泥从战壕的边上溜了下来，我恼恨地把背上的棍子取下来，捶自己的腿。同学们在拼杀，两个哥哥在拼杀，我胆小，可现在我并没有怕死啊！冤枉啊！羞愧加委屈，我哭了起来。

鬼子的第一次进攻被同学们杀退了，大家退回到了战壕，聚集在前面几条战壕里，有的同学小声呼唤着寻找同伴。同学们来自北平不同的学校，人数又多，只有小团体间比较熟悉。八哥没有回来，九哥默默地用土擦着刀上的血迹。我不敢作声，蹲在一边垂着头，我没有参加战斗，觉得自己没有脸面对同学，面对悲痛的九哥。

呼唤同伴的声音平息下来，战壕中一片沉默。回来的人数少了一半。

突然林晓曦高呼了一声，“嘿！同学们唱个歌怎么样？”

“好啊！”同学们响应，战壕里的气氛活跃起来。

林晓曦大家都很熟悉，性格开朗，喜欢说笑，他来自北平汇文中学，在同学中广为传唱的《五月的鲜花》是他数学老师谱的曲，林晓曦颇为自豪，不但一个人爱唱，还一有机会就跳出来要带领大家唱，所以，在学兵团没有人不认识林晓曦的。他的拍子打得不怎么样，有的同学甚至说他是乱抡，但为了给他面子，还是能配合他的激情。林晓曦长着一张圆圆的大白脸，一用劲唱歌脸就拉长变红了，同学们给他起了个绰号叫红公鸡。

林晓曦仰起了头，举起一只沾满了血的手，“预备——唱!”

五月的鲜花，开遍了原野，鲜花掩盖着志士的鲜血……

那歌声对大多数同学来讲，是留在人世间最后的青春歌喉。这支歌深深埋在了我的记忆里，在我记忆力已经衰退的晚年，这支歌还是那么清晰地浮现在我的脑海中，当我用颤巍巍的破嗓音唱出来的时候，谁会相信像我这样饱受了多少痛苦折磨的老橡皮，还会像个孩子一样哭泣起来?

黎明就是在同学们的歌声中升起来的，因为我在歌声中看清了同学们的面孔，那一张张青春的面孔上淌着鲜红的血和亮晶晶的汗珠，没有恐惧，没有犹豫，只有杀敌的激情在燃烧。

此后林晓曦的一段话对我产生了深刻的影响，林晓曦说，“同学们，给大家说个秘密，是我姥姥告诉我的，人是不会死的，死只是人从一个世界到另一个世界的转化形式，我们活着是在这个世界上活着，死了是在另一个世界上活着，无论我今后在哪一个世界活着，我都要写一本书叫《五月的鲜花》，同学们就是我书中的花朵，这里有好多同学我叫不上来名字，请大家报一下名字。”大家七嘴八舌报名，我叫李玫瑰……我叫张牡丹……他姓芍，名药，哈……哈……哈……我不知道同学们是真的把摆在面前的死亡不当一回事，还是用这种形式掩盖恐惧，或者是表示对恐惧的藐视?

在同学们这样的嘻嘻哈哈中，鬼子开始第二次进攻了。齐占武低声对我说，“一会儿，你把同学的尸体压在身上藏好，鬼子把我们杀完后也就退了，到时候你再出来，把我哥俩的头发割下来一撮给我爹去报信，我爹是不会饶了这些鬼子的。”我摇头表示不同意，齐占武没有再理我，对大家说，“大家隐蔽好不要动，等鬼子靠近了咱们一拥而上。”

鬼子的刺刀丛密得跟麦子一样，白晃晃压过来了。齐占武见状改变了策略，大声对大家喊，“打枪，把鬼子打乱了，我们再上，打。”同学们开始打枪，这一次虽然人少了一半，但枪声却增多了。经过刚才的战斗，同学们沉着了。

鬼子果然乱了，但冲上来的劲头还是勇往直前的。同学们更是勇往直前的，他们纷纷跃出了战壕，举着大刀，向鬼子冲去。我也跟着同学们跃，但我的腿没有力度，没有跃上去。

这时天已经完全放亮，我看到，同学们根本不是鬼子的对手，鬼子训练有素，而同学们摸到大刀也不过几天时间，没有路数，大刀片子乱抡乱砍，但他们有青春、有热血、有顽强，纷纷倒下去一大片，又纷纷站起来一大片。我看到，林晓曦对着一个扑上来的鬼子一哈腰，躲过了鬼子的刺刀，然后双手握住大刀，转身将大刀砍进了鬼子的胯骨，鬼子嗷嗷叫着扑倒在地上，林晓曦却怎么也拔不出来砍进鬼子胯骨的大刀，一个鬼子扭斜着身子冲过去，一刀劈向正低头拔刀的林晓曦的脖子。林晓曦的脑袋掉在了地上，圆圆的大白脸上没有一点血迹。我“嗷”地叫了一声，跃出了战壕。我的腿在这一瞬间变硬了，我的身上充满了力量。

九哥齐占武在家习过大刀，懂一点路数，鬼子看他是个硬茬，三四个一起围住了他。我举起棍子冲过去，照着鬼子乱抡一气。我不知道是一个鬼子还是两个鬼子还是三个鬼子向我扑来，我不知道鬼子的刺刀刺过来还是没刺过来，我只管快速转着圈抡棍子。我没有大刀，也没有训练过怎么用棍，我使用的是原始的笨办法，拼命地抡棍子，一刻也不让自己停下来，我脑袋里一片空白，我没有思考，我不知道是一种什么力量让我这样干的，但我知道这种力量只要存在，我的身体就不会发软，就不会尿裤子，就会保持住自己刚才一跃而起的勇敢无畏。这个力量大声告诉我，只有这样将自己变成一个英勇无畏的勇士才能救自己、救同学，才有可能获得那渺茫地活着的希望。后来我很多次分析过我当时的心理状态，在敌我力量那样悬殊的情况下，救的追求已不是形态意义上的活着，而是精神意义上的锐变，尽管自己就要被捅成碎肉了，但勇敢无畏这种我长期以来渴望的精神气质却诞生了，能在这种精神气质中死去，是我在那一刻最大的愿望。

我活下来了。是副军长佟麟阁率领军官、教育团和特务旅赶来救援，打退了鬼子，而这时的我已经癫狂了，我眼睛血红，口吐白沫，不认敌友，见人就抡棍子，我手中的棍子是被一个能耍棍的班长夺下来的。那根棍子如敌人的刺刀一样鲜血淋漓。

有人给我嘴里灌水，有人抓住我的衣领摇晃，才把我弄醒。我清醒后变得温柔起来，我弯着腰，把同学们挡在眼前的头发向额上捋，擦掉他们脸上的血，让他们向我露出完整的面孔。我当时想的是，我已经失去了记忆他们名字的机会，不能再错过记忆他们面孔的最后时间。这时候，太阳升起来了，同学们一张张青春的面孔在朝霞中熠熠生辉，那样无与伦比的瑰丽俊美，如果我能像九哥那样把他们的面孔画下来该多好啊，但我只能靠记忆，牢牢地抓住记忆，让他们永远挂在我记忆的天空。

第二年，我在西安城街头捡的传单上，看到了关于这次南苑学兵团白刃战的后续新闻，新闻上写道：

> 日军担任华北驻屯军第一大队大队长的攻打学兵团驻地的第一线指挥官一木清直在接受《朝日新闻》采访时说，他们没有想到这些刚摸到枪的学生是他们在进入中国后遇到的最英勇顽强的抵抗，他的士兵轻敌了，本以为可以不费吹灰之力，却在最后一瞬间遭到重大伤亡。

这个刽子手，还总结性地说了一句中国的俗语“自古英雄出少年”。这个刽子手，他说他们受到了重创，他知道我们学兵团的伤亡是多大吗？十比一，就是十个学生拼死一个日本兵。学兵团一千七百多人只剩下了六百多人活着。

如果没有那么多同学在我前面拼，我能活下来吗？我的生是不是那么多同学用死换来的？我怎么做才能对得起那么多死去的同学？

我找到齐老爷的时候，齐老爷正带着庄上人在永定河边打捞尸体。占领者将抵抗者的尸体扔进河里，染红了一河水。尸体已经被湍急的河水剥光了衣服，跟汛期的鱼似的，白晃晃地往下漂，很难辨出来这是谁家的孩子。齐老爷让人在高粱地里挖好了大坑，兵荒马乱一下买不了那么多席，只好一层人盖一层高粱棵子，摞在大坑里埋起来，高粱棵子是新割下来的，浓烈的青涩气息和浓烈的血腥味弥漫了整个高粱地。

我将两个少爷的头发交给齐老爷，他们死得都很惨，八少爷的脸被削了大半，九少爷半个膀子不知去向，这两个同父异母兄弟，生和死都是同年同月同日。

齐老爷捧着两个儿子已被血凝成疙瘩的头发，没有问一句话，抬头对着河上游的卢沟桥方向吟起了《卢沟晓月》：

长桥弯弯抵海鲸，河水不溅永峥嵘。
远鸡数声灯火杳，残蟾犹映长庚月。
……

良久，齐老爷说，“燕赵自古多慷慨之士，我还有十六个儿子呢，小鬼子，我儿郎要统统的把你们杀死!”

在历史记载中的南苑学兵团白刃战的这一天，我改名叫庄铭，铭记的铭。

二、固安县杀汉奸

铭——深刻于石头，有永远的意思。上帝似乎总想置我与我的愿望背道而驰，让我的庄铭时代那么短暂，而且知晓的人寥寥无几。但是，当铭记一页页篇章积成一本厚书的时候，关于庄铭的记忆却比任何一个时代都血性浓烈，趋近并超过了我的愿望。这要归功于南苑那次白刃战，白刃战彻底将我以前身上纠缠不清的两种东西分裂开来，将我变成了两个截然不同的人。一个是残留着白刃战中抡棍子时的癫狂、勇敢而好冲动的人；一个是保持着以前惯性的优柔懦弱的人。这两个人有时会面对面地搏斗，前者总是战胜后者，甚至能听到前者灵魂发出的报仇雪恨的尖叫。这尖叫让我激动，让我发狂，让我头脑发昏，做出了幼稚、极端的事来，包括杀汉奸解玉桂，包括一个人徒步找抗日队伍。

先说杀汉奸这件事，明显带有癫狂的特征。

齐老爷在失去两个儿子的当天夜里，带着庄上的男丁出去捡了大量的武器，在庄上成立了地方抗日武装。很快，日军占领了固安县，1937年9月14日，日军在固安进行大屠杀，杀死一千多百姓，其中有齐老爷的三个儿子。齐老爷没有被吓倒，相反，招兵买马，加大了抗日武装，齐老爷让三儿子齐占山带着青壮男丁在高粱地里练兵备战，让五儿子齐占河在县城开了药材铺子，收集情报，他自己在家坐镇，穿针引线，制定战略。

日本兵占领县城后，日本的百姓就随之而来了，有商人、医生、教师等等，他们在街上来来往往，买菜做饭，仿佛这里成了他们的家。齐老爷给我派的活是躲在店铺后院的屋里，接待由五少爷验明正身后领进来的线人，问清楚记录好，然后根据情报的估计价值给来人赏钱。有几次鬼子在回兵营的半路上遭到伏击，均是这里提供的情报。可以说，我的特工生涯从这个时候就开始了。齐老爷说我细心、冷静，对分析情报有天赋，但我知道齐老爷让我干这个的主要原因是认为我胆小，我不敢向敌人冲去，他的两个儿子死了，而我好好地活着就说明了这一点。齐老爷不知道我已分裂成了两个人，他看不到那个癫狂的人正潜伏在懦弱的人之中，瞪着眼睛等机会要为懦弱的人雪耻。

这一天来了一个陌生人，来人说，“如果我给你带来的是二十九军惨败的内幕和你家四少爷齐占田的消息，你给多少赏钱?”我毫不犹豫地从钱箱子里拿出十块大洋放在来人面前。来人说，“太少，再加五块。”我又毫不犹豫地拿出五块。来人要讲的消息实在太诱人了，如果他要一百大洋，我可能手都不会软，我也相信齐老爷和我想的一样。

来人一笑，“你不怕我拿假消息骗钱?”我说，“没人敢，谁敢在打日本鬼子的事上糊弄我们，我们会杀他全家。”来人认真地端详了我一会儿，我坚决的表情好像让他很满意，他有些疼爱地用手捋了我头顶一下，“小孩子家家的，够毒的。我先说哪一个?”我说，“四少爷的。”

“齐占田在二十八日撤退的路上，遭到了日军的埋伏，战死了。”

“向哪儿撤了？都撤退了，怎么还会中埋伏?”

“向西。这就是我要说的第二个事情，有汉奸出卖。本来二十九军主力四个师的部署宛若一把巨大的三叉戟，西侧，是张家口的刘汝明第一四三师；东侧，是天津的张自忠第三十八师；中央，包括北平和北平以南直到保定，是冯治安的第三十七师，这是三叉戟的三个刃，前面还有一个独立第三十九旅作为屏障。三叉戟的柄，则是河间、大名一带担任预备队的赵登禹第一三二师。军长宋哲元颇通兵法，这个布局中央相对较弱，两翼较强，后方也有强力的预备队。如果日军先取中央冯治安部，则可能遭到两翼和后方刘、张、赵三路夹击，若是先取两翼，其威胁对宋部核心的北平地区又鞭长莫及。外围还有其他北方军阀万福麟、冯占海等部，一旦开战也可期待获得他们的策应。”

来人怕眼前这个“小孩子家家的”听不懂，一边讲一边蘸着茶碗里的水在桌上画着宋军长的三叉戟。

三叉戟是一种古代冷兵器，我这个“小孩子家家的”是知道的。四少爷从军队回来，喜欢把兄弟和家丁们叫在一起讲军事课。四少爷说，长城之战的胜利说明了我们擅长的冷兵器是敌人的软肋，我们的作战方略是要想办法避开敌人占有优势的火炮，诱敌深入或钻进敌人的肚子里用冷兵器打击他们。四少爷喜欢研究战略和冷兵器，他让家里的铁匠按古战书上画的兵器打了样品，有锏、钺，还有三叉戟，我和两个哥哥每样都拿出来比划过。但是，我听不大明白宋军长的这个三叉戟，也不想弄明白，甚至有些轻蔑，三叉戟再好也败了，现在谈这个有什么意思呢？

来人还在絮叨，“这样好的一个三叉戟被解玉桂出卖给日本人了，结果呢？日军的增援部队源源不断，川岸二十师团，关东军的两个旅团对三叉戟形成了战略的切割包围，而日军的眼光瞄在了三叉戟戟头与戟杆相连接的地方——南苑。”

南苑？我的心被刀子扎了，急切地问，“解玉桂是个什么人？他怎么知道三叉戟？”

“解玉桂书画皆佳，人称才子，是有名的亲日派，为何能接触二十九军最上层的机密呢？这个问题回答起来很复杂。总之，解玉桂是一个在日军与宋军长之间穿梭说和的人，宋军长对解玉桂信任不疑，认为解玉桂亲日的目的是不想让百姓有伤亡，和是为了二十九军不要伤亡，所以，在机密问题上，宋军长相信解玉桂无论如何不会出卖二十九军。而解玉桂出卖了三叉戟还不够，南苑遭到袭击，宋哲元料守军难以支撑，当日上午下令赵登禹率部撤离。但是，由于南苑通讯系统都被日军摧毁，命令通过最近的三十八师部队派员冒死送达南苑，已经是下午一点。而此时，这一命令的内容，包括赵部的撤退路线，早已被解玉桂以最快的速度转给了日军，日军立即下令萱岛联队转而前往大红门方向，伏击撤退中的赵登禹部。下午四时，南苑撤退下来的守军落入日军伏击圈，遭到机枪和迫击炮的猛烈攻击，日军飞机也于此时投入轰炸。由于缺乏遮蔽，战斗很快演变成了单方面的屠杀，赵登禹师长、佟麟阁副军长都牺牲了。四少爷就死在这里。”

来人又一口气讲了这么多。

我仰起头，打量着来人，嘴动了动，却什么也没问。一般来讲，话到了这里，应该对这个来历不明的人提出一些疑问，比如，你怎么会知道这些呢？又为什么对我说这些呢？但是我没有，也许十七岁的少年头脑还没有长出会盘旋的细胞，也许在感情上我更倾向于二十九军战败是被人出卖而不是无力抵抗的缘故，更重要的是这个陌生人给我带来了报仇的具体目标，这是一个比杀一百个鬼子都解恨的目标，是最能报仇的目标。虽然齐老爷和三少爷一直教导我，我现在所做的事情就是报仇，但我只是承认这跟报仇只是有那么一点曲里拐弯的关系，让我太不满意了。

我将桌上的大洋向来人推了推，“我想知道解玉桂长啥样，家住哪儿。”

来人把大洋推回来，看着我，微微笑了。他的笑，让我颇费猜测，浅浅的、线条清晰的嘴唇抿着，似笑非笑的。还有他的眼睛，眯成细长，在笑意里闪出稍纵即逝的凛冽的光芒。

“解玉桂的家住哪儿你不必知道。长啥样？过两天，解玉桂要上齐府去替日本人进行亲善游说，你见了就知道了，很有儒雅风度的一个人，能把死人说活的一个人。”

来人把口袋搭在肩上说，“有了准信给你送来，到时候我再拿走大洋。”说完，对我挥挥手，走了。

我们家乡对送密信的人不问出处，更不问姓名。我跟少爷进北平读过书，是见过世面的，这个人尽管穿着一身农民衣服，肩上还搭着一个口袋，一副卖药材的农民打扮，但是还是没有掩盖住他的大家出身的风范，这种风范是一种气味，在大宅院里生活却是用人孩子的我，对这种气味特别敏感。这个人绝不是来挣大洋的。他的讲述又是那么地清晰、轻车熟路，他是宋军长身边还是解玉桂身边的？他为什么要出卖解玉桂？他怎么知道这里？疑问一个个冒出来，但很快被我不做任何答案地压下去了，那个时候我毕竟涉世未深，觉得关于那个人的一切疑问都不重要，重要的是那个人带来的消息。

当我出去要将这个人带来的消息告诉五少爷的时候，我突然觉得全身发生了一种几乎不可理喻的震动。我想最好把这种变化比作血液中起了一阵风暴吧，它立刻袭击了我的全身，我的动脉跳得非常激烈，我不仅感觉到跳动，甚至还听到了它跳动的声音，那个癫狂的我就要从懦弱的我中跳出来了。

我只告诉五少爷那人是来报丧的，四哥早死了，跟八哥九哥是一天，在大红门那边的路上，撤退的时候遭到了鬼子的伏击。五少爷含着眼泪说，这个事不要回去给我爹他们说了，权当四哥还活着在杀鬼子。解玉桂的事，我瞒下来了，我想一个人亲手杀死解玉桂。这天晚上，齐家大院的人都安睡了，癫狂的那个我跳出了懦弱的我，提着一盏马灯溜到农具房，挑了一把铁镐和一把铁锨，出了后门。

当时癫狂的我非常地激动和感谢老天爷，老天爷给了我这样一个一下能杀到根上的报仇雪恨的机会，我甚至认为，老天让这个人找到药材铺，找到我面前，就是让我去亲手杀掉这个汉奸的。

夜空是晴朗的，月亮像正在融化的冰片，白白的、薄薄的，那么脆弱地把似水非水的融化物淅淅沥沥洒下来，将路变成了一条白白的小河。高粱长得如原始森林一样茂密，路在其间忽隐忽现地绵延着。解玉桂要到齐老爷家，这是必经的一条路，伏击点设在哪里呢？那时候我对这种事情一点经验都没有，选在了距墓地最近的地方，我想让同学们和二十九军官兵听到我为他们复仇的枪声。报仇的激情此刻让我变成了一个诗人，付出了选错地点的代价。

我把马灯放在路边，开始用镐挖路。自从落入日本人的铁掌之后，老百姓没有人赶夜路了，这里高粱深深，日本鬼子也不敢晚上路过，高粱地里随便飞出几颗子弹，他们就是有飞机大炮又能怎样？

这路虽是土路，却硬得跟石头一样，被人踩了有几百年几千年也说不准，不一会儿我就大汗淋漓了。我抹了一把汗，把小褂和长裤脱了，想了想，干脆也把裤衩脱了，赤条条地干起来舒坦。马灯照着我，给我高粱秆一样纤弱的裸体涂上了一片铜黄，我从来没有注意看过自己的躯体，却在某个我举起镐头的瞬间深剜了一眼自己的躯体，不知是怜悯还是怎么了，一阵从来就没有过的令我心悸的感伤，电流一样窜过我全身，使我扔下镐头，四脚朝天躺在路面上，痛哭起来。高粱地里有虫子鸣叫，还有麻雀的梦呓。月亮很圆，但中心透了蓝，好像快要从中心被天空熔化了。八哥九哥的面孔出现在月亮里，若有若无。如果没有战争，现在他们在干什么？很可能在北平我们住的屋子里，八哥写诗，九哥画画。八哥自从喜欢上了一个叫李小亚的女同学，一写就写到深夜，我记得八哥写的诗里有这么几句："李小亚，你不是丁香花，却比丁香花芬芳！李小亚，你没有走在雨巷，我却看见你撑着油纸伞，从雨巷里向我走来。"八哥不好意思把诗当面交给李小亚，让我去送。九哥画谁呢？九哥给我、八哥和很多同学都画过像，也给自己画像，画完后都存起来，九哥说在两百多年前，俄罗斯有一个女皇，请来欧洲的肖像画家给打仗的英雄画像，画了几百张，现在还在墙上，供人们敬仰。九哥还说，法国卢浮宫保存着伦勃朗的油画，他以后要去法国。八哥让九哥给李小亚画过肖像，李小亚很漂亮，长着一对酒窝，一笑很甜蜜，她嘴边酒窝中有一颗芝麻粒大的黑痣，笑的时候，黑痣会跳动起来，九哥把这颗痣都画上去了，这画还是我送去的，那次李小亚亲昵地捏一下我的鼻尖说，"瞧，你长了这么高的一个鼻子，真英俊，等姐姐身边有漂亮女孩的时候，给你捉一个。"李小亚以此表示对我跑腿辛苦的感谢。我感到八哥写的诗与李小亚南辕北辙，李小亚是一个看上去性格畅朗的女孩，没有雨巷里的那种惆怅的样子。如果没有战争，八哥和李小亚是不是成双成对了？李小亚说给我介绍个女孩子是玩笑话，但我还是盼望着再给李小亚送诗，并希望她身边站着一个有酒窝的女孩。可战争来了，我们都参加了二十九军的学兵团，李小亚后来怎么样就不知道了。想到这些，我明白了令我心悸的悲伤是爱情。我就要死了，还没尝过爱情的滋味。那个时候我认定我会死在这个自己挖的沟渠边，我知道这是一个再笨不过的办法，但是我又想不出来一个好办法，如果八哥九哥中有一个活着，我们会想出好办法来，两人加在一起的力量也会大些。

仇恨又一次燃烧起来，我抹干了眼泪，起身继续干起来。我挖完了一层硬土，扔下镐，用双手把挖下来的土块扒到一边，接着再用镐挖第二层。

我挖好沟后，跨步试了试，估计足以把车头栽下去，就又用土把沟填上了。当我扛着镐，提着马灯往回走的时候，又兴奋起来，好像已经把大汉奸埋在了刚才挖的沟渠里。

三天后，药材部的门缝里塞进了一张纸条：桂皮明天到货。五少爷以为是谁把送货的通知送错了门，我心里很明白，这是那个人给我送的情报。从此我就把解玉桂叫桂皮。

桂皮第二天真的来了，由齐老爷的一个远房表哥引见。是这个表哥没有跟桂皮说过日本鬼子一天杀了齐老爷两个儿子，还有一个下落不明；还是这桂皮想给日本人卖力想傻了，想让齐老爷跟日本人亲善？这不是做梦吗？

桂皮穿着大褂，戴一副小片茶色眼镜，谈笑间所展现出的儒雅风度超过了我的想象。齐老爷虽然一头雾水，还是很客气地接待了这位不速之客。

我接过丫环的茶盘端上去，我想仔细看清那张脸。

桂皮亲善地问，“上过学吗？”

我说，“没上过。”

桂皮说，“这么一个大眼睛的俊小伙，睁眼瞎，真是可惜了。不过，还来得及，日本人要多多地办学堂了，不收钱的，贫富不分，孩子都可以上学。”

齐老爷说，“日本人都快把孩子杀光了。”

桂皮说，“齐老爷，今天到府上冒昧造访，就是想沟通一下对目前局势的一些观点。我不瞒你说，我跟宋哲元是朋友，我是中国人，也不想让日本人占领这里。可是，二十九军的武器早已经落后了，什么年代了，还用大刀，这简直是对我们这发明火药的文明古国的羞辱。日军是什么？天上有飞机，地上有坦克大炮，我劝他不要鸡蛋跟石头碰，要爱惜士兵的生命，不要让老百姓受战争之苦，不听，这下好，死了多少人？打胜了吗？如果是谈和还有个立足之地，这下好，全部沦陷。还搞了个学兵团，不劝学生回去好好念书，而是拿起大刀，这些傻孩子，死得真不值啊！还有，日本人打前给宋哲元是发过通知的，谁见过打仗还有给对方下通知的？日本人不想打，想把宋哲元吓退算了，可我这老兄，立即调兵遣将，要跟日本人决一死战，非要让大家跟上他送死。我跟日军周旋，是真心为二十九军谋一条出路。你看看，现在的局势，国民党政权对北方鞭长莫及，阎锡山封建落后，都不是二十九军和民众可以依靠的支柱，唯一出路就是和日军合作，可免生灵涂炭。而且，日本文明开化，如果合作起来共谋和平发展，我们这里将变成没有军阀、政治开明的地方，还可以为整个中国的开化建立楷模……”

这样的扰乱抗日民心的人该碎尸万段！我听不下去了，在齐老爷藏枪的地方找出一支长枪，枪口架在窗棱上。齐老爷与桂皮坐在院中的石桌前，正好背对着我，我瞄准了他的后脑勺，以我打乌鸦的经验，只要我开枪，就一定能打中，但是就在开枪的那一刻，我手发抖了，我深呼吸镇定自己，但手还是抖得厉害，更糟糕的是我眼前模糊了，我想到这样做是会给齐老爷惹麻烦的，手一软，放弃了。在以后的回忆里，我不知道是那个癫狂的我在开枪前的那一瞬间理智了，还是懦弱的那个我占了上风，也许两者都有。后来，李简的死让我非常后悔这一次的放弃，李简那只身闯入狼窝、直面开枪的英雄之举是一面镜子，照出了我在这一刻的懦弱龌龊。也许，我不是懦弱龌龊，但我就是这么给自己下定义的，用以惩罚自己，让自己的心灵在受这种折磨的同时，得到坚强又果断的成长。

李简？我后面会讲到的。

接下来的回忆能给我一种安慰，我还是勇敢的。我又找出来一把大刀，我把枪和大刀装在一个粗帆布口袋里，背起口袋出了门。

门外，停着桂皮的黑色小汽车，司机和两个保镖坐在树荫下歇凉。我不由站住看那俩保镖腰间的盒子枪。“看什么看？”一个保镖对我嚷。我说，“如果谁突然向你们开枪，你那枪能从盒子里取出来吗？”保镖说，“哟，小熊孩子吃咸萝卜操淡心，解先生一出来，我们自然会把枪握在手里。”

我走了。走远后回头看了看齐家大院，我想，我死了，齐老爷和少爷们不会亏待母亲和妹妹的。

茂密的高粱像墙一样夹住那条土路，没有风，阳光如水，白晃晃从两墙中间泻下来，打在我身上。我对自己说：这下你没有手软的理由了，下一次瞄准了一定要开枪。我的脚板把坚实的路面拍得吧唧吧唧响，坚定不移地走向伏击点。

找到伏击点，我钻进高粱地，把带来的大刀和枪从口袋里取出来，准备随时用，然后拿起藏在高粱地里的铁锹起那沟里的土，必须在桂皮车到之前把土起出来，沟才能拦住汽车。土还虚着，一会儿工夫就起完了。估计桂皮的车等一会儿才能过来，我开始把土一锹一锹往高粱地里运，我想让车发现沟的时候来不及刹，栽到沟里去，这样一来可以分散他们的注意力，二来车栽到了沟里，他们还击不方便，也许车门都无法打开，当他们在忙于把车往上弄的时候，我开枪了。我就是这么设想的。我还生出一种幻想，如果把他们都杀了，而我还活着，我就把他们埋到这沟里，让他们永世都被踩在骡马的两瓣蹄子、狗的梅花蹄子和人的长着五个指头的臭脚丫下。

土全部运到了高粱地里，我又对路面进行了一番伪装处理，然后躲进高粱地，端起枪试了试，感觉是很有把握的。这些天来，我跟三少爷学过用这步枪打高粱穗子，一打一个准，三少爷说这跟我自小用鸟枪打乌鸦有关。可是，在我觉得万事俱备、只欠东风的时候，问题来了：高粱地好躲藏，但没有视野，只能看见正前方，如果看见车了再瞄准就很仓促了，没办法，只好在路边装着拔草，等看见车老远过来，再跑进去端起枪等着。可还有问题，前面不远有一个弯道，车转过弯才能看见，而这段距离并不长，也就是说，车在拐弯处一露头，我必须赶紧跳进高粱地里端起枪准备射击，来不及怎么瞄准。这个伏击点选错了。我懊恼得直拍脑瓜，总想让同学们听到我的枪声，告诉同学们我多么勇敢，我为什么没有想到，同学们并不想看到我血沃高粱地，而出卖他们的汉奸却毫发无损？但绝不能因为这点问题而放弃，能瞄个什么程度算个什么程度，只要车停下来，他们在明处，我在暗处，我还是能多打几枪的，如果他们没有立即还击，我就扑过去使大刀。我带大刀的目的就是在用枪不顺手的时候用的，准备得还是比较充足的。

决战的时刻终于来了。我最先看到的是那只弯道外侧的车灯，车灯反射着夕阳橘黄色的光辉，带着几分诡秘从高粱丛里射出来，接着是车头，如一个独眼的黑色巨蛙，警觉地屏住呼吸，缓缓地探出身子……

我急忙跳进了高粱地，端起枪，迅速估计了一下车窗的高低，将枪头抬高了一点。

然而，车没有出现在我眼前。高粱地密不透风，汗水将我的头发和衣裳都浸透了，干枯的高粱花粉落在我湿润的睫毛上形成了霜花。

西斜落日的紫红色光辉铺满了弯道那儿的天空，一缕粗一缕细的蓝色光线从高粱秆中透出来，将路面铺成蓝色。成群的麻雀在高粱穗子上面飞舞，如迷恋花园的黑色蝴蝶。没有那车的一丝踪影，难道那独眼的黑色巨蛙是幻影？

悲惨的是我一直等到天黑，那车也没开过来。可怜我在回去的路上，还密切关注着前方，只要那辆车能迎面过来，我豁出去了，直接从口袋里拿出枪射击，我实在接受不了这只有伏没有击的现实。

无论我接受不接受，事情就这样结束了。我想不明白那车哪儿去了，除了这条路，桂皮没有其他路可走啊！

我眼前飘浮着一层云翳，无精打采地坐在药材铺的后院，我对任何情报都没有了兴趣，偷袭几个鬼子跟杀死桂皮比起来，实在没有多大意思。我盼望着那个人再来。我相信只要桂皮还活着，我们这边有机会出手，他还是会来的。

果然，没过几天，那个人又来了，还是上一次的打扮。那人严肃地问我，“齐老爷为什么不动手？”

我低垂着眼皮说，“我没跟齐老爷说，我想一个人干。”

那人生气地说，“你杀了吗？连一枪都没放？有你这样设埋伏的吗？见到车，像受惊的兔子跳进了高粱地，人家能不怀疑有埋伏了吗？桂皮脑袋过人！”

“那车跑哪儿去了？”

“人家哪里都没去，倒进了高粱地，等你呢。看见你背个口袋垂头丧气地走过去了。”

“那咋不杀我？”

“当场杀个孩子就不是桂皮了。桂皮把你当笑话说给大家听呢：一个熊孩子还想杀我？这熊孩子有意思。”

这个狗汉奸，这样嘲笑我？我气得血直往脑门上冲。

那人用手捋了一下我的头顶，笑了笑说，“熊孩子，不要再高估自己了。桂皮明天早上到刘村看他老师，你一定要告诉齐老爷，再误了可能就没机会了。”

那人一走，我就像吃足了奶的牛犊，连蹦带跳地去了刘村，刘村不远，但跟齐家庄方向相反。我本来是打算先看好地形，形成一个战斗方案，再跟齐老爷禀报。当看到去刘村的路笔直、两边也是高粱地，更重要的是路边的高粱地里有几棵白杨树时，我改变了主意，我还是回到了要执意一个人杀死桂皮的癫狂中。

没有更好的办法，只好故伎重演，当晚就在距白杨树较近的地方挖了沟，不过我没有用土把沟填上。第二天，我一大早就爬上了白杨树，这下视野好宽阔啊！高粱地泛着浅红，像海洋一样翻滚着波浪奔向远方，桂皮的必经之路虽然深陷在这片海洋里，但我趴在树上对一切能一目了然，哪怕从遥远的路那头过来只小狗，都逃不过我的眼睛。

路上有零星的行人经过，走到沟前都骂骂咧咧。一辆马拉的轿车远远过来了，这轿车看样子是个阔气人家的，车大，三匹大马拉着。走到沟前，那车夫下车看了看，从车上拿下两块板，架到沟上，把车赶过去了。跟提前知道这里有沟似的，也没有骂骂咧咧。

一个推地轱辘车的过来，把车弄过去后进了高粱地，两手扒拉着高粱棵子，走到树下，掏出家伙，准备撒尿的时候，看见了靠在树上的大刀，哆哆嗦嗦地仰头往树上看。我将枪口对着那人说，“我是抗日游击队，在这儿等鬼子，你敢去报告，我会杀了你。”那个人说，“你干你的，跟我没关系。”这个人尿没撒就跑了。

快到吃午饭的时间了，桂皮的车还没有出现。一般走亲访友都是在饭前，不然，主家会不高兴，认为你看不起人家，嫌人家的饭不好。我忽然想到，桂皮会不会坐着那辆马拉的轿车过去了？我赶紧下了树，把枪和刀装进口袋，背着进了刘村。

刘村是一个比较富裕的村子，村子也很大，前后分了三条街。在一个挂着“厚德载物”大匾的高门楼前的一棵大皂角树下，我看到了那辆轿车，我见过的桂皮的两个保镖在树下玩方格棋，车夫端着一个木斗，给马喂料。

啊呀呀，桂皮不但换了车，连他可能会遇到一条沟都想到了，这个老狐狸眼睛就像长在我背后啊！我如果再蹲在高粱地里守株待兔，又恐怕连根兔子毛都见不着了，必须改变方案。

我观察了一下，这高门楼对面人家门前有棵大槐树，既可以隐身设埋伏，又能居高临下。正是吃饭的时候，村路上没有人。槐树近旁有个草垛，我躲在草垛后面，把枪取出来背在肩上，把口袋藏好，然后三两下蹿上了大槐树。

我用枪对着那高门楼的时候，高兴极了，这是一个极好的射击位置，不说打一枪，就是打十枪，他们还找不到北呢！再一个居高临下，这射击面宽，可以追着射击。天助我也，老天爷给我准备了一个草垛藏家伙，又给我准备了一棵大槐树藏身。

午饭过后，那“厚德载物”下的大门开了，桂皮拱着手一步三回头地走了出来，我屏住呼吸，集中目力，瞄准了桂皮。可是，一眨眼，那两个保镖又挡住了桂皮，接着，门里拥出了一群送行的人。我紧张起来，怎么打？弄不好会打死了无辜的人，放跑了桂皮。可是，不能再放掉杀死桂皮的机会了。

我开枪了，那边倒下去一个人，是送客的一个男人，送客的一群人立即拖着那个人，退回到了大门里，关起了门。

这下好了，我的枪口追着桂皮连续开枪，但没有一枪打中，那两个保镖护着桂皮，桂皮一点也没有慌张，从容不迫地上了轿车，走了。我想象中的桂皮方面的还击没有出现，高门楼里也寂静无声，这是一个只有我一个人打响的战斗，没有人理我，真是奇怪了。我急忙滑下树，背起口袋，追赶那轿车。我不能容忍桂皮这样一枪不还地离开，我对那个沟还寄予了希望，轿车总是走到那儿要停下来放木板的，我可以追上去使大刀，对于枪我不敢再抱希望。这个时候我仿佛追求的不是要把桂皮打死，而是强迫他还击，我不能让他再发出嘲笑我的声音，“这个熊孩子，真有意思!”

但到底，还是被他嘲笑了，我看到那轿车到白杨树那儿根本没停，如履平地过去了。我跑到跟前一看，那沟已经被人填得结结实实。

我钻进高粱地，将头磕在那棵白杨树上，我想大哭一场，我不明白，桂皮和高门楼里的人为什么不还击？桂皮那么从容，仿佛知道我的枪打不中他似的。这桂皮到底是人还是鬼？

我等待着第三次机会，我告诉自己，无论如何，再不能一个人单干了，一定要告知齐老爷。可那个人再没有来。

有一天，我收到了李村人来报的情报，十多个鬼子去了李村，正跟村长商量要在李村办学校的事。估计路上打伏击还来得及，我急忙回来报齐老爷，却看见桂皮那辆黑色巨蛙停在齐家门前。

我从后门溜了进去，看到确实是桂皮在跟齐老爷说话。只见桂皮摇着头叹息地说，“我和他父亲是老交情啊，正因为这样，我才把他放到身边当我孩子一样培养。这样一个书香门第的文人，竟去刺杀一木清直那样的武将，你说现在的孩子是不是疯了？我是在保护他们啊，他们反倒要杀我!

如果他们能杀了我，我早死八百回了。”

我听后一惊，这是说谁呢？但我来不及听下去，两次刺杀的失败，使我认识到那个人说得对，自己一个人是无法杀死桂皮的。我赶紧去高粱地找三少爷。三少爷立即带人埋伏到桂皮回去的必经之路上了。但最后也没有等到桂皮的车过来。桂皮的车在我跑到高粱地找三少爷的时候就过去了，他的眼睛不是长在我背后，而是长在我脑袋里。

我预感不好，我担心桂皮说的那个人是给我送情报的那个人，我问齐老爷，齐老爷说就是。那个人叫吕直，桂皮发现后，让吕直父亲把吕直领回去了。可是吕直想趁日本人知道之前进日军兵营把一木清直杀了。日军兵营的鬼子认识吕直，吕直谎称送桂皮的秘密文件，鬼子就让吕直进了一木清直的办公室，手枪就藏在公文包里，他一见一木清直就拿出了枪，结果一木清直未损毫毛，吕直当场被击毙。

桂皮来不但送来了这样一个消息，还下了一个让我在冀中平原消失的通知，通知充满一个长辈对年轻人的关怀：现在这些熊孩子不知好歹，都中了魔怔，别让这魔怔要了孩子的命，什么时候清醒了再回来。

皓月当空，树影婆娑，我躺在床上，流着泪思念吕直。显然，吕直是因为给我送情报被桂皮发现了，我的癫狂，也可以说，是我的自私让吕直付出了生命的代价。我的一时冲动怎么就带来了这么残酷的后果呢？

齐老爷尽管对桂皮恨之入骨，还是听了桂皮的劝告，赶我去山西浑源县用柿子做老陈醋的朋友那里当伙计。齐老爷说，浑源县在五岳之一的恒山中，安宁，把你那魔怔劲过了再说打鬼子的事，你这孩子中魔了。

我也想离开，因为我预感到了，吕直的死会让我更加癫狂，我不敢肯定，如果有了什么机会，我能不能控制住自己的癫狂？我的魔怔会不会让更多的人丧命？

三、寻找抗日队伍

高粱红着，地上红得一片，大群的乌鸦来了，天空片片漆黑。母亲、妹妹和齐老爷的身影在白花花的永定河那边定着，我在河的这边越走越远。

等看不见他们的身影，我折进了高粱地，找到铁路线，沿着铁路线向西走。我不想去山西，我总结了失败，我认为之所以没有杀死桂皮，不是因为我魔怔，是因为我智慧和本领不足，我应该投入军队去学习，去千锤百炼，而不是躲起来治疗什么魔怔。

我决定寻找二十九军。赵登禹死了，佟麟阁死了，王教官死了，四哥死了，但总还有活着的人，比如那个耍棍的班长。吕直说他们向西撤了，说明部队还没有垮，还坚持着，等喘过气还会打回来的。

我的行李卷是一条薄被子，里面裹着一双母亲新做的鞋和几件衣服，被角里缝藏着两块银圆。我的行李卷上面摞着一个包袱，里面是三张油饼、一袋炒面和一副碗筷。我能想象那样的情景：一条狭窄的、时隐时现的、银蛇般的铁路线将高粱地割裂开，我单薄的身影沿着铁路线越走越远，如一缕孤魂最终与铁路线融为一体。我就那样离开了家乡，再没有回去。

我生长在铁路边，寻找二十九军的步伐也不愿离开铁路，看着铁路，我就不会感到那么孤独，火车的鸣叫和奔驰都会让我激动，我想飞身扒上火车飞奔而去，又怕二十九军就在不远处。我耐着性子走，我祈祷，我热爱的铁路会给我带来好运。枕木一条一条排在眼前，看久了，不但会使人眼晕，还会使腿虚软。我一会儿在路基上走，一会儿在路基下走，野草、碎石羁绊着，有时候会掉了鞋。没走多少路，鞋就变松了，越来越松，走这样的路咋能不费鞋呢？在路上，我想象着找到了二十九军的情景，想象着我跟着他们跟日本鬼子打仗的悲壮景象，也正是这种想象支撑着我风餐露宿，饥寒交迫地西行。铁路线上，有时候三两天不见一个人影，有时候会碰到不少向西逃的难民，我骄傲地想，我不是他们，我是寻找战斗的英雄。如果说，我得过魔怔，我觉得这个时候才像得了魔怔，包袱里能吃的东西都吃完了，饿极了，就到路边的庄稼地里找点吃的，高粱穗子、玉米棒、青豆子，都是我充饥的东西，我离家时身上带了一盒火柴，钻到大田深处，找点柴，点把火，烤点吃的，还是不难办到的。铁路线常从村庄旁经过，我借着讨水喝打探打仗的消息，如果听说哪里打仗，我就离开铁路往哪里寻找，但都没有找到活着的队伍，看到的都是军旗残破，尸体遍野。有的地方血把土地泡软了，脚踩过去，鞋都不好拔出来。这样惨烈的战场告诉我，打日本鬼子的不只是二十九军，好像整个中国军队都在跟日本鬼子干，我为什么只想投二十九军呢？凡是抗日的武装，我都可以参加呀！我总是迟到，有一次我都听到枪响了，就是差了那么几步，没有追到，看来这仗打的都是速战速决，等消息传到我耳朵里必然时过境迁了。我决定下了铁路线到人多的地方找，部队走到哪儿都要吃喝，总会有消息透出来的。

有一天天快黑的时候，我走进了一个叫大口的镇子。从上一个镇子出来，我一整天没有吃过一口饭，喝过一口水，我想到镇子里找到果腹的东西，母亲缝在被角的银圆还剩一点碎钱，吃一顿饭没有问题。我又饿又疲劳，这走路的时候，头就是垂着的。突然一声枪响，子弹打到了我脚下，随后头顶上传来一阵乌鸦叫一样的笑声。我抬头一看，镇口上立着个两层楼高的炮楼，上面挂着膏药旗，一个鬼子站在炮楼顶上用长枪瞄着我笑。我一头钻进了路边的玉米地。鬼子的子弹追着我，"叭——叭"地打断了我头顶上的玉米秆梢。我不知跑了多远才停下来。安全了，我就要解决肚子问题了。这片玉米已经收获了，秆子大部分枯黄了，个别曾经营养不良的，现在却翠绿着，翠绿的往往上面结有被农民遗弃的嫩棒子。也罢，我找一些嫩棒子充饥吧。运气还不错，看到一小片坟地的时候，已经找到了五个，坟地上面比较干燥，有干枯的茅草，还有一个高大的墓碑可以挡晚上的寒风，是个不错的过夜地方。我把那五个玉米剥开，啃净了上面的嫩玉米粒，我身上的火柴已经用完了，不然烤烤就是一顿美味的晚餐了。我又找了几根还有点水分的玉米秆嚼起来。肚子的事情解决了，我打了些茅草，又打了些干了的玉米叶子，做了个铺。躺在簌簌作响的铺上，疲劳的身子很舒服。秋天的傍晚显得特别寂静，玉米秆伸展着黄色的叶子围着一片天空，天空是浅灰色的和暗红色的，有些透明感，犹如镜子或者湖面，如果天空再下沉一些，也许我会看到自己的影子，我的影子变成了什么样子？我有些忧伤，不过一会儿就迷迷糊糊睡着了。过了一段时间，我又醒了，我离开家以后，不管睡在什么地方，都不会睡踏实，好像总有一只耳朵分外警惕地竖着，时常会惊醒，有时候是因为风吹草动，有时候是因为太寂静，现在四周一片寂静，是寂静叫醒了我。天早已黑下来了，是那种有夜光的黑，天空如蓝宝石，上面嵌满了钻石一样闪亮的星星。太过寂静反而会让人的意识活跃起来，我对着星星，想起上一辈人的话：人死了就去了天上，星星就是他们的眼睛。那么，哪些是八哥九哥四哥和那些死去的同学的眼睛？他们能看见畏缩在墓碑下的我吗？知道我的孤独吗？我想着想着又睡着了，但很快又惊醒了，让我惊醒的是一阵由远而近的嚓啦嚓啦的响声，从那响声的节奏和强弱判定，那不是风，也不是走兽，而是人。有人在这深夜的玉米地里穿行，不止一人，而且就在几步远的地方。我爬起来，但什么也没看见，耳听着那嚓啦的响声远去了。我躺在这块坟地上，像躺在茫茫大海中，根本搞不清那嚓啦声是向哪个方向去了。

我再也睡不着了，这样的夜晚有了冬天的寒意，我裹紧被子闭着眼睛坐着，我预感到有什么事情要发生。果然，远处传来了爆炸声，我睁开眼睛，看到黑暗的天空有稍纵即逝的亮光，接着传来了激烈的枪声。从沦陷区逃过来的我立即反应过来，那个我白天看见的鬼子的炮楼被炸了，刚才走过来的就是炸炮楼的人！我来不及收拾行李，两臂擢着玉米秆，向枪声跑。刚跑了没多远，一阵嚓啦嚓啦玉米秆的剧烈磨擦声与我相向而来，是他们跑过来了？相向并不是头碰头，还错开了那么一点距离。来人非常善于在玉米秆中穿行，以很快的速度与我擦肩而过了，我小声喊，“带上我，我要跟你们打鬼子去。”一个声音回过来，“小兄弟，赶紧躲起来，鬼子要追来了。”我紧追不舍，我来自高粱地，也善于在玉米秆里穿行，我甚至数清了那是三条人影，但还是没有追上，那三条身影好像是为了甩掉我，动若脱兔，三蹿两蹿就不见了。我抱着幻想，紧追着嚓啦声不放，但那声音也消失了。黑沉沉的玉米田里只剩下一片细碎的风声，我只好站住了。这时枪声还在响，那是敌人在虚张声势。那三条黑影看来是初试牛刀，还没有我有经验，他们根本不用跑那么快，敌人是不敢钻玉米地的，这些敌人是从东面踏着冀中平原的红高粱过来的，他们知道，在这深夜里钻进中国人的庄稼地是找着挨冷枪。齐家三哥有多次大白天把鬼子诱进高粱地打死的记录。这是一个多好的机会，我却没有抓住，我蹲在地上哭了一会儿，开始寻找那块坟地，我的行李还在那里。

到郑州的时候，我已经没有了人形，破衣烂衫，头发又脏又长，如果手里拿着一根打狗棍，就是一个乞丐了。郑州还没有沦陷，但已经陷入战前的混乱和恐慌了，街上到处是吆五喝六的国军士兵和拖儿带女的逃难人群。我用身上剩下的最后一点钱喝了一碗胡辣汤，打起精神，找到国军的驻地，但无论我怎样乞求，都被拒之门外，原因是他们认定我是乞丐，饿得骨瘦如柴，进他们的队伍不是想打鬼子，是为了混饭吃，国难当头，军队里岂能养叫花子？后来有几个军官向我走来，我流着泪申诉我要参军的理由，他们相信我了，他们被感动了，但是他们还是不要我，他们说，这是打仗，你这身子骨行不了军，扛不动枪，是送死。他们送给我一点小毛钱，让我去买点吃的。

我没有想到是这样一个结果，其实我是应该想到的，二十九军的王教官不是就不要我吗？国军都败到了这个地步，还对要求参军的挑三拣四。怀着无奈和悲愤的心情，我在郑州街头彷徨。脑海里闪现着同学们、四少爷、吕直的面孔，我委屈地哭了。有一阵子我又想念家，我长这么大没有真正离开过家，在北平读书，那也是三天两头回家，在学校有八少爷、九少爷罩着，在家母亲恨不得把我整天搂在怀里。战争来了，失去了学校，失去了八哥九哥，远离了家乡和亲人，使我在沮丧的时候感到异常孤独，我发现，自己比以前更喜欢流泪了。以前，八哥九哥看见我流泪除了嘲笑我还会训我：哭，男子汉大丈夫遇着点事就哭，不嫌丢人？训完了还得哄我：好好好，别哭了，有哥呢!

冷风一阵一阵吹着我单薄的衣衫，我走的时候没有想到会这么长时间找不到打仗的队伍，没有带御寒的衣服，我只好缩紧着身子。我不知道今晚在哪里安身，更不知道我该去哪里找才能找到能够收留我的抗日部队。出门时脚上穿的鞋早烂掉扔了，换上的新鞋也快烂得不能穿了，我走几步就要弯腰勾一次鞋。也许是老天怜悯我的苦苦追求，当我又一次弯腰勾鞋时，秋风将一张传单吹到了我的脚下，我顺手捡了起来。这份传单的大标题是西北军铁血抗日，内容有三大块，一是三十八军军长孙蔚如将号召三万将士赴中条山誓死抗日；二是七月二十一日，三十八军的十七师在陕西三原誓师，师长赵寿山率陕西三秦子弟开赴河北保定前线，支援河北抗日军民；三是陕西三秦子弟踊跃入孙蔚如部，要誓死捍卫三秦大地。我看后激动地流泪了，如果早看到这张传单多好啊，我就不用走这么远的路，我一定会去保定，拼死也要找到十七师，拼死也要进赵寿山部队，现在晚了，赵寿山的部队已不知撤到哪里去了。我立即决定到陕西去，到西安城去，那里有孙蔚如，孙蔚如在招兵买马。一九三七年秋，踟蹰在兵荒马乱的郑州街头上的我，就是这样在一瞬间决定了我前进的方向——西安城。

我扒上了一列开往西安城的火车。缩在西去的列车角落里，我多日苦不堪言的心情敞亮起来，我想起四少爷给我讲起的古都西安，那里的城墙跟宛平县城的很像，但比宛平的宏伟，那里在历史上打过仗，有很多冷兵器留在民间。四哥还说，以后有机会一定到西安城收几件真正的古兵器，我最喜欢的是三叉戟，那里一定有。我想着这些，又眼泪汪汪了，我暗暗想，一定要替死去的四哥好好看看西安的冷兵器。

我坐在西去列车上，望着西方的落日，想象着西安城日暮黄昏的瑰丽景象：一轮巨大的落日，放射出通红的光芒，那城墙、古楼、老树都表现出一种英雄末路、英勇悲壮的色彩。秦始皇站在战车上仰天长啸，唐明皇骑在骏马上射箭，汉武帝昂首伫立在渭河岸边，疾风吹动无边的田野，如水远去……

西安城，用它落日般的庄严魅力召唤着我。

四、西安城韩家落脚

我终于在一个夜晚踏入了神秘的西安城。天上下着冰冷的秋雨，晦暗的天光显出西安城雄伟浑厚的古城轮廓，到处似有似无地发出青色、褐色和灰蓝色的光芒，仿佛硝烟还没有离去，秦始皇、汉武帝、唐明皇只是休息了。古城神秘，夜晚的古城更神秘。第一眼的西安城符合了我的想象。

在郑州因乞丐模样碰了壁，我就注意自已形象了，在西安城郊外的一条河边跳下了火车，忍受着河水的冰凉刺骨洗了澡，把自己收拾干净，才向城里走，到城里已经天黑了。

街灯稀疏，细雨出现在黄色的灯光里，宛若纷纷的蚕丝断片。我浑身被雨打湿了，已磨透鞋底的鞋里钻进了地上的积水，一走路吧唧吧唧地响，好像饿极了的人在狼吞虎咽时吧唧嘴，我被饥饿折磨得已经麻木的肠胃被这种声音刺激醒了，咕咕叫着，催促我找吃的。西安城的街道两边都是树冠巨大的老槐树，店面掩映在老槐树后面，紧闭着门，安静得像睡着了一样，我走在街上像走在一个幽深的梦里。一个提着瓶子的人影走近我，对我说，一直向前走，挂灯笼的地方有吃的。这是一个好心人，看出我饿坏了。果然前面出现了一只灯笼，是圆柱形的黄色灯笼，灯笼面上贴着一个黑色的大字“面”，这是一个卖面的地方。门还是关着的，但门板缝里透出来一窄条杏黄色的柔软的灯光，不知道为什么，这时我的身体突然发软，翩翩着像飞蛾扑火一样扑过去，就不省人事了。

我干硬的肠胃受到两勺热面汤的滋润后，我就苏醒了。如果有人问我什么叫甘露，我一定回答热面汤。我睁开眼睛，看到自己靠在面粉袋上，一个胖老头一手端着碗，一手拿着小铁勺给我喂面汤，看到我醒了，问："醒了?"我点了点头，"醒了。"

"好，我娃是饿的吧?"从胖老头的语气里，我听出了他刚才对我很担忧。胖老头长着一张胖乎乎的圆面孔，这是我到西安城看到的第一张面孔，慈祥、厚道。

"好心的伯伯，给我点吃的吧!"

"好，好，我这就给你弄，想吃就好，说明身体没毛病。"

我真是遇到好人了，胖老头把碗给我，让我喝着面汤暖着胃，他腾出手脚为我忙活开了。炉火上盖了一层黑炭，已经封了，胖老头又把它捅开，拉了一阵风箱，锅底下噼啪作响，炸裂出火星，蹿出一股煤气味，火催起来了。我感到一种回到家的温暖。老头又放下风箱，起身到案板前，从盆里拿出一段像白萝卜一样的面团，在案板上拍了两下，拿起扯了两下，接下来的情景让我目瞪口呆。那团面在胖老头的手里变成了杂耍的绸带，舞动着，那面变得越来越长越薄。胖老头说，"小子，没见过吧，这叫把式，玩不了这把式就别卖裤带面，丢人现眼。"

那碗我也没见过，厚墩墩的粗瓷，大得跟盆似的。把面捞到碗里，上面放一层干辣椒面和葱花，然后用烧得起火的油一泼，吱啦啦，油泼辣子的香味扑鼻而来。胖老头说，"这裤带面要是不泼这一下，没味道。"

我吃得满头冒汗。胖老头看着满意地说，"好，小伙子嘛，就是要吃得满头冒汗才带劲。"胖老头又给我端来一碗面汤，"吃完再喝上一碗面汤，就合适了。"胖老头一口浓厚的地方口音，我听着，感觉犹如一件厚棉衣披在了身上。

吃完了面，又喝完了汤，最后的时刻终于来到了，我抬头看着一直看着我的老头，张了张嘴，有话要说，可又没有勇气说出口。我要说的是"我没钱"。口袋里除了捡的几张传单外，再无他物了。没有钱，在吃东西前就应该给人家说的，可我一直没有说，我实在太饿了，不吃东西我会饿死在这个叫西安的古城的。

我红着脸说，“伯伯，你有什么活我给你干……如果没有，我明天会出去找活干的，有了钱一定还给你。”

胖老头笑了笑，“你如果身上有钱，也不会饿成这样。一碗面，碎碎个事。”我不明白“碎碎”是啥意思，但明白这钱是可以先欠着。我说，“明天我挣了钱一定还给你。”

胖老头含糊地摇了摇头，用怜悯的目光打量着我问，“刚到西安城吧？晚上住在哪里有着落么？”我摇了摇头。

“没有亲戚可投？”

“没有。”

老头叹了口气，“要不到我家住吧？离这里不远。”

“不用，伯伯。”我垂下头，哽咽着说。

“娃，这没啥，没啥，谁还不遇上点为难事？我姓韩，你比我两个儿子都碎，叫我韩大大吧！今天天不好，早早就没客人了，我放伙计都回家睡觉了，你再晚来一会儿，我也关门回家了，咱俩有缘分，别客气了。”

韩大大家在东羊市的槐树巷，是门口蹲着两个石狮子的独门独院。院子里有七八间房，韩大大住一间，有两间锁着门，剩下的随我挑，我选择了角落里一间小房子。韩大大给我拿出了他家的一套被褥，韩大大说，秋寒了，你那点行李不行。

我躺在软和的被窝里，真为自己庆幸，我想到远离了的战火纷飞的家乡，想到母亲，如果母亲知道我到了西安城，不但活得好好的，还遇到了这样的好人，该有多高兴啊！

第二天，天一亮我就起床扫院子了。天放晴了，但到处都是亮晶晶的雨水痕迹。院子中间长着一棵大杏树，丹红的叶子落了一地，好看是好看，不能不扫。扫完院子，看到放在院子角落里的水缸存水不多了，便拿起旁边的水桶和扁担出了门。我跟着一个挑着空水桶的人来到挑水的地方，才发现这里的水是要买的，我身无分文，只好挑着空水桶回去了。

韩大大起来了，坐在院子抽烟袋，看到我挑着空桶回来了，笑着说，“你这娃出门也不问问我，我这儿有水票，多换几桶，把你的衣服洗洗，铺盖也拆洗拆洗。”

“哎！”我高兴地答应着，韩大大的意思是我可以在他家落脚，这是天上掉下来的好事啊！

一个月的逃亡，我的衣服和被子都脏得发臭了。韩大大打开柜子对我说，“这都是我老二的，有大点的、小点的，你随便挑，人家再不需要了，人家有军队，军队就是人家的家，人家的再生父母，人家有人管吃穿。”

我立即问，“二哥是军人？”“是八路军，穿灰军装的。”

“八路军？八路军是干什么的？”“打国军的。”

我倒吸了口凉气，日本人打国军，怎么八路军也打国军？八路军是汉奸？我这是落脚在汉奸的家里了？

“怎么了？你没听说过八路军？”韩大大看着我的表情问。

“没听说过，我只听说过国军。”

“我老大是国军。唉，别提了，弟兄俩凑在一起就闹仗啊，你没看见那两间锁着的屋？各人把各人的屋锁得紧紧的，谁都不许谁进谁的屋，说是有秘密，有个啥秘密啊。”

“他们都在西安城吗？”

“都在，老二在八路军办事处，离这儿不远，西新街的七贤庄。老大具体在哪儿从来没有个准话，反正也不远，整天神出鬼没的。”

听了韩大大的话，我有些担心，不但这个家的形势有点复杂，恐怕西安城的形势也比较复杂。我再没说什么，让韩大大也把脏衣服找出来一块儿洗。我小时候就帮着母亲洗衣服，后来跟八哥九哥在北平上学，三人的衣服都是我洗，可以说，我这个十七岁的小伙，洗衣服是没得挑的。韩大大嘴里叼着烟袋，坐在太阳刚照到的房檐台上，含笑看着我，夸我是少见的好娃，还说：这么好的娃怎么就让我碰上了？

“大大，大哥啥时候回来？”我问。

“没个准，有时候回来我也不知道，走了我才知道。你大哥不爱说话，早晚都冷着个脸，你见了可不要见怪，那人就那样，可挣了钱就给我。你二哥是没进门就喊上了，围着我说这说那，没给过我钱，倒是喜欢拿着他哥的钱给我买东西，说是尽他一片孝心，我明知道这是耍滑头，可就是喜欢听。”

“大大，等大哥回来了，你给大哥说说，我要参加国军。”

“参加国军就要上前线打仗，去山西中条山，听说死的人可不少，孙蔚如想把鬼子堵在潼关外，进不成陕西。”

“如果大家都怕打仗，怕死，谁把鬼子堵在潼关外呀？”

“你不是刚从打仗那里逃过来的吗？你这么说，为啥要从打仗那里跑过来哩？”

我被噎得低下头不说话了，我不想给人提杀汉奸那档子事，那是我的耻辱。

韩大大叹了口气，说，“这街上曾经满都是你们东北流亡的学生和军人，满街都是‘我的家在东北松花江上’，是奔张学良来的，想跟着张学良抗日，你说你们是不是傻啊？张学良如果抗日，能把漫山遍野的大豆高粱还有煤矿扔下，从东北跑到西北吗？我劝你不要追着来跟他们瞎闹腾，你还小，在大大这儿长一长，长大点再说。”

韩大大把我当东北来的流亡学生了，我想应该把自己的身世告诉韩大大，但当我在心里把韩大大跟齐老爷做了比较后，又觉得没有必要了，没有经过战火纷飞的韩大大是不会理解我的，反倒会招来一大堆唠叨。

韩大大看我不说话了，满意地说，“我娃听话啊，洗完了吃点东西，笼里有馍，案板上有咸菜，吃完了去街上逛逛，晌午了就去面馆吃饭，一个娃大老远跑到这儿不容易，以后就把这里当成你的家，把大大当你爸，别生分。”

韩大大交给我一串钥匙，去面馆了。

我洗完了衣服，钻进厨房，掀开蒸笼，一手抓两个白花花的馒头，大吃起来。吃饱喝足，处于好奇，我用钥匙试着开那兄弟俩门上的锁，没有一把能开开。然后，我就出了门，寻找郑州传单上讲的招兵报名点。

西安城的城墙建筑与宛平城类似，城门、城墙的垛口、望孔，下有射眼，四角的瞭望楼都很相似，但比宛平城的气势恢宏得多，大街小巷的建筑也比较相似。人的做派也跟城墙一样气势，天下第一碗、天下第一宅等等，天下第一的招牌到处都是，到底是不是天下第一，显然是没有任何根据的，所以就有些霸道，有些不可一世。这种做派大概与它的十六王朝有关，就是遗风，帝王的遗风。但这些气势磅礴的帝王遗风中却浮动着一种动荡不安的、炙热的情绪，那就是偶尔从青砖的拐角或者飞檐下飞出来的传单。自从郑州街头捡到那张传单后，我对传单就特别敏感，像饥饿的人看到食物一样赶紧捡起来看。我捡到的一张传单上写着西北军在前线的消息：

> 日军一主力部队西犯娘子关，企图由此进入山西。十七师临危受命，自河北疾进娘子关狙击敌人。十月十二日拂晓，日军向十七师守军发起猛攻，被多次击退。趁鬼子士气稍懈，赵寿山命九十八团出其不意反击，战至下午五时，毙伤敌寇二百多人。次日，日军千余人再次猛攻雪花山。十七师打得异常猛烈，子弹打光了，就拼刺刀。一〇二团某连死守阵地，全体官兵壮烈牺牲；娘子关一役，十七师浴血鏖战十五天，全师一万三千之众，只剩下两千七百多人。因寡不敌众，最终失守雪花山乏驴岭阵地。被迫下令撤退的赵寿山悲愤交加，忧心如焚，头发、胡子全白了。赵寿山对将士们说，“抗日怕流血，何必出潼关！弟兄们！我们每一个爱国军人，不怕艰难困苦，不惧流血牺牲，为的是啥呀？对！我们就是要抗日救国，收复国土，把日本鬼子这头吃人的野驴子赶出中国去！让我们的同胞过自由幸福的好日子！”

我手捧着这张传单，激动地流泪了。由于这种情绪的影响，当我看到张学良公馆时产生了一种轻蔑。无论在北平的学校还是在二十九军学兵团，张学良这个名字是听得再多不过的了。什么东北王？东北王窝在西北干什么？经过了南苑战斗，我不会像东北军和东北的学生那样对张将军抱有希望和期待，我认为，只要张学良跟二十九军那样跟日军干，以他武器的精良、官兵的素质，不敢说能打胜日军，起码也不会让日军这样长驱直入到我的家乡卢沟桥。

过了张学良公馆继续往东走到头，就到东城墙根下了。我原本是想好好看看城墙的，却一下子被城墙根下的古董集市吸引了，这里的古董也像这座城市的帝王遗风气势，没有字画之类的文绉绉的东西，都是些石头和金属做的大家伙，石马石人石桌子，喂马的石槽子拴马的桩，三脚、四脚、八脚，长的、方的、圆的，应有尽有的大鼎，这些东西大得没有几个壮劳力是搬不走的。走过了这些大家伙，我就看到古兵器了，四哥的向往就是我的向往，我要替四哥好好看看，大刀、长矛之类的常见兵器摆得一片一片的，钺、铩、箭镞也不少，还有叫不上来名的，西安城原来叫长安，没有战争就没有和平，这长安是打出来的，十六朝，哪个朝代不是打出来的？所以这里古兵器之多之全就不足为奇了，我觉得这里才称得上是天下第一。但是我找遍了市场，只找到了一把三叉戟，拿到手里掂掂，再看看那月牙的刀口，有一组小豁，好像是作战中碰到了硬家伙崩的。我问这三叉戟多少钱，卖货人抄着手看了看我说，“看不出你这碎娃还知道这叫三叉戟？看你识货的分上，一个大洋，咋样？”我摇了摇头，我只是问问，我一分钱没有。那人又说，“这可是李三郎用过的，知道李三郎不？是唐明皇，杨贵妃的老汉。” 我赶紧放下三叉戟溜了。

见过了三叉戟，我就一心想找传单上说的招兵报名点了，郑州传单上写的那种招兵的热闹景象一点也没有，我想人家从河北到山西，仗都打来回了，郑州传单早过时了，我又来晚了。我不甘心，走着走着，走到了西新街七贤庄1号门前。这是一个坐北朝南的院落，门口挂着 “国民革命军第八路军驻陕办事处” 的牌子，有穿着灰军装的人出出进进，这就是韩大大说的八路军办事处？我迷茫地望着那牌子，“国民革命军第八路军”？这不还是国军吗？怎么穿的军装不一样颜色呢？怎么国军的第八路军打国军呢？

离开八路军办事处，向南走，又向西拐，终于找到了一个招兵点，路边一张桌子，桌前没有一个人报名，桌后坐着两个发呆的国军士兵。我走向前说明自己的愿望，两个人打量着我，一个说：你能扛得动枪吗？一个说：你能走得动路吗？与郑州的遭遇如出一辙。我急切地表示没有问题，我是打过仗的，我为了寻找他们从家乡走到这里，没等我把话说完，他们就不耐烦了，一个挥挥手说：想打日本鬼子？去找你们的张学良去！显然他们把我当东北的流亡学生了，显然他们在揶揄张学良和我。我想辩解，他们不耐烦听，对我晃了晃拳头说：赶紧走远，哪儿的娃到哪儿耍去！

秋风摇动西城门楼上悬挂的风铃，发出悠长远古的声音。我站在西城河边，忧伤地看着水里自己的影子，既怜悯又怨恨，你为什么就不能长高一些壮一些呢？西安城街头比郑州街头的遭遇更让我感到孤独无助和绝望，这些行走在帝王之风中的西安城人，从心底里排斥、蔑视张学良，把东北学生、流亡军人也扯了进去，把我这个仅仅口音有那么一点点相近的小可怜人儿也扯了进去。这都是我的口音惹的祸，是我始料不及的，可是，北平口音与东北口音还是有很大区别的啊！冤枉啊！我悲观地预感到，在这个地方，以后可能有好多事情都会是秀才遇上兵，有理没人听。

在饥渴难耐的时候，我回到了韩家。我怎么好意思逛饿了就去面馆吃饭呢！我也想到应该去帮大大干点活儿，可是我心烦意乱，我觉得自己简直就是一头蠢猪，这头蠢猪有什么理由吃饭，相反需要用饥饿来惩罚。我躺在自己屋里的小床上，生自己的闷气。

过了不知多久，院门被推开了，一阵轻快的脚步声传过来，有人敲我的门，“庄铭，庄铭，我进来了。”

我忙坐起来，有些纳闷，这是谁呢？

进来的人穿着一身宽大的灰色军装，看上去也不过二十出头，浓眉大眼，方正的脸膛黑里透红，尤其是两颊，有明显的两团红，我后来才知道，这是陕北高原太阳光照的痕迹。让我记忆深刻的是来人脸上洋溢的笑容，春光般地畅朗，与我童年记忆里第一次见到的八哥九哥很相似。大概由于走得急，来人鼻尖上渗出了细小的汗珠。

“我叫韩冬，是你韩大大的老二，以后就叫我二哥吧！”声音亲切、爽快、热情洋溢，让我感到一片温暖的阳光扑面而来。

“二哥。”我真诚地叫了一声。

“我去你韩大大那儿吃饭，听说屋里来了个漂亮的小弟，就赶来了，看，给你把吃的都带回来了。”韩冬边说边把手里提的食盒放到桌子上，把盖子打开，里面是一碗还冒着热气的裤带面。

“我一猜就知道你不好意思去，窝在家里挨饿哩，一碗面的碎碎事，为啥弄得这生分哩？”二哥把筷了塞进我手里，又拉好凳子让我坐，“快吃吧，这面就要趁着烫嘴的时候吃才香，知道吗？”

我接过筷子，坐在凳子上吃起来。

韩冬哈哈笑起来，“真不是我们陕西人，不会吃裤带面，要用巧劲，筷子夹住面头，稍微转一下，让面缠在筷子上，再往嘴里送，一次不要贪多，欲速则不达。”

韩冬看我吃顺了，身子半伏在桌子上，向我凑了凑，“你听说过共产党吗？”我摇摇头。

韩冬遗憾地说，“你们那里真是离延安太远了，我们这里老少妇孺皆知共产党，我就是共产党员，我的理想就是实现共产主义。”

我嘴里叼着面条，抬头看了看韩冬眼睛里放射出的自豪的光辉，问，“共产党是干什么的?”

“是为实现共产主义而奋斗的。”

我不明白。

韩冬看着我的表情，夸张地叹了口气，“不知道什么叫共产主义？真是离延安太远了。好吧，我给你多费点口舌，共产主义是一种政治信仰，以马克思、恩格斯思想为基本思想，主张消灭私有产权，并建立一个没有阶级制度、没有国家和政府，并且进行集体生产的社会。共产主义设想未来的所有阶级社会将最终过渡成为共产主义的无阶级社会。共产主义思想的实行上，需要每人有高度发达的集体主义思想。”

我为难地看着韩冬意气风发的脸发呆，我的政治思想水平根本达不到对共产主义的理解。韩冬有些无奈地说，“这么给你说吧，共产党就是要打土豪、分田地，打倒地主剥削，让农民自己当家做主人的政党。”

这下我听懂了。

“听明白了？一看你就是个苦孩子，你跟共产党走吧，共产党正需要你这样的苦孩子。”

这时我放下了嘴里叼着的面条问，“八路军是干什么的?”

“八路军是共产党领导下的队伍。”

我犹豫了一下，试探着问，“我听大大说，八路军是打国军的队伍，这不成……”我没有把“汉奸”两个字说出来。

“哎呀，那是啥时候的皇历了？现在国共已经不打了，合起来打日军了，八路军是共产党领导下的抗日队伍。”

我恍然大悟，我沉浸在自己的魔怔里，竟没有注意到世事发生了这么大的变化，中国人到底还是中国人啊！我有些感动。

“明白了，就参加我们八路军吧？你的口音是普通话，我们八路军缺能说普通话的人，你可以当宣传员。”

“你能听出我不是东北人?”

“我是听我爸说的，不过认真听还是能听出来的。”

“我想拿枪打仗。”

“宣传员也能打仗啊，先不说这个，当了八路军再说。快吃吧，凉了。”

我低下头，又继续吃面。

“你边吃边听我给你唱个歌。起来，饥寒交迫的奴隶，起来，全世界受苦的人……你听过没有？”

“没听过，挺好听的。”

“什么？你把这个当取乐的音乐？”韩冬有些生气地说，“这是《国际歌》，是德国人欧仁·鲍狄埃作词，法国的皮埃尔·狄盖特作曲的，传遍了地球上的每一个角落，成了全世界无产者最喜爱的歌，庄严、雄浑，透出光明和希望。你家真是离延安太远了，这里谁不知道《国际歌》？”

我慢慢嚼着面条不说话，眼前这个二哥讲的这些东西，我有些费解，日本鬼子打到家里来了，有什么必要对德国的法国的一首歌这么激动呢？还有那个马克思，能替中国人把日本人打出中国吗？

韩冬叹了口气说，“你真是得好好学习学习，这样，我们有夜校，明晚我带你去夜校。”我点了点头。

韩冬临走的时候，硬把我的行李搬进了一个朝阳的大屋，韩冬说，“有好屋子闲着让老鼠住？你既然住在这儿了，就是这儿的主人，你这种奴性思想正是我们要改造掉的。”

韩冬走了，但是韩冬那宽松军衣下发出的温暖留下了。韩冬的话和对我的热情态度使我灰暗的心透亮起来，对韩冬描绘的共产主义我虽然没有深刻的理解，但是还是有一些向往，我是用人的儿子，虽然齐老爷对我们恩重如山，但谁不想做主人呢？谁不想有一块自己的田地和自己的屋顶？对于剥削我有些不理解，齐老爷虽然不下地干活，可是齐老爷操了多大的心？不能说干活是劳动，操心就不是劳动。再一个，地是人家的，说分就分了，这不是抢劫吗？但是不这样，又怎么当家做主人呢？我还是想当主人，想实现共产主义。那就参加八路军吧，无论如何，八路军也得先打走了鬼子，才能打土豪分田地，否则，田地到了鬼子手里，那共产主义不是更实现不了了？我把解决疑惑的希望寄托在了夜校学习上。

但是第二天韩冬没有回来。韩大大说：那人去延安了，晌午到面馆来说的，我这两个儿子啊，是给地球养的，地球离了他们就不转了。

我有一种说不出的失落。

五、大哥韩春冷若冰霜

我开始了在西安的新生活。这新生活真不赖，每天去韩大大面馆帮忙，不管怎么样，吃是尽管吃的，不但有吃不完的裤带面，还有卖腊牛羊肉的、卖葫芦鸡的、卖大肉肘子的来吃裤带面时捎来的“尝尝咱的”，我正是吃饭长身体的时候，胃口很好，我也毫不客气，胃能受得了就尽管吃，我只有加劲吃，才可能长高长壮，从瘦小的“魔咒”里冲出去。心里怀着一种期望，有时候躺在床上，好像都能听到我的身体在吱吱成长。我一边大吃盼望身体长起来，一边盼望大哥回来，走大哥的后门，也许人家不嫌我瘦小。韩大大说：我可以给你帮腔，不敢保证，我那老大是个难说话的主。我也隐隐地期望韩冬回来，那天韩冬的话，犹如打开了一叶小窗，让我看到了在这个乱糟糟的世界上还存在那么美好的天地，也犹如一粒小种子落在我心田上，让我在疑疑惑惑中憧憬出那么一片希望的田野。我暗想，如果没有战争多好啊，跟着二哥去参加共产党，实现共产主义，那该是怎样一种壮丽美好的事业？对共产主义产生的甜蜜想象，伸展到梦里，我在梦里回到了我的家乡，过起了共产主义生活。

有一天半夜，我被一阵说话声惊醒，说话的声音很低，但我就是被惊醒了，而且像受到寒风袭击一样战栗了一下。

“家里好像有生人？谁？”这是陌生的声音。

“一个逃亡的外地娃。我看娃怪心疼的，就留下来了。”韩大大的声音。声音发怯，像做了错事一样。

“给你说过多少次了，对不明身份的人一定要远离，你倒好，领到家里住了。”

我坐起身，竖起了耳朵，但“嘘”的一声，两个人都不说话了，仿佛知道我已经醒来，在偷听他们说话。

一个人轻轻的脚步声向我这边走来，在我隔壁屋前停下了，然后有光亮闪了一下，像是用打火机照亮，然后没有动静了，没有开门声，也没有听见离去的声音，可以想象这个人是站在那里不动了。

“春，怎么了？”韩大大一边问，一边走过来。

是韩春回来了，我隔壁是韩春的屋。

“有人开过我的锁。”

“不会吧?”

又没有声了。可以想象这父子俩站在台阶上，你看我，我看你，然后把目光一起落在我这边的情形。过了一会儿，两人的脚步声进了厨房。

我的心怦怦跳起来，懊悔、羞耻袭击了我，我在他们眼里变成了什么人，可想而知了，但我还心存一点侥幸，我想知道这父子俩到底要对我进行什么样的宣判，我大着胆子，蹑手蹑脚开了门，回身又把门关上，然后伏在了厨房的窗户下。

越过漆黑的窗棂看到韩春拉着风箱、韩大大和着面的背影。

“那只是个娃，可怜的娃，还让我给你说说想参军抗日哩。”

“那就更可疑了，想打入军队内部。”

“不会吧?他给我说他十八，我看也不过十六岁。”

“前几天，我们抓了一个日本特务，才十五岁，还是个女娃，一口地道的西安城口音，根本看不出她是个日本人。”

“是吗?他说他家在北平附近的卢沟桥，我原以为是东北的流亡学生哩。”

“这么说日本特务可能性更大一些。北平是沦陷区，每天都在培训特务。西安城是西北的重镇，日本特务早过来了，暗杀抗日积极分子，威胁军队里的官员和家属，前方在流血，后方人心惶惶，我们怎么下力气，都除不干净。”

“春啊，你千万要小心，我总觉得别看韩冬那么能咋呼，可没有人想暗算他，你不言语，可有人想杀你，要不你也不用这么半夜三更偷偷摸摸地回来啊，这还是国统区吗?”

“爸，也没那么可怕，小心点就是了。你明天给那娃点钱，让他走人。”

“这……让我怎么开口啊?那娃不像啊！可是他为什么要偷着开你的门?”

“爸，你别费这心思，你就照着一条，不怕一万，就怕万一。”

“好吧，明天一早我就给他说。春啊，晚上睡觉把那盒子枪放到可手处，防着。”

没有必要再听下去了，我回到了屋里，感到万箭穿心，我在他们心里不是小偷，而是日本特务，真是天大的冤枉，可我又怎么说得清楚?那父子两人在厨房忙活完，各自回屋里了，韩大大还特意来到我窗根下听了一会儿。我用鼾声促使韩大大放心地离开了。

韩春屋里的灯光亮了很久才熄灭。这个大哥是干什么的？他怎么知道我开过他的锁？我悄悄在床下角落里点亮蜡烛，从韩大大给我的钥匙串上找到了答案：一把钥匙头部的凹槽里有黑垢的残迹，明显是这把钥匙捅破了韩春给锁眼里抹的东西。

第二天，我早早起来了，院子很安静，韩春的门和昨天一样锁得好好的，像是昨天晚上他没有回来过一样。

我扫院子，挑水，把靠墙的劈柴码整齐。我知道，我做着这些的时候，韩大大的眼睛贴在窗后看着我。我无法证实自己的清白，我跟小偷一样偷开锁的行为也无法说清楚，让我感到羞耻，我决定离开这个家了，我不愿意让这个善良的老人担惊受怕，不愿意让老人为难怎么向我开口。我干完了活，背起行李出了院门。

城市还笼罩在清晨淡紫色的寒气里眷恋着温热的梦，但秋风已经醒来，一阵一阵地掠过老槐树，指甲大的落叶如疾雨带着湿漉漉的冰凉飘下，给淡紫色的寒气里增加了无法调匀的青黄色。我背着小小的行李卷，心里全是对韩大大的感激和依恋，不知道自己走在哪里，要去何方。看到西安城标志性建筑钟楼了，我的心思才转到我要去哪里这个问题上，我站住犹豫了一会儿，沿着北大街向北走，来到了八路军办事处门前。院门大开着，里面有一个人正扫院子，我刚要靠近，哨兵端起枪喝道，"什么人？站住！"

"我想问问韩冬回来了没有？" 我说。

哨兵不回答我的问题，厉声喊，"向后退，不退就开枪了。"

我只好退了几步，眼巴巴看着大门里的一排平房，我多么希望此刻韩冬能从那里出来，我的眼睛有些湿润，我后悔了，我当时就应该跟韩冬走，去实现共产主义，我为什么要有那么多疑问？不管是八路军还是国军，都是中国人，能不抗日吗？

扫院子的是个老兵，他停下扫帚看了看我，又低头扫起来，扫了一会儿，看我还站在那里，走了过来问我，"你是韩冬什么人？"

我张了张嘴，可我一时怎能说清楚我是韩冬什么人呢？那老兵温和地说，“韩组长还没有回来，你等些天再来吧。”

这时，太阳已经升上了城墙头，像一只冻红了的大柿子，人们在黄色树叶雨中开始忙碌自己的事情了。我漫无目的转悠到东城墙脚下，卖古董的已经出摊了，秋风瑟瑟中，人都缩得跟古董一样僵硬。那个卖三叉戟的看见我说，“你还是稀罕这把三叉戟吧，这样吧，把你的被子给我，你拿一件，随便挑。”

我没有钱，不是来买东西的，我只是因心里没着没落，掂起了那把三叉戟，来看看而已。那个人见我没反应，就动手要拿下我的行李，我不让，那个人就连撕带扯夺下了我的行李，踹了我一脚，说，“拿上三叉戟，滚!”

这一天我是在街上游荡着度过的，从我身边走过去的人大都回头看，不知是他们没有见过三叉戟，还是觉得这个胳膊下夹着把三叉戟的人有些怪。我的眼睛也常常看着眼前的人发呆，他们谁是日本特务啊？我是见过日本人的，只要不张嘴，只要不穿日本兵服，很难认出是日本人。因此我得出结论，要杀一个不穿军服的日本人比杀穿军服的难得多。哦，我忘了说一点，当我的手沾上三叉戟的时候，远古时代的那种刀戈相见的杀气就上了我的身，潜伏在我血管里的那种癫狂苏醒了，于是，一个想法像突然绽放的火花，一下把我迷糊的脑瓜照亮了——杀日本特务，我要让韩春看看我是不是日本特务，也让韩春看看我是多么勇敢的抗日勇士！如果这想法成功了，韩春能不帮忙让我当兵吗？我在山重水复疑无路的时候，突然看见了这么个柳暗花明的又一村。接着，我就想好了怎么实现这个想法，从昨晚我偷听到的韩大大父子俩的谈话里我分析出两条：一是韩春干的是杀日本特务的事；二是韩春很危险。这两条给我指明了一个方向，要想在西安城杀日本特务，就应该跟在韩春身后，既可以保护韩春报答韩大大，又可以杀日本特务报仇。但是，我没有见过韩春，我只能等天黑了守候在韩大大家门口等韩春，从此就跟踪他。天黑之前，我要在街上溜达，日本人再像中国人，在举手投足之间还是有差别的，韩春不是说日本特务多吗？我想碰碰运气，说不定，没有跟踪韩春，我就搞定了。所以，怀揣明确方向的我，看上去还是像一只迷途的羊羔。有意思的是，这一天我没有挨饿，我想吃什么就能吃到什么，怎么回事呢？起初是饥饿的胃让我在一个卖包子的摊位前住了脚，我一吸鼻子，真香啊，那是用大肉和大葱做的馅。那摊主看了看我抱着的三叉戟，用一根筷子穿起三个包子，递给我，我有些莫名其妙，摊主说，拿到一边吃吧，你站在那儿，没人敢过来买我的包子了。此后，我就如法炮制了，像一个十足的地痞。

天黑透以后，我缩在了韩大大家大门口的石狮子后守株待兔，这石狮子够大的，与墙构成一个三角，可以帮我抵点寒风，这感觉又像回到了以前逃亡的日子。

也就是这么巧，迷迷糊糊中，一阵异常的声音把我吵醒，我探头一看，夜光下有两个黑影，他们正一个站在另一个身上翻院墙。

蟊贼，还是来杀韩春的日本特务?

一个黑影翻进去，从里面打开了大门，平时吱吱响的大门，此刻一点声音都没有。外面的黑影一闪身就进去了，比猫还敏捷。我脱掉鞋，拿起三叉戟，一闪身进去，躲在了大门后。我看到两个黑影分头一个窗口一个窗口地侧耳倾听，我赶紧猫下腰几步蹿到了大杏树后。摸到韩春窗口的那个黑影向另一个黑影做了个手势，拔出短刀。夜色下短刀闪出刺目的光。

“杀鬼子!”一个喊声像玻璃炸裂，一个身影像豹子扑食，一把三叉戟头刺中了向拿短刀的鬼子走去的另一个鬼子后腰。这就是我用三叉戟杀了日本特务的那一瞬间的记忆，记忆中好像我是旁观者，因为我当时没有感觉到自己肉体的存在，那呐喊、那端着三叉戟扑过去的身影好像是另一个人。拿短刀的鬼子转身扑过来的时候韩春的枪响了，打了几枪我不知道，我断定不超过两枪，如果韩春的枪法不行，我就被鬼子刺死了。

枪声在寂静的夜里特别刺耳，韩春跑过去把大门关上，不让我和跑出来的韩大大出声。后腰上插着三叉戟的鬼子啊啊叫着拼死挣扎，韩春一脚踩在那鬼子的脖子上，那鬼子不出声了。我虽然参加过战斗，还做过孤胆英雄，但却从没有亲手并且是这样杀死过人，我想拔出三叉戟再刺，但手腕子发软，怎么也拔不出来，三捣两捣，三叉戟让肠子缠住了。韩春冷冷地看着我，我只好硬着头皮继续捣，鬼子的后腰被捣得一塌糊涂，三叉戟才取出来。我头冒虚汗，“哇”的一声吐了，大肉馅包子之类的，全吐了出来。这之后好些天，我看见那天我吃过的东西就想吐。

枪声惊动了熟睡中的左邻右舍，人们纷纷打开门走到街上，互相询问发生了什么事，过了一会儿，见再无动静，左邻右舍就回家关门睡觉了。

院子里两具尸体和一堆肠子粪便呕吐物，臭气熏天。

韩春拿过还插着一段肠子的三叉戟看了看，扔到地上，对我命令道，“进我爸的屋。”

韩大大已经吓得瘫软在屋前的台阶上，我和韩春把他搀回了屋。其实这时我的腿也是软的，我是告诉自己一定要挺住，不要在要走向完美的最后一步倒下去。的确，这样一个杀鬼子的过程，实在是比我想象得更惊心动魄、更完美。韩大大哆嗦着抓住我的手，“娃啊！你在哪儿猫着啊？多亏你猫着，要不你大哥就没命了。”

借着昏黄的油灯，我看清了这个我日思夜想的人的面孔。这张面孔与他的同胞弟弟大相径庭，瘦长的脸，细长的眼睛，面色苍白，看上去有些劳累或身体不大好，左眼还有点斜视，但绝不丑，反而有些眉清目秀。此时这张面孔神色冷峻，对我没有一点感谢的意思，他抽着烟，没有看我，但我看到有一道光从他细长的眼睛里射出来，这光的凛冽让我想起吕直眼里的光，但吕直的稍纵即逝，韩春的却始终存在着，犹如刀片。我明白了，在这个人心里，我要面对的是更大的怀疑，而不是解除怀疑。

“大哥，我躲在石狮子后面过夜，我被惊醒了，看见他们正翻墙。”我的声音发抖，像自己做了错事需要解释。

“我听到你喊杀鬼子了，你应该把他们当蟊贼，蟊贼也会拿刀吓唬人。”

“不，蟊贼没有那能耐，一点声都没有。”

“没有声，你怎么被惊醒的？为什么你手里拿着一个三叉戟？”

可是，没有声音我就是被惊醒了，在逃亡的路上，常常发生这样的事，可我怎么让人相信呢？这时我才感到我的这一切在别人眼里的确有些离奇。

“我说了你信吗？”我反问了这么一句。

韩春轻蔑地笑了笑，“你说的只要是事实，我就会相信。”

韩大大说，“春啊，你大难不死，是庄铭救了你啊，你这怎么跟审犯人一样？你见谁都想审啊？”

韩春态度缓和了一些，拍了拍我的肩膀，“走，趁天没亮，我们把外面的东西收拾了。”

那两个鬼子穿的是中国老百姓的衣服。我提着马灯，韩春把那两个鬼子脱光，然后在那俩鬼子左后肩各找到了一个烫肉花图案，仔细看了一会儿，回屋里拿出一架小照相机，让我把灯靠近，对着那光亮里的肉花拍了几张相片。然后，把那两具尸体抬到架子车上，用铁锨把那堆肠子粪便铲到车上，用他们的衣服盖上，再盖了些柴草。韩春进屋换上军装，我拉着车子，韩大大和韩春跟着，出了院门。

夜深人静，路上只有国军的几个流动哨，看到韩春穿的是军官服，压着两个老百姓拉东西，也没问什么。出了城门，沿着护城河走了一段路，看四下无人，我和韩春合力连人带车推到了护城河里。

回来的路上韩大大说，“我就不明白了，国统区，杀了鬼子是好事，为啥怕人知道，偷偷摸摸的。”

韩春说，“传出去敌人这样搞暗杀，会引起恐慌，有人怕了就会退缩，不敢抗日了。”我赶紧说，“大哥，我不怕，我永远都不会怕，帮我参加你们的军队吧，我从那么远的地方来，就是寻找抗日的队伍的。”

韩春嘿嘿笑了两声，“好啊，想抗日欢迎。”

回到家，韩春把我带到了他的屋里。韩春说，“回答我的问题。先说三叉戟，你好像很青睐这个武器？但你不会用。”

面对一身军官服的韩春，我想起了四少爷，四少爷就是这样坐在桌前，给我讲三叉戟的。我的眼泪哗哗流下来，把自己的身世、经历及四少爷怎么研究三叉戟和我今天怎么得到三叉戟、又怎么猫到石狮子后看到两个黑影，一五一十说清楚了。

韩春用心听着，不时用探究的眼睛看着我，最后把他的手放在了我瘦削的肩上。韩春说，“不要走了，等有了机会，大哥帮忙让你去打鬼子。”

第二天早上，我把地上的血清理干净了，把三叉戟上的血也擦干净了。韩大大一直坐在屋前的台阶看着我，说，“我都怕你了，你看见血跟看见水似的。”

我说，“大大，如果日本鬼子进了西安城，你看见血也跟看见水似的。”

“呸，呸，”韩大大向地上啐了两口唾沫，“一大早就不会说点吉利的？一会儿去买些炮仗，把这院子里的血气崩崩。哼，小日本鬼子，跑到我家杀我儿子了？连你的魂都要给崩碎的。”

我看了看韩大大的表情，经过这事情，韩大大有了齐老爷的风范。

杀了两个鬼子我心里高兴，韩春答应我的事更让我高兴，没想到昨天在街上的突发奇想，今天就成功了。我心情愉快地想，当军官的大哥一定会帮我实现愿望的。

我哪里知道，韩春并不是普通的国民党军官，他身居驻陕西国军军统处要职，是代号为〇〇三的特务。他那只有点斜视的眼睛看谁都可疑，我那非常合乎情理的陈述并没有打消他的猜疑，也没有引起他的重视，他把我当成了一只吊在他家屋檐下的葫芦，等什么时候需要开瓢的时候再说。

有一天晚上，我透过玻璃看着韩春披着军衣在油灯下看东西，那样子让我想起四哥在油灯下看兵书的情景，那时候，我总是以送水为由靠近四哥，有时候四哥会抬起头说声谢谢，有时候让我站在跟前，给我讲书上写的是什么。此情此景让我沏了壶铁观音，提着进了韩春的房间。韩春表情严肃，眉头紧锁，陷在沉思中，我走到了桌前韩春才发现，韩春立即把手中的纸反扣起来，对我厉声喝道："谁让你进来的？出去。"

我站着没动，我被桌上的一张照片吸引住了。韩春发现了我的目光，立即又把那张照片反扣，对我再次喝道："出去。"

"大哥，他就是我跟你说过的给我送桂皮消息的人——吕直。"

"你说他是吕直？"韩春惊异地看着我反问。

"没有错，大哥。"我的眼里涌出了泪水。

韩春把我手里的茶壶拿开，拉我靠近桌子，他把那张照片翻过来，让我仔细看。

"就是吕直，我虽然只见过他两次，可我们是面对面说了很长时间话的，他不告诉我他是干什么的，我就看着他的脸猜，我不会认错的。"

"可是他叫李简。"

我愣了一下神，坚持说，"我是听齐老爷说的他叫吕直，是桂皮好朋友的儿子。齐老爷是听桂皮说的。不管他叫什么，他就是我见过的那个人。桂皮说吕直是潜伏在他身边的戴笠的人。"

韩春把他刚翻过去的那张纸又翻了过来，让我看那上面写的字：

李简，1912年出生于北京书香之家，1935年在北京大学读书期间秘密加入国民政府军事委员会调查统计局二处，毕业后潜入已有汉奸之嫌的解玉桂身边。1937年9月失踪，望协查。

韩春痛苦地说，“我们国统局失踪的人越来越多了，知道李简是怎样死的吗？”

我说，“解玉桂跟齐老爷说，他让吕直的父亲把吕直领回去了，可是吕直没有跟父亲回去，而去了日军兵营，进了一木清直的办公室，一见一木清直就开枪了，结果一木清直未损毫毛，吕直当场被击毙。”

韩春说，“这就对上了，二处给李简的任务一是调查清楚解玉桂的汉奸底细，二是利用解玉桂跟一木清直的关系，靠近一木清直，借机刺杀一木清直。李简是想趁一木清直还不知道他身份之前完成这项任务。李简是这样一个同志啊。”

韩春在那张纸的下方写道：我处得到线索，1937年9月，李简因刺杀华北驻屯军第一大队大队长一木清直壮烈牺牲。

韩春让我把对他讲的原原本本写下来，签了名，又按了手印。

我问，“解玉桂为什么说李简叫吕直呢？”

韩春说，“我们对解玉桂这个人太了解了，不是一般地狡猾，总是半真半假，让你欲干不成，欲罢不休。”

“那个戴笠是李简的头吧？为什么他不动手，三番五次地让齐老爷动手，他们怎么知道齐老爷想杀解玉桂？”

“解玉桂在国民政府根子很深，口碑也不错，如果借齐老爷的手杀了解玉桂，戴笠会减少很多麻烦，这也是不得已而为之啊。”

这次谈话结束时，韩春拍了拍我的肩膀，“大哥会安排好你的，你不要跟着你二哥跑，他们对抗日总喜欢虚张声势，表现热情洋溢。我们跟他们不同，我们是执政党，我们需要老老实实地为这个民族掌好舵，苦苦地支撑。大哥能看出你是实心要打鬼子的，不要上当。”

我原以为大哥通过这件事可以信任我了，他也说过要帮我的忙，可是老槐树上的叶子都落光了，也没有结果。我每天还是去韩大大的面馆帮着干活，由洗碗、拉风箱到做面，让我欣慰的是我做的第一碗裤带面是给二哥韩冬吃的，韩冬从延安回来了，进面馆看见我缩手缩脚不敢拉面，鼓励我说：不要怕，拉坏了给二哥。那一根面拉得薄的薄、厚的厚，中间还断了几次，裤带面最大的忌讳就是断面，不吉利。二哥说：我是共产党员，唯物主义者，不信那邪，尽管给二哥下锅煮好端上来。

这是多么好的一个哥哥。

六、二哥韩冬暖如春风

为了弥补上次的食言，韩冬特地借了一辆自行车送我去夜校。寒风中，韩冬骑着车，我两腿分开骑在后座上，韩冬的军装外面穿着一件大氅，没有系扣子，我从大氅下抱住他的腰，感觉着韩冬军衣上的温度，嗅着韩冬军衣里散发的温热气息，有几分感动，老天爷真是眷顾我。同时，我又想起了八哥九哥，他们活着的时候经常也这样用自行车带着我在大街上跑，有时候去下馆子，有时候去集会，有时候纯粹是没事骑着车瞎转悠，八哥喜欢冷不丁唱一句歌，九哥喜欢冷不丁朗诵一句诗，而我只会用“快蹬！快蹬！”抒发自己的快乐。想起他们，我又有些惭愧，他们是国军的学兵团，我应该投国军杀鬼子，而不是去投八路军实现共产主义。

就是在这次去夜校的路上，韩冬建议我改名，韩冬说：庄铭，你不能只向往共产主义，共产主义不会从天上掉下来，要有许多像我这样坚定的共产主义战士为之奋斗，我提议你把“铭”字改成坚定的“坚”，跟过去的一切告别，做一名坚定的共产主义战士，咋样？我不愿意，但碍于韩冬的热情还是答应了，我在中共西安城国际共产主义夜校学员注册表上的名字是庄坚。

夜校在东北城墙拐角内一个破旧的小屋里，门口有一棵小槐树，槐树上挂着一盏马灯，有两个年轻人在灯下下棋，我知道这是放哨的，如果不是韩冬领着，我是进不去的。一张方桌放在屋中央，桌上一盏小油灯，一个围着长围巾、老师模样的中年人坐在灯前，二十多个学生模样的年轻人围着他。老师看见我们进来，点了一下头，示意我们先坐下听讲。韩冬悄声说，“李建，从苏联回来的，是国际共产主义传播者。”

李老师黑亮的眼睛里闪动着跟油灯一样的火苗，庄严又激情的声音，让我感到他内心闪耀着永不熄灭的火花，“我们的祖国之所以落后，是因为我们的国民太愚昧，共产党人有责任把先进和优秀的观念带给这个民族，让所有被愚弄、被剥削、被压迫的人都能获得一个正常人应有的自由、自尊，让每一个家庭都有属于自己的土地和财产，让每一个孩子都能受到教育，让所有人都能过上快乐的生活……”油灯摇曳，照着一张张年轻的面孔，我看到每双眼睛里都燃烧起火苗。

学习结束的时候，李老师领着同学们唱起了一首歌：

同学们大家起来，担负起民族的兴亡，
听吧，满耳是大众的嗟伤，看吧，一天天国土的沦丧，
我们是选择战，还是降？我们要做主人拼死在疆场……

李老师挥动着双拳给同学们打拍子：同学们，同学们，快拿出力量，担负起天下的兴亡！

同学们压着声音，更显出一种庄严和雄壮。这些同学激动的面孔让我想起学兵团的同学，在这千里之外的西安城，我还能看到这样的面孔？我感动得眼里冒出泪花，我感到不那么孤独了，我感到好像找到了我长久以来寻找的东西。

可是，我一生就上了这么一晚上国际共产主义夜校，因为第二天韩大大让我跟他一起去云阳乡收麦子。韩大大说，铺子里买的面粉不筋，泾三高一带的麦子好，要使老韩家裤带面不倒牌子，得去那里买麦子回来自己磨面。我还想上夜校，不想去，但吃人家的嘴软，不好拒绝。还有一点，虽然李老师的话像炙热的洪流激荡着我的心，但我还是想打走了日本鬼子再去实现共产主义，那个共产主义、马克思、列宁、《国际歌》都远在外国，而中国眼前是抗日，把日本鬼子赶出中国、赶出我家乡是我目前的追求。我答应了韩大大。我想跟韩冬解释一下，就去了八路军办事处。韩冬生气地说，“我爸把你当一个不用花钱的长工了，什么叫剥削？这就是，共产主义就是要消灭这种剥削阶级。我大哥为什么到现在也没帮你忙？就是想让我爸剥削你！你被剥削了，还感激涕零的，你觉悟太低，不，是根本没有觉悟。”

韩冬的话让我发呆，我本能地反对韩冬说，“我是自愿帮韩大大干活的，韩大大收留了我，我怎么能白吃饭？白吃饭不是剥削？”

韩冬摆了摆手，“别认真，我也就是顺嘴这么一说，你看你还急了。去吧，快去快回，我等着，我一定要把你改造过来，把你培养成真正的共产

主义战士!”

虽然是熟门熟户，但因为战争征粮征得厉害，韩大大买麦子并不顺利，花了半个月时间，回来的时候，韩冬又去延安了，我还想上夜校，可找到那城墙拐角处的小屋，里面已经住进了一对老人，夜校不知去向。

西安城下起了大雪，我还是在帮韩大大打理面馆，有时像伙计，有时像掌柜的，读着一张张描写前方战事的传单，韩冬的话时不时在我耳边响起来。韩春相比以前还是有变化的，跟我讲一些他在等待给我能谋个好前途的机会，不能随便让我当个兵就行了等等，韩春让我总处于希望之中，给我画大饼，好像是怕我跟韩冬跑了。有时候想想觉得有些奇怪，韩春怎么会这么在意我呢?

七、在云阳放弃了去延安

快过年了，韩大大带着我赶着一辆只套着一匹马的小型马车去云阳乡送年礼，云阳乡就是我们去买麦子的地方。韩大大说：人就是这，一礼还一礼，人家把好麦子卖给你，你要送上一份心意。车上装满了西安城里的好东西，德懋恭的水晶饼、老马家的腊羊肉、南门外老杨家的卤大肠。韩大大戴着狗皮帽子，穿着老皮袄坐在车辕上赶车，我戴着新买的棉帽子，穿着新做的一身棉衣，坐在车帮上看风景。天气不是太寒冷，太阳也不错，但在空旷的四野里行进，还是感到冷飕飕的。

路还是上次走过的路，韩大大还是像上次一样唠唠叨叨，见到灞河唠叨灞河，见到渭河唠叨渭河，历史上发过什么水灾、有哪些文人骚客写过什么诗。韩大大是开面馆的，知道的东西跟开茶馆的差不多。路过村庄时韩大大会唠叨陕西十大怪，“面条像裤带”“烙饼像锅盖”，我在城里都体验了，“房子半边盖”“吃饭不坐蹲起来”，是在马车沿路过村庄时，在韩大大的指点下我注意到的。我家乡的房顶是一个人字，这里却是人字的一半—— 一撇或一捺，人不在家里围着桌子吃饭，要端出家门，在路边的树下三五一伙蹲在地上吃。从韩大大的唠叨中我知道，陕西版图狭长，北边是黄土高原，南边是秦岭山脉，中间是平原，叫关中；泾三高一带是泾阳县、三原县和高陵县一带的简称，由于这三个县地处关中腹地，富庶一方，是陕西的白菜心，所以人们总是三县摞起来一块儿叫——泾三高。云阳乡在泾阳县，途经高陵和三原。在这一条路上的三个县，高陵给我一生打下深刻烙印的是渭河桥，三原是三原县医院，泾阳就是云阳乡了，可以说，云阳乡是我的第二故乡。当然，当时跟韩大大送年礼的我还不知道这些，北方农村冬天的单调景象让我即使在寒风中也昏昏欲睡。

快到泾阳地界上的时候，韩大大用鞭杆捅醒了我，用神秘的语调说，“知道泾阳最好的东西是什么吗？你想不到的，是茶——泾阳茯砖茶。我们能得到这回礼就好了。”

我心不在焉地问，“泾阳有茶树？”

韩大大说，“不是的，茶叶从湖南安化来，在泾阳加工成茯茶，压成跟砖一样的块，已有千年历史，据说只有在泾阳做茯茶，发酵时才能长出‘金花’，这金花金黄的，跟星盘一样，很漂亮。金花越多，茶的品质越高，而且这种茶放得年代越久越值钱。有钱人家，用上好的茯砖茶做屋里的隔断墙哩，一放就是几十年。有一首民谣唱道‘嵯峨山高泾水长，关中名县数泾阳，砖塔崇文数第一，砖茶金花美名扬’。崇文塔是全国砖塔里面最高的，高过咱西安城的那两个雁塔，老远就能看到。”

韩大大又唠叨了好多，我都没怎么听进去，因为我不知道韩大大唠叨这些跟我有什么关系。记得韩大大做最后铺垫的大意是：泾阳的人厚道，咱给人家送好东西，人家也给咱回好东西，以前，我能收回去好多茯砖茶，然后转手当年礼送给城里人，都知道这是好东西，等着我给他们送呢。过年的时候，与拜年的亲戚一起围着茶炉煮茶，煮的是泾阳茯砖，是很有面子的事啊！这两年不行了，战争使安化那边的茶叶过不来了，现在人手里有的都是前些年存下来的，泾阳茯砖成稀缺了，有钱都不一定买得到了，但是我想尚家一定还有不少，去年给我送了两块，今年恐怕不会送了。

“哦，不送了，我们给城里人也就不送了呗。”

“你以为我是想给城里人送？我是想给你大哥淘换点，你大哥一个老师特别稀罕这泾阳茯砖，人家对你大哥有恩。我娃，我不好意思张口要，你可以啊，你是个娃，张口跟那老奶奶要，你就说：奶奶，给我一块茶吧，我大哥有用。会说吗？”

我打了一个激灵，一下子清醒了。让我张口跟人家要人家的好东西？

奶奶，给我一块茶吧？我是个大小伙子啊，咋能装这小呢？

“娃，大大没求过你，听大大的，张个口，给了给，不给就算了，你是个娃，谁也不会觉得伤面子。”

“哦，好吧！”

我答应了韩大大。这时我才知道韩大大叫我来还有这样一个难以启齿的任务。此后，我就觉得太阳不那么明亮了，马蹄声枯燥得难以忍受，但我盼着这路越长越好，最好走不到头。

“这茯砖茶啊以邓家的裕兴重最为有名，于右任当陕西靖国军总司令的时候，邓家捐钱捐粮最多，于右任挥毫泼墨，写下条幅赠给邓家。”韩大大更滔滔不绝起来。

这就是我第一次听到泾阳茯砖茶时的情景，尽管讨个泾阳茯砖这个事像一块石头一样压在我心上，我还是有些不以为然，就是个茶么，至于那么邪乎？我无论如何也不会想到，这茶越来越稀罕，最后竟然在有些爱好者眼里与名人字画并驾齐驱成收藏品了，尚致能拿着它去上海给解放军换来大量药品，韩春能用一块泾阳茯砖换来逃亡台湾的两张机票。

啊？我怎么把茶说了这么长时间？打住，不说了，说一件重要的事——去延安。

说去延安必要说到尚家堡，我跟韩大大买麦子的时候去过的，是韩大大买麦子的主要人家之一，是我们这次送年礼的第一家，也是我开口要茶的人家。第一次来的时候，韩大大说，出了三原县城后向北看山，什么时候看见那山像个睡美人，我们就快到地方了。这山与路好像是在一条平行线上，山不走人走，那些山头是立体的，随着人看它的角度变化，在人眼里的成像也在变。坐在马车上悠然望着那将变成睡美人的山时，我发出了由衷的赞美，像不像美人我不知道，我看见它的时候它像一个躺在大地上沉思的巨人。坐在马车上的少年，十多年后，恨不得用双手挖开它每一寸肌肤，搬开每一块骨头，直到指头断掉。

我又激动了。不激动，说正题。

尚家堡所在的地方与这一路看到的景象太不同了，远远的一眼就能认出来。如果从我们这个方向过去，首先看到的是一片苹果园，然后是高出苹果树掩映的两栋建筑风格各异的楼房，一栋是开有两排窗口的红色砖楼，砖缝是白色石灰勾过的；一栋是带有走廊的白色木楼，木楼的窗户、柱子和走廊的护栏是红色的。楼后面是一段高高的城墙，城墙上长满了树，远远望去，更像一道山岗。大路向左拐过弯，就能看到在城墙西北方向的大桥了，大桥本来不怎么养人眼，但因为上面有几棵大柳树而成为很悦目的风景。尚家堡就在这城墙与大桥中间，一座大院子，一块刻着“和为贵”三个字的大匾挂在大门楣上。

尚家堡当家人是一位白发苍苍的老奶奶。韩大大带我拜过老奶奶后，老奶奶给了我一个红包，我没有接，我想说：奶奶，我不要红包，我要茶。但我没说出口，在奶奶的催促下，我收下了红包。老奶奶说，“到后院去玩吧。吃饭的时候叫你。”

这家的院子很大，几进几出，我最后走进了一个月洞门。这是一个很精致的小院子，院中有一个玲珑的小假山，山旁种着几棵腊梅，腊梅正开花，黄色的花瓣润滑透明，散发出阵阵清香。一个女孩在树下折腊梅，她穿了一件阴丹士林蓝棉袍，剪着文化女青年刚流行起来的短头发，身子单薄，我走过去帮她拉下来一枝腊梅。

女孩转过头莞尔一笑，唇红齿白，像小花朵开放一样，在寒冬的背景下十分悦目。我看她眼睛里有疑问，便说：我是跟韩大大来拜年的，我叫庄铭。她说：你的口音可好听，像北平人。这是第一个没有把我当东北人、说准我家乡的陕西人。我说：我的家在距北平不远的齐家庄。

在家乡的时候不觉得齐家是我的家，远离了家乡，觉得齐家就是我的家，日本人没有来的时候觉得家乡不重要，日本人来了之后觉得家乡很重要，然而，却远离了家乡。我有些动情地告诉女孩，我的家乡被日本鬼子占领了，我家三个哥哥在跟日本鬼子的战斗中牺牲了。她听后居然哭起来，弄得我不知所措，但我们的心一下子拉近了，我是一个不喜欢言语的人，见到她，我的话却多起来了，我告诉她，在我的家乡，这样的死是很平常的，没有人怕这样死，我和同学们一起跟日本鬼子打，我的同学们绝大部分都死了。

“谁把我妹妹弄哭了？”侧面屋里走出一个少年打断了我的话，那少年看上去十六七岁，瘦高的个头，留着偏分洋头，身着一件长到脚脖子的黑色皮大氅，皮大氅没有扣扣子，一条灰色长围巾挂在他刚刚凸出一点喉结的细长脖子上。他提着一只柳条箱，长腿豁撩着皮大氅走过来，看样子是要出门。女孩说，“他是我哥哥，尚致。”

尚致走到我身边停住脚，一脸严肃地问，“你叫庄铭，我听韩冬同志说过你，你为什么不愿意为共产主义而奋斗？”

这个问题有些突然，我愣了神。

尚致摇了摇头，叹惜地说，“也难怪，北平离延安太远了。”

“你认识我二哥？是我二哥告诉你的？”我缓过神来问。

尚致没有回答，把柳条箱放到地上，两手抄起来，摆出了长谈的架势，“我想是韩冬思想工作没做到家，像你这样一个有战斗激情的人，苦孩子出身的人，怎么可能不愿意为共产主义奋斗？我告诉你，什么叫共产主义？往大的说，就是在全世界消灭剥削和压迫，人民当家做主，往小的说，就是打倒地主阶级，打倒资产阶级，把地主的田地分了，把资本家的工厂分了。明白了吗？”

尚致眼里闪出的光辉跟韩冬一样。韩冬穿着宽大的八路军军服，给我讲共产主义，眼下这位穿着皮大氅的，也给我讲共产主义，共产主义是不是让所有人都这样着迷呢？

“共产主义实现起来需要抛头颅洒热血，但道路是曲折的，前途是光明的。明白吗？前途是光明的，光辉灿烂的。”

我打量着面前给我讲共产主义的人，糊里糊涂地说，“共产主义对你来说实现起来一点不难，你把你家的地给农民分了，不就实现了。”

女孩扑哧笑了，“就是，你把你的皮大氅剪了给村里的孩子一人做双皮袖筒。”

尚致一点也不生气，点着手指说，“你们这些人不懂得什么是共产主义，总是把具体的物质跟伟大的思想相提并论！”

我迷茫地看了女孩一眼，我的意思是“你听懂了没有”，女孩也看了我一眼，意思是“没必要非得听懂”。

尚致看到他的话一时见不了效，而他还有事，便不想跟我再费口舌，收起了长谈的架势，说，“正好有一批学生要去延安，你就一块儿去吧，跟着个开面馆的送年礼，多乏味。”

我问，“延安有多远？”

“走，出门，我指给你看。”尚致一手提起柳条箱，一手拽起我的袖子往门外走，女孩拿着几枝梅花也跟了出来。

我们出了大门，站在大门楼下向北望。空旷的原野远方有一座山，挡住了我们北去的视线。尚致指着那座山说，“那是嵯峨山，山后是照金，再往北走就到延安了。”

延安？就在这山的那一边？我疑惑地望着。

尚致又往西一指，“也可以沿着这条路往西走，过淳化县到旬邑县的马栏镇，马栏也是革命根据地，我们送往延安的粮食、布匹是走马栏这条线，路好，马车可以走。国军中有我们的人掩护通过，就是路远。送人是走照金这条线，车上不了山，得靠骑马或步行，可是路近，路上很少有拦截。”

我想问，不是国共合作了吗？怎么跟穿过敌人封锁线似的？话还没说出来，一阵歌声在城墙东边响起来：

黄河之滨，集合着一群中华民族优秀的子孙……

“没时间了，我们快出发了。”尚致拽着我向歌声跑去。

城墙东边是一所学校，叫培英学校。一进校门，是一个大操场，操场的南面并排两栋二层楼，一座是红砖楼，一座是白木楼，就是远远看见的那两座楼。操场西边是城墙，城墙下打着一排窑洞，窑洞前放着几排砖头，一群年轻人坐在砖头上唱歌，一个女学生站在前面打拍子。

学生们唱得不太熟练，女学生着急地使劲挥手，牵动得脑后的两条短辫子直跳动。学生有男有女，脚边的地上放着提箱、包袱之类的行李。他们脸上的表情是韩冬脸上的，是夜校学生脸上的，是李建老师脸上的，是我刻骨铭心的。

尚致说，“这些都是要去延安的学生，来自好多地方哩，在这里等了几天了，你运气好，一会儿车就到，去吧？”

我没有说话。

尚致不满地看着我，“好些人都是来自上海那样的大城市，有不少资本家的阔少爷、小姐，他们都抛弃了大城市的生活，奔向延安，你个流落到西安城的穷人家的孩子，有什么割舍不下的？难道你不向往共产主义？”

我把目光移向天空，我突然感觉到了一种陌生和疏远，眼前的面孔和歌声虽然与北平的很相似，但是，方向有根本的区别，他们是奔向延安的，延安在北边，而抗日前线在东边。

“你到底去不去？要去，我回家给你拿吃的去，北边下雪了，路上要走好几天哩。”尚致有些不耐烦地催促道。

“日本鬼子在东边，都跑到北边实现共产主义了，谁打鬼子？”

“你这是什么话？这些学生是去延安上抗日军政大学的，这歌是抗大校歌，你好好听听，‘我们是抗日者的先锋’，你跟着他们去，也可以上抗大。抗大，那可是培养八路军军事家的摇篮。”

“可是……”我欲言又止，我觉得与眼前这位大少爷模样的共产主义战士无法说清楚。

尚致用下巴指着那打拍子的女学生，“她叫米嘉，是上海一大资本家的女儿，抗战前全家躲到了香港，人家硬是从香港跑回来投奔延安了，热情特别高，在西安城八办就学会了这歌。”

那个叫米嘉的女学生，围着一条白拉毛围巾，穿着一件淡紫色毛呢大衣，大衣中间扎着一条牛皮带，虽然有些不伦不类，但显得生机勃勃。

同学们，积极工作，艰苦奋斗，英勇牺牲……

我的内心跟着这歌激越的节奏做起斗争，到底是立即去延安上抗日军政大学，还是等韩春大哥直接把我送到抗日前线？

这时候，一辆绿色卡车开进了校门，尚致朝城墙那边的窑洞喊，“爸，车来了。”一个穿灰色长袍的高个子先生从一孔窑里出来，一手提着长袍一角，快步向学生们走来。学生们纷纷站起来，提起了自己的行李。

绿色卡车停到学生们面前，一个八路军战士从驾驶室跳下来，紧走几步，握住了高个先生的手。尚致把柳条箱放到地上，从大氅口袋里拿出几张黄纸点名，点过名的学生带着行李上车。

高个先生一一与上车的学生握手。学生们都上去了，尚致问呆立着的我，“你到底去不去？”我还是犹豫不决。

车上有同学鼓动着说，“走吧，延安多好啊！”

米嘉向我伸出手，“把手给我，我拉你上来。”

我把手伸给了米嘉，然后又有两个男同学伸下手拽我的胳膊，我的一只脚不由得踏上了踏板，身子就要一跃而上的时候，身边发生了一点小意外，正在向车上递的尚致的柳条箱打开了，里面装的东西“啪啪”掉在了地上，我扭头一看，全是泾阳茯砖茶。我反身下来帮着尚致往箱子里装，有邓家的裕兴重、荀家的寸草心、刘家的茯寿金，还有泾盛裕等好几个牌子，我问，“你带这么多茶能喝完吗？”

尚致说，“不是自己喝，这东西已经舍不得喝了，好不容易才凑了这么多，我们要拿到延安去，给首长们喝，剩下的拿去蒙古换成好马回来，这茶在草原上更稀罕。”

收拾好了箱子，尚致催我上车，我却改变了主意。

尚致有些焦急地说，“你不想实现共产主义？”他把我的手抓到前面握着，又一次讲起了共产主义来。他说得很快，好像怕我插话，又好像我持着一把撬杠，随时会插入他语言的空隙。

我还是把撬杠插了进去，我说，“我想到东边把鬼子打完了再到延安去。”

尚致生气地说，“我说了这半天，你怎么就四季豆不进油盐呢？”

这时一直在旁边看着我们的高个先生说，“尚致，你这是干啥？人各有志，不得勉强。大家都等你哩，赶快上车。”

尚致松开了我的手，遗憾地摇了摇头说，“那好，我把他们送到照金就回来了，你啥时候想去延安了就到这儿找我。”

尚致爬上了卡车，开车的八路军战士把挡板挡好，然后与高个先生握手道别。

……同学们，积极工作，艰苦奋斗，英勇牺牲……把日寇驱逐于国土之东……向着新社会前进，前进，我们是抗日者的先锋……

那辆绿色卡车载着这样嘹亮的歌声，向西上了大桥，然后右拐到渠岸上，向北驰去，越来越远……高个先生对我说，“嵯峨山下有一个叫安吴堡的接待站，他们要在那里听一个延安首长的报告，大概两个小时，然后步行翻过嵯峨山，到达照金。你如果后悔了还来得及，我叫人赶马车送你到安吴堡。”

我摇了摇头，却泪如泉涌。女孩摇了摇我的袖子，递给我一条手绢，说，“我叫惠，你以后想去了就到这里来，哥哥不在，就找我。”

我感激地点了点头。这是我第一个心存感激的女孩，她的名字叫惠。我没有用她的手绢擦眼泪，我怕给人家弄脏了。

事后我常想，如果尚致当时把“你不想实现共产主义吗”改为“你不想抗日吗”那会是另一种结果。自那后，我几次要去延安，都未成功，所以对我来讲，错过了一九三七年冬这一次机会，就是错过了一生的机会。共产党和国民党合作抗日后，抗大学生几个月就毕业一批，毕业一批就送往前方一批，有些做军事工作，有些做地方工作，而因为是合作，国民党方面只好接受，所以共方力量扩充极快。一九三九年后，国民党开始拦路截人，再到延安就不会那么唱着歌坐着大卡车大摇大摆了。

延安虽然没有去，但它点燃了我的激情，为韩大大讨砖茶的事与我抗日的雄心壮志比起来，实在太渺小，不值纠结在心头。再说，我看见尚致箱子里的砖茶了，老奶奶一定还有的是。这样，我一点不难为情地找老奶奶讨砖茶了，老奶奶好像很欣赏我的勇气，说她就喜欢我这样性格的娃。韩大大收到了两块砖茶的回礼，自然心头乐开了花。

八、漂亮的肖丽姐

放弃了去延安，表明我还是对韩春抱有希望，我决定见到韩春就跟他正式摊牌，如果他再不把我送到前线去，我就去延安参加八路军了，我不是要挟他，我真是这样打算的，我不想再等了。好几天，韩春都没有回家，有一天我替韩大大送完年礼回来的路上，看见了韩春，看见了在我的记忆中，始终是一片最美好的、人间最富于幸福生活的亲密情景。

那时候天已经黑了，临近过年，各家门前红亮亮的灯笼在黝黑的古建筑背景下散发出一种来自遥远的温暖，我有些想家了，拖着脚步，想一个人多走走。走着走着，我被一个馄饨挑子吸引了。馄饨挑子上挂有一盏小马灯，那灯火映着在冒着热气的小锅边忙活的小贩，怎么看都像我家乡的一点风情切放到了这里。挑子前面有一张小桌子，一个从挑子那边挑过来的小灯笼映照着桌前吃馄饨的一对男女。男的围着一条灰色的粗毛线围巾，戴着一顶黑呢子礼帽，帽檐压得很低，但我一眼认出来了那正是我要找的韩春。韩春平时冷若冰霜的脸上此刻春风习习，他很少吃，看着对面那个女人吃，那女人围着一条淡蓝色的毛线围巾，头上戴着一顶时尚的白色巴黎绒帽，那帽子好像有点大，她一低头吃馄饨，帽檐就要掉下来遮住眼睛了，这时韩春会及时伸手，把那帽子向上扶一下，那女人感谢似的扬起脸对给她扶帽子的人笑一下。十七岁的我不会形容这女人有多漂亮，但我却认定她是我见过的最漂亮的女人，后来我回想，也许她并没有多么漂亮，是她的笑容漂亮，跟鲜花绽放似的漂亮，还有韩春那温柔的跟抚摸花朵一样的模样，增添了我把那女人的相貌跟鲜花联系起来的想象，我甚至嗅到了鲜花的芳香。

我本来不想跟韩大大讲，可当看见韩大大时，却迫不及待地讲了，激动得有些语无伦次。韩大大说：又不是你找下女人了，你激动个啥？回头他却也激动起来，在院子里跟兴奋的鸭子一样来回转圈，说，“你看这娃一声不吭，要过年了，我总得给人家准备些礼性吧？明天得赶紧去绸缎庄，晚了人家关门回老家过年了。”我说，“我不敢保证那是大哥找的媳妇，也许就是跟女人吃顿馄饨？”韩大大说，“你大哥从来不近女色，咋还殷勤地伺候着掀帽子？哪个女子这大本事，能让太阳从西边出来了？”

我和韩大大都没预料到，我们刚躺下，韩春竟带着那个女人回来了。韩大大披着衣服迎出来，提出要给他们做饭吃，韩春不同意，说有工作要谈，然后拥着那女人进了屋，关上了门。

我趴在窗户上，看见那女人身材高挑，白色的巴黎绒帽下是白色的裘皮大衣，大衣下面露出宝蓝色的裙裾和黑色皮靴。

这晚我没有睡好，隔壁屋里过一阵就传出一种声音来，说不上是一种什么声音，但绝对跟工作没有关系。声音并不大，但却让我心惊肉跳，浑身都冒汗了。

他们是黎明时候走的，女人搂着男人的腰，黎明灰白的曙光像玻璃纸，落在他们肩上和头上。女人披在背后的长发有点乱，男人用手指当梳子，边梳理边走出了院子。

这一天韩大大没有心思经营面馆，也没有心思去送年礼或派我去送年礼。韩大大坐在屋前台阶上望着大门外发呆，我也没有心思想我参军的事了，心里莫名其妙地发慌，把院子扫了一遍又一遍。韩大大对我发火道，“小祖宗，不要扫了，你说这叫什么事？俩人住到家里了，又不给我说是我儿媳妇？我看人家那穿戴，咱西安城的绸缎怎么能拿得下来啊？你看你大哥那样，人都不避，这是找媳妇还是找神仙敬着？”呆了呆又说，“天黑着，我不好意思提灯照人家的脸，你说那女子长啥模样来着？”

晚上，韩春一个人回来了，脸上还保持着昨晚的习习春风。我和韩大大都迎了上去，看着韩春。韩春笑了，“这是干什么？我有点受宠若惊了，你们不就是想问点什么吗？人已经回北平了，她叫肖丽，是我媳妇。”

韩大大说，“还没结婚哩！你让人家空着手走了？”

“她没有空手走呀，她带走了你儿子的心，这礼不轻吧？”

“你怎么变得跟韩冬一样耍嘴皮子了，我是正经给你说哩，大老远地来一次，我连是光脸还是麻子都没看清。”

“人家来是有公差的，时间紧。以后，以后啊！庄铭，到我屋里来一下。”

进了韩春的屋，韩春拧了我耳朵一下，“昨天见到我们你跑什么？鬼鬼祟祟的。”

我嬉笑着说，“你对那个……姐姐那样，咋还看见我了？”

“你大哥是干什么吃的？后脑勺上都是眼睛。我回来是要告诉你个好消息，你肖丽姐去过齐老爷家，也见过你妈妈。他们都好着哩。”

啊？这消息来得太突然了，我呆愣了。韩春拍拍我的头，“吓着了？齐三少爷的游击队撤到西山了，成了远近闻名的地方抗日武装。齐老爷给他们供粮食和情报。肖丽也给他们带去了你的消息，让他们放心。”

这是我逃出来后得到的第一个我那战火纷飞的家乡的亲人们的消息啊，我激动得呜呜哭起来。韩春没有阻拦我哭，我哭够了，才想起说感谢的话，韩春说，“不用感谢，我是让肖丽探你的底细，看你给我说的是不是真话。你说的都是真话。好样的。”

我笑了，看着笑容满面的韩春，感叹爱情的神奇，爱情让整日阴沉着脸的韩春变成了热情洋溢的韩冬，这多好啊！我惋惜地说，“肖丽姐只在这儿待了一晚上，我都没看清她的面孔。”

韩春苦笑了一下，“怎么，现在对我有意见了？肖丽干的是与李简一样的工作，随时都有可能牺牲，所以我们……”韩春顿了一下，“我们很珍惜在一起的时间。”

我点了点头。其实，我根本就没有明白韩春话里的真正含义。提到李简，我心底对肖丽生出一种崇敬。

肖丽不但给我带来了家乡亲人们的消息，还送给我一块巧克力，在这之前我没有见过巧克力。巧克力是韩春转交给我的，韩春说，“你肖丽姐夸你勇敢、英俊，奖给你块糖。”

我接过糖，简直受宠若惊，用颤抖的声音问，“肖丽姐也看见我了？还夸我勇敢?”

韩春笑了笑，说，“这可不是你大大送礼的那种糖，这糖叫巧克力，是一个美国记者送给肖丽的，你面子比我大呀，我都没得到这么一块巧克力。好，回自己屋享用吧。”

我回到自己屋里，坐在灯前抚摸着这块叫巧克力的糖，就像韩春抚摸肖丽的帽边。这块糖确实与别的糖不一样，别的糖是方块，两头用纸拧起来包着，这叫巧克力的糖是长条，是写着英文字母的很华丽的纸裹起来的，裹得细致，线直角方，紧紧贴着糖。我试了试，不好剥，就打算不剥了，我没有想吃掉，肖丽姐给的，我想留个纪念。但我又禁不住好奇心，还是把纸剥开了，里面还有一层金色的锡纸，再剥开，才是糖，这糖跟别的糖颜色也不一样，是深咖啡色的，气味也不一样，有一股浓郁的咖啡味。我喝过一次咖啡，是跟八哥九哥在北平的咖啡馆喝的，咖啡高贵的身份让他们一度很着迷。我看后，又小心翼翼地照原样包上。从此以后，这块巧克力就装在我的裤子口袋里，没有离开过我。我害怕不小心它从口袋里溜出来，用一个别针别着口袋口。

九、去长安东大村见张灵甫

肖丽的到来，不只是给我带来了家乡亲人的消息，还促使韩春为我的愿望积极行动了起来。

肖丽走后的第三天，韩春回来对我说，“你肖丽姐说，她经过北平的沦陷，特别能理解你，让我抓紧实现你的愿望。现在有一个机会，张灵甫回家养伤了，我明天带你去见他。张大哥打仗是一把好手，文采也是一把好手，如果他能带你走，你以后会有出息的。”我首先感叹的是爱情的力量，肖丽的话真是能顶我一千句一万句，其次我惊讶的是韩春大哥竟称张灵甫大哥，张灵甫可是抗日名将啊，他是陕西人，西安城街头的传单十张有五张都有他的名字，陕西人为他自豪啊。我真是做梦都不敢想有一天能跟着张灵甫打仗。

韩春说，“你别高兴得太早了，这还要看人家给不给这个面子。”

韩大大有些不同意，“我们这娃性子弱，跟上你那样的大哥不死也会剥层皮。”韩春反问道，“你这娃性子弱吗？”韩大大笑而不语了。

韩春让我转一圈让他看，韩春说，“这才半年时间，成大小伙儿了，长高了有两寸，我们陕西水土养人啊。”韩大大说，“是我的裤带面养人，正是长个子的时候，还能长两寸，以后我们这小伙儿跟张灵甫一样高大英俊。”韩春说，“爸，你没发现，英俊的坯子已经出来了。”

韩大大尽管不同意，还是高高兴兴地做了一陶瓷罐羊肉臊子，韩大大说人受了伤，羊肉是大补，这冰天雪地的吃羊肉也暖和。张灵甫在西安城上学的时候就喜欢到面馆吃羊肉面，后来带兵在西安城也常来，跟韩春还是在面馆认识的，两人都穿着军装，一打招呼都是黄埔出身，就对上心思了，称兄道弟起来。韩大大又让我去老马家买腊牛肉，我精挑细选了一块最大最好的腊牛肉，让店伙计包了三层麻纸，上面压了红标签马记腊牛肉。回来走到钟楼，我拐进了一家布店，那里面有一个专供客人比画布料的穿衣镜，我好好照了照自己，我真是长高不少了，肩膀宽了不少，眼睛明亮，充满了梦想的光辉，昔日那个小老鼠脱胎换骨了。我来回都是一路小跑，大冷天跑出一头汗。韩大大说，看高兴的，这八字还没一撇哩！

晚上，韩大大又一脸忧愁地盘脚坐到我床边，说，“娃，想来想去，还是觉得要给你说说，那张灵甫杀人不眨眼，连他太太都杀了，脾气暴得很，你跟着他，万一哪儿惹着了他，他一枪你就没命了，你大哥怎么给你找了这么一个人？”我吃惊地问，“你听谁说的？真的吗？”韩大大说，“饭馆是啥地方？南来北往的，啥话听不着？那太太的哥哥一直告，官官相护告不倒，后来告到了西安城妇女会，妇女会把这事捅开了，捅到宋美龄那儿了，宋美龄给蒋介石说了，蒋介石大怒，下令把张灵甫逮到南京判处了死刑。

听到判了死刑，我心里怪难受的，平时见面不笑不叫叔，还喜欢到三学街孔庙拓字练书法，挺和气的一个娃，脾气上来咋这悍呢？你说他这脾气谁不怕啊，别人躲都来不及，咱还往前扑，不想活了？”我犹犹豫豫地说，“可是大哥热情很高，把这当一个机会，你说我好不容易盼到大哥给我帮忙了，我不同意，不合适吧？”大大说，“这帮的叫啥忙啊？他们俩是一路货，那个肖丽也一样，二百五，两人喜欢成那样，就结婚住西安城嘛，不，要去日本鬼子的刺刀下讨生活，你说这女子咋想的？”

听到这儿，我觉得韩大大的话不能全听，韩大大的想法跟我跟韩春跟肖丽都不一样，无论如何，我是为了抗日要求参加国军的，这一点韩春非常清楚，相信韩春大哥就行了。

第二天早晨，我和韩春坐着一辆马拉的轿车，从南门出西安城，向秦岭脚下的长安县东大村走。晚上下了一场雪，路上还没有人走过，我们的轿车吱吱响，轧出了第一轮车印，韩春的情绪很高，吟了几首有关雪的古诗。看到我闷着，问道，“咋了？我以为你会高兴得跟小马驹一样哩。”我不说话，韩春呵呵笑着说，“你大大在你跟前胡咧咧了吧？等你结婚有了媳妇就知道了，大丈夫可杀不可辱。”见我没有听懂，解释道，“听说是这么回事，我这大哥领兵在外面打仗，他二太太住在西安城里跟一个同在一个部队的男人好上了，搞得部队里的人都知道，最后一个才传到大哥耳朵里，大哥从战场回来，一怒杀红颜。张灵甫不是一介武夫，他曾就读于北京大学历史系，后考入黄埔军校，是第四期学员。他自幼熟读经书，爱好古文，对旧体诗词有浓厚的兴趣，后又迷上了书法。张灵甫的书法造诣连于右任都称奇才、后生可畏。后来，张灵甫犯了杀妻罪，去南京投案，一路经过洛阳、郑州、徐州等地，因带的路费少，走了不到一半路程就囊空如洗。他便卖字换钱摆脱困境。即使在南京入了狱，也还有许多商家找他求字题写店名，据说那时候的南京，张灵甫书写的招牌店名多如牛毛。如果生逢盛世，很可能成为一位书法家。”

我半信半疑，韩春说，“这样，一会儿我看你的示意，你捏鼻子就是同意我给你说情，捏嘴就是不让我说，好不好？”

轿车来到秦岭脚下的东大村，这个村的村口有一个地方很奇怪，有一股热气从雪地里冒出来。韩春说，“人家这是好地方，有温泉，那是眼温泉。”那是我第一次听到“温泉”这两个字。

张家是一般实农家，有一院大瓦房，瓦房檐上吊着一尺多长的冰溜子。当时张灵甫坐在热炕上，把一张黄纸放在大腿上写东西，见我们进来，要下炕，被韩春按住了。韩春说，“自己兄弟，不要客气，有伤，就在炕上吧。”

韩春给我描绘过张灵甫如何英俊，但当我看到张灵甫还是惊讶，你说怎么就那么英俊呢？眼睛，鼻子，嘴巴，脸形，上帝咋就那么偏心，将最美的个体、最美的组合给了张灵甫一个人。还不止这些，你看那眼睛的神情，是那么单纯、那么温润，简直是一个刚睁开眼睛看世界的婴儿，怎么都跟战火纷飞年代的杀妻猛将联系不到一起。

韩春问，“钟麟，写什么呢？”

张灵甫说，“闲得慌，想把日本人跟中国人分析一下，你说，日本人是怎么想的呢？不怕死，你看咱们中国人，怎么就那么怕死呢？让日本鬼子用刺刀顶着屁股，跟赶羊似的，赶在一起，宁愿让日本鬼子用机枪突突了，也不敢反抗，如果大家一起反抗，总能跑几个吧？汉奸一大堆，跟着日本人打自家人，你说，这是个什么民族？”韩春说，“老兄言重了，我们不是在跟日本人作战吗？”韩春说到这儿，给我示意，我赶紧捏鼻子，韩春说，“你看这小子，就是来找你要去打仗的。”

我赶紧说，“张大哥，我可不怕死。”张灵甫问，“你是东北来的学生？”韩春说，“亏你还在北平待过，这是地道的北平口音。”

张灵甫说，“咱是老陕西，听东北和北平的差不多，东北的学生多了，就想当然了。”

韩春对我说，“你出去看有啥活干没有，我们说会儿话。”

院子里的雪还没有扫，一个男孩在追一只小狗，小男娃跟年画上下来的一样，胖乎乎的，虎头帽，虎头鞋，小脸蛋冻得通红，高挺的鼻子描摹出了他父亲的英俊。我弯腰抓起一把雪，捏出雪球，“哎”地扔过去。男娃放弃追狗，跟我打起雪仗来。

吃饭的时候，张灵甫扶着门框向男娃招手，“过来，鼻涕都过河了。”男娃摇摇摆摆跑过来，张灵甫掏出手绢，很仔细地给男娃擦鼻涕。韩春看在眼里，在回去的路上训我没有眼力见，人家娃鼻涕流到了嘴里，你怎么就不知道给人家娃擦哩？

吃饭就在说话的屋里，一张大方桌上，一盘炒鸡蛋、一盘白菜豆腐、一盘白萝卜炒粉条、一瓶长安特曲。主食是香喷喷的米饭。张灵甫对我说，“小伙子可能不知道，我们这里产大米，叫桂花球，名贵着哩！到春天你来看，到处是翠绿的水田。多吃点，我不喜欢太瘦的兵。”

我紧张地嗯嗯应付着。

张灵甫用命令的语气不满地说，“大口吃，像个男人。”

我赶紧大口吃饭。

“你马骑得咋样。”

“在南苑兵营的时候，我骑过。” 我赶紧咽下嘴里的饭说。

“我问的是你马骑得咋样？”

韩春插进话来说，“你张大哥是骑马的高手，以后跟着好好学，最好青出于蓝而胜于蓝。”

我赶紧说，“我一定会骑好的，大哥。”我的头上冒汗了。

“枪哩？你是进过兵营的。” 张灵甫略带讽刺地问。

我老实地回答，“开始我们没有枪，二十八号敌人打过来的时候我们才学打枪，有的同学还不会拉枪栓，敌人就过来了，我连拉枪栓的机会都没有，我只有一根棍子。”我说着委屈得眼里冒出了泪花。

韩春说，“不过，我这弟打过鸟枪。”

“我会打鸟枪，”我赶紧说，“我们那里种高粱，到快收的时候，乌鸦就来吃米，我们就用鸟枪打乌鸦，赶跑它们。”

张灵甫笑着问，“你打下来过吗？”

“打下来过。”

“是空中飞的还是扒着高粱穗子吃米的？”

“都打下来过。”

张灵甫哈哈笑起来，“没准你会成为神枪手。”

我说，“我四哥也这样说过，四哥说，他营里一个兵，小时候挨饿，用弹弓打麻雀吃，结果成了神枪手。”

“你四哥也是军人？”

韩春说，“二十九军一个营长，南苑战斗中牺牲了。”

张灵甫嗯了一声，拍了拍我的肩，“我说哩，你怎么那么想打日本鬼子。我们这村外面树上到处是乌鸦，一会儿出去打给我看看？”

“好吧！”

吃完饭，韩春要讨字。张灵甫问韩春讨什么字，韩春说你随便，只要是大哥的真迹就行。张灵甫挥毫写了两幅字。

回去的时候，张灵甫拄着棍，送我们到村口，村口的大树上落着一群乌鸦，见到人，不知是高兴还是恐惧，哇哇地叫着飞来飞去，张灵甫把手枪递给我。我没用过手枪，但这个时候我不能退缩，我接过枪，向树上一扣扳机，枪响了。等那成片的乌鸦“啊——哇——”地飞远了，也没有看见有一片黑毛落下来。我满脸通红。

韩春说，“张大哥跟你耍哩，这手枪跟鸟枪用起来不是一回事。”

张灵甫笑着说，“我喜欢小伙儿这股劲，我要了。我养好了伤，走的时候要去西安城坐火车，去叫你。这段时间好好练练本事，跑步、爬墙、骑马，西安城有的是城墙供你练，骑马嘛，没有条件，跟了我以后再练也行。”

“好，我们准备好等你，我这弟就交给你了。”

就这样说定后，我们走了。走了好远，我回头看到张大哥还拄着棍，站在村口，白雪衬映得他的身影跟雕塑一样。

在回去的路上，我不坐轿车，我跟着轿车跑，积雪嘎嘎，雪粉飞扬，你可以想象我有多么激动！而韩春似乎有心事，他坐在轿车里，表情凝重地反复看那两幅字，弄不清楚是自言自语还是对我说话：张钟麟是个性情中人，这是写自己的心事啊，把自己比作白居易、温泉水，眼下党国正需要他这样的中流砥柱，可不能有这样悲愤的苗头啊！听到韩春的话，我感到很诧异，张大哥是一个在前方作战的勇士，能有什么不好的苗头呢？我继续跑步，没有搭韩春的话。

回到家，韩春把那两幅字平铺到床上，给我指点如何品味这字和诗，一幅是白居易的《初贬官过望秦岭》：

草草辞家忧后事，迟迟去国问前途。
望秦岭上回头立，无限秋风吹白须。

韩春说，八一五年（元和十年六月），京都长安发生了一起政治谋杀案：宰相武元衡在上朝途中遇刺身亡；与此同时，刑部侍郎裴度也在另一条路上被刺负伤。刺客的目的是阻止朝廷对叛乱的彰义军节度使吴元济进行讨伐。事情发生后，白居易认为这是国家的耻辱，次日就上书奏请尽快缉拿凶手归案，从严处理。但是一些权贵怨恨白居易先谏官言事，给他定了僭越的罪名；并诬告他在母亲看花坠井死后仍作赏花和新井诗，是大逆不道，有悖名教。结果白氏被贬为江州（江西九江）司马。这首诗即是作于赴江州途中。

韩春说：张大哥在写完这幅字后情绪明显有些消沉，这首诗是不是他心境的自画像？木秀于林，风必摧之，张灵甫是一个在抗日中出了风头的人，难道他的周围有小人？我觉得张大哥对前途有茫然之感，有对政治环境日趋险恶的焦虑。

第二幅是张继的《华清宫》：

天宝承平奈乐何，华清宫殿郁嵯峨。
朝元阁峻临秦岭，羯鼓楼高俯渭河。
玉树长飘云外曲，霓裳闲舞月中歌。
只今惟有温泉水，呜咽声中感慨多。

韩春说：我们在陕西后方比较闭塞，张灵甫在前方，对国军高层抗战的态度比我们清楚，你看这首诗，张灵甫的意思是好多人不积极抗日，霓裳闲舞，他自比温泉水，呜咽声中感慨多。张大哥的心里是很悲伤的，英雄流血又流泪。韩春的这番话对我震动很大，我以为在抗日这件事上，国军都是像二十九军那样，同仇敌忾的，我看到的，都是那么单纯的鲜血，没有这样复杂，张大哥的这种悲伤，使我对他更加敬佩，暗下决心跟着张大哥好好干，给张大哥长精神长脸，让那些不积极抗日的王八蛋看看。

十、去延安被韩春抓回

我最后没有跟随张灵甫而去，不是张灵甫食言，而是积极给张灵甫推荐我的韩春改变了主意。韩春什么时候改变主意的，我一点不知道。可怜的我还每天按照张灵甫的要求，顺着城墙跑步，早晚各一圈共二十八公里，然后练爬墙，一段时间后，我顺着城墙能一口气跑半圈，在墙与垛的夹角，我徒手三两下就能爬上城墙。韩大大家没有马，八路军办事处有，正好韩冬从陕北回来了，我对韩冬说我想学骑马，韩冬说学骑马好啊，早点学好，到了陕北立即就能派上用场，八路军擅长打游击，骑马打游击最方便。韩冬在办完公事后带我到城外学骑马，面对韩冬的热心帮忙，我很愧疚，韩冬不知道我要跟张灵甫走，以为我在为去陕北参加八路军做准备呢。我提心吊胆，韩冬随时都会提出来带我去陕北的，到那时可怎么办？所幸的是，直到我学会了骑马，韩冬也没有提出来，后来，韩冬又不辞而别了。韩大大说：你看你二哥也开始神出鬼没了，弟兄俩大概干一行了，鬼鬼祟祟的。我没有在意。后来我才知道，韩大大真说对了，这个时候韩冬开始在西安城干地下工作了。

我准备好了，还不见张灵甫来叫我，心就有些急了。韩春说：不要急，肯定是伤没有养好，张大哥是勇士，待在家里比你还急。从春天等到夏天，张灵甫还没有来，我便独自去了一趟秦岭脚下，见到了一片片翠绿的稻田，没见到张大哥，张家人说，张大哥早走了，走的时候说过的，要去韩家带我走。

在回西安城的路上，愤怒和悲伤充满了我的胸腔，被我早忘掉的韩冬的那些话在我耳边轰鸣起来，韩家父子想剥削我？从东大村到西安城，我步行了五个小时，我的腿有时候发软，有时候发硬，到东羊市天已经黑透了。我回来就向韩大大发难了，我认为，张灵甫一定是到面馆找过我，是韩大大挡回去了。韩大大说，“我没见，也没听伙计说过，等你大哥回来问问你大哥。你大哥怎么有些日子没回来了？”

看到韩大大一脸无辜不像装出来的，我没有再说什么。

几天后，我从面馆里打烊回来，看到韩春跟韩大大在厨房里，我便冲进了厨房。此后的细节我记不太清楚了，大概是这样的：韩春承认张灵甫来叫过我，是他不让我去的。我大发雷霆，我说了我是你们可以不给工钱的长工、你们想长期剥削我等等那些韩冬给我讲过的话，气得韩大大用铁勺敲着锅沿喊起来，“天地良心啊，你个娃，喂不熟的狗。” 韩春扬手打了我一耳光，打得我两眼冒金星，我转身跑出去了，跑进了自己的屋里关上门，把自己脱了个精光，本想全部穿上我妈妈给我的旧衣服，可这小一年时间，我的身体长了许多，衣服都穿不上了，我只好又把韩大大给做的衣服穿上，把跟韩家没有关系的一点东西打成一包，背起包打开了门。对不起，我要走了，我再不想当傻瓜被人剥削了。

门却被韩春堵住了，韩春问，“你到哪儿去?”

我不说话，推韩春，这个看上去身体不好的人还不容易撼动。

“你要到哪儿去?”

“去陕北参加八路军!”

“你敢踏出这门一步，我打死你!” 韩春竟掏出了枪，枪口对准我的胸口。

“开枪，打死我啊!”

韩大大跑过来按住了韩春的枪，“春啊，放他去吧，你这也拦，那也拦，这么大的小伙子待不住啊。”

韩春收起枪，把我推搡到床上，指着我说，“等我回来，有话给你说，你如果跑了，我会抓你回来的，抽死你。”

韩春把我的屋门锁上了。我听到韩春在院子里对韩大大说，“就锁着这，等我回来。”韩大大说，“你至于这样吗?”韩春没回话。一阵脚步声奔向大门口，韩春走了。

院子里安静下来，我扒着窗往外看，韩大大坐在杏树下，身体有些发硬，举着烟袋半天也没吸一口。我反身仰躺在床上，难过起来。张灵甫那英俊的面孔在我眼前晃悠，一会儿是对我失望的表情，一会儿是安慰我的表情，我像思念亲人那样泪水汪汪。最初的那阵愤怒和激动过后，我又不相信韩冬那些话了，韩大大是一个心地善良的老人，他可能需要一个帮手和陪伴他的人，但绝不是想剥削我。韩大哥更不可能，但无论如何，大哥他太独断专行了，不该这么长的时间瞒着我，如果不是我去了趟东大村，现在还蒙在鼓里。可韩春为什么要变卦？为什么要这样扣住我？无论如何，我不能这样耗下去了。想到这里，我翻身坐起来，向窗外看了看，韩大大还坐在那里，我下了床，摇起门来。

韩大大拖着脚走过来，对着门缝说，“我这儿还有一把钥匙哩，可我不敢哪，你没看韩春的脸色黑得要杀人啊，我当爸的都怕，你不怕啊?”

“不怕。”

“消消气，你大哥这样做是不对。我知道，你说那些话也是让韩冬惑惑的，不是心里话，你是个很懂事的娃，是个知恩图报的娃，在大大这儿，你也没有白吃饭。”

“大大，我知道你对我好，我不该那么说。”

“大哥打你不对，你也不要太往心里去，你大哥……”韩大大声音呜咽了一下，停住了。

“大哥出啥事了？”

“肖丽死了。铭啊，我儿稀罕的那个女子没了啊！”

“肖丽姐死了？”我顿时感到心脏产生了一种撕裂的疼痛，像有人把我长在心上的东西撕了下来。

“还怀着我们老韩家的种，被日本鬼子杀了。”

“大大，这是什么时候的事？”

“有些天了，韩春忍着，没有告诉我，我知道我这儿子的秉性，不报了这仇，不会罢休，我真怕他把命也搭进去啊……”

巨大的痛苦和悲伤冲击着我，我坚持不住继续跟韩大大对话，我回到床上，用双手捂住我要放声号哭的嘴。气流捂在胸腔里不得出来，冲胀得我浑身抽搐。

当这一阵痛苦过后，我喊韩大大开门，我要去延安，去参加八路军，杀日本鬼子，替肖丽姐报仇。

就这样，我背着韩大大为我准备的行囊，当晚出了西安城。我原谅了韩春的粗暴，也为韩春难过，但我觉得不能再靠韩春了，十七岁等到十八岁了，竟是这样没有结果的结果？如果听二哥的，我早已是一名八路军战士了，早上了战场。出东门的时候，我有一种冲出牢笼的兴奋。

“去云阳乡，找尚致，尚致不在，找尚惠。”我心里这样念叨着走出了西安城。再见，西安城，我可能再不会回来了，我会死在战场上的。周围都是黑色的原野，唯有路发白，这是我第三次走这条路了，在白天没有一点问题，晚上就说不准了，有的岔路口，能辨别出一点标志物的轮廓，有的没有。我判断着，硬着头皮往前走，后来看见了霸河水，上了霸河桥，我心里轻松了一些，继续走。大概走到后半夜了，还不见渭河，我停下来，仔细回想了一下我所过的路口，说不上来哪里拐了弯，我看了看天上的北斗星，只要朝北走，云阳乡在北边，延安在北边，向着北斗星走大方向就不会有问题。我向着北斗星指引的方向走，想着穿上灰色军装、骑在战马上的情景，恨不得飞起来。

我走了一个晚上，快天亮时实在走不动了，就倒在路边的苜蓿地里睡着了。将近中午，一个赶马车的把我摇醒了，我激灵一下坐起来，看到远处是一个高塔，那高耸入云的塔身和塔顶的葫芦造型，告诉我那是崇文塔。此地是崇文乡，北斗星把我指到泾阳县的东南边了。真是望山跑死马，我走到太阳偏西，到了泾河边，崇文塔好像还是那么远。看到河水，我便觉得口渴得难耐，我踉踉跄跄走下河堤，双膝跪到水草边，伸长脖颈，像马一样饮着水。这时，有两个人来到我身后，一齐动手把我的头按进了河水里，在我晕过去之前，看到静静流淌的河水因突然遭到侵袭，激起一簇簇雪白的浪花。

我醒来的时候，身处一个陌生的屋子里，面前站着韩春。韩春脸色苍白，目光凶狠，抡起皮带抽了我几下，问我醒来没有。我说：大哥，放我走吧，我要给肖丽姐报仇。韩春把我拉起来按在椅子上，有几分悲凉地说，"没有让你跟张灵甫走，是想让你帮大哥做一件事，冒充一个叫庄平的人往中条山押送一列军火。"

我当时听到"中条山"这三个字就激动了，中条山不就是抗日战场吗？

此后，韩春对我进行了史无前例的长时间谈话，他谈话的风格与以往也不同，与其说是请求，不如说是诱惑。我感觉他为这次谈话犹豫、准备了好长时间，但是我没有用应有的注意力去倾听，也没有像以往那样把他说的每一个字都铭刻在心上，因为他要我做的事一下吸引了我，我的心飞也似的直奔这个事了，我不知道怎样描述我当时的心境，但可以联想以往我那癫狂的热血沸腾起来的情景，我急切地要做这个庄平。韩春啰里啰唆地又给我承诺：人各有志，你帮了大哥这个忙，你想去延安，大哥送你一把好手枪做酬谢，你如果还想跟张大哥，我把你亲自送去，他在武汉。我真想打断他的话，不要再说了，赶紧告诉我咋做！

十一、做替身押车赴中条山

我穿上了国军官服。为了让我看上去老成一些，韩春把我刚长出来的胡子刮了又刮，韩春说：你这胡子绒毛一样，还不如刮掉了让人猜去。韩春又给我肩上垫了毛巾，腰里缠了一圈白布，让我有了成熟男子的身板。

韩春用三天时间，对我进行了速成训练。

我以庄平的身份于一九三八年农历七月初的一个早晨，在西安城火车站登场亮相。

这天，站台上早早聚起了为我们壮行的人群，有的拿着小红旗，有的扛着横幅，还有身穿白色礼服，脖子上系着红带子，手里拿着金灿灿的小号或腰间拴着红彤彤的小鼓的学生乐队。大家都伸长脖子朝西看。西边有一个军方的进站口，两个士兵持枪笔直地戳在那儿，拦住人群。我们刚一到进站口，一个女学生就举着红缨子向学生乐队飞跑过去，大声喊：来了，来了，预备。嘀嘀咚咚嘀，嘀嘀咚咚嘀……向抗日勇士学习……坚决抗日……保家卫国……保卫中条山……保卫西安城！一时间拳头林立，小旗飞舞，横幅扯起来了。人群鼎沸，人群涌动。有人张开双臂维持秩序，“让开路，让开路，勇士们过来了。”

韩春说，这列军火是要到中条山前线的，我们的任务是送到河南陕县车站，交给接应部队，事情如果顺利，我们就还坐这趟车返回。韩春还说：你别想打小算盘，你必须回到西安城，我不会让你跑掉的。我不清楚，韩春是真的洞察到了我心里的小算盘，还是敲山震虎，防患于未然。对这位大哥，我是亲三分敬三分剩下的就都是怕了，那只有点斜视的左眼，眯缝起来如一把斜插过来的薄刀片，让你不做贼心都虚。但我暗自下了决心，宁愿让韩春的薄刀片剥得鲜血淋淋，也不能放掉这次如天上掉馅饼的好机会。我的小算盘是到陕县后，逃脱韩春的控制，我不是穿着一身国军官服吗？不是有庄平的身份吗？混入接应部队，跟着接应部队过黄河到达中条山战场，实现打鬼子的愿望。

哦，你可能听说过中条山，但不一定清楚中条山在战略中的地位。中条山在山西境内，位于黄河之北，东接太行，西连稷山，长三百余里，横亘山西南部，西部与陕西隔河相望，南部与河南隔河相望，距离黄河最远的距离不过二十一公里，它是黄河的一道天然防线，是抵抗日军进攻陕西、河南的天然屏障，号称中国的“马其诺防线”。抗战全面爆发后，陕西军调兵遣将聚三万多大军渐进中条山战场。如果日本鬼子占领了中条山，很快会渡黄河，从潼关进入陕西，潼关是陕西的东大门。从陕西军渡河作战之日起，中条山在陕西家喻户晓，成了人们魂牵梦绕的地方。人们知道了它是黄河的屏障，它是陕西及大西北的屏障，知道了那里正在进行着一场残酷的战争，这场战争的胜负将直接关系到陕西的安危。我不是陕西人，让我魂牵梦绕中条山的原因只有一个，那就是中条山是西安城距杀日本鬼子最近的战场。

这车军火事关中条山战局，事关中条山几万国军将士的生命，责任重大。预感到路上不会太平，韩春请战押送这列军火。韩春是最高指挥官。我夹在韩春的队伍中间，端着长枪，显得威武雄壮，但我尽量把钢盔压低，不让人看见我的脸。韩春告诉我，不能让任何人认出我，我扮演得如何，直接关系到庄平的安全，我不知道为什么，但我非常明白，韩春让我这样做，一定有原因。韩春做事钉是钉，铆是铆，不会危言耸听。所以，尽管这个城市里没有几人认识我，我还是遵照韩春的要求，尽力遮掩自己。但当我穿过欢送的人群时，还是发现有人认出我了，我吓坏了，紧张得腿都不听使唤，还好，她没有叫我的名字，也没有跟我打招呼，好像没有人能看出我们认识。我们在热烈气氛中上了火车，等关上了车门，气氛一下子变得冷若冰霜了。

“大家说说，往前线运送武器弹药应该是机密活动，火车站怎么会这么热闹？好像整个西安城都无人不知，无人不晓。” 韩春拧着眉头说。

一个硬邦邦的声音马上顶了上来，“让我们说什么？你自己好好想想，共产党那边知道吗？一定是共产党那边，打着为我们壮行的旗号，显示他们对抗日有多积极，他们就会搞这虚头巴脑、哗众取宠的事情。我就不明白，我们为什么要让他们知道？就那么怕他们说闲话？怕他们说我们对统一战线没诚意？咋就这么哩？”

我悄悄看着这个人，这个人比韩春年长，颧骨剽悍突出，鼻孔无缘无故地收缩，给人一种总想嗅出点什么气味的印象。这是韩春给我叮咛要重点躲着的人，这人叫李秉儒，侦缉科科长，是一个侦缉天才，人们调笑说他长着一只狗鼻子，没有嗅不到的气味。韩春平时都让他三分。

韩春说，“大敌当前，精诚团结，多体谅体谅上面，毕竟是大敌当前的合作时期，不要让人家说我们把人家当贼防。”

李秉儒说，“你看着吧，不知有多少股势力在铁道两边等着伏击我们。”

韩春对大家说，“李科长说得对，我担心日本人那里已经得到这趟车的情报了，所以才主动请缨押送。我们必须提高警惕，做好应对准备。看车站上热闹成这样，我临时决定调整战斗部署，李科长把你的人分散开，拿好望远镜，主要负责瞭望车两边的田野、村落、树林，一旦发现异常，立即开枪。张科长，安排你的人跟在李科长的人后面，子弹上膛，手榴弹放在身边，前面发现情况，后面就要立即投入战斗。其余的不变，现在就分散开，听各自科长的安排。”

“哎，等一下，”人们都要散去的时候，李秉儒突然指着我说，“这个新来的，叫庄平吧？该给大家介绍一下。”

韩春说，“回去后吧，隆重介绍给大家。”

李秉儒说，“庄平我早就听说过，有两下子，跟我们侦缉队吧！让我们也亲眼一睹京城人的身手。”

韩春说，“庄平没有分科，暂时听从我的安排，单独执行任务。”

李秉儒说，“那也不该总垂着头，一句话不说呀。”

韩春叮咛过我，这里没有人认识庄平，但也要尽量不让人看清我的眉眼，不要跟人纠缠，因为真庄平很快就会回来露面，不要让人看出这前后不是一个人。所以，面对李秉儒的步步紧逼，我干脆把钢盔向下一拉，盖住半张脸，发怒地说，“我就这性格，怎么啦？现在是什么时候，还有心思挑这理？我什么都不了解，谁也不认识，说什么？跟谁说？”

李秉儒嘿嘿笑了两声，“这气盛！不愧是京城来的年轻人。庄平，你这性格能干我们这行，老兄佩服。”李秉儒说完拍了拍我的肩膀，带着他的人走了。

人都走完后，韩春把我的钢盔掀起来，夸奖说，“好，快刀斩乱麻。这李秉儒跟谁都想斗，你算是初战告捷。”

我问，“大哥，你的意思是有汉奸给日本人送情报？”韩春说，“看我们路上有没有事就知道了。现在不说这个，做好准备就是了。”

韩春安排我趴在火车头顶上放哨，这既能与其他人隔离，又能站得高看得远。我面有难色，韩春说，“你不是玩着扒火车长大的吗？扒火车打乌鸦，不会是吹牛吧？”我苦恼地说，“我的枪法时好时坏，说不准。”韩春说，“你的任务是发现敌人。披上伪装网，防止敌机发现对你扫射。你必须活着回去，不然庄平就无法现身了。”提到庄平，韩春面色有些沉重，隔着玻璃望了望站台上热闹的人群，沉思了一会儿，说，“你干脆到车顶上去招摇招摇，但不能让人看清你的面孔。”

自从答应了韩春干这件事，韩春的指示总是让我不解，他不让我问为什么，只让我按要求执行。我执行韩春的指示，登上了火车头，当我站在火车头上看到那么多人对我欢呼的时候，我感觉自己真的成了庄平——一个抗日的国民党军官，也可以说，我这个假庄平与那个真庄平合而为一了。

韩春说，我和庄平高矮胖瘦差不多，口音也差不多，是我们相近的名字让他产生这个奇思妙想的——偷梁换柱。韩春说，你呢，一定要给我保证不要出差错，如果庄平因为你把戏演砸了而丧了命，我就一枪打死你。软硬兼施，韩春已经对我实行多遍了，韩春从来没有这样啰唆过，尽管他平时也很严峻，但从来没有这样严峻过。所以，我猜出庄平去干的事一定是一件非常危险、非常重大的事，如果因为我的差错出了问题，韩春对我开枪是绝不会手软的。每想到这，我对自己的小算盘就有些矛盾，但又一想，韩春不是让我只做这一趟车的替身吗？等完成了任务，庄平那边的任务也结束了，我逃跑应该对庄平的安危没有影响了。

我和韩春都没有想到，这次计划短暂的假冒竟进行了十年，要不是全国解放了，恐怕就成了终身制。我的青春、整个激情燃烧的军人生涯都是披着庄平的外衣。这次假冒，使我从此不但与八路军无缘，而且与那个令我神往的共产主义背道而驰了。背道而驰意味着什么？反动。我的政治命运就是这样在一片国共合作的混沌中起步，经过生生死死的羁绊，奔向了等待在我老丈人家门前的历史反革命分子的帽子，戴着这顶黑色的帽子在红色的惊涛骇浪中颠簸了三十个春秋，卸掉时已是两鬓斑白的老人了。

十二、神枪手初露锋芒

列车一路向东奔驰，过了临潼站发出了三级战备信号。陕西有句旧话：刁临潼，野渭南，土匪出在二华县，最恶不过潼关县。意思是出了西安城，沿着陇海线越往东走民风和社会治安越糟糕，这跟地理环境有很大关系。到了临潼，就能看见远远近近出现的山影，杨贵妃的霓裳羽衣、白居易的《长恨歌》已作古，而秦始皇的战车、唐明皇的战马经过这些年的演变，化作了一个字“刁”。三级战备就是要睁大眼睛提高警惕了。韩春说，为什么军统要押送这列车？西安城是西北门户重镇，一百多家各类特务组织在此盘踞，日本间谍组织恐怕已经得到情报了，路上打伏击、空中飞机轰炸都有可能，还有两华县的土匪，不敢明抢，扒火车弄点枪弹是有可能的。

我检查了一下枪，将枪呈四十五度仰角瞄了瞄。一想不对，韩春让我针对的是地面埋伏，不是天上的飞机，就把枪平举着瞄了瞄。再想还不对，没有一个人比火车高，这样打出去的还是空枪。于是，我跪在车顶，枪口向下俯四十五度瞄。居高临下。这时候大概有八九点钟了，一望无际的玉米田上方笼罩了一层薄雾，一种青涩发甜的气息从那里弥漫而来，这样的田野，让我想起家乡的高粱地，想起钻在高粱地里打桂皮的事，这样一想，李简的面孔就出现在我面前。韩春说，庄平跟李简是一样的人。那么，庄平会不会在做第二个李简？西安城没有一木清直那样的日军指挥官，不一定没有桂皮那样的汉奸，而为什么要让我假冒庄平呢？难道除奸还需要不在场的证据？我百思不得其解。

车到渭南站，挂了几节车厢，上来了几百官兵。然后火车又继续前行。这是野渭南了，列车进入二级防备状态。野渭南的地貌是大旷野，南高北低，北边是平原区，南边是黄土台塬。铁路好像正在分界线上。渭河在距铁路很近的平原区出现了，如一条波光粼粼的长龙随着火车走。一条公路沿着渭河南岸与渭河并驾齐驱，公路上有些热闹，几辆拉满士兵的敞篷军卡车向东跑，车上空飘扬着青天白日旗。军卡车的前面有一队装满粮食的马车也向东跑，每一辆车前都插着一杆红旗，车把式倚着粮袋站在车辕上甩红缨鞭，他们好像在比赛，当军卡车超过马车时士兵们向马车挥手，欢呼胜利。这比赛的双方一定有某种联系，这种联系让他们陌路相逢中建立起亲密关系，我猜这联系就是同一个目的地——中条山战场，一个是送人，一个是送粮，还有这列向东奔驰的火车，送的是武器，殊途同归上战场！陕西没有战火纷飞，但同仇敌忾的战争气味已经相当浓烈了。

过了一段时间，看不见渭河和公路了，铁路独自绕着山脚前进。北面是一望无际的茂密的玉米田，渭河和公路就淹没在那玉米田里，南面近处是山民开出来的小片玉米田，远处是树林掩映的崇山峻岭。韩春叮嘱过，在这一带要对南边多加警惕，山里有几路土匪，还有日本特务活动。我端起长枪瞄向南面的玉米田。端着枪，趴在奔驰的火车上的感觉让我感受到了昔日打乌鸦的状态。现在是八月的盛夏，玉米正在扬天花，从车顶上望过去，玉米田里一片青黄，跟刚吐的高粱穗子一样。

“叭——”突然我的枪响了，紧接着又响了两枪，枪响的一瞬间，我似乎看见乌鸦黑色的羽毛颤动了一下，不见了。紧接着，一片密集的子弹从火车里飞向我射击的地方。玉米秆被打断了一大片，几条人影向树林那边逃窜。事情发生在一瞬间，我的脑袋里一片空白，我真不知道我是怎么发现目标的，那子弹是怎么打出去的。

火车大喘着粗气停了下来。韩春带了一队军人跳下火车，一部分沿铁路搜索，一部分进玉米田搜索。韩春戴着墨镜，大盖帽压得很低，李秉儒仰起他的高颧骨脸，向我这边张望了一下，冲我伸了伸拇指。这时候，我才彻底从打乌鸦的状态中清醒过来。真有人在路上要伏击火车?

火车又开始前行。我检查了一下子弹，我只打了两枪，打中没打中我不知道，李秉儒向我伸拇指的含义也比较模糊，是夸我打中敌人了呢还是夸我发现了敌人？韩春为什么一点表示都没有？我无论做什么事都非常注重韩春的态度，韩春身上就像有一种魔力左右着我。韩冬说：你把韩春当偶像，啥都听他的，二哥提醒你，你要是跟他干，以后怎么死的都没人知道。十年后，当我被捕入“蛇腹”后，韩冬的这些话如雷贯耳，差一点变成谶语。

十三、敌机轰炸铁罐车

到了华县境内，地貌分区更加明显，南部高耸着逶迤不断的山峰，峰峦叠嶂，高峻挺拔，北部陡直而降，渭河淤地滩形成平原。华县东邻就是华阴县，都是山区，有一夫当关万夫莫开的天险，历来有土匪盘踞，所以有土匪出在两华县之说。列车发出了四级戒备。但我们并没有遭遇土匪，而是日本的飞机和特务。

正午时分，太阳把火车顶变成了鏊子，我不得不把身体翻来翻去，翻着翻着向天空一撩眼，看到两架敌机从东南方向飞来，我立即向下面发出信号。渐渐地听到了声音，跟围着灯罩的蚊虫叫一样。它们起初飞得很慢很高，我以为是飞去轰炸西安城的。轰炸西安城的飞机都是从东南方向的山西运城而来的。韩春叮嘱过，如果不是冲着我们来的就不要招惹，我们的任务不是消灭敌人，而是安全地把东西送到。但是，这两架飞机在接近火车上空的时候突然向火车俯冲下来，给我的感觉是像老鹰抓小鸡一样，我甚至都看见那老鹰的爪子了。飞机到火车上空时扭了一下身子，平直了身子，顺着火车飞。一股激烈的旋风将火车伪装网上的树叶翻卷起来。火车像吓坏了一样，身子剧烈地震动着加快逃窜。一个戴着风镜的头从机舱里伸出来向下看了看，接着机枪就扫了下来，被打破的伪装网被风卷起来，露出了火车顶的钢板。真是太狂妄了，如果他要往火车头射来，我会被打成蜂窝。我端起枪，等待着那个脑袋再伸出机舱。这时，火车顶突然冒出了两挺机枪，一齐向那飞机射出子弹。两架飞机像被惊着了的鸟，歪斜着翅膀飞走了。

火车仍然加速奔驰，我紧抓住伪装网，不然就被甩下去了。当时我不明白飞机已经飞走了，为什么还要这么高速前进，这样很危险的，容易翻车。后来我明白了，那两架飞机只是侦察机，轰炸机会随后而来。火车是想在轰炸机到来之前钻进山洞。

还是没有来得及，三架轰炸机排成三角形如一个巨大的箭头向火车俯冲下来。高射机枪使它们无法靠得太近，也不能保持一种状态不变，所以它们又分散开，你来我往，一边变化着花样逃避着高射机枪的子弹一边扔炸弹。虽然是大白天，蓝色的光芒，红色的火焰，把天空映成了紫丁香色。太阳灰蒙蒙的，黯然失色。炸弹在铁道两边爆炸，土块、草屑冰雹一样飞起落下。火车大叫着，更加疯狂地向前奔驰。我身体紧贴伪装网，两手紧抓伪装网，连牙齿都紧咬着伪装网，就这样几次都差点被甩下去，这样的速度，甩下去，会立即变成肉饼。一个炸弹落在距我很近的地方，把车顶砸了个坑后滚了下去，落到路基下趴着不动了，是臭弹。火车尾部就没有这样幸运了，被炸得起了火，火车拖着燃烧的尾巴钻进了山洞。

火车在一片漆黑中停下来，喘了一会儿粗气，安静了。我坐了起来，洞顶距我的头很近，一伸手就能摸着。有士兵打亮手电，抓着伪装网爬上来，看见车顶上坐了一个人，略显惊讶，露出白牙齿笑笑。他们是检查伪装网的，看到耷拉下来的伪装网，铺平，用绳子连接起来。我看他们颤颤巍巍，爬过去帮他们干活。活干到架机枪的天窗跟前，我摸到了一手血，士兵告诉我，刚才一个弹片插进了机枪手的脖子，死了。我把手往伪装网上抹了抹，把手擦干。我这也算是参加战斗了，一参加战斗，对这样的流血牺牲就有些麻木。

干完活，回到原地，听到韩春在下面喊，“庄平，你没事吧？”

“没事。”

“火车得一会儿才走，要不下来躺一会儿？那上面太烫。”

“不了，上面还行。”

山洞里很凉爽，我望着漆黑的洞顶，想念起了韩冬。韩冬说延安住的是窑洞，那窑洞大得很，宽敞得很，窑洞里有大炕，冬天的时候，人吃饭、学习、开会都在炕上。我来自冀中平原，没有住过窑洞，有几分羡慕韩冬住过那样的窑洞。我本来是一心想跟着韩春走的，但真正跟韩春走了，却牵挂着韩冬，牵挂着共产主义。

一九三八年夏天终于踏上了国军抗日征程的我，想起从此与共产党八路军无缘的时候仍然泪流满面。在我心里，无论什么时候韩冬给我讲的共产主义都比韩春讲的三民主义更令我憧憬和向往。

“庄平，庄平，在上面吗？”车下传来韩春的喊声。

我赶紧抹了一把眼睛坐起来答道，“在，大……处座。”

韩春摸着黑爬上了车顶，摸到我的手握住，“你不知道，你的枪法多么让我吃惊！一枪是引爆器，剩下的一枪一个脑瓜，如果没有你，火车恐怕早被炸上天了，兄弟！你真是一个奇葩。”

怎么可能呢？我不敢相信我有这么大的能耐。

“你用的子弹我认得出来。”黑暗中韩春看不见我的表情，却准确回答了我的疑问。韩春把一壶水塞到了我怀里，“如果不是这上面风大，我真担心你会中暑，多喝水，不要怕尿多，想尿就掏出家伙随便尿。”我说，“水都不够流汗的，哪有尿？”

韩春摸到我的耳朵拽了拽，“神枪手，回去大哥好好犒劳你！”说完，摸索着下了火车。

哈！我激动地拍了一下火车顶，如果不是怕掉下去，我非打个滚不可。在奔驰的火车上，我三枪各命中要害处，不是神枪手是什么？以前打乌鸦的时候虽然也有这样的纪录，可那打中的是乌鸦，乌鸦算什么啊？同样的命中，乌鸦的脑壳能与日本鬼子的脑壳相提并论吗？在这巨大的激动中，我也隐隐不安，我没有这么高的射击水平，以后韩春要把我当神枪手使，可是会坏事的。

一阵哨音过后，火车开动了。火车钻出了山洞，阳光如瀑布一样倾泻下来，蒙住了我的双眼，眼前比山洞里还黑暗。黑暗过后，是那样地美好，玉米田、村庄、河流如黎明中的油画一样由模糊到清晰，由清晰到明亮地层层展现在眼前。

十四、车站的华山老腔

当太阳又把火车顶烤成鏊子的时候，车停在孟塬车站不走了。

孟塬在华阴县内，是一个大站，周围站满警戒的士兵。我看见韩春和李秉儒与等待在站台上的几个军人骑上马走了。站台上站满了一群一伙的士兵，从他们崭新的军装和稚气的脸上可以看出是新兵，年龄不过十七八岁的半大小子。从其中有抱着军旗的旗手和背着军号的号手来看，他们已经分好了团队，等待上火车。看到火车停下来，他们纷纷把目光转向火车。有一伙兴奋地跑过来，看见我站在车顶上，抓住伪装网相互吆喝着要往上爬，我用枪对着他们喝道，“下去。”那个背军号的号手仰起头，对我笑了笑，“哟，还要的是洋腔（方言：普通话）。”

我把枪抖了抖，“不下去我开枪了！”

号手说，“没见过个啥，你站得再高，还有我们的华山高？我们还不上了哩！”他一摆手，一伙人退了下去。

这时下面有人喊，“庄平，可以下车自由活动了。”我背着枪，下了车。

我在新兵中转悠着，那些新兵们向我投来羡慕的目光。我心想，我还羡慕你们呢，你们是从哪里招的兵呢？我都等待小一年了。

那伙扒火车未成的新兵现在坐在站台上，脱下鞋，把手当脚塞进鞋窠里，看着号手。那号手右手握着鞋，左手举着军号，扭七歪八，松松垮垮，摇摆了两下。他们这是要做什么呢？我等待着。

那号手突然“啪”一声将鞋底打在军号上喊：“军校！”

众人将鞋底“啪”一拍地应道：“哎！”

号手又用鞋底拍了一下军号，“备马！”

“啪”——“哎！”

“大刀伺候！”

“啪”——“哎!”

号手手舞足蹈地唱起来:“将令一声震山川——”

“啪”——“呜——哎!”

“人披衣甲马鞴鞍——”

“啪”——“呜——哎!”

“大小儿郎齐呐喊——”

“啪”——“呜——哎!”

“催动人马到阵前——”

“啪”——“杀!”

在这期间,旗手的任务是叉开双腿,依照节拍,左右挥旗。

后来我知道,这是华阴县的老腔唱段《军令》,一人唱众人帮和,我当时不懂,但还是被那刚直高亢、壮怀激烈的情绪所打动,在这即将奔赴战场的当前,这《军令》是多么鼓动人心啊!我逐个注视他们的面孔,他们那未脱稚气的面孔上洋溢出的喜悦是多么熟悉啊,那是一种发自内心的与激情同辉的喜悦,南苑学兵团的同学们面孔上洋溢的就是这样的喜悦,为能参加学兵团而喜悦。

《军令》结束后,众人用鞋底当扇子扇着脸前飞扬起来的尘土,鞋的臭味扑面而来。旗手拄着旗喘息。我问那旗手小子,“你是哪儿来的?”那小子一指平原,“哇,远得很。”

我问,“谁让你来的?

“他。”旗手指着号手,“他是我表哥,我姑妈的娃。”

号手接过话说,“是我们老师叫我们当兵的,我们老师说,狗都知道看家护院,何况我们是人。”

“你们是同学?”

大伙齐声说,“是,军校!”随后哈哈笑起来。

号手指着旗手说,“黑豆不是,他到我屋来看他姑妈,我就把他煽惑动了,我舅不知道,娃都参军了还到处找着回家吃饭哩。”号手笑起来,很为自己能把表弟煽惑来而得意。

号手显然是个爱挑头说话的小子,笑完后问我,“你不是我这儿的人,为啥跑我这儿来打仗?噢,知道啦,你是东北的,听说西安城到处都是东北人，找张学良的，要打回去，是不？张学良在东北屋门口都不打跑了，现在还能再跑回去打？”一个黑小子插话说，“张学良真是个囊鬼，打赢打不赢管，先上嘛！”众人用长腔的腔调齐声喊，“管，先上嘛。”号手拍了一下黑小子，“你看我们这财东娃，他家是我们方圆几十里最有钱的，还是个独苗，都要上战场哩！”黑小子说，“我爸说，我们就是打不跑鬼子也要让鬼子出些血。”众人齐声说，“对，让鬼子出些血。”

号手换上了一种感伤的语气说，“人家财东娃还是命贵，腰里挂了个护身符，满值些钱。”号手让黑小子亮给我看，黑小子不好意思，几个小子便把黑小子抱住，将衣服掀起来让我看。那是一块雕刻着龙凤呈祥的青白玉牌。四少爷也有一块，有钱人家的儿郎出远门，身上都带着这么块玉做的护身符。

号手又换上了激昂的语气说，“你看我们陕西冷娃，军校！哎！鞴马，哎！大刀伺候！这啥阵势？大小儿郎齐上前，上！奶奶的，打到咱家门上了还能不上？”

他们性格是那样鲜明、生动，我想记下他们的名字，问他们叫什么，他们七嘴八舌地说，叫狗娃，叫羊娃，叫黑豆……不是动物就是庄稼的名字，我知道这是他们的小名，他们还有很讲究的学名，他们不好好说，他们只觉得我的口音很好笑，嘻嘻哈哈逗我玩，根本不懂得眼前这个比他们大不了多少的“长官”心里已经充满对他们的哀悼和怀念。我记住了三个人的名字，那个号手小子叫牛娃，他的额顶上长着两个旋，旋起来一撮头发竖着，老人说这样的小子不好惹。旗手叫黑豆，额头上的胎毛还没有掉，被汗水沁得湿漉漉的，贴在额上，有点腼腆，不爱说话，从他两只黑眼睛扑闪闪总是看着表哥说话的神态看，他对自己的这个表哥崇拜，言听计从。黑小子叫金鑫，小子们嘲笑般地说，财主的娃，金子都摞起来了，可别让鬼子拿走了。金鑫说，给他个胆。我不知道这个名字是开玩笑的还是真名。

韩春回来后，将我拉到一边说，“刚才前面的铁路被日本飞机炸毁了，多亏我们提前做了应急准备，现在已经修好了。越来越离敌占区近了，敌人可能会派大量特务过来阻截，你多带些手榴弹上去，看不对就扔，宁愿杀错了，也不敢让这车出事。”韩春把一袋子手榴弹交给我，双手按在我垫着毛巾的肩膀上说，“兄弟，一定要帮哥保住这车武器，前方战场已经供不上武器了。”我有些激动，在韩春的心里，我已经不是一个装装样子的假人儿，而是一名可以赋予重任的勇士了。

哨声响起来，火车鸣笛。新兵们前呼后拥地挤上了火车。我上了火车顶，把手榴弹袋子系在伪装网上，又检查了子弹，然后将枪口对准铁道边的树林。刚才钢铁般的人物韩春表现出的脆弱，让我感到问题十分严重。

峰峦如聚，波涛如怒，山河表里潼关路……这是元代诗人张养浩《潼关怀古》中的几句诗，与“最恶不过潼关县”之说其实只是雅俗之别，其核心都落脚在潼关是兵家必争之地，战乱不断。进入潼关地域，列车发出五级戒备令。铁道沿线巡逻的马队一队接着一队一闪而过，但在太阳落山时，还是出现了险情。我站得高，看得远，我看到前方路基两边正在进行混战，十多个八路军伏在靠山这边的路基上，向路基左边开枪，左边路基下是玉米田，十多个穿着黑衣服的人站在玉米田里向对面开枪。前面有一段弯道，让趴在火车头上的我避开了火车的烟囱，看见一个黑衣人抱着炸药包正匍匐在铁轨上忙碌着。显然是那群黑衣人吸引八路军的注意力，掩护那个抱炸药包的人。我立即向那个抱着炸药包的黑衣人射击，虽然射程不够，但提醒了八路军，一个八路军向那个黑影射击，黑影不动了，但那个炸药包的导火索冒起了火花，另一个八路军跑过去，抱起炸药包滚下了路基，炸药包爆炸了。黑衣人一窝蜂向路基上冲，其中一个举着战刀，那战刀在夕阳的余晖里闪出一道刺眼的白光，是日本鬼子，他们想抓住最后一刻炸毁路基，然后打伏击战，但已经来不及了，火车加速冲了过去。火车过去的那一瞬间，那群八路军撤离路基，反身跑进了山林，日本鬼子退回到玉米田。火车冲过去的时候向玉米田猛烈扫射，我抓紧时间，扔出了三颗手榴弹。

这场战斗像闪电，前后不到两分钟。由于八路军的及时阻击，火车顺利通过了。火车过去后，鸣了三声汽笛，向撤入山林的八路军致谢，也向那位夺取炸药包壮烈牺牲的八路军战士志哀。这是我第一次亲眼看见八路军作战，勇敢、灵活、机智给我留下了深刻印象。我想记住这个位置，看南边，山峦如聚，凝重如铁，没有太明显的特点，看北边，渭河又出现了，是一河血红的残阳。回想刚才那个扑向炸药包的八路军战士，我觉得韩春对八路军的评价有失公平，我不由又为自己前几天想投奔延安未果而遗憾。

天黑后，火车顶上交叉转动的探照灯如一把巨大的剪刀，把漆黑的夜剪得七零八落，韩春说，探照灯就是给你照亮的，老远看见有可疑的地方就开枪，如果判准真有情况就以手榴弹报警。韩春不知道，在奔驰的列车上，探照灯刷过去得太快，什么也来不及看清楚，我眼睛瞪得再大也没有用，我只好即兴式开枪，没有了算，有了诈他们暴露，吓跑。

铁罐车在我零星的枪声中过潼关，进河南，到达陕县已是半夜时分。

十五、千难万险过黄河

陕县火车站是临时修建的军用车站，这里离陕津渡最近。该渡口地处河南西部与山西南部黄河峡谷上段，是黄河水路要冲，晋、豫两省通衢，历来为军事及经济交通要地。对面是山西的茅城，山西那边叫茅津渡。火车站到处是军人，堆满了军用物资和粮食。稍远一点搭有帐篷。韩春把我拉进一个小帐篷里，说，“这儿有吃的喝的，这一路上你最辛苦，好好休息，两个小时后我们过河，你就在这里等我们回来。”

我问，“怎么要过河？不是就送到这里吗？”

韩春说，“路上这么不太平，我不送到地方，咋放心？”

“我要去。”

“这下来是船，不是火车，待在这儿，不要乱跑。”韩春说完，转身走了。

十多个小时没有好好吃喝了，我匆匆吃了三个馒头，喝了两杯水，躺到了地铺上。他们还有两个小时过河，我想先休息一下。

外面都是准备过河的人群，脚步声、哨子声、叫嚷声，乱哄哄的跟集市一样。《军令》的长腔时起时落，那一群新兵还在激情昂扬。他们恐怕都没有睡的地方，我能睡个小帐篷，还是沾了韩长官的光。我躺下后又开始了思想斗争，最后决定的时刻到了，我到底是丢下庄平逃跑还是跟韩春回去?

其实，这时候我已经有了一种认命感，我觉得这一切似乎是上帝早有预谋，冥冥之中就安排好了一切。比如，在郑州的一张传单改变了我前进的方向，到西安城偏偏落脚在了韩春家，去延安的路上突然杀出来个庄平，庄平不仅是李简的同志，更是查出出卖肖丽的叛徒并深入险境将这个叛徒杀死的人。当韩春跟我反复讲这样的关系的时候，我想打断他的话，对他说：不要再说了，我对李简是有罪的，我对肖姐那么痴情，我不会把庄平的安危不当一回事的，我一定尽力装好庄平。韩春那点斜视的目光能穿透我内心最脆弱的地方，他一面给我承诺实现我的愿望，一面用李简和肖丽当绳套套住我的脖子，让我欲逃不能。而如果跟韩春回去有两条路。一条是韩春兑现承诺，送我去武汉找张灵甫；一条是我继续奔延安参加八路军。在潼关看到八路军的那一幕让我心里的天平似乎向后者倾斜了一些，可又有一些纠结，在我的直觉里，共产党八路军这边如二哥韩冬，春天般地温暖，国民党国军那边如大哥韩春，冬天般地寒冷，可是大哥的冬天里包裹着炙热的血，而二哥的温暖是喧嚣的风，似有似无。我需要的是炙热的血，却也留恋温暖的风，所以，每到选择的关头，对于二哥温暖的风，我总是驻足犹豫，宁愿等待着大哥血的召唤。现在，假装庄平这件事，到底是算召唤了还是没有召唤?

车轱辘问题滚动了一路了，我想着想着就迷糊了，毕竟是十多个小时没有眨一眼。正在迷糊中，响起了军号声，接着是各自喊各自人集合的声音。我急忙翻起身，跑出了帐篷。

站台上站满了一队队正在集合的军人，我赶紧找自己的人。灯光朦胧，一排排的，都是清一色的黄军装，看不大清楚谁是谁的人，我有些慌了神，跌跌撞撞地在一排排黄色中穿梭。终于听到了韩春的声音，我赶紧循着声音找了过去。

韩春正对着一小队军人讲话，看到我过来，停下来，犹豫了一会儿说，“站到最后。”然后继续讲，“刚才日军开始夜袭我军阵地，接手我们的部队过不来了，现在，我们要立即渡河，将武器送过去。为了分散目标，我们改用小木船，一批一批送，突然一下找不到这么多船夫，部队那边挑能撑船的兵协助我们。他们也是要过河增援的。我们的任务是护送，一防过河的人群中混入特务，二防对面的炮火，如果日军发现我们渡河，会组织火力阻拦我们的。我们首先要保证货物安全，其次是送到。大家听明白了没有?”

“听明白了。”

直到这时，我才能够完整地看到韩春带的队伍，个个腰里别着手枪，手里端着冲锋枪，昏暗的灯光下，眼睛里都闪射着与韩春一样凛冽的目光。

韩春喊，“庄平。”

没有人答应，韩春又喊了一遍，把凛冽的目光射向了我。

“到。”

“庄平，你跟我一条船，其余一人一条，船编了号，第一批十三条船，你们对号上船，现在后变前一列纵队，向渡口出发。”

后变前把我变在了最前面，韩春走在我旁边，控制着行军的速度和方向。看不清什么，但可以听到夏夜的风把路边庄稼吹得发出冬天般的呜呜叫声、急行军的喘息声和脚步声，还有后面大部队行军的声音。不时有小部队从身边跑步而过。还有一些用推车推着粮食的农夫，吱拧拧的声音很让人担心车轴就要断了。韩春的胳膊肘有时候会碰到我的胳膊肘。我明白韩春之所以后变前，就是防着我溜掉，我有些沮丧，我一路上的思想斗争都是白费心思，我根本跑不出韩春的掌心。

渐渐近了，听到了黄河的涛声。风越来越大，涛声也越来越大。终于站在黄河的岸边了。夜色中，黄河的浪涛如一片燃烧着的火焰，怒吼着，浩荡着，映衬出对面漆黑的悬崖峭壁的轮廓。令我们始料不及的是那里有火光和枪炮声，正在打仗。队伍犹豫着没有过河，在岸坡上聚成了黑黢黢的一大片，青天白日的帽徽如一片密集的星星，闪烁出点点清辉。我们要乘的木船如火焰边上的木柴，聚在水边。武器已经装好，用雨布盖着，船两头各站着两个穿军装的船工。船尾巴上用黑毛笔写着号，队员们对号上船。我没有号，跟韩春上了一号船。然后，十三条船便一齐向对岸划去。韩春坐在船头，看着对面的炮火，对船工说，“敌人这是想占领码头哩，敌人占领了码头，我们就无法上岸了。”船工说，“长官，我只在渭河里把过船，没有见过这大浪，怕快了会翻船。”韩春说，“那你就稳着点。”

后面传来稠密的哗哗声，我回头一看，黑压压的，从头顶上一片星光看，是要过河参战的部队。

眼看就可以登岸了，炮火突然停了，火光也随之暗淡下来。韩春下令停止前进。后面的船也停了下来。对面吹过一阵热风，有很浓的火药味。

后面一条船靠上来，一个长官问，“韩长官，什么情况?”

韩春说，“战斗停止了，不知谁胜谁负，我们不能贸然过去。你派条轻船过去试探一下。”

这个长官回头喊，“郭成梁，你带一人向前探路。”

“是。”

一条船从我身边划过去，向对岸前进，离我们越来越远。事情比韩春估计的还要糟糕，敌人不但占领了码头，还用炮火封锁了河面。敌人的探照灯亮起来，几条粗大的光柱贴着河面扫来扫去，很快几条光柱聚在一起了，显然他们发现了这条船，在给炮手照亮目标。炮声响起来了，爆炸声迭起。一股股浓烟挟着暗红的火柱在水面上跳跃，水柱冲天而起。炮弹没击中那条船，但激起的水柱把那船打翻了。立即有几条船划出去，晃动着手电，在探照灯的照程外转悠，韩春说，“这叫灯语，意思是我们救你。”我说，“这么大的浪，他们能上来吗?”韩春说，“派过去的应该是好水性，上帝保佑吧!”

炮声停了，探照灯又按照原来的轨迹扫射，又过去了几条船在水面上寻找，但滔滔黄河水，让大家的希望始终未出现。

那位长官说，“我们得想办法，人和武器过不去，那边的仗咋打?”

韩春说，“我派三个人过去与那边取得联系，你派人掩护。”

那个长官说，“我这儿有侦察兵，都由我派吧。”

韩春说，“事关重大，我的人我有把握，看这情况，掩护就是牺牲，你动员吧。”

那位长官转身对他的队伍喊，“这边军统兄弟要过去摸情况，需要我们掩护，水性好的能掌船的到这条船上来。”

我要求参加，韩春生气地说，“不是需要人牺牲，是需要人完成任务，你家那是永定河，这是黄河，别捣乱。”

只要我还活着，那一夜我就永远无法忘记。面对这样一条吸引敌人炮火的死亡之船，后面的船只纷纷划过来，长官伸长胳膊拦住要往上跳的士兵，让他们说出上船的理由。那个叫金鑫的财东独苗被拦住了，“我屋在渭河边上……我屋里有船队……我爸从小就培养我掌舵。”金鑫激动得有些结巴，那几个唱长腔的远远帮腔说，“就是的，就是的。”长官放下了胳膊，让金鑫上了这条船。这边，军统的人也争着去，韩春不同意李秉儒去，韩春说，“你年纪大了，让年轻的去。”李秉儒说，“正因为我年纪大了才要去，死了就死了，年轻人才开始活人。”又补充说，“我在三十八军混得时间长，有路数，过去会很快找到自己人摸清情况的，你让年轻人去会误事的。”韩春说，“好吧，大哥，人由你挑。”

李秉儒在他的侦缉队里挑了两个人。临行，李秉儒握住韩春的手，“兄弟放心，前些天我们捉汉奸过去过，一定会联系上我们的人。”

部队方面组织了五条掩护船，五条船同时顺流划出一段距离后，掉转船头，向对岸划去，等那五条船吸引了敌人的探照灯和炮火后，军统的船直线驶向对岸。掩护船的行动方案是设计好的，为了减少伤亡，四条船做无作为状，即不前进，也不后退，只为吸引敌人的注意力，防止敌人识破掩护计划，一条船要继续前进，这条船就是最先挑人的那条死亡之船。韩春用望远镜紧紧盯着李秉儒的船，令人担心的是，敌人还留有一个探照灯继续扫着水面，所幸的是负责这个探照灯的鬼子的注意力大概被旁边的炮火所吸引，没有发现这条船。继续前进的那条船上真有高手，左闪右躲，在火光、水柱间穿行，一会儿看不见了，炮火过后又出现了。几颗炮弹爆炸后，明明看到船被水柱掀翻了，但水柱落下后，船却还在迎着敌人的炮火前进。

那边李秉儒终于发来了登岸成功的红色信号弹，这边立即向那五条船发出撤退的绿色信号弹。就在绿色信号弹的下方，那条死亡之船中弹起火了，那团火燃烧着顺流而下，最后如一盏河灯，漂着漂着被浪涛吞没了。

所有船只回撤上岸。

军统小分队与大部队一起聚在黄河岸边直到天亮。

清晨河岸上的空气像是冷热水没有搅匀，热气中有一股股的凉意。仍然是昨夜火车站上那些人，但再没有了火车站上的喧嚣，更听不见了“军校——哎”的长腔。我的眼睛寻找到那些唱长腔的新兵，他们都蔫头耷脑地坐在河边，出神地望着远处的河水。

韩春站在岸边，默默地望着对岸。此刻，对岸异常宁静。绵延的河岸上，随处可以看到红红的大圆点的日本旗，把施黛的远山、零星的房舍、水面都染上了一层血色。三五成队的哨兵在河边来回走动，他们脚下的河水里漂浮着绿色的树枝、木片，还有中国军人的肢体。我默默走到韩春身边，与他站在一起。韩春的眼睛里布满了血丝，嘴唇也有些干裂。我安慰说，“大哥不要太着急，如果那边情况不是太糟糕，李科长应该联系上咱的人了，今晚一定会组织反攻，我们耐心等吧!”韩春说，“是啊，我们只有等待。”

这种时候，我是不应该惹韩春心烦的，但我没有忍住，还是把回旋在脑子里的问题提了出来，“大哥，对面的敌人是不是早就得到了消息？路上没有挡住我们，才夺了渡口?”

韩春没有说话。

“大哥，你是不是早就预感到有汉奸给敌人通风报信？谁是汉奸你心里好像有谱？为什么不抓，要造成这个样子呢？”

“住嘴！”韩春阴沉下脸说，“你刚才说的话不许给任何人说！听见没有？”

“听见了。”

韩春转身沿着河岸走了，我望着他有些摇晃的背影，感觉我的话触到了他的疼处。韩春是一个铁腕人物，为什么不抓那个汉奸导致送武器的难度这么大的？庄平是不是跟这些有关？

这一天过得异常沉默，人们无论吃饭还是休息，都痴呆呆地望着对面。一河滚滚的黄水，无情地挡住了我们的去路，而河那边正在浴血奋战，急需这批作战物资。大家都盼望着天黑，天黑或许会有转机。中午的时候，韩春和部队长官向大家宣布，如果到半夜还没有转机，就要强攻，血染红河水也要过河，让大家各自找阴凉，抓紧休息，为晚上的渡河养精蓄锐。

天黑后，对面还是那么寂静，鬼子的探照灯还是那样封锁着河面，这边国军的船头架好了机枪，做好了强攻的准备。韩春和那位部队的长官做出决定：如果等到凌晨两点钟，对面还没有动静，就血洒黄河冲过去。敌人的炮火再厉害，我们跟着大部队，总能冲上岸一部分；再一个，我们那边的人看到这边冲锋，也会配合的。

半夜一点钟左右，对面响起了枪炮声，国军组织反攻码头了。韩春命令船只成一字形，大面积横着扑过去，趁鬼子顾头不顾腚的时候能冲上去多少是多少。但是，鬼子没有乱，仍然对河面进行炮火封锁，大片的船只只好滞留在了河中，等待机会。战斗时起时落，但探照灯没有给我们任何机会，我们一直等待到天亮。

天亮就预示着没有了机会，除非码头被我们占领。就在我们准备撤回的时候，忽然有人喊：“快看！”

硝烟薄雾中，一面青天白日的旗帜在码头的上空摆动。

“旗语！是让我们赶快过去！”

韩春一挥手，河中的船“哗”一声，如脱网的鱼群划向对岸。

李秉儒找到了撤退到小王庄一带的三十八军。当晚，三十八军组织火力强攻码头，但均未成功，最后，火力掩护，让一支身背大刀的小分队偷袭了码头，撕开了鬼子的封锁网。那个带领这支小分队的长官竟是我四哥齐占田。四哥一手握着大刀，一手握着手枪，英姿干练。我激动得热泪盈眶。他乡遇故人，何况这是在战场上，何况这是我魂牵梦绕的四哥！

不知道是军统的诡计还是他们真的弄错了，四哥根本没有死，连负伤都没有，在撤退的路上确实遭到了鬼子的埋伏，但他带着自己的营突围出来了，在高粱地里昏天黑地地边打边撤，与前来抗击日寇的陕西军相遇，便投靠了陕西军。四哥作战英勇，青睐冷兵器，在陕西军中成立了大刀团，四哥任团长，四哥依照长城大刀之战依葫芦画瓢，夺取了茅津渡（陕津渡）。

与四哥相遇，我的小心思又活跃起来，从天而降的四哥就是上帝派来接我的，我彻底把韩春的叮咛、庄平的安危抛到脑后了，但就在我们一起反击日军反扑的时候，我为四哥挡了一枪，胸口中弹，头也被炮弹击落的石块砸伤，我当时的感觉好像身体从高高的悬崖上掉进了滔滔的黄河里，冰凉的河水将我的身体逐层变冷，冷到了五脏六腑，最后冻僵了……

十六、三原医院养伤

不知什么时候我有了知觉，我感觉到自己正在被河底的水托着漂浮，如一条沉入河底的游鱼，河水依然冰凉，但没有了那种要将我冻僵了的感觉。河面上传来朦朦胧胧的歌声：

五月的鲜花，开遍了原野，鲜花掩盖着志士的鲜血……

我费力地向上看了一眼，我看到了一种奇异的景象：天空掉在了水里，非常地蓝，太阳也掉在了水里，非常地白，太阳像齿轮一样旋转着，也发出像齿轮一样粗短的光。八哥、九哥、林晓曦、肖丽、李简的面孔出现在太阳周围，肖丽的头发像水草一样飘扬着，鲜花般的脸庞冲着我微笑。还有那个帽子上钉着两个黑扣子的八路军战士的面孔也出现了……

为了挽救这垂危的民族，他们顽强地抗战不歇……

我划动腿和胳膊，想努力向上游，想靠近他们，但腿和胳膊只抬起了那么一点点就动不了了，眼看他们要漂走了，我急得哭了起来……

歌声突然停了，响起一个女孩子惊喜的声音，“王大夫，王大夫，快来，看他流泪了。”一个男人的声音说，“好，这歌对他有刺激作用，继续唱，帮他坚持住这口气就有救了。”

而这时我的身体又开始下沉。

五月的鲜花，开遍了原野……

歌声响起来后，我感觉身体停止了下沉，又开始漂浮。

五月的鲜花，开遍了原野……歌声周而复始。

五月的鲜花，开遍了原野……清亮的嗓音变得沙哑。

我觉得我听到了歌声，只是有点朦胧，我觉得我的意识是清醒的，就是身体像在另一个世界，意识无能为力，做不出反应。后来听惠说，我还是有反应的，我眼缝里渗出了泪水，湿了睫毛，湿了眼角边的绷带。我睁开眼睛的时候已经是黄昏，一抹温柔的夕阳落在我床边，这抹夕阳里弯着一个豌豆秧子一样的人影儿，那是个纤弱的女孩，她两手握在一起，身体微微向前倾着为我歌唱。

看见我睁开了眼睛，女孩停止了歌唱，没有兴奋地喊大夫，而是静静地看着我。我闪动着湿润的睫毛，向她传递我心中的信息。她猜测着说，“这是三原县医院，你负了重伤。”我眼睛闭了一下，表示明白了。女孩说，“别担心，会好起来的。”我又扇动起眼睫毛，向她表示，你也不用担心，我感觉很不错。一个男医生过来，翻了翻我的眼皮，对女孩说，“不用再唱了，给他喝点水。”

这个女孩就是惠。当时我脸上裹满绷带，只露着一双眼睛和一张嘴，惠没有认出我来。我的嘴唇肿胀得张不开。惠用一把小勺慢慢将水沿着我的嘴缝往进溜，边溜边说，“不要着急，你嘴没有用胶糊住，水会进去的。等你的嘴能说话了，可要告诉我你叫什么名字，家在哪里。”惠的语气像对一个小孩子，声音跟嘴边的水一样，那么细软温润，深深地进入了我那焦渴的心田里。

喝完了水，我用眼睛示意惠打开我的上衣兜，兜里装着我的证件。大概伤员太多，我身上的军装虽然染了好多血，还没有换下来。

这世界上有两种语，一种有声，一种无声，无声语冠名的种类不少，比如手语、旗语、灯语，但没有一种叫眼语，其实用眼睛说话的时候很多，只是不适合远距离，眼语就算是我对用眼睛交流的冠名吧。惠明白了我的眼语，拿出了我衣兜里的证件，她看着证件说，“你叫庄平？你长得这么漂亮，我咋看你像我认识的一个人，他叫庄铭，跟你差一个字，不会是同胞兄弟吧？”

那炸弹崩起来的石块真是伤了我的脑子，我怎么把自己推到了一个要说假话的境地呢？我假装昏迷，避开了这个话题。

惠告诉我，她是三原女子中学的学生，学校组织到西安做抗日宣传，听说这个医院接收了好多从中条山抬下来的伤兵，同学们就从西安赶回来到医院当志愿者了。听说歌声能把伤员从昏迷中唤醒，她就唱歌了。惠每天到医院照顾伤员，别的病房我不知道，在这个病房里住着七个人，六个都是本地人，每天都有亲人来看他们，惠看我孤独，忙完了活，就到我的床边，跟我闲聊。惠说，你的家不在这儿不要紧，没有朋友也不要紧，我就是你的朋友，我会照顾好你的。惠来到我身边，犹如悄悄开放的一盆兰花来到我身边，散发出那么一种我从未感受过的清香和恬静，让我早晨一睁眼，就盼着惠的到来。

惠告诉我，这家医院是她伯伯生前开的，伯伯死后父亲就接管了，父亲不懂医，但父亲请到了很好的院长和医生，使这家医院在周边几个县有了影响力，院长和医生都是她父亲的好朋友，她父亲为了让伤员们得到更好的治疗，好多药品都是从上海专程买来的。惠跟我聊天时经常提到她父亲，让我产生了对她父亲的敬畏。她父亲就是我在培英学校见过的那个高个子先生。

有一件事让我发愁，为了这件事，我能说话了还装着不能说话，这件事就是我是庄平，我不能承认我是庄铭。就要拆除绷带了，我的面目将完全暴露在惠面前，而且惠说过，她放暑假去西安城玩，看见庄铭上了去中条山的火车，听说这里转来了中条山的伤员，马上想到了庄铭，她还挨个把伤兵看遍了，没有庄铭，“你说，庄铭不会受伤吧？”惠这样问我，可见她不但对庄铭的面貌记忆犹新，而且还惦记着庄铭。我该怎么办？为了庄平的安全，我绝对不能说我不是庄平，后来，我想出来一个办法，打个颠倒，说庄铭是假的，告诉惠，庄铭不是我的真名，有关庄铭的身世也是假的，庄平才是我的真名，我是在北平上学时加入的军统，我是从北平调来陕西的，在陕西军统任职。惠会问到一个军人怎么可能跟着开面馆的老板去收麦子，我就说我是韩春的朋友，跟韩大大去云阳乡纯粹是帮忙，为了少惹麻烦，我才说了谎话。惠还可能问到我为什么看上去年龄那么小，我就只好说，这是老天决定的，老天让我长得这样面嫩。我想象了好多惠要问我的问题，我心中一一做了回答，觉得有了可以自圆其说的自信。在拆下绷带的前一天，我开口说话了，但是，当我要说出来的时候，那套复杂又庞大的东西不翼而飞了，我脱口而出的是庄铭是我的小名，我是进北平上中学时改成庄平的，至于庄平现在的身份，我只字未提。

我以为惠听了后会追问点什么，起码要问一下你什么时候参的军。但惠一个字都没问，只淡淡说了一句原来你就是庄铭啊，随后问我让她叫我哪一个名字，我说叫庄平，她说知道了。这件事让我当时对惠产生了一种高深莫测的感觉，随后我又有些失落，原来事情这么简单，我却纠结了那么一套复杂的东西。

由于有惠，在三原医院住院的那段日子，成为我逃亡这一年来最愉快温馨的日子。惠喜欢唱歌，我常常听到惠给伤员们唱歌，歌声有时候是从其他病房传过来，有时候是从窗外传进来，当然在我们病房唱得最多。以她那清细的嗓音，唱起来十分好听。我印象最深刻的是《再会吧，在前线上》，我跟着惠学会了这支歌，现在，我仍然能用这破锣似的老嗓子唱出一些歌词，“动员已到了最后关头，不要让那二十九军孤军苦战，再不让那日本敌寇侵略中国领土，你们前去吧，我们紧跟上，再会吧，在前线上！”惠说，这是她一位叫赵云竹的女老师创作的，八路军奔赴中条山战场的誓师大会是在云阳乡召开的，赵老师带着她们给八路军演唱了这首歌曲。从惠那里我知道，八路军也到中条山抗日了，惠说，八路军走了，云阳乡就没有八路军了，要参加八路军起码得到照金。惠说她喜欢唱歌是遗传基因，她娘就爱唱歌，拉着风箱烧火的时候爱唱“小白菜地里黄”，这歌唱得不吉利，早早把自己唱没了，让自己的孩子早早没有娘。

我好了一些的时候，惠带着我走出医院信步转悠。惠喜欢给我指点着某一建筑或某一地方做历史讲解，由此我知道了三原是邻近几个县城中最繁华的县城，不但是经济、文化中心，还是军事中心，城隍庙矗立的石碑上雕刻着岳飞的《出师表》，国军在这里屯兵打仗已有一段历史，这里是于右任的老地盘，陕西的各路军队就是在这里会聚后，召开抗日誓师大会，开赴中条山战场的，这一带地区筹备的战备物资也是从这里集中分送往中条山战场的。我感到惠不同于别的女子，惠对战争很关注，对军人生涯有些向往。惠还喜欢文学，给我讲起过鲁迅的作品。惠的小口如花朵，声音如习习春风，柔和温暖，我们在极质朴的友谊中，产生出了一种令人说不出来的更亲密更动人心弦的关系。

我的军裤口袋里装着肖丽姐送给我的那块珍贵的巧克力，换军装的时候，我特别又加了一个别针，我从来都没想过要吃掉这块巧克力，见到惠以后，我就想把这块巧克力给惠吃。但我又犹豫，捏来捏去，就是没有从口袋里拿出来。直到我就要出院走的时候，我才打开别针，拿了出来。当时我们坐在三原城北的清峪河边，一棵翠绿的大柳树为我们遮着阴凉。经过在我口袋里半年的蹂躏，巧克力华丽的外表已不复存在，边沿磨出了白色。我递给惠，惠拿在手里看着我说：你装在身上好久了吧？你很珍惜它，你还是留着吧。惠把巧克力递给我，我没有接，我说：是很珍惜它，可是，我马上要上战场了，我会死的，死了它就要落入泥土了，我想给你，这是我的心愿。惠看了看我的表情，犹犹豫豫地把巧克力剥开了一点点，捏着糖纸递到我嘴边。我紧抿着嘴唇。惠笑了笑，把巧克力放到自己嘴边，咬了一小点，再递到我嘴边，我张嘴咬了一小点。我们就这样你一点我一点地吃了一会儿，然后惠把剩下的巧克力重新包好，放进我的口袋，再用别针别起来。那块巧克力一直到我出院才吃完。平时装在我的口袋里，惠来看我的时候，拿出来你吃一点我吃一点地一起吃。

尽管我心中燃烧着去前线的渴望，由于惠的原因，出院的时候我还是有些依依不舍。

在我脸部的绷带未取下之时，韩春带军统处的同志来看望过一次，我以嘴伤得不能说话为由没有说一句话，我牢记着韩春跟我说的那句话：对任何人你都不能大意，你的一点点大意，都可能给庄平带来生命危险。我背过人对韩春说：我非常希望庄平能来看我，我很想知道我冒充了一个什么样的人。韩春说：等他完成了任务就来看你，快了。但到我出了院，庄平也没有来。

不是说庄平一两天就完成任务了吗？我产生了一种不祥的预感，但愿，但愿吧，但愿庄平平安无事。

十七、抓汉奸遇李小亚

韩春悄悄地把我接回了西安城自己家，拒绝了由医院负责落实到老乡家里调养的安排。由此，刚露面的庄平又因身负重伤，消失在军统的视野。韩春对韩大大的解释是我执意要跟他去前线看战争场面，才弄成了这样。韩大大不相信，问我是咋回事。我说：是我偷偷地扒上他们的火车跟去的。韩大大说：娃啊，战场是个什么地方？人杀人啊！你们咋就这不让我省心哩？

韩冬回来看过我几次，每次都提着一碗鸡汤。韩冬说：你的那一套说法骗得了我爸，骗不了我，你是给大哥去干事闹成这样的。给你说，你跟着韩春神出鬼没，早晚你咋死的都没有人知道。这次你也看见了，八路军不抗日，保护你们的列车干什么？我们在商南地区活跃着一支八路军游击队。我说：那你送我去参加这支游击队吧。韩冬说：我带你去北边，北边是大部队，天天有仗打，来劲。日本鬼子想从府谷那里渡黄河，被我们打到黄河里了。我没有敢对韩冬提我去参加八路军半路上被韩春截回来的事，如果让韩冬知道这件事，非找韩春的麻烦不可。

回西安城后，我几次对韩春提去武汉找张灵甫的事，曾经信誓旦旦的大哥，又支吾起来了，说等庄平完成了任务，一定。我看出韩春也为庄平迟迟完不成任务而着急，就不想再逼他，拿定主意跟韩冬去延安。但是，等我身体好利索了，二哥韩冬又没人影了，我想去云阳找尚致，又怕碰上惠，我不知自己为什么在依依惜别惠之后，竟怕见惠了。由于对八路军的魂牵梦绕，闲来无事总喜欢去八路军办事处门前探头探脑。有一次我看见那院子里，有一群战士晒着太阳学唱歌，一个先生一手举着一张黄纸，一手打拍子，风在吼——唱，风在吼，马在叫——唱，马在叫……战士们有的站着，有的坐着，还有抽烟袋的，唱得稀稀落落不齐整，如果不是那个先生提醒“唱”，恐怕更糟糕。我有几分不屑，我是在国军兵营待过的，士兵们很严整，谁敢这个样子？但看着他们太阳下明朗自在的笑容，又有几分说不上来的羡慕。

黄河在咆哮黄河在咆哮——唱，黄河在咆哮黄河在咆哮，河西山冈万丈高——唱……先生穿着灰色大褂，四十多岁的样子，教完了歌，把黄纸叠成一小块装进口袋，推起墙角的自行车出了院子，拐个弯，顺着城根向北骑去。有另一辆自行车冒了出来，不紧不慢地跟在后面。我觉得哪里有些不对劲，又说不上来哪里不对劲。骑自行车的是个穿白西装的男青年，瘦瘦的，宽松的白西装被秋风吹起一角，向后飘扬，在灰色沉重的城墙背景下，显出几分鲜活飘逸。

就在这天晚上，韩春回来了，给我派了个活——捉汉奸。韩春说：日机轰炸西安城越来越频繁，目标也越明确，我们确定有汉奸给发信号，夜晚的时候用信号弹或灯光、火光，白天用鲜艳突出的颜色。夜晚的事情你不要管，我们有办法，你只管白天，这可能像大海捞针，你碰碰运气吧，我们实在没有什么好办法。

提起日机轰炸，老西安城没有人不怕，有一次我跟韩大大在房顶上拔酸溜溜草，听到天空中传来声响，便放下手里的活望过去。看到一群日机远远地从东边飞来，三架排成一个小角，三个小角排成一大角，在云雾混沌的天空画出一个巨大的箭头，这箭头锋利地穿过灰色的云朵，向西安城插下来。这个时候警报才响起来。我们赶紧下来，钻进城墙下的防空洞。日机走后，我看到在护城河边上，一位母亲的头都被弹片削掉了，孩子还趴在妈妈怀里吃奶。

当时西安城防空也确实虚弱，这是我后来知道的，因为后来我在防空站工作过一段时间。一九三七年抗战初期，西安城及陕西防空司令部相继成立后，便着手组织西安城军防民防事宜和协调驻西安城各部队组建防空网，其中包括空军部队、陆军高射炮和高射机枪部队，但装备差、数量少，实力极其有限。一九三七年冬至一九三八年春夏，驻西安城的空军驱逐机队，曾多次升空作战，每次都尽力将入侵日机赶跑。可是，该部队很快被调离西安城。当局在军事力量无奈的情况下，号召市民捉汉奸。当时，《西京日报》刊登了一篇《防空司令部劝告民众防缉汉奸拟定防缉常识盼各特别注意》报道，大意为：空袭警报发出时，人都是争先恐后、扶老携幼进入地下室中，但是汉奸鼠头鼠尾不愿见众，常常孑然独居一隅。日机夜袭时，汉奸活动更甚，弄出光芒高射的灯光或火光。防空司令部要求大家要随时随地留神，一旦发现汉奸，及时向宪警报告，或直接扭送有关部门。我捉汉奸一事是发生在一九三八年底，比这个报纸的时间早半年，可见韩春目光的敏锐。其实，西安城这个老城，西北抗日后方的重镇，除汉奸的手一直是很硬的，从来没有停止过。当时玉祥门外就是杀汉奸的刑场，汉奸行刑前要游街示众，但汉奸仍然像野草，随时会从哪 个砖头瓦块缝里冒出来。当时捉汉奸的志愿者也很多，尤其是青少年。

即使大海捞针，也要确定个下手的地方。我想起前不久韩大大在房上修屋顶被敌机刮掉了帽子的事。当时韩大大正在房上修屋顶，警报响了，韩大大想把屋顶修完，就没有下来，结果敌机俯冲下来，像勺子一样在韩大大的头顶上拐了一下，韩大大戴的黄色狗皮帽子被飞机带动的旋风甩到了院子的地上，韩大大惊叫着问我他的头是不是掉了。当时我提着一小桶泥站在梯子上。看到那飞机画了个弧线后，平直了身子，优美地飞走了，漆黑的阴影一路抚摸着老西安城的秦砖汉瓦，温柔无比。韩春说，“据可靠情报，南昌敌伪正训练间谍六十余人，分赴内地刺探我军情，并以红色雨伞为指挥敌机信号。”我想，也许敌人已经将红伞改成黄伞，把韩大大黄颜色的狗皮帽子当成了汉奸发的信号，拐下来凑近一看不是才没扔炸弹飞走了？难道东羊市或附近有汉奸？难道这一带有他们轰炸的目标？我这样想着，就把寻找汉奸的目标锁定在了东羊市一带。

一个寒冷的早晨，几架日机从东边飞过来，低得快要擦到东门屋脊上的酸溜溜草了。在高射机枪的威胁下，升高了一些，往西飞，有一架沿着城墙忽高忽低地飞，表现得像远道回来寻找老窝的麻燕。城墙上架着高射机枪，这架飞机竟如此胆大，我判断，它一定在寻找汉奸的信号。信号一定在城墙附近。当时我爬在一根电线杆上，能看到城墙内一片屋顶和屋顶间的路，警报一响人们都躲起来了，地上没有一个人影，远处有一个黑色人影在一片房顶上跑，这个人是汉奸吗？我滑下了电线杆，向那片房屋跑，跑到一个拐弯处，我竟与那个黑影碰了个满怀，那个黑影从墙上跳下来，刚好落到我面前。这是一个十三四岁的少年，穿着一身宽松的黑色便衣，腰间扎着一条灰色麻布腰带，看那虎虎生风的劲儿像是练武术的。黑衣少年说，“你也是捉汉奸的吧？我看见汉奸了，是一个拿着红伞的女人，她想用红伞给日机发信号。”

“红伞？”我急忙问，“人呢？”

黑衣少年指着向西的路，“往那边跑了，我们分开追，我沿这条路，你沿那条路，追！”黑衣少年没等我同意就跑了。

事情太突然了，我来不及思考，听从黑衣少年的指挥，向南跑。对东羊市这一带复杂的巷道，我熟悉得跟手掌纹一样，我知道，黑衣少年跑的那条路到西羊三巷北口向南折，一直折到顺城路，这期间没有岔路口。只要我向南跑到城墙下，沿顺城路向西跑至东羊三巷南口折向西，那么，我们两人会从南北两头把那个汉奸堵在西羊三巷里。看来这个黑衣少年也一样非常熟悉这一带错综交叉的小巷子。我跑到了城墙下的时候，看到那只“麻燕”就在我的头顶上，也沿着城墙向西飞，低得要把我的头发抓起来了。我的脚步有些踉跄，在过一个巷子口的时候，我无意间向巷子里望了一眼，看见一个女人夹着一把红伞向这边跑。我一拐弯迎上去。

我抓住那女人，夺过了那把伞。这是一把鲜艳的橘红色的伞，橘红色的光波最长，跟着八哥九哥在京城上过学的我是知道的。这不是向敌机发信号的工具是什么？

这个女人是一个时髦女郎，缎子旗袍，烫发披肩，身上有很浓的香水味。我夺了她的伞，她不恼不怒，嘿嘿笑起来，“英俊的小哥哥，你夺我的伞干吗？”竟是北平口音。

“不下雨不下雪，你夹着伞干吗？”我反问。

“听你的口音，我们是老乡，同是天涯沦落人。”时髦女郎套近乎。

“你夹着伞干什么？”

“嘿嘿，小哥哥，”时髦女郎笑着说，“打着洋气好看呗！怎么碍着你啦？”

我突然呆了，因为我从女郎笑起来显出的两个酒窝里，看到了一颗黑痣，而且这个黑痣在左边的酒窝中间，是八哥心爱的李小亚？

“睁那么大眼睛干什么？你想抢劫？”时髦女郎打趣。

“我是在抓汉奸。”

“行了吧，抢就抢吧！你看我连个手包都没带。我们同是天涯沦落人，别伤害我，放我走吧！”

“李小亚，你不认识我了？我八哥是齐占强，我替他给你送过诗，我是庄书先。”

时髦女郎侧过脸瞭了瞭南边，露出啼笑皆非的笑容，“你认错人了，我不叫李小亚。”

“李小亚，你为什么在这里？为什么拿把红伞？”我吼起来。

时髦女郎微笑着从我手里拿过伞，顺手捏了一下我的鼻子说，“小哥哥，你是认错人了。”说完，向南边扬长而去。

南边是城墙，那“麻燕”还在找窝，站在巷子里，视野狭窄，看不见影子，只听见嗡嗡声。我追上时髦女郎夺过了那把红伞。

我没有到西羊三巷与那个黑衣少年会合，而是夹着那把伞垂头丧气地往回走。我认定这个时髦女郎就是李小亚，就算这世界上有一个长得一模一样的人，包括酒窝和酒窝里的痣，那么绝不会连习惯动作都一样。在这战乱的年代，异乡遇故人，该是一件多么激动人心的好事，该有多少酸甜苦辣要相互倾诉，李小亚为什么不承认自己是李小亚？

走到巷子口的老槐树下，我站住了，怔怔地看着手里的红伞，这是为什么？我不想承认但事实如此，我除了要阻止李小亚给敌机发信号外，还怕那黑衣少年依伞为证抓住李小亚，对变成这样一个时髦女郎的李小亚，我不应该这么多情，这么庇护她。我为自己开脱：并没有李小亚是汉奸的真凭实据呀？如果再看见李小亚与那“麻燕”扯上关系，一定抓她。我把红伞搞坏，扔到了垃圾堆里。

一日，那“麻燕”又来寻窝了。我又爬上电线杆，不但又看到那个黑衣少年在屋顶上跑，还看到有几个少年分头在几条巷子里跑，他们好像在围追堵截什么人，指挥者正是站得高看得远的黑衣少年。我突然开始担心，会不会追的是李小亚？正这样担心着，一个女人在这几个少年的包围圈中出现了，这个女人穿着普通，拿着一把红伞，闪现了片刻，就消失在了一片屋檐下。那几个少年碰了一下头，又散开飞奔而去。他们在找那个女人？我滑下电线杆，向那个女人消失的那一片瓦房跑去。路上碰见一少年抓住我问：见一个拿红伞的女人吗？我用手一指说：向那边跑了。我所指的方向与那个女人消失的地方方向相反，我虽然没有看清那个女人的模样，但我认定那就是李小亚。“麻燕”一到，在同一地方，出现同样拿着红伞的女人，不是李小亚是谁？而我又一次放过了李小亚，我还是想挽救她。

从李小亚没有拿包这一点看，她即便不住在这一带，也会在这一带有落脚点，这个落脚点就在那一片大瓦房中。此后，我经常围着那片瓦房转悠，我抱着一个决心：找到她，说服她自首，挖出更多的汉奸。李小亚是八哥心爱的人，在这举目无亲的异乡，我应该给她一些关怀。

我寻找的范围不断地扩大。终于有一天，在三学街，我看见了李小亚。李小亚一身素装，手里拿着一卷画筒，进了一家叫臻品轩的字画店。我在门前左等右等不见出来，便进去查看。店里只有一个坐在柜台后沉思的伙计，见我进来，看了一眼，继续沉思。我穿过店堂推开了虚掩的后门。后面是一个大院子，院子里有偏房，静悄悄的，好像没有人，我想进去看，那个沉思的伙计喝住了我。我说：我看见一个姑娘进来了，怎么不见了？那伙计说：要找姑娘到妓院去。我被赶了出来。我不死心，坐在台阶边上等李小亚出来，我知道，这一带的后院没有后门。我坐下不一会儿，一个穿灰长衫、戴了副黑眼镜的男子从一辆洋车上下来，手扶眼镜向四下看了看，迈上台阶，从我身边过去，进了臻品轩，我觉得这个人在哪里见过。接着又过来一辆洋车，从上面下来一个身穿黑呢子大衣、头戴黑礼帽的男子，黑礼帽男子借着整理礼帽，向臻品轩偷偷看了看，走进了臻品轩正对面的字画店。继黑礼帽之后，又来了一个拉着一辆空洋车的车夫，车夫拿出一条破毛巾，装着掸车上的灰，瞭一眼左边的店，瞭一眼右边的店，瞭够了，拉车走了。对面的字画店窗后，晃动着一顶黑礼帽。

很长一段时间后，那个灰长衫出来了，手里拿着一卷字画，这个人好像很高兴，边走边用字画卷打起拍子哼起来，风在吼，马在叫……我想起这个人是谁了！这个人叫了一辆洋车离开后，躲在对面字画店的黑礼帽出来了，黑礼帽手里也拿着一卷字画，叫了一辆洋车坐上走了。我一直等到天黑，臻品轩关了门，也没有见李小亚出来，只好回去了。

回到家，我左思右想才把事情理出了点眉目。黑礼帽是在跟踪灰长衫，洋车夫是在通过尾随黑礼帽而跟踪灰长衫，所以，洋车夫见黑礼帽恪尽职守，就撤了。这都是哪一方神仙呢？我是在齐老爷的药材铺干过特工的，很快把这件事跟情报联系起来了。李小亚如果真是给“麻燕”发信号的汉奸，那么这个臻品轩就是日本特务窝点，那个灰长衫就有可能是汉奸，是情报源。那么，黑礼帽是侦缉汉奸的八路军？洋车夫是什么意思？怎么有点像螳螂捕蝉，黄雀在后呢？我想把这一推测告诉韩冬和韩春，但一想到李小亚，又放下了，还是想等找到李小亚再说。

守候了几天，还是没有见到李小亚。等到韩春回来了，我有了主意。我向韩春要张灵甫的那两幅字，说要去替大哥裱。韩春用那只斜眼看着我，问我是不是要去臻品轩裱字，我当时就愣住了，韩春讥刺地笑了笑说：你不知道大哥是干什么的？韩春这话是什么意思？

不管怎么样，韩春还是把字交给了我。我拿着这两幅字进了臻品轩，伙计开始冷冷的，看到字的落款后，高兴地冲后院叫掌柜的。掌柜的出来了，仔细看着这两幅字说，“啊，真是张灵甫的，好，好。”我斜着眼睛往后院里瞅，看到一个男人在练剑。

掌柜的说，“好字啊，要不卖给我们吧？你开价？”

我说，“不卖。”

掌柜的伸出两根指头，“一幅两根金条？”

我的眼睛瞪圆了，但我还是说，“不卖。”

那掌柜的巴掌翻了一下，伸出四根指头，“翻倍，四根。”

我心也动了，但这是大哥的东西，我做不了主。

掌柜的很会察言观色，他说，“你不要急着回答，坐下喝杯茶。”

掌柜的请我坐在了一边的茶桌前。这个掌柜的有四十多岁，穿着黑缎子棉坎肩，头戴一顶镶着一块翠玉的瓜皮帽，是标准的店面掌柜打扮，但我总觉得有说不上来的别扭。

掌柜的关切地看着我说，“听你口音不是本地人，逃亡的吧？给人家当伙计糊口吧？两幅字八根金条回去给主家，另外，我给你两根做酬劳，以后主家有张灵甫的字你都拿到我这儿来，怎么样？”

“您这么喜欢张灵甫的字？”

“啊！其实，我看重的是张灵甫这个人。张灵甫是抗日将士，令我敬佩。你家主人跟张灵甫一定关系不错吧？一幅写了这么多的字。”

“啊，还行。”我应付着，我在想，这个人说话溜溜顺，但怎么总觉得跟他穿的衣服一样，有说不上来的别扭。

“你家主人住哪里？我想去拜访，看你家主人能不能给我求幅字？有共同的爱好，我们可以交个朋友，以后到我这儿裱字不收钱。”

“这我得先问问我家主人愿意不愿意交你这个朋友。”

掌柜的一笑说，“怎么会不愿意呢？我顺便问一下，你家主人家里是不是有当军官的？”

“没有。”

“那么，跟张灵甫是亲戚？朋友？要不怎么会有张灵甫的手迹呢？”

“不知道，我也从来没见过张灵甫。”我已经可以肯定，这个人是在搜集情报。

也真是巧，这个时候，那个灰长衫来了，灰长衫拿着一幅画，说是要裱。店掌柜热情地迎了上去说，老客了，里面有各种裱纸，随您挑。掌柜的带灰长衫去后院了。我想跟进去，被那个伙计拦住了。

我说，“我也想去挑裱纸。”

那伙计说，“你等着，等那老客挑完了出来，你再进去挑。”

我拿起字起身说，“你看人下菜，我不裱了。”

走出店门，又看见黑礼帽了，他在一个卖字帖的小摊前装模作样，我径直向他走过去，他却迅速离开了。

我是从店掌柜迎接灰长衫那毕恭毕敬的折腰姿态上确定店掌柜是日本人的。这个日本鬼子把灰长衫请到后院干什么？接情报呀！我急切地想把此刻这个想法告诉黑礼帽，遗憾的是他躲我，三闪两闪就不见了。

那就告诉大哥韩春吧，我一口气跑回家，进门大声喊大哥。

韩春从屋里出来，问，“什么事？”

“啊……”我结结巴巴地说，“那家……那家给十根金条要买这字！”

韩春生气地说，“就这事？”

我说，“就这事。”

韩春冷峻地问，“老实告诉我，你到底想对我说什么？”

我低着头，我不敢看韩春的眼光，“大哥，真的没什么事，就是十根金条的事。”

韩春把我手里的字拿过去，说，“一百根我也不卖。”韩春回到自己房里去了。

我看到韩春后改变了主意，原因还是李小亚，大哥铁腕，如果发现了汉奸的踪迹是决不会手软的，如果李小亚跟这些大特务大汉奸一起落网，就要被拉到玉祥门外处死。如果能找到李小亚，让她主动投案，交代出这些特务汉奸立功，也许能免一死。

此后，我晚上常做噩梦，梦见韩春杀了李小亚，梦见李小亚给敌机发信号，梦见韩春用枪抵住了我的脑袋，我在韩春毙我的枪声中惊醒。

我焦急地在臻品轩门前转悠，那个掌柜的跟我打过几次照面，看我的眼光跟锥子一样，但没有问我什么。我知道，这样下去会惊动特务，但我没有别的办法。那只“麻燕”这些天也没有露面，我没有地方找李小亚啊！

一日再去看，那臻品轩换新主了。新店是卖铠甲的。铠甲这类古董都是在东城墙根下的大市场卖的，在文气十足的书院门怎么卖起铠甲了呢？开店的是一个很爽快的汉子，汉子说，这店铺太便宜了，跟送的一样，天也太冷了，权当给自己找了个住的地方，有生意就做，没生意拉倒。我抓起一件铠甲看了看，又闻了闻，一股远古干血的气息从甲片里透出来，使我屏住了呼吸。汉子说，西汉时期的铁制铠甲，结实得很，买回去穿上防轰炸再好不过了。我又抓起一件，卖主说，这是唐代的，有了一些装饰，威风，最实用坚实的是南北朝的，胸、肩、背、膝分部位护，还有秦朝、隋朝的，后院里还有。他热情地带我去后院看，后院很大，南北两溜房，房里除了铠甲外，什么也没有。

十八、敌机轰炸下的西安城

一场小雪过后，那只有段日子不见的“麻燕”又回来了。这时的我仍然在找李小亚，与以前不同的是我不是为了挽救她，而是为了把她送到玉祥门外的法场上。为了李小亚，我发现了日本特务没有向韩春报告，让日本特务跑掉了，我有一种很深的罪孽感，如果韩春知道这件事，绝对会像我梦中的情景那样杀了我。

我想，只要盯住“麻燕”，就有可能抓住李小亚。这是个早晨，初升的太阳血红，敌机在太阳的血红中飞出，给西安城扔下了一个又一个黑色炸弹。“麻燕”好像对这种一成不变的游戏有点烦，想要个调皮玩一会儿，绕着城楼顶上的那面有蓝有白有红的旗帜转圈，好像是想用它螺旋桨的旋风把那面垂头丧气耷拉着的旗帜吹起来，好让它看清上面的图案。城楼里住有国军，平时可看见他们在城墙上操练，这时却静悄悄的。不远处传来轰轰的爆炸声，震得树上的积雪成团地落下来。那是“麻燕”的伙伴开始轰炸了。这“麻燕”不为所动，还在绕飞，终于把旗帜吹了起来，红色的旗帜上有一块蓝色，蓝色中间有一个白色齿轮。“麻燕”满意地一抖翅膀准备离开了。而这时候，一个头戴钢盔的士兵从门楼里冲出来，双手抱着机枪，向那“麻燕”的头部射击。我见过城墙上的高射炮和高射机枪打飞机，他们都是等敌机飞过去了打敌机的屁股，害怕敌机迎面射击，轰走了事。而这个机枪手打飞机的头。机枪后座顶在他半仰的胸脯上，枪口吐出的一道火光从他额前射出去，映照得那绿色钢盔上的白色齿轮旋出烁烁光辉。血红的霞光染红了他半张脸。“麻燕”翅膀斜了斜，忽近忽远地在机枪手周围盘旋，不断射出鸣叫着的子弹。机枪手是一个身材高大健壮的小伙子，但机枪强大的后坐力仍让他的身体像经受着剧烈的抽搐。清晨潮湿的空气里弥漫着硝烟和硝烟的味道。城门楼里传出命令机枪手快躲进来的喊声，但机枪手坚持向“麻燕”射击。最后，机枪手仰倒在墙垛上了，倒下去的时候机枪从手中滑落，落在了城墙下的雪地上，砸起一片雪尘。“麻燕”俯冲下来，对着机枪手补了一梭子子弹，一摆屁股，飞入云端。城墙上一时变得死一般宁静。机枪手的血与墙垛上的雪融成水，顺着青色的砖墙流下来，鲜红得暗淡了霞光。我从愣怔中清醒过来，飞快地跑过去抱起那挺机枪，撒腿就跑。机枪发烫，上面黏糊糊的都是血。这机枪上还有半梭子子弹没打完，丁零当啷地影响着我的脚步。这是多么强大的武器啊，会派上大用场的。

“叭——哒”一颗子弹落在我的脚前方，崩起几片积雪。我刹住了脚。一个军官站在门楼上，举着胳膊打手势，让我把枪送回去。我仰头瞪着那个军官。军官一甩手，“嗖”一颗子弹从我耳边擦了过去。妈的，刚才你钻在城门楼里当耗子，现在跑出来欺负我一个小老百姓，你不打日本鬼子还不让我打？我学着刚才机枪手的样子将枪口扬起对准了那军官。

“小子，有种啊！”那个军官收起了枪，向我友好地招手，“小子，你还不会用机枪，送上来，我教你。”

我把机枪扛上肩，踩着楼梯上嘎吱嘎吱叫的积雪，上了城墙，在那一刻，我产生了一个想法，跟他们套套近乎，也许能让我加入他们。

军官是个麻脸，大鼻孔，鼻孔里有黑毛像象牙一样长出来。他带着几个士兵迎着太阳笔直地站着。那太阳还是血红的。太阳下，两个士兵用担架抬着机枪手走过来，停在了军官面前。机枪手胸口被打成了血肉模糊的坑，脖子全被打烂了，只有喉结完好，血色中突起一块白，好像还在蠕动。机枪手的脸比雪都白，上面的血点子像眼泪一样还在滑动，头盔上布满了血点子，一个黄色子弹嵌在那白色齿轮正中间，上面没有血。军官用戴着白手套的手把机枪手的头盔摘下来，整理了一下他额前湿漉漉的头发，擦掉脸上的血，然后拿过我手中的机枪，对几个士兵们说，“跟李辉告个别吧。”端起机枪向天空打了几下，然后说，“抬进去吧，给他换套新军装。”几个士兵将机枪手往门楼里抬，军官在后面跟着。

“我有个想法，长官。”我突然激动地喊。军官回头看了我一眼，对站在楼梯口两个哨兵恼怒地说，“赶紧轰他下去。”

“不，长官，你听我说……大哥，让士兵穿上铠甲就不会……”我的声音被两个哨兵的呵斥声压倒，他们把我架起来拖下楼梯，摔在雪地上，我爬起来还要上楼梯，两个哨兵用枪口对准了我的胸口。

我跪在了城墙下一片干净的雪地上，用雪擦着手上和棉袄上的血，这些血是那个叫李辉的机枪手流下的，还有温热。在这座被青砖围起来的城池内，在这群展示着历史文明的瑰丽的古建筑中，在衣食富足的人群里，同样有南苑那样抗日的热血在哗哗流淌啊！雪变成了红色，纷纷从手掌中落下来，像家乡红高粱穗子上飘落的红粉，发出沙沙的细微响声。

我回到东羊市的时候，老远听见敲锣声，看见韩冬一身灰军装带着几个八路军战士站在街口敲锣。一阵锣声后，韩冬双手罩在嘴边成喇叭状，身体转着圈向四面八方播送着八路军帮百姓收尸的消息：“大伯大婶大哥大嫂们啊，把尸体都抬出来吧，我们八路军帮助你们掩埋亲人的尸体，如果死在你门前的是陌路人，也帮着抬过来吧，我们会集中在一个地方，供他的亲人认领，如果没有人认领，我们也会埋葬得很好。”韩冬背后的地上放着好几具尸体。周围的雪被踩成了烂泥，看不见血迹。

我高兴地跑过去跟韩冬打招呼，韩冬抓住我的手，询问身体恢复情况，我说非常好，一点后遗症都没有。韩冬又唠叨了几句不能跟大哥干的话后，让我回去帮他把家里的架子车拉来，他们要拉尸体到东郊去掩埋。

我有些犹豫。

“你偷偷拉，我爸是个心里没有劳苦大众的小资本家，他知道了会不让拉的，快去。”韩冬推了我一把。

巷子的雪被人踩硬了，一走一滑。这个任务我心里不大愿意完成的，大大的车是拉粮食的，大大知道肯定是不愿意的。但是，这是亲爱的二哥让我做的事，我又怎么能不干呢？再说，二哥是代表八路军给大家做好事，谁都不愿意无名尸躺在自家门前，但谁都不愿意干清理无名尸的活，人家八路军自告奋勇干，我怎么能不支持呢？

大大的烟囱里冒出了蓝色的炊烟，在刚经历了轰炸的这个早晨显得那样地温暖和宁静。

令我意外的是韩春回来了，一般韩春回来都在晚上。韩春穿着呢子军大衣，戴着军帽，一脸忧郁地站在院子中间望着天空。朝霞已经消失了，天空平展展的，什么都没有。

“大哥，我正想……找你，我……有一个想法……那个叫李辉的机枪手让飞机上的鬼子射死了……”我激动得有些语无伦次。

韩春的目光从天空转到我身上，神情冷峻地等待我平静下来。

“大哥，我看见你们的一个机枪手在城墙上射飞机，死了，他叫李辉。”

“哦，知道了。敌机轰炸越来越平民化了，我回来是劝你大大回乡下躲躲。”

“他的钢盔没被打透，那铁质的铠甲应该也打不穿，大哥，如果他穿上铠甲呢？大哥，市场上有卖铠甲的，有铁的，就是打穿了也会起到阻拦作用啊……李辉的胸打成了一个坑……大哥，让机枪手穿上铠甲吧！”

韩春阴郁的眼睛里出现了几分怜爱，“你的脸都白了，别急，什么意思？让我们的士兵像古代的士兵一样穿上铠甲？”

“大哥，是打飞机的高射机枪手。大哥，市场上有卖铠甲的，那些铠甲能穿的。大哥，要不我带你去看看？”

韩春思索着说，“都是啥样的铠甲？”

“啥样的都有，甲片有铁的、铜的，还有厚牛皮做的，用糯米粘起来的厚布片的，护肩的、护腿的、护胸的、一整套的都有，甲是用牛皮绳……”

韩春举手制止我说下去，“去拉车，我们去。”

我飞快地奔向院子拐角的车棚，这时我已把二哥韩冬吩咐的事情忘得一干二净了。

我把车拉出来，又飞快地跑进屋里拿出一个坐垫铺在车帮上，“大哥，你坐上，我拉你。”在我的心里韩春很劳累，而且对韩春总有一种感恩的情绪，韩春抗日，好像是为我抗日。

“我这样一身军装的坐在架子车上？你先去，我回头到。”

这时，韩冬进院子了。

“大哥回来了，院子里这么冷，进屋进屋。”韩冬一边跟韩春打招呼，一边给我使眼色，意思是让我赶快拉车走。

韩春冷冷地说，“使啥眼色？我早听你在巷子口哇啦叫了，是要用车去拉死人？”

韩冬摊开两只手，拿出大辩论的姿势，“你说死人不清除怎么办呢？你们不管，我们八路军也不管，让死人臭着？我们八路军是人民的队伍……”

“行了行了，”韩春厌烦地摆手，“把哪里都当成你的宣传舞台了，你们这是哗众取宠，帮人民收尸的事有政府组织，军队的责任是为人民打敌人，不是为人民收尸，你是一个军人，连这点都不知道吗？”

“你……你这是在羞辱我们共产党八路军，搞清楚了，你们是执政党，打鬼子是你们的分内事，西安城被炸成这样子，生灵涂炭，血流成河，可你们打下来一架敌机了吗？还好意思给我整天端着个正规军的臭架子！”韩冬抓住车辕对我说，“我们走，少跟他废话。”

韩春拦住说，“这车我要用，你不是一心为劳苦大众吗？去劳苦大众那里借。”

韩冬说，“你们不是有汽车吗？你去用汽车。”

我说，“二哥，大哥是要去拉铠甲，那里路窄汽车进不去。”

“什么铠甲？”韩冬嬉笑着说，“难道堂堂的国军要穿过去朝代的东西去打仗？这不是笑话吗？大哥，你还是想想，日机怎么炸得那么准呢？我说你这特工长官怎么当的？不会内部有奸细吧？小心哪天连老窝都被端了。”

韩春突然掏出了枪对准韩冬，怒吼道，“滚开。”

韩冬极其轻蔑地看了一眼眼前的枪，“我的话击中你要害了？”

“我告诉你，是有一个汉奸，但这个汉奸不在我们这里，而是在你们那边。”

“你再说一遍？” 韩冬也拔出了枪对准韩春，“你再敢这样诬陷我们，我就开枪了，信不信？”

韩春冷笑着说，“是不是我的话也击中你的要害了？”

韩大大举着两手面粉从厨房里出来，对兄弟俩跺着脚喊，“开枪啊，怎么都不开枪？打啊！”

韩冬先收起了枪，韩春把枪也收了。

韩大大缓了口气说，“你们刚才说的我都听见了，这是我的车，我让谁用谁就用。韩冬，先让韩春用，先顾活人，这么大冷的天，晚一会儿臭不了。”

韩冬说，“我们的人在巷子口等着呢。”

韩大大生气地说，“你希望那些打飞机的娃们死？希望更多的人被炸死？你不能让他们等等？等你哥用完了，这车送给你们八路军，我不要了。”

韩冬说，“我们八路军不拿群众一针一线。”

韩大大说，“祖宗，你就别再来这一套了，我嫌晦气行了吧？”

“好，听爸的。”韩冬让了步。

韩大大看看韩春，又看看韩冬，伤感地说，“春啊，冬，跟爸吃顿饭再忙去好不好？不知道你们啥时就要上前线，我也不知道啥时会被炸死，一起吃顿饭吧？”

韩春过去安慰韩大大，韩冬对我指指车又指指门外，我拉车出了门。

太阳在铁灰色的屋脊上露出半边苍白的脸，巷子里一半阴影一半光明，我走在分界线上，一半身子冷飕飕，一半暖洋洋。我犹豫着，听二哥的还是听大哥的？二哥一定认为我的心是偏向他的，才跟我打手势。比较起来，我是更喜欢二哥韩冬的，喜欢跟他靠近，在这举目无亲的古城，我感觉二哥有亲人的温暖，如果我背叛了他，从今以后我就无法再见二哥了。更让我难以割舍的是那共产主义，那是多么美丽动人的主义啊！我想，不但我喜欢，母亲妹妹也会喜欢，得罪了二哥，以后怎么投入为共产主义而奋斗的队伍中去呢？但是，那个叫李辉的机枪手的鲜红的血在我眼前浮现着，大哥跟二哥的唇枪舌剑我听得很清楚，在这一点上我偏向于大哥的，我有些后悔，我刚才应该装没看见二哥的手势。平时很长的巷子这时变得很短，好像几步就到了头，我心里希望这巷子长一些，或者步子迈得碎一些，尽量碎一些。

到了巷子口，我站住了，心里更加犹豫。向左，在几步远的大槐树下是几具尸体，向右不远处是城墙，沿着城墙向西走不远，就是那家卖铠甲的店。

正犹豫着，一个八路军战士对我招手，我没有动。那个八路军喊起来，“小同志，把车拉过来。”我却像被吓着了一样，拉起车撒腿向右跑了。我跑到了铠甲店门口，把车辕放在马路牙子上，坐在上面哭起来。

可以想象二哥站在巷子口那尴尬的样子，要知道是没有人愿意把自己家的车子借给他们拉死人的，我给二哥难堪了，我也觉得对不起躺在雪地上的遇难者。同时我又为自己最终自主做出了选择而欣慰，想到二哥感到一种温暖，想到大哥感到的是一种力量，我是个男人，应该选择力量。

一个身穿棉袍头戴狗皮帽子的大胡子走到跟前，用拐杖敲了敲车辕，“小伙子，想拉活就进去帮我搬东西。” 我抬起头一看竟然是大哥。我明白大哥的意思是让我装作不认识。

后来更严重的事情发生了——天水行营被炸。我不清楚一九三九年三月七日天水行营被炸是不是李小亚所在的日本特务机关所为，但我基本可以认定，那只“麻燕”是日军寻找天水行营防空洞的侦察机。天水行营的防空洞就在“麻燕”常飞的城墙下，天水行营的防空洞被炸后，那只“麻燕”就再也不来了。

关于天水行营防空洞被炸，史料上有比较详细的记载。六十四人遇难，其中有中将李国良、少将副参谋长张谓行、少将处长赵翔之，其余皆校、尉级军官。这是当时国军中抗战的精英。当时各地下半旗三天志哀。三月二十九日国民政府举行葬礼，死难者集中安葬于长安县太乙宫乡的翠华山下，取名为“天水行营三七殉难烈士公墓”，其地址位于今太乙宫镇，当地人称“抗日墓”。一九八四年六月八日，中华人民共和国民政部追认他们为革命烈士。

关于天水行营我得多啰嗦几句。自抗战全面爆发后，国民政府为抗击强敌，进行长期抗战，不断依据战争进展，制定一系列全国作战方案，并依据战争实际变化做一定修改。一九三八年十月，武汉、广州这两座中部、南部重要城市失守后，大片国土沦丧。一九三八年十一月，国民革命军事委员会委员长蒋介石先后于湖南南岳、陕西武功两地召开委员会军事会议，决定重新划分战区，撤销原来重庆、广州、西安城三行营，而另设桂林、天水两大行营，以便有力统一督导南北两战场。天水行营办公地址设在西安城东厅门，统辖有北方第一、第二、第八、第十等战区及冀察战区、豫鲁战区、晋陕绥宁战区，辖陕、甘、宁、青（新疆、西藏）等十三个省地区。关于北方行营为什么取名天水，据说是因为日本旗是太阳旗，天水可以淹没太阳，天水的寓意就可想而知了。

那架日机是怎么寻找到天水行营防空洞的？轰炸不是一般的狂轰滥炸，以天水行营对中国抗战的重要性，防空洞必然很坚固，狂轰滥炸都不一定能起作用。这次轰炸相当有预谋有方案，扔进毒气弹后炸塌洞口，把人捂在里面。如果说李小亚是引导“麻燕”寻找天水行营防空洞的，那么李小亚怎么知道天水行营防空洞的？在陕西的国军高层有汉奸？李小亚、灰长衫都跟臻品轩紧密相连，灰长衫会不会是一个桂皮式的人物？联想到韩春兄弟那天拔枪相对说的那些话，不是没有这个可能。

行营出事后，韩春的眼睛射出了狼一样的光。我冒着被韩春一枪毙了的危险，把李小亚及日本特务点的事原原本本地跟韩春讲了。出乎意料，韩春没有拔枪对着我，还安慰我说：你不要太自责，其实我们早盯上了那个臻品轩和那个人。是我们把臻品轩给端了，李小亚是一个小角色的汉奸，我们把她放了，想放长线钓大鱼。可惜的是我们没有抓住那个人通敌的直接证据，让他又一次逃脱了。我明白了，那个黑礼帽是国军的人。我说：大哥，让我也帮着盯那个人吧，多一个人手早一天揪出来。

韩春阴森森地嘿嘿笑了两声说，“揪不出来就不揪了。”

“怎么算了？大哥，怎么能算了？”

韩春让我闭嘴。后来我知道了，韩春说的“揪不出来就不揪了”的意思是干脆杀了。天水行营被炸让韩春失去了拿到证据的耐心。这是一个什么样的人呢？身在八路军的队伍，能出卖国军的情报，还抓不住他的狐狸尾巴，是一个比桂皮还狡猾的大汉奸？但愿他没有桂皮的好运，韩春大哥能杀了他。

我给这个汉奸起名叫桂皮二。

天水行营被炸后，西安城城里传出了关于铠甲的五花八门的段子，最多的是秦、汉、唐等十三朝皇帝无法忍受行营被炸这件事，从地下钻了出来，对日本特务和汉奸进行地毯式搜索清除。秦始皇是在一个月黑风高的晚上，带着两个战将，从东门进入，穿过东大街，在西大街阔步至桥辞口，拐入早慈巷，他们身穿黑色铁甲，铁甲上的铆钉在黑夜里闪烁着白光。第二天，一串汉奸的头颅挂在早慈巷口的那棵大树上。

汉武大帝刘彻则是一身绛色铠甲，独自骑着一匹白马在北门外追杀两个日本特务，最后将两个日本特务的头拴在马尾巴上吊着，进北门出南门，在大雁塔附近消失。

唐明皇李隆基是八骏，八骏之上的他身穿胸前有山文的铠甲。唐明皇的马队走到钟楼，东西南北各两匹分开跑去，而他自己从车里挽出杨玉环登上钟楼看月亮。东西南北被他的八骏的铁蹄踏得地动山摇，鬼哭狼嚎。

没有人相信这些段子是真的，但那段时间的夜晚，西安城血腥味浓烈是真的。

韩冬不屑地说，这都是韩春在装神弄鬼，日机炸了他们的老窝，他看谁都是汉奸，见谁都想杀，没有确凿证据又想杀，怎么办？就让先帝们复活。

十九、暗流汹涌的黄埔西安分校

我是于一九三九年五月的一场春雨后到达军校的。军校学生有入伍生和军官生，我是庄平，自然进入的是军官生，这都是韩春安排的。黄埔军校西安城分校正式名称是“中央陆军军官学校第七分校”，在长安县王曲镇地界上，位于八水绕长安之一的滈河北岸。校长由蒋介石兼任，实际负责人是胡宗南，胡宗南当时是第八战区副司令长官。

我穿着崭新的军装，提着一个装着毛巾碗筷的袋子，凌晨出发，一路小跑，太阳两竿子高的时候已到达王曲镇地界。韩春大哥不但让我当上了兵，而且一步跨上了正营级军官，简直如做梦。那时我仅仅十八岁，是那么地年轻啊！我非常地想不明白，过去怎么就只想着当个大头兵呢？为什么没有想过当将军呢？我想，自己虽然没有正儿八经当过兵就当上了军官，没有战斗经验，更没有指挥经验，但我相信我有才能会很快弥补上这一缺陷，一个年轻的将军谁没有一段成长史呢？庄平将军为什么就不能有一段成长史呢？这样的兴奋使我仿佛看到我自己正置身于军队、城防工事和炮火与硝烟中，手拿望远镜，指挥若定地发号施令。然而，当我真的穿上军官服，戴上军官帽，当我头上闪耀着青天白日的时候，心中又生出惆怅和叹息，一是我辜负了二哥韩冬的期望，难以割舍、难分难离那个共产主义，我甚至流下了眼泪；二是韩春跟我的一次谈话，韩春说：你必须要继续假冒庄平，庄平就是你以后的身份，让庄铭消失吧！我想问：庄平的工作为什么还没有做完？到底到什么时候？韩春不等我开口就堵住了我的嘴，韩春说：不该你知道的你不要知道，你记住一点，如果你扮演不好庄平的角色，可能会有很大的麻烦，说小了你会被抓，经受严刑拷打。要么你当叛徒苟延残喘，当然我们也不会让你多喘几日，我们对叛徒的手腕比对敌人的更狠毒，我们会除掉你；要么，你会受尽折磨后被杀，敌人还不会给你个壮烈的好名声。其实，我每天面临的就是这些，特工就是这样的，比上战场更难做事做人；说大了可能会影响国共两党在西安城乃至中条山抗日的合作，对抗战产生很糟糕的影响，事情就是这么严峻，你明白不明白都必须按我说的做。

“我要装到什么时候?”

“可能是永远。庄平去执行任务，一直没有回来，但他必须露面了，他在中条山负伤后养伤的时间太长了，再不露面会引起怀疑的。大哥也是没有办法啊!”韩春眼睛里泪光闪闪。这是我第一次看到韩春的眼泪，我有些慌，安慰他说，“在西安城，没有人认识我和庄平，虽然二哥知道我的真实身份，他也不会害我。”韩春说，“我明白的，你二哥知道了也会先找我问的，我有办法。”

庄平是跟肖丽、李简一样的人，能给他做替身，我感到很荣幸，令我心里憋屈的是韩春始终没有向我说明庄平是执行什么任务的，为什么弄不好就会影响国共两党的合作呢？年轻的我认为这是大哥对我的不信任，让我干又不信任我，我心里怎么会不结疙瘩呢？在去军校的路上，我看不见太阳出来时那微黄的辽阔麦田上不断变换着的光线和清晨起飞的鸟们的绿色亮翅是多么美丽，我一路上垂着头，看脚下的土路。土路上留下昨晚一场春雨的痕迹和木轮车轧出来的一道道又深又窄的辙印。我提着略显长的裤腿，挑硬一些的辙棱走，那样子就像小时候走在铁轨上，脚别成外八字，两臂稍稍抬起。我是军官生，要穿军装到校，韩春只给我配了军装，没有配上鞋，此刻我穿着韩春的一双旧皮鞋，鞋有点大，韩大大找出韩冬的一双布袜子，说穿上鞋就不大了。布袜子是用粗布做的，跟靴子有点像，有很厚的袜底，是韩冬从延安穿回来的。

我就是这样，穿着国民党的鞋，共产党的袜子，冒充着庄平的身份，走向了我人生的新征程。

一匹黑马从我身后飞奔而过，蹄铁闪烁，泥水溅了我一身。也不怪马，马肥硕的屁股上正挨着无情的皮鞭。我站住怒视骑马人。骑马人是一名军官，看上去三十多岁，铁块一样的身躯随着马的奔跑上下颠簸，伏在麦穗上贪吃嫩麦粒的小鸟惊得四处飞散，扇起的疾风推起一道道细微的麦浪。突然地，这个军官勒住了马，马痛苦地立起来，发出“啊哟”的嘶鸣。

“喂，是军官班的新生吗?”

“是。”

“看你这样子，折腰拉胯的，跑步前进!”

我向那军官跑去，由于鞋大，手里提着东西，跑得有点狼狈。

军官用马鞭指着我命令道，“把鞋扔掉，把手里的盆盆罐罐扔掉。”

我没有动。

“扔掉，服从命令!”

军官很蛮横，看样子如果我不服从命令，他就会回马过来像抽马屁股那样抽我鞭子。我扔掉了鞋和袋子，踩着车辙窄窄的硬棱子跳跃着跑过去，车辙里的泥水几乎没有溅脏我的裤腿。

“行啊，蛮会跑，上马。”

我们两人骑着一匹马在田间土路上奔驰起来。

“你叫啥名字?”

“庄平。”

“噢，你就是庄平？神枪手?”

这个军官就是我在军校的第一任主教官——刘孟廉。

刘孟廉脾气很不好，急躁，一根筋，我们都怕他，就这样一个人，共产党却要策反他。打前站的不是别人，是韩冬，找的不是别人，是我。那是我刚到军校不久的一天，学校门岗传来话：校外有人找。军校的大门没有证件是进不来的，来找的人要等到校外，等门岗进去传话。我猜是韩春，因为当时在可能会来看我的人中，只有韩春知道我叫庄平，但韩春怎么会进不来呢？走出校门一看，是韩冬。韩冬穿着新崭崭的普通老百姓衣服，牵着一匹马，他旁边站着一个女孩，也是一身新衣，看上去像一对新婚小夫妻。我一眼认出这个女孩是米嘉。这样的相见让我们多少都有点尴尬。米嘉是聪明人，装不认识我。我也就坡下驴，装不认识。我明白，两人打扮成这样子是为遮人耳目，军校是一个表面看起来简单，实际上复杂的地方，我毕竟是接受过共产主义战士韩冬、尚致的熏陶和听过共产主义思想传播者李建教导的，一进军校就发觉在学生和老师中都有共产主义思想闪光。韩冬给我送来了一大罐子油汪汪的炒咸菜丁。韩冬说，"给你拿这么多，就是让你分给大家吃，让大家喜欢你。"

韩冬带我走到田野边的一块树荫里坐下，摆出了有话说的架势。米嘉一个人在远处的一片苜蓿地里采花，苜蓿正开花，紫红的一片。面对韩冬，我非常惭愧地垂着头。

"我不是来责怪的，怪也要怪我没有及时地把你带去延安，让韩春钻了空子，不过，也没关系的，你现在照样可以跟着我们共产党为共产主义而奋斗。" 韩冬说。

我抬起头，一头雾水地看着韩冬。

"其实我们好多共产党员都在国民党中为党工作。"

"那不是奸细吗？"

韩冬瞪了我一眼，"别说得那么难听，叫地下工作者。二哥觉得你在军校也不错，可以做一双小耳目。"

"我不干。"我脱口而出。

"觉得影响了你的人品？这不是为了你个人私利，这是事业，是崇高的。"此后，韩冬讲了一大堆这些工作是多么崇高，对党的工作是多么重要。我望着远处的滈河沉默着，就是一句不吭。后来韩冬转了话题问我，"你的教官是刘孟廉吧？"

"是。"

"他管了多少学生？"

“一个总队，四五百人吧！”

“没说你们学完了以后去哪里？”

“当然是战场了，这个学校就是为抗日培养军官的。”

“刘孟廉怎么样？”

“什么怎么样？”

“他都给你们讲了些什么？”

“抗日，学好本事抗日，他还说他一直要求去前线。”

“他没有反共言论吗？”

我想了想，“没有。有些同学好像爱……发表些与众不同的言论，刘教官很生气，说现在是国共合作期间，不要说些不利于团结的话。”

“还说什么了？”

“还说，国共两党一决高低也是抗日战争结束以后的事，我们要团结一致把日本鬼子先打走。二哥，你问这些干什么？”

“给你直说了吧，我们想把刘孟廉拉到我们这一边。你想啊，如果他能为我们工作，他的那些学生是不是也可以带动起来，那将来国军的队伍里该有多少我们的力量？”

我看着韩冬，我发现，韩冬是个诗人，韩冬的眼里放射出诗人那种充满幻想的灿烂光辉。

“二哥，军校是为培养去前方作战的军官，不是培养奸细的地方，目前是抗日，你不要挖国军的墙角。”

“你上军校才几天啊，说话这么难听？你刚才给我说的这些情况，都是我党要掌握的情况，你这就是为我党做了工作，世界上就没有泾渭分明的事，你可以跟国民党去打鬼子，也可以为共产主义的实现做点什么，这不两全其美吗？”

我感到这话别扭，却产生了一种茅塞顿开之感，我还可以向共产主义靠近！

韩冬说，“在你们的同学中就有我们的同志，我们的同志给我说，刘孟廉这个人不好接近，但他很欣赏你，你好接近他，你要多关注刘孟廉，记下他的一言一行，策反刘孟廉的事你千万不能说出去，对大哥更要守口如瓶。”

那种熟悉的纠结又涌上了心头，我不愿意背着大哥做这个勾当，又不愿意让二哥失望。

韩冬将手放到我的肩上，“其实，我和我的组织都很希望你在国军中大有作为，如果有可能，还想帮你早日脱颖而出，乱世出英雄，好好干。”

我有些不明白韩冬的话，睁着迷糊的双眼等待韩冬做解释，但韩冬却结束了这个话题，把目光从我脸上移到远处米嘉身上，米嘉正用一把野花扑打蝴蝶。我说，“你喜欢她？”

“我的未婚妻，等情况好了，我娶她。”

“大哥也有一个未婚妻。”

“我有嫂子了？”韩冬回过头，惊喜地问，“漂亮吧？我大哥那人，难说话。”

我望着远处美丽的夕阳说，“她叫肖丽，很漂亮，她已经死了。”

韩冬的脸立刻露出了痛苦的表情，“怎么会这样？”

“她跟你哥干一行，在北平被日本鬼子发现后杀了。”

韩冬喃喃地说，“我哥是一根筋，不容易爱上，爱上了一辈子就丢不下了，我哥一定很痛苦，我哥完了，一辈子不会有我这样的幸福了。”

这是我唯一听到的韩冬心疼韩春的话语，女人和爱情往往容易使男人坚硬的地方变软，无论如何，韩冬还是韩春的弟弟，亲不亲，打断骨头连着筋。

韩冬临走才问我为什么改叫庄平了，我反问他怎么知道我叫庄平，韩冬说我是明知故问，我就明白是怎么回事了，我被他的同志盯上了。我告诉韩冬，我人在异乡，很怀念北平，就改名庄平了。韩冬笑了笑说理解，但我看他并不相信。

韩冬把米嘉叫过来抱上马，然后自己跨上去，一手揽住米嘉的腰，一手拽着缰绳，进了田间小路。他们迎着夕阳，背影是一个叠在一起的玫瑰紫剪影。这情景让我再也抑制不住对惠的思念，放了一枪。韩冬勒住马，回头看了看，然后打转马向我跑过来，我大叫着二哥迎上去。我激动万分地请韩冬一定帮我找到惠，告诉惠，我现在的情况。

我出院后就与惠没有了联系，我写过几封信都没有寄出去。我跟惠说我是庄平，是军统处的，可我出院后又回到了庄铭的身份上。现在不同了，我又是庄平了，真正成为一名正式的军官。

惠很快来了，坐着一辆四轮马拉轿车，那轿车我见过，是她家里的，车和马都很漂亮。惠穿着一件月白色的旗袍，亭亭玉立在一棵年轻的白杨树下，向我微笑，“你又长高了。”

惠态度亲切，目光温柔，嫣然一笑好像一个天使。惠偏瘦，身材不高，甚至有些矮小，这些缺陷在我的眼里变成了小鸟依人，一阵轻风吹过来，我有了让她依靠我肩膀的欲望。我开始由一个生瓜蛋子的毛头小子向成熟男人迈进了。我曾经为自己的瘦小而自卑痛苦，惠说的“你又长高了”，是我最爱听的，但我嘴上说，“二十六了往哪儿长啊。”

惠笑了笑。我从她的笑容里看出，她根本不相信我有二十六岁。我是做贼心虚，我和庄平相差七岁，年龄是伪装的硬伤，我没有办法，韩春也没有办法。

这么一个美好的人，我该带她到哪里找一个美好的地方坐坐呢？我已经观察好了，在学校东边，有一片杏园，现在正是杏成熟的时候，我们可以一边吃杏，一边聊天。我征求惠的意见，惠说：我还给你带杏来了呢，杏就不吃了，上车，我们在周围转转。真是个好主意，带惠看看我们军校周边的风景也很不错啊！

赶车的车夫我也见过，是惠家的长工，惠叫李叔，我也跟着叫李叔。为了敞快，李叔把车棚放了下来。我和惠一边一个坐在车帮上，车帮上有软垫子，坐着很舒服。李叔坐在车辕上赶车，嘴上叼着旱烟袋，有一句没一句地夸着风景好。军校被一圈路围着，路被树围着，有些是农村常见的树，白杨树、洋槐树、榆树，有些是风景树，棕榈、绒线花、蔷薇，马好像也很喜欢走这样的路，拉着车，却有些像闲庭信步。路上的阴凉不是那么匀称，一段有一段无，李叔说：小伙子，给我们大姑娘把伞打上。我这才发现车里放着一把带花边的洋伞，我有些不好意思，还是给惠打起了伞。我们还是跟在三原一样聊着天，还是多半是惠说，惠聊的多半是文学，给我讲鲁迅的文章有多么多么好。与一位心仪的姑娘坐着马车，吹着凉风，在树木间穿行，是多么地愉快和浪漫，这甚至就是我梦中的情形。但是，我当时没有体会到，我被一种紧张的情绪左右着，我左顾右盼，唯恐被熟人看见，这是在路上，谁都有可能碰到，特别是由西安城过来的。这是军校，我是个军人，带着个姑娘，举着把洋伞，坐着个轿车，绕着学校闲转悠是什么意思？如果我知道李叔要放下车棚，我不会听惠的这个建议，起码我会犹豫，看到惠那么惬意，沉浸在自己的讲述中，我又不愿意结束。我最害怕的是碰上刘孟廉，如果让刘孟廉碰上，马鞭抽得我嗷嗷叫都说不定，他不让我在惠面前丢尽面子绝不会罢休。没有碰上刘孟廉，碰上了韩春，韩春骑着马从西安城而来，都是一个方向，所以他骑过去了才发现，立马在了路中间。他一身军装，戴墨镜，我看不出来他是生气了还是没生气，我把伞合起来，硬着头皮打了一声招呼，“你来了。”我不能叫大哥，韩长官又叫不出口。韩春笑了笑，“别忘了上课。”打马走了。这是婉转的逐客令。

惠说，“这是你教官？好像挺厉害的。”

“还行。”

“你去上课吧，我们也该回去了。”

跟惠的这次见面就这样结束了。惠走的时候脸上布满了担心和自责，我调动起所有的笑容，帮李叔撑好车棚，挥手再见。无论如何，总有些不欢而散的感觉。不幸中的万幸，如果是刘孟廉，不知会怎么糟糕。

韩春是给我们上课的，讲的是如何甄别汉奸，韩春说：其实汉奸无处不在，在前方军队里有，在敌后机关里有，我敢说现在在我们的军校里都有，也许就在你们中间。说得大家毛骨悚然。他举了好几个他抓汉奸的案例，赢得了同学们的掌声。我为有这样的大哥暗暗自豪。接下来，韩春讲了北平站一个年轻人抓出内部暗藏叛徒内奸的事情，韩春告诉大家：这个年轻人就在你们中间，他就是庄平。

大家把目光转到了我身上，我面红耳赤，简直想钻进地缝。这还没有完，韩春让我站起来，接受大家的掌声。我只好站起来，向大家的掌声敬礼。

上完课，韩春带我在操场边溜达，我红着脸质问韩春为什么要这样，这不是寒碜我吗？韩春说：我是故意的，在这个军校里有的是共产党，我就是让共产党知道庄平在这里学习，你一定要注意安全。

为什么要让共产党知道庄平在这里？庄平到底跟共产党有什么关系？韩春每提一次庄平，我的眼前就多一层云雾。

此后同学们有事没事就要把我围住，问有关抓汉奸的事，他们很羡慕我。我牢记着韩春的叮咛，无论谁问，都说小事一桩，不足挂齿，婉拒。韩春教导说，话多必有失，你对庄平知道得太少。

韩春临走一脸警惕地问起惠，我告诉他惠是大大常去收粮食的尚家的姑娘，在三原县医院建立了友谊，我们是好朋友。

韩春拧起了眉头，“是她主动来找你的吗？”

“这很重要吗？”

“很重要。”

“是我让二哥捎的话，我想让她来。”

韩春放下了眉头，淡淡地说，“我看出你的心思了，这女子人可能不错，就是长得太配不上你了，脸瘦得像条黄瓜。大哥回头给你介绍个漂亮的。”

我低头不语。

“你跟大大去了她家两次，她应该知道你叫庄铭吧？”

“知道，但是我告诉她那是我的小名，我大名叫庄平。”

韩春叹了口气说，“我就跟你说了吧，尚怀道是在我这儿挂了号的共产党的老狐狸，云阳乡是延安到西安城的交通站，共产党的老窝。大哥不要求你赶紧跟这女子断了，但有一点，你必须做到，不能让她觉察出你是冒牌的庄平。”韩春再三叮嘱后，又给我布置了一个任务——向刘孟廉靠拢。靠拢的目的是摸清刘孟廉对党国忠不忠，会不会被策反。韩春忧郁地说，共产党做人脑的工作太厉害了，一个不着边的共产主义就把人的心拢过去了。韩春说：帮大哥看住你的教官，发现苗头不对就给你李教官讲。李教官是个女的，给我们上过政治思想课。

韩春满面愁容地走了，我的心情也不好，我预感到我今后不仅要在这兄弟俩间，还要在惠父女间，国共两党间如锅上烙着的一张饼，两边受煎烤。

此后韩春、韩冬两兄弟还来过军校，韩春大摇大摆，有一次我看见韩春跟刘孟廉有说有笑地在校园里散步。韩冬是神出鬼没的，他的身影会猛不丁地闪现在树木间或房舍后，穿戴有时像给学校送菜的农夫，有时穿着军装像军校学员。韩冬能在校园出没，学校里就一定有他的内线，这让我感到，在策反刘孟廉的事情中，韩冬不过是一个穿针引线的小角色，大角色在后面。

有一次我在校园的林中小路上与韩冬相逢，韩冬穿着军校学员的军装，身后跟着一个穿长衫戴礼帽的高个男人，韩冬边走边四下张望，那个人却始终低着头，帽檐压得很低。遇到我，韩冬抢先一步笑着跟我招呼说，“狭路相逢，这位同学先过。”我目不斜视地过去了，我明白这是韩冬不愿意让身后的人知道我们认识。过去后，我总觉得异样，回过头看了一眼，那个人也回过了头，尽管他帽檐压得很低，脸只侧过来半边，我还是马上认出他就是我曾经认定的汉奸桂皮二。当时天色已晚，树影婆娑，我觉得我不是用眼睛而是用感觉，这个人身上就是缠绕着一层汉奸的气息，只有我这个锄奸未了又不能释怀的人才能感觉到的气息。是不是桂皮二也能嗅到我身上的气息，我听他问韩冬：你们不认识？韩冬说：不认识。桂皮二模糊地“哦”了一声。我赶紧找到了韩春交代过的李教官，给韩春打电话，报告我看见了桂皮二的事，虽然韩春对我提的这个人是不是汉奸不置可否，我还是急切地给韩春报告了这一消息。韩春说：知道了，你什么事都不要干，与大家在一起。

什么意思？

这天晚上，当韩冬他们的马车快到三耀村的时候，遇到了伏击，韩冬受了伤，桂皮二却根本没有在车上。这是韩冬拐着受伤的胳膊，再次到军校找我时讲的，韩冬说一定有人给韩春报了信，韩春在路上设了埋伏。我说：你为什么肯定是大哥？韩冬说：不是我大哥我就没命了。这次的埋伏是冲跟我一起的那个人来的，但他运气好，说去看朋友，出了校门不远就独自走了。说到这儿，韩冬看着我，“不是你给大哥报的信吧？你认识他？”

我摇摇头，“没有，没有，我怎么会认识他呢？你想没想，为什么大哥要杀他？”

韩冬摇了摇头，“我也在想这个问题，幸亏大哥没得逞，要不我都没法给延安交代。”

“二哥，你应该好好想想，现在国共合作时期，大哥为什么要杀这个人，不杀别人？”

“你说说？”

“只有一种可能，这个人是汉奸。”

韩冬立刻用一根指头指着我，“你可少胡说！”

我激动地说，“我看他就是汉奸，我能闻见。”

“你长着狗鼻子？就是狗也闻不出来谁是汉奸！庄平，你为什么改名叫庄平？你跟大哥在搞什么鬼？”韩冬突然把矛头转向我了。

我们不欢而散。这是第一次跟韩冬闹得不愉快。在韩冬找我谈过第一次话后，韩冬再找我，我说话就很谨慎了，关于刘孟廉的情况我什么也不愿说了。对韩春我什么也没有汇报，我看到刘孟廉除了一心想把我们培养成才外，就是想到前方去打仗。我看出刘孟廉是一个粗人，直性子，我有时候想对韩冬说，这样一个直性子的粗人策反过来能怎么样呢？

韩冬能遭大哥的伏击，说明大哥认定桂皮二是汉奸了。桂皮二，不要让我再碰上。

可惜，我再没有碰见过桂皮二，韩春到军校的次数频繁起来，拉着我见刘孟廉的次数也频繁起来。韩春说：我这小兄弟有神枪手的天赋，我能从北平把他要过来很不易，就是这小弟水平发挥得不稳定，拜托刘兄了。刘孟廉本来就对我偏吃偏喝，这下就更偏吃偏喝了，在一次让我打他头上的瓶子失败后，刘孟廉说：我就不信这个邪，我跟全队同学打个赌，不到你们毕业，你就是一名优秀的狙击手，百发百中，百步穿杨。刘孟廉教学方法总有些匪里匪气，但很实在。我的射击水平总是不稳定，一会儿是神枪手，一会儿和一般士兵的水平一样。我在没有准备的情况下甩手一枪，想打鸟眼打不到鸟嘴上，瞄啊瞄最终却连一根鸟毛都打不下来。为此刘孟廉嘴角急出了泡，训斥打骂成了家常饭，刘孟廉对我最常吼的几句话是：你说说你是不是个怪胎，咋会越瞄越打不准哩？长那么大的眼睛是出气的？

我很怕刘孟廉，跟他只有一次比较近的接触。那是七月的一个下午，刘孟廉让我给他牵马，他骑在马上，出了校门后，刘孟廉让我骑马去王曲镇上买酒，他一个人顺着一条田野小道向滈河走去。

滈河更像一条峡谷河，东西向缠在神禾塬的脚面上，两岸陡坡悬崖。一九四二年蒋介石将他在西安城的行宫建在距军校咫尺的这滈河北岸的陡坡悬崖之上，行宫里有秘密地道，地道口就在这陡坡悬崖半腰，沿着崎岖小道，可直接通往军校的后门。

我买好了酒，骑着马下陡坡，老远听到有人吼长腔“军校——哎——鞴马——”那悲怆的声音在滈河峡谷中回荡。我勒住马，看到那唱长腔的是自己的教官。刘孟廉站在河边，身子向后仰，仰成了一张弓。

我下马，一手拿着酒瓶，一手牵着马，小心着脚下，一步步向刘孟廉靠近。

“怕啥？我就那么可怕？”刘孟廉回过头，“把酒拿过来。”

我赶紧跑过去，用牙咬开酒瓶盖，递给他。

刘孟廉仰头喝了几口，望着河水流去的方向，没头没脑地说：日军的进攻是从五月二十九日开始的，兵分九路分割包围芮城与平陆交界的陌南镇。在陌南镇设防的是我九十六军主力一七七师。日军采用分割包围的战术，重兵重火力，封锁了三十八军的增援，战至下午四时许，陌南镇失守，一七七师被日军逼到了黄河岸边，面对着日军愈来愈小的包围圈，四十名机枪手排成一道墙，杀出重围。但是，有两支队伍没能跟上，他们是新兵团和工兵营。这两支队伍分别被困在了黄河岸边的许八坡和马家崖。新兵团有一千多人，都是些十七岁左右的新兵。小战士们在黄河滩上与日军舍命拼杀，在牺牲了二百多名弟兄后，八百多人被逼上了河岸一百八十多米高的悬崖。八百多娃们站在高高的悬崖上，身后是奔腾咆哮、一泻千里的黄河，面前是密密麻麻、张牙舞爪的鬼子，娃们没有退路，就跳了黄河。他们是吼着“军校——哎，鞴马——哎”跳下去的。带头跳的是旗手。

中条山的战局我是清楚的，因为这是我们很重要的课程。对八百勇士跳黄河的事我是第一次听说，听到他们是吼着“军校”长腔跳黄河的，我眼前立即浮现出去年我在华阴车站遇到的那一伙吼“军校”的新兵。刘教官是华县人，这伙新兵是他的小老乡。

刘孟廉继续说，“在相距十余里的马家崖，我一七七师工兵营二百多位士兵也集体扑进黄河，那其中很多是我的学生。”

刘孟廉说完双手举起酒瓶，面向河鞠了三个躬，将酒倒进了河里。

这天，我和刘孟廉一直站在河边到天黑。刘教官说，“我是军人，我不想在这里安稳地待下去，我要去中条山，我不期望能取得啥样的战绩，但求死得如娃们那样壮烈。每听到一次认识的同仁、士兵牺牲，我都要给他们敬一杯酒，求他们的英魂保佑我死得能像他们一样壮烈，也希望有人为我去阎王爷那里报到敬杯酒壮行。”

“教官，如果您死在了我前面，我一定为您敬杯酒壮行。”

“还不知道谁给谁举杯哩。”刘教官悲伤地说，“你们毕业以后都要去前线，战争打得这么残酷，九死一生啊，我教过的那些士兵，活着的寥寥无几了。不要怪教官对你们严厉，都是为你们能多活几天啊！我想在你们毕业的时候提前给你们敬这壮行酒。”

刘孟廉这些话深深刻在了我的心里，从这一天开始，我感到我看同学们的眼神都变了。我想，毕业之时就是我们向阎王爷那里前进之日，铭记这些同学们的面孔吧。

还没有毕业，刘孟廉就调到野战部队赴河南与日军作战了，调离大概是军事秘密，新教官继任后同学们才知晓。自然，同学们没有饮到刘教官那杯为他们去阎王爷那里报到的壮行酒。

在抗战期间，黄埔军校西安城分校共向抗日前线输送了三万七千多名军事人才，又有多少看到抗战胜利?

刘孟廉走后，我才发现我对刘孟廉的感情，我很后悔，由于老师对我的严厉和韩家两兄弟的滋扰，我对老师总是敬而远之，尽管我没有让刘教官满意过，刘教官还是对我寄予了很大希望的，那次滈河边的悲号，能跟我说那么多，说明老师内心是孤独的，需要倾诉。老师突然调往前线，我想跟共产党的策反有绝对关系，一种可能是频繁地策反，让老师烦恼，强烈要求去前线，一来摆脱了政治纠纷，二来实现了自己的愿望。另一种可能就是国军上层的意思，干脆调他去前线当炮灰，不用再费精力防备策反。

我知道老师的死讯是在我出狱之时，释放我的解放军说，庄平，噢，该叫你庄铭了，你真行，能变大活人。告诉你你第三个偶像的消息：刘孟廉不久前在川西被人民公审枪决了，是以土匪头子的身份被枪毙的，跪在地上，被人吐唾沫，扔果渣……怎么？你又流泪了？后悔没给你那偶像提前敬一杯壮行酒？也真是该后悔，也许你那天敬了，刘孟廉就会以国军将领的身份死在抗日战场上了，死得英勇壮烈，如愿以偿，而不是这样双膝跪地，猪狗不如了。

刘孟廉说的八百壮士跳黄河一事，我后来见过一七七师的人，打听过，没有听说过这回事，不知道刘教官是从哪里听说的。如果真像刘教官所说的那样，那伙新兵就应该是我看见的那一伙。那个带头跳的应该是叫牛娃的号手，那旗手年龄最小，不爱说话，没有号召力。

二十、征粮留下了祸根

怒潮澎湃，党旗飞舞，这是革命的黄埔。

主义须贯彻，纪律莫放松，预备作奋斗的先锋……

歌声铿锵有力，响彻云霄，雄壮的旋律伴着坚定的步伐，同学们走向了抗日战场。抗战时期，战场上急需军事人才，像我这样的军官生半年就毕业了。毕业典礼上胡宗南代校长蒋介石训话，我看着同学们充满战斗激情的脸庞想，抗日战争正进行到最残酷的阶段，这些年轻的初级军官，是战斗在最前沿的，此去是九死一生啊，我非常想替刘教官为同学们敬上一杯壮行酒，可我没有脸面，几百名毕业生都要奔赴战场，唯有我留在了远离战场的西安城，将要干的事是骑着马去催粮。中条山战场粮食告急，将士们在饿着肚子与日本鬼子浴血奋战。这工作听起来也很重要，还有点临危受命的味道，但是，军校是为了抗日成立的，学的都是军事指挥和技术，跟催粮有什么关系？谁干不了催粮？我非常沮丧，想不通。当坐着韩春接我的车从到处是告别的同学们的校园中穿过的时候，我趴在车窗口，不敢抬头，在同学们的眼里，令他们崇拜的庄平已经变成了走后门留下来的怕死鬼。就这样，曾经被我想象成壮怀激烈奔向抗日前线的场景，变成了满含着委屈的眼泪，悄然离去。

我顶着庄平的身份，军校毕业就成为军统处副团职军官了。我的一切都是韩春安排的，过去怪这位大哥不帮忙，自从我去延安的路上被他抓回来后，这位大哥就是把我攥在掌心的如来佛。我说不上来自己对这个过去的大哥现在的上司是恨还是爱。韩春给我的第一个任务是以陕西军统处副团级长官庄平的身份去泾阳县征粮队督战征粮。韩春说：那一带是我们的米粮仓，可是最近粮食征不上来，想尽了办法都无济于事，中条山的粮食已经断顿了。你这次去，一定要在三天内把粮食征上来，然后，从三原走渭南，把粮食送到中条山。韩春说：泾阳、三原、高陵三县地处平原，土地平坦肥沃，水资源丰沛，号称是陕西的大粮仓。战乱时期，大粮仓必有争夺，具体到泾阳县，雄踞粮仓的是尚怀道，尚怀道是共产党，并且德高望重，影响了一批有粮食的地主阶级心向共产党，泾阳这个地方，我们与共产党争粮食屡争屡败。尚怀道大院门上挂着“和为贵”的匾，崇尚和为贵，雪白的麦子面和金黄的玉米粉却源源不断地向一个方向——北，到了延安。

征粮屡战屡败，陕西军界上层大为恼火，便让厉害角色军统处派人去征粮。韩春分析，问题不是用督战就能解决的那么简单，应该走一条非常道。对那里粮食情况熟悉、初生牛犊不怕虎、雄踞大粮仓的尚怀道是惠的父亲，基于这三点，韩春决定派我走这条非常道。另外，韩春还派给我一项秘密任务，让我留意派到泾阳的征粮队长期征粮迟缓，是不是惧怕共产党的势力或者让共党策反了？

时间是一九三九年冬天的一天，寒风凛冽，瓦砾、枯草的背阴处还有残雪。我身披着带长毛领的黄呢子披风，头戴青天白日徽的大盖帽，脚蹬黑亮长靴，扬鞭催马出了西安城大东门。我看上去激情飞扬，其实我心里充满忧郁，我的耳边响着同学们的歌声，军统处随时都有前方战事的消息，何况这是一支生力军？昨天下午，我得到了他们的消息，他们已经到了中条山，有的参加了战斗，有的已经牺牲了。而我，只能为他们去征粮，我给自己下的命令是只有成功，没有失败。

与去年跟韩大大走的是同样的路，看到的是同样的风景，马蹄嘚嘚，在乡野里跑了一段路后，心里有些舒缓，想到了安排自己的新生活。通过军校的学习和享受被当成庄平的待遇，我对升官发财有了渴望，当了官，在战场上不但自己可以打，还能指挥别人打，当官薪水高，可以把母亲妹妹从沦陷区接来西安城，让母亲享福，让妹妹上学。自从跟韩大大发生那次冲突后，事后虽然都做了检讨，但心里有疙瘩了，我们彼此说话都变得谨慎起来，再说，跟上司住在一个家，也觉得别扭，还有一个原因，我现在怕见韩冬。我想挣薪水后，就租套房子，把母亲和妹妹接过来，这样，就有理由从韩家搬出来了。

到了灞桥，我勒住了马，在三原住院的时候，惠跟我讲过灞桥。惠说，秦汉时灞河在此就架有桥，名曰“灞桥”。有水有桥，自然就有柳树。在陕西，水边栽柳是一大习俗，远远看到旷野中有柳树，就知道那里有水。《西安城府志》中云：“灞桥两岸，筑堤五里，栽柳万株，游人肩摩毂击，为久安之壮观。”每到春风吹来，柳絮如雪花漫天飞扬，即有了灞柳风雪之称。古时人们凡送别亲人与好友东去，多在这里分手，有的还折柳相赠，有“都人送客到此，折柳赠别因此”为文人骚客所乐道。

此刻一身戎装的我却有了诗人的伤感。

临别时，韩春交给我一把崭新的手枪，说，“看情况，没有办法了就去尚家堡把枪抵住尚惠的头。我知道，尚惠正放寒假在家。如果你做不到，就抵住自己的头开枪，不要回来了。”又说，“别怪大哥心狠，前方的将士已经有饿死的了，你做了军人，就没有了自己的选择。”

韩春的意思是让我实在征不到粮食就去逼惠的父亲，惠的父亲是有办法弄到粮食的，我在看过韩春交给我的一份资料之后也坚信这一点。也明白了韩春之所以将这活派给我，不仅因为我跟韩大大买过麦子情况熟，更重要的是我跟惠的关系，更确切地说是因为惠的父亲是尚怀道——掌控米粮仓的大人物。

韩春给我阅读的资料上写道：尚怀道，一九〇三年生于山东省潍县一农民家庭，早年丧父，哥哥尚怀德年长如父。尚怀德是大夫，曾留学日本东京帝国医科大学。一九一五年，因灾荒，六料无收，尚怀德与母亲商议，卖掉了所有土地和房产，辞去医院工作，举家一路西迁，一九一六年到陕西三原县城落脚，尚怀德开了一家西医诊所。这年四月八日靖国军围攻盘踞在三原县城的陕西督军残部，激战数日取胜，尚怀德进入靖国军中抢救伤员，结识了靖国军总司令于右任，并成为挚友。于右任劝尚怀德出任三原县县长，尚怀德不愿问政治婉拒，一心从医，后西医诊所扩展为医院，自己任院长。不久，尚怀德购买了距三原县城二十里路的泾阳县云惠镇东门外的一片土地，为母亲和弟弟安家。一九二二年，尚怀德因亲临战场抢救伤员而阵亡，从此，于右任视尚怀道为亲弟弟。

尚怀道六岁读私塾，十一岁随哥哥在济南读初级小学，迁三原后在三原县第一高级小学读书，一九一九年考入渭北中学。渭北中学是于右任和社会贤达创办的，但这个学校却成了共产党播撒革命火种的地方。尚怀道与哥哥尚怀德不同，他热衷于政治，在渭北中学接受了共产主义启蒙教育，参加了由共产党教师领导的“渭北青年社”和“学生联合会”。一九二六年六月加入共产党，同年回云阳乡发展党小组并担任组长，继而组织成立了五千余人的农民自卫团。

尚怀道的母亲丁明珍是一位农村少有的能执掌家务、精明能干的妇女，经常接济穷人，收留老家投靠的亲友，全力支持尚怀道的事业。在云阳乡一带很有威望，为尚怀道笼络人心，起了很大作用。当地人无论老幼，都把尚怀道尊称为尚先生。一九三四年尚怀道创办了培英完小学校，尚怀道任校长。学生上完小时十五六岁，刚好是培养理想的好年龄。这个学校实际是为共产党培养人才和秘密集会的地方，领导三原、泾阳、临潼、高陵等县的渭北工委地点就设在培英学校，渭北工委书记曾藏匿在其中任教师。投奔延安的学生也大多在此地落脚。

一九三六年十二月，共产党一面派周恩来等人到西安城协商处理西安事变，一面派彭德怀等人率红军前敌指挥部到云阳乡，以防不测。不久，红军总部又到云阳乡，尚怀道以东道主的身份迎接红军，腾出自己的住房让红军干部住。同时积极为红军筹粮，成立了筹粮委员会，自己任主任。

一九三七年，中共省委迁往云惠镇，省委书记是尚家的常客。延安曾在那里举办过一期二百多人的干部培训班。

同时，尚怀道在培英学校举办纺织培训班，以校办工厂的名义创办织布厂、印染厂，在周边农村大量收购棉花、羊毛，为红军做被服。

尚怀道颇能拉拢人心，利用办学、修水利、救济穷人等，威望极高，势力极大。

云阳乡虽然是国统区，由于尚怀道的地方势力，国民党地方政府有时还有求于他，对他也睁一只眼闭一只眼，又由于他与于右任的关系，能不招惹便不招惹，尚怀道也没有与政府过不去，在泾阳、三原一带，国共两党常有摩擦，但没有流血事件。

一九三七年八月，朱德为红军改编从延安来到云阳乡，特地去了尚家堡，省委培训班的学员和培英学校的学生站在城墙上欢迎朱德到来。朱德还和他的机枪连战士与培英学校师生打了一场篮球赛。红军改编暨出征抗日誓师大会在云惠镇召开，尚怀道与朱德一起坐在主席台上。

关于这次誓师大会，惠跟我多次描述过，惠说，她还为朱德献了花，还与同学们一起演唱歌曲《再会吧，在前线上》，八千多名红军改编为八路军一一五师，会后开出云惠镇东门，过尚家堡到三原转渭南开往中条山。全村人登上城墙目送到很远。

这是一个多么复杂的地方，却没有流过血。我这次去，也许就要流血——用枪抵着惠的头，逼她爹交粮。

我叹了口气，继续赶路。我忧愁地想，我就是抵住自己的头开枪，也不能抵住惠的头，可是中条山的将士在饿着肚子与鬼子血拼，那里面还有自己的同学，自己是因为有这样的任务没有上前线，自己有什么理由拒绝用枪抵住惠的头?

马感受到我有心事，偷懒走得慢了，到渭河边已是半下午了，马扭脸看我，把热气往我的脸上喷，表达它该歇歇吃点草料了。我牵着马下了河坡，让马舔冰解渴，我自己从背包里拿出干粮，一边嚼着，一边望着河对岸。

过了河就是渭北了，渭北有一股强劲的地下武装力量，就是共产党的渭北游击队，游击队员大部分是散布在各乡村里的农民，平时在家务农，有事听到招呼就提起枪或拿起农具干一仗游击，作战勇猛，不怕牺牲，正牌军队如果手里没有像样的武器，最好不要招惹。韩春说：现在是国共合作时期，他们也不会无故招惹你，你也要小心不要招惹他们，但对于那些征粮的饭桶，如果有怯于渭北游击队而懈怠征粮者，杀一儆百。

马解了渴，瞪着眼看我，我把手里的干粮捧给它吃。我愁得吃不下，尽管我经历过磨难，但没有这样发过愁。

马急一阵缓一阵地跑着，太阳偏西大半截子的时候，我坐在马背上望见了比渭河窄一半、穿流在平展展旷野中的泾河。河水反射着天空白色的光芒，亮得刺眼。我就是在这里被韩春抓回去的，仅仅半年，恍若隔世了，忧愁好像一下子让我衰老了。

天空变成橘子皮色的时候，到了三原县城。我骑在马上看见城隍庙的庙宇角像雀尾巴一样从一片屋顶中撅起，描画着金红的亮边。三原不但是国民党的老地盘，也是中共地下党的老地盘，想到从中条山抬下来的大批伤员曾在这里得到了很好的治疗，我不由感慨道，国军共军都一样在前方打侵略者，惠的父亲啊，你能为国军救死扶伤，为什么又看着国军饿死在战场上?

穿过三原县城，出西关，上公路向西大约十里路，就到于右任修建的泾惠渠了，泾惠渠南北走向，以东是三原，以西是泾阳，是三原县与泾阳县的交界线。这时天空变成了铁灰色，渠水像泛着灰色的毛玻璃，带着模模糊糊的光亮伸向南面的村庄。那村庄是于右任的故居斗口村。比那村庄更大的一片模糊的影子是于右任的斗口农事试验场。世人皆知于右任书法了得，不知道于右任对水利和农事的热爱。

资料显示，这条渠就是尚怀道来回穿梭于于右任与水利专家李义祉之间完成的。尚怀道修了云惠渠，于右任参加了放水剪彩，留下“云惠渠”

墨迹，尚怀道将此墨迹刻碑立于云惠桥一侧。于右任曾经邀请尚怀道做这个场长，被尚怀道婉拒了，于右任不但不生气，还提笔赠送他一幅中堂：“富贵不能淫，贫贱不能移，威武不能屈。”尚怀道精细装裱好长年挂在堂屋。于右任还给培英学校题过字，“培育人才，振兴中华”。尚怀道精细装裱好长年挂在学校办公室。尚怀道跟于右任还有亲戚关系，疼爱于右任如己出的养母房氏，家在云阳乡南门外，是尚怀道侄媳妇的姑母。一九三三年尚怀道曾在西安城被国民党抓捕，省政府、省党部、省高级法院、十七路军军法处联合审案，尚怀道能言善辩，百般抵赖。泾阳的共产党获悉，发动民众，一边到处写上诉信，一边写信给于右任，当时于右任的秘书是王文彦，三原县城人，与尚怀道是结义兄弟，搞来搞去，最后尚怀道案以冤案无罪释放而告终。资料还显示，王文彦跟三十八军赵寿山是朋友，尚怀道的渭北中学老师是赵寿山的军需长，尚怀道给三十八军筹备粮食和被服，也是很尽心的。围绕着尚怀道的国共关系就这样复杂，从中好像也能看出，共产党人尚怀道，也不是把国共两党划得那么泾渭分明的。

一九三九年的寒冬，我立于泾惠渠桥上，在暮色四合的猎猎寒风中，头脑里冒出了一个大胆的想法，我不去督促那伙饭桶去征粮，我自己亲自去征粮，直接到尚家堡找惠，然后见尚怀道，这样能节约时间，前方将士在饿肚子，任务完成得越早越好。

我改变了路线。本来准备在此沿着渠堤向南走，到斗口村后有一条田间土路向西南直插进泾阳县城。现在，我继续策马沿着公路向西走。

多事之冬的傍晚路上已没有了行人，马蹄嘚嘚，敲击着我怦怦跳的心，我想象着进尚家堡之后可能出现的各种情形，不由摸了摸别在腰间皮带上的枪，无论如何，不能意外走火，倒下去的无论是惠还是她父亲，我这辈子将万劫不复。

天已经黑了，是夜幕刚刚降临的那种黑，没有黑透，能看见和村上空黑色的缕缕炊烟，果园中的小路上有人匆匆走着，城墙上有寻窝的鸟，我立马在木桥上，面对尚家堡紧关的大门。空气中弥漫着淡淡的饭香和烧热炕的柴草味。我犹豫着。如果这时候进去，惠一定会惊喜万分，老奶奶会招呼我洗手吃饭，正赶上吃饭的点，我怎么推托？如果吃了喝了，叫我怎么翻脸掏枪？而如果尚怀道真拒绝了我，我真能掏枪吗？

纠结了一路，最终还是没有下定决心。因为我又想到了韩春的叮咛，不到万不得已不要招惹尚怀道，他是只老狐狸，还培养出周围村庄里乃至泾阳县域一大群小狐狸，但凡有一点办法都不要用枪抵他女儿。我离开了，继续向西。

上了云惠桥，我又勒住了马，目光顺着渠岸向北延伸，看到了嵯峨山那条通往照金的路。惠反复跟我描述过这条路，此时，山影是黛黑色的，那条路是粉白色的，真如惠描述——睡美人锁骨上垂下来的一条珍珠链。我心里升起一种伤感的怀念，怀念那群唱着歌去延安的青年学生，怀念自己可以做出选择的日子。

云惠镇是一个古镇，但现在能看见的古迹只有城壕，想必以前云惠镇四周是有土城墙的，从祖宗留下的地名就可以猜出一二，云惠镇的中心地带叫中街，剩下分别叫东门、西门、南门、北门，人们描述尚家堡的地理位置是云惠镇东门外和村。我走走停停，到云惠镇东门里的赵掌柜家门前。月亮高高地挂在西南方向的天上，与周围一把孤寂的星星一起把寒冷的光辉洒在房屋上、村街上。听韩大大讲，赵掌柜叫赵富贵，原来家很穷，十岁前没有穿过鞋。赵掌柜让家富起来的法宝是勤劳和节俭，五更起身拾粪，天不黑不回家，出门必挑两个筐，一个是粪筐，一个是柴筐，一片树叶一摊狗屎都不放过。一个咸鸡蛋吃一个月，用牙签挑着吃，头发留着到一尺长才剃，因为一尺长的头发才能卖个好价钱，因此脑后总是留着个小辫，有人戏称赵小辫。赵小辫有一两银钱就想买地，一点一点，最后东门外大片土地都是赵家的了，成了财主，人称赵掌柜。赵掌柜有存粮的秉性，据说，就是整个云阳乡饿死，赵家的粮仓也只会下去半截。赵掌柜人长得瘦小，胆小怕事，即使当了财主，也见人让三分。赵掌柜家有三个儿子，两个参加国军去了中条山，我和韩大大到他家买麦子时，听赵掌柜说起过他儿子参军的事。赵掌柜说，国军来动员保家卫国，两个儿子都想去，他想，家里地多，应该多去，就放他们去了。

此刻，赵掌柜的院门里漏出一指宽的微弱灯光。我将马拴在一棵树上，走向前敲门。过了一会儿，赵掌柜才趿拉着鞋，穿过院子，打开门，伸出一颗小脑袋，当我正要跟他搭话时，他像看见了鬼一样，惊叫了一声，缩回头，要关门。我赶紧把一条腿伸进了门槛里。赵掌柜见门关不上，转身就跑。瘦小的身影踉踉跄跄进了堂屋，关上了堂屋的门。

怎么回事？我进了院门，脱下斗篷搭在胳膊肘上，一步一步向堂屋走，我知道，赵掌柜正躲在堂屋门后看着我。

“娃……娃……你站住，你为啥找我？是饿了还是冷了？要啥我都给你。”赵掌柜战战兢兢地问。

我停住脚步，笑了笑说，“是饿了。”

赵掌柜对屋里人说，“听见了吧？真是鬼……鬼，快点火把，鬼怕火！”

我脱下帽子用手端着，一字一句地说，“赵大大，您好好看看，我是庄铭，跟韩大大来家买过麦子，我参加国军了。”

堂屋里寂静了一会儿，有火把在窗户后亮起来。窗户纸响了几声，破了一个洞。里面传出赵大娘的声音：“娃，好娃，如果你是人，就把手伸进来，让我摸摸。”我走过去，脱下皮手套，把手伸了进去。

赵大娘的手试着摸了摸我的手，说是热的，赵大大又摸，他们这是在检验我是人还是鬼。

“娃，你刚才说啥来着？”赵大大问。

“我是庄铭，来你家收过麦子，我现在参加了国军。”

“庄铭？参加了国军，找我干啥？”

“我公务在身，从这儿路过，饿了，想讨点吃的。”

“啥公务？不会是找那个长官吧？”

“我不是来找人的，我只是路过，饿了，想起了您。我的马还在外面拴着呢。”

赵大大终于相信我是人了，把我让进了屋。赵大娘去做饭，赵大大问，“中条山打得到底咋样啊？听说死的人一片一片的。”

我含含糊糊说，“还行，还行，就是没有粮食吃了。”

“咋会没粮食吃？打仗没粮食吃咋行啊！”

“大大，我说的公务就是征军粮，前方已经饿肚子了。”

“那就赶紧征啊。”

“这些天国军没有来征粮？”

“来了，贴了告示，用喇叭筒也喊了，可谁敢给啊，黑馍不让给。”

“黑馍是谁？”

“渭北游击队的，听说是个小队长。”

“我现在征你的粮食，你给不？价钱是很公道的。”

赵大大向窗外看了看，凑近我的耳朵，好像窗外有耳朵一样，“你赶紧征走，要不黑馍就要拿走了，他们跟抢差不多。黑馍是我原来长工的儿子，在我家院里长大，可对我像对仇人一样，现在搬出去了，可有事没事就到我家找茬。黑馍这几天没在，你赶紧点。”

“光你一家再多也不够，你看谁家还有，我们连夜去征。”

“好，好，我知道有几家藏着粮食，他们家也有儿子在中条山的，他们一定愿意。”

事情就是这样，只要方法找对了，再难的事情也就不难了。我骑着马，赵大大骑着驴，连夜走家串户，有儿子在中条山的人家一听中条山没得吃了，也连夜帮我们跑着征粮。跑了一夜，三百吨小麦搞定了。真是出人意料地顺利。天亮后，我打扰了住在泾阳县城的征粮队的热梦，让他们赶紧组织车辆按我提供的地址去收粮，然后在云惠镇东门口集合，送往中条山。对征粮队来说，这也是一个大喜讯，征粮队的张队长五十有余，对我连连作揖：谢谢，谢谢了，我都快愁死了。我厌烦地说，“立即行动，这地方的人，拿起锄头是农民，拿起枪就是游击队，夜长梦多。”

我高兴，在县城买了一瓶酒，一包猪头肉，又回到了赵大大家。赵大娘炒了两个菜，我就与赵大大坐在热炕上，对饮起来。饮着饮着，我想起昨晚的事，问赵大大怎么回事。赵大大支支吾吾说没什么事，喝酒。

我一口干完，接着问，“那个长官死了，开始你把我当成了那个长官了？”

“不提那事，高兴，喝酒。”赵大大紧张起来。

“我猜，那个长官死了国军不知道，政府也不知道，所以你把我当成是找那个长官的，这究竟是怎么一回事？你怕什么？”

赵大大低头不语。赵大娘从外面进来，揪了揪赵大大的小辫，“当初让你留下一个儿子在家长胆，不受人欺负，你不听，现在被人欺负成啥了？连话都不敢说？”赵大娘坐在炕边上，叙述了发生在今年春天的一件事。

有一天晚上，黑馍跟二根将一个大麻袋抬进赵家后院的小仓库，然后从口袋里掏出把锁把小仓库门锁了。黑馍用枪指着赵家老两口，让把人看好，跑了要他们的老命。小仓库没有窗，赵家老两口只能打着灯从门缝往里看，看见那个麻袋一动不动。他们叫了两声，也没有应。老两口胆战心惊熬到天亮，再趴在门缝里叫，那麻袋动了，发出呜呜的声音，那人是被堵着嘴。赵大娘想卸掉门进去看看，赵大大死活不让。半早晨的时候，黑馍和二根带来一个人，这个人站在院子里，让黑馍和二根把人抬出来。老两口躲在屋子里，看到黑馍和二根把人抬出来扔到地上。那个人让把麻袋里的人倒出来，黑馍和二根就把那麻袋里的人倒出来了。是一个被五花大绑的国军军官，被打得鼻青脸肿。这个人笑了两声，弯腰把那军官嘴里塞的东西取下来，说，"让你吃惊了，我还活着，看，好好的。"那个军官说，"你就是个大汉奸，早晚会有人揭开你的真面目的。"来人用脚踢了踢军官的嘴，"你这是诬陷，我这就把你送到延安去，我们要向世人揭露你们是使用了多么卑鄙的手段破坏国共合作的，损坏我党名誉的。"后来，军官又被装进麻袋里，撂在骡子上驮走了。

"知道那军官叫什么名字吗?"

"不知道。"

"长啥模样?"

"瘦瘦的，跟你高低差不多，口音也一样。"

在陕西国军中，绝大部分是本地人，尤其是分布在农村的国军。跟我口音一样这一点让我想到了庄平，难道庄平被抓，送到了延安?

"来的那个人啥样?"

"四十多岁，不像扛枪打仗的，穿着大褂，很斯文。"

桂皮二？难道跟踪桂皮二的那个穿白西装、戴黑礼帽的就是庄平?

我悲伤地让赵大大带我去看曾经关过庄平的小屋。小屋里放着农具和一些箩筐之类的东西，我深深地呼吸着，这里曾经留下过庄平的气息。庄平，我亲爱的兄弟啊！老天让我在这里得到了你的消息。

这时，有人在门外喊，"赵掌柜，中街的李才从中条山回来了。"

我跟着赵大大、赵大娘急步来到中街。

李才骨瘦如柴，奄奄一息，一只脚门里一只脚门外地歪倒在他家的门槛上，好像连把另一只脚迈进去的力气都没有了，一身露出棉絮的破军装。已经有不少人围观了。

李才的娘哭着端出一盘馒头，有人说，饿坏了的人不敢吃硬食，得用开水泡开，慢慢来。李才娘又端回去，泡了一大碗馍端出来。李才不接碗，两只手抓着往嘴里填。他娘一边哭一边说，不急啊，咱多的是。

这是个逃兵，我拔出了枪，抵住了李才的脑袋，“你知道逃兵的下场吗？逃兵是要枪毙的。”李才娘扑过来，“你打死我吧！”李才仰起头，看着我说，“你让我把这碗泡馍吃完，吃完了你随便打。”

我这样做显然是一时冲动，不合时宜的，围观的人都愤怒地看着我，赵大大按了按我的手，“有话等人家吃完了慢慢说。”

李才泪水涟涟地说，“长官，我们连饿死了好几个，连长都饿死了，我们趁还能跑动就跑了，我给你说，打起来，就是以前怕死的人，也不怕死了，我们不怕战死怕饿死。饿死是白死。”

我收起了枪，看到枪口上爬上了一只肥胖的虱子，把枪口对着门框蹭了蹭，蹭死了那只虱子。我转身上马走了。

我想，韩春给我三天的时间太长了，三天要饿死多少人？要有多少人逃跑？一刻都不能耽误，赶紧把粮食送往前线。我这样想着策马跑向军粮收购点。走到半道，被慌慌张张跑来的征粮队张队长拦住了，张队长向我报告说，几个游击队员不让他们收粮，他们都背着枪，为首的叫黑馍。我说，你们手里没有枪？张队长说，我们人单力薄，强龙压不过地头蛇，你应该赶紧到尚家堡找尚先生，硬碰硬解决不了问题，反倒会把粮食弄丢了。我没有多想，策马向尚家堡跑去。

我就是那样一手举着枪，一手握着马缰绳，闯进了尚家堡。我当时不只是因为粮食，还为了庄平，我想撒野。

尚先生站在堂屋的台阶上，看着怒火万丈的我，不紧不慢地说，“小伙子，有话也应该下了马，放下枪，好好说。”显然，他一时没有认出我，或者对我根本就没有印象。

我大喊，“让你们的人放了我的粮食。”

“怎么回事？”

“你少装蒜。我们中条山的将士都要被饿死了，你们却要跟我们抢粮食，我告诉你，你们敢把这粮食扣下来，我会调大部队来把你们的老窝端了，不要以为我们都到前线送死去了，后方没有人了。”

尚先生没有立即说话，以大人不跟小人斗的胸怀，微笑着等眼前这个举枪立马的年轻人冷静下来。

惠听到我的声音，从屋里跑出来，她脸色苍白，看到我用枪指着她父亲，并没有惊慌失措，见我对她父亲如此不恭也没有愤怒，她走到我跟前，冷冷地说，“庄平，请你放下枪，下马。”

我下了马，扔掉马缰绳。我左手握成了拳头，右手握紧了枪，屏住呼吸，与惠面对。就差那么一点点，只要我放松一点点对自己的强烈控制，我的左手就会以迅雷不及掩耳之势掐住惠细细的脖子，同时右手的枪口抵住惠小小的脑袋。

“庄平，怎么回事？你怎么会在这里？”惠的声音很细很柔，却一下把我强烈的冲动控制住了，让我的声音一下子变成了像跟大人诉说委屈的孩子，同时眼睛充满企求地望着尚先生，“尚先生，我是奉命来催军粮的，我刚征好了粮食，你们的游击队就要抢走。”

“这是啥时的事？”尚先生问。

“现在，在东门里。”

“走，带我去！”

尚先生提起长衫，一边下台阶一边喊李叔赶车去东门上。我想象的将出现的激烈场面一点也没有出现，尚先生非常干脆明了地站在我这一边，并且立即行动去解决，这使我非常惭愧，非常感激，也庆幸自己刚才没有对惠动手。

惠站在大门外的台阶上，看着她父亲坐着轿车、我骑着马上了云惠桥。我回头望了几次，惠跟一个石人儿一样一动不动，这让我感到，这个时候她才被刚才我制造的情景吓住了。

东门里的征粮点在赵掌柜的麦场上，几个国军士兵垂头丧气地坐在刚收到的几口袋粮食上。一个脸色漆黑的青年端着枪，带着几个握着镢头的青年站在距麦场不远的路口上，喊着，“我看谁敢把粮食拉过来？”尚先生从轿车上下来，和颜悦色地对那个脸色漆黑的青年说，“是我让他们送来粮食的，这粮食是送往中条山战场上的，那里也有我们的八路军，咱的一一五师就在那里，都是抗日的。”脸色漆黑的青年说，“那我们北边的队伍没有粮食了怎么办？”尚先生说，“我心里有数，你不用操这个心。”脸色漆黑的青年还是不愿意让开，尚先生把他拉到一边小声说，“他们前方已经断粮饿死人了，兔子急了还咬人哩，把国军惹急了，对咱们没有好处的。”

后来是脸色漆黑的青年气哼哼地带人走了，尚先生没有看我一眼，上了轿车回家了。

赵掌柜凑到我身边悄声说，“那个货就是黑馍，我是了解他的，尚先生的话他不一定听，黑馍一向看不惯尚先生那一套主义啊、理想啊，他做事只看眼前，眼前就是粮食，小心他带人路上截车。”

我也觉得黑馍是不肯罢休，我想起韩春的交代，写了张字条，让赵掌柜骑上我的马，去找三原县的张团长，派兵力来接应护航。

赵掌柜上了马，干枣似的脸上露出出人头地的笑容。马像抖手腕那样把前蹄甩甩，跑起来，赵掌柜瘦小的身子伏在高大的马背上，脑后的小辫像马尾巴一样撅起来，跑远了。以后，每当我回忆起赵掌柜，首先进入脑海的就是这样的情景。胆小怕事的赵掌柜大概被当时为前方儿郎备粮的场面所激动，胆大了这么一次，埋下了十年后的祸根。

集中好了车队，我送粮心切，没有等到张团长的护粮队到，就带着车队出发了。走过尚家堡门前时，看到尚家大门紧关。我痛切地感到我和尚家的一切完了。

车队过了和村，过了大里村，前面路南边有一片干枯的芦苇，这是云阳乡至三原县城唯一可以藏身打埋伏的地方，我让车队停下来，等看到张团长援军过来了再经过。我的这一决定非常正确，黑馍他们就藏在芦苇里等着我们，他犯了一个与我伏击桂皮时一样的错误，视野没有广角，无法看见由东而来的援军，当我们粮队过去的时候，他们冲了出来，结果被张团长的护粮队打得又逃进了芦苇丛，还死了一个游击队员。游击队员很年轻，斜倒在路基上，半张脸被鲜血染红。我心里非常难受，一个年轻的生命死在了一场这样的糊涂仗中，实在是可惜了。我不愿意看到流血的事发生，但它发生了。从此，改写了国共两党在泾阳县城无流血冲突的历史。

我将粮食押到陕津渡，看着粮食装上船，看着船向对面的茅津渡划去。对岸码头上空飘扬的青天白日旗帜，让我放心。

在陕津渡碰到了去对岸锄奸归来的李秉儒，不知道这老兄葫芦里卖的什么药，有火车不坐，非要搭我的运粮卡车回西安城。韩春让我平时躲着这个人，可运粮车是空的，我无法拒绝。

车走到渭南已是小半夜了，李秉儒要我帮忙跟他去办件事，我推托不掉，就跟他去了。李秉儒带着我走到了一家小旅店，小旅店伙计看见李秉儒迎上来说，“大哥来了。那狗日的，住到马营长家去了。”

李秉儒问，“今晚在马营长家吗？”

“在，我派人盯着哩，每晚都在。”

离开小旅店，我问李秉儒到底什么事，李秉儒说，“杀人。”又说，“小白脸，如果你不是庄平，就走开。”

这是什么意思？我别无选择。

我跟着李秉儒来到一条背街的一小院前，李秉儒看了看我，“有本事吗？踩着我的肩膀翻过去，把门打开。”我有这个本事，照做了。

我跟着李秉儒摸到一个有鼾声的屋前，李秉儒用短刀拨开了门闩。我打心眼里佩服这个老特务，事情做得一点声音都没有，这情景让我想起到韩大大家杀韩春的那两个日本特务，李秉儒这是要杀汉奸？

我们两人进了屋，那床上的鼾声依旧。借着窗外的街灯，我看见这床上睡着一男一女，衣架上挂着国军军官服，地下扔着女人的衣服。

李秉儒拉亮了电灯。那两人迷迷糊糊睁开了眼睛，看到床边的我们，那男人吓得坐起来，女人用被子蒙住了头。

李秉儒用枪指着那男人，“这是你家吗？”

“长官，长官，我错了，饶了我吧！”那男人跪在床上，结结巴巴地说。

“你谎称病不去前线，却在这儿睡前线打仗将士的老婆，是错的事吗？是死罪。”

“是，是，让我穿上衣服后领罪。长官，把衣服给我拿一下。”

李秉儒扭头示意我给他拿衣服，结果枪响了，那男人从枕头下抽出枪，打中了李秉儒拿枪的胳膊，那男人叫道，“我们都别活了。”又要开枪。我的枪在那个男人的第二枪打响之前响了，那男人头部中弹，白花花的脑浆迸了出来。

我看着手中乌黑的手枪，一缕湛蓝湛蓝的轻烟在枪口缭绕。这是我第一次用自己的枪杀人，杀了这么一个猪狗不如的东西，让我颇为这把新枪叫屈。

“庄平，磨蹭啥？继续，把这个婊子毙了。”李秉儒捂住流血的胳膊说。

我用枪口拨开那抖成一团的被头，抵住了黑毛毛的脑袋，我说，“好好为你丈夫守着身子，否则，这里就穿窟窿了。”

李秉儒扒拉开我，一手托着受伤的胳膊，对着那黑毛毛头，连开了两枪，扭头出了门。

枪声并没有影响街上的宁静。渭南这个距中条山最近的小城市，对枪声已经习以为常了。我带着李秉儒敲开了一家诊所的门，把他的伤口包好，继续赶路。这件事像我征粮路上的一段小插曲，没有影响我任何事，但冲散了我所有因圆满完成了任务的欣慰，让我恶心，又让我痛惜。

李秉儒好像有说不出的痛快，“奶奶的，差点在这小河沟里翻了船，如果不是小弟出手快，大哥命就没了。”

“我知道大哥捉汉奸，不知道大哥还捉这奸。”

“嘲笑我？人家在前方流血打仗，我们不该为人家看好后院吗？”

“你认识马营长？”

“不认识，闲谝中听说有这么一档子事，就让人盯着看清楚。奶奶的，都是些什么东西？”

我看着李秉儒高耸的颧骨，想起张灵甫杀妻的传言。李秉儒这个人心狠手辣，但也有让人心生敬意的地方，我们不能让我们的英雄流血又流泪，但这些龌龊之人犯的不至于是死罪。也就是在这件事情中，我知道李秉儒对我庄平的身份产生了怀疑，他让我帮忙，是醉翁之意不在酒。

回到西安城，在跟韩春复命的时候，将在赵掌柜家听到的关于那个军官的事跟韩春讲了，我说：“大哥，那个军官一定是庄平。”

韩春抬头望着窗外的天空，天空有一缕稀薄的瓦灰色云彩，像一缕游魂。韩春悲伤地说，“庄平，终于得到你的消息了。好好的啊！大哥会想办法。”

“大哥，你别难过，我对云阳乡那地方熟，派我去。黑馍就在云阳乡一带活动，我们只要守在赵掌柜家就行了，还有那个二根，抓住二根也行啊！”

韩春喃喃地像是自言自语地说，“你就住嘴吧。我会亲自动手，连他们汗毛都会拔掉。”

以后，韩春怎么做的，我一无所知。

二十一、打敌机复仇

一九四一年中条山失守后，日机对西安城的轰炸更加猖獗。国民党加强了对西安城的防空力量。我被调到西郊机场防空站，防空站有苏联的飞机、国军的高射炮和高射机枪，每到敌机来临，高空由飞机拦截，飞机密集的半高空，由高射炮负责，高射机枪则专对那些低空寻找目标的飞机。日机中有那么几架好挑衅，在大部队轰炸完后，离队对地面进行低空扫射，其中有一个好显摆技能才华的家伙，总喜欢把头伸出机外，欣赏他制造的狼藉。市井里传说，那个家伙戴着风镜，像个蛤蟆。我调到航空站的使命就是枪击这类敌机飞行员，这时我的心理素质经过千锤百炼，基本可以将射击水平稳定在神枪手的级别。

这类日机是心血来潮式的，没有预定目标，是扫着玩的，钟楼的金顶、鼓楼的檐角、孩子放的风筝、田间小路上走的花轿，它们都扫射过，好像是喜欢扫射漂亮显眼的东西和标志性的建筑。我端着狙击枪在日机可能出现的地方守株待兔。令我痛心不已的是韩大大在这类日机扫射中，丢了性命。

当时，韩大大在房顶清除酸溜溜草。酸溜溜是一种生长在老房瓦顶上的一年生草本植物，夏天是翠绿色，秋天是酒红色，植株令箭似的一根茎，可高二尺，秋风吹来，黑瓦红草，是一种不错的风景。小时候我常和八哥九哥从院中的香椿树爬上房顶，采酸溜溜吃，多肉多汁，酸甜有葡萄味。每年深秋住老瓦房的人家都要上房清除酸溜溜草，因为它干枯后会影响雨水往下流，造成屋漏。深秋时节除草可以连籽一起除，否则来年房上会成酸溜溜的草原。韩大大可能是觉得上次房不容易，警报响了，没有撂下活下来，成为日机扫射的目标。事隔一天，有邻居来借东西，叫了几声没人应，趴在门缝向里看，看到了屋檐下的一片血。邻居叫来人，登上梯子一看，韩大大脸朝下趴在一片酸溜溜草中，两手还拽着瓦缝里的酸溜溜草。韩大大是挣扎了许久才死亡的。我从中条山送粮回来后，在距韩大大家不远的巷子里，租了一个带有三间房的小院，将母亲和妹妹接来，从韩家搬了出去。对于韩大大的死，我有一种负罪感，如果我没有搬出去住，我会帮韩大大上房除草，即使韩大大遇难，也不至于干死在房上无人知道。

韩春和韩冬都不在家，邻居自然找到了我家。我刚好歇班在家。邻居们七嘴八舌说他们看见了那架日机飞行员曾伸出头向下看，脸像蛤蟆。

我找韩春找不到，没人知道韩春去了哪里。我又找到八路军办事处，韩冬去北边了，联系不上，我承担起了安葬老人的事情。我母亲虽然是用人出身，但为人大气，知恩图报，她卖了齐老爷送的一对银镯子，给韩大大买了一口薄棺材，又拆了几件衣服，为韩大大改做了一套寿衣。我以儿子的身份，披麻戴孝，摔了纸盆，邻居们帮着抬灵，将韩大大埋在了东郊的墓地里。

韩春回来，韩大大已经过三七了，我和韩春骑马去了墓地。两场秋雨后，韩大大的坟头上生出了柔弱的嫩草，这些草是刚刚熟了的种子发的芽。韩春长跪不起，我说："大哥，事情太突然，我把伯伯葬薄了。"韩春说，"你已经很尽力了，以后我就是你的亲大哥，有什么难事给大哥讲。"

韩春备酒席答谢街坊邻居，当着众街坊邻居的面给我母亲跪地磕头。从此，母亲在这条巷子里说话声音高了八度。这么一个国军大官，特别是儿子的上司给自己跪地磕头，实在是很荣耀的事。

我与韩春盘算着要打掉那架日机。我们给那架日机起名叫麻燕二。韩春说，守株待兔不是个办法，我们要引诱它。

韩春总是能得到他想得到的情报，然后设计出精致的方案。引诱麻燕二是在一场大雪后，时间是傍晚，天空翻涌着乌黑的云朵与火红的云朵，麻燕二与它的同伴在这些云朵下与苏联战机空战，如果不是残酷的你死我活的战争，看飞机打仗是很有趣的，它们跟鸟儿一样，一会儿你上，一会儿我上，一会儿一个咬住一个尾巴转圈。苏军的战机是不好惹的，猛一声巨响，一架日机拖着一股浓烟逃窜了。其他的也跟着逃窜，苏机跟在后面追。有一架日机耍着花样躲开了苏机的追击，向西门而来，由它高超的飞行技能可以判断，它就是那只麻燕二，不知道它是在高空中用望远镜看见的，还是低飞后寻找玩耍目标时发现的，总之，它被西门城楼顶上的花姑娘吸引住了。花姑娘极为艳丽，头戴凤冠，身穿绣袍，举手投足，舞弄风骚。日机当然不知道花姑娘绣衣里面有铁甲，花冠底下有钢盔，是韩春亲自在扮演花姑娘，引诱麻燕二。我躲在西门的城楼里，端着狙击步枪。我们把引诱地点设在西门，是因为西郊机场距西门不远，日机是西郊机场的"常客"。

我是神枪手，有点小名气，但是面对飞行着的飞机里偶尔伸出来的头要一枪命中，除了具备技术、经验、天赋外，还需要运气。运气这个东西神乎其神，有时候离你很近，近在眼前，似乎你一伸手就能抓到，但你就是抓不到，你看着是与你擦肩而过，其实距你十万八千里；有时候看着远在天边，却突然会降临到你头上，你赶都赶不走。我趴在远古的勇士们曾经趴过的城墙上，祈求他们给我运气。如果我一枪打不中，敌机会立即识破这个圈套，会向韩春疯狂地扫射，韩春虽然有铠甲和钢盔保护，但谁能保证子弹不会打穿它们？谁能保证那将飞来的子弹不会刚好穿过甲片中间的缝隙？机会稍纵即逝，又要一枪命中，我的心理素质在经受着前所未有的考验。

麻燕二闪耀着夕阳的光辉，接近了西门城楼，花姑娘却突然不见了。麻燕二四面寻找，发现花姑娘跑到了城墙上，正向它瞭望。这是韩春要将日机引入到我最好的射击角度。麻燕二不知，一个低飞，掠过花姑娘的头顶，螺旋桨的旋风将花姑娘凤冠上的花缨吹得东倒西歪。花姑娘打开一把红绸扇，转着圈向麻燕二挥舞，麻燕二的肚子里终于探出了一张蛤蟆脸……

“叭——”枪响了，说实话，当时我根本没有意识到自己开枪了，感觉枪好像是长在我身上的一个部分，我的整个反应就像脚下遇到了阻碍的东西，自然要抬脚一样。远古的勇士给了我极好的运气，一枪命中，蛤蟆脸来不及缩回去，在空中那么耷拉着，洒着血，随他的战机向地面栽去。

整个过程跟戏剧表演一样，我以为没有观众，但当谢幕之后，这个事情立即在西安城全面开花地传送开了，好像当时城下挤满了观众。他们说，他们开始以为是戏班子上了城门楼，对天上那些红、黑云朵演出哩，他们信誓旦旦地说，看见了那飞行员的脸，有的说脸是苍白的，戴着黑色风镜，在暮色夕阳中跟鬼一样，有的说飞行员的脸是黑的，被一枪打死后，还龇着白牙笑哩……我没有看见，或者说是由于太紧张而视而不见，枪响后，我抱着枪，趴在枪眼孔上哭了，打中打不中，我不是靠眼睛，是靠感觉，子弹在路上的时候，我的感觉告诉我，成功了！我的泪水是感激的泪水，感谢那些给我好运的远古的勇士们！韩春穿着铠甲拥抱了我，为我擦泪水。这是我和陕西军统三号人物韩春在抗日时期最精彩的一次珠联璧合的合作。

飞机擦着西城河边的白杨树梢，斜插到城外那片辽阔的麦田里去了，机身四分五裂，一只翅膀斜插在雪地上，像半个巨大的弓箭头。

一架敌机被击落，在西安城空战的历史上仅此一次，政府大张旗鼓地组织民众推着木轮车去打扫飞机残骸，好像打下来百十架飞机一样。报告这个好消息的报纸、传单像树叶一样落满了西安城的家家户户，但这架飞机是被谁打下来的，没有人知道。韩春说，你是庄平，树大招风，悄悄的吧。韩春的意思是庄平不能出名。我是庄平，注定了我只能做无名英雄。

用一支狙击枪打下来一架飞机，这也是我人生辉煌的顶点，只有韩春一人为我喝彩，这是一种甜蜜的痛苦。

但抗日战争胜利后，韩春还是力荐我登上了陕西国军抗日英雄榜。登上这个抗日英雄榜对我最大的意义就是在庆祝抗日胜利大游行的那一天，我有资格登上英雄之车，接受全市人民的敬仰，惠挤在欢呼的队伍里，看见了我。

从此，我在战争的血与火中看到了另一种风景，由于艰苦战斗的背景映衬，这风景显得格外美丽。这就是爱情。抗日战争胜利之日，就是我开始与爱情拥抱之日。

二十二、中条山除奸

抗战胜利后，我回了军统处，任锄奸队一分队队长，总队长是李秉儒。中条山战役死了两三万将士，抗战胜利后，这笔血债要找汉奸讨了，陕西军统处有一段时间的主要任务就是中条山锄奸。

令我记忆深刻的是带队去中条山锄孙重岭这个汉奸。孙重岭在中条山战役中曾担任过陕西军营长，敌人化装成小贩，通过汉奸钱老大、钱老二两兄弟的手，收取孙重岭从军中传递的情报，致使陕西军一个师被敌军割据包围，师长牺牲，副师长受伤跳黄河，一个机枪营为打开缺口突围，全部牺牲，很像刘孟廉讲过的八百壮士跳黄河的情景。抗战胜利后，孙重岭带着钱家兄弟和一些小汉奸利用对中条山地形熟悉的优势，逃避抓捕。大部队对这一小股顽奸久拿不下后交给了军统处，利用情报优势智取。李秉儒派出特工，装扮成收山货的、卖针头线脑的小贩，寻找孙重岭的踪迹。一日得到情报，孙重岭的老母亲死了，孙重岭是孝子，他不可能不见他母亲最后一面。

天气寒冷而多风，预兆要降雪的乌云，低垂在西安城的上空。李秉儒让我们穿上了里面是白羊毛的军大衣，戴上里面也是白羊毛的帽子，如果下了雪，把这些翻过来用，好隐蔽。我们一行七人于凌晨在西安城搭火车到陕县车站，那里有人接应，带我们过黄河，进中条山找孙重岭的家，这一切须悄然进行，怕孙重岭闻风而逃。坐在火车上，我望着窗外一晃而过的景象，不由浮想联翩。这是我第二次要进中条山，回头一想，恍若隔世，冒充庄平已经整整七年了，我从一个流浪的半大小子，到了一名职位已不算低的国民党军官，可真正的庄平还不见踪影。令我惆怅的是，抗日战争已经胜利，除奸是光天化日之下的事，可是我还不能脱下庄平的外衣。庄平，你到底在哪儿？火车呜呜叫着向前奔驰，冥冥中，我感到有一种巨大的悲怆如同天上的乌云，覆盖了大地。

东边的天气比想象的还要恶劣。风把飘荡的雪花吹到高高的天空，然后又变成一股股白色的雪尘打着旋降下来，犹如被单，把我们的身体当成一个柱子，卷起来。我们身体的一切活动，好像都是为了抗拒这被单的卷裹。接我们的特工是李秉儒手下的干将，长着一双小圆眼睛，平时喜欢说怪话，干起活来跟山鼠一样机警灵活，外号山鼠。山鼠看上去完全是个山西佬，杂毛狗皮帽子，光板老羊皮袄，腰间拴着一条粗麻绳，见到我们拢起手作揖，“拜托各位仁兄，一定要成功，让我这苦日子赶紧到头吧！”山鼠的胡子好久没刮了，上面结了冰碴，脸冻得跟香肠一样通红，可以想象山鼠在这大山里工作的艰苦。

我们顶着暴风雪步行到了黄河边，黄河结了冰，等在这里的老乡用雪橇把我们送过了河。暴风雪已经给中条山盖上了白色的被单，我们进山的时候把大衣、帽子翻了过来，我们变成了站着走路的大绵羊。我们踏入这白单的世界后，暴风雪打起了呼哨，更加肆意。白单下的山峦露出黑暗的冷峻面孔，凝视着我们，让我们感到那不时向我们卷来的风雪是受了它们的指示，阻挠我们这群企图在它们的地界里干点什么的外来者。尽管风雪肆意，还有一群鸟雀在路边的枯草上觅食，它们扒开草上的雪粉，啄食冻结在其上的浆果，见到我们，仰起小脑袋发呆，然后极不情愿地飞走了，把一颗颗玛瑙一样鲜红的浆果呈现在铅灰色的枯草之中。这是我们所见的山中唯一鲜亮的景物，鸟雀、果实让我们感到这个寂静的黑白世界里，还有生命在活动。其实不用反穿大衣和帽子，不一会儿，我们都成雪人了，而嘴里的哈气让睫毛挂上了冰霜，像一对细密的小梳子。

山路越来越狭窄崎岖，没有行人，寂静得只剩下暴风雪的呼哨声。山鼠说，这一带只要起风就有这声音，传说是一个女人在哭，这个女人的丈夫在山中打仗死了，这女人就变成了风，到处寻找她丈夫。仔细听，这声音真的有点像女人凄惨的哭声。我突然想到，如果我死到了这里，惠也会变成这样的风，来寻找我？

惠，我听到自己喃喃地说，如果我死了，你千万不要这样悲伤，不要来找我，他们会抬我回去的，你把我埋到韩大大那片坟地里，每年五月去田野里给我采上一束鲜花送去就行了。如果我能活着回去，我一定尽快娶你，管不了那么多了。我带着队伍，行进在暴风雪中，心中却生出了这么一股柔情。

孙重岭的家在中条山深处一条山坳里，村庄名字叫大沟村，在一条杂树丛生的大沟畔上。傍晚的时候，我们接近了村子，山鼠说，王队长把时间算得正好。

村外有一个抗战时期的瞭望塔，我让队员埋伏在一条小沟里，我和山鼠登上瞭望塔。我们从望远镜里看到，在一片白雪覆盖的树梢和屋顶中间，有一块空地，空地上有一大圈火光。山鼠说，那就是孙重岭家办丧事的地方，他家是一个大家族，他母亲又是老丧，场面比较大。你看，打谷场都快占满了；你看，是七堆火，说明老人家高寿过七十了。你看，大帐还是咱的军用帐篷，那帐篷里设的就是灵堂，孙重岭如果在家，就在帐篷里，我们要设法混进帐篷，才好下手。

我将望远镜对准进村的山路，看见有一拨一拨身穿白衣奔丧的人打着白灯笼，哭号着进村。我想，孙重岭不会带着人和枪大模大样地进村，他一定会穿着孝服混在奔丧的亲戚中悼念母亲，如果设卡盘查，会惊动孙重岭，他老远就会跑掉。在跟韩春、李秉儒讨论行动方案的时候已经想到了这点，也准备了对付的方法。这山里有个风俗，就是对丧事，吹鼓手和戏班子可以自愿前往，主家来者不拒，赏钱随主家给，乞丐也可以去讨吃食，叫吃舍饭。主家这样做为的是要人气，丧事办得有人气好，逝者到了那边不会寂寞。我抽出三个人化装成吹鼓手，自己化装成乞丐，剩下的人继续埋伏，万一有意外，可以接应。为了防止洋腔引人起疑，干脆装成了哑巴。特务是什么？特务就是装什么像什么，我虽然没有在侦缉队当过正儿八经的特务，但也耳濡目染了一些，装个混饭吃的哑巴还是能应付。稍做准备，我们这支奔丧的队伍就进村了。山鼠走在前面，因为他会说一口地道的山西话。

孙重岭的相貌很有特点，李秉儒的描述是蚕眉环眼似张飞，身躯高大如关云长，只要孙重岭一露面，我摔碗为号，生擒孙重岭。舍饭不是白吃，要到棺材前当孝子磕头。我看到一个吃舍饭的身材高大，在磕头时腰里有硬东西凸出来，这个人头发盖脸，脸还特别地脏，一时不能断定是孙重岭。这人磕完头，拿了舍饭，往大帐外走，我跟了过去，其他两个队员也跟了上来，这人出了大帐没多远就跑起来，边跑边回头看，我当即判断，这个人不是孙重岭，孙重岭在使调虎离山计。我让一个队员追上去，让孙重岭以为我们上当，我自已装作出去小便，又返回了大帐。几个新到的孝子正在磕头，都是孝布拖地，遮着脸，看不清，但身躯是能看出来的，我当机立断，摔掉手中的碗，扑向了中间的一个。两个队员扔掉手中的家伙，围过来就把这个人按住，拿掉了孝带。蚕眉环眼，是孙重岭。我们把孙重岭拖出大帐外，拖出一段距离后，发现我们被一群穿麻戴孝的人包围了，他们每人手里都举着一支火把，一言不发，死死地盯着我们。我用枪口抵住孙重岭的胸口，那意思就是谁敢动就开枪了。

我与孙重岭相向而立，对峙就这样开始了。

山风小了一些，听不见了呼哨，但雪花稠密起来。

忽来忽去的山风让一支靠近我的火把产生了企图舔食我脸颊的欲望，借着山风的回力将舌头一次比一次伸得长，我那张年轻英俊的脸产生了灼烧的疼痛。

而孙重岭那边，两条像蚯蚓一样的鼻血从鼻孔里爬出来，爬过了嘴唇，爬进了那团乱七八糟的胡须里，孙重岭好像没有感觉，两只大环眼死鱼一样盯着我。这样对峙不是个办法，我的手腕僵在空中，时间长了会发抖的。

“孙重岭，你临死就没有什么话说?”我说。

孙重岭冷笑了一声，“没有。”

我收了枪，“不对我们，也应该对这些亲戚、乡亲们说句话。我给你时间。如果需要回避，我们可以后退三尺。”

孙重岭环眼瞪着我，“你少给我来这套，小子，我抗日的时候，你在哪里?”

“我在给你们送军火，在为你们筹粮食。”

我把“你们”二字咬得特别重，孙重岭无言，面露悲伤。

我让那两个队员放开孙重岭，后退两步，给孙重岭让开说话的场子。

我们谁也没有想到孙重岭就地把自己脱了个精光，一丝不挂，连鞋都脱了，一双赤脚踩在雪中。男人们瞪大了眼睛，妇女们捂住眼睛往后退。

火光映照着孙重岭健壮的裸体，那健壮的裸体上的伤疤很可怕，就像一个雕塑师在完成他杰作的最后一刻发生了神经错乱，用雕刻刀癫狂地在他的作品上肆意戳、砍、犁、铲，把一个美不胜收的作品破坏得恐怖狰狞，不堪入目。

我闭上了眼睛，又睁开了眼睛。

孙重岭指着肚子上的一块伤疤说，“我跟日本鬼子拼刺刀，我的肠子被捅出来了，拉了半丈长，就这，我还杀了三个鬼子。我的人都拼完了，我被抓了俘虏。我当时想到过给自己一刀，但我太贪了，还要杀鬼子。伤是鬼子给治的，他们治好了我的伤，给我用刑，你们看，这是用烙铁烙的，这是狗咬的，这是刀戳的，我没有屈服，我不怕痛苦，不怕折磨。鬼子把我老母亲带来了，当着我的面给我母亲用刑，母亲的惨叫如刀剜我的心一样，我也没有屈服。我能顶住老母亲受折磨，但顶不住老母亲受辱，你们问问这些村里人，他们是看见的。日本鬼子把我和母亲带到村里，吊在村口的大树上，要当着全村的男女老少脱光我母亲，用枪捅我母亲的下处。我屈服了。日本鬼子把我母亲押在运城，告诉我，如果我要耍花招或者自杀，就要实施这办法。我的软肋被鬼子捏着，我给鬼子递情报，开始并没有把重要情报给他们，鬼子明白了之后，威胁我，把母亲受折磨的照片给我看，我不尽心一次，他们就折磨我母亲一次。”

孙重岭停了下来，目光烁烁地看着我，“长官，你有母亲吗？要是你，怎么办?”

我会怎么办？我不知道。我沉默。

这只是一种假设，日本投降了，这种假设永远不可能成真，我可以凛然地用豪言壮语回答，但那样的结果会迎来一阵轻蔑的嘲笑，嘲笑我的不只是别人，还有我自己，这种情景下，那些豪言壮语会把你推上小丑的舞台。我感到自己从来没有这样虚弱过，我垂下目光，默默地弯腰捡起地上的衣服，递给孙重岭，我说：“孙重岭，我是军统局锄奸队庄平，我看过你的材料，我们都认为，你和钱家两兄弟不一样，他们是天生的汉奸，他们是主动投靠鬼子的，为了一点猪肉米油，穷凶极恶地帮鬼子杀中国人。你不是，你曾是抗日英雄，我相信你最恨的是日本鬼子，你不是孬种，应该敢作敢当，为什么要跟钱家兄弟混在一起?”

孙重岭穿好衣服，看着我，眼睛里慢慢流出了泪水，“庄长官，听你这样说，我瞑目了。”双膝一弯，跪在了地上，哽咽着说，“我是想多活几天啊！我想活到为我母亲送终。其实，我最痛恨的不是日本鬼子，是我自己——孙重岭！看到弟兄们死在我手里，我比谁都悲痛难过，我用刀放过自己的血，将头往墙上撞过，撞得头破血流。最想让孙重岭死的，不是你们，是我自己啊!”

是的，我相信孙重岭的话。

孙重岭趴在地上，用头磕地，号啕大哭起来，“兄弟们啊，我比你们还恨日本鬼子……我对不起你们啊，我早该死了，我埋了我娘就去找你们，任你们千刀万剐，把我喂狗……”孙重岭的脸沾满了雪粉，额头渗出了血，我欲拉孙重岭起来，但他的膝盖像生了根，只好放弃。

“钱一、钱二在哪里?”我问。

“在鸡爪沟的山洞里，我带你们去。”孙重岭抬起了头。

“你给母亲尽孝吧，叫一个人带我们去就行了。”

“你……”孙重岭感动地站起来，“庄长官，你不怕我跑了?”

我望着远处白色的山影，叹息了一声，“无所谓，跑就跑吧，再跑也跑不出你生不如死的心。”

“大恩不言谢，长官，”孙重岭又磕了一下头，“长官，我不会跑，你赶紧带人去抓钱一钱二吧，恐怕已经有人给送信了，赶紧去吧！不远，骑上马一会儿就到。”

在去鸡爪沟的路上，真抓了一个给钱家兄弟送信的人，那人骑着一头驴，没有马跑得快，我一枪击毙了这个人。除奸是非常残酷粗糙的，气头上不会思量你罪该不该死。

将在外，军命有所不受，我自作主张让孙重岭满足了做孝子的愿望，用惠的话说，是孝子惜孝子，我们原打算等他安葬了母亲，再带他回陕西接受审判，可孙重岭自尽了。当孙重岭身体在我身边飞起来的时候，我明白要发生什么事了，我能阻拦却没有阻拦，我任由他的身体从我旁边飞起来，脑袋猛烈地撞击在墓坑里的柏木棺柩上。我给了他选择死的自由。飞溅的脑浆和血已经落地，哀鸣还在空中飘荡。他死得悲壮、自尊。

我的善举得到的报答是农夫与蛇。我们在离开大沟村的路上被伏击，队员们立即回击，结果发现伏击我们的只是一个年仅八岁的小男孩。小男孩只打出了一颗子弹就被我们打成了筛子，血珠落到雪地上，如被鸟雀从枯草里啄出的美丽如红玛瑙的浆果。

这个小男孩是孙重岭的儿子，一个小小的神枪手，他躲在一丛蒿草后，瞪着仇恨的小环眼，一枪险些击中了我的心脏。

与第一次进中条山一样，我血染戎装，命悬一线地躺在担架上，仓皇返程。我住进了西安城的教会医院，当时这是西安城最好的医院，惠卫校即将毕业，正好在这所医院实习，我因祸得福，惠又整天陪在我身边了。我康复后就提着礼品，去云阳乡见尚先生提婚了。与尚先生面对面坐着，我才看清楚惠是那么像她父亲，不但形像，神也很像，这多少减轻了些我心理上的压力，这位被韩春形容成老狐狸的共产党人，看上去很像一位令人尊敬的校长，当然他本身也就是位校长，他说话很直率，开诚布公，没有一点狐狸的影子。对我庄铭变庄平的说法也没有多问，当时国共正处在和谈时期，我能看得出，尚先生对我本人和家庭没有什么意见，对我的政治背景很犹豫。一个多月后，尚先生还是答应了把女儿嫁给我。

从此，尚先生——我的老丈人指到哪儿我打到哪儿，出生入死，为共产主义事业做起了贡献。韩冬费尽口舌没有做到的事，尚先生不费吹灰之力。

二十三、找韩春开通行证

为尚先生做的第一件事是护送李建到上海。当时国共两党已经开战，军统处工作的重点由肃奸转到破获共党地下组织上。而韩春调我到铁路上当了一名列车长，那个时候铁路是军管制，我仍然保留军统身份。

有一天，我跑车回来，一下火车就发现车站气氛不对，站满了警察，还有军统的人转悠。一个军统的熟人对我展开一张照片看，半打哈哈半认真地说，“共党头目，老兄留点神，运气好就是你的财神爷，活的五百大洋，抓不住就击毙，三百大洋。”

“什么人赏金这么高？”我看了那照片一眼，立时眼睛像火燎了一样疼痛，是李建。虽然那个晚上油灯不明亮，但李建眼睛里的火苗灼痛了我，我瞅着他的面孔发呆，所以对他的面孔留下了深刻印象，而这张不是那么清晰的照片，正好还原了油灯后面的面孔。

我是跑西安城到上海客车的，总喜欢买些上海的玩意儿送给惠的弟弟妹妹们，惠是当大姐的，我不能让惠回娘家空着手。所以，我跑车回来先要去位于车站东边的东八路洋车行换掉军装，租一辆洋车拉客挣钱，母亲是当家人，挣的薪水给了母亲，拉车挣点小钱给惠。看到李建的照片后，我心里很难过，也很为这个给我上过一晚上共产主义课的李老师担心。因为有心事，没有注意上车的客人，听客人要去春香旅店，拉起就走。到了地方，客人说：你帮我把东西拿进去。我就帮客人拿东西，东西看上去不小，提起来一点也不沉。进了门，我把东西放到客人指定的地方，接了车钱就要走，那客人却关上了门。那客人说：“你能不能把头抬起来看看我？”为了不让熟人认出来，我总是戴着一顶破帽子，把帽檐压得很低，头也总是低着，听到客人的话我把头抬了起来，站在面前的竟是尚先生—— 我岳父！尚先生的口音变成了河南话，我没有听出来。我尴尬得无地自容。尚先生说，“没关系，我早知道，我不是来阻止你的，我上学的时候，为了一些事要花钱，也拉过洋车。”

在叙述中，还是称尚先生吧，少一些亲情，讲起来轻松一些。

尚先生对我的行踪一清二楚，他上我的洋车就是要把我带到这个旅馆里说事，尚先生说，为了安全，只好想了这么个见面说事的办法，这事就是将李建送到上海。

我不知怎么好，只好装着惊讶拖延时间，我得想一想该怎么跟尚先生说清楚我不是怕冒风险，而是根本办不到。

尚先生说，“是我的结拜兄弟，你该叫李大大。你下一班车是什么时候？”

“大后天下午。”

“太晚了，你李大大随时都可能掉脑袋，你可不可以跟别人换个班，但主要问题不在火车上，主要问题是怎么上火车。这一路上都要你想办法，你在军统里干了这些年，我相信你会想出办法的。有了办法说给惠听，让惠到这里来找我。你赶紧走吧，万一我被盯上了，你待久了不好。”

尚先生的口气不容置疑，我没办法，出了春香旅店。我惶恐地问自己，我算是答应了？我怎么可能办到？怎么进站？怎么对付车上的检查？怎么出站？这三关怎么过？这三关其实就是全程，最近车上查得很严，不会因为你是列车长带的人就不闻不问。我没有心思拉车挣钱了，还了洋车，换上军装，愁眉苦脸地往家走。尚先生在我心目中是个分量很重的大人物，第一次开口让我帮忙就把我置于了只能想办法去做、不能拒绝、没有退路的境地。李大大是个共党的大人物，在我手里出了问题，我不要紧，尚先生可怎么承担？我心里慌张极了。

路过惠工作的教会医院，我停住了脚步，要不要告诉惠？但我又不愿意把这个压力让惠分担，正犹豫着，惠穿着洁白的护士服，犹如天使，轻轻地落在了我身边，问我愁眉苦脸地在想什么。我把她拉到一棵避人的大树下，把这件事说了。

“我看到抓李大大的告示了，我正在想看你能不能让李大大坐你的火车走，就看见你了。李大大跟我爸是结拜兄弟，上学的时候帮助过我爸，没有李大大，我爸可能早早就辍学种地了。我爸能找你，是自己实在没有办法了，我爸很少有没有办法的时候。”惠一口气说了这些。我想说我不是不想干，是没有办法，但看到惠一脸和她父亲一样的坚决表情，我不想说了。这是我第一次发现惠竟是这样一个会为了救别人而不顾一切的人，我有些发呆。

我们一筹莫展，大眼瞪小眼地站着。一个人扶着另一个满头缠着绷带的人从我们身边走过去了。有时候事情就是这样，当你没有退路的时候，一点事情都有可能触发你的灵感，想出前进的办法来。那个满头缠着绷带的人触发了我的灵感，我思索着说，“要不把李大大的脸缠上绷带，如果要查，就说伤了不能见风，怕破伤风。”

惠眼睛一亮，“这是个办法。”

“可检查的人不会管你破伤风不破伤风，如果把绷带扯下来，我们就是把李大大给人家送上门了。”

惠说，“那也不一定，如果李大大拿出一个证件，证件上的名字是某个大人物，还会扯下绷带吗？”

我说，“可到哪里弄一个大人物的证件啊?”

惠说，“不是大人物，是他们认识的人也可以啊，熟人还好意思扯下来吗?”

我兴奋地握住惠的手，“用我的证件吧，那些查的人都认识我，灯下黑，正因为我们都认识，他们才可能想不到这个人不是我。”

惠忧心忡忡地说，“人和人相差的不只是脸啊。”

办法就这样说着慢慢出现了轮廓。有了轮廓就有了方向，有了方向就知道具体该做什么了。我的首要任务是补办一个通行证。我还要一路护送，进站的时候一定要亮通行证，所以需要两张我的通行证，通行证的申请手续很麻烦，时间这样紧，只能走捷径——找韩春办。

我把找韩春的时间选在下午下了班，韩春还没有走的时候。那天我向军统处走的时候，天上有云，没有风，闷热，太阳正在下落，像半块红瓤的西瓜，给漆黑的城墙头上涂了一层鲜红的边，一半美丽，一半狰狞，像我要办的这件事情。军统处办公的地方在城墙角下，是二层砖楼，此刻，在一片袅袅炊烟中是那么地庄严和寂静。我站在楼前，突然感到心里十分空虚，韩春怎么会相信我的理由? 韩春一定会想到别处去。韩春虽然有一个共党弟弟，但从来立场鲜明，自韩大大死后，我跟韩春大多是在办公的地方见，韩春总是一副公事公办的样子，但又想起韩春在韩大大坟上说的话，觉得也不是没有希望。我迈开步绕着院子边的小径走去。平时这小径显得很长，这时变得很短，好像几步就走到了。站在韩春办公室门前，我立着，心里更加空虚，几次抬起手又放下了。走廊上很寂静，掩映着走廊的大树上，归巢的麻雀唧唧喳喳叫成一片，好像嘲笑树下畏缩的小伙子。

韩春在里面喊了一声，“庄平，进来!”我只好进去了。

韩春坐在办公桌前，从一张照片上抬起头，我一眼就看到，那张照片正是李建的。

“刚跑车回来，不在家休息，有事吗?”韩春对我的工作时间都了如指掌。

“大哥，你怎么知道是我?”我用这么一句闲话，掩盖自己的慌乱。

“你忘了? 我的耳朵和眼睛一样厉害。”

这句话怎么听都像是一语双关，但我没有选择了，我如果还闲扯下去，会更糟糕。“你记得我跟你说过惠她哥放炮仗把眼睛炸伤的事吗?”

“记得，你提醒我过年放炮仗时要注意，不要伤着眼睛。怎么了？”

“惠她父亲在上海找了一个德国大夫，她哥那眼睛伤着，裹着绷带，上火车给拦住了，非要让把绷带打开。医生交代过的，不能解开绷带，眼睛可不是别的，就没进站又回来了。”

“不是过去好几个月了吗？伤还没长好？”

“伤口感染了，眼睛珠子一点光都不能见。”

韩春打开抽屉，取出一支烟，点燃，抽了一口，吐出烟雾，隔着烟雾，冷冷地看着我的脸，等待我继续说。

“大哥，我想是这样，”我咽着唾沫，艰难地说，“让他拿着我的证过去，可能就不会让打开绷带了。”

“你为什么要给我说这个想法？”

“是这样，我想让他坐我的车，好照顾，可是，他用了我的证，我就无法进去了，大哥，我想让你再给我办个证，临时用一下，就一下。”

“你为什么不给我说你把证丢了，补办一张？”

“因为我知道大哥是不会信的。”

“那你这么说，我就信了？”

我沉默了，其实，我知道韩春也不会信，但我不死心，我想把这谎编得复杂一些，赌一把。

韩春那只斜眼看似看着别处，其实是对着我，那眼光就是斜插过来的刀片，我可以迎着任何人的目光挺住，唯独韩春这斜视的目光不能，我在沉默中低下了头。

“抬起头，看着我，你知道自己在干什么吗？”

我抬起头，但目光在空中飘移着，“我知道这是使不得的，可是尚致那眼睛……”

韩春把李建的照片拿起来又摔下，打断我的话，我知道这是韩春提示我不要撒谎了。但我还是想赌一把，“大哥，给我开一张吧，权当我把证丢了，把证丢了就要补办是吧？否则就不能正常进站上车工作了是吧？……”我听到自己的喘息声很大，头上冒出了虚汗，后面说的什么我记不清楚了，好像是些胡言乱语。

我想韩春会大发雷霆，但没有，韩春没有听完我的话，就起身走到窗前，两手叉腰面对着窗外，我的那些胡言乱语是对着他笔直的背影说完的，我就像一只小狗，一会儿左边一会儿右边地围着主人呜呜叫个不停，终于把主人叫烦了，转身踢了小狗一脚，“滚！明天早晨你到家里，等我剥你的皮。”

“大哥，你……”我不知道韩春是答应了还是没答应，已经体无完肤了，干脆揭竿而起了，但韩春不让我揭竿而起，指着我的脑门喝道，“滚！就那么个丑丫头把你搞昏成这样？滚！”

“大哥，惠她不是你想的那样。”

“滚！赶紧滚蛋！”

第二天，我早早去了韩大大家，我想表现表现，把院子扫扫，再给大哥烧好开水，经过一夜的分析思考，我基本确定，韩春今天会给我把证件带来。

门没有锁，从里面关着，我以为韩春已经回来了，敲了门，开门的却是韩冬。

韩冬笑笑说，“我大哥又要给你下密旨了？怎么他的办公室都不安全了？会泄密？”我摇了摇头，没搭话。韩冬又摆出了以往说服人的架势说，“我说庄铭，不，庄平，你什么时候能擦亮眼睛看清形势？这天下马上就要成共产党的了，听二哥的，赶紧弃暗投明。你虽然参加了国军，但你是抗日英雄，神枪手，我们会欢迎的。你可以给我们做卧底……”

韩春的进门打断了韩冬的话。韩冬说，“你们有事，我就退了。”没等韩春说话，韩冬就逃也似的走了。

“二哥这是怎么了，见到大哥就走？”韩春摇摇头，进了屋。

我跟韩春进了屋，韩春把证件拿出来给我，说，“你用这个，把正用的给出去，万一出了事，你要一口咬定你把证件丢了，才补了一个。万一那边出了叛徒，你也要咬定你是丢了，跟他们没有任何关系，大哥会想办法救你。”

“大哥，你……你全知道？”

“我不知道，我猜的，是老狐狸找的你吧？李建是三原人，在渭北中学上过学，大哥再猜不到老狐狸跟李建是一伙，这军统的饭就白吃了。我没想到你竟敢来找我办这事。尚怀道真行，这才几天就把你也培养成了狐狸，算准了我会答应你。”

“不，大哥，我是没办法，不找大哥找谁？”

“其实，我对你老丈人是非常尊敬的。抗战期间，他对国军在粮食、布匹上支持很大。我查了李建的材料，其实是一个书生，手上没有我们的鲜血，尚先生也没有，他们都为抗日做过贡献。如果不是这样，我不会帮你这个忙的。”

韩春掀起帽子让我看他鬓角的头发，“大哥才三十多岁，都有白头发了，大哥是党国的人，应该为党国操这个心。你不一样，大哥现在觉得很对不起你，把你从去延安的路上截回来，让你冒充庄平。大哥想帮你给自己留条后路，明白了吗？惠那一家子都是共产党，你有这个条件。”

“大哥，你不要这样说，为了抗日，我愿意冒充庄平的。”

韩春说：“我的手上沾有共党的血，你没有，大哥不让你沾上，所以，大哥才派你去锄奸，去当列车长。没有让你去抓共党，知道吗？”

“大哥，你不要这么悲观，现在还是党国的天下。”

“大哥生是党国的人，死是党国的鬼，已经这样了就这样吧。”

听了韩春的话，我非常难受，我说，“大哥，你胃不好，我回头给你要两块泾阳砖茶熬着喝，帮助消化，很管用的。”

韩春沉思了一会儿说，“是这，跟你丈人开个口，给我要块好的，十年以上，金花多的，我有事求个人，这个人喜欢收藏泾阳砖茶。”

韩春能开口跟我要东西，我有一种受宠若惊的感动，连连说没问题，韩春笑着说，“傻瓜，金子好买，一砖难求。你丈人就是想给你这个面子，可不一定有了。”

我确实把泾阳砖茶小看了，当事情完成后，我向尚先生提出要茶的事，尚先生有些犹豫，但还是给了我这个面子，尚先生从吊在屋顶上的铁盒子里取下来，打开，里面只有两块砖茶，尚先生说，“能达到韩春标准的，就剩这两块了，泾阳已经好多年不做了。不是两党闹成了这样，韩春也是个很不错的人哪，送给韩春一块吧，那么要强的一个人，没有难处，不会开这个口的。”

当我把这块砖茶交给韩春的时候，韩春说了一句让我百思不得其解的话，韩春说：你为庄平做了一件大好事。我问什么意思，韩春摇头叹息，不肯说。

我为庄平做了一件什么好事呢？

二十四、为自保李小亚入狱

抗战结束，形势发生了变化，我冒充庄平已没有了意义。但脱下庄平这个身份必引起军统内部哗然，呵呵，原来韩长官布了这么大一个局？最后连个屁都没有响，还丢了党国一名优秀的特工！还有，我将被置于何地？没有了庄平的身份，我就是一个黑人黑户，所以，我还继续假冒着庄平。没有庄平的存在，我叫庄铭还是庄平，似乎也没有多大意义。姓名是人的一个代号，就代着吧，何况我们还是一个姓，若干年前是一家人。

我知道韩春对桂皮二的网还张着，没有把他送上民族公审的断头台，也要把他送上韩氏私设的断头台。李小亚意外地出现，重新又燃起韩春将桂皮二送上断头台的希望。这事情发生在我调回军统处任缉毒科长的那段时间。

八年的抗战还没打够吗？国民遭的难还少吗？疲惫的国军不想再战，厌战情绪蔓延，麻醉品在军中泛滥。蒋介石大怒，在国统区坚决打击吸毒贩毒，军统处加强缉毒队伍，韩春把我从铁路线上调回来，任缉毒科长，在职务上与李秉儒平起平坐了。一日有部下报告：有一女毒贩来自首，可她提出只向你一人交代。我让把人带到我办公室来。

这个女人就是李小亚。李小亚一身阔太太的光鲜，旗袍，高跟鞋，高高的发髻上夹着一个璀璨夺目的大卡子，但这些掩盖不了她的心力交瘁。她被按在一张远离我的凳子上坐好。这个时候，面对她，我心静如水。但她却激动起来，当办公室只剩下我和她时，她从椅子上站起来，像久别亲人那样向我扑过来，“书先啊，我是专程来找你的。”我喝令她坐回椅子上，讲跟毒品有关的事。

“我是在报纸上看到你的，书先，看在齐占强的分上，救救我！”李小亚哭起来。

我明白了，李小亚不是来自首的，她不吸毒也不贩毒，她是打着自首的旗号来向我求救的。

“是有人抓你这个汉奸吗？我可不会救汉奸。”我冷冷地说。

“书先，那时候我不是不想理你，我是怕害了你，日本人如果知道我认识你，会千方百计拉你当汉奸的，我不愿意当汉奸，可我没办法，他们有手段。”

这话是真是假我不想知道，我想知道桂皮二在哪里，庄平在哪里，这是个送上门来的线索。我问：“这些年你还与那些漏网的汉奸在一起吗？”

“没有，没有，我只跟一个汉奸接触过，还是在日本人的安排下。就是这个汉奸要杀我，杀我灭口。这个汉奸在共党内，他派人追杀我，要灭我的口。这几年我隐名埋姓躲在农村，想着没事了，刚出来没几天，就又被追杀了。”李小亚急切地说。

“你应该到共党那边去揭发。”

“我不敢，那个汉奸是个大官。”

显然，李小亚讲的这个汉奸就是桂皮二。韩春的放长线钓大鱼，时隔八年大鱼没钓上来，诱饵跑回来了。“书先，我求你，给我定个不大不小的毒品罪，送进监狱吧！”李小亚哀求道。

我给李小亚倒了杯水，让她老实坐着，我去去就来。

我是找韩春去了。经过了天水行营被炸和庄平的失踪，李小亚在我心里就是一个汉奸，不再有那份怜香惜玉的情怀，我想和韩春商量如何利用李小亚钓出桂皮二、找到庄平。但是，韩春听罢后，消沉地说，“李小亚是钓不到那个大汉奸的，大汉奸是远在延安指挥人追杀李小亚的，庄平的事李小亚一点也不知道，没有用的。”我相信韩春的话，韩春是有情报来源的，韩春在这件事上下的功夫是我难以想象的。韩春指示就遂了李小亚的愿，以跟毒品有牵连的名义关在监狱。她是目前桂皮二是大汉奸的唯一人证。现在我们拿桂皮二没办法，不等于以后没办法。

二十五、救韩冬被抓入狱

在缉毒科我的威信很快建立起来，仕途展现出了一派光明。屁股下的座椅半年时间换过三次，从硬邦邦的木椅到软和的皮椅，再到装饰着金边的皮椅。我不用偷偷摸摸去拉洋车了，每一次缴获毒品，我都能得到一定犒劳，这犒劳我没有交给母亲，交给惠了。

这样的好时光没有多久，于一九四七年六月的一天突然结束了，具体时间我记不清楚了，记得那一天阳光特别好，从特别好的阳光里走进我住的屋子，眼前是一片黑暗，有一个人从黑暗中显露出来，这个人把手指放到嘴边嘘了一声，示意我别出声，然后靠近窗户向外看，灿烂阳光下，我母亲把刚摘下来的大堆黄杏分成小堆，手腕上的银镯子发出刺目的白光。来人是韩冬。

韩冬把我按到他原来坐的椅子上，凑近我说，“送我回延安，只要能送到云阳乡就可以了。你大概已经知道了，李秉儒逮住了我小组的一个成员，那家伙叛变了，李秉儒设了个套，我的小组死得就剩我一人了，我也是差一点。”

我不知道。李秉儒平时做事对我和韩春都防着，我们也是能躲就躲，他做的事情有时候我们根本不知道。我说，“李秉儒做事鬼得很，可能沿途都下通缉令了，你还是躲躲，等大哥回来。”

“李秉儒是不会让我能等到我哥回来的，他会把西安城挖地三尺。我必须赶紧走。我媳妇死了，我哥是不可能再有女人了，我必须活着为老韩家传宗接代。”

我有些惊讶，我以为他会说还要为共产主义如何如何呢。为老韩家传宗接代让我有些感动。

“米嘉怎么死了？”我心里也难过，关心地问。

韩冬烦躁地说，“这事我跟谁都不想提，你再问我第二句我就掏枪了。”

“好，好，我不问了。要逃出去，太危险了，要不你就躲我家吧。”

“你脑子有毛病啊，谁不知道我们的关系、你跟我大哥的关系？国共两党相争，我们还是兄弟，我还是我哥的亲弟弟。李秉儒要撕破脸来搜，首先就是你这里。”

“那不见得，灯下黑。”

“啥都别说了，想办法，把我送走。”

看到韩冬那坚定的目光，我明白自己别无选择。

我想不出好办法，只能像送李建一样如法炮制了，尚致从上海回来，把证件给了我，韩春没有要，我也没有交。但是这次运气不好，脸裹着躺在马车上混过西安城城区的韩冬，却在渭河桥上暴露了。

国共开战后，国军加强了西安城到延安输送线的防御，渭河桥中间设立了一个班、两匹马的哨卡。暴露的原因是韩冬拿出证件时说了一句陕西话，只有一个字："看。"因为我常走这条路去惠家，那个哨卡的士兵对这个证件的主人的语音——"洋腔"印象很深。哨兵把证件放进了自己口袋，用枪指着韩冬，要求韩冬把绷带揭开。赶车人见状，一长鞭子抽过去，马车闯过了哨卡，哨兵紧追着开枪了，韩冬起身还击。我骑马远远地跟在后边，看到这种情形，赶紧策马追过去，将身上的证件扔进渭河，然后大喊着"快追"，两枪打中了哨兵骑着的马，马嘶鸣着东倒西歪，哨兵回头看是自己人，打马让开路，让我的马跑了过去。我边开枪边追着马车，把哨兵们甩到了后面。我追上马车，对韩冬说，"向我开枪。"韩冬向我瞄了瞄，下不了手，向马脖子上开了一枪。马惨叫一声，蹦起来，把我甩到了路边的树丛里，我听到咔嚓咔嚓几声响，就什么也不知道了。

我睁开眼睛的时候，发现自己头上缠着绷带，躺在医院的一间隔离室里，李秉儒笑容满面地站在床边，他身后的门边站着双岗。

"醒了？"李秉儒指指我的头，笑嘻嘻地问，"还疼不？"

"还行。"我听到自己的声音从遥远的地方传过来，嗡嗡响。

"你脑袋可真硬，硬把树给撞断了。庄平，说实话，怎么回事？"

"我发现证件被那共党偷走了，我就一路追过去了。"

李秉儒嘿嘿一笑，"庄平，我不问你证件是怎么丢的，也不问你又怎么知道是那两个共党偷的，我只让你给我分析一下，共军怎么会击中哨兵马的后蹄？而且子弹是从后面进入的。"

我想了想说："如果这样的话，应该是我打的，我当时心急，应该冲过哨兵再开枪。"

"这么说你是无意的？可两匹马伤的都是后蹄，都是从后面射入的，有那么巧吗？你可是神枪手啊！你为什么不打马腿哩？因为马伤了腿还可以坚持跑，伤了蹄子那可就一步都跑不了了，嘿嘿，不愧是刘孟廉教过的学生，年轻轻的，这都知道。"

"你的意思是我是故意打的？我如果是共党，为什么不向哨兵开枪？"

"是啊，我想到了这一点了，我断定你不是共党，在那样的情形下，以你的本事，一枪一个，那些哨兵都会被打死的。我断定得怎么样？"李秉儒两只大鼻孔对着我扇动着，我感到他的鼻孔已经嗅到了我心里的一切，我的任何谎言都是徒劳的。我闭上了眼睛。

“你的眼睛告诉我，我说对了。”李秉儒拍了拍我的肩，接下来，他一定是弯着腰，凑近了我的脸，我闻到了他嘴里酸苹果的气味，“小伙子，你还是年轻，骗不过我的。你是在掩护共党逃跑。你老丈人尚怀道的共党背景很深，曾经被我们抓过，我还参加过对他的审讯，说起来，我们也是有缘分哪，今天我面对的又是他的乘龙快婿。你送的共党是找你老丈人去了，对不对？你老丈人再送他去延安，对不对？从云阳乡往北翻过嵯峨山到照金，从云阳乡往西过醇化旬邑到马栏，有这两条输送线对不对？”

“我不知道。”我闭着眼睛说。

“嘿嘿，你知道，但不是很清楚。”李秉儒把被子推了推，坐到了床边，“你老丈人的窝就在这两条线的起点上，他还时常到西安城活动，我们不好对你老丈人下手，对你总可以吧？那个共党会给你老丈人报告的，你老丈人又该到西安城动用关系了，我决定在你老丈人还有韩春未到西安城之前就毙你。小伙子，其实我是很欣赏你的，但没有办法，职责所在。庄科长，我们都是同事，你还救过我的命，你看对你母亲、媳妇有啥交代的？”

李秉儒不是吓唬我，他向来做事果断，且刚愎自用，同时他也知道，把我毙了韩春也不能把他咋样。我对自己说，一定要稳住他，等大哥回来或老丈人想出办法。我睁开了眼睛。

“睁开眼睛了？看来你是不想死，你这么年轻英俊，媳妇虽然不漂亮，但聪明贤惠，你很爱她，上还有老母亲，老母亲就你这么一个儿子，你还有一个上学的妹妹，都是些靠你养的女人，没有了你，她们怎么办？可你铤而走险的时候，为什么不为她们想一想？”李秉儒说得贴心贴肺，我眼睛湿润了。

“小伙子，如果你不想死，给我一个饶你不死的理由。第一，你护送的是韩春的弟弟韩冬吗？对于这弟兄俩，我们分得很清楚，韩春对党国的忠心日月可鉴。你追随韩春，我们也知道，你对韩冬的感情我们也知道。我问这个问题的目的是如果是韩冬，我们就不用花大力气了，已经跑掉了嘛。如果不是韩冬，我们还要挖地三尺找韩冬。是韩冬吗？”

“是。”

“很好。第二个问题，韩冬在西安城的窝在哪里？我们那天捣毁的是他们开会的茶馆。”

“不知道。”

“他是怎么找到你的？”

“他去了我家。”

李秉儒对着我的脸沉默了一会儿，站了起来，说：“我相信你说的是实话。我不毙你，不等于组织不毙你，你不但帮共党要犯逃跑，还开枪打伤马匹。但你没有在背后打哨兵的黑枪，本来你完全可以消灭掉他们，那样会消除你的蛛丝马迹，可是你没有，看在这一点的分上，我会帮你免死刑。”

李秉儒出了门，又回过头来说：“你救过我的命，我也知道你知道的还没我多，我不会让你受罪的。”

后来我就被押到了西安狄山监狱，享受着牢犯的最高待遇，住着单人间，有桌子、椅子和床，但是不让我出去放风。我不知道自己被关押在这里除了李秉儒还有谁知道。家里人知不知道？韩春会不会知道？在这里关多长时间、到底对我是怎么处理的，我一概不知道，没有人提审我，如果没有人按时送饭和更换屎尿桶，我会认为这个世界把我遗忘或者是我已经死了，是灵魂活着，活在一个坟墓里。天黑了，天亮了，又黑了，又亮了，不知道过去了多少天，韩春来了。韩春带了酒菜、一身有血迹的便衣和鞋，韩春陪我吃完了他带来的酒菜，让我给尚先生写一封信，请求尚先生在我死后，照顾妻子和母亲、妹妹，然后，告诉我，我就要被拉出去枪毙了，刑场上会有共产党的游击队救我，救我的原因不是因为我救了韩冬，而是将我当成了游击队员二根。这个时候韩春才告诉我，二根早被他抓了，押在狄山监狱里。韩春说，游击队员是经过仔细挑选的，没有人认识二根，口音学不来陕西话也不要紧，只要你装成被敌人折磨成了脑瓜呆傻、舌头坏掉说不出话就行了。韩春什么时候与共产党在一起了？还是韩冬在起作用？韩春什么也没向我解释，我也没有问，我只按大哥的要求做，这是我们之间的默契。大哥要营救我，就一定会成功。

枪毙我的地方在东郊产河边，距韩大大的坟地不远。营救是在枪毙我的枪声即将响起的时候开始的，尽管我事先知道，还是感到很突然，因为那速度太快了，一群人影像小豹子一样从苍绿的芦苇里扑过来，我还来不及看清楚，就被这群人掳走了，哗哗地穿过芦苇和玉米田，来到了韩大大的那片墓地，然后被套上孝服，推上了马车。

马车在绿色的田野中，背对着夕阳向东跑。马车上搭着苇席棚，棚上挂着白布条，马缰绳上也缠着白布条，这些白布条被疾风吹动，像燃烧的白色火苗。包括我五个人被救。游击队员和我们都穿着孝服，头上缠着孝带，这当然是为了遮人耳目的伪装。我们坐在车厢里，游击队员蜷着腰坐在车帮上。游击队员对我们并没有表现出应有的热情，相反个个绷着脸，手按在腰上，好像随时准备向我们开枪，这给我减少了装二根的麻烦。马车的颠簸常常让我跟游击队员的身体碰撞在一起，他们的身体反应灵敏、弹力十足，呼吸粗重有力，身上散发着臭汗味和野草味，让人联想到具有蓬勃奔放的生命力的事物。他们吃不饱，穿不暖，但他们有活力。他们在田野中奔跑，在村庄里小憩，围在席棚下捞大锅里的面条，穿大姑娘小媳妇做的布鞋，想想，那也是一种自在的浪漫生活。那时候坐在逃命马车里的我，为自己投入到了这样的队伍里而欣喜。我想到了照金，惠不是一直向往照金吗，这下好了，我们可以一起去照金。

天黑后，外面一种酸涩的气味飘进了车棚，我判断这是到临潼骊山脚下了，这种气味是临潼骊山脚下特有的，要知道我和惠的婚礼就是在被大片的石榴林包围的华清池举行的，我拉着惠在石榴林里徜徉，红艳艳的石榴花染红了我们的手指。后来马车跑进了一片漆黑的树林，车棚碰到了树枝，苇席嘭嘭响，酸涩的气味更浓了，这是一片石榴树林，六月石榴花刚落，石榴大概像核桃那么大，硬得跟石头一样。春天火红的石榴花，秋天火红的石榴果，是临潼骊山的背景色彩。

马车停在了一个农家大院里，赶车的跳下马车喊："到了，都下来吧!"

这是一个靠山的大院子，靠山的边上有一溜茅草房，有两间茅草房亮着油灯。拐过弯是一间厨房，勾人魂魄的甜丝丝的蒸馒头的气味从那里飘出来。

赶车的让游击队员进屋休息，让我们五个人先等着，他进了左边那间亮着灯的屋子。大难不死的那四个宁死不屈的共产党员开始骂骂咧咧。一会儿赶车的出来了，指着那四个游击队员，你，你，你，你，让他们到亮着灯的右边那个屋子里去。然后，给我指了一下他刚才出来的那个左边亮灯的屋子，"你，去那个。"

屋里有一张大炕，炕上放着一张小桌，小桌上放着一盏小油灯，一个人盘腿坐在灯前，将食指放在嘴唇上“嘘”，示意我不要发出声音。是韩冬！韩冬等我走近，压低嗓音说，“不要让这些人知道我们认识，我只说受人之托，见你一面。”韩冬说“这些人”时的言辞和谨慎的神态让我实在纳闷，好像他和他们不是一伙的。

韩冬对有些发呆的我一拍炕沿，“坐，我有话给你说。”

我半个屁股坐到了炕沿上，心里忐忑不安。

“你准备到哪儿去？”

听了韩冬这样的问话，我有些发呆，二哥不是一直动员我跟他走吗？我已经没有了选择，这个问题还用问吗？但我还是回答了他，“我想跟你走。”

韩冬沉吟不语。

“要不这件事就不麻烦你了，我先回云阳乡，带上惠去照金，惠一直想去照金，惠当过护士，又有文化，会做好多事情的。”

韩冬叹了一口气，“你不能去了，你现在是国民党军统特务，不比从前了。”

“二哥，你可以带我去说明，你知道的，尚先生都是共产党，我也为共产党做过不少事，你也说过，你们党内有不少国军出身的人。”

韩冬皱了皱眉，说：“我怎么能让你明白呢？直给你说了吧，情况有点复杂，虽说你为我们做了很多事，还救了我，可这会产生猜忌。曾经就有人说我是我哥安排的特务，审查了很长时间。你如果过来，会受到严格审查的，也许会无休止，也许会审着审着就没命了。外边那些游击队员，如果知道你不是二根，是军统特务，早把你一刀捅了，他们根本不会听你辩解的，有道理你给他们讲不清的，就是那四个救回来的，也要一一甄别，谁知道有没有变节的？尤其这个事情是我哥一手策划的，我敢保证我哥绝对是为了救你，可人家信吗？说实在的，现在队伍壮大了，不缺你这一兵一卒，也不缺神枪手……”

韩冬说完了很长时间，我都不知道说什么，呆呆看着眼前的二哥。二哥说完了这一些话，如释重负，脸上又浮现出了我熟悉的笑容，但我感到那笑脸如冬天的太阳，虽然很灿烂，却感觉不到有多少温暖了。我垂下了头，悲伤地感到自己就是一只丧家犬。

“你也不要这样悲观，天无绝人之路，你去投奔齐占田吧！据我们的情报，齐占田已经是镇守郑州的师长了。”

“不，我不能回国军那边了，我……不然，”我艰难地嚅动着嘴唇说，“待我去云阳乡跟尚先生商量一下再定吧。”

“尚先生没有在延安工作过，整风运动也没有刮到过他头上，他明白多少？他现在人也不在云阳乡，在西安城，你能回到西安城吗？你的通缉令可能都贴满城了。再说，尚先生其实是个书生，不是扛枪打仗的，扛枪打仗的认野性子人，不是尚先生派人到照金求救，这些游击队员能跑到这陌生的地方来吗？这些人有几个是为了共产主义信仰？他们只是想打倒地主，分田分地。”

这些话从韩冬的嘴里说出来让我感到很震惊，我望着韩冬，韩冬也望着我，他用眼睛里那若隐若现的无奈、失望、忧郁的阴霾告诉我，他说的是实话。

“从这里经渭南有我们到河南郑州的秘密交通线，我会派人把你秘密护送到郑州的。你只有这一条路，你救过二哥的命，二哥是为你好，听二哥的，先逃了命再说。”

投奔延安会有这么大的凶险，是我始料未及的，但我相信韩冬是真诚的，再说，二哥已经为我安排好了一切，我怎么好一意孤行？我同意了二哥的意见，决定去郑州投奔齐家四哥。

韩冬高兴地拍了拍我的肩膀，喊人上饭菜。饭是新蒸的馒头，菜是猪油。韩冬拿过一个蒸馍掰开，抹上猪油，捏紧，递给我，“香得很。”我接过来往嘴里塞，我闻不到香味也尝不到香味，如同嚼蜡，但我吞咽的速度很快，我的眼睛里盈满了泪水，那是被蒸馍噎出来的生理泪水，但是，等我吞咽完了，食管已经没有了任何东西时，泪水更加旺盛，哗哗地流出了眼眶。

在韩冬的照应下，我顺利地逃到郑州，投到了四哥齐占田的麾下，又回到了自己真实的身份——庄铭。

二十六、策反齐占田

郑州是中原大地的重镇，有重兵守卫，我将惠接到了郑州。

我心中的四哥已不是那个回家还一身戎装，站如松、坐如钟的齐营长，也不是那个黄河岸边中条山下一手拿刀一手拿枪的齐团长了，四哥是一个身宽体胖、头发花白、无事打打太极拳的半大老人了。这使我心里沧桑又难过。四哥的爱好也变了，把对冷兵器的热爱转到了对坛坛罐罐的热爱。穿着大褂，敲敲那个坛坛、听听那个罐罐是四哥的日常态。此外还增加了对字画的兴趣。那些坛坛罐罐、字画是古董，那些古董都是那些风闻齐师长有这个嗜好的附庸者送来的。齐师长对那些古董能估摸出价钱的时候就交给我去换金条，我名义上是副官，实际就是他一个贴心跟班的小兄弟。四哥让我一人开车到开封，开封有几家古董店作价很公道，四哥是老顾客。我将换回来的金条交给四哥，四哥看见金条总要教导我一句，“现在什么最可靠？金条！无论江山怎么易主，金条都是好东西。”四哥有一只专装金条的藤条箱，四哥说，“等把这箱子装满了，书先，咱两家就坐火车回老家，这仗谁爱打谁打去，血雨腥风折腾了半辈子，才服了古人的教诲。”

其实我心里也早迷茫了，觉得这仗打得没有意思，但对四哥这种做法也反感，无论如何，你是镇守郑州的师长，师长这个样子，共军打过来，当兵的就剩下死了。但又一想，四哥如果不这样，死的人可能会更多。

跟着啥人学啥样，我很快就被四哥教导得一心一意跟着四哥攒金条，想着早点回冀中大平原置地置房种高粱。

正当我一心投入到攒金条上的时候，韩冬从陕西潜入郑州找我来了。韩冬说：其实二哥不是让你真投奔齐占田，国民党是秋后的蚂蚱，你好不容易从火坑里跳出来了，二哥怎么能又把你推下去？二哥是想让你给我们组织做卧底，齐师长把你当兄弟，这是多么好的条件啊！韩冬让我做的事情是帮助共产党策反齐师长带领全师官兵起义，让解放军不费一枪一弹解放郑州。韩冬说：“据我们了解，齐占田是一位爱国将领，抗日的时候打仗热情很高，对目前的这场内战厌倦，对国军的荣誉、使命好像也破罐破摔了，对国军的腐败问题既深恶痛绝，又跟着一起腐败。”我说：“守郑州的不是齐占田一个师，无论如何，我四哥这个人还是有气节的，不会当叛徒，把整个师都出卖了。”韩冬说：“这怎么叫出卖？这叫大义，如果齐师长起义，郑州百姓就会免遭一场战争，国军将士也会避免一场流血牺牲。至于郑州不是齐师长一人死守这事，不用你操心，我们会做工作，各个击破。你只负责穿针引线，我跟齐师长谈，齐师长如果起义，我们给齐师长一个军长当。齐师长作战英勇，有指挥才能，我们正需要这样的人才。对你们个人而言，这也是你们弃暗投明的好机会，我们共产党必将胜利。对于你，意义就更大了，如果我们能把齐师长策反成功，算你立了一大功，你不是想带着惠去照金吗？我们会非常欢迎你。”

我哈哈大笑，笑得流出了眼泪。

韩冬的情绪在我的笑声中低沉了，他动情地说：“你不要这样笑，无论如何，二哥都不希望你的血染红我们踏进郑州的鞋子。虽然这是两党的战斗，可是我们卷入了，我们已经走到了这一步，还是好自为之吧。你还有救，就要想着怎么做才能活下来。大哥没救了，大哥如果不逃到台湾，就死定了，我的鞋会被大哥的血染红。如果你能见到我大哥，请你劝劝他，别傻了，赶紧逃台湾吧！算是我求他了。”韩冬眼里闪出泪光。

我答应韩冬让我想想。

我与惠商量，这个事情该怎么办？惠看上去弱不禁风，却有一颗勇敢的心，遇事冷静而智慧，她也热衷我的事情，甚至齐师长的事情，有时候我不知道的，她都知道，这一点可能继承了她老狐狸父亲的基因。我有拿不准的事情喜欢跟惠讲，惠给我先分析，后指点，按她的指点干，往往是旗开得胜。久而久之，我就对她产生了依赖。

与惠商量的结果是我将韩冬的话一个弯不拐地传给了齐师长。

齐师长沉吟了一会儿，双目炯炯地看着我，“你不会是共党派到我身边的卧底吧？如果是抗日战争，你敢这样蛊惑人心，我一枪就毙了你。”

“如果是抗日战争也没有人打你这样的算盘。韩冬是韩春的弟弟，我在人家家生活过，人家只是让我传个话。”

“韩春的弟弟？”齐师长点着我的脑袋说，“你是想让我们都掉脑袋？罢了。”

我真是后悔提到这一层关系，一再讲这兄弟俩不来往，韩春就要去台湾了，不会管这事。齐师长急着欣赏他的坛坛罐罐，不耐烦地挥挥手说：“好，好，你让他来吧，可以谈，不过，你可以先跟他说清楚，军长什么的，我不当，不给他们添麻烦，我想解甲归田，需要有安家费，我的那些弟兄如果有想解甲归田的，也需要安家费，不给金条就免谈。”

我把这话传给韩冬，韩冬说：金条已经准备好了。

约好了时间，韩冬穿着我给的一身国军军服，夹着皮包，走进了齐占田的师部。

价钱谈妥后，齐师长说，这件事他还要跟部下商量，他的意见是愿意留下来跟着共党干的就留下来，留下来的人不能分散，成立一个团，如果多，还可以成立一个师，长官全部由国军担任。韩冬一口答应了。

事后，韩冬对我说："齐师长对我们不太了解，有些天真。"我说："你什么意思？不会不讲诚信吧？"韩冬说："你不想想，如果我们不讲诚信，谁以后还起义？都会跟我们死拼到底！就我个人感情而言，日本鬼子是我的杀父仇人，齐师长是杀日本鬼子的勇士，我不希望他没死在日本人的枪下，而死在我们的枪下。"

韩冬说得有道理，但我还是提心吊胆，四哥也担心这一点，万一送到了人家手里被包了饺子，怎么了得？四哥说跟部下商量，其实他不敢跟任何人商量，万一走漏了风声，他的头就会被军统打得粉碎。

齐师长举棋不定，韩冬一再保证也无济于事，便回去了。

到了寒冬，韩春来郑州找我了。在我的记忆里，我们是在一条偏僻的马路边见面的，马路两边有小树林，天有些阴沉，寒风飕飕地从小树林里穿出来。韩春穿着黑色的呢子大衣，戴着黑色礼帽，领子竖着，我穿着军大衣，长皮靴。

韩春开门见山地说，"我已经听到了共党策反齐师长的风声了，是你拉的线，韩冬出面谈的。"

我支支吾吾。

"听你没有投奔共军，投了齐占田，我就知道怎么回事了。韩冬看中你和齐占田的关系不是一天两天了。"

"大哥，你怎么看？"

"你劝齐师长千万别动这心思，他放个屁我们军统都知道，我不管河南这一片，想帮他都没有办法。军统对齐占田这样镇守一方的将领身边的人都要监控，目前只知道你是齐师长的远房亲戚，但早晚有一天他们会知道你的真实身份，我看你还是早点离开这个是非之地，带着一家人回老家吧！"

韩春说的真实身份当然是庄平。我问："大哥，庄平还没有消息？"

韩春望着寒冷灰暗的天空，沉吟了一下，"你还惦记着庄平？"

"我当了这么多年庄平，有时候觉得庄平就在我身边，有时候觉得他是我不可分割的亲兄弟了。”

韩春收回目光看着我，严肃地说：“大哥这次主要是为杀那个汉奸来的，就是你怀疑的那个人，那个家伙太狡猾了，大哥努力了快十年了，一直没有成功。这一次你一定要帮帮大哥。”韩春的双手重重按在我肩膀上，“兄弟，大哥就靠你实现这个愿望了，如果再杀不掉，以后可能就没有机会了，共军势如破竹，大哥不知道什么时候就会死。不杀掉这个人，大哥死不瞑目啊！”

桂皮二？我激动地说：“大哥，你说怎么干吧？”

“这件事大哥一直对你没说清楚，现在就给你说清楚吧！这个人特长交际，穿梭在陕西国共两党高层之间，为日本人搜集情报。我们和共军那边时有高层机密泄露，但都没有线索。这个人是我们抓了一个日本特务后进入我们视线的，他对这个日本特务的审讯结果太关注了。因为是国共合作初期，这个人又在那边身兼要职，我怕引起误会，便将庄平从北平调来秘密监视这个人，想拿到他是汉奸的证据以后向共军那边摊牌。我让你假冒庄平，一是为了在这边遮人耳目，情报机关都很复杂，你中有我，我中有你；二是万一拿到证据前事情败露，我们有庄平在我们这里正常工作的证据，我们死不承认，也好收场。那列往中条山送枪支弹药的列车的情报就是他送出去的，我是把情报故意泄露给他的，好让他露出狐狸尾巴，让庄平抓住，这是我设的一个圈套。可是，这个人比狐狸还狡猾，我们布置了人对他秘密监视，结果是他把情报送出去了，我们却没有抓住他的尾巴。那天当我看到火车站那热闹的场面的时候，就知道他把这情报变成了公开的秘密，目的是让我们无从找到情报泄密源。他还布置了八路军在路上保护列车，摆龙门阵。我们要将武器运到对岸的时候，茅津渡失守，都跟这个人送情报有关。庄平是一个优秀的特工，可始终没有抓住这个人的狐狸尾巴。各种迹象表明他就是大汉奸，但就是拿不到证据，如果不把证据做实，会影响到西安城的国共合作关系。在西安城，共产党的力量是很强大的，我们不想得罪他们，影响抗日大业。天水行宫被炸后，我气疯了，这样再拖下去我们的损失会更大的，我命令庄平将此人秘密杀掉。这个人出入非常谨慎，庄平总找不到下手的机会。有一天，我突然得到了这个人要去三原看望老母的情报，这个人家在三原北城的清峪河对岸。我让庄平提前一天去三原住在张团长那里，等第二天埋伏在清峪河边的芦苇里伏击那人，然后将尸体抛入河内，让水冲走。我当时可能杀这个汉奸心太切了，打了一辈子雁，却让雁啄了眼，我这是钻进了那个人设的圈套。就在庄平到张团长那里的那天下午，黑馍带人绑架了张团长的儿子，提出用庄平交换，张团长为了救儿子，答应了。这些情况还是我听了你在云阳乡发现庄平的踪迹后调查出来的。在国军这边了解张团长做的事情很容易，在共党那面找庄平的下落就很难了。我抓了二根，二根死活不开口，我派去延安寻找庄平下落的人，得到的情报是没有发现庄平任何的蛛丝马迹，我想，也许庄平根本就没有到延安，在途中被杀害了。”

“大哥，我们可以沿途找找。”

“兵败如山倒，我们没有精力了，我们还能做的是杀掉这个汉奸。”

“这个人是不是出现在郑州了？”

“我得到情报，过几天，这个人要到郑州策反齐占田。”

我大吃一惊。韩春从大衣口袋里掏出一张照片给我看，“这家伙照片很难弄，有点小。他叫胡济斋，应该就是你在臻品轩看到的人。”

真是桂皮二！

“你看到的那个穿白西装、戴黑礼帽的就是庄平。”

庄平！我们见过两次面啊！我心里一阵难过，我决断地说：“我在齐师长身边，与他会近在咫尺，我就直接用枪顶着他的脑袋开，这样会万无一失的。”

“我不想让任何人看见你手上沾有共产党的血。”

“他是一个大汉奸。”

“我们没办法说清楚啊。你杀了共军的来使，动静会很大的，齐师长不会杀了你，共产党会杀了你。你最好施点诡计让齐占田的卫兵开枪，他们不一定能打中，你趁乱补致命一枪。”

“好，听大哥的。”

“完了事，你就走。天下很快就是共产党的了，你是贫苦出身，你在西安城一直以庄平的身份生活，档案都是庄平的，老家不会有人知道你这段历史。听大哥的，离开你的四哥，他的起义不会成功的。”

我想起韩冬的托付，劝大哥早做去台湾的准备，韩春说：“胡济斋不死我不想走。”

韩春走了。黑衣被寒风卷裹着，树木萧条，一群鸟从树林里飞起来，像一片灰色的云彩，飘远了。这是韩春最后留给我的活着的情景。

二十七、刺杀大汉奸未果

韩春的情报果然没错，韩春走后没几天，韩冬就到郑州了。韩冬住在与齐师长师部只隔着两条巷子的好再来旅馆，用街上的电话打到我的办公室，约我在好再来见了面。韩冬告诉我，延安专搞策反的首长明天到，让我务必请齐师长答应后天下午两点在齐师长办公室见。我问策反首长叫什么名字，韩冬说："胡济斋，你可能见过，以前他常去八路军办事处。"我问："他也住在这里吗？"韩冬说与他住一个房间，胡济斋有一个怪毛病，一个人不敢睡一个房间，可能是被一个人吓着了。韩冬说这话的时候意味深长地看着我笑，随后问：你问这些干什么？不会是前赴后继吧？我心里咯噔一下，韩冬的意思是庄平是前赴，我是后继？难道韩冬知道韩春这些年追杀胡济斋一事？我后悔自己问得太冒失了。

我亡羊补牢地说，"我给齐师长做工作见你们，总要介绍一下来者何人吧？"

韩冬拍了拍我的肩膀，"对，对，兄弟说得是，那就多劳兄弟费心了。"

韩冬送我出门的时候，指了一下对面的门，"胡济斋的两个保镖住在这儿，那两个保镖跟了他好几年了，身手很厉害。就这样胡济斋都不敢睡床上，有时候坐在柜子里，有时候钻在床底下，有时候睡在浴缸里，只要想杀他的人进屋没在第一时间杀死他，就没有第二次机会了。"

我嘲讽地笑了笑，"你们解放军的首长都是这样吗？"

韩冬打哈哈说："仅此一人，仅此一人。都是被我那亲爱的哥哥逼的。"

到这个时候，我完全可以断定韩冬对我的心思已洞察得清清楚楚，韩冬在向我提醒着什么。临别，韩冬问了一句，"齐师长不会让胡济斋的保镖进去吧？"

我说："不会。"

这问的不是废话吗？很明显，这句话是在暗示我什么，什么呢？我想了一路，没有想明白，但我感到韩冬的暗示对我很重要。

我把跟韩冬见面的事情原原本本地讲给了惠，惠说："韩冬是告诉你，不要在旅馆里对胡济斋下手，在齐师长的办公室里下手。"

我摇头说："不可能，韩冬是觉察到了韩春要我对胡济斋下手，但怎么可能指点我如何对胡济斋下手才能成功？他保护胡济斋还来不及呢！如果首长出了事，他回去怎么交代？"

惠嘿嘿地笑了两声，"韩春的消息是韩冬给的。"

"这怎么可能？夫人哪，那兄弟俩政治路线泾渭分明。"

"你真是个一根筋脑袋，国共打得那么厉害，日本人一来，合作了。你不是说韩春认定胡济斋是汉奸吗？如果后来韩冬也认定胡济斋是汉奸呢？要知道那兄弟俩对日本人有杀父之仇，合力杀一条日本人的狗有什么不正常？还有，胡济斋与韩冬都在西安城干过地下党，韩春是韩冬的哥哥，韩冬又是那样一个喜欢洞察哥哥动向的人，他能不怀疑胡济斋是汉奸吗？你不是说过在臻品轩看见过一个拉三轮车的吗？那个人会不会是韩冬派去跟踪胡济斋的？没有不透风的墙，胡济斋回到延安，会不会把韩冬当眼中钉肉中刺呢？韩冬会不会更想除掉胡济斋呢？我的夫君哟，韩冬想借刀杀人！"

"太太，你看我该怎么办？"

"不要听韩春的，听韩冬的，吸取你前面人血的教训，不要顾忌其他，机不可失，失不再来，就在老齐的办公室下手，一枪打死胡济斋！这是在老齐的地盘上，老齐会给你善后的。"

我握住惠的手，说了一句戏词，"夫人哪，你让七尺男儿垂首汗颜！"

齐师长与策反首长约见的时间很快到了。这天的阳光很好，我把窗帘拉上了一些，让齐师长会客沙发中间的茶几处有一片阴影，阴影里有一盆假花。我设计好的引导胡济斋进来后站立的位置在茶几边上，当我左手平伸过去请他入座的时候，右手掏枪，这盆假花会遮住我掏枪的手，侧身，从掏枪到扣动扳机需要两秒钟，两秒钟没有人能够来得及阻拦，胡济斋必死无疑。我激动地想，让这个汉奸死在我手里，是上天对我的恩赐，也是上天给我报答这些年来享受庄平身份的机会。前赴后继，能做庄平的后继是天地做合，是与庄平今生今世的缘分，是我的荣幸。

墙上的挂钟指向了午后一点半钟，再过一刻钟，胡济斋就该从好再来旅馆出发了，隔着两个巷子，十分钟就可以到。可是就在这个时候，一件意外的事情发生了。

一个衣衫破烂，拄着一根树枝，一步一艰难的老头来到了师部大院门前，大喊着要见齐师长，卫兵拦住不让进，那老头就放声大哭，边哭边喊四少爷，“四少爷啊！四少爷，你老爹被共产党农会给杀了！少爷啊！老爷死得惨哪，活活被打成了一堆肉泥！”

我一听叫四少爷赶紧跑出来，让卫兵放老头进来。这是河北老家齐家庄来的齐老爷家的长工，我还记得。

那老长工见四少爷从屋里跑出来，扑通跪在院子里，呼天抢地。“少爷啊！老爷死得惨哪，活活被打成了一堆肉泥！”

一会儿院子里站满了人。从老长工断断续续的叙述中，人们知道齐师长老爹被农会的人当众用乱棍打死了，原因是农会把齐老爷绑起来批斗，齐老爷不服，态度强硬，当场唾骂农会的人。农会领头的人一脚踹倒齐老爷，吼道，老地主，国民党反动派的老爹，你敢这样嚣张，不打死你不足以平民愤。那些农民随声喊起来，打死他，打死他。农会的带头，便你一锄头我一棍子当场把齐老爷打死了。老长工说，那一群参与的农民都是受过齐老爷救济的，他们怕不表现积极，农会会少给他们分齐家的东西。老长工说，散会后，他把齐老爷团到一只竹笼里，用小木车推出村埋了。

四少爷气得哽住了气，脸色憋得铁青，吐了几口鲜血后缓过气来，拔枪冲天放了一枪，喊：“庄铭，带路！兄弟们，去杀死那两个共党。奶奶的，就这还想策反我？我要提他们的头为我老爹祭奠。”

呼啦啦，一群人提着枪，跟着我冲出了师部院子。有一个军官跑到齐师长身边劝说，“齐师长，齐师长，您不要冲动，两军相对，不斩来使，您老家的事跟这策反的事，这是哪跟哪啊？”齐师长一把推开这个军官，“滚！”

我提着一支长枪跑在这群复仇的人最前面，事情到了这一步，我唯一能做的是跑到最前面，最好能甩开跟着的人，这样也许能给胡济斋一个突然袭击，打死胡济斋，又能放韩冬逃跑。

我冲进好再来旅店，踢开那间屋子的门，屋里一个人都没有，我摸了摸茶杯，还是很热的，有人给他们通风报信了。我冲到了后院，后院的门大开着，我冲出去，看见胡济斋和韩冬正沿着巷子逃跑。令我吃惊的是齐家的用人赵妈是带路人，这三个人都看见了追过来的我，韩冬向前一步扑过去假装护住赵妈，其实是给我向胡济斋开枪的机会。但是，这个年过半百的赵妈十分灵敏，躲过韩冬的掩护，用自己的身体护住了胡济斋，我在射击的那一瞬间，枪口抬高了，但赵妈还是中弹倒下去了，是后面赶上来的人开的枪。就在这时，策应胡济斋的人赶到，一眨眼工夫，跑没影了。齐师长下令全城搜捕，但毫无结果。

为什么就没有发现齐家里藏了一个这样的共产党的卧底？将要煮熟的鸭子飞了。为什么要听那个长工讲完，等齐师长放枪的时候才反应过来呢？应该在那个长工出现的第一时间赶到好再来，应该在长工来之前埋伏在胡济斋的来路上，一扇窗后、一扇门后、房顶上、墙头上，都可以埋伏啊，我能在火车上打中日本特务的脑袋，能打中飞跑的马蹄……为什么就没有抓住机会打中胡济斋的脑袋？我悔恨得要用枪打自己的脑袋。

二十八、郑州突围脱险

齐占田对共产党有多仇恨，对蒋介石就有多怨恨，他最后得出的结论是跟谁都是用自己的命给别人换江山，所以他最后的选择是把命留给老齐家传宗接代，让老齐家重新枝叶繁茂起来。四哥动员我跟他去台湾，四哥说：国军必败，你留下来是死路一条。

我很难拿主意，我这样的级别，去台湾只让带老婆和一个孩子，那我的母亲和妹妹怎么办？如果不去台湾，会不会落个齐老爷的下场？我与惠商量，惠说：你家跟齐家一样吗？你家就是穷人啊，你在外面的情况老家人又不清楚，妈和妹妹可以回老家，刚好跟上分田地分房屋。妹妹就是嫁了人，也可以照顾妈。我们带孩子一起去台湾，你是不能留下来的。我对惠的这个主意有意见，但没有更好的办法，就只好这样定了。有了去台湾的打算，四哥更加敛财，我往开封跑得更频繁了。我们似乎都盼望着解放军早点打来，解放军将我们打得落荒而逃才好呢。

解放军终于来了，时间是一九四八年十月下旬，中原大地的秋收刚刚结束，郑州四周的田野村庄出现了一种新的秋天的颜色——解放军包围了郑州。我和齐师长都没有想到解放军会有这么多人，大炮打得那么密集，不是说解放军人少吗？解放军武器低劣吗？

我们低估了解放军的力量，没有把太太和孩子提前送走，我们太留恋在一起的生活了。当郑州四面被解放军包围之后，我们只好做出放下太太和孩子、自己先突围出去的决定，解放军不会杀我们的女人和孩子，不如自己先逃命，然后再想办法与女人孩子会合。惠表现出了一个有文化和大家出身的女子的睿智和冷静，她让我们放心，她保证一定能带着齐太太和两个孩子安全回到西安，在西安等我们的消息。我们哥俩一再保证，只要我们能突围出去，一定与她们联系，然后接她们一起去台湾。

突围选在后半夜。我们腰上别好了手枪，穿好了斗篷，柳条箱驮在了我要骑的马上。最后告别的时候终于来临，我抱着女儿小槿亲了又亲，然后交给了身边的士兵，把惠拉入怀抱，在这甜蜜又惨痛的瞬间，我们在一起度过的那么多幸福、温馨、安谧的日子全部涌上了心头，使我更感到了别离的锥心之痛。令我安慰的是惠没有像齐太如玉那样哭哭啼啼，尽管她的神情相当悲凄，尽管我们拥抱了好几次。其实谁都明白，这一别很可能就是永别。惠脸色苍白着，一定要送我上马，我上了马，惠仰着头，看着我说："无论什么时候，我都不会抛下妈和妹妹不管，我们会生活好的，你放心吧。"

马不得不向前走了，我回头望，惠为了不让孩子挡住她的视线，也为了让我能看到孩子的脸，她把孩子架在她肩膀上，就那么两手抓住孩子的手，让孩子展开双臂，跟我再见。惠实在是太瘦小了，今后她瘦小的肩膀不但要担起孩子，我的母亲和妹妹也要落在这瘦小的肩上，让我怎么忍心走？我一步三回头，四哥催促我：走啦！走啦！男子汉大丈夫，有去无回又怎么样啊？

借着夜幕的掩护，齐师长带着队伍向北突围。往北八十多里过了芦苇河，就是国统区。芦苇河在河南原阳县境内，是黄河的冲积地，两边布满了沙丘和芦苇，历史上张良刺秦王就在这里。我们早就看好了路线，地理环境都比较熟悉。

炮弹和子弹拖着明亮的尾巴划破夜空，交织成一片密集的火力网。什么叫突围，突围就是冒着敌人的炮火前进。炮弹爆炸的火光照亮了我们面前的断垣残墙，也照亮了一片片倒下去的将士，鲜血像鲜花在其中开放，鲜血像花瓣在其中飘落。齐师长放掉马匹，带着队伍进入断垣残墙，借着断垣残墙的掩护向前穿越。解放军相向而来，尖锐的枪声在空中划过，迎面扑来一阵烈火硝烟，迎面扑来一阵腥风血雨，我的军装不知被谁人的血染红，不知谁人的身体给我挡了子弹，由于有这些谁人，当解放军冲到身边的时候，我还好好的，柳条箱也好好的。我抱着柳条箱，趴在断墙后面，有几双穿着千层底黑鞋的大脚从我眼前走过，把房上炸落下来的土坷垃踩成细末。

喊杀声、枪声漫过去了，我拎着柳条箱闪出来，轻声叫：“四哥！”四哥从被瓦砾埋了半截子的水缸里跳出来，裤子湿了半截，他抹了一把眼睛上的灰尘，拍着柳条箱哈哈大笑，“奶奶的，大难不死，必有后福。”

齐师长组织起残兵败将继续向北，中午时躲进一片树林里休整，齐师长说：阳光正好，我们睡觉，现在解放军正在兴头上找我们呢！等我们休息好了，他们没劲了，我们再撤。

林子的地上落满金色的树叶，跟金色的毯子一样，我躺在簌簌作响的树叶上，头枕在柳条箱上。太阳绚丽的光点落在我身上，让我头晕，催我入睡。也实在是疲乏了，一会儿就睡着了，醒来的时候是半下午了，我睁开眼睛，看到树上还有许多的叶子还翠绿着，午后西沉的太阳光从树叶间透射过来，那些树叶仿佛透明的绿玻璃似的发亮。这时我感觉自己似乎也被光柱穿透了，鲜活的精神能力像溪水一样涌入胸膛，涌入脑海，将我被溃逃塞得满满的心脾冲开一条缝，我想到了惠，想到了家。“惠！”我闭上眼睛，半是喃喃自语，半是在我心间向惠发出呼唤。

过了一会儿，齐师长也醒了，把大家叫起来，围坐在一起，齐师长打开柳条箱，眯起一只眼，把金条一根一根对着太阳照，金条反射的金光把大家眼睛都刺疼了。齐师长嘿嘿笑了两声说，“以后这里没有师长，只有大哥，我们都是兄弟，这箱子金条就是咱们兄弟的救命稻草，这金条可以换来去台湾的飞机票，兄弟们跟着我去台湾，不要再为他人当炮灰了，我们做生意，赚钱，开始新生活。”

我们继续向北撤。日头西落的时候，看见了芦苇河。河前有成片的沙丘，一小片一小片的芦苇分布在沙丘周边，刷刷地招摇着秋风，我们选定从这里过河，也是看中了这片沙丘和芦苇可以做掩护。当我们撤到这些沙丘中间的时候，却遭到了解放军的伏击，大家立即利用沙丘做反击，掩护齐师长下河。河里有茂盛的芦苇，下到河里就安全了。

齐师长钻进了河里的芦苇荡。我拎着柳条箱，有好几次退到河里，又返了回来，我看到士兵跪在沙丘上射击，他们的后背都被汗水湿透了，头上落满了黄沙。士兵拼死抵抗保护我们过河使我心生惭愧，这种惭愧是那么猝不及防地让我产生了一种厌恶溃逃的情绪，今天溃逃了，明天还要溃逃，今后面临的就是没完没了的溃逃，不知到什么时候才会结束。就在那一刻，我产生了向家里逃的念头，我的眼前浮现出油灯下纳鞋底的母亲，踉踉跄跄跌倒了又爬起来回头向我笑的女儿，拿着歌本哼哼呀呀的妻子……太阳偏西，漫天彩霞，呈现出一派暖和的色彩。那太阳底下是西安城，母亲已开始做晚饭了，啊！去哪里都不如回家好，我看不到在哪里会有比一家人在一起幸福，而我每远走一步，就会离这种幸福远一步。

“庄副官，还不赶紧过河？”一个士兵回过头冲我喊，这时掩护师长过河的士兵都撤进了河里，只剩最后这一个士兵了，这是一个最勇敢忠义的士兵。他的这一声催促让我惊醒，我跑过去，把柳条箱塞进这个士兵怀里，夺过他的步枪，说，“把箱子交给师长，我来掩护。”还没等这个士兵反应过来，我跃上了沙丘，半弓着腰，飞快地向西南方向边打枪边跑了。身后射过来的子弹打断了我身边的芦苇，我又卧倒向后放枪，然后又爬起来弓着腰跑。一会儿，身后没有动静了，追击的敌人大概觉得追击一个逃兵没有意思，收兵了。我直起腰，吐掉了嘴里的沙子，然后向前走。干枯的芦苇叶子刷着我的脸，两股热辣辣的泪水在脸上流淌。

这片沙丘的尽头是一个大沙坡，我上了沙坡。面前，一轮古铜色的大太阳正在坠落，漫天彩霞，大地一片辉煌，辉煌的大地向我发出一阵柔软的波波声，疑似呼唤。我不由侧回头望了一下河那边，居高临下，可以看到河中的情形，几个官兵拥着四哥，其中有一个拎着柳条箱，跌跌撞撞地在芦苇间跋涉，发黄的芦苇像水一样冲开又合拢。

沙坡下是一片巨大的沙地，生长着齐膝高的芦苇丛，我提着枪冲进芦苇丛，就像一匹马冲进水草茂盛的河里。膝下是无穷无尽的羁绊，还要奔跑。其实没有任何人追我，刚才的激战突然间消失，河流、沙坡、芦苇、天空，像梦中一样寂静。但是，我却拼命地跑，在我的下意识里，后面有一只巨大的手，如果我不跑，它就会抓住我，把我提回到四哥的身边。

沙地里的芦苇缺乏水分，细弱如茅草，过早地枯黄了，但芦苇中掺杂的野棉花和野麻，仿佛正是鼎盛期，野棉花枝叶朱红，其间白朵点点，野麻正旺，郁郁青青，远远望去，它们也有织锦一样的美丽，它们轻轻摇摆，缓缓起伏，跟水一样柔软温柔，但对打扰了它们的我却毫不客气地用坚硬的肢体阻拦我，用尖利的小爪子抓我的裤子，让我的裤腿发出吱吱啦啦的痛苦叫喊。我气喘如牛，浑身瘫软，终于一头栽倒了。无穷无尽的它们，像潮水一样涌来，覆盖了我。身下的沙地是松软的，还有翠绿的草芽露出来，让我有一种浪子回到了母亲怀抱的疲劳后的舒适感。刚才的决定太突然了，在短短的十多分钟里，放弃台湾，引敌上身，逃离险境，用尽了我的精力，让我感到从未有过的虚弱，又让我感觉不真实，梦境一样。

“书先——书先——你在哪儿啊？你让哥怎么走啊？”一阵苍凉沙哑、焦灼的呼唤声将我从迷糊中惊醒。我坐起来，看到四哥带着两个兵，站在沙坡上朝这边望。已经发蓝的落日余晖在他们身上流动着。远远传来的呼唤使傍晚显得异常寂静，我屏住呼吸，听到了自己的心跳。

“书先——你是死了还是伤了啊？书先，你要让哥知道啊！”

我心如刀绞，四哥冒着生命危险折回到河这边找我来了，我控制不住内心汹涌的感情，答应了一声站起来，眼睛里盈满了泪水。

可惜芦苇丛太大，四哥他们没有听见也没有看见，他们回过身向沙坡下走，呼唤的声音随着晚风飘散，有一部分贴着芦苇丛的梢头滑过来，又向远方滑去，愈发显得孤独而凄凉。

天地间一片混沌灰黄，暮色在四哥身后四合了。

“书先，哥在大觉寺等你两天，你一定回来啊！”这是四哥最后留给我的声音。

余晖落下去后，芦苇丛的梢头上开始缠绕起青色的雾气。渐渐地，天空变成了淡蓝色，出现了几颗寒冷的星星，大地黑暗了。我的心平静下来，感到了饥渴。突围之前准备的干粮都让士兵背着，我是在突然间改变了主意，没有分一点过来。掠过鼻孔的一种气息告诉我，身边有野棉花，我伸手摸索着，摸到了几颗已无法成熟的棉花的青果，用牙咬开坚硬的青皮，剥出一团洁白的滑溜溜的还没有长成纤维的果肉一般的棉花团，放进嘴里嚼着，水分很充足，甜甜的，剩下的嚼不烂的东西就吞下去，可以充饥。小时候跟着一群孩子学坏，大田里什么东西都想入口尝尝，吃过这种东西。吃过几个青棉之后，我觉得体力恢复了，起身向南走。芦苇丛里秋虫唧唧鸣叫，露水凝成滴，发出扑簌扑簌的声音。野棉花发出苦涩的气味。夜露告诉我时候不早了，我想赶紧走出这片芦苇丛，在农民睡觉之前，找到一个好人家，弄点吃的，再换下这身军装。晚了会吓着人家，敲不开门。脚下是坑坑洼洼的沙地，有时候会遇上绊脚的东西，有的绊脚的东西嘎巴响，惊起一片流萤，这是踩到枯骨上了。黑灯瞎火的，在这样的芦苇丛里赶路，摔跤就是难免的，没关系，还年轻，摔倒了爬起来再走。走着走着，我觉得方向有了问题，停了下来，这片夜色中的芦苇丛就像在苍茫的大海上，没有一个参照物，无法判断东南西北。有两只夜行鸟从天空飞过，发出相互鼓励的叫声。我望着鸟的影子，决定向这鸟去的方向走。鸟喜欢将窝建在村庄里的树上，以方便觅食。

我的选择是对的，走着走着，听到了模糊的狗叫声，继续往前走，村庄模糊的影子出现了。我突然想到，这村庄里会不会住有解放军？便站住了。

下面我要说的事，在事后的回忆中有些像梦，因为我说不清楚为什么在这之前我没有看到，我应该早一点远远就看到，那就是当我希望村外有一线灯光的时候，灯光就出现了。灯光高出芦苇丛很多，犹如黑夜里茫茫大海中的灯塔。我跷着腿，尽量让芦苇从裤裆下过去，悄悄向灯光靠近。

这是一盏马灯，落在一座长满秋草的巨大的坟坡上，秋草与周围的芦苇高低差不了多少，一团蓬松的白发在草丛上活动。我歪着头调整着视线的角度，才看见草丛中有一个老头在解被机关套住的一只野兔子，由于灯光距离远和荒草造成的阴影的干扰，或者是眼神不济，老头低垂着头，眼睛快挨上那圈套了。我怕吓着老头，没有说话，故意弄出了一点声音。

老人抬起头，眯眼看了我一会儿，问："孩，就剩你一人了？"

"嗯。"

老人叹了一声："你说这是干啥呢？打，打，打，把些孩们都打光了。"

"老伯，我不想打仗了，想回家。"

"那就赶紧逃回家吧！"

"老伯，你下来，我来帮你解。"

老伯叹着老喽老喽下来，让我上去解，我两下就解开了，把圈套重新设好，拿下马灯，提着兔子，下了坟坡。

"老伯，这是坟吧，怎么这么大？"我想跟老人套近乎。

"唉，埋的人多呗。"老伯长叹一声，"抗战那会儿，芦苇在那头，还没长到这头，国军被日本鬼子包围在里面了，那些孩死得一片一片，鬼子走后，我们来为那些孩们收尸，那人的血啊把地都浸得吸脚。第二年芦苇长得又高又壮，黑黝黝的，都是人血供的养分，从此，村里没有人敢割芦苇回家编席了，就任由疯长，长成了这么大一片。这坟里埋的就是那些孩，还有些孩，还在那芦苇里，没收回来，有人进去，常常会踩到白骨。那些孩们还在村里住过，当官的叫刘孟廉。”

刘孟廉？我的教官？昔日军校那激情沸腾的情景一下涌到了眼前，我心酸得要落泪。

老伯胸膛里发出的呼吸声重浊粗短，间杂着破锣般的咳声，但总想教导我点什么，继续说：“日本人刚打走，国共又打起来了，你回家吧，跟日本人打，那是没有办法，自已人打自已人，那是造孽啊！赶紧回家吧。”

“老伯，我就是想回家，哪边是南边，我迷向了。”

老头抬起头打量着我，“你为啥要去南边？南边都是解放军。”

“我要找到铁路。”

“想坐火车回家啊，会碰上解放军的。”

“是啊，所以，大伯，我想跟你换换衣服，行吗？”

“那行。”

老伯的衣服有点短，有点肥。老伯高兴地说：“还是军官服，结实，没想到这辈子还能穿军官服。孩，你饿吧？去家给你弄点吃的。”

为了安全，我没有去老伯家，我坐在秋草里等老伯给我送来。

寒冷的夜风吹动满坟头秋草，秋草下，蟋蟀凄凉的鸣叫犹如坟墓里面发出的幽灵的哀怨，流萤如同梦幻，幽幽地缭绕。那些芦苇丛里羁绊我的枯骨，是不是想抓住我的裤脚，让我送他们回家？家乡高粱地里齐老爷带人堆起的坟头，此刻是不是也有蟋蟀凄凉的鸣叫和流萤幽幽的缭绕？十一年了，日本鬼子早打出中国了，可又怎么样呢？我心头又涌出一阵辛酸和苍凉。

老伯小跑着来了，带来了一个包袱和一个水葫芦。包袱里包着一沓薄饼和一把葱，水葫芦里是热水。老伯手指夜色迷茫的远方，“直走，走出去就是玉米地，里面有一条小路，直走，会碰到河，河里水浅能蹚过去。孩，路上当心点。” 我满含热泪向老伯鞠躬道别。走出去一段路，回头望，老伯还提着马灯站在那里看着我。多年以后，有一位算命先生说我命里有贵人，让我想想是不是。我第一个想起来的就是这位素不相识的老伯。

按照老伯的指点，我终于走出了海洋一样的芦苇丛，进了玉米地。这是一片掰过棒子的玉米地，里面弥漫着一股湿漉漉的发甜的气息。小路很窄，我夹着胳膊走，还是把那些正在枯干的玉米叶子碰得刺啦刺啦响，玉米叶子像薄刀片一样，毫不留情地划到了我的脸，火辣辣的，鞋后面的帮子开了，啪嗒啪嗒，变成了拖鞋。我用八成新的牛皮靴换来的这双布鞋太小，大脚硬塞进去，芦苇丛里没走出来，就撑破了鞋帮。这些让我想起十一年前钻在家乡的高粱地里寻找国军的情形，那时候我十七岁，热血激荡，满脑子都是打日本鬼子，现在，我二十八岁，人生刚刚进入鼎盛时期，我却有了沧桑之感，胸中的血像锅里熄灭了柴火的热水，感觉越来越凉了。今后干什么？拿什么养活母亲、女儿、妻子、妹妹？我坚定不移地向亲人们走去，心里却一片茫然、一片凄然。我没有让自己的思路沉浸在以后太长时间，还是先顾眼前吧，我眼前要做的事是回郑州，那母女俩和齐嫂母子怎么样了？估计解放军不会为难她们，可她们怎么离开郑州？怎么能买上火车票？怎么能挤上火车？我的眼前出现了瘦小的惠一手提箱子，一手抱孩子被人群挤得东倒西歪的情景。有一会儿我想到找惠会有危险，没准解放军就埋伏在那条街上；但我很快又想，我穿着一身老乡的衣服，总能想出办法安全进家门的，比如，从后院翻过去，惠是一个很沉着冷静的女人，她绝不会咋呼，她能推算，没准她已经推算出来我将在黎明时分敲响后窗，没准她已经为我准备好了吃的。

惠，我就要回到你身边了。我心里这样呼唤着，加快了脚步。鞋影响速度，我干脆脱下来提上，觉得还走不快，便小跑起来。脸被玉米叶子哗哗地刷着像是翻书页，光脚板打在光地上，发出啪啪的响声，像是拍手，这是中原大地上田野中一条纯土的干净小路，没有沙石或荆棘。我跑一阵走一阵，我的心因狂喜而怦怦地跳动，在双脚都不发声的间隙里，我好像听到了有人在玉米田里的活动声，激动让我放松了警惕，我以为那是风或者幻觉。

“站住！”一声尖叫，把我惊呆了，猛地收住脚步。

一个人影站在路中间，打着用一块红布蒙着的手电，挡住了我的去路。我倒退一步，侧身闪到路边趴下。

“站到路中间来，不听就开枪了。”是个沙哑的女人声音。

我没有听女人的，没动。我只是躲避，没有威胁到对方的生命，一般来说，对方是不会开枪的。果然女人没有开枪，我不动，她没有办法，只好一手持着手电，一手持着手枪，迈着猫步，小心翼翼地向我走过来。

女人在距我几步远的地方停下来，用手电照了照我，又照了照周围，然后用枪指着我喝道："站起来。"

那把从士兵手里夺过来的长枪在向老伯走过去的时候就扔掉了，现在手里还有一把手枪，我把手枪悄悄放在地上，站起来走到了路中间。

红色的光点在我身上晃了几下，女人问我这半夜三更的要干什么去，我说找家里人，躲打仗跑散了。女人听后声音缓和了下来说，"老乡，别怕，我是请你帮忙的，帮我们抬一下伤员。过来。"

我走到了女人面前。我看到这是一个疲劳不堪却要表现出生龙活虎的女解放军战士，她脖子上围着一条白毛巾，挽着袖子，斜挎着一个药箱。腰里扎着皮带，手电别在皮带上，一手端着枪，一手把我背的布包摸了摸，说："全是吃的，好香啊，还有热乎气，像找家里人吗？是家里人让你躲壮丁吧？"我不置可否，女解放军用枪指了指玉米地，"进去，帮我们抬担架。"

这是一支由民夫组成的担架队，大概有十多个担架，他们躲在路边的玉米地里休息时，我沿小路过来了，正好被抓了差。担架队重新上了小路，向南走。女解放军握着枪带队在前走，安排我跟一个小个子搭帮走在最后压阵，这个队伍里没有一个闲着的人，我断定，我是接替了这个女解放军抬担架的位置，这活女解放军怎么能干得了？伤员们有的忍不住呻吟，女解放军提醒忍一忍，女解放军说，"现在乱着，庄稼地里有敌人也有我们的人，如果让敌人发现，我们一点战斗力都没有。"

队伍在狭窄的小路上往南行进，人的脚步声夹着路上枯草的嗦嗦声，像一条大蛇在爬行。从昨夜突围到现在，我只在芦苇丛里迷糊了一会儿，进口的粮食也只有老伯的一张死面饼和几口热水，一会儿我就感到了饥饿和疲劳，而前面的小个子气喘吁吁，身体有些摇晃，好像撑不住了。担架上躺着一个一条腿被炸伤的大个子伤员。伤员头朝前，担架的前面重，后面轻，尽管我也很难支撑，还是建议换一换，让小个子抬后面。我这好心却遭到了担架上的伤员一声"不许换"的断喝，我说前面低后面高，你也难受啊。伤员说我不嫌难受。小个子说："张团长，我有些撑不住了。"伤员说：“坚持一下，到河边休息。”

这伤员是个团长。我这才注意到张团长的一双大眼睛在夜色下格外明亮地盯着我，还有一支手枪的枪筒在他放手的地方闪亮，由于黑夜我看不清，我可以想象这把枪是在张团长手里握着，随时都会给我一枪。这说明他看出了我的身份。我抬这个担架和走在最后，不是随意安排的，为这个队伍压阵的不是我和小个子，而是这个张团长。

夜风从一边玉米田穿向另一边玉米田，发出干燥的呲呲声，一阵强一阵弱。人们的脚步开始踢踏，喘息开始粗重。不知谁的脚下磕绊了一下，担架撞倒了玉米秆，发出刺耳的声音。女解放军回头压住嗓子说，“大家坚持一下，快到河边了。”

走出了玉米地，又进入一片棉花地，走出了棉花地，又进入玉米地，不知走多久了。我已感觉不到自己的腿是在走路，我感觉我的腿只是凭着一种走的意念在僵硬的空气中困难地挣扎。终于听到哗哗的流水声了。

这条河叫官渡河，齐师长曾带手下爱将来过这里，喜爱读兵书的四哥讲，东汉末年，在这里曾经发生过官渡之战，曹操以两万左右的兵力，出奇制胜，击破袁绍十万大军。这个战例成为中国历史上以弱胜强、以少胜多的典型战例。在昨天齐师长带领残兵败将过官渡河的时候，齐师长感叹道：得人心者得天下，天下在共军那边。

到了河边，民夫们放下担架，下河去喝水，我想既然到了水边，还是省下水葫芦里面的水为好，我刚要离开担架，张团长断喝：“你站住，就地休息。”我只好坐下了。

民夫们在河边发出咕嘟咕嘟的喝水声，好像渴极了的牛在饮水，女解放军喊：可不能这样大喝，会生病的。民夫们不听，继续喝。女解放军喊：过来，发饼了。民夫们立即上了岸。女解放军走到了我跟前，“把你的饼拿出来分给大家，我们一天没吃东西了，到了郑州，还你一筐。”我苦笑着，解开了包袱。

女解放军打着手电，我把饼掰开，放到争先恐后地伸过来的漆黑的手中。女解放军对伤员说，“你们忍一忍，老乡们没有力气怎么抬你们啊？”

我给自己留了一小块，咬了一口，捏着水葫芦喝了两口水帮着下咽，我的嗓子因为喘息，干得无法下咽东西了。张团长明亮的眼睛由我的脸上转到了水葫芦上。我把水葫芦递给张团长，张团长不接，示意我喂给他喝。我跪在地上，一手搂起张团长的头，一手捏着葫芦给张团长喂水。张团长的枪顶在我的腰上。

吃喝完了，民夫们躺倒在河边上，张团长示意我躺在他旁边休息。蛤蟆叫声四起，河水哗哗地冲刷滩涂，流星划过银河，消失在北方。四哥这个时候应该已经到大觉寺了，他是不是站在庙前的台阶上正焦急地等待着我？我不该这样不辞而别，让四哥着急牵挂。想着想着，流泪了。我别过脸，不让张团长看见我眼睛里泪水的闪光。

开始过河。河水齐到小腿肚子，很冰冷。女解放军在前面不停地喊：小心，伤员不能碰水。小个子很吃力，一只脚下去，另一只脚很难起来，担架颤颤悠悠，张团长一只手握着枪，一只手紧抓住担架边沿，防止担架倾斜把他掉下去。我哈着腰，尽量让担架保持水平。

对岸是一片稀稀拉拉的杂树林，一股逃散的国军正隐藏在树林里盯着河里的我们。大概是因为天黑，分不清敌友，等我们上了岸，看清楚了才开枪。面对突然射来的子弹，民夫们慌了神，抬着担架，忽而向东，忽而向西，失去了方向。

“不要乱跑，保护伤员。”女解放军喊。

躺在担架上的张团长喊：“突围，突围！”女解放军用枪一指右，“往这边。”民夫们刚要往右边，一阵枪扫了过来，女解放军把枪又向左一指，“这边。”结果又被压了回来。这个女解放军看上去没有战斗经验，面对突然而来的情况乱了阵脚，更判别不清哪里是敌人的薄弱环节。手榴弹爆炸的火光照亮了她因焦急而扭曲的脸，张团长低声对女解放军说：“往西南，西南有缺口，你们就地隐蔽，我这个担架把敌人引开。”

“不，”女解放军说：“你们就地隐蔽，我把敌人引开。”

我对女解放军说，“你不行，你不知道该怎样才能把敌人引开，我去。”

女解放军和张团长瞪眼看着我。

我说：“眼看天就亮了，没有黑夜的掩护，我们都会死在这里。”

张团长示意让我把担架放下，他半起身，把他的枪放到我手里，双手把我的手连他的枪一齐箍住，摇了摇。

这是重托，张团长把担架队的十几名伤员和三十多名民夫的安危交给了我。这位张团长是聪明果断之人，如果我有坏心，我立即会扔下担架投到那边，合起伙来消灭他们的，消灭他们不费吹灰之力。在这个危急时刻，这位解放军团长信任了我。我这个决定是用嘴做的，没有过脑子，不知道是怎么回事就把这样危险的事情担下来了。危险过去后，我才感到后怕。

第二天中午，担架队跟着大批解放军的队伍进了郑州市。两边挤满了欢迎的百姓。担架队员们扬着脸，显示出出人头地的荣耀。只有我低着头，我是随齐师长左右的红人，浓眉大眼，相貌英俊，记住我面孔的人不会少。担架队从齐师长时代的师部门前过，我抬眼望了一眼，楼顶上已改旗易帜了，走廊上站着胸前戴着“中国人民解放军”白色胸章的军人。楼的对面就是我的家，现在大门紧闭。惠再聪明，也不会想到她昨日还一身戎装的英俊丈夫，今天会一身农民旧衣、趿拉着鞋、蓬头垢面地抬着担架从自家门前走过。

担架抬到了一所医院的大院子，拥过来一群医生护士，那个女解放军指导着哪个担架跟哪个医生走。我和小个子跟着一名男医生将张团长抬进了急救室，经过这么长路程的颠簸，张团长已经昏迷了。

放下张团长，我和小个子抬着空担架来到院子里。刚才忙碌的院子一下子空无一人，秋风吹着落叶满院子跑，我心里一片迷茫。进入郑州后，我看到满街都是欢迎解放军的人群，如果找那娘儿俩团聚，也许我还没进那条巷子，就被人认出来绑走吃枪子。如果舍近求远去西安城等她们，又怎么能照顾现在处在兵荒马乱里的娘儿俩？

小个子招呼我去医院后院吃饭，小个子显然是一个老担架队员了。尽管找那娘儿俩团聚是一件很危险的事情，我还是让小个子自己去吃饭，我向大门走去。哨兵拦住了我，“证件？”我哪里有证件，只好退了回来，到医院后面吃饭去了。

在我的记忆里，害怕被对方杀掉是从这个时候开始的，当你有满腔杀敌的热血的时候，你不怕死，也就不会畏惧敌人，现在，解放军可以说还是我的敌人，可是，我早已没有了杀敌的热血。怕死了，也就畏惧了。因为这种畏惧我没有敢想办法走出医院的大门。

医院后院有饭，几块砖支了个大锅，里面是滚烫的胡辣汤，旁边放着几大筐蒸馍，一个伙夫盛了一大碗胡辣汤，用筷子穿了三个馍，递给我。

找了一个角落蹲下吃起来。小个子端着碗，蹲在我身边，劝我不要想着离开，这正是立功的机会，国民党到不了明年春天就会被打死，解放军取得胜利，内战结束，我们就是功臣，我们回到家，分到二亩地一头牛，老婆孩子热炕头，那该多好啊。需要耐心等待那个时刻到来，已经受了这么多的苦，出了这么大的力，这种等待时间已经不长了。

小个子唠叨起来没有完，三个背枪的解放军过来了，让我们放下碗，带上几个馍，出城去抬伤员。这三个解放军带着我们出发了，一个在前面带路，两个在后面压阵。

"哥，我们是兄弟了，我就黏上你了，我们什么时候都抬一副啊。"

老天爷，我连这个小鬼都难以摆脱！

惠，只要我们都活着，总会团聚的。

我是为了回家、逃避战争才成了一只离群的孤独的鸟，可以想象我的痛苦和无奈，我每天都在想着该怎样逃跑回家，但却没有实施，因为我无法扔下肩上的伤员，他们是可以挽救的生命，我就是可以挽救他们生命的一部分。面对他们那种深陷痛苦中的依恋、眼巴巴的渴望，我为他们担忧，这种担忧有时候完全占据了我的心灵，转移了我的回家念头，让我在战火中，除了挽救他们的生命外，看不到更有意义的事情。我感到，如果扔下他们，每远走一步，就会遭到上帝的惩罚，会遭到天打五雷轰，就这样，渐渐地我放弃了回家的念头。

二十九、回西安城投诚未果

我跟着解放军的担架队转战东西南北，当解放军可以以很小的牺牲赢取很大的胜利的时候，解放军给了我两块银圆的盘缠，让我走了，时间是一九四九年五月。我一路沿着陇海线向西安城奔来。铁路沿线，一会儿是解放军的地盘，一会儿是国民党的地盘，在解放区的时候，不敢说自己的来历，在国统区，也不敢。一路躲躲藏藏到了西安城。我没有敢在母亲住的大杂院露面，我在晚上找到了尚先生在西安城的小院，我趴在墙头上，看到了尚致的屋里亮着灯光。

从尚致那里我知道惠带着我们一家人回了云阳乡。惠啊，瘦小的肩膀终归是挑起了我这一家人的重担！我该怎么办？尚致给我指出了一条路——向共产党投诚。尚致说，解放军这边的政策是抓到连级以下包括连级的军官审查后释放回家，连级以上视情节关押劳改，像我这样级别的军统军官只有枪毙，所以，我要在没有抓到我之前投诚。我在军统里干过，在西安城解放的前夜，也许能提供一些情报为和平解放西安城做贡献。再一个，我救过李建和韩冬，也为延安护送过药品、电台等禁运物品，这些都可以将功折罪。这时，我才将我不是庄平，我是假冒庄平的事讲给了尚致，尚致大吃一惊，激动地说："妹夫，这样就更好了，你虽然是军统特务，但你手上没有共产党人的血，你绝对有救啦，谁能证明你不是庄平？""韩冬！"我脱口而出。我敢不跟齐占田去台湾，而跑回来，也是想到了这里，我不是庄平，我手上没有共产党人的血，我帮助过共产党。尚致将韩冬的秘密地址告诉了我，让韩冬带着我去找西安城中共组织，说清楚这些。尚致还告诉了我李建的秘密住址，如果找不到韩冬，就去找李建，韩冬和李建都是当事人，而且他们都身居要位。尚致还说，尚先生也在西安城，想争取和平解放西安城，但不宜找尚先生，亲戚关系，怕帮不了我还会害了我。临别，尚致强调说：西安城眼看就要解放了，你必须抢在解放前投诚，如果错过了时机，就叫自首了，性质和结果都会不一样的。

韩冬住在距八路军办事处不远的一个小院子里，院子里很安静，一棵枝叶繁茂的梧桐树遮住了大半个院子的阳光，我从阳光灿烂的大街上进来，一下适应不了院子里昏暗的光线。等适应了院子里昏暗的光线，看到在东厢房门前的树影里站着一个身穿长衫的男人正打量着我。

"二哥！"我喊了一声，快步走过去。韩冬愣怔了一下，向那几间关着门的房子张望了一圈，把我带进了厢房里，关上了门。

"你怎么在西安城？西安城马上就要解放了知道不？"韩冬紧张地问，还没等我回答，又吃惊地问，"这身打扮？是逃回来的？人家都往外跑你咋跑回来了？"还没等我回答他的问题，又悄声说，"你连命都要没有了知不知道？趁这里还没有人发现，你赶紧跑吧！南边还有好多地方没解放，你向南逃，我哥已经逃台湾了，你最好也能逃到台湾去，举目无亲的，你们两个好做个伴。"

我找了把椅子坐下，说出了我的愿望，以及这个愿望可以实现的理由，也就是尚致说的那些话。面对我恳求的目光，韩冬折身坐到办公桌后的椅子上，拿出一支烟点上，深深吸了一口，叹气似的吐出烟雾，“没你想得那么简单了，我们马上要取得全面胜利了，表面上晴空万里，红旗招展，军歌嘹亮，背后许多事情却变得复杂又云山雾罩了，二哥怕帮不了你，反倒害了你。你还是跑吧！”韩冬说话的时候眼睛屡屡向窗外看，身子也尽量往梧桐树投进来的阴影里缩，好像窗外有人监视，好像我不是来投诚，而是来动员他投诚的。

“二哥实在不忍心让你失望，可是，二哥不得不告诉你，你面对的是什么！你大舅子是一个喜欢凑热闹、喜欢冒险求刺激的大少爷，他根本不了解事情的复杂性，包括你老丈人尚先生。你不能听他们的。听二哥的，你还是赶紧跑吧，你的家人尚先生会照顾好的，二哥也会帮忙的。”韩冬说得推心置腹。

在见到韩冬之前，我以为韩冬会如获至宝地带我去投诚，没想到会是这样的结果，我像个傻瓜一样面对着韩冬。

“你就是投诚了，你也必须受到审判，比如我现在是审判你的人，”韩冬严肃地说，“我问你，谁能证明你手上没有沾共产党人的血？我？尚先生？尚致？我们没有看见你手上沾了共产党人的血不等于你就没有沾过共产党人的血，没有人能揭发你手上沾着共产党人的血，不等于你手上没有过。还有，在郑州，赵妈的死，你说得清不是你干的吗？赵妈中枪的时候，是你举着枪对着她的，你是站在追我们那一群人最前面的，你能保证胡济斋没有看见你吗？只有我明白你要杀的是谁。还有很重要的一点我得提醒你，你是谁？你是庄平！庄平在北平，在抗日战争爆发之前，手上沾满了共产党人的血……”

韩冬的话如连珠炮，他好像恨不得用连珠炮把我击醒，他的脸掩在漆黑的阴影里，看不清他的神情，但能看见他眼睛里的光，那光是凛冽的，这时他的神情变得像他哥哥韩春了，这是我从来没有见过的。给我更大冲击的是他话的内容，像坚硬的大鞋底，击在我脑袋上，我的脑子受到了强烈震动，耳朵里嗡嗡地响，韩冬后来说的什么我听不见了。

韩冬终于讲完了，目光仍然是那么凛冽。沉默中，我听到了自己有气无力的声音，“二哥，难道你真的怀疑我是庄平？”

韩冬沉吟了一下，说：“我只能对你这么说，我无法证明你不是庄平。

你大舅子、老丈人也无法证明。你可能会提出到北平提档案，那里一定有庄平的照片等资料，世界上没有一个完全相同的人，就是双胞胎也会有差别，但是，这个时候很混乱，有大批的人要审判处理，谁会认真调查你？况且，谁能保证北平的秘密档案不会在战火中被付之一炬，会不会被带走去台湾？你有口难辩。”

是这样啊！是这样我就会被判死刑，枪毙！耳朵里的嗡嗡声我听不到了，一切好像在瞬间都宁静了，或者说我感觉不到自己存在了，大白天的，我没了。

“你流鼻血了。”

“听见没有？你流鼻血了。”

“哎呀呀，快，流到嘴里了。”我听到了声音，这声音是熟悉的，带着我久违了的温暖，这温暖感动得我流下了眼泪，恢复了知觉，我感到了一条湿漉漉的虫子从鼻子里爬出来，热乎乎地爬向嘴巴，我抬起手，鼻血眼泪一起擦，我看到了手上被眼泪稀释的血更加鲜红。

“啊呀呀，抹匀了。”韩冬拿来一条湿毛巾，像大姐姐给小弟弟擦鼻涕那样给我擦脸上和手上的血，边擦边说，“二哥话是说急了些，你不要这样上火啊！上火有什么用？你还是赶快逃走吧！西安城虽然已被解放军重重包围，但二哥相信你有能力逃出去的。”韩冬的眼睛里竟含起了泪水，像冬天湖面上结的薄冰。

鼻血的流出和韩冬温和的话语，像一股清风吹进了我混沌的脑袋里。我动情地抓住韩冬的手，“二哥，你不要为我担心，你尽管带我去投诚，结果怎样，听天由命！我宁愿死，也不愿东奔西跑地逃命了，我对逃命烦透了啊！”

韩冬掰开我的手，无奈地叹了一口气，“早让你投诚你不。我尽力吧！”

韩冬从抽屉里取出一串钥匙，递给我说，“先去我家等着，我先探探情况，万一投诚不成反自投罗网，我怎么对得起你？”韩冬又叮嘱道，“一定要等着我，尚大少爷不了解情况，不敢听他的，以现在的情况，弄不好，你都没机会说话。不敢乱跑，等着我。”

韩冬贴着窗看了看外面的院子，迅速从抽屉里拿出一包饼干和一包烟给我，“我知道你不抽烟，我以前也不抽，抽吧，解烦。”

我再一次看到了韩冬眼里的泪水。

三十、被抓游街示众

街上乱纷纷的，到处都是大战前的景象。我感觉一切都像在梦里，有飘忽感，我像影子，过来过去的人也像影子。到端里门的时候，与迎面过来的一队背着枪的国军相遇，带队的军官站住，对着我愣怔了片刻，走了，我觉得这个军官面熟，想不起在哪儿见过，也许在梦里吧。

韩家院子铺满了陈年落叶，野草成片地从松软的落叶下长出来，其间开有紫色、黄色的小花。大杏树老了，叶子发红，稀稀拉拉，有些秋天的气象。树上宿着鸟，听到有人进来，呼啦啦飞尽，粪便雨点一样落下来。这院子好久没人打理了。

我打开自己曾经住的那间屋。半截蜡在窗台上立着，火柴盒在蜡旁边扔着，我走的时候屋里是什么样子现在还是什么样子，好像这九年没人进来过。我把蒙在床上的落了一层灰尘的床单揭下来，就躺下了。我没有心思收拾屋子，我脑子很乱，想起韩冬满脸青春的畅朗，鼓动我参加共军的情景，真是恍若隔世。其实，我的骨子里是不愿意投诚的，今天的投诚不比以往是向往共产主义，今天的投诚是为了保命，这就预示着我将没有气节地度过一生。可要跟家人团聚，只能这么做。其实在放弃逃往台湾的时候，我就选择了这条路。只是我没有想到会去抬小一年的担架，错过了投诚的好时机，听韩冬的意思，现在投诚已有了不小的风险，但无论如何，投诚得越早越好。我盼望韩冬早点能接我去投诚。

长期的劳累，让我一觉睡到天黑，摸着黑吃了两块韩冬送的饼干，还想接着睡，现在除了睡觉还能干什么？但脑子里翻江倒海，过去的什么事都想起来了，没有办法，只好数高粱穗子。数高粱穗子，是我在担架队那些不眠之夜总结出的催眠经验，家乡的高粱地鲜红洸洋、灿烂辉煌，家乡的高粱穗子如诗如歌、激情昂然。家乡的高粱地永远用荡漾着甘苦的清香气息，抚慰我孤独悲伤的心灵，让我狂躁的情绪得到宁静而沉入梦乡。

第二天，韩冬没有来。有几次我想去找李建，又怕错过韩冬，二哥是再三叮嘱我不要乱跑等着他的。对韩冬深厚的感情，使我总想把自己的命运托付给韩冬，或者说总想把自己跟韩冬绑在一起。韩冬送给我的一包烟安稳住了我的焦躁不安。四哥教导我学着抽烟，四哥说有时候烟能帮助你。我只是学会了，没有上瘾。

第三天，远处传来了炮声、枪声，跟郑州的很相似，解放军要攻城了。

投诚到了最后时刻，我不能再等下去了，冒着炮火去找韩冬。韩冬不在，院子里空无一人。我又去找李建，还是无人。这一天，我像无头的苍蝇又像热锅上的蚂蚁，在韩冬的办公室——李建的住所——韩家院子，这三个地方循环往复，经受希望——失望——再希望——再失望的折磨。

第四天，我是被喧嚣的声音吵醒的，这声音也是熟悉的，是市民欢迎解放军进城的声音。西安城的解放预示着我的投诚化为泡影。

投诚不行了，退一步就是自首。我知道自首也要抓紧时间，但外面乱纷纷的，去哪里自首？还是要等韩冬来。我相信韩冬会来找我的。二哥是个热心肠，二哥是解放军军官，我救过二哥的命，即使无法投诚了，二哥完全可以带我去自首。二哥知道哪里可以自首，二哥会为我申辩我不是庄平，我不但没有共产党的血债，还为共产党做过好多事。我心里反复循环着这些念头，这些念头是我继续等下去的理由，这些就是我的救命稻草。

晌午的时候我终于听到一阵敲门声，二哥终于回来了！我浑身一下充满了力量，爬起来跑出了屋。阳光十分强烈，空气中弥漫着硝烟的呛人气味。被敲门声惊起的麻雀，在地上闪过灰淡的阴影。

嘭嘭嘭，这一次敲门声加重，我应着，加快了脚步。那阵风吹来的鞭炮的红色纸屑，被我的鞋底带起来，在脚下飞舞。当我走近大门的时候，门外却一片寂静，我突然一阵心悸，想收住脚，但脚还是继续带着我向前走，伸手打开了门。

是那么地迅雷不及掩耳，我没有来得及看清楚，或者是脑子没有来得及从想象中的韩冬的音容笑貌中转换过来，两个土黄色的人影一左一右扭住了我的胳膊，膝弯挨了一脚，我膝盖撞击在门槛上，然后跪在了地上。一条绳索从我前胸勒过去，将两条拧到背后的胳膊各自缠紧，最后结在一起。

这时站在我面前的一个土黄色影子开口说话，“庄平，你被捕了！”

“庄平？”

站在我背后捆绑我的两个土黄影子一左一右动手把我架了起来，面前的土黄影子把一片用墨汁写着“庄平”两字的白布条用别针别在了我曾经戴过英雄花的地方。

这三个人是解放军，一个解放军在前面带路，另两个解放军挟持着我，向巷子外走。三人都是黑瘦黑瘦的，身上有很浓的麦穗那种甜丝丝的草香味，他们是蹚着麦田进城的。他们看上去不到二十岁，但他们的神情装得跟老战士一样，他们很疲惫，但努力表现出精神饱满威武的样子。这时的槐树巷在我眼里简直就是永远看不到尽头的幽暗的隧道，在路上与不少人擦肩而过，他们都是曾经熟悉的左邻右舍，他们都住了脚看我，还有一些人好像是在等我，手里拿着菜叶葱皮类的垃圾，他们想义愤填膺地摔到我头上，但又怕弄脏了解放军，摔得有些小心翼翼。

终于走到了巷子口，巷子口停着辆军用卡车，卡车上站着像我这样被反绑着的人，有的穿着军服，有的穿着便衣，统一的是胸前都别着一片用墨汁写的本人的名字。他们都被身后一条绳子穿着，我被推上车，穿在了绳子的末尾。绳两头各由一名胸前挎着冲锋枪的解放军战士攥着，他们脸盘黑瘦，嘴唇乌青，双目圆睁，如果不是一个脸长一点、一个脸方一点，就像一对孪生兄弟了。我紧挨着长脸解放军，闻到了他身上麦穗子的气味。这个解放军也一定是踏着将成熟的麦浪进城的。这气味在尘土飞扬、锣鼓喧天的城市，是那样地诱人，使人联想到自由的珍贵。

到处是黄军装的解放军。给春天的古城覆盖了一层秋天的颜色。

这辆满载着罪人的卡车，经过张学良公馆时，跟在了一支由南向北的游行队伍后面，我明白了，我们要像过去的汉奸一样，要游街示众了。游行的队伍有双重功能，一是欢庆西安的解放，二是游斗国民党反动派。其实这场面我是熟悉的，不同的是，以前我是站在英雄之车上以抗日英雄的形象接受“向英雄学习，向英雄致敬”的赞颂，现在是“交代罪行，低头认罪，重新做人”的批判。

队伍到了东大街，拐弯向西走，加入到了更大的队伍中。队伍到大柴市十字口，遇到了由南向北的队伍在通行，我们这支队伍只好停下来等待。三年前，我就是在这里看见惠的，我们的爱情是从这里起步的。

队伍沿着东大街向钟楼方向行进，快到钟楼的时候，队伍忽然从后往前分向路两边，给中间闪出一条路来。片刻，路边群众欢呼的声音像潮水一样涌过来，两辆敞篷吉普车开过来了，我看见韩冬一身军装坐在前面一辆车上，他脸上流着汗水，面带微笑，却警惕地扫视着人群。后面的车上有一位解放军首长向群众挥手致意，他大概是这个城市的新领袖，这两辆车上的解放军胳膊上都箍着有“军管会”字样的红袖章，大概这就是这个城市新的领导集团——军管会。我感到韩冬看见了我，也看到了我向他传递的呼救的信息，但韩冬没有向我传递任何信息，像不认识我一样。

在等韩冬的整整三天里，我只吃了点他送的饼干，饥饿、喧闹、悲伤、愤怒早已让我的头嗡嗡作响。韩冬过去后，我的意识开始混乱，在那些激动的人群中，我一会儿看到妻子，一会儿看到女儿，一会儿看到母亲，一会儿看到自己……

三十一、狱中赴死与求生

开始看见“西安狄山监狱”六个黑色大字时，我以为是在两年前。两年前，我头上的伤没有好利索，恍恍惚惚被押到这儿，那次给我留下深刻印象的是李秉儒指着“狱”字说，“你看，狼、言、犬，把言押在中间，古人多会造字啊！”这次我突然感到即将在我眼前消失的风景是那样美丽！来自秦岭山区的风仿佛长着一双隐形的翅膀，掠过弹性十足的麦穗梢头，拂动起涟漪般的浅绿与深绿相间的波浪。麦田边那几棵年轻的白杨，翻动着一面是翠绿一面是灰白的手掌，发出哗哗的清脆掌声。关中大平原这随处可见的普通景色，此刻让我热泪盈眶。

黑色的大铁门嘎嘎叫着关上了。里面的世界是一片被高墙铁丝网围起来的牢房，牢房是灰色的，一长条一长条排列着，如一条条僵死的灰色大蟒蛇，牢房上那一孔孔黑色铁栅栏小窗如蟒蛇身上雕刻的花纹。也像蛇一样，每一排牢房只有一个门，在最东面，修着门楼，灰色铁门的上面一左一右安着两只巨大的圆形玻璃灯，玻璃灯在门楼的阴影里反射着阴沉的光，这样，就更像条蟒蛇了。卡车停在了第一条蟒蛇前。

方脸解放军放松了绳子头跳下车，放下挡板，喊道：“下来，按顺序一个一个往下跳！”罪犯们的手在背后捆着，跳的时候不容易掌握平衡，方脸解放军站在旁边会及时扶一把，这让我想起在军校练跳车时，刘孟廉站在下边守护着同学们的情景。

等人下完了，方脸解放军拉着绳子向蛇头走，乱糟糟的队伍很快变成了一条直线。这些罪犯穿的是绿的绿、灰的灰，从哪方面看都像秋后的蚂蚱，用绳子穿起来就成了蚂蚱串。

蟒蛇张开了大口，三个分别拿着钥匙串、纸夹子和抹布的解放军出现在里面，方脸解放军跟着这三个解放军，牵着蚂蚱串走进了蛇腹。

牢房里面与两年前有些改变，靠走廊的墙全换成了铁栅栏，栅栏上挂着一个白木牌，上面用黑毛笔写着犯人编号，有的编号前用红粉笔打了叉。铁栅栏顶上原来钉在横梁上的监号牌没有变，还是黑底白字的铁牌子。每走到有画着红叉的编号的监室前，队伍就要停下来，拿抹布的解放军读出头上的监号和带红叉的编号，然后用抹布把红叉擦掉，然后从蚂蚱串子上摘下一个蚂蚱，然后读出其胸前白布上的姓名。拿钥匙的解放军在拿抹布的解放军读打红叉的编号的时候，开始从一大串钥匙上找出能打开其监室的钥匙，然后打开，然后抓住摘下来的蚂蚱，重复一遍拿抹布的解放军读出的编号和名字，然后将蚂蚱推进去，锁上门。拿夹子的解放军负责记录拿抹布和拿钥匙的解放军读出的编号和名字，并不时抬头或扭头核实一下自己夹子上记下的东西。

我在蚂蚱串子的最后，我看到了昏暗的铁栅栏里晃动着的一张张模糊的脸，那些脸看上去苍白而稀薄，跟鬼魅一样。

“二十一监，八十八号，庄平。”“八十八号，庄平，进去!”我往前一扑，跌在了硬邦邦的地上。解放军的脚步声很快在走廊消失了。我没有立即起来，我还处于迷糊状态，我觉得这一切像我近日来常做的梦，我不知道现在是在梦境里还是在现实中。

迷糊中，有人叫我，有人推我，我睁开了眼睛。面前显现出三张面孔，三张面孔都在一个平面上，脸是漆黑的，而背后是光亮的，这让我感觉自己像躺在井底或者坟墓里。“庄平，起来坐铺上吧。”那个长脸说，是四川口音，听声音已经年过半百了。“是不是受了伤？没事吧?”那个方脸说，是陕西口音，听声音比长脸年轻一些。“你为啥不起来哩？是觉得委屈？想不通?”那个圆脸说，是陕西口音，跟教官刘孟廉的口音一样，听声音相当年轻。

“没什么，我是饿的，缓一缓就好了，你们不要管我，我有些晕乎，想静一静。”我说。

长脸挥了一下手，三张漆黑的脸退了。

过了一会儿，我坐了起来，说：“我叫庄铭，是军人。”

三个人好像都有些惊讶。

圆脸咧嘴一笑，露出白光闪闪的牙齿，“你不是庄平？哦，无所谓，反正都是要死的人了。”圆脸头靠着墙，伸长腿坐在地铺上，离我最近。圆脸停顿了一下，继续说，“我，赵灯。我是一个连长，昨天共军攻城，我带人阻击，败了，被活捉了。我真是后悔，当时还不如给自己一枪。”

我说：“你的级别不够枪毙，能活下来。”

赵灯又咧嘴一笑，“在你来之前的一个小时，就是你的前八十八号，就是个连长，拉出去毙了。”

我的眼睛适应了监室里昏暗的光线，看到圆脸赵灯穿着一身连长级的军装。

“我叫虞历文，是国民政府官员，我把太太和孩子送回了老家城固县城，自己在这里坚守被抓了。”长脸穿着一身灰色制服，坐在铺位的边沿，安详地说。城固县的口音跟四川有些像，虞历文还是陕西人。

方脸站着，有些烦躁地说，“还是不要报姓名了吧？我现在就想让人忘掉我，人死如灯灭，灭就灭了，哪有不灭的灯？还是叫号，我，八十七号，金戈铁马二十年，临了要跪着被人从背后顶着脑袋打死，哈哈。”八十七号穿一身团级军装，高大威武。他说完，倒在地铺上自己跟自己怄起气来。

监室里陷入了沉默。借着灰暗的光线，我看到这监室里的墙、地、地铺都是灰白色的。正面墙中央写着一行又黑又粗的字：“交代罪行，低头认罪，重新做人。”字下面放着一张长条木桌，上面有一沓纸，一支钢笔。桌子的右上方有一小铁栅栏窗，侧脸向上望出去，能看见监狱大门上方的哨楼。一个哨兵挺着青春的胸脯，端着崭新的长枪，头顶上飘扬着鲜艳的红旗，如一幅色彩明亮的儿童水彩画。

小窗下面的角落里有一个地铺空着，应该是前八十八号的床铺。铺上有一个坑，被子也是刚掀起来的样子，我起身走过去，蹲下，拍了拍铺，那个坑就消失了。铺是两寸厚的麦秆帘子，上面铺了一条单子。我伸手摸了摸被窝，感觉被窝里还留有那位连长的体温。我又把摸了被窝的手放在鼻子下闻了闻，有一股只有二十多岁小伙子才有的那种生机勃勃的体味。这些习惯性的举动是我当军统特务时落下的毛病，根据被窝里的温度判断此人逃走的时间，根据体味判断此人年龄。久而久之，我看见被窝就会下意识地去摸。现在我跪在地上，把被子拉展，抚平，心里充满对那个连长的悼念。

“我们想办法逃吧？”赵灯坐在了我面前。赵连长一定吃了不少苦头，脸上有几处青紫，一只眼肿得只留下一条缝，另一只眼大睁着，流露出一种绝望的、可怜巴巴的神情。我告诉他，监狱固若金汤，从来没有一个人能逃出去的。

赵灯有些阴阳怪气地嘿嘿笑了两声，回到了自己的地铺上。

我躺在了地铺上。站在卡车上游了大半天街，我确实累了。我想闭上眼睛眯一会儿，但眼睛怎么也闭不上，墙上那一行字的每一个点、横、竖、撇、捺，都如一把把小刀向我飞过来，要戳烂我的肉，割破我的血管，让我找到那肉里、那血里的罪行。可是，我有什么罪行？罪行在哪里呢？这是我今天站在卡车上就思索的问题，我脑袋又开始嗡嗡响，像有蜜蜂钻进去了一样。

蛇腹里由远而近传来踢踏的脚步声，一串蚂蚱停在了监室门口，我侧身看到，这串蚂蚱全是绿的，他们好像还没有从战场上回过神，一脸好战的情绪和火药味。读号、读姓名、开锁的声音响起来。我伸长耳朵听着，我想听到熟悉的名字，又怕听到熟悉的名字，走廊里回声太大，有些我听不清楚。声音响得很远了还在响，这蛇腹仿佛无限深远，多少人都能纳入。

天将黑的时候，蛇腹深处传来一个女人绝望的哭声。八十七号抱怨说，“女人真是的，到了这地步，哭有用？”虞历文叹息了一声，“本是男人的战争，却把女人卷了进来。”赵灯说，“不管男人女人都是活该，什么信仰？狗屁！”

虞历文怒斥道：“你说什么？”

赵灯轻蔑地冷笑道，“老人家，什么时候了还死抱住信仰不放？人家抱着信仰到台湾了，吃香的喝辣的，我们抱着信仰成了阶下囚！”

虞历文说，“这也不能说有信仰不对。在信仰的道路上，就是这样的，有的人会奔向光明的未来，有些人会死在黑暗中。”

赵灯说，“给你灌输信仰的人呢？他们怎么不为信仰而战？”

八十七号不耐烦吼道，“死到临头了，都住嘴。”

女人的哭声还在继续，我沉默着，我想着母亲、妻子和女儿，觉得那哭声就是她们的。

蛇腹里终于宁静下来，哨兵的脚步也走远了，这时听到有人压着嗓音叫庄平，这里面果真有熟人？

“庄平，是我。”

对门的铁栅栏外有一只大手向我摇摆，我定了定神，看到那只手的主人是一个穿军装的人，谁呢？我走近，借着昏暗的灯光，认出那个人是李秉儒。两年多没见，他的头发全白了，双颊下陷，颧骨更显高起来。他居然跟久别重逢的老朋友一样叫我，他难道忘记了是他在两年前把我送到了这个监狱里的？

“庄平，我是刚进来的，你没有听到喊我的名字吗？”

“没有听见。”

“你是不愿意搭理我吧？庄平，我知道你不是庄平，你叫庄铭，但是你现在无法摆脱庄平这个身份了。”

无论如何我们是同生死共患难过的，李秉儒在给中条山送武器的黄河中表现出的英勇无畏，我永远难忘，在这里看见李秉儒，我心里还是很为他难过的。我问：“你怎么没去台湾？”李秉儒凛然地说，“我出身于大唐威武的乾州县一大户人家，李隆基是我的祖爷爷，我为啥要追着浙江佬去那个鸟岛讨饭吃？”

“你在去中条山送武器的列车上一出场，我就怀疑你不是庄平，你的唇边连胡子根都没黑起来，怎么可能是屡建战功的庄平？我通过关系专门做了调查，你果然是个冒牌货，只是我理解韩春的苦衷，拥护韩春做的事情，我假装什么也不知道。”李秉儒用神秘又是拉家常的语气说。

“这事都过去十年了，不提也罢。”我说。

“可是，如果庄平还活着，你就有活着的希望。”

“你知道庄平还活着？”

“不知道。如果他投了共军就有可能活着，你不是帮了共军的忙吗？问他们呀！哈，哈，哈！”

哨兵过来喝断了李秉儒的笑声。我们各自回到了自己铺上。

赵灯凑过来说，“庄平，不，庄铭，你是装不认识我还是真不认识我？”

我没好气地说，“你的脸成了那样，谁都会不认识你的。”

赵灯夸张地拍了一下脑瓜，“我给你提个醒，你曾经为了送共党在渭河桥上打伤了两匹马的后蹄子。神枪手啊!”赵灯说完嘿嘿笑了笑，回到了自己铺上。

庄平，又是庄平。就在这样的监狱里，庄平的名字也盈满于耳。有时候，我感到自己的肉体与庄平看不见的肉体早已被一条沉重的铁链拴在了一起，是我命运中注定了的冤家和亲人，有时恨，有时怜，有时爱；我有时觉得我们就是一个人，一个是灵魂，一个是肉体，我们一同战斗，一同死去；有时候又有一种骨肉分离的痛苦，此刻，我又听到我内心曾经的悲号，庄平，你在哪里?

后来，我的这种内心悲号被一个人打断了，这个人脚步声轻捷但有些慌乱，不是很熟悉，但也不陌生，一种特殊的感觉让我起身，把着铁栅栏向脚步声的方向望去。昏黄的灯光中，这个人向蛇腹深处走去，晚了一步，看到的只是一个土黄色的背影，大概是空间狭小的影响，那背影看上去有些扁，像受到了一只隐形大手的按压，军衣下摆像簸箕一样颠簸，步履也有些踉跄。

我一直站在铁栅栏边等着，可这个人一直到开饭也没有过来。饭是一碗玉米面糊糊和一个野菜团子。对于三天来没有吃过饭菜的我来说，是一顿美食。我端着碗回到铺位上，三两下将美食吞到肚子里，然后舒展在铺上，闭上了眼睛。干硬的肠胃受到了美食的温润，舒服得让我睡眼蒙眬起来。我忘掉了那个让我心悸的背影，进入梦乡。

怒潮澎湃，党旗飞舞，这是革命的黄埔……

迷糊中，我以为自己是在军校里，十八九岁风华正茂，与同学们一起迈着雄壮的步伐，唱着雄壮的歌，阳光灿烂，蓝天白云，为即将奔赴战场而激动万分。后来，我清醒了，这歌声是从蛇腹深处传来的，凭感觉现在已是深夜，这深夜突然响起的歌声让我心跳，我猛地坐了起来。那三个人也坐了起来，我看到对面的人也坐了起来。哨兵拉着枪栓向歌声跑过去，边跑边喊，“不要唱了，再唱就开枪了。”然而，歌声依旧。歌声消失后，我的思维才彻底从梦中回到了现实，我竖着耳朵听各种声音，我希望能再一次听到那个人唱黄埔军校校歌。

前八十八号身上一定有伤，被子上有一股血腥味，或者是前前八十八号的，没人能说准是谁的了。铁窗外岗哨楼上的探照灯像插进牢房的长刀片，晃来晃去，闭上眼睛，就是军校同学们的面孔，他们怎么样了？是变成了白骨，还是像我这样进了牢房？一种揪心的思念涌上心头，我又流泪了。

镣铐声传来的时候应该是将近黎明。蛇腹里死一般寂静。铁镣的哗哗声从蛇腹深处传过来，犹如闪亮的银针扎进人们的耳孔里，有人惊惧地坐起来，有人趴到铁栅栏上等待声音走近。我两手抓着铁栅栏，脸挤在栅栏的空当处，我感到黎明的铁镣声一定跟夜半歌声有关。

两个解放军抬着担架走过来时，铁窗外的探照灯正好照过来，我清清楚楚看到躺在担架上的人穿着一身整齐的国军军官服，帽子扣在额头上，遮着半张脸，他的鼻子高挺，下巴棱角俊秀，嘴角在苍白的下颚两边勾出两道坚毅的线条。那半张面孔和肩章都告诉我，这是一个年轻的国军高级军官。他的脚上没有穿鞋，也没有穿袜子，光光的脚脖子上戴着脚镣，镣铐耷拉在空中，发出碰撞的哗哗声。为了防止越狱，重犯进了监狱是要没收鞋袜的，这是一个重犯。看不见他的伤口，但他的鲜血从担架下面像屋顶上漏下来的雨滴，滴到走廊灰白的地面上，又圆又大，有的被解放军的黑色千层底布鞋踩了，有的完好，被灯光照亮，像被谁洒落在这里的新鲜的红梅花瓣。

我紧握着铁栅栏，看着滴滴鲜血一路远去。我怎么都感觉到那远去的尸体跟我有着缕缕割不断的亲情。

早饭过后，有四个解放军排成一路纵队走向蛇腹深处，不一会儿，传来点名开牢门的声音，接着走廊上响起了踢踢踏踏的脚步声，一个解放军牵着一条蚂蚱串过来了，蚂蚱串子尾部停在了我们的监室门口，所做的事情与昨天的正相反，叫人出去——穿到串子上——用红粉笔在白木牌上画叉。被叫的是八十七号，八十七号整了整军装，对我们笑了笑，“我先走一步了。”

我拦住八十七号，说，“大哥，有什么话要给家里交代吗？”

八十七号感谢式地拍了拍我的肩膀，推开我，走了出去。

蚂蚱串子走出蛇腹后，走廊静了下来，赵灯问我，“你知道八十七号为啥没有说话吗？因为你不会活着出去。”

听赵灯这么一说，“死”这个字才真正立到了我面前，与死神擦肩而过多次没有怕过的我，现在却恐惧得发抖。

赵灯察言观色地说：“我们就这样等死吗？怕有什么用？想办法逃呀！”

这时，一直闭着眼睛打坐的虞历文睁开眼说话了，“年轻人，少安毋躁。好好想想墙上的字，反抗没有用，抵赖也没有用，学会顺从。你还年轻，级别也不高。”虞历文说完，又闭上了眼睛，好像再不想多说一个字了。

我问赵灯，“八十七号叫什么名字？”

“不知道，我进来的时候他已经进来了，他不肯说。你问这个有什么用？都是个死。你看我们这间里的号，”赵灯将拇指和食指伸开，做出打枪的动态，“叭——我，叭——六，溜溜顺，叭——七，死期到，你是两个，叭叭——，还能活着吗？”

正说着，又新进来了一串蚂蚱，解放军抹掉了八十七号前的红叉，推进来一个新的八十七号，新八十七号戴着一副眼镜，穿着考究的长衫，把耷拉到额前的头发抹在脑后，轻蔑地扫了我们三个一眼，端坐在了八十七号铺位上。

李秉儒是一个天才的侦缉特工，他把自己脑袋落地的日子都能侦缉出来，在临枪毙的前一天晚上，隔着铁栅栏，对我说，“庄铭，我叫你一声你真正的名字，庄铭，什么信仰咱先不说，我们都是男人，我们应该为自己永不背叛的人格而战。庄平是一位杰出的党国军人，你以他的名义而死，不亏。也许，你们在另一个世界会成同胞兄弟，不是很好么？”人之将死，其言也善，这是安慰我。

“我明天就要走了，我一点不难过，我很自豪，我做到了在任何情况下都英勇无畏，威武不屈，我无愧于男人这个称号。”李秉儒的声音有些沙哑，有些因体力不足而显现出的软弱无力，但骨子里是铮铮有声的。我突然对死亡，不再畏惧了。

虞历文是与李秉儒一起“先走一步的”，虞历文用交代罪行的纸和笔给家里人写了一封信，用玉米糊糊了一个信封封好，交给了我，他说，“你帮我把这封信交给我家人吧！我以前听说过你的事，无论你是庄平还是庄铭，都应该想办法活着出去，事在人为，我相信你只要想办法，会出去的。”

我张开嘴想说什么，虞历文摆手拦住了。虞历文说，“年轻人，生命是珍贵的，我给你提的建议是争取提审，给自己寻找一个说话的机会。”

李秉儒对我说，庄平，你要是死就亏大了，不像我，国民党铁杆，共产党的死对头，你不能到那边做个冤屈鬼，我走了。

虞历文走后，狱室里补充进来一个新的八十五号，看样子有七十开外了，穿着一身时尚的白色绸褂，下巴上留有一把雪白的胡须，手里拿着一支文明棍，神态惬意，不像是来蹲大狱的，像是来云游的。他用文明棍戳了戳地铺，说：“很不错嘛，比我们在缅甸雨林里的条件好多了。”

赵灯咧嘴一笑，“八十五号要托生个神仙了。我希望新的八十六号是个花木兰，我想托生个女的。”

这天中午的时候，解放军叫赵灯和我出去抬木头。这是我进监狱后第一次走出蛇腹。天空有大团的乌云，风比较强劲，从东北而来，驱赶着乌云向西南方向狂奔。阳光在乌云的上方，场院里不时投下乌云的暗影。赵灯像一条放出笼子的狗，快跑几步撒了一下欢，然后对着天空张开双臂，张开嘴，好像天上即降甘露。

要抬的木头是原木，原木散乱地堆放在监狱大门西侧的墙根下。青绿的小草从原木缝里钻出来，有的还开着鲜艳的小花。搬走上头几根木头后，底下潮湿的木头露了出来，一层腐朽的树皮发出迷人的酒糟气，赵灯的鼻孔张缩着，翻开上面的一层朽木，有更浓的酒糟气放出来，两只马蹄大的癞蛤蟆跳出来，瞪了一会儿阴沉沉的眼睛，跳到了更深的缝隙里。赵灯继续翻，我问：你找什么？赵灯不理我。一大坨肥厚雪白的蘑菇呈现在黑色的朽木中，赵灯像饿极了的人看见了白面馒头一样，用沾满黑乎乎腐朽木屑的手将那雪白的蘑菇抓起来往嘴里塞。我提醒他小心有毒。赵灯说：蘑菇我还不认识？我家房前屋后都堆满了木头，长出的蘑菇吃不完，晒干了拿到集市上卖。村外的林子里也到处是蘑菇。赵灯吃完了蘑菇，一屁股坐在木头上，抽抽搭搭地哭着说，“如果我死了，如果你能活着出去，就替我到我家院子里嗅一嗅这气味，吃一朵这样的蘑菇。”我说：“别胡说了，八十五和八十七都拉走了，你没有，说明你有活着的可能。”赵灯苦笑着摇摇头，“你真的想不起来我了？长官，我曾在渭河大桥上站岗，你常骑马路过，你的洋腔让我记住了你的名字。所以那天那个共党拿着你的通行证说陕西话的时候，被我发现了。李秉儒来调查了这件事，我立功升官了。后来听说你被李秉儒抓了，枪毙了。前两天我在端里门碰到你，吓了我一跳。”

我望着赵灯，赵灯脸上的肿消下去了一些，显现出了有些熟悉的面孔。赵灯说：“虞历文的意思我明白，也许你能活，你救过共产党的人，你如果活着出去，去一趟我家，告诉我家里人，我死了，不要让他们再惦记了。我家在华县，县城往南走，到山根下过了河，走二里路，赵家村，大村，一问就知道。”我说：“我教官刘孟廉就是华县的，你认识不？”赵灯说：“刘孟廉是我们县的名人，还有胡琏，听说过，不认识。”我说，“听说刘教官当军长了，在四川，你如果还想当军人，出去找他，我给你写封信。”赵灯嘿嘿笑了，“我不当兵了，我想回家娶个老婆生孩子过日子，做个普通人。”

车那边传来了解放军的喊声，催促我们赶紧抬木头。

后来发生的事情让我反复回忆着赵灯的话，赵灯的话里已经露出了在此一搏的苗头，可是我只当成了赵灯触景生情。这件事也是解放军大意了，为了装木头方便，大卡车停在监狱大门中间，监狱大门大开着，车两边完全能跑出去人。我们两人将木头抬到车下，赵灯说：“换换，你上去，老让你在下边干重活，我不好意思。”我没多想，我们合力将木头担在车厢上，我就跳上了车，两手掐着木头往上拉，赵灯在下面往上推。后来我感觉不到赵灯的推力了，听到头顶上的哨兵大喊起来，“回来，开枪了！”

我立刻感到不妙，回头向大门外望。站在卡车上视野辽阔，乌云翻滚的天空犹如灰色的大海倒扣在无边无际的金绿色麦田上空，强劲的东北风吹动着麦田，麦田如浪潮一样翻滚着。赵灯扑进麦田，如热爱大海的浪子扑进了大海。

哨楼上的警报器尖利地鸣叫起来，哨兵继续喊，“站住，再不站住就开枪了！”

赵灯迎着麦浪狂奔，赵灯在灰色的大海和金绿色的大海的夹缝里狂奔，渺小得如一只鸟。

“叭——”一声刺耳的枪声，那个像儿童画里的人儿一样的哨兵，竟是一个神枪手，赵灯身体翩翩了一下，一只手高举起来，摇摆着，像是跟我挥手再见，又像是溺水的人做最后的挣扎。

“叭——”又是一声枪响。

赵灯俯身向下，脸触到了正成熟的麦穗上。然后滚滚的金绿色麦浪把他的身体掩埋了。

“傻瓜啊，傻瓜，怎么能跑进这样的麦田里？这样高的麦子会扯拉你的腿，让你跑不起来也让你无法藏身！”我细弱地悲鸣着。

赵灯求生太莽撞，但他的那种对活着的渴望激情刺激了我，我又想起虞历文的话，我为什么要坐以待毙？

我开始了求生的行动——争取提审。被提审才有与解放军长官对话的机会，而争取提审的机会又谈何容易？呼号、砸门、求饶，得到的唯一回应是拉枪栓，“安静，再不安静就开枪了！”

我想到了一个办法——给毛泽东写信。这天晚上，我把桌子搬到铁栏栅下面，借着外面的微弱灯光，在那些让我们交代罪行的纸上奋笔疾书。是的，给毛泽东写信。因为没有囚犯敢给他写信，我才写，我想置于死地而求后生。

这天晚上对我来说就变得格外珍贵而惊恐了。这一晚上可能是最后一个晚上，而我写信的后果可能会使“最后一个”的可能性增大到极限。我要写庄平，必然牵扯到桂皮二，鬼知道桂皮二的触角和视野会大到哪里，也许结果会让我像庄平那样消失得无影无踪。要写清楚庄平又太难了，庄平对我来说无疑是一个影子，如果说我捕风捉影开脱自己我确实没有人证物证，如果说我凭空捏造、陷害革命干部我也有口难辩。反正地狱的门已向我打开，我为何不在此一拼？

当我提笔写信的那一刻，汇集到心中的所有辛酸苦涩却化作了对毛泽东的崇敬和热爱，这是我始料未及的。

“尊敬的毛泽东主席，其实，我是对共产主义最最向往的。我是用人的儿子，从小当书童，虽说东家对我很好，可是谁不想自家有土地？谁不想做自己的主人……”泪水涌出眼眶，滴到了纸上。汹涌的感情潮水退去后，我感到在寂静的黑夜的牢里，笔下那细细的如蚕吃桑叶一样的“嚓嚓”声，如枪声一样震耳欲聋。而我同时又感到了一种抒发的快乐。

我一直写到铁窗里挤进了黎明的光辉。我将信折好，像虞历文那样，用昨晚留下的玉米糊糊了一只信封，将信放进去将口封好。看到那个总在我眼前晃来晃去的好奇的哨兵要换岗，我将信交给了那个哨兵，恳请哨兵务必交给他们长官。哨兵若无其事地看了看，淡漠地说："认罪书弄成这样是怕人看？我们收到的认罪书都成麦草垛了。"这个哨兵目不识丁，连信封上"毛泽东"三个字都不认识。于是，我说：不是认罪书，是情报。哨兵立即拿着信跑了。

当然，我并没有奢望毛泽东能看到这封信，我是期望用这封信得到说话的机会。这封信包括三个方面的内容，除了说明自己不是庄平、为共产党做了哪些好事之外，还陈述了自己的观点——唯官级论不唯官级论重在表现。

三十二、提审中的悲欢曲折

接下来是等待。

这是一种怎么样的等待？

八十六号赵灯走后，监室一下进来了一老一少两个八十六号，为了区别，解放军叫老八十六和少八十六。老的年近古稀，少的不过二十，都是顽固分子。三天后，八十五、老少八十六、八十七先后被拉走了，当然即刻就有新的顶上。我坚守着八十八号，赵灯预测的"叭——叭"始终未响起，我没有被枪毙也没有被提审。

那个哨兵在夜班安静下来的时候，喜欢给我传递外面的消息，他说："你真是反动，给毛主席写信，气得我们首长直拍桌子，知道我们首长多恨你们国军俘虏吗？他曾经犯过一个错误，对一个俘虏手下留情，饶了俘虏一命，结果这个俘虏后来杀了我们几个战士。我们首长说，你们这些人就是冻僵的蛇，决不能手软。我敢保证，你活不到明天这个时辰了。"结果我活过了"明天这个时辰"，哨兵又对我说："今天来了木匠，在院子里搭绞刑架哩，我们首长说，挨枪子便宜你了，当了俘虏还不老实，要绞你做个娃样子，绞你的时候要放这些反动派都去看，看谁还敢不老实。"

铁窗只能看到哨楼上那幅美丽的儿童画，看不到院子里的情景，但我相信哨兵的话。当我视死如归做好上绞刑架的心理准备的时候，那个哨兵又给我带来了绞刑架被拆的消息，哨兵不无遗憾地说：刚搭起来还没用哩，上面却发话让拆了，你等着枪毙吧。

日复一日，每天黑夜降临的时候，我为确定能活过这一晚上而欣喜，每天黎明到来的时候，我为不能确定活到天黑而沮丧。

后来，每天吃过早饭，我都会穿上赵灯留下的军服外衣。我愿意以一个国军军官的名义而死，以庄平的名义而死。当监门打开的时候，我对同监室的人说：我叫庄平，记住我的名字。

我的神经每天在这样的生与死的边缘紧绷。

然而有一天，新一对老少八十六号中老的被拉走后，少的却被释放了，当解放军喊“八十六号，你被释放了”的时候，几乎没有人相信自己的耳朵，我表现得比少八十六号都激动，这是我看到的第一个活着出去的人，难道虞历文的话灵验了？后来几天我观察到，枪毙的减少了，释放的增多了，虞历文的话真的灵验了。我对生重新渴望起来，从铁窗外吹进的麦子成熟的气息是多么醇香啊！

终于有一天，解放军喊八十八号了，只喊了我一个人，押了我一个人出去。走出蛇腹，阳光明亮得有些陌生。院子的地面上有填过的两个土坑的痕迹，过去，齐家在春天四月间总会在打谷场搭起秋千架，拆了架子后，地上留下的就是这样的痕迹。监狱的院子不会搭秋千架，那个哨兵真不是吓唬我。

解放军押着我穿过院子，押进审讯室。

审讯我的是两个解放军，他们背靠窗子坐在一张木桌前。从窗户外射进来的阳光，灿烂地落在房内的地上，一个方凳放在那片阳光里。那是我坐的地方。我知道，解放军是在巧妙地利用自然光源，他们顺着阳光能清清楚楚看到我表情的变化，而我是逆光，看不大清楚他们的脸，只能看清他们一个脸小一点一个大一点，他们的眼睛都是亮晶晶的。

沉默。

“庄平，你给毛主席写信了？”大脸解放军把桌子上的纸拿起来抖了抖，又“啪”拍在桌子上，好像他们准备做记录的纸是我给毛主席写的信。

“是。但我不是庄平，我是庄铭。”

“你到我们陕西多少年了？”大脸问。

“十三年。”

“十三年了，你为甚还要洋腔？你甚意思？”大脸解放军站起来，伸出一个指头，如同枪筒，指着我的脸。

我怔怔地望着大脸解放军。这个解放军操着浓郁的陕北口音，对这个突然砸过来的问题，我不知该怎么回答。

我没有想到我想象中的十分严肃的提审竟会以口音问题开头。我僵了僵舌头，学着用陕西话说，“我不是庄平，是庄铭。”

小脸像品茶一样咂了咂嘴，斜了斜眼睛，“你再说一遍。”

“我不是庄平，我是庄铭。”

大脸说：“不管你是庄平还是庄铭，你都是国民党反动派，今年三月五日，毛主席在我党第七届中央委员会第二次全体会议上指出，有意地保存一部分国民党军队，让它原封不动，或者大体上不动，这是又一种斗争方式。但是这种反革命遗迹和反革命政治影响，归根到底要被肃清。”

小脸插进话来说，“庄平，你真行，给毛主席写信，你把毛主席当谁了？毛主席在指挥全国人民取得最后的胜利，有时间看你一个国民党反动派的信？庄平，现在你对着我们再说一遍你不是庄平是庄铭？”

“我不是庄平，是庄铭。”

“你可真不愧姓装（庄），”小脸轻蔑地提了一下鼻子，“拿自己耍把戏想蒙我们？以为你从北平到了陕西就没人知道你的底细了？以为你一直只受命于特务头子韩春的秘密任务我们就对你一无所知了？国共合作期间，你受军统特务头子韩春的指令，从北平潜入西安，诬陷追杀我们党的同志，破坏统一战线，破坏抗日。如今给我们毛主席写信，扯出了这样一个大活人变身的谎，不过，我们还是给你辩白的机会，现在请你提供证人，证明你不是庄平是庄铭。”

总算进入了正题，必须抓住机会说话，我刚要开口，大脸却说话了，“我替你说，过去韩春玩狸猫换太子的把戏，让你冒充庄平，掩护真庄平，而现在，你想再用太子把狸猫换回来，对吧？”

“对。”

“但我说，你完全可以一面光明正大地上你的学，征你的粮，一面阴谋诡计地追杀我们党的同志。一个人完全可以做的事情，你要掰成两个人？还是刚才的问题，请提供证人。”

“韩冬。”

我脱口而出，这是我早就想好的，但我说出韩冬的名字后，突然产生了一种不好的预感，韩冬说过他不能确定我不是庄平的话，使我虚弱起来。我补充说："我曾经住在他家，他很清楚，我不是受韩春的指令到西安城的，我是自己逃难逃到西安城的。"

大脸冷笑了两声说，"韩冬能证明甚？证明你入住韩家时的身份？我问你，你如果不是军统特务庄平，怎么偏偏住进了特务头子韩春的家里？不要给我说你是因为饥饿撞到了韩记裤带面馆，你们是军统特务，想这样瞒天过海还不是小菜一碟？我们找过韩主任了，韩主任说他不能确定。你真行啊，把韩主任蒙骗得要拉你加入我们的队伍，幸亏你没有来，否则我们的队伍里会隐藏起你这个军统特务。"

尽管有了预感，我还是感到吃惊，如果韩冬都对我的来历质疑，我的申辩还有什么希望？除非庄平还活着，活着来到他们面前，这又怎么可能？

小脸屈起食指敲了敲桌子，"庄平，怎么不回答？还不承认你是庄平？"

"不，"我大声辩白说，"我不是庄平。你们的人抓过庄平，让抓过的人来辨认啊！"

"抓过你的人是谁？"小脸问。

"是谁？"大脸问。

我不敢说出是胡济斋，赵妈死的时候胡济斋在场，我是举着枪站在最前面的，只有我和那个开枪的人清楚赵妈不是我杀的。如果胡济斋来到这里辨认我，我不是庄平，是杀死赵妈的齐占田的副官，结果不是一样吗？我只好应付说："这一切韩春最清楚，你们不是在国民党内有特工吗？韩春去了台湾，你们可以找在台湾的特工到韩春那里了解调查啊！"

"我们到韩春那里去取这证，不是笑话吗？再说，韩春死了你能不知道？"大脸烦躁地说。

"韩春死了？大哥没有去台湾？"我的心脏像突然遭到了重击，痛苦地张大了嘴巴。

小脸看着我的表情，淡漠地说，"你是特务，装是你的特长，你是不是想掩盖你给毛主席写信、太子换狸猫的主意是韩春出的？我突然想到，你不像能玩这大手笔的人，老实交代！"

"我已经一年多没见过韩春了，给毛主席写信是我自己的主意，我不是庄平是事实。”我有气无力地说。

小脸摆摆手，“你不要诡辩，也许你们没有见过面，但你们是军统特务，什么招没有？怪我们大意，让你们住在了一个筒子牢里。在一个牢里，传递个话、暗授机宜什么的，对你们来说是小菜一碟，没准那什么黄埔校歌里就藏着密码，是韩春唱给你听的。”

我的嘴张得更大了。

“不管你是装的还是真不知道，我都告诉你，韩春这个大特务头子，死的时候穿得笔挺、唱黄埔校歌，他这是什么意思？是示威！是挑衅！”大脸气急败坏地连拍了两下桌子。

“怒潮澎湃，党旗飞舞，这是革命的黄埔……”歌声骤然在我的耳朵里响起。

大脸哼了一声，“装，还在装？装你是突然听到这个噩耗的？”

小脸说，“不只是示威！挑衅！还有，那是给你发密码，给你暗授机宜，你能活下来就是你们军统的根留下来了，所以他才会从容自杀。对不对？”

我喃喃地像是自言自语地问，“韩春采用什么办法把自己杀死的？你们怎么可能让他自杀？”

“可以告诉你，”大脸说，“用交代材料的钢笔，扎破了脖子上的动脉血管。”

那天黎明时分被抬出去的那个穿着军装的高级军官是大哥韩春？担架上滴下的血是从他血管里流出来的？大哥！

大脸拍了一下桌子，“你发什么愣？韩春死了，你让死人作证吗？”

我仰起头，看着窗外，窗外阳光明媚，但我看到的是在下大雨，大雨如瀑布，那个哨兵、高墙、电网都变得模糊不堪。大雨是我的眼泪。

“庄平，往这里看，我们在审问你！”

“庄平，你为甚不说话？你哭什么？军统特务还有眼泪？我们知道，你把特务头子韩春视为偶像，你是为偶像的死流泪？你终于装不下去了。”小脸举起手里的钢笔尖琢磨地看着说：“韩春也真有本事。”小脸放下钢笔，点着手指说，“我们也知道，你还有第二个偶像——张灵甫，我们还知道，你不相信蒋介石的说法张灵甫是杀身成仁，你相信张灵甫是被我们击毙的，我告诉你，他真是自杀，他不是想杀身成仁，他是怀着满腔的悲愤，距他十里路就是你们的部队，但他们见死不救，看着我们包张灵甫的饺子。”

窗外，又是一阵大雨滂沱。

“你又流泪了。还想知道你第三个偶像的消息吗？这是个好消息，刘孟廉荣升军长了，但你知道是什么样的军长吗？被胡宗南遗弃，被我们打得无处躲藏的军长。”

“庄平，你为甚不说话？是抗议吗？”大脸说。

我把目光收回来，盯着他们两个，坚定地说，“我是敬佩过韩春，敬佩过张灵甫、刘孟廉，因为他们是抗日英雄。”

两个解放军面面相觑，一时没有答话。

我克制了一下情绪，说：“我要见韩冬。”

沉默。

“韩主任不会见你的。不要以为你们有过一段交往，韩主任就会包庇你。韩主任是共产党员，会站稳阶级立场的。”沉默中传来小脸幽幽的声音。

“我就算是庄平，我救过韩冬、救过李建，帮你们把药品、电台从上海一路护送到铜官。我告诉你们，韩春他派庄平秘密抓你们内部的汉奸没有错，我亲眼看见胡济斋去了臻品轩，臻品轩是个日本特务隐藏的机关。你们不恨日本鬼子吗？你们不恨汉奸吗？”这时候我把自己的生死置之度外了，我要完成韩春的遗愿，把胡济斋挖出来，让韩大哥在九泉之下瞑目。

“住口！”大脸一拍桌子，“胡说八道，你临死还要陷害我们的同志，我们会上你的当？”

“如果没有意外的话，有两个证人还在这座监狱里，一个叫陈二根，一个叫李小亚，你们把他们两个找来。”

两个解放军被我的话惊着了。

沉默。

小脸终于缓过气来，“你救过韩冬？”

“是。”

“可是，韩主任说，他是被一个农民把他藏在地窖里躲过你们追捕的。”大脸犹疑地说，显然他对韩冬的说法有疑虑了。

我愣了，二哥怎么可能否认？

“在枪毙你的时候，是我们游击队救了你，这我们已经证实，可是，你能提供出你是为了救韩冬被你们的人抓捕的证据吗?”小脸的声音有了些许同情,“比如,发生事情的时候应该有第三者在场,第三者就是知情者,知情者不止一个人对吗?不妨说给我们听听。”

形势向着有利于我的方向发展,但同时又向着不利于韩冬的方向发展,对我多有利,对韩冬就多有害,我张了张嘴,什么也没说出来。

大脸说:“你救李建一事,我们调查过了,是你老丈人求你帮的忙,是个人行为,组织并不知情,李建是你老丈人的拜把子兄弟,所以,这件事我们不得不打问号,李建虽说是共产党员,还是领导干部,但他出身地主阶级,一直搞地下工作……”

大脸问:“你还有甚说的?”

我摇了摇头。大脸把话说得那么明白了,我没有必要争救韩冬这一功了,我现在要活下去的全部意义在于挖出胡济斋。我说:“胡济斋就是汉奸,我要见你们领导。”

小脸说:“等着吧,等我们领导想见你的时候,你自然会见到的。”

我有了一种大获全胜的喜悦。我回到牢房,站在铁栅栏前,对着走廊上早已看不见了的血迹说:“大哥,你犯了一个错误,你错就错在不相信共产党也是眼里不揉沙子的,我们到底还是一个民族,日本汉奸是我们共同的敌人,胡济斋倒在共产党枪口下的日子不远了。到时候,真的庄平自然会回来。”

三十三、重获自由

我于中华人民共和国成立后的第二年秋天出狱,政府给的结论是有历史问题的人,就是说,历史上有污点,但还没有到反革命分子那一步,我知道能对我宽大到这一步是源于我为共产党做的那些好事。在这期间政府没有再提审过我,我就是被那样关着,无人理睬,我想尽了办法,甚至用了被我不齿的办法——尖叫、撞墙、打架,想激怒看守者,让看守者去提醒他们的上司我的存在,但都无济于事,我在他们的眼里像是变成了一个隐形人。那种失去自由后被人遗忘的经历是我一生中最感绝望的一种经历,比死都令人恐惧。所以,当重新看到天空、看到田野、看到村庄的时候,我恨不得变成一只鸟飞起来，我贪婪地呼吸、贪婪地仰望天空、贪婪地在田野中奔跑，巨大的幸福感让我恐惧这一切会稍纵即逝，会离我远去，我必须抓紧时间享用，有可能的话，我还想储存，以备将来在一个黑暗的角落里如牛反刍一样细细享用。

我没有立即回云阳乡与亲人团聚，我需要用自由的脚在田野中自由穿行。需要让自由的风吹拂我自由的头颅，我想用跋山涉水来消耗我心中因获得自由而爆发的激情，我需要平静，我害怕见到家人时因过分激动而显露出我的脆弱，我希望见到惠的时候，是一种很平常的如下班回家一样的状态，只有这样，惠才会感到我依然坚强。我已经预感到，在惠心里，我的肩膀不再是她的依靠，而我是多么希望惠依然能依靠我的肩膀，我是男人啊！

步行到了华县，很顺利地找到了赵灯家，把赵灯留下的军装交给了他家里人，告诉他们不要等赵灯回家了，至于赵灯家院子里的蘑菇，早没有了。我又按照虞历文信封上的地址找到汉中城固县城，县城里没有他写的那个街名。虞姓少，我打听姓虞的，问遍了全县城，也没有一个姓虞的人家。我真是纳闷，打开了信。信纸上只写了四个字：活着真好。

虞历文视死如归，但对生依然充满依恋，他是想用送信这个托付，激励我求生存，好好活着。

我抱着重新开始、好好活着的希望回到了云阳乡，见到了分离两年的我的亲人们，虽然两年时间不算长，但在战火纷飞的年代，两年如一个世纪般漫长。

惠跟我的想法一样，惠说，新社会了，咱们的人生重打锣鼓另开张，你干脆起一个新名字吧。我想起了韩冬给我起的那个名字——庄坚，虽然说我现在要做一个坚定的共产主义战士已成笑话，但当初那份对共产主义的向往的情绪还是让我很留恋。我以庄坚的姓名在尚先生门上落了户，云阳乡成了我的第二家乡，虽然历史上有污点，挨批斗，干重活，但过上了稳定安全的日子，我已心满意足。只是庄平的阴影还笼罩着我，人要落户到云阳乡，自然个人档案也要落户到云阳乡，我的历史经历自然也要告知于民，翻手为庄平覆手为庄铭的这段故事让云阳乡哗然。虽然政府给了明确的定案——我是庄铭，不是庄平，但似乎云阳乡乃至泾阳县没有一个人相信，乡间传说是尚先生用银子走通了路子，硬是造出来一个没影的庄铭，救了我的命。这个传说源于尚先生曾经用银子硬是从国民党手里救回来一个共产党员，人被抓的时候姓张，同样一个人，放出来的时候姓了李，说抓错人了，解放后这个党员又把姓改回来了。

刚开始的一段日子，一群小孩子总追着喊庄平，村里有些成年人喊我新名字庄坚，这些人总有些阴阳怪气，有些过去比较熟悉的村里人则什么也不叫，对我说，弄得我们都不知该叫你啥了，叫啥都别扭。还总有些爱耍聪明的人想测验我，猛不丁地叫我一声庄铭，我就是庄铭，怎么会不答应呢？于是这些人自嘲地说，你不愧当过国民党特务，反应忒快，我们是在关公面前耍大刀——出洋相哩！

我也看得出来，帮我摆脱庄平身份的尚先生其实也心怀疑虑，但对他来说，无论我是庄平或庄铭，都是跟他女儿结了婚生了孩子的这么个人，保住了这么个人就是保住了女儿的丈夫、外孙女的父亲，其余的，没什么意义。

我的妻子惠呢？惠说对我绝无猜疑，那些太子换狸猫的说法太委屈我了，说我是金蝉脱壳。

无论惠怎么信誓旦旦说相信我就是庄铭，我还是觉得惠跟她父亲一样有疑虑，也跟她父亲的认识一样，庄平也罢，庄铭也罢，都是眼前这么一个人，认准这一点就够了。

我的庄平兄弟啊，我到死也没有盼到你水落石出的那一天，你让我无限委屈地离开了这个世界。

我离开这个世界的时候没有一点征兆，我像往常一样，靠着床头跟惠聊了聊过去的事情，便躺下睡了，很快进入了梦乡。人老了，睡不香，梦就多了，乱七八糟的，总拉扯着些年轻时候的事，有时候梦醒后，简直不相信已经几十年过去了，人老喽。人说的弹指一挥间，也就是这个意思。这次在梦里我又梦见到了庄平，我是经常梦见庄平的，有时候是梦见我照镜子，镜子里不是我，是身穿白色西装的庄平，有时候梦见迎面走来的人是庄平，穿着黑大衣，戴着黑礼帽。这次有些不同，庄平骑着自行车，在一片红色高粱里快速穿行着，他穿着那身白西装，衣角飘起来，一路抚摸着红色的高粱穗子。我在后面拼命追他，一边追一边喊他的名字，我跑得都快要吐血了，胸口疼，头疼，呼吸困难。后来我终于追上了，我骑在他自行车的后车架上，像曾经抱住八哥九哥和韩冬的腰一样，抱住庄平的腰，我感到了无比地快乐。庄平白色的西装像鸟翅一样展开，自行车像鸟一样飞了起来，向天上飞去，我回了一下头，看到满地的红高粱穗子向我挥手再见……梦还没有完，我们飞到了一个地方，那地方很亮堂，有树，有房屋，有电线杆，所有这些东西却都没有阴影，一棵大树下，站着一群人，都是我认识的，韩春、肖丽、八哥、九哥、林晓曦、李简，他们都对我说着同一句话，“欢迎你到天堂来。”我惦念着惠，他们说，惠早晚会来的……

我就这样死了，死在了梦中，没有一点痛苦。上天堂的是我的灵魂，埋在土里的是我的躯体。在地上的世界里有我放不下的人，所以，我的灵魂时常还要从天上下来看看。我在地上的家就是我的坟墓，我躺在坟墓里，能听到田野的风声，能闻见玉米缨子带甜味的气息。有一天我听到有人扒拉着玉米叶子来到了我坟前，我闻到了一种特殊的气息，是惠来了。惠给我带来了一碗蒸熟的高粱米饭，关中平原不种高粱，也就没有高粱米，惠却给我带来了高粱米饭。惠说，“你不是常念叨高粱米饭吗？我给你带来了，庄平！”自从一九五〇年我验明正身不是庄平后，惠从来没有叫我这个名字，当我死去后，她却在我的屋前这样叫我，我明白了，我亲爱的跟我一辈子受罪的惠，从来没有相信过我是庄铭。

“庄平，你是到北平上学后参加军统时改叫的庄平吧？我跟你朝夕相处了这么多年，我什么不知道？你如果没有加入军统组织，没有经过训练，你本是一个胆小如鼠的人，你敢独个杀桂皮？军统李简偏偏找到你？我们是夫妻，你为什么要对我隐瞒？我不想揭穿你，因为我知道你不但会死不承认，还会给你带来恐慌，你受的罪和委屈够多了，我想让你过上有安全感的日子，不想让你再担惊受怕……但是，你向我隐瞒，让我心里很难过。可以说，你欺骗了我一辈子。”

“我不是庄平，我是庄铭，我没有对你隐瞒。”我痛苦地喊。但我的声音她怎么能听见？在同一个世界我的辩白都没有作用，何况到了另一个世界？

庄平啊，你什么时候才能走出来，为我洗掉冤屈？

惠，当然就是你母亲，尚先生是你姥爷，尚致是你舅舅。如果说在人间是上一辈子，那么在天堂就是下一辈子。活在地上的人，上帝是在天上看着的，我死后没有下地狱而上了天堂，这是上帝给我的评价和奖赏，我相信你母亲也会上天堂，我会在天堂里等待你母亲，执子之手，与子偕老。

第二章　听母亲讲那过去的事情

一、战争中的爱情

一条山，自西边重重叠叠的山峦中伸出来，由西至东，绵延数百里。怎么看，这山的轮廓都像一个头西脚东的黛色睡美人，美人乳峰高耸、小腹平滑、大腿优美，就那样舒展着身躯把我们向北延伸的平原拦住了。这美人有一个高峻的名字——嵯峨。传说嵯峨是玉皇大帝的女儿，有一天嵯峨下凡欣赏我们平原的风景，不料看到有一大片洪水由北向南奔腾而来，正吞没着美丽的平原，嵯峨急中生智，将身体化成了一条山，挡住了洪水。玉皇大帝闻讯大怒，将洪水化成黄土，为女儿殉葬。如果你站在我家门前瞭望睡美人，会看到睡美人的锁骨处垂挂着一条项链，嵯峨是黛色的，项链是白色的，清晰夺目，在月光明亮的夜晚，那项链熠熠生辉，更加夺目。其实，这是一条山路，经过多少双人的脚、马的蹄的踩踏，变得坚硬、光滑、洁白了。这条路从山上下来，穿过田野至清峪河大坝。清峪河也是从西边的群山里伸出来的，由西至东，绵延数百里。清峪河大坝很宽，中间有一排关闭闸门的机关，两边有防止人掉下去的护栏，这是一个坝桥合一的水利性建筑，上面可以跑马车。从大坝南端引出一条渠。这是一条完全建筑在地面之上的大渠，叫云惠渠，渠岸又高又宽，是这一片平原上最宏伟的水利建筑。从山上下来的这条路可以过大坝，搭上云惠渠岸的顺风车至云惠大桥，就可以上三旬公路了。这条山路在云阳乡人的眼里最大的意义就是它是通往照金的路，或者说是照金通往我们这里的路，这条路是来往于照金和云阳乡的人和马踏出的路。照金是什么地方？是延安与关中连接的一块革命根据地。三旬公路由三原县到旬邑县，是关中通往陕北的主要交通要道，宽阔平整的石子路面泛着蓝色的光亮。一条低水渠如孪生姐妹般沿着公路西边沿伴随着公路，遇到云惠渠，公路从大桥上过，低水渠从大渠的腹下过，然后继续相伴相随至云阳乡镇东门外的城壕里。城壕里一片汪洋，生长着茂密的芦苇。那个时候，这一片平原水位很浅，稍微低一点的地方就积水，动辄就长芦苇，无法种庄稼，低水渠就是为解决这个问题开挖的，让地下水排到渠里，以降低大面积土地的水位。我们见过立交桥，谁见过立交渠？这一片平原的水利为什么这样多彩纷呈又井井有条？因为伟大的水利专家李义祉雄踞在此，因为这里有一个开明的地主阶级集团支持水利建设。所以，这一片平原无论天涝天旱都是一派欣欣向荣的田野，都是希望的田野，都是陕西的白菜心、陕西的大粮仓。这就是我生长的地方——云阳乡。

由于渠在这里立交，自然桥就高大雄伟，尤其在贴桥的地方长着几棵大垂柳，使桥更加夺目。云惠桥成为这一带地标性的建筑。与云惠桥齐名的是桥东南方向的一段城墙，那城墙南北走向，没人知道几百年前还是几千年前这里发生过什么，为什么会有这么一截子城墙突兀地卧在这一片田野上。城墙上长满了树木野草，是鸟儿的乐园，如果说田野像海洋，那么，这段城墙就像一个岛屿。城墙西边有一处大宅院，大门向北开，与马路相隔着低水渠，渠水清澈，渠边长有芦苇，一架木桥穿过芦苇丛。这大宅院就是你姥爷家。因为独处一处，又与城墙为邻，人称尚家堡。城墙东边是培英学校，学校东边是我家的果园，果园不大，没有围墙，是种给大家享用的，地里干活的人累了，可以进去吃果子歇凉。果园里有桃树、杏树、苹果、柿子、枣，尽量种有不同季节的果子。果园东面是我家收留的穷人盖的房子，穷人家多了形成了村庄，你姥爷给起了个名字叫和村。

这里美丽富饶，这里远离战场，但这里却历来都充满了战斗的激情，战争的硝烟总是能从遥远的地方吹来，聚在这里飘荡。我在这样的氛围里长大，自然膜拜的是英雄，男人胸前佩戴的英雄花是我爱情的图腾。对我来说，爱情是洪水，一旦来临，以前描绘的那些爱情的愿景，包括理想的蓝图都会被冲得无影无踪。那个时候，如果爱情要我的命，我眼睛都不会眨一下。

那时候的你爸爸，嘿嘿，酷派！战争时候的酷派不是你们现在的这个样子的，是那种浑身洋溢着战斗激情的样子。要不是看那小伙酷派，我才不会跟他这辈子受洋罪呢！

你爸爸给我留下酷派的最初印象是去中条山运送武器的时候，我挤在人群中，踮着脚尖，看到一小队国军头戴钢盔，手握长枪，胸前戴着大红花，唰唰唰地走过来了，其中有一个有些特色，钢盔压到了眉毛下，如果不是那高鼻梁顶着那钢盔肯定要掉下来。也难为他了，为了不让钢盔掉下来，他尽量把下巴往高扬，高得都要与脖子成直角了。人群中有人对他嘻嘻笑，我也跟着嘻嘻笑，这人咋这有意思哩？

嘀嘀咚咚嘀，嘀嘀咚咚嘀，那特色人走过那群学生乐队时，鬼使神差地直了一下头，眼光从钢盔的阴影里斜着射出来，正好与我的目光相对。这下好，他活力十足的双腿一下子变成了木棍，僵硬了。我认出了他，他是给我家送过年礼的庄铭，但是，我不能叫他，我知道军队的要求。

运送战备物资的列车是特制的。车厢像躺着的铁罐子，俗称铁罐车。铁罐车包裹着用绿色粗棉纱结成的伪装网，像一条绿色的大蟒蛇，趴在银光闪闪的铁轨上。我眼看着那一小队军人走上了火车。过了一会儿，我听到人群突然爆发出一片欢呼声，仰头望去，庄铭身披伪装网，肢体呈大字形屹立在火车头顶上，对着人群高举长枪致意。

铁罐车喷出滚滚白烟，轰隆隆地开动了。庄铭立在车头上的身影越来越远，我感到他那被疾风吹起的伪装网牵拉上了我的眼睫毛，越拉越长，拉得我的眼睛好疼啊，拉得我的眼睛流出了泪水。那铁罐车尖利地嘶鸣起来，加快了速度，我恐慌得要死，怕庄铭摔下来。结果庄铭连晃一下都没有，就那样四面威风地迎着火红的朝霞远去了。人群追着车向前跑，我跑在人群的最前面，想让他回头的时候看见我，结果他始终都没有回一次头。

我的爱情洪水，暴发在国军举行庆祝抗战胜利游行的那一天。那一天，西安城市民拥挤在街道两旁，为抗战胜利鼓掌、喝彩。

那个时候我将从西安城卫生学校毕业，正在与同学们一起在西安城教会医院实习。那天，我和女同学们早早上街，挤在人群里，等待游行的队伍。队伍终于过来了，街道两边一片欢呼。端着长枪的仪仗队过去后，英雄之车就紧跟着开过来了，这才是最让我们激动的。英雄们站在卡车上，穿着崭新的军装，胸前佩戴着大红花。那大红花下面有一条红带子，上面写着英雄的名字。我看见了庄平站在卡车上，在这之前我猜想过也许有他，但当看见他真的站在英雄之车上的时候，我还是感到意外，他是在中条山战场上负过伤，但怎么也不可能站在英雄之车上，英雄之车上应该是上过报纸的英雄，如果庄平上过报纸，我会记住的。是不是我没看准？都是清一色的新军装大盖帽，一瞬间看错也难免。就在我一愣神之间，同学们狂热地喊起来，“庄平!”“庄平!”他是英雄之中最年轻英俊的一个，他有些不好意思地冲同学们挥手致意。自从他带枪与我父亲相对后，我们没有再联系过。在周围一片庄平、庄平的呼声中，我来不及多想，脱下一只鞋向他挥舞，我人长得太瘦小，在红旗和花朵的海洋里，我希望这只黑色的布鞋能把他的目光吸引到我的脸上来。后来，我们每回想到这一幕，你父亲总是说，连日来他的眼前都挤满了同一种表情的脸，已经麻木了，那万紫千红中的一只黑鞋刺激了他麻木的神经，对我那张被人群挤扁了的被汗水粘满头发的小长脸吸引住了。我挤在人群中看着他，他在车上看着我，直到英雄之车远去了，他还在看着我，而对眼前的欢呼置之不理……

抗战胜利的喜悦把你父亲闯进我家的那段不愉快冲得无影无踪了，我们重归于好，我对你父亲的爱来得汹涌，一发不可收拾，我的脑袋整天是昏昏沉沉的，发出隆隆的响声。爱情的波涛淹没了我之前的一切的人生理想和无数次春心浮动时描绘过的爱情的愿景。当我爱情的波涛向着你父亲汹涌而去的时候，你父亲爱情的波涛正对着我汹涌而来，一拍即合，伴着抗战胜利的凯歌快节奏地浩荡起来。

我毕业后在西安城教会医院（今西安城市第四医院）当了一名护士，完全忘记了自己在家门前望着嵯峨山上那条通往照金的路有多少次。以前我甚至想过我的爱情也在那北边，那个人穿着一身洗白了的军装，高高瘦瘦的，皮肤黑黑的，眼睛亮亮的，既严肃又和蔼。

那个年代，爱情之花的使命就是结出婚姻的果实。我们的婚姻就是这样在抗战胜利的欢呼声中起步。

你父亲送我的第一件礼物是一顶巴黎帽，跟他对我描述的和肖丽的一样，带着宽边帽檐和丝带。你父亲认为，我出身阔气家庭，就应该穿得洋气漂亮。我给你父亲买了西装、礼帽、领带，我认为，你父亲的工作性质是与看不见的敌人战斗，工作性质危险，下了班还是穿便装的安全。抗战胜利后，你父亲在陕西军统处锄奸队任分队长。

你奶奶也知道你父亲的工作危险，你父亲出门的时候，你奶奶总要送到巷子口，看着自己的儿子走远。每到你父亲该回来的时候，你奶奶就在巷子口等着，看到儿子的身影，才暗松一口气。所以，你父亲每次出门，都要和你奶奶约定回家的时间，我们要约会的话，要提前把时间算好。

有一天，你奶奶站在巷子口，看见你父亲带过来一个女孩，那女孩当然是我，放弃了去照金，婚事就放到了议事日程上，你父亲带我到家见他母亲。

你父亲虽然享受着庄平的厚禄，但那厚禄也是相对而言的。你父亲要养家，还要供妹妹上学，钱是紧巴巴的。我从来没有进过那么一贫如洗的人家。床是用长条凳支的木板，桌子面的裂缝有二指宽。我没有过过穷日子，就不害怕穷，我还想和你父亲一起挣钱，让这个家日子宽松一些。我敢捂着心口说，在我的一生中，从没有过因贫富问题而令我心花怒放或忧心忡忡，在我那一生难忘的坎坷不平和变化无常的遭遇中，在我无处安身，忍受饥渴时，我对豪华富裕和贫穷饥寒的看法却始终没有变。很少有人像我这样叹息过，也很少有人像我流过这样的眼泪，但是，我从来没有因为贫穷和害怕陷入贫穷而叹息过和流过眼泪。

我没有嫌你父亲家穷，你奶奶却嫌我家富。你奶奶用人出身，是伺候富家小姐太太的，娶一个富家小姐到家，给一个富家小姐当婆婆，你奶奶觉得心里别扭。还有一点，你奶奶身躯高大健壮，一人可以扛一袋面粉，你奶奶的脚缠过后又放开了，那时候我们把这种脚叫半解放脚。有这种脚的女人一般都是劳苦出身，没有一双能站稳的脚怎么干活？你奶奶理想的儿媳妇是那种大脸盘大屁股，身强力壮的女人，这是一般普通劳苦大众的愿望，你奶奶觉得自己已经享着儿子的福住在大城市了，不再是一个劳苦大众了，所以她也不愿意把这个愿望说出口，只说我太瘦，养不好孩子。但你奶奶爱儿子，不忍心粗暴地扼杀儿子的爱情，你奶奶采用的办法是挑我的不是，让儿子自己打退堂鼓。这样，你父亲为我买的帽子就成了你奶奶攻击的目标。你奶奶说：戴那么贵的洋帽子，一看就不是过日子的人。你父亲是孝子，不敢给你奶奶说帽子是自己买的，也不说是我买的，说是我的亲戚给我送的。你奶奶说：你看看，人家的亲戚都是有钱的，能给我们这穷亲戚好脸色吗？为了防止儿子给我买东西，你奶奶让你父亲把薪水全部交给她管理。有一次你父亲看天冷了，想给我买一双手套，没有钱，为了挣着双手套钱，下班去拉洋车，你父亲就是这样一个宁把自己夹在中间受苦，也要忍让母亲不合理做法的孝子。

你父亲为了让你奶奶同意我们的婚事，让我在他不在家的时候去讨你奶奶的好，我为了不让你父亲为难，尽力按他的想法去做，我买的菜，你奶奶说：太贵了，都是菜嘛帮下饭的，便宜贵贱还不一样？下次我就买了便宜的，你奶奶说：怎么净买菜帮子啊，看不起我们穷人，我们就配吃菜帮子？你奶奶对我的挑剔就是那个时候养成的。我知道，你奶奶心眼不坏，是自卑心理造成的，我总想将心换心，改变老人家对我的态度。老人就这么一个宝贝儿子，儿子的婚事让老人家高兴才对啊，我自小没有娘，也希望过了门能得到母爱。

你奶奶无论怎么挑，我都坚持忍受，这样的僵持在你父亲身负重伤后才结束。你父亲带着锄奸队去中条山除奸，胸部中弹。我上班时听说医院进来一个在中条山受重伤的锄奸军官正在抢救，我当时眼前就一片漆黑。

你父亲从昏迷中醒来，看到你奶奶的第一句话就是："妈，您就同意了吧，惠是个好女人……"

你奶奶泪流满面，说："儿啊，最要紧的是你要活着，活着才能娶惠啊!"

长时间僵持不下的我们的婚事就这样在庄家这边尘埃落定了。

接下来是我这一边。你父亲用枪指过我父亲，这且不说，主要的问题是，我父亲能不能同意女儿嫁给一个国民党军官。

你父亲养好伤后，提着礼品去尚家堡求亲。礼品是你奶奶准备的，很值些钱，你奶奶说：我们人穷志不短，不要让人家看不起咱们。

共产党人尚先生对上门求亲的国民党军官表现出了长辈对晚辈幸福的真诚关怀，尚先生说：你们相处时间太短，相处一段时间再提婚姻的事没坏处，终身大事，年轻人应该慎重。又说：国平才能民安，眼前时局这样动荡，还是等过段时间再提吧。尚先生强调式地在后面又加了一句：小伙子不错，很精神啊。

你父亲碰了一颗不软不硬的钉子，这是预料之中的事，没有彻底一口拒绝就不错了。我父亲其实是想给自己留点时间，好更多地了解你父亲，最后，我父亲不但同意了这门婚事，还为我们结婚大操大办。

五月过了，太阳增加了它的威力，树木都把各自的伞盖伸张了起来。不想再争妍斗艳的时候，有少数的树木却在这时开起了花来。石榴树便是这少数树木中的最可爱的一种。

石榴有梅树的枝干，有杨柳的叶片，奇崛而不枯瘠，清新而不柔媚，这风度实兼备了梅柳之长，而舍去了梅柳之短。

最可爱的是它的花，那对于炎阳的直射毫不避易的深红色的花，单瓣的已够陆离，双瓣的更为华贵，那可不是夏季的心脏吗！

我们的婚礼在石榴花开的季节举行，地点在临潼华清池，我在婚礼上给大家朗诵了郭沫若的散文《石榴》。可以说，这个婚礼别开生面，事后想还很幽默，国共两党共坐一席，陕西军统的头面人物韩春、李秉儒到场。你姥爷在大厅里摆了一张大席，席面像冬天覆盖着白雪的一条路，从大厅一端的侧门到另一端侧门，又像是国共两党谈判的会议桌，一边坐的是男方为主的国民党，一边坐的是以女方为主的共产党。大厅的一角用木炭火煮着泾阳茯砖茶，能听到壶里“咕咕”的声音，热气冒出来，茶香弥漫。开席前，请宾客们品味泾阳茯砖茶是泾阳喜庆宴的一种风俗，宾客们入座后可以一边小口饮着被誉为人间美饮的茶汤，一边寒暄着等待开席，没有可寒暄的对象，看着杯中那金黄剔透的液体，唤起对美好事物的种种想象也不错。一位漂亮姑娘如一只蝴蝶，翩翩着给人们续茶。从打开的窗户望出去，可以看到一条弯弯曲曲的小路，路两边歪斜的栅栏阻拦着茂盛的野花不要扑上路面，小路通向远处的石榴林，石榴树正开花，可以想象那一树树鲜红的花朵是如何把树林装扮成了花的海洋。

那个时候，国共还没有开战，席间大家最多的一句话就是“和为贵”。

家里那张我和你父亲的婚纱照就是那时候在临潼拍的，你父亲一身黑西装，我一身白纱裙。

二、护送李建逃离西安

和为贵？

我们结婚的鞭炮声还没有飘远，内战就开始了。西安城的局势紧张起来，国民党对共产党加大了打击力度，我整天为你姥爷和你舅舅提心吊胆，我知道他们在西安城频繁活动，我上班的时候总是向窗外的大门口看，我想万一他们有什么事，会有熟人来找我的，毕竟你父亲在军统处。有一天我看到了通缉李建的布告，我知道要有人来找我了，我心里期盼着有人来找我，一来我是想为父亲做点事情，二来我想给人们证明，庄平是一个什么样的人，我没有嫁错。我知道我嫁给你父亲，遭到了不少人的非议，你姥爷是排开这些非议同意我们的婚事的。尽管我知道这样会给你父亲带来危险，但我相信你父亲聪明过人，又有韩春做保护伞，不会有事的。这样，我看到了你父亲，你父亲一身军装站在医院门口，满面愁容。我没有想到你姥爷警惕性那么高，怕我被监视了，没有到医院来找我，而以坐洋车的方式直接见了你父亲，让你父亲将你李爷爷护送到上海。这当然是义不容辞的。现在回想起来，那个时候不知道什么叫怕，心里总好像鼓动着一种激情。我跟你父亲定了一个方案后，我就到你姥爷指定的春香旅馆汇报。你姥爷同意我们的方案，你姥爷是很有经验的，也足智多谋，让韩春开通行证是一种赌博，即使韩春帮忙了也不能大意，要派人在周围观察，看会不会中埋伏。另外李建虽然与你父亲高低胖瘦相差不大，但毕竟年龄相差较大，你姥爷准备动用几个人届时制造一些小事端分散检查人员的注意力。你父亲与同事换了班，检查工作人员上车与检查旅客上车的不是一帮人，要钻的就是这个空子。

李建头上缠满了绷带，在你舅舅的搀扶下接受进站检查，在这当口，后面的人催促检查进行快一点，因出言不逊双方发生争执，继而升级动起了拳脚，这一关就这么混过去了。还有一件让我心惊肉跳的事。我由于担心，远远地躲在人群后面观察着，你姥爷也在场，我发现了韩春，我悄悄游移过去告诉你姥爷，你姥爷说：不要慌，我发现就他一人。

等他们都进了站，看到火车开走了，我才知道什么叫害怕，我才想到了这件事有可能后患无穷。比如，车站的人都是抬头不见低头见，随便一句聊天就可能让你父亲穿帮，你父亲的分身术就会暴露；比如，韩春，他会不会是放长线钓大鱼，在上海那里有布置？如果发生了问题，我的父亲、哥哥和丈夫会被一锅端了。

这件事进行得很顺利，火车上你父亲亲自带着乘警查旅客的证件，你父亲对乘警说，军统局要求他亲力亲为抓共党头目，每一次都是他从你舅舅手里拿过证件查看，没一次他的拇指不正好压在证件的“庄平”两字上。

这是你父亲和我们尚家人的第一次“合作”，珠联璧合，完美无缺，在有关陕西地下党的文献资料里都有李建被通缉逃往上海一事的记载，但李建是怎么逃离的是一片空白，原因是你父亲是国民党的人。

李建事件后，我的心跳还没有平息，又有一批药品要从上海运过来了，你姥爷要你父亲在上海那边接应并护送到西安城，然后还得由你父亲想办法将西安城接应的人和药品送到三原下车安全出站。我知道这药品是你姥爷通过你大姥爷在日本留学的同学在上海搞到的，是以三原医院名义购买的，药品从三原下车过嵯峨山到照金，然后由照金送到延安。你姥爷有了你父亲这样的女婿，建立了一条新的上海与照金之间的输送线。延安有一所无线电通讯学校，常常要从上海运一些通信器材过来，有一次我还参与了，把一支小管子插进我盘起的头发里，小灯泡放进粉盒里。总之，一些禁运的物资从这条线上源源不断地到了延安。每一次有这样的事情进行，我都要把你父亲送到车站，看着你父亲穿着粗布军装的背影上了火车。我不知道你父亲这次走了还能不能回来。

三、有苦有甜的婚后生活

救过李大大不久，我就辞了职，离开了我热爱的白衣天使工作，当时我以为是暂时的，却是永远。

儿子的婚礼由媳妇娘家出钱，你奶奶心里乐开了花，对外夸耀媳妇娘家多有钱，对内表现出来的却是愤然不平，说我娘家是用钱压她，欺负她穷。结婚后，你奶奶第一道命令是让我辞掉医院的工作，在家伺候婆婆和丈夫，这一点首先你父亲就不同意，一是老人家还身强力壮，不用人伺候；二是我在家，会受你奶奶的气。你奶奶呼天抢地地闹，你父亲还是不同意，你奶奶便躺在床上绝食，声称要饿死。你奶奶也不是吓唬人，你奶奶认为，媳妇刚进门的第一条如果拿不下来，会让她的颜面扫地，无法做人，儿子娶了媳妇向着媳妇不听娘的话，还不如死了。你父亲跪在地上求你奶奶吃饭，你奶奶不答应，你父亲又给我说好话，要我跟他一起给你奶奶跪下，求你奶奶不要让我辞职，我开始不答应，可你奶奶就是不起来吃饭，眼看你父亲要去跑车了，家里这样，让他怎么放心，我没办法就跟你父亲一起给你奶奶跪下了。你奶奶起来吃饭了，答应让我再干一段时间。后来，你奶奶又让我辞职，这次我和你父亲跪下求也不顶用了，没有办法，我答应了你奶奶，我想等家里没钱买米了你奶奶会让我去工作的。

我辞了职，你奶奶下了第二道命令——搬家。你奶奶说，家里添了吃闲饭的，住不起独院了，住大杂院省点房租。你父亲不同意，你奶奶又以绝食获得成功。大杂院里住的都是穷苦人，拉洋车的、擦鞋的，你奶奶像鱼儿回到了大海里般欢乐。你奶奶住进大杂院，添了喝茶的嗜好，把一张小桌放在院子里，坐着喝茶，一会儿喊我倒茶，一会儿喊我给她捶背，一会儿喊饿了要吃饭，大家都说，庄家大娘好福气啊。你奶奶的嗓门本来就大，这下更大了。做过用人的你奶奶，自儿媳妇进门后，即刻有了地主婆的修养和脾性，养生的招数比地主婆有过之而无不及，看到千金小姐被自己使唤得丢鞋掉帽子，由衷地喜悦。儿媳是大家小姐，而且这个大家小姐被她调教得很乖，这又是你奶奶最感到骄傲的、最感到出人头地的一点。你奶奶常教导我，女人工作是男人没有本事的表现，你愿意让人家瞧你丈夫没本事吗？你奶奶最津津乐道的是在院子里摆龙门阵夸儿子。你奶奶的龙门阵里布满了大人物，张灵甫、刘孟廉还有住在同一个巷子里的韩家老大韩春。你奶奶上了年纪，喉咙的韧带松弛了，发出的笑声嘎嘎的，说话的时候也控制不住那被激情涌动的气流，苍老的却是巨大的声音回荡在大杂院的各个角落。你奶奶这一切都是为了让这个院子里的人羡慕她，抬举她，让人人都巴望她能给他们施舍一点东西。你奶奶虽然很穷，却从来不吝啬施舍，但她的经济能力又常常让她的施舍停留在承诺上。

我对你奶奶的忍让，除了我善良的本性外，更重要的原因是你奶奶唯一的儿子在冒着极大的危险帮我父亲做事，没准哪一天老人家就会失去儿子，我怎么能跟老人家计较呢？我也不愿意让你父亲回家变成是从一个战场到另一个战场的转移，不能让自己男人在外面枪林弹雨，回到家还不得安宁。还有，我既然爱你父亲，我就要拴住你父亲的心，我的外貌确实如韩春所说的，配不上你父亲，我小长脸、小眼睛、身材瘦小。你父亲给我坦言过，说他在心里也暗暗把我与李小亚和肖丽比较过，我没有李小亚那种天生丽质的妩媚，没有肖丽那种风尘幻化出的曼妙，但我有一种娴静的气质，我的外貌虽然不养男人的眼，但我娴静气质中所发散出来的那种善良与宁静的气场，却能给男人一种安全港湾的感受，是男人可以释放焦苦、疲劳的温暖怀抱，尤为对那些整日拼杀在血与火的战场上的男人更是一种奢侈的向往。你父亲感到很骄傲，他得到了许多男人的向往。让你父亲保持住他的骄傲，我的爱情才会安全。

我这样做的结果是你父亲更加心疼我。你父亲用下班后拉洋车挣来的钱给我小弟弟妹妹买东西，让我在娘家人面前有面子，给我买大上海的好吃的好穿的，晚上等你奶奶熄灯睡觉后，拿出来给我看，我钻在被窝里偷偷吃你父亲从大上海给我买的好吃的，回娘家时，偷偷穿上大上海的洋服。一个丑女人，能得到英俊男人的这种爱，够了。

你奶奶尽管对我万般刁难，可是有一点绝对是与我一个战线上的，就是绝不允许有女人招惹你父亲，也绝不允许你父亲招惹别的女人。你父亲年轻英俊，高官厚禄，难免遭遇掷果盈车。我是个醋坛子，这醋有多酸是你父亲在给我讲了遇到李小亚的事之后才知道的，李小亚的事是你父亲与我聊天的时候讲给我听的，没想到打翻了我的醋坛子。这事情发生在你父亲调回军统处任缉毒科长的时候。

韩春把你父亲从铁路线上调回来缉毒，你姥爷和我分析，韩春应该是从送李大大开始就注意你父亲了，但是，他并没有动，这个人反对打内战，后来对共产党还是手下留情的，他大概觉得你父亲往延安运物资的事不管不行了，才把你父亲调开了。你父亲说李小亚是为了进监狱自己诬告自己贩毒，碰到你父亲是意外，怎么会那么巧？你父亲是缉毒英雄上过报纸，李小亚为什么不可能是专门来勾引你父亲的？你父亲说，他去韩春办公室商量把李小亚该怎么办，回来的时候一进门，看到李小亚揭开旗袍，亮到大腿根，嘻嘻笑着招手，“来，来呀，俊小伙。”他吓得不知该怎么办。呵斥她，怕外面人听见了当笑料，走过去扇她耳光，恐怕没等他伸手她就会扑过来抱住他了。“来呀，我改变主意了，有你，我不去监狱了，只要你能保护我，我今后就是你的人了。你替占强送信的时候，我就看出你也很喜欢我。”这个臭女人提起了八哥，简直是在亵渎八哥的爱情，你父亲拔出手枪，对准了李小亚亮出大腿后敞开的胸脯，喊道，“把衣服扣上，跟我去监狱。”李小亚嘻嘻笑着拍了拍乳房，“你开枪啊，向这儿打。”他向李小亚开了一枪。枪声惊动了楼里的人，大家都向这边跑过来，看到他站在门口，以优美的侧身举枪姿势对着屋里又开了两枪。那个敞怀露体的女人吓得趴在了地上，散开的发髻里和两枪打掉的鞋跟里掉出了大烟膏，烟膏还咝咝冒着青烟。

你父亲给我说这件事是想给我解解闷，顺便显摆一下他的枪法，想看看我眼里闪烁的崇拜的目光，但我的眼睛里射出了锥子一样的目光，追问他到底看见那女人的什么了。你父亲说是一片白。我不信。你父亲说是两只白口袋。我大哭起来，嚷嚷道："你是一直想着她，这下可遂了你的愿了。"起初你奶奶还偏着你父亲，可你父亲偏偏用了拉洋车给我买东西的钱给李小亚买了一双鞋送到了监狱。偏偏巷子口那个小鞋贩认识我，以为你父亲是给我买的鞋，殷勤地问我那鞋穿上合脚不，不合脚来换。你父亲经不住我的审问，就招了。这下你奶奶旗帜鲜明地站在我这一边。从此，你父亲没有了安宁的日子，你父亲下班回来我要对时间，如果你父亲是拉洋车了，我要你父亲交出钱来，让你父亲说出拉了多少座，都分别是从哪儿到哪儿，哪一座拉了多少时间挣了多少钱，如果这些有一点对不上，我就怀疑你父亲有猫腻，我说：想骗我？都不看看我是谁的姑娘！后来你父亲回来就回忆着先用纸写出来，再接受我的审查，我说：心里没鬼干吗盘算哩？捏把的东西是经不起细刨的。后来你父亲就当下记，我说：我又没跟着你，你是在外面捏把好了吧？当然这样审查的事只存在于我们之间，你奶奶是不知道你父亲在外面拉洋车挣钱的，当我大哭大闹的时候，你奶奶也只知道是因为回来的时间对不上了。你奶奶说：男人就要这样管着，外面的那些女人都是采蜜的。

我这样做，并不是真认为你父亲在外面怎么了，我是想敲打他，勒勒绳子，有时候也是心烦。爱情的甜蜜是相同的，保卫爱情的辛苦真是各有各的不同。这样的醋坛子保卫法一直到你父亲失踪。

四、为救丈夫东奔西走

你父亲失踪的时间是一九四七年六月，你父亲的失踪应该从你奶奶摘杏说起。大杂院中间有一棵大杏树，杏有黄的了，你奶奶指挥着裁缝刘搭着梯子摘，你奶奶已是这个大杂院的领袖，属于共享的东西你奶奶说了算，其他人不能动。你奶奶说：不是我管着，恐怕没长熟就糟蹋完了。裁缝刘脖子上挂着一个布兜子，叉腿站在树上，你奶奶指示摘哪几个，裁缝刘就把树枝弯过来摘哪几个。杏有一枝黄的多有一枝黄的少，你奶奶站在地上看得比较清楚。你奶奶仰着头对裁缝刘发号施令的时候，眼睛的余光看见一个人进了院子，顺着房檐台过去弯进了儿媳的屋子，这个人穿着长衫，戴了顶黑色礼帽，低着头，帽檐遮着大半张脸，灿烂的阳光把他的下巴照得分外明亮。你奶奶吆吆喝喝指挥裁缝刘摘这个摘那个正在兴头上，没有往心里去。等摘完了杏，你奶奶想起该看看是谁，这熟门熟户连个招呼都不打的应该是熟人，可儿媳妇回娘家去了，屋里没人咋进去不知出来了？你奶奶心里嘀咕着进屋一看，什么人都没有，你奶奶狐疑地对着屋里的衣柜站了一会儿，出来问裁缝刘见刚才有人进来了没有，裁缝刘说：我眼看着天听你吆喝，哪顾得上往地下看。你奶奶寻思着，院子里的人都出门了，只有裁缝在家干活，这个人到哪里去了？大白天见鬼了？你奶奶也就这么想了一会儿就放脑后了。

你父亲回来的时候你奶奶正蹲在地上给各家各户分杏。你父亲叫了声妈，你奶奶应了一声，你父亲就进屋了。

一会儿，你父亲出来了，蹲在你奶奶面前，拿起一个杏说："这么黄啊，一定不酸了。"你奶奶一直沉浸在丰收的喜悦里，这才想起该做饭了，媳妇娶进了门，她对做饭不上心了。你奶奶要站起来，你父亲把你奶奶按住了，又拿起一个杏，"妈，你看这把怎么样？"你奶奶说，"还不都一样？都是挑黄的摘的。"你奶奶再要站起来做饭，你父亲没有阻拦，你奶奶进了厨房。

你父亲在院子里站了一会儿，走到厨房门口，一手把住门框对你奶奶说："妈，我有点事去韩大大家，吃饭不要等我了。妈，我走了。"

你奶奶回过头，看见儿子一身整齐的军装跨出了大门。

你奶奶做好了饭，一想韩家不远，就捞了两碗面条，把葱花和辣子面放上，泼上油调好，放到托盘里盖上笼布，端着去了韩家。你奶奶想，这到了吃饭的时候，韩家冰锅冷灶，两个大男人吃什么？你奶奶其实不愿意见韩春，你奶奶喜欢韩冬，韩冬有时间就串门到家跟你奶奶聊天。韩春总是冷着个脸，还长着个斜眼，看谁都像坏人，把儿子捏得跟绵羊似的。斜眼心鬼，可真是不假。

葱花和辣椒油一路散发着馋人的香气，到了韩大大门前。门紧关着，抬头看，一把大锁。你奶奶只好端着托盘回去了。

这两碗面放在厨房的案板上，一直到第二天，你父亲也没回来吃。其间你奶奶去了好几次韩家，门都锁着，问了对门邻居，他们说，没有见这两天韩家有人，韩家老大有些天没见着了。

儿子给母亲撒了谎？

你奶奶慌了。上哪里去找儿子？你奶奶眼前一抹黑。儿子工作的地方她不知道具体在哪儿，儿子的朋友她也不知道到哪儿去找，唯一的就是韩家，可韩家没人。你奶奶站在巷子口的老槐树下，无助地看着过往的行人，你奶奶感到，天要塌下来了，而唯一有希望能顶住天的是儿媳妇。你奶奶也是个大事不糊涂的聪明人，儿媳妇虽事事听她的，但不等于傻，识文断字，大户出身，遇到事会有办法的。你奶奶断定，儿子是遇到事了，如果能回来早回来了，现在她站在巷子口，望穿秋水等的是我，那个被她欺负的瘦小的人儿什么时候能出现在眼前？

我是在你父亲失踪第三天回来的，大包小包地带回了这个季节农村稀罕的东西。洋车到巷口，我看见你奶奶已经等傻了，好像不认识自己的儿媳妇了，看了半天才说："是惠吧？惠回来了？"我点点头，惊讶地看着你奶奶，你奶奶嘴颤抖着，使了半天劲才说出话来："书先不见了，都三天了，说去韩家，就再也没回来。"

听了你奶奶的话，我首先反应到的是你父亲给共产党干的事败露了，军统秘密抓了你父亲。这个时候我才显示出了大家出身的风范，显示出了尚怀道女儿的风范。我仔细问清楚了你父亲失踪的经过，让你奶奶不要漏掉一点细节，哪怕当时的一个念头。你奶奶讲了那个溜进我们屋里的影子，我立即说：不是鬼，是这个人把你儿子叫走了，他当时就藏在屋里，他是来找书先的。我开始在屋里找这个人留下的蛛丝马迹。床底下、柜子里、桌子下，没有任何线索。后来，我看到门后的墙上有一片被抹布擦过的痕迹。我问你奶奶到门后来过没有，你奶奶说没有。我说："妈，你进来找这个人的时候，他就躲在这里，背贴在墙上。"

你奶奶脸色发白，"这是谁呀？找书先为什么要躲着我？"

"他不想让你看见，也就是他找书先这件事不想让第三个人知道。书先听他的，书先拿起杏跟你说话，是想吸引你的视线，掩护那个人走。妈，你想想，可能找书先的人有谁对这个院子熟悉？知道我们住的是这个屋子？"

你奶奶摇了摇头。"妈，你不要着急，想想，这个人你一定一眼能认出来，不然为什么他那么怕你看到？妈，对这个院子熟悉，知道我们住这屋，你又认识，满足这三个条件的能找书先的人不会多。"

"韩冬。"你奶奶脱口而出。

我问："韩春呢？"

你奶奶肯定地说，"没来过，你们结婚的时候他到过咱家，进过你们的屋子，可那时候咱是在那小院里，不是这里。搬到这儿后，韩春没来过，韩冬来过多次。"

我锁定了两种可能，一个是韩冬，国统区韩冬不愿意让人看见是常理；一个是韩春派来诱你父亲的，以韩春的本事，搞清楚你父亲住的屋子不是个事，秘密逮捕你父亲是怕你姥爷闻风出面相救，给他造成麻烦。那么，韩春为什么给你父亲办了那个证，还说了那些推心置腹的话呢？是为了麻痹我们，好放长线钓大鱼？这长线一下可以放到上海，时间一年之久？韩春是一个思维缜密、能够运筹帷幄的人，不是没有这种可能。这对你姥爷他们来讲，会是灭顶之灾。我越想越心惊胆战，我想我得赶紧摸清情况，想办法传消息给你姥爷，如果西安城找不到可信的人，自己还得回趟云阳乡。

我找到了军统处，声称要找韩处长。有人告诉我，处长公务在外好些天了，没有回来。我立即想到韩春是去上海收网了。

我赶紧往外走，走到院子里被李秉儒拦住了："这不是庄平的媳妇么？找庄平？"

"不，找韩春处长。"

"什么事？"

"庄平三天没回家了。"

"是吗？是不是我们处长调庄平完成什么秘密任务了，我们处长喜欢把秘密任务派给庄平，对我们都不信任。没事，你回去等着吧。"李秉儒说完，有些皮笑肉不笑地走了。我断定，李秉儒知道你父亲的去向。

我回到家哄你奶奶说：听说书先跟着韩春去泾阳执行任务了，我得回云阳乡去，看是不是真的。你奶奶长长松了一口气，"有下落了就好，你去看看也好，踏实。"

我连夜雇了辆马车，直奔娘家云阳乡。你父亲到底被弄到哪儿去了呢？我根本不相信李秉儒的话。无论庄平去执行什么秘密任务，他会捎个话告知家里一声的，不会造成家里这样的恐慌。

我把事情给你姥爷讲了，你姥爷说李大大刚从上海回来，没有问题，是韩冬那个地下小组出了叛徒，全组除了韩冬被军统一网打尽了。你姥爷判断，那个偷偷去找你父亲的人一定是韩冬，韩冬想让你父亲想办法送他走。你姥爷说韩冬一定会去延安。你姥爷立即派两路人马去照金和马栏打探，看韩冬是否经过。

隔了一天得到消息，韩冬从马栏经过，只有他一个人。我说："韩冬从咱家门前经过，没有像往常那样进来歇脚、吃饭，跟你说说西安城的工作情况，是想躲你，庄平一定出事了，庄平出事一定跟韩冬有关系。"

"韩冬不进咱家门有一段时间了，我也不知道为什么。"你姥爷分析说，"到家里找庄平的那个人一定是韩冬，他被通缉，当然不愿意让人看见了。庄平有可能是帮韩冬逃跑的时候被抓了。这事你还得找韩春，有可能是李秉儒趁韩春不在干的事。"

我又急忙回到了西安城，唯一的办法是等韩春回来。终于等到了韩春回来。这是我第一次单独面对你父亲的这个上司，通过打这次交道，我明白了你父亲为什么那么听韩春的。当时韩春刚进家门，手里的皮箱还没有放下，我就扑了进去，由于激动，嘴里大喘着气，"大哥……大哥，你可回来了。"

在那棵结满了金黄色杏子的大树下，韩春放下手里的皮箱，笔直地站着等待我的下文，也许是他眼睛里那种与面孔的冷峻相辅相成的凛冽的光芒让我感到了压力，我尽管早已做好了找韩春的准备，事到临头还是感到没有准备好，有点仓促。

"发生什么事了？弟妹。"韩春口气很温和地问。

我稍稍吸了一口气，平静了一下自己，给韩春讲了发生的事情，我说得非常细，包括我找到军统处时李秉儒说的话，包括韩冬没有进尚家堡，我感到如果哪一点遗漏，面前的这个男人都会抓住盘问，会显得我不但长得丑，还是一个没头没脑的傻瓜。我强调，庄平一定是跟韩冬走的，可韩冬到了马栏，庄平却失踪了。

我在讲的时候，韩春拿出一支烟点着，有几分优雅地抽着，仰头看着树上的黄杏，若有所思的神态。我讲完话一会儿了，他好像从沉思中惊醒了一样，低下头看着我，问："讲完了？"

"完了。"

"后天下午这个时候你到我家来，我给你消息。你可以走了。"

我有些茫然地看着韩春，韩春笑了笑，"我刚回来还没有去上班，这些事我还不知道，现在我知道得很清楚了，你回去吧。”

我觉得韩春这样一句话都没问就让我走，好像没有把我讲的事当回事，但又让我没有什么可说的，只好往出走，刚走到门口，韩春又叫住了我，我心里一阵惊喜，韩春却说：“这杏不摘可惜了，看街坊邻居谁要，让来摘。”我扭头气哼哼走了。

后来我知道，韩春第二天没有到军统处上班，而是骑着马沿着西安城到云阳乡的路听取各哨卡汇报近期工作情况。走到渭河大桥哨卡，韩春听到了一个星期前有共党在这里蒙混过关被发现的事，军统处还来人调查过此事，他想找当时当班的哨兵了解更详细的情况，被告知那个哨兵因这件事提拔当连长了。

韩春回到西安城找了各医院，在一家私人医院得知有一个国民党军官头部受了外伤，在这里住了两天，没有大碍后被接走了，送来的长官不让留下姓名。

韩春回到军统处找李秉儒讨要庄平的消息，李秉儒说：“你就不要知道了吧?”

韩春说，“为什么?”

“是为你好，让你避嫌。庄平是为你弟弟，你说你咋处理?”

韩春说：“枪毙。”

李秉儒说：“好，韩处长一向是一言九鼎。庄平在狄山监狱。”

韩春去了狄山监狱看你父亲，你父亲给你姥爷写了一封托付后事的信让韩春带给了我。第三天下午，我在韩家大杏树下紧攥着这封信，睁大眼睛，屏住呼吸，听完了韩春营救你父亲的计划。我虽然出生在云阳乡尚家堡，是尚怀道的女儿，身边发生过多少次在敌人枪口下救人的故事，但像这样惊心动魄的、自己参与的、救自己亲人的还是第一次。

“大哥，这事必然会给你带来麻烦，他们会怀疑你的。” 我怀着感激的心情提示眼前这个男人，又怕这个男人听了后打退堂鼓，因此，我的脸紧张得苍白而扭曲。

“没关系，我有办法对付。”韩春平静地说。

“大哥，如果这事情失败了，你不怕庄平或者我或者我爸出卖你?”

韩春笑了笑，“那我就认了。”

“大哥，你放心，我保证庄平、我、我爸，在任何情况下都不会出卖你。”

韩春又笑了笑说：“这些都没有意义，把事做好。你应该知道，这样的事一点岔子都不能出。第一你要亲自去云阳乡，记着拿着这封信，这信是我们见面、你再次回云阳乡的由头，万一遇上了麻烦好解脱；第二你要给你爸把时间、地点讲清楚，人提前到坟地等着，坟地里有几棵大树，站在河边就能看见；第三让你爸千万要用能干的人，这跟打伏击不一样，目的是救出人而不是消灭敌人。”

我使劲点着头，当时我心里很激动，韩春能这样交代我怎么做事情是对我能力的信任。同时，我也为韩春能给我亲自参与救丈夫的机会而心存感激。

当我听完了韩春的授意，不想走，还想跟他说点什么，但又觉得说什么都多余，这个人言简意赅，大概不喜欢话多的女人，当时我很希望我这个丑丫头能给韩春留下一个好印象。我印象中第一次见韩春是在跟你父亲要结婚的前两天，韩春送来了一对青花瓷瓶。他穿着一件黑色风衣，竖着领子，黑色礼帽斜斜地压在眉骨上，眼睛鼻子若隐若现在礼帽的阴影里，他的嘴角和下巴的线条坚毅如岩石。他的神情是有些冷峻，但对女人还是温和的，尤其是笑起来。他左眼是有点斜，但并不影响他的英气逼人。

接下来的事情在我的记忆里，让我感到听起来惊心动魄的营救行动在操作起来的时候却像照着地图走路一样简单。那天，游击队员装成送葬的，将马车赶到了坟地里。夏季的炎热阳光和丰沛的雨水，使关中平原的所有植物发疯地生长，坟地周围玉米叶片肥大、茎秆粗壮，高过了游击队员的头顶。透过一条上坟人踩出来的小路，可以望见从河边蔓延到玉米地边的芦苇，芦苇黑黝黝的，茎叶上满是白色的绒毛。游击队员在坟地里休息了一会儿，看看头顶西斜的太阳，顺着小路走进了芦苇丛，隐藏在芦苇丛里等待着行刑的人马出现。

差不多半下午的时候，行刑的人马出现了，一小队军人没精打采地押着五个要枪毙的人，他们沿着河岸下到河滩，让五个待枪毙的站在水边面对河水。就在他们要开枪的时候，游击队员先开了枪，战斗很快就结束了。游击队员带着五个人穿过小路，上了马车，马车顺着来路狂奔而去。韩春的营救计划完美完成。

五、郑州的柔情烈火

我在云阳乡眼巴巴地等着你父亲，你姥爷已经为我们准备好了马车，送我们到安吴，到了那里和去照金的干部会合，翻过嵯峨去照金。你父亲没有了后路，不能做孝子留在西安城了，只有跟共产党走了。

一天过去了，你父亲没有回来。

两天过去了，还没有回来。

第三天，韩冬捎来了话，你父亲到郑州投奔他四哥齐占田了。我骂你父亲狗改不了吃屎。我与照金又一次擦肩而过了。

你父亲到郑州安定后，悄悄捎信回来让我去。我婚后的幸福生活是从郑州开始的，也终结于郑州，短短的一年零一个月。

你父亲给齐占田当副官，庄平的名字肯定不能用了，又改回到庄铭。庄平被共匪劫到了哪里，军统处众口一词是到共区延安了。至于共匪怎么得到的情报，军统处查了一阵没有查出个子丑寅卯，而韩春又在大会小会上表过态，庄平他绝不姑息迁就，按军法处置。撇清了关系。

老乡见老乡，两眼泪汪汪。齐师长说，老家就剩老爹一人了，他家是遭到了日本鬼子的灭门，一家大小几十口人的头挂在固安县城的城墙上示众。你父亲建议四哥把齐老爷接到郑州来享天伦之乐。四哥说，老爹怎么也不来，他要守着齐家的亡灵。

齐师长偏心，给你父亲的薪水是西安城的两倍，齐师长让你父亲把我接来，建个自己的小安乐窝，也好传宗接代，战乱时期，说不定哪一天就没了，怎么也要留个后。你父亲听了齐师长的建议。

到郑州后，我发现你父亲主要干的事情是将齐师长的古董物件换成金条。齐师长有一个专装金条的柳条箱，你父亲换回来的金条交给齐师长，齐师长放进他的柳条箱里，而镇守郑州的齐师长对郑州的安危也不怎么上心，让他上心的除了柳条箱里的金条外，还有太太的肚子。齐家是多大一家人啊，现在就剩他一人可传宗接代了，齐家日后的东山再起一个是看他的金条，二个是看他的播种。可太太的肚子始终让他白费力气。总之，这个齐占田跟你父亲给我描绘的齐占田相差甚远。

齐师长的太太叫如玉，比我小两岁，人如其名，皮肤白嫩，杏仁眼，瓜子脸，如果手拿小扇，往芭蕉树下一站，就是那种回眸一笑换千金的画里美人。如玉老家在甘肃兰州，到山西走亲戚，被战乱困在了山西，在她就要被日本鬼子强奸的当口，齐师长带兵冲过去救了她。从此她就跟上了齐师长。如玉漂亮，但没有文化，像齐师长这样一个研究兵书兵器的人不是一个漂亮就能满足的，齐师长常给你父亲唠叨，还是你的丑太太好啊，回家有个说话的，我那太太漂亮，可是你跟她说啥啥不懂，就是一个死花瓶，一点意思都没有。

我和如玉处得如亲姐妹，如玉除了陪齐师长睡觉吃饭之外，别的时间总跟我在一起，如玉整天为她的肚子发愁，她说，老齐几次都要休了她，是她苦苦哀求，让再等等她。她也不忍心让齐家断了后，如果再怀不上孩子，不用老齐撵，她自己就走了。我带着如玉看中医，调养身子，有时候为了一个偏方，我让你父亲开着车带我们跑几百里路。听说心情好容易怀孕，为了让如玉快乐起来，我给她唱歌，如玉听着好听，就让我教她，然后，她回去唱给老齐听，她告诉我，老齐很喜欢听她唱歌，老齐有个睡不着觉的毛病，听着她唱歌就睡着了。后来，如玉真怀上了，再后来，我也怀上了。如玉心情好了，让我教她唱歌，她非常羡慕我对着1234567就能唱出好听的歌曲，如玉的嗓子也不错，学会了就回去唱给齐师长听，齐师长像哄傻瓜一样说唱得好，如玉就高兴得流出了眼泪。

当我听你父亲说韩冬来郑州要策反齐占田，让你父亲牵线，就想到当初韩冬劝你父亲投奔齐占田的目的了。

不管怎么说，我的根子在共产党那边，我一直鼓励你父亲多为共产党做事，希望共产党早点胜利，战争早点结束。对于刺杀胡济斋的事，我积极鼓动你父亲抵住这个大汉奸的脑袋开枪，我就不相信他不死。

刺杀胡济斋那天，我在家里也很紧张，大着肚子在屋里来回转悠着。那天的天气非常阴沉，弥漫的灰霜像个锅盖，盖在城市的上空。我看着墙上的挂钟，时间过了，我心里谋算好的那一声枪响还没有传来。后来，街上响起了激烈的枪声。

韩冬他们的策反起义彻底失败了。

冬天过去了，春天来了，中原大地在柳绿桃红之后，迎来了郁郁苍苍的夏天，战争不会改变大自然的脚步，也不会改变人类繁衍的脚步，齐师长如愿以偿得了儿子，起名叫齐和平。我们得了女儿，我住的病房窗外有一树木槿花，很漂亮，我就给你大姐起名叫小槿，此后，我给孩子起的名字就是我生完孩子后第一眼看到的我认为美丽漂亮的东西。和平比小槿大一个月。我奶水少，如玉的奶水丰沛，小槿有时候还要吃和平的粮食。

齐师长开玩笑说："这小槿早晚是齐家的，尽管吃，吃的是自家的。等小槿百天的时候，我给订酒席，顺便给这两个孩子把亲订了。小槿一看就是继承了妈妈的头脑、爸爸的模样，和平一看就是继承了爸爸的头脑、妈妈的模样，两个孩子多会长啊！我们这两个当爸爸的搞来搞去，还不是为这两个小东西聚家底?"可是还没有等小槿过百天，解放军包围了郑州，两个男人只好扔下女人和孩子，突围出城了。

我和如玉抱着各自的孩子，站在门前，看着荷枪实弹的队伍消失在黑夜里。齐师长和你父亲都骑着马，你父亲一步三回头地拧着身子看我们，夜色中，我虽然看不清他的表情，但我知道他眼里充满了泪水，我当时的感受就是永别。你父亲的马鞍上驮着齐师长的柳条箱。齐师长说，金条留给太太们是个负担，也不安全，太太们只要把孩子照顾好就行了。

你父亲和齐师长走后，我和如玉抱着孩子跟国军军官的家属一起钻进了防空洞。虽然没有飞机，但是炮弹不知会在哪一刻落在我们的屋顶。在黑暗的防空洞里，我看着包裹里的两个孩子，暗暗下着决心。我想，突围是九死一生的事，如果他们死了，和平就是齐家唯一的根，小槿虽然是个女孩，也是庄家唯一的一棵苗，一定要保护好这两个孩子。

后来，外面就传来了隆隆的炮声，战争开始了，防空洞里响起一片压抑着的蛐蛐叫一样的哭声。我将小槿放在腿上，双手合十，祈祷他们能安全突围出去，台湾虽然远，此去不知何日还，但总比血沃中原强啊。你太姥姥是虔诚的基督教徒，为此你姥爷专门修了座教堂，我从小耳濡目染，但又深受共产主义思想影响的我一直对上帝不置可否，可在这个时候，我的虔诚超过了你太姥姥。如玉也学着我的样子，祈祷起来。

我们在防空洞里待了一天一夜，开始的时候如玉有奶喂两个孩子，后来奶水没了，两个孩子饿得都没有了哭声。后来防空洞口传来了一个男人沙哑的喊声："出来吧，不要怕。"大家睁着惊恐的眼睛，不吱声。那个声音又喊："我们是解放军，不要怕，我们不会伤害你们的。"

我抱着小槿站了起来，如玉抓住我，"别出去，他们会骗我们的。"我说："人家已经占领了郑州，我们总不能一直待在这里，孩子会受不了的。"我抱着小槿第一个出了防空洞。

解放军个个黑瘦黑瘦的，黄色的军装破破烂烂，他们疲惫地坐在地上，看着红红绿绿的官太太们一个一个从防空洞里出来。一个当官的过来对我们说："你们的男人死的死，跑的跑，你们都赶紧回老家吧，谁有什么困难可以给我们讲，谁要坐火车，在我们这儿登记，我们可以帮你们买票。"解放军说话挺和气的，还给了小槿一块饼，那饼又黑又硬，根本咬不动。我当时穿的是缎子旗袍，小槿也是用小缎子被裹着，看到解放军破衣烂衫，觉得很不好意思。

我在解放军那里登记了火车票，后来，我和如玉就带着孩子坐火车顺利到了西安城。你奶奶看到齐家的人像看到了亲人，有好吃的好喝的都先尽着齐家娘俩。你奶奶说，可到报齐家恩的时候了，但如玉和孩子在西安城住了不久，就坚持要回娘家兰州，我和你奶奶都劝不住，也就由她去了。我知道，如玉是看到我们家的经济状况，不愿意添负担。

六、回娘家苦不堪言

没有了你父亲的经济来源，我们是坐吃山空。虽然住的是大杂院，住房、水、电灯也都要钱啊，家里的电灯你不用，院子里的公用电灯你也要交钱啊，院子里拉车的、修鞋的、打更的，依然说说笑笑，可最爱说笑的你奶奶早已笑不出来了，她那摆龙门阵的高嗓门从你父亲失踪那天起，就消失了。你奶奶的目光像院子里那盏忽明忽暗、飘忽不定、瓦数很低的灯光，落在没有丁点持家过日子经验，也同样惶惶不安的我身上。其实你奶奶很清楚，我的办法只有一个，就是带着这一家人回娘家，我开始不愿意，可盘算再三，即使自己重回医院找到工作，也养不活一家三个女人和一个孩子，虽说嫁出去的姑娘泼出去的水，娘家也还是嫁出去的姑娘的退路。

这时的云阳乡已基本解放，国民党方面的政府和军队几乎没了影子，共产党方面的游击队、农会由地下转到了地上，活跃在四里八乡。这片红色的土地只等着解放军来接收。早年家里主事的你太姥姥已病故，你姥爷和舅舅在外面事业干得如火如荼。你现在的姥姥只比我大六岁，拉扯着弟弟妹妹好几个孩子住娘家，尚家大院大门紧锁已数日，而这个时候我拖家带口投奔娘家了。

我们在三原下了火车。你奶奶建议不要雇马车，先步行走着看看，我知道你奶奶这是想在路上碰见好心的马车夫捎上脚好省钱。我背着孩子，你奶奶和姑姑带着行李艰难地移步出了站，拐上了通往云阳乡的三旬公路。你奶奶和你姑姑肩上搭的、胳膊肘扢的、手里拎的全是行李，远一点看过去，只见行李不见人，我背着孩子比较轻松，负责挡车，我是本地人，云阳乡到县城的马车比较多，也许会碰上熟人。我走一小段路站住回头望，看看有没有马车过来，赶马车的会不会是熟人。看到没有搭车的希望，再走上一小段路，再站住回头望。你奶奶和你姑姑低着头赶路，负重必快行，但这么多的行李又能让她们走多快呢?

有一辆胶皮轮子的马车过来了，我看到身披黑粗布褂子的姜令显抱着旱烟杆坐在车辕上，烟荷包吊在烟杆上晃悠着，显示出主人优哉乐哉的舒坦劲儿。近前了，我认出这车是我家的，那拉车的马也是我家里的，这套车接送过我多少回的，只是车把式不是长工李叔了。那马也认出了我，打起响鼻跟我打招呼，车从马路中间向我靠过来。我喜出望外，向马路中间走了一步，招手叫着“姜大哥”。你奶奶和你姑姑见状也往马路中间走，但姜令显打了那匹马一鞭，马车拖着尘土躲过一家老小的身体疾驰而去。这是怎么回事呢?你奶奶说，“惠，没关系，我们再拦，你姜大哥可能没注意到。”但我确定姜令显看见了我，也听见了我的喊声，但他却赶着马车飞驰而过了，像躲灾难一样。后来我们搭上了一个陌生人的马车。

这是我走了无数遍的回家的路，小时候跟家里人上三原县赶集，后来在三原县城上中学，再后来去西安城，来来回回，眼前都是熟悉的景色。村庄、田野、谁家坟头上的那棵大树，都是那样熟悉，但我心里的感觉是那样地陌生和冰冷，我感觉不是回家，是在投奔一个能有饭吃、能落脚的地方。目前的政治形势本来就让我对这样的投奔惶惶不安，姜令显赶着我家的马车却不搭理我，就更让我感觉不好了，尚家是显赫的名流，我从来没有受过这样的冷遇，何况姜令显是从山东投奔尚家的远房亲戚，曾受惠于尚家。这一年多娘家发生了什么？马车过了泾惠桥，过了斜里赵的芦苇荡，到大里村了，我的心越发慌起来。马车从村中间穿过，碰到了好几个熟人，“回来了？”“呃，回来了。”跟往常一样打招呼，但我还是感到了异样。过了大里村，就走在我娘家的土地上了。玉米已经收过了，黄豆也收过了，正在收的是红薯和萝卜、白菜之类的小秋，这个时候空旷起来的土地的景象是我非常熟悉的，让我感到陌生的是我家土地的地头上插着一连串的木牌，木牌上写着村里人的名字，这牌子叫地桩，这么说我家的地变成了木牌上这些人的了？这是土改了？

马车把我们送到了尚家堡大门前，你奶奶感动地急忙从行李里拿出一双你父亲的胶鞋送给了车把式。

这时候，西山山头的夕阳即将熄灭，天色已晚了，而尚家大院门上落着一把大锁。我看着这一家老小，眼泪在眼眶里转圈。

你奶奶说：别难过，过河脱鞋，上山打柴，到哪儿说哪儿的话，想想哪儿有破庙之类的地方能让我们先安下身？

一条狗跑过来，嗅了嗅我的脚，瞪眼看着一家老小，似乎明白了什么，对我摇摇尾巴，跑了。这是我家的大黄。大黄跑过木桥，在对面的田野里引来了一辆毛驴车来，赶车的是李叔。李叔招呼道：“是大姑娘回来啦？”村里的长辈们都把我叫大姑娘，平辈叫大姐，晚辈叫大姑。李叔看到这一家人的尴尬处境，怜惜地说：“如果要住长久了，先去城角窑住吧！银子家盖了新房，春天刚搬走。”

我犹豫不定，你奶奶对我说：“你这拖家带口的，还是独家过日子好，不要打扰娘家人了。”见我还是没吭声，你奶奶转身对李叔说：“她大爷，你说对吗？”

李叔说：“对，大姑娘，金窝银窝不如自己的狗窝，娘家再好，已经不是你的家了。”

听到李叔的话，我感到脸上的血在流失，我说：“那就住城角窑吧！”

暮色中，大黄在前面撒着欢领路，李叔抓着驴笼头驱驴往前走，你奶奶抱着小槿坐在车帮上，我提着小皮箱，你姑姑背着书包跟在驴车后，走上了去城角窑的路。路面坑洼不平，颠得小槿哭起来，驴不满地回头打喷嚏，把发酸的口气喷给坐车的人，李叔骂了一句，“没良心的，不认识大姑娘了？这点力都不想出？”

我问李叔：“我看姜令显赶着我家的车，咋回事？”

李叔说：“这人啥德行你不知道？说是借车，其实根本就不想还了，他想先占下，怕分尚先生财产的时候分给了别人，你可能看见了，地都分了，白给，还有人挑肥拣瘦，乱占乱抢，没办法，最后是抓阄。你看吧，分尚先生家当的时候还有一乱。”

我“呃”了一声，再没有说话。

城角窑指的是在城墙西南角的两孔土窑，是你姥爷在此安家落户时打的，以后家里发达了盖了大院，就成了投奔到和村的人家的临时住处。窑前是一片用篱笆围起来的院子，院子里两棵胳膊粗的枣树，树下放着一张粗糙的石桌。院外是一片空地，还有一口井。初来乍到的人家，有这些基本就能安身了。你姥爷可能没有想到，有一天他女儿会落难到城角窑。你奶奶对城角窑很满意，多天来没有出现的大嗓门出现了，你奶奶大着嗓门说：这窑前没院墙好，看得远，一眼能望到庄稼地的那头。你奶奶指着西边的大渠岸问：那是条大渠吧？还有个大桥，大桥上的柳树多少年了，那么大？李叔说：那叫云惠渠，是尚先生号召修的，咱这都是云惠渠水浇地。你奶奶又问：那云惠渠的水哪儿来啊？李叔说：北面有条河，从河里引上来的。你奶奶又往南看着说：一眼就能看到那头的村，都叫什么村？李叔说：西边的叫城角村，东边的叫小李村。你奶奶又往东看：那是果园吧？李叔说：是尚先生的果园，穿过去就是咱的村，我就在村里住，是尚先生给盖的房。你奶奶说：惠常念叨你呢，她是坐你的车长大的，以后还要多仰仗你呢！我从窑里出来，让李叔回去休息。

你奶奶拿出你父亲的一件衬衣给李叔，李叔说这使不得，我说：落难了，没有啥好东西给李叔送，拿着吧！李叔拿上了，赶着驴车进了果园。果园里有一条通往村里的路，是曾经住在城角窑的人为方便踩出来的。

你奶奶颠着半解放的脚到了井边，探头往井里看，快乐地喊道：“惠，井里有水，能望见人影呢。”随后直起腰，望着空地说，“明年开春我就把这片地开出来种庄稼，无论走到哪儿，只要有水有地，就不怕了。”

总算安顿下来了。黑暗笼罩了大地。田野里枯干的气息迎面扑来。冰凉的风声缠绵在城墙上的野草和杂树上。狗的叫声在东边的村里。小李村谁家的驴“啊吁吁，啊吁吁”叫着，声音穿过空旷的田野，有几分孤独和凄凉。我坐在石桌上，木雕一样望着看不见的夜色远方，心里对你父亲说：我把妈和妹妹带到我娘家了，你无论是死是活，都到我娘家找我们吧！

你姑姑像只猫一样偎在了我身边，说：“嫂子，我是不是不能上学了？妈说让我赶紧嫁人，家里好少一张嘴。”

我说：“让我缓过这口气，送你去县城上学。”

你姑姑高兴地一转身进窑里了。在母亲和哥哥的庇护下，你姑姑从来不知愁，家里现在落到什么地步好像一点感知都没有，以前没有跟着你奶奶挑剔过我，也没有说过我好，头脑里好像什么东西都不装。

你奶奶到了我娘家仿佛找到了归宿，有条有理地操起家过日子。看到土窑里亮起黄茸茸的灯光，看到一缕洁白的、孤独的炊烟从长满茅草的城墙顶上升起来，热辣辣的泪水从我眼睛里流出来，一个不知儿子死活、在儿媳妇娘家栖身的老人能这样踏实地过起日子，我那惶恐的心也安静下来了。

我做的第一件事是到培英学校找工作。培英学校是我父亲创办的，我又有相当的文化水平，所以我很顺利地得到了教师职位，薪水是每月一斗麦子，半斗玉米。我做的第二件事是冲破你奶奶的阻力将你姑姑送到县城中学继续上学。此一时彼一时，你奶奶现在崇尚的不是文化，是粮食。你奶奶说：我们没有土地，吃什么？要出去拾，秋下来拾秋，麦子下来拾麦子，春夏秋要挖野菜，冬天要拾柴，这样我们才能活下去。你奶奶想让你姑姑帮她干这些，我坚决不同意，除掉我继承了娘家崇尚知识的遗传外，我还想，你姑姑还有改变命运的机会，不能就这样完了。为了让你姑姑上学，我卖掉了自己私房唯一值钱的东西—— 一根金簪子，那金簪子是我死去的娘留给我的念想。

你奶奶首要做的是抓紧时间拾秋，趁田里还有可以充饥的东西可拾，抓紧拾回来，儿媳妇挣回来的粮食，大部分让女儿带到学校交了口粮，剩下的哪能够吃啊？出身贫苦的你奶奶知道，旷野里被丢弃的什么东西可以拾回来充粮食，什么东西可以晒干了储存起来过冬。你奶奶想到我娘家过日子就是这个原因，广阔肥沃的关中田野，可以长出多少能吃的东西啊！而米粮仓的人对粮食没有颗粒归仓的追求，总会丢掉一些粮食在田里。

深秋，灿烂的阳光照耀着一片收获过的旷野。一个头顶蓝头巾的老妇人弯着腰在旷野中忙碌着。一匹马或马车从远处的马路上跑过来，马蹄发出清脆的声音。老妇人直起身来，阳光耀得她眯起了眼睛……上了年纪的和村人记得，尚先生的亲家母就是这样出现在他们的记忆里。到了农村，我才知道你奶奶有头疼病的病根，被旷野的野风吹得时间一长，头疼病犯了，你奶奶是有准备的，带回来一块蓝头巾。

你奶奶有时在玉米地里拾秋。深秋了，玉米秆早已挖倒，农民们想让它倒在地里干透了再拉回家烧柴，这正好让你奶奶拾秋。你奶奶知道，长得小的棒子有时候不会被收获人发现，藏在玉米秆里，风吹雨打也不一定会坏，剥开皮，里面照样是金灿灿的棒子。你奶奶有时在红苕地里拾秋，用小镢头把那可能藏着小红苕的土刨开，拾红苕比拾玉米的好处是不会扑空，拾不到红苕可以拾到红苕根，拾不到粗根可以拾到细根，还有红苕秧，都可以晒干储藏起来慢慢吃。所以，拾红苕你奶奶总是满载而归的，笼的底下是红苕，上面是根，再上面是秧，一直到笼襻上，塞得满满的。你奶奶去萝卜地、白菜地拾秋也是一样，萝卜缨子、白菜帮子、白菜根都拾回来。窑前的院子晒起了黄的玉米棒、红的红苕秧、白的白菜帮，虽说那些东西又小又丑不成样子，但给荒凉的城角下增添了过日子人家的气象，让人看着踏实。

其实，你奶奶并不是一心一意想在这里生活，无论在旷野里还是在城角窑忙碌，耳朵不忘记倾听远处传来的马蹄声，她幻想着那马蹄声跟自己儿子有关系，这是你奶奶想到云阳乡的另一个理由，儿子一旦还活着，会找我们的，在西安城找不到，就会找到这里来。如果儿子回来了，她就带一家回河北老家去，尽管那里地无一垄房无一间，但那里是自己的家乡啊！你奶奶想回河北家乡还有一个原因，就是她在这里受欺负。农村人欺生，你奶奶是知道的，但是她以为有亲家这个人神，小鬼不敢招惹，可她忽视了这是一块红色的土地，她们的到来无异于给这红色土地上掉了一滴墨汁。她受人攻击的首先是她的乡音，无论她是走在路上，还是在田野里，总有这样的话传进她耳朵，“你撇洋腔是啥意思？显你是城里人？城里人不要到我们乡下来啊！”于是，你奶奶努力学习陕西关中话，一个老太太要改变乡音，可以想象那说出来的话是怎么样地南腔北调。你奶奶的陕西话在村里流传出好多笑话，小孩子见了你奶奶就学羊叫，原因是陕西人把“妈”的音发成“麻”，你奶奶把“妈”发成了羊叫声。村里有一个男青年生着一双羊一样滚圆外凸的金色眼睛，绰号羊眼。有一次，你奶奶从红苕地回来被他拦住了。羊眼瞪着眼问：“你是谁啊？到我们这儿拾东西。”羊眼把你奶奶的笼夺过去，把东西倒在地上，见都是些猪羊都不吃的红苕根和秧，不甘心，用脚尖扒拉来扒拉去，终于见着了几只手指粗的小红苕，便用脚尖挑出来，一个一个碾烂半截，然后扬长而去。

这天晚上，羊眼的娘端着一盘蒸好的红苕来了，大骂羊眼不是东西。羊眼娘说：要不是尚先生收留我们一家，我们还不知在哪里要饭呢。让你奶奶不要跟个吃屎的娃生气。你奶奶感动得落了泪，看到羊眼娘穿着补丁摞补丁的裤子，便把自己一条七成新的裤子送给了羊眼娘。你奶奶怎么也没有想到，她给羊眼娘的一条裤子让清冷的城角窑热闹起来，有人端着一碗面粉，有人提着一串玉米，有人带来了一大堆好听的话。我不让你奶奶给他们东西，你奶奶怕得罪人，也想得到人家带来的东西，就偷偷地送，最后，你奶奶几乎没有了自己换洗穿的衣服，如果不是我硬把你奶奶手上的银戒指摘下来藏好，恐怕你奶奶也送人了。我后来才知道，你奶奶怕得罪这些人有一个重要原因，就是怕这些人煽惑我赶她回河北老家。最早得到她好处的羊眼娘对她说：已经有人给惠耳朵吹风了，吹这风的有两种人，一种是真心关心惠前途的，惠才二十三岁，赶走了你们娘俩拖油瓶，与国民党反动派彻底脱离关系，好嫁人；一种是怕你们在这儿要分我们的地，现在的地只是临时大概分了先种着，等解放了要细分。你奶奶害怕极了，如果我被这风吹动了，她不但会失去立足之地，还会失去孙女，没有了儿子，孙女就是她的命根子。还有，如果儿子还活着，儿子找来了，媳妇和女儿却成了别人的，让儿子怎么受得了？儿媳妇在儿子心里的位置她是知道的。你奶奶知道我心软善良，便唆使小槿哭着对我说：不要赶我奶奶走，我不要新爸爸。我让你奶奶放心，可你奶奶还是唆使小槿这样缠我哭闹。这让我心烦。令我心烦的还有你奶奶的媚脸，看我回来了，赶紧接过包，帮忙脱外衣，然后打洗脸水。吃饭的时候，你奶奶老盯着我的碗，等着给我盛饭。我不让你奶奶这样子，你奶奶还是这样子。尽管你奶奶这一套惹我烦，但很有用，看到你奶奶这样可怜，我就是有那想法也不忍心。

地里实在没有秋可拾了，你奶奶开始拾柴。要让一家人过好冬天，有吃的还要有烧的。麦田里遗落的棉花秆，玉米田里的玉米根，还有路边沟渠岸的干枯的茅草，都是你奶奶揽进城角窑的宝物。你奶奶总是挎着一个大老笼，拿着竹筢子和一条绳子出去，回来的时候远远地你看不见人，看见的是一大捆柴草在蹒跚地移过来，渐渐地你才看清了驮着柴草弯曲着走过来的人。要不是看见蓝头巾和半解放的脚，我不大敢认出那是年过六十的老婆婆，甚至认不出那是个女人，那不是一个女人特别是一个老女人能背负的重量和体积。你奶奶把柴压至笼襻上，还要再往笼襻上放一捆柴，她的头与地面平行着，脖子探出很长，双手从脖子一侧拉住背后捆柴的绳子，这样能减轻绳子勒肩头的疼。我让你奶奶少背点，你奶奶答应着，但下一次还是这样。你奶奶的背驼了，腰弯了，一个硬朗挺直的老太太，转眼就弯成了干虾米。

冬天来了的时候，我看见羊眼娘穿的皮袄有些眼熟，问你奶奶，果然，你奶奶把自己都舍不得穿的皮袄送出去了。你奶奶说：我晒皮袄的时候羊眼娘看见了，说要借穿几天，是人家治住了那些追着我学羊叫的小孩，我怎么能不借呢？

我知道你奶奶受欺负，可我能有什么办法呢？只有我知道自己是多么虚张声势地保持着尚家大小姐的风范，也只有我知道那尚家大小姐的风范是多么脆弱，我的处境是多么虚伪而难堪。我曾经不仅是尚家大小姐，而且是这十里八乡的名人，第一次是还在培英学校上学的时候，自作主张，带领宣传队，步行三十多里路到淳化县的国军驻地演出宣传共产党的节目，国军看是一群小孩子，管了一顿猪肉臊子面，用卡车送了回来，这件事被当作一个笑话在充满花香的田野里广传。那时候在人们的眼里我是一个激情飞扬，对政治充满了热爱，好出风头的疯丫头。第二次就是给朱德献花，父亲与朱德并排坐在主席台上，女儿献花，尚家那时候真是好风光。第三次是嫁给一个国民党军官，因为这太出人意料了，尚先生的女儿、一个从小追随共产党的女子怎么嫁给了一个国民党？尚先生怎么会同意？直到现在，好多人都不明白。

现在，尚家大小姐显然是落难了，可以想象，人们可以演绎出多少千奇百怪的尚家大小姐落难记。这些落难记在深秋的风里，穿过张家的屋檐李家的树梢，啊啊呀呀地从村庄的上空飞向四面八方。还有那些目光，无论我走到哪里，都能感觉到有躲躲闪闪的目光，就是迎面碰见的人目光也是躲躲闪闪的，脸上的笑容像豆腐渣，不一会儿就会从脸上掉在地上，露出的面孔无论是惋惜的，还是冷淡的，绝没有了以往亲热的、欣赏的表情。

我很想逃离，想带着这一家人到别的地方去，可天下之大，哪里有我落脚的地方？我只能把笑容调节得淡淡的，不亢不卑，跟往常一样打招呼或拉几句家常。我依然用火夹子卷头发，依然把眉毛修得如弯月，依然穿旗袍高跟鞋，尽管高低不平的路几次让我差点崴了脚。保持尚家大小姐的风范，在这点上出身贫寒的你奶奶与出身名门的我思想高度统一，你奶奶每天晚上都要把我第二天穿的旗袍放在桌子上，用烧热的大瓷碗压得平展展。

我尽管衣冠光鲜，尽管没丢尚家大小姐的风范，但是，眼神里的哀伤和神情里的凄苦是掩盖不住的，于是，就有好心人给我建议把那娘俩赶回老家去，自己带着孩子重新嫁人，重新开始新生活。但是，无论这些人怎么给我说，我从来没有动过要赶走你奶奶和你姑姑的念头，老人没有了儿子，老家也没有亲人，赶她们走我做不出来。同时我觉得，我们吃的虽然跟过去我家牲口吃的精料差不多，住的是破窑洞，但是，我回到家里，有老人和孩子迎上来，坐上热炕头给孩子讲故事，这样的家我是舍不得毁掉的。

七、迎接云阳解放的苦涩

无论天下是谁的，土地归谁所有，春天还是按照她万古不变的脚步来到了云阳乡这片红色的土地。麦田照样返青，小草照样发芽，杨树、榆树、柳树照样生出清香的嫩叶。画眉、喜鹊、长尾巴佬照样像每年春天一样绕着城墙上的树枝高声欢叫。只有人，没有像往年一样用钉耙梳理睡了一冬天的麦田，没有像往年一样用架子车将沤了一冬天的肥拉到待播的空地里去。这个春天，人们认为神圣而重要的事情不是春播，而是解放。云阳乡要解放喽，尽管这是没有悬念的预期，人们还是为即将到来的解放军而欣喜忙碌。

解放军要到来的消息是你姥爷和你舅舅从照金带回来的。他们父子一回来，便领导起他们的组织准备迎接解放军。他们要在解放军到来之前安排好吃住，搭好开欢迎会的台子，组织好夹道欢迎的群众，街头巷尾张贴标语也是必须要做的。培英学校的师生每日操练呼口号、摇花朵。云阳乡整个沉浸在一种特殊的节日气氛之中。

解放军要到来的前一天，尽管已经家喻户晓，你舅舅还是骑着自行车，挥着小红旗，向沿途的村庄传播这个消息。

你舅舅骑车穿过城角村，挥着手中的小红旗喊，“告诉大家一个好消息，解放军于明日上午太阳升到屋顶时过清峪河大坝，大家要提前到达大桥西侧划定地点欢迎，不要乱站。”

你舅舅骑车穿过小李村，挥着手中的小红旗喊，“告诉大家一个好消息，解放军于明日上午太阳升到屋顶时过清峪河大坝，大家要提前到达大桥南侧划定地点欢迎，不要乱站。”

你舅舅骑车穿过大里村，挥着手中的小红旗喊，“告诉大家一个好消息，解放军于明日上午太阳升到屋顶时过清峪河大坝，大家要提前到达大桥东侧划定地点欢迎，不要乱站。”你舅舅手中的小红旗是纸糊的，挥到第二个村就剩一光杆了，这并不影响什么，你舅舅挥着光杆照样将这一人们都早已铭记在心的消息再传播了一遍。

在你舅舅骑着自行车走村串户的时候，我在培英学校教室里带着几个手巧的女学生做花。做花我是行家里手，以前，云阳乡大凡庆典之类需要的花基本出自培英学校师生之手，这不仅是因为学校的赵老师是做花的行家里手，还因为学校种有常青植物冬青，可就地取材做花枝，还有用不完的红纸。为什么有用不完的红纸？因为培英学校是云阳乡文化人集中的地方，是革命传单、标语、横幅、革命歌曲的集散地。做花的技巧是我的班主任赵老师传授的，我们做的花有的戴在了八路军的胸前，有的挂在大会的横幅上，献给朱德的花束是赵老师亲手做的。现在我是老师，我带着学生给解放军做花，我承接着赵老师的经验，带着学生一起做给大会上挂的大红花和给解放军战士戴的小红花，做完了就放学生回家了。我亲手要做的是明天要献给在主席台上讲话的解放军首长的花束，花要全方位立体呈半开状态，要结结实实固定在冬青枝上，千万不能当学生捧着花献上去的时候，花朵掉下来，所以我要静下心来亲自做，除了对质量要让自己放心以外，还有一份崇敬英雄的情绪。

明媚的春光从窗外照进来，照在我手上。我的手指早已被纸染红了，手背上有水痕，那是我控制不住掉下的泪滴。做花是不能哭的，泪水掉在红纸上，纸上会留下白色的污渍。开始没小心，掉在了一朵花上，我只好将那朵花摘下来重新做。但是，我又控制不住泪水，便小心着，让泪水滴在手背上。我一边做着花，一边悄悄地哭，如果是从前，该多好啊，我会像你舅舅们一样兴高采烈地迎接云阳乡的解放，迎接解放军。从前，我做花的时候是那样地心花怒放，想到我亲手做的花献给了做着我向往的事业的人，心中充满快乐和幸福。现在，我心中充满酸楚和悲伤，我不是不希望云阳乡解放，那是我父兄的向往，也是我自己的向往。也不是后悔自己嫁错了人，你父亲在我心中的地位从来没有因为政治压力和生活困境而动摇过。我真是说不清楚，为什么泪水止不住。当我想到我亲手做的这束花将非常风光地落在一位解放军首长的怀抱中，又有一种熟悉的幸福感。花束终于做好了，我把它插在装了大半瓶凉水的热水瓶里，摇了摇，质量没有问题，我转着圈检查了一遍，朵朵都做得很精致，分布得也恰是地方，我这才放了心。

解放军要到来的这天早晨，你奶奶早早起来打扮我，用火钳子把头发夹得蓬松略带波浪，似随意而确是非常用心地提起来，用普通卡子卡在耳朵上方。你奶奶在齐家是伺候过齐家少奶奶和小姐的，对打扮女人这方面的品位和技巧是不容我质疑的。我说：这是带着学生欢迎解放军，又不是登台演戏。你奶奶说：你不想想，带学生的老师是最显眼的，四里八乡都聚堆儿，你是尚先生的女儿，曾经是出了名的凤凰，如今凤凰落架了，落架的凤凰是个啥样子？大伙宁愿不看解放军都要看你。

你奶奶说得没错，当我带着学生走向规定地点的时候，就发现早到的人的目光齐刷刷地投到了我身上，稍远一点的悄悄一个指给一个。我微微笑着，与认识的人主动打招呼。

解放军终于来了，浩浩荡荡跨过清峪河大坝，沿着云惠渠岸大路开过来。首长们骑马走在中间，两边是举着红旗的士兵，马和人都是那样地雄赳赳，气昂昂，昂首阔步。

大概是北边山里气温低，解放军还穿着棉衣，长途行军和这里气温变高，解放军脸上淌着汗，有的帽檐都被汗水浸透了。从黄土高原而来，解放军的肩上、帽子上、半截裤子都落满黄土，大概是由于用手在脸上抹过汗的缘故，很多人脸上都抹得跟大花猫似的，引得有人偷偷地捂着嘴笑。

大部队迎面过来，黄土也飞扬而来。

欢迎欢迎，热烈欢迎！你舅舅骑着自行车，手里换上了用红绸子做的小红旗，沿路来回跑着，带领群众欢呼。我带着一群学生，站在最显眼的位置，当然要表现得出色。学生们个个用红纸染了脸蛋，跟着我整齐有素地挥动手里的大红花，喊着欢迎。骑马走在最前面正中的一位解放军首长对我笑了笑，也许是他的目光在我身上停留的时间长了一点，也许是他的笑含义模糊或丰富，让周围的目光转到了我的身上，我顿时感到自己喊欢迎的声音有些僵硬了。这位解放军首长是个瘦高挑，穿着宽大的老羊皮大氅，可能是受不了热，皮大氅大敞着，领子上的羊毛和大氅里面露出的羊毛随风翻卷。他看起来只有三十多岁，但从他所处队伍的位置判断他应该是这支队伍的最高长官。

我审视自己，我特别吗？那天我穿了一件月白色的夹布旗袍，套了一件青色坎肩，夹在还有些冬天色调的人群中，确实有些太清素了。

是的，我猜得没错，在稍后的欢迎会上，这位解放军首长坐在中间的位置，一边是你姥爷，一边是县长卫民生。解放军首长已经脱掉了皮大氅，换上了单军装，脸和头发也洗干净了，头发浓黑，眼睛明亮，看上去非常精干年轻，他臂上箍着一个写着“云阳乡军管会”的红袖标。欢迎大会由泾阳县县长卫民生主持，他家在小李村，是你姥爷培养出来的，我们从小就是同学。卫民生向各位父老乡亲介绍说，他身边的这位首长是解放云阳乡的解放军四十七师师长宋北辰，现在云阳乡由军管会接管，宋师长是军管会主任，是今后云阳乡的最高长官。我抱着那束要献给这位师长的花，坐在学生当中，花是让一个漂亮女生献的，我怕学生弄坏了，自己先抱着。我望着主席台，走了一会儿神，想到八路军一一五师开誓师会的情景，也是在这个地方，我父亲也是这样坐在主席台上，宋北辰坐的地方坐着朱德，我也是这样抱着花坐在台下，那时候我是一个有志加入共产党的少女，对照金充满向往。现在，我是一个国民党军官的太太，失去了去照金的资格，那时候看到共产党领导的军队感到亲切，现在有些不知所措。

忽然，我周围有些骚动，坐在身边那个等待献花的女学生对我说：“快，尚老师，是让你献花哩。”我诧异地抬头看台上的卫民生，卫民生向我投来肯定式示意。我抱着花站起来。

会场哗然。

你姥爷在台上、你舅舅在台下带头鼓起掌。然后，会场响起一片掌声。

让一个逃跑的国民党反动派的太太给解放云阳乡的解放军首长献花？多亏解放军首长初来乍到不了解情况，否则献花会当场被拒！我也是事后才感到了心惊肉跳。这是大会主持人卫民生一时心血来潮，自作主张宣布由培英学校尚惠老师上台给解放军首长献花的，一旦宣布，覆水难收，所以，老狐狸尚先生带头鼓起掌，小狐狸尚致在台下鼓掌，赶紧让这件事过去，不要让解放军首长发觉不正常，造成不可收拾的场面。事后卫民生对我的坦言说：你以前给朱德献过花，给宋北辰献花是抬举宋北辰，有啥不合适的？而他对你姥爷说：看到惠这样，我心里很难过，我不知道该怎么帮她。我想通过这件事让那些长狗眼的人看看，惠还是惠，还是人尖尖、油花花。

我很感动，但我不希望卫民生因为我政治前途受影响，我现在是一个会给别人带来晦气的女人，我对卫民生说：以后不敢这样意气用事，离我远点，不然你会吃亏的。

八、不敢接手的爱情

解放军的到来标志着云阳乡的彻底解放，也标志着云阳乡全面实行军管制，游击队、农会全部服从解放军改制和管理。过去的游击队解散，以地域为单位划分成立了民兵县大队的云阳乡中队，曾被韩春追得失踪了八年的黑馍不知从哪个地缝里蹦出来了，任中队长，黑馍背着一支崭新的步枪，带着几个民兵，吆三喝四，逢人便夸耀枪是解放军发的，是照金造。在这一点上，黑馍跟我一样，充满了对照金的崇拜。解放军的到来使云阳乡处处充满了激情，但是，解放军的到来也给云阳乡人民带来了粮食的压力，我的薪水由每月一斗麦子半斗玉米改为半斗麦子两升玉米。你奶奶去年秋天储存下来的可以充饥的豆子、玉米、萝卜干没有了，连红苕秧都没有了。所幸的是春天来了，榆钱、槐花、苜蓿、地里的野菜都可以充饥。

离城角窑不远的地方有一块苜蓿地，村里人在那里掐苜蓿。我对你奶奶说，粮食都不够吃了，别人看上的东西，我们要远离，如今我的话就是圣旨，你奶奶就去麦田里挖野菜，麦子刚起身，垄上的野菜长得嫩绿，你奶奶蒸的野菜团就是我们的主食。村里人掐完了苜蓿去麦田里挖野菜，怕惹事，你奶奶带着小槿过云惠渠那边去挖野菜。脱掉了棉衣，小槿已经会站了。由于太饿，你奶奶常常是一边挖一边吃，把嚼烂的野菜末子给小槿嘴里喂一点，婆孙俩嘴角常常挂着绿汁。

有一次，你奶奶挖菜，让小槿趴在麦田里自己玩，忽然听到小槿大哭起来，你奶奶抬起头，看见黑馍带着两个民兵围住小槿，黑馍的枪口顶着对准了趴在地上仰头大哭的小槿的脑门。你奶奶扔掉铁铲，赶紧跑过去，摘下头上的蓝巾捂住小槿的眼睛。

“那就打死你，”黑馍将枪口向上提了提，抵在了你奶奶花白的头，“打死你个国民党的娘。”

小槿的哭声惊动了渠岸上遛马的一个解放军，那个解放军一边大喊着“放下枪”，一边骑上马从岸上斜冲过来，夺下了黑馍的枪，呵斥道：“干什么?”

黑馍说：“她就是杀害我们游击队员孙地娃的国民党特务庄平的娘。”

解放军说：“那也不能对他娘开枪。”

黑馍嘿嘿笑了笑说：“我只是吓唬吓唬她。”

你奶奶颤抖着说：“我儿子过去一直在西安城，怎么能跑来杀你们的游击队员?”

黑馍对解放军说：“我给你说过的，庄平是尚先生的女婿，伙同赵富贵抢了我们的粮食，我带领游击队半路截粮，孙地娃被打死了……”

解放军摆了摆手，制止黑馍说下去，“这事军管会会调查清楚，你不能私自开枪杀人。枪我先拿着，你走吧。”黑馍带着人气呼呼地走了。

解放军对你奶奶说：“老人家，解放军不会让人随便杀人的，带孩子回去吧!”听到解放军和蔼的声音，你奶奶大着胆子抓住了马缰绳，申诉道：“赵富贵是谁？我儿子怎么可能跟赵富贵抢粮食，尚先生有的是粮食啊!”解放军说：“老人家，这事情我会调查清楚的，你带着孩子走吧，以后出门小心点。”你奶奶望着黑馍他们的身影，不敢松缰绳。解放军笑了笑说：“我送你们过渠，他们是不会背着枪过渠那边的。”

解放军一手抱着小槿，一手牵着马，你奶奶挎着野菜篮子跟着，走出了麦田。过了桥，解放军把小槿交给你奶奶，骑上马走了。

你奶奶回到城角窑，一屁股坐在了石桌上。接下去，她一直就这样坐着，任凭小槿饿得直哭。太阳在空中移动，树荫慢慢拉长，你奶奶咕哝起来：这是怎么回事？我们活不成了?

我上完课回到家，你奶奶立即抓住我的衣服，战战兢兢地把发生的事说了一遍，我笑了笑说：“黑馍不是说了是吓唬你吗？那人就那德行，喜欢吓唬人，他不会对你怎么样的。游击队员的死就是跟庄平有关系也跟咱们没有任何关系，要相信解放军会搞清楚的。以后挖野菜不要过云惠渠，那边是东门的地，是黑馍的地盘，这边羊眼再欺负人，也不敢动枪。以后凡事小心点就是了。”

对我的话，你奶奶半信半疑。这天夜里，你奶奶在梦里反复说：“惠，我们活不成了。”第二天，你奶奶起来不做饭，在窑里转圈，癔症般地说：“我们不能这样死了，得想办法改变，我们得想办法改变，我要把小槿养大成人。”我给你奶奶说今天有学生给我送榆钱，不让她出去挖野菜了。

这天，你奶奶没有出去挖野菜，她把羊眼娘穿了一冬天刚给她还回来的皮袄找出来，拿着去了羊眼家，送给羊眼娘，然后，把昨天发生的事给羊眼娘说了一遍，羊眼娘拍着胸脯保证在渠东这一片和村的地盘上，羊眼不会伤害我们，羊眼也不会让黑馍在这块地盘上伤害我们，这是羊眼的地盘。

我中午放学回来的路上，老远看见你奶奶在窑前的荒地上挥舞镢头开荒，穿过几棵树的掩映后再看，你奶奶坐到了井台上，等我走到窑前，看到的是小槿趴在你奶奶挖起的新土上哭，满嘴是泥，你奶奶坐在井台上发呆，小槿哭她也没听见，看见我，还像早上那样癔症般地说：“我们活不成了。”我明白了，这老太太是故意耍给我看的，心里一定盘算好了什么事情了。我对这种做法深恶痛绝，没有理你奶奶，抱起小槿回到窑里，给小槿洗干净，用被子把她圈好，做午饭。学生没有食言，送给我的榆钱很新鲜，淘干净，拌上面粉，上笼蒸。你奶奶抹着泪自己回来了，抱着小槿到厨房找我搭话。老人也可怜。

下午我放学回来，小槿坐在门槛上哭，你奶奶躺在炕上大呼小叫着活不成了，我耐着性子走到炕边，说：“妈，你有什么话就说吧！”

你奶奶还是那样癔症般地嘀咕着说：“我们得想办法改变，这样下去我们活不成了。”

“妈，我求你了，你有话好好说行不行？你说，我们怎么改变？我们除了忍耐，还有办法吗？”我忍不住发起火来。

你奶奶一个鲤鱼打挺坐起来，拉住我的手，却欲言又止，痴痴看着我。

“你起来给孩子做点饭吃，我有点事，出去一下。”

我摔下你奶奶的手，出了门。出了门，我疾步走起来，我再也忍不住了，我要找一个可以哭的地方，好好哭一场。

拖家带口回到娘家之后，我躲在无人处哭了多少回没有人知道。其实，我也早吓坏了，确实，为争夺粮食死过一个游击队员，事情过去将近十年了，如今要把这笔账去掉当时的历史背景算在你父亲个人头上，也没有办法。但在老人、孩子面前我只能装作没有事。为了不让人看见我哭，我闯进麦田，找到那条小渠，那时候，云阳乡的田野里，沟渠多得跟蜘蛛网一样，旱的时候灌溉，涝的时候排水。踩着小渠岸，爬上了云惠渠岸，然后沿着渠岸向北走，直到清峪河边才站住向北望，这是我偷偷哭泣时常走的路线。北边是嵯峨山，山后是照金，虽然少女时的梦想早已远去了，但总能给我一些安慰。有时候遥望着嵯峨山上的那条路，都不知道自己是怎么走到这一步的，跟梦里迷了路一样。

就在我站在河岸上遥望嵯峨山的时候，有一个人在不远处的河岸下望着我。这个人就是宋北辰，他当时在河岸下饮马。河水很清很平静，如一面镜子映着河坡的绿草和河岸上空的晚霞。一个女人纤弱的身影出现在了水中的景色里，且没有离开，如画中的人物一样是静止的。宋北辰回过头，看到是曾经给他献过花的尚老师，没有风，尚老师却有一种要被风吹倒的感觉。不知为什么，这种感觉让宋北辰突然产生了一种揪心的疼痛，他想上去跟尚老师说几句话，又觉得任何一点异样的声响都会把这个纤弱的人儿吓得魂飞胆裂，最后他选择了悄没声地注视水中的倒影。宋北辰说，这就是他第二次爱情产生时的风景，与他内心珍藏的初恋的风景相比，如一朵涟漪与另一朵涟漪一样相似，只是这片风景里没有歌声。但不久，这歌声就补上了。

宋北辰在闲暇时喜欢在渠岸上溜达，有时骑着马，有时牵着马。渠岸是这一片田野最高的地方，他喜欢看着海洋一样的麦田、哨兵一样的白杨、岛屿一样的村庄，自从那天以后，宋北辰改成了站在大渠岸上向培英学校瞭望。他心中期望的歌声就在他这样的瞭望中飘来了：

五月的鲜花，开遍了原野，鲜花掩盖着志士的鲜血……

马儿踩着细碎的步伐，向歌声走去。隔着一渠清水，马儿立在了培英学校门前。宋北辰骑在马上，目光穿过校园木栅栏围墙，看到一群学生坐在一棵丁香树下学唱歌，教唱歌的正是尚老师。她还是穿着那件青色旗袍，学生的脸跟着她打拍子的如鸟儿翅膀一样的手掌转动。

为了挽救这垂危的民族，他们顽强地抗战不歇……

尚老师的歌声伤感，学生的歌声纯净，丁香树正开花，淡淡的紫色、淡淡的清香，把歌声缠绕得那么地忧伤又悠长，宋北辰眼前浮现出战友们一张张熟悉的被鲜血染红的面孔。这样的歌声比那初恋的歌声更摄他心魄，他的眼睛湿润了。

这之后，我与云阳乡最高长官宋北辰经常碰面，以前只是个别解放军偶尔来学校打打篮球，现在是有组织的比赛，今天这个连、明天那个营的，宋师长每场必到。宋师长说：你们有福啊，以前朱总司令就在这里打过篮球，说不定你们手里的篮球还是朱总司令用过的，朱总司令与这里的师生比过赛。一来二去，宋北辰就跟学校的老师们熟了。宋师长把年轻的老师称呼小张小李的，唯独对我叫尚老师，叫的时候嘴角总翘着一抹嘲讽的笑容，因为这抹笑容，让我感觉到那尚老师的称呼，不是客气，也不是尊重，而是亲切。我发现，这个脸型瘦长脸色漆黑的年轻师长其实有几分英俊。你父亲是大眼睛高鼻梁的长相英俊，而宋北辰是从眼神、眉宇，甚至站立、行走间透出的神气英俊。赛球告一段落，宋北辰又邀请学校的老师到他们营地给战士教识字，宋北辰说：以后要建设新中国了，这么多战士目不识丁怎么办？军民鱼水情，学校教师轮流到营地去扫盲。老师把一块小黑板挂在树上，将生字写在黑板上教战士们写读，战士们坐在树下，手里拿一根树枝在地上画着，学写读。该我上课的时候，宋北辰总会不期而至，把我的教写字变成了教唱歌。战士们学唱歌的积极性远高于学写字，我在这里受到了热烈欢迎。

我教给战士的歌是《解放军进行曲》，虽然战士们是解放军，但很多人并不会唱。

向前向前向前，我们的队伍向太阳……

当我面对一大片解放军高唱这首雄壮歌曲时，我忘掉了自己的处境，仿佛回到了过去，又仿佛是实现了我曾经的梦想，我曾经的梦想中就有这么一个情景，给一大片军人教唱歌。当这支歌从头到尾能响彻军营的时候，我的任务就不是教唱了，是指挥。宋北辰让战士找了四只装手榴弹的大木箱摆在一起，给我当指挥台，宋师长站在旁边鼓励战士们放声歌唱，一个排一个排地唱。

……

脚踏着祖国的大地，背负着民族的希望，

我们是一支不可战胜的力量……

我站在大木箱上，两臂用力挥舞着，我感到浑身充满了力量，感到那雄壮的歌声不是从解放军战士喉咙里发出来的，而是从我自己身体里爆发出来的。一曲下来，我大汗淋漓，宋北辰送给我一条上面印了红五角星的白毛巾。这段时间你奶奶将唠叨的内容从“我们得想个办法”变成了“书先一定死了”，并用一大堆话让我相信她的推测是对的。我瘦小的身体被撕成了两半，一半是军营里的青春焕发、激情满怀的尚老师，一半是城角窑里的哀怨、孤独的国民党反动派太太。一半如火焰般热烈，一半如海水般冰凉。

我不是感觉不到宋北辰的心思，而且没有人会看不出宋北辰的项庄舞剑意在哪里。春风里飘起了有关我跟宋北辰的悄言细语。我的感觉跟做梦一样，不敢相信宋北辰真有此心。难道他不知道我是什么样的身份？我是生过孩子的女人，长得也不好看，与一般女人比起来，我唯一的长处是有文化，而这又算什么呢？你父亲生死不明，生活的压力也让我疲惫不堪，我从来没有想过要再嫁人，也没有心思和精力去想。最后让我坚决推掉去解放军营地上课的理由是我惧怕这种事情是一团火焰，一旦燃烧起来，会将我竭力保护的一点自尊化为灰烬。

隔日，天上下着蒙蒙细雨。中午放学后，我正在教室关窗户，一个学生举着一把伞跑进来对我说：“这是宋师长的伞，叫你打着过去一下。”我向窗外望，看见宋北辰站在操场那边的丁香树下正向这边看，我心怦怦地跳起来，赶紧闪身躲在了窗户后面，这是一种下意识行为，我不知道怕什么，躲什么。等我平静下来，伸手过去把窗户关上，然后探头再看宋北辰，他还站在那里，不过没有向这边看，仰头看着天空，双手抱在胸前，摆出了我不出去他就不会走的架势，任凭让雨淋成落汤鸡。我坚持不住了，打着他的伞，向他走去。

这是一把朱红色的油纸伞，在灰蒙蒙细雨里显出一份诗意。穿过操场，就那么一点点路，我却感到十分漫长，尽管我在向他走来之前就做好了让自己心如止水的准备，但举起伞走近他的时候，心里还是有些虚实不定的无措，为掩饰这种无措，我说了一句再废话不过的废话，我说，“你在等我?”

宋北辰咧嘴一笑，“你认为在这学校里还会有谁让我这样等待?”

“我怎么会知道?”

“你手中的伞是谁的?”

“一个不愿意让我淋雨的人。”

“那就是我，宋北辰。”

宋北辰一开口，我就不那么紧张了，无论他的声音还是笑容，都那么宽厚温和。宋北辰举着油纸伞，我站在油纸伞下。丁香花早已凋落，但在我的记忆里却是一片丁香花的芬芳，因为我们接下来的谈话很快被一种丁香一样的忧伤弥漫。

记得宋北辰是这样开始的，“想听我谈谈自己吗?”我点了点头。

“我家在内蒙古阿拉善草原，村庄在宝力德湖边，村庄名就叫宝力德。十多年前，我爱上了同村一个叫美丽其格的姑娘。有一次，我下到湖边饮马，她站在湖边唱歌，我想她是没有看见我，才唱歌的，我不敢出声，怕吓跑了她，看着她映在湖里的倒影发呆。后来，无论她在什么地方，只要我到湖边饮马，她都会很快跑过来唱歌。再后来，我抛下了她，跟着我的老师投奔到了延安。美丽其格的父亲要强迫她嫁给一个牧主做小老婆，她投湖自尽了。我非常后悔，为什么不带她一起走?延安也有许多女兵啊。这些年，南征北战，我没有想过结婚，直到遇上你。”

沉默。丁香一样的忧伤在弥漫。我不知道该怎么安慰宋北辰，抬起头，看到举着伞的他把自己的肩膀淋湿了一片，抬起手，把伞柄向那片湿了的肩膀推了推。宋北辰又把伞偏向了我。我问：“那个美丽其格很漂亮吧?”宋北辰说：“想得久了，却模糊了，不知道了。”

沉默。

“你不想给我说说你?”

“哦，我丈夫……是国民党军官，大半年了，没有他任何消息，可能在郑州没有突围出去，死了。他留给我了老人和孩子，我不能抛弃她们……

啊，就这样吧!”我的声音像细雨打在油纸伞上，断断续续。

“但是，我认为，这样的重担应该落在男人肩上，而不是你这样一个柔弱的女人肩上，我愿意替你挑重担。”

宋北辰抓住这一点，把话挑明了。他声音不高，语调也缓慢，但落在我的耳朵里是铮铮的，好像把树叶上的雨水都震下来了。

“这重担不能让你挑，这对你不公平。”

“公平不公平不是由你说了算，是由我，我没有感到不公平。你这是算拒绝我还是为我着想?”

面对宋北辰这样的咄咄逼人，我没有回答，我仰头看伞，感到那把伞就是太阳，铺天盖地地将温暖落在我身上。与宋北辰这次刻骨铭心的谈话充满了跌宕起伏，正当我感受一种有些霸道的温暖的时候，宋北辰又袭来了一阵令我发抖的冷风。

宋北辰突然向我谈起了那个游击队员。记得宋北辰说，他一到云阳乡，黑馍就把状子递上来了，要求惩罚杀害游击队员孙地娃的凶手，他是从黑馍递的状子里知道庄平这个人的，他跟我父亲了解过情况，他有自己的看法，但是，事情有些棘手。

听到这话，我浑身哆嗦，我用恐惧的眼神望着身边这个掌握着对我孩子和婆婆有生杀大权的男人，我警觉地想到这个男人是不是在拿游击队员的死要挟我。

宋北辰说：“这件事我已经压下来了，现在是军管会说了算，你不要怕。”

这话是什么意思?

“刚刚翻身做主人的农民还不知道该怎么做主人，他们以为做主人就可以胡作非为……”

宋北辰讲了几句停顿下来，看了看伞底下望着他的我的脸，好像有点后悔不该这么做，但话头撵到了这里，又只好继续讲，“这需要教育……讲党的政策……”这种恐惧感很快就过去了，我的头脑转换出了另一种东西。

宋北辰停下来，对着我那显露出鄙夷的目光发呆。

“作为回应，我应该给你谈谈我和庄平。”我冷冷地说，“庄平的老家在卢沟桥，参加过二十九军学兵团，在南苑战斗中九死一生。后来因刺杀汉奸解玉桂未果逃到了西安城。我和庄平正式来往是从三原县医院开始的，医院接收了大批从中条山战场下来的伤员。庄平征粮是为了中条山抗日，你可以去问问李才，当时中条山饥饿的情况，游击队中途抢粮，发生了枪战，一个游击队员被乱枪打死了，黑馍现在要把这件事翻出来报仇，拿枪对着我的孩子和庄平的母亲……这公平吗？”

我不想流眼泪，强忍着，可眼泪还是流下来了。宋北辰抬起一只手，为我抹眼泪，我完全沉浸在悲痛的诉说中，没有感觉到，后来我说完了，感觉到了也还任由他给我抹泪，我已经打消了宋北辰想要挟我的想法，我在享受这个解放军师长对我的怜爱。一阵疾风刮过来，树上的大雨珠打在油纸伞上，发出啪啪的声响。

宋北辰终于说话了，他说：“不要哭了，这样哭会把眼睛哭坏的。我会像这把伞，给你遮风挡雨，让你过上好日子。”

我听罢却跟那刚刮过来的疾风一样，卷着雨水跑开了。

我的神经太敏感了，我感到只有自己主动跑开，把宋北辰晾在那里，才能用自己虚饰起来的坚硬外壳包裹住自己那颗脆弱的心。

我跑上了渠岸，向北跑，实在跑不动了才停下来。我用手捂住嘴，失声痛哭。被冷风吹斜了的急雨，如一条条湿漉漉的鞭子抽打着我的手和脸。我为什么这么伤心？宋北辰的求婚触动了我曾经的爱情梦想，而现在的我，面对着唾手可得的这个梦想，却不敢伸手。

九、终于伸手接住了爱情

你奶奶举着一把破伞，站在城墙头上，把培英学校丁香树下的一切看在了眼里。你奶奶是从羊眼娘那里知道云阳乡最高长官宋北辰看上自家儿媳妇的，羊眼娘给你奶奶传这个消息的时候你奶奶正叉腿站在井边的木板上吊水准备做午饭，听了羊眼娘的话，你奶奶手一松，桶掉进了井里。羊眼娘说：“你这是咋了？你不是想让我们大姑娘找个好人家么？”你奶奶是被吓的，儿子是国军，共军打赢了国军，你奶奶自然怕共军，这个共军是师长，就更可怕，如果人家看上了自家儿媳妇，恐怕不嫁也得嫁。你奶奶对报喜讯的羊眼娘自然不敢说这些，你奶奶缓了缓神，说：“师长能看上惠当然是好事，可人家官太大了，我家惠哪配啊？”羊眼娘笑嘻嘻地说，“这世间哪有怕官大的？你是怕那宋师长又老又丑吧？”你奶奶说：“我惠今年才二十五，不着急找人家。”

“你这老婆子，前些天咱是咋说和的给大姑娘找人家？你是咋求我去小李村的？给你说，宋师长比咱盘算的那几个都年轻，人也不丑。回头我指给你看。”羊眼娘说完拔了一把你奶奶栽的葱走了。

这天黄昏的时候羊眼娘又来了，什么也不说，拽着你奶奶上了城墙，羊眼娘指着大渠上遛马的人影说：“那就是。”

你奶奶的身体晃了晃，发出了一串“哎哟——哎哟——”的高亢音符，那不是夺下黑馍枪的人吗？那不是那个瘦高的个子、长着副俊秀的黑色面孔的解放军吗？自从黑馍拿枪对着她婆孙俩的那件事发生之后，一到夕阳西下的当口，你奶奶不管身在何处，都不由自主地要向大渠岸方向频频地伫立遥望。那孩子是师长？怪不得能夺黑馍的枪，怪不得黑馍那么听他的，那孩子看上去比我儿书先大不了多少哟！你奶奶激动得双手合十，感谢上帝，不是一个凶神恶煞看上了惠，是那样一个和气的救命恩人啊！

羊眼娘抄着手，咂巴着嘴说：“还说你儿媳妇不急着找人家不？”你奶奶说：“不了，不了。”羊眼娘又咂巴着嘴，以教训的口吻说：“我们大姑娘啥时候都是人尖尖、油花花，没有哪个女人能比得上啊！你可要好好服侍，才能跟上享清福。”你奶奶说：“是啊，是啊。”羊眼娘说，“等事情有眉目了，你得给我帮帮忙，给宋师长说说，把羊眼提拔提拔，我儿子就是不服黑馍。”

你奶奶一口应下来，你奶奶最喜欢别人求她帮忙了。

最初的惊喜过后，你奶奶又觉得这并不是一件好事。你奶奶想让儿媳妇嫁人是对儿子回家无望又在我无意间泄露了齐老爷的死讯后产生的，齐老爷死了，齐家没人了，她回老家便无处可投，就是齐老爷在，依现在的形势，齐老爷自身难保。无限的悲哀涌上你奶奶的心头，冀中平原是她的家乡，可是没有她的立足之地啊！就是有立足之地，没有了儿子，媳妇不可能跟她回去，媳妇不回去，孙女能让她带走吗？孙女虽然是女孩，也是儿子留下来的血脉，无论如何，她是不能丢下孙女的，这是她的底线。想到孙女，你奶奶的情绪渐渐亢奋起来，世间万物，各有所司，老天爷饿不死瞎家雀，你奶奶产生了在儿媳妇娘家安家落户的想法，当听了羊眼娘的一番话后你奶奶看到了安家落户的希望。羊眼娘说：你亲家原来在培英学校当过校长知道不？跟着你亲家干革命的学生中有几个对惠都有过意思知道不？现在还有未成家的，革命成功了，人家将要在地方上做大官，何不续上姻缘哩？大姑娘才二十五岁，如今又是新社会了，你让她一辈子不嫁人？晚嫁不如早嫁，咱还可以挑一挑。你奶奶想，惠如果能嫁给孩子她姥爷的学生，那是一窝亲，他们不但会对惠和孩子好，也会照顾惠的婆婆和小姑子的，他们是做官的，让她能在这里落户、分一点地、有个根基应该是没有问题的。在一个地方上，自己也可以照看孙女。羊眼娘看你奶奶动了心，积极地为这事跑起腿来，最后，跟你奶奶商量着定下了第一人选，家是小李村的叫卫民生，羊眼娘去小李村穿针引线，小李村回应是：我们也有此意。羊眼娘说：事不宜迟，赶紧跟你儿媳妇摊开说。你奶奶“我们不能这样下去了，我们得想个办法”那样的胡闹，就是为开这个口打过门，但最终还是没有说出来。那一阵子不想吃饭干活发癔症，并不全是黑馍吓的。

现在出来个宋师长，你奶奶思前想后，觉得不如卫民生。宋师长扛枪打仗，死了，惠不又成寡妇了？再者，宋师长不是地方官员，铁打的营盘流水的兵，人家一拍屁股把惠和小槿卷走了，自己和女儿怎么办呢？没有了儿媳妇，就无法在人家娘家住下去了，自己将带着女儿去何方？但你奶奶又是那么喜欢宋师长，舍不得放弃，再说事情也由不得她做主，事情只好走着看了。你奶奶不是个坐以待毙的人，于是，你奶奶干起了儿子以前干的活——特工。

你奶奶站在城墙上虽然听不到我和宋北辰在说什么，但她能感觉到主动权在我这一方，从我跑掉后宋北辰还傻愣在那里判断，宋北辰是真爱上儿媳了。你奶奶虽然没有谈过恋爱，但你奶奶知道，爱情能让人变成羔羊，就像当年儿媳爱上儿子一样，富人家小姐变成了穷人家的羔羊。站在城墙风雨中的你奶奶将连日来的惶恐不安变成了一个主意。

我发现你奶奶总是一言不发地坐在炕沿上，不出门挖春天的野菜，不收拾屋子，不做鞋，不缝衣服……要不是怕孙女饿着，恐怕连饭都不做。蒸的馒头不是碱大了就是碱小了，碱放对了也揉不开，馒头上老是点散着一块块黄褐色的碱块。我知道这是又用老办法了，我对你奶奶说：庄平死活不明，我怎么能去嫁人？我已经拒绝了宋北辰。你奶奶说：妈不是不想让你嫁人，你才二十五岁，可妈一辈子就是依附别人的命。我听明白了。我说：妈，我嫁了谁都不会扔下您和妹妹不管的，您就放心吧，该干啥干啥。

我的话像强心剂，你奶奶突然就精神起来了，你奶奶做的第一件事是把我的旧衣服找出来翻新，里子翻过来做面子，面子翻过去做里子。翻新的是上衣和裤子，没有旗袍。你奶奶说：在乡下，还是穿裤子行动起来方便。你奶奶是个先知先觉者，你奶奶想到了我不几日将要骑马，穿旗袍怎么骑马呢？我比过去更瘦了，你奶奶就把衣服往瘦的改，你奶奶在做事大气的齐家受过熏陶，在既定目标上是舍得下本钱。你奶奶还把我的上衣改短了一些，让下摆刚刚包住腰，我的腰本来就细，这样就更显细了。你奶奶说：无论时代怎么改，男人喜欢像女人的女人，女人喜欢像男人的男人，不会改。你奶奶一双劳苦大众的手，让富家小姐不穿旗袍了也照样衣着别样，风姿绰约。你奶奶做的第二件事情就是提着篮子去大渠岸边挖野菜，选的时间是在半下午以后，宋北辰可能遛马的时间。你奶奶挖野菜的时候总是会倾听马蹄声，然后直起腰来循声望去。终于有一次，时间、地点、人物都碰对了，而且如你奶奶期盼的那样宋师长勒马站在了她身后，主动跟她打招呼，“大娘，挖野菜哪?”你奶奶惊讶地回过头，然后恭敬地站起来，“宋师长，是宋师长吧？自从那次您救了我们婆孙俩，我就打听您的名字，终于打听着了，哎哟，不得了，您是师长，真是贵人哪!”你奶奶这几句话说得溜溜顺。

“大娘，您可别这么说，是我没有教育好他们，让您受惊了。”宋北辰真诚地说。

“没事。您才来了几天啊，不怪您。”你奶奶说着话，搓掉了手上的泥土，把手又在衣服上蹭了蹭，拉住了宋北辰的衣角，往平展的拉，说，“宋师长啊，大娘没有啥感谢你的，衣服啥的破了拿来让大娘给你补，大娘补衣服的手艺可不是一般地好。”

宋师长说：“行，以后就有劳大娘了。我叫宋北辰，您以后就叫北辰好了。”

“好，好啊！”你奶奶激动地把坐在地上的小槿抱起来，让小槿叫伯伯。小槿还不到一岁，哪里会叫啊？你奶奶无非是想跟宋北辰多拉一会儿话。宋北辰用大手抚摸着小槿的头，“你可真漂亮啊！想不想骑马？乖，坐在伯伯前面，伯伯护着你。”

你奶奶说：“不怕，有伯伯护着呢！”

那个下午，和村的人都瞭望到了，在那画儿一般的大渠岸上，在那西斜落日的紫红色光辉中，宋师长的马上多了一个小人儿，那马上一大一小紧密贴在一起的人影起起伏伏，跳跃出一种远古的奔逸情调。

这仅仅是开始，令和村人羡慕的还在后面呢！有人亲眼看见宋师长亲自提着一袋面和一条子肉去城角窑了，有人亲眼看见宋师长挽起袖子在城角窑翻地哩！城角窑上冒出了快乐的炊烟，飘出了肉臊子的香味，宋师长在城角窑吃饭了。那是你奶奶自作主张请宋北辰来家吃饭，人家知道家里缺吃的，带来了面粉和猪肉。你奶奶满面春风，手里揉着面，用下巴给我指窗外，“你看，多精神啊！家里有个男人我做饭都有劲。”

明媚的阳光照耀着翻地的宋北辰脸上的汗水和头发都闪着亮光，阵阵春风把他塞在军裤里的白衬衣鼓荡成一个大包。如果不是宋北辰，这是一个很普通的随处可见的劳动景象，因为是宋北辰这景象就变得珍贵起来，什么时候想起来，都是那么鲜活，依稀可闻新翻土地的清香味道。

宋北辰走的时候，他牵着马，我低着头跟在后面相送。我说：“我孩子爸爸是国民党军官，对你影响不好。”宋北辰说：“你想得太大了，一家人过日子的事，不要考虑那么多世事。”我说：“世事对家庭影响是很大的，你还是要多想想。”宋北辰说：“关于这一点，我已经讲得很清楚了，我不知道你到底是怎么想的。我们现在是等待命令，不知什么时候就开拔打西安城了，我想在走之前，把这件事定下来。一会儿半下午，我在渠岸上等你，你要想好好谈，我们就好好谈谈，把心里的疙瘩解开，你要不想谈，就不要来了。”没等我回话，宋北辰上马走了。

我没有去，但我又想知道宋北辰会怎么做，会等我到什么时候。我躲在城墙上，瞭望着大渠岸。夕阳里，人、马、大渠岸是一幅画，更是一首抒情诗，我能读到它淡淡的忧伤、甜蜜的痛苦和隐秘的快乐，这首诗优雅地书写至暮色苍茫。宋北辰扬鞭催马，从岸坡上斜插下来，闯进麦田，直奔城角窑而来。麦田如大海的波涛，淹没了马的小腿，马变成了破浪而来的一艘小艇。

我看见宋北辰在院子里跟你奶奶说了几句什么，然后又冲进了麦田，冲上渠坡，沿着渠岸向北跑，到了大桥，向西边的镇子飞奔而去。

我回去的时候，看到你奶奶和羊眼娘坐在炕上挑鞋样，鞋样是羊眼娘拿来的。见我进来，羊眼娘说：让惠看。你奶奶说：刚才宋北辰找你了，你不在，要把跟你说的话给我说了，海誓山盟的，一个解放军的师长能这样，你还要人家咋求你啊？你奶奶一半是说给羊眼娘听的。

你奶奶拿起一个鞋样，“惠，你看这样儿小不小？北辰脚大，可别做小了。”我头也没抬地说：“新翻的地里有他的鞋印，比一下不就成了吗？”

“是啊，是啊，北辰今晌给我们翻地了。”你奶奶说着，跟羊眼娘下了炕，提上马灯，找宋北辰的鞋印了。我坐在炕沿上，六神无主。

你奶奶回来后，把鞋样和马灯放在桌子上，坐在我身边，你奶奶说：“书先死了，我的儿我知道，如果他能突围出来，还活着，就是回不来也会捎信来的。”

我捂住了脸。

你奶奶继续说：“就算那天突围出去了，跟着四少爷跑到了台湾，也无非是保住了条命，还能回来吗？国民党连江山守都守不住，还能夺回来？妈都清楚你不清楚？咱的日子还要过，不为自己也要为孩子想想，有一个解放军大官的爸爸护着是个什么样子？妈不是逼你，我看宋北辰今天有些急了，不敢再这样不知好歹了，惹恼了人家，过了这村就没这店了。”现在你奶奶是拿定主意看上了宋北辰，把卫民生等推一边了，地方实行军管，解放军说了算，宋师长一句话，谁敢不给她落户分地？再说，现在的仗也没什么可打的，秋风扫落叶，一个解放军师长怎么可能阵亡呢？你奶奶的这些改变，离不了民兵小队长羊眼娘的说和。

见我还不吱声，你奶奶叹了口气说：“黑馍拿枪顶着孩子的那一天，妈就想给你说，找个可以依靠的男人我们可能还有个活路，可是妈张不开口，但我们这样耗着可什么时候是个头？”你奶奶说着抹起泪来。

我说：“妈，从一个国民党军官的太太转变成一个解放军军官的太太，不是那么简单。”

你奶奶说：“惠，我知道你是文化人，可是我们面临的问题很简单，吃饭，穿衣，活下去。宋师长是解放军的大官，以后的天下是解放军的，你跟了师长，一家人就不会再受欺负，不会再有人用枪指着孩子头了。师长总比一般人挣钱多吧？跟了师长，孩子可以吃饱穿暖上得起学。惠，你也看见了，娘家是无法靠了，你上有老下有小，唯一能解决问题的办法就是找个可以依靠的男人，妈是过来人，相信妈的眼力，宋北辰是靠得住的男人。”

人常说，识时务者为俊杰，你奶奶就是这样的俊杰。你奶奶在宋北辰那黄军装上，看到了希望。

你奶奶说：“惠，把事情往好处想想。妈知道你心地善良，不会扔下妈的，如果能扔下，你就不会带我们到这儿来了，你会从郑州直接回娘家。妈这是前世修的福啊。妈想过了，以后就是新社会了，你出去工作，我给你带孩子做饭，你想啊，谁能比过亲奶奶，小槿不会受罪啊，再说，将来前一窝后一窝的，这前一窝只有小槿一个，我在跟前小槿也不会受欺负。”

见我还不答话，你奶奶急了，你奶奶说：“你放眼望望，如果不嫁师长，谁能养了你这一家子？师长看上了你，这是我们多大的福气啊！惠，不能错过这个机会啊，妈给你跪下了。”你奶奶说着跪到了我面前。

我拉你奶奶起来，你奶奶说：“你不答应，妈就一直给你这样跪下。”你奶奶使出了她的绝招。这曾是我最无奈最深恶痛绝的一招，我转身跑了。

我一个人埋头在渠岸上走，向北走，走得飞快，我感到再不走快，就要被你奶奶抛来的绳子套住了，以前若干次就是被这样的绳索套住的，然后，我被牵着鼻子走。这次，我想逃脱一回。猛然间一个庞然大物挡住了我的去路。宋北辰横马挡在路中间。

“你要去哪里？上马，我送你！”宋北辰掩饰不住能在这里碰上我的高兴，问话里却带着幸灾乐祸和嘲弄。

我想也没想，孩子般地气呼呼地说：“我要去照金。”

“照金不是前面的村庄。我们能这个时候在这里相遇，说明我们都在为同一件事堵得慌，我们为什么不能好好谈谈呢？”宋北辰说着下了马。

我沉默地看着天空。太阳还没有完全落下山，月亮就迫不及待地出现在天空了，在红色晚霞的映照下，大地上的村庄、田野、树木都显得温馨而多情。

宋北辰说：“好吧，你不愿意谈就不谈了，难得现在日月同辉，我们一起走走吧！”

我和宋北辰一起向北走，中间隔着马。很静，晚风吹来远处油菜花的清香气息。马踏着碎石的声音很脆。

我说："今天下午让你久等了，不好意思。"

宋北辰苦笑了一下，说："不是久等了，是白等了。"

两人又无话了。过了一会儿，宋北辰问："你骑过马吗?"

"没有。"

"骑在马上，看着树木庄稼疾风般掠过，心情会畅快起来。"

"我想也是。"

"要不你试试?"

"还是算了。"

宋北辰停下来，拉住马缰绳，"不要怕，我给你牵着马。"

我有些犹豫，宋北辰让马靠在我右边，抓住我的左手抬起来说，"抓住马鞍子上的铁圈，然后左脚踏马镫子。今天你又没穿旗袍，抬腿往上踏。"

没等宋北辰指挥完，我却已经上了马。

宋北辰说："还需要我给你牵马吗?"

我笑了笑，"你想牵就牵吧!"

宋北辰牵着马走起来。宋北辰说，"你刚才撒谎了，你骑过马，起码是骑过有人牵着的马。是庄平吗?"

"是。"

"他也是这样牵着马，走的也是这条路吧?"

"是。我住在娘家他来看我的时候，常常是骑着马来的，他喜欢看这里一望无际的庄稼，就牵了马出来溜达。"

"这一点和我一样，喜欢看这肥沃的土地上长的庄稼。在我向尚先生了解黑馍递的状子的时候，尚先生跟我谈过庄平，我相信尚先生的话。怎么说呢？作为一个男人和军人，尤其，作为一个爱国军人，我很敬重庄平，也很为庄平惋惜，我愿意替他照顾你，为他养孩子和老人。"

"可是，庄平是国民党军官，是你们的敌人。"

"我就知道你心里一直缠着这个疙瘩。国民党军队是我们军队的敌人，对个人而言，对非战场而言，一个国民党军官就不一定是我的敌人，有可能还会是我的兄弟、朋友，我的话你能听懂吗?"

怎么会听不懂呢？我暗暗吃惊，宋北辰这样单刀直入触及我心里那块不能动的疼痛，触及了却没有想象中的那种疼痛，反倒有一种如释重负的轻松感，让我多日来憋闷的胸口透过一口气来。

“我的朋友中就有是国民党军官的，我的一个堂哥还是一个国军中的军长，我伯父去世的时候，我们见面了，我们难道要刀枪相见吗？你父亲是共产党的高级干部，你丈夫是国民党军官，你见过他们刀枪相见了？你为什么就非要将你、我用政治分开看呢？尚惠，我喜欢你，想娶你，你应该思考这个男人能不能做我的丈夫，就够了。”宋北辰停下脚步，用一双闪亮的眼睛仰望着马上的我，“尚惠，给我努力的资格和责任吧，我要让你从过去的阴影里走出来，过上幸福的生活。”

我迎着宋北辰的目光，说：“尚先生没给你说过，我曾经很想去照金，当一名共产主义战士是我的梦想。可是，当我看到从中条山战场上抬下来的奄奄一息的庄平，我崇拜上了他，那个时候，我从庄平身上看到了抗日战争胜利的希望。西安城庆祝抗日胜利的那一天，我看见庄平戴着大红花站在英雄车上接受人们的称颂和敬仰，我爱上了他，不顾一切地爱上了他。国民党军队虽然被你们打得一败涂地，但是，我永远认为他们在抗日的战场上是英勇的。”

我继承了你姥爷的睿智，在足以令人感激涕零的爱情表白中，我头脑清醒，短短的几句话，柔中带刚，铿锵有力，让理想的光辉照亮解放军师长求婚的希望，同时，又让理想的光辉指引解放军师长看到我灵魂深处的骄傲和不屈。

宋北辰沉默了一会儿，转过身，牵着马继续走。宋北辰对我曾经的理想是了解的，这让他欣喜，让他看到了我们能够志同道合的希望，但后面的话让宋北辰心情沉重起来。婚姻是个人的事，但是不能不受政治背景的影响，马上的女人不只是他想象的那样——想从阴影里走出来，她好像还想固守。尚先生在谈到已经给他大大抹黑的姑爷庄平时不亢不卑，甚至还有些骄傲的面孔浮现在眼前。但沉重的心情并不会改变宋北辰的决定，宋北辰抬头望着嵯峨山的黑影说：“你光知道嵯峨山的北边是照金，知道照金的北边是哪里吗？就是我的家乡，阿拉善草原，你见过大草原吗？”我说：“没有。”宋北辰说，“打完了仗，我带你去看，你一定会喜欢上的，我们一起在草原上骑马奔驰。”我没有说行还是不行，我说：“那一定是个非常美丽的地方。”

我永远铭记着宋北辰说的那段“作为一个男人和军人，尤其，作为一个爱国军人，我很敬重庄平”。是那段话打开了我的心结，感到有一股春风从前面牵马的男人身上漫卷过来，吹拂着我蜷缩着的寒冷的心，模模糊糊地看到了自己的眼前出现了一条崭新的，同时是陌生的、铺满了阳光的宽阔大道。一种终于有了方向，预见了幸福来临的幸福感一浪接一浪在我心头奔涌。但当我想到要靠嫁一个男人来改变一家人的生活的时候，又是一阵心酸。

虽然我没有什么表白，宋北辰已经感到了幸福的希望，这希望将他化成了水，他用水一样温和的语调问我，“我就要进西安城了，你想要什么，我给你带回来。”

“德懋功的水晶饼。”我脱口而出。

宋北辰回头欣赏地看着我说，“想着吃？其实你还是一个孩子，你的人生完全可以重新规划。等我从西安城打仗归来，带你翻过这座山去照金参加解放军，实现你的梦想，那有我们的医院，你卫校毕业，也在医院里干过，那里正需要你这样的人才。”

“我是人才？”我瞪着迷茫的眼睛，像不认识眼前这个望着我的解放军军官一样，接着用快断了气的声音问，“你说的当真？”

“你懂音乐，又上过卫校，就是人才啊！我一定带你去。”

“拉钩？”

“拉钩。”

当宋北辰伸上来手的时候，我没有用小指头去钩，那太没有力量，太不能表达我此刻激动的心情了，不，是感激的心情。我感谢老天爷，把又一个好男人送到了我身边，我以为，宋北辰只是想跟我结婚生孩子，没有想到会让我穿上军装，实现梦想！我拧着身子，用两只手抓住了那只大手，用哭一样的声音说：“宋北辰，你可要说话算数！”

“一定算数。”

我当时眼里的光辉有多灿烂，我能够想象，我看到宋北辰眼里也放出了同样的光辉，我能猜想到此刻这位解放军师长想到了什么，他想他真是没有看错，这个国民党的太太其实是一个多么有革命理想的人儿，是一个多么能与自己志同道合的人儿啊。

可是，突然，我松开了宋北辰的手，目光黯淡下来。宋北辰问：“怎么了？”

我忧愁地看着宋北辰说："庄平没了，他母亲和妹妹无依无靠，我不能扔下不管，我还有孩子，这都该怎么办呢？"

"我不是跟你说过嘛，你的重担我来挑，你给我担子就行了，其余不用你操心，我都会安排好的。"宋北辰扔下马缰绳，把我从马上抱下来，然后用两只大手焐住了我的两只小手，"记住，你以后有男人了，有了男人的女人再挑重担是打男人的脸，不要打我的脸啊！"

宋北辰就那样用力焐着我的手，把力量和热量传给了我，力量和热量合在一起，在我的身体里变成了一根轴，把我的脖子、头都撑起来了。如果你父亲曾经是我依赖的肩膀，那么，现在，宋北辰就是我身体里一根温热的轴，我整个人被撑起来了，被导热了。

你奶奶听我说要跟宋北辰去照金，拍着手说："去，去，再苦也去，我们一家都去，我给你们做饭看孩子，北辰那么瘦，我就用山里的野菜都能把他吃胖。再说，趁妈还能带孩子，赶紧跟北辰生个孩子。你不好意思，我跟北辰说。"你奶奶不想落户分地的事了。

去照金这束理想的光辉驱散了盘踞在我心头多日的阴霾，它又是那样迅速地加强了我对宋北辰的感情，像当年跟你父亲一样，爱情的波涛将我的整个心灵淹没了，我惊讶地发现，以前所信奉的真正的爱情一生只有一次是骗人的，占有最初心灵的爱情不一定能寿终正寝，往往会在人生的大潮中化成一声叹息。在关中大平原最美丽的季节里，人们看见宋师长不跟马溜达了，跟培英学校的尚老师溜达。人们看到，城角窑前的荒地有解放军开垦了，解放军还给井上安了辘轳。人们看到，月亮弯弯，弯弯月亮，云阳乡的最高长官宋北辰在月亮下绞辘轳，清澈的水流进田洼里像银蛇爬动。春玉米眨眼间就长出来了，城角窑前的荒地变成了绿油油的玉米田。有一天，院子里的枣树下拴了一只小白羊，小白羊挣着绳子想吃那玉米棵。和村的人从你奶奶那高亢的洋腔里知道，这只小白羊是云阳乡的最高长官宋北辰买的，是只母羊，是以后给庄小槿吃奶的，和村人还从你奶奶那高亢的洋腔里知道，宋师长说，亏谁也不能亏孩子，总吃野菜身体会营养不良的。嘻嘻，这还没当上爸哩！和村人又看到云阳乡的最高长官宋北辰对那小母羊关心备至，用树枝给小母羊搭起了棚，怕晒着。每次来都给小母羊带一把新鲜草，怕饿着。还用那双大手捧着水让小母羊喝，怕渴着。啧啧，小母羊幸福死了，我们恨不得是那小母羊。

尚惠与云阳乡的最高长官宋北辰相好的事情如春风吹遍了田野，云阳乡的最高长官宋北辰将成为和村的女婿，这是和村的喜事、和村人的荣耀，那些日子和村人喜气洋洋，得意扬扬。我再一次出名了，一个国民党反动派的老婆转眼变成了解放军师长的老婆，无疑乌鸦变凤凰，尽管这只乌鸦原来就是凤凰。我重新看到了人们过去的笑容，这笑容是发自内心的，充满着由衷的喜悦和祝福。城角窑前，你奶奶满面春风地接受人们送过来的东西，一把青菜、几头干蒜、一碗苞谷面还有一篮子还没来得及成熟就被主人摘下的青杏，你奶奶用高亢的洋腔对上门送礼的客人表示感谢。人们说：洋腔好听，我们这里能听到大城市北平的洋腔是福分哩。庄小槿的脸蛋让人们亲红了。

我的这些父老乡亲们哪！

十、宋北辰带兵离开

麦子扬花的时候，宋北辰要带着队伍走咸阳过渭河，解放西安城了。宋北辰是在晚上接到第二天早晨要出发的密令的。黎明的晨雾覆盖着广阔麦田，人们还在沉睡中，四十七师的大队人马开拔了。宋北辰骑着马，走在队伍的最后面，当经过尚家堡的时候，略一勒马，过了木桥。

路上的动静早已吵醒了我，我穿衣出了窑门，拐过城角，看见三旬公路上大队人马映着黎明微弱的曙光向东开去。看见宋北辰策马跑来，我迎面跑过去。

宋北辰跳下马，从口袋里摸出两块银圆给我，我不要，宋北辰说："给孩子和老人买点粮食吧，离麦收还有些日子呢。拿着吧！"

我接过了银圆。宋北辰上了马，即将奔去的时候又勒住了马，侧回身看了看我。当时我脸上的表情一定让宋北辰心疼得难以离去，这位即将奔赴战场的解放军师长又下了马，把马鞭插在皮带里，腾出双手，捧住了我那狭长苍白的双颊，嘴唇颤抖着说："我很快会回来。回来我带你去照金，我要让你穿着军装跟我举行婚礼。"

我身体紧贴着宋北辰，闭着眼睛，手抚摸着他胸前的布胸章，那上面写着让我心动的七个字"中国人民解放军"。

“北辰，打仗时不要分心，我会好好的，我等你回来。”这是一句听起来很普通的道别，在我后来的回忆中变成了泪水的源泉，每一次回想起来都让我泪流满面。

知道我为什么不望着宋北辰的眼睛吗？因为我知道宋北辰那双黑炭似的眼睛正对着我灼灼燃烧，如果我们的目光相碰，我们就一时难以分开了，而他的部队正在远去。

我手里捧着银圆，望着宋北辰策马的身影消失在东方发白的天边。

你奶奶用牙齿咬银圆，用耳朵听银圆，眼睛放射出财迷看到大金矿的光辉。你奶奶这个目不识丁的穷苦人家出身的老妇人说出了一个伟大的真理，你奶奶说：“惠，你记着，天底下，一个男人如果喜爱一个女人，表达的方式都一样，就是舍得给女人最需要的东西。如果一个男人舍不得给你东西，还能给你心吗？”

我这个曾经对钱没有感觉的富家大小姐，含着感动的泪水，用手绢把这两块银圆包起来，装在贴身的口袋里。

在这天中午吃饭的时候，你奶奶把使用这两块银圆的打算与我商量。你奶奶说：“就要收麦子了，不要听北辰的，我们再坚持一下，这银圆给你们做结婚的衣裳。”

我说：“宋北辰说穿军装结婚。”

你奶奶说：“那也要做件新衣裳，吉祥。给北辰也要做，做件长衫，在照金穿不得，在这儿穿，我要在村上请客，人家都问呢！”

我咯咯笑起来，“宋北辰穿上长衫会是什么样子呢？一定很滑稽。”

你奶奶说：“你没细看过北辰，其实很清秀的，是风里来雨里去把孩子弄得黑瘦，等和平了，会是一个很俊的书生。”

我说：“听妈的。”

十一、可怕的一天

为西安城的和平解放，你姥爷在四十七师开拔前就去西安城了。四十七师的开拔说明你姥爷的和平解放工作失败了。你舅舅说：和平解决不了，起码也能改善局势，半和平也行啊，解放没有悬念，就看牺牲的代价是多少。你舅舅是在你姥爷走后从西安城回来的，带回来西安城里好多消息。你舅舅说：估计西安城很快拿下，主要抵抗力量是分布在泾河、渭河一带的敌人，大修工事，想利用河水顽抗。我说：四十七师是在哪里打？你舅舅说：在渭河。没有遭过白眼挨过饿的尚家大少爷对妹妹给他找了个共产党师长的妹夫评价为乱弹琴。你舅舅跟你父亲的感情比较深，提到妹夫，你舅舅几次流泪，你舅舅说：共产党应该报答妹夫。过了几天，你舅舅扔下忧心忡忡的妹妹，又忙他的解放事业去了。

山中没有了老虎，猴子称霸王，四十七师离开云阳乡后，云阳乡的地方武装活跃了起来，成立了云阳乡区地方武装，这个时候李才从北边回来，至于北边的哪里，李才讳莫如深。李才穿一身没有胸章的解放军军装，红光满面，神采奕奕，出任了云阳乡区民兵武装大队长，黑馍担任区中队队长，羊眼当和村小队长。土地早已在打土豪分田地中分了，金银珠宝也没有了，现在只好分桌椅板凳、锅碗盆瓢，黑馍带领着人把赵掌柜家的东西抬出来分给了百姓，羊眼也带着人把尚家的大锁砸开，把能分的东西分了。羊眼说，尚家没人好，要不大家都难为情。你姥爷是故意让家里没人的。东门外尚家与东门里赵家不同的是白天分了，晚上又送了回来。黑馍骂羊眼无能：要是我谁敢送回去就枪毙谁。

黑馍一向看不惯你姥爷那一套共产主义理想，什么苏维埃马克思的，对他来说太远。黑馍想过上好日子，至于什么样的好日子起初无非是吃白馍穿好衣，讨老婆。黑馍参加了渭北游击队，摸到枪杆子后，对好日子的追求逐渐丰富起来，除了钱、土地、高桌子低板凳以外，还有更好的东西——敬畏和权力。敬畏就是让人怕他，要人怕他就要打、砸、抢、杀人。要有权力就要巴结好能提他当官的人，让干啥就干啥，干好啥。

大人物是在你舅舅走后不几天到云阳乡的，最早的消息是由羊眼娘悄悄告诉给你奶奶的，羊眼娘说：乡里来了个大人物，看上去斯斯文文的，其实心狠得很，督促杀人哩。你奶奶听后吓坏了，对羊眼娘说：你让羊眼多在他们跟前说说，要杀要剐等我家北辰回来再说，我家北辰会很快回来的。羊眼娘说：我看让北辰带羊眼当解放军算了，这整天背着个枪跟黑馍争高低，早晚会出事的。你奶奶说：没有问题，就让北辰带羊眼走，到了照金，我们都会照顾羊眼的，羊眼要升个一官半职，你也来，我们老姐妹住在一起抱孙子多好。你奶奶的话把羊眼娘说得心花怒放，一再保证羊眼会保护我们的，又感叹道：你看这世道一会儿一个样子，你们要多小心。

我们担心的事情还是发生了。一直被宋北辰压着的杀害游击队员案被翻了出来。开公审会这天，黑馍到尚家堡抓你奶奶，被羊眼拦在了木桥上。羊眼说：到我的地盘上抓人，要事先跟我商量。在黑馍和羊眼僵持不下的时候，李才陪着那个大人物来了。大人物确实是斯斯文文的，两个警卫一左一右跟在两边。黑馍和羊眼见了他都恭敬地叫老首长。

大人物站定，盯住羊眼看了一会儿，什么也没说，穿过了木桥。李才跟上去，问：怎么办？大人物瞪了李才一眼：这还用我说？血债要用血来还，什么你的地盘我的地盘？死了的是我们共同的兄弟。羊眼让部下让开了路，黑馍带着人直扑城角窑抓你奶奶。在这前一刻，你奶奶已经跟着羊眼娘穿过果园藏在了羊眼家。

公审会在培英学校操场召开，操场的领操台变成了主席台，主席台上方是用绳子穿着几张白纸片做成的横幅，横幅上写着“云阳乡公审大会”几个大黑字。横幅下面是一张长课桌。大人物坐在课桌中间，面前放着一支毛笔和一只砚台，还有几张小木牌。警卫站在课桌两边，李才站在主席台前侧。

小学生坐在前排，老师坐在学生后面，我抱着小槿坐在其中，我不相信他们真能杀孩子。学校师生后面就是各村的百姓，黑压压站满了半操场。会场周围，三步一岗，五步一哨，岗哨都由黑馍和羊眼的民兵担任。大人物面孔消瘦苍白，由于两腮塌陷而显颧骨高耸、下巴又尖又长，眼睛细长而黑亮，像一个精明、见多识广的读书人。大人物始终端坐着，眼睛里蒙着一层阴霾，目光如钢针带着闪光从阴霾里穿出来，坚硬地扫视着会场。使本该暖意洋洋的春风，渗进了缕缕阴冷，人们看一眼大人物，眼睛就赶忙躲开了。

大会正式开始前，场外一阵骚动，羊眼和几个民兵把赵富贵和几个曾经带头交粮的人押到了会场。被押的人都被捆成了粽子。百姓们不忍心看，纷纷低下头。我用手把小槿的眼睛捂住。

李才走到了台子中间，唾沫横飞地发表了一通讲话，大意是这几个人给国民党反动派贡献粮食，游击队决定抢回这批粮食，赵富贵探到这一消息后报告给前来督战征粮的军统特务庄平，庄平让其跑到驻扎在三原县城的国民党军队报信，使游击队夺粮行动失败，游击队员孙地娃牺牲。李才讲完后，躬身在大人物身边请大人物指示。大人物塌陷的腮里像隐藏着一条小老鼠，听了李才的请示，那条小老鼠隐隐地动了几下，然后又安静了。大人物慢腾腾地左手拿起一张小木牌，右手拿起毛笔在砚台里蘸了蘸，让毛笔吸足墨汁，然后潇洒地一挥笔，在木牌上写了几个字，然后，像投飞镖一样将木牌投到了跪在地上的赵富贵身上。一个民兵走过去，捡起木牌，插在了赵富贵的脖领里，老戏里衙门要杀人就是这样的！屏息憋气的人群发出了细微的惊呼：赵掌柜要死了！

大人物刚刚表演完，一个瘦长条迫不及待地从人群里站起来，战战兢兢地说，“我……我要揭发一个人。”

“好，不能让坏人隐藏起来，”李才兴奋地说，“上台来揭发。公审会就是让有冤的申冤，有苦的诉苦。”人们的目光一齐扫向这个人。这个人叫刘黑狗，绰号游狗刘，城角村的。他的衣服破烂不堪，头发又脏又长，腰间系着一条用嫩树皮拧成的绳子。见李才让他上台，他以出人头地的目光扫了一圈周围，将头一甩，雄赳赳地上了台。他踢了一脚挨着赵富贵的那个人，狠狠地说：“姚东奎，你个狗日的，你把粮食给那些你不认识的国民党反动派吃，也不给我这个同村的人吃，那年我偷了你家晒的粮食，不，不，那不叫偷，那叫取回我劳动的成果，你踢了我一脚，骂我二流子、懒货，让我吃自己种的粮食去。我没有地，到哪里种粮食？哦，你是想让我种你家的地，受你的剥削。呸，我宁愿吃泔水也不种地。”

刘黑狗一口浓痰吐在了姚东奎的头上。大人物厌恶地捂了捂自己的嘴。

姚东奎顶着那口痰跳起来，像一头暴怒的公羊，一头将刘黑狗抵到了台下，骂道：“你个好吃懒做的二流子，满世界找泔水吃的游狗，你有啥脸数叨我？”黑馍冲上来，踢翻了姚东奎，大脚踩住了姚东奎的脖子，姚东奎呼呼喘着粗气，疯狂地叫起来，“我不服，我把粮食给国民党，是因为国民党在中条山打日本鬼子，我不出粮，难道让那些去替我们挡日本鬼子的娃饿死吗？李才，你这个怕饿死的逃兵，你有什么脸站在台上……”

黑馍将大脚踩到了姚东奎的嘴上，姚东奎无法发声了，身体因挣扎而可怕地扭动着。大人物吐出了坐在主席台上后的第一个字，“杀！”然后快速地写好一张小木牌，将木牌抛在了黑馍脚下，“就地立即执行。”

黑馍将脚移到姚东奎的胸口上，长枪的枪口抵住了姚东奎的脑袋。

“叭——”一声枪响，姚东奎的头扭动了几下，白花花的脑浆和鲜红的血飞溅出来，溅了黑馍一裤腿，黑馍甩了甩腿，一股黏腻的血腥味在会场上漫延起来。人群中有的人把脸扭到一边，有的人低下来，有几个小学生哇哇吐起来，还有的哭起来。

刘黑狗挥着烂袖子喊，“啊？妈呀！我不是这意思，我不是这意思！”

黑馍对他怒喊一声，“滚！”

刘黑狗妈呀妈呀号叫着跑出了会场。

大人物对呆立一旁的李才说，“继续。”

李才缓过神来对大伙说，“本来我们决定是不杀他的，没想到他这样反动，这样公然蛊惑人心，我不是怕饿死，我那叫弃暗投明，把我的弃暗投明说成怕饿死，这是颠倒黑白，这是污蔑……”李才还想为自己辩解，被大人物的一声咳嗽给压回去了。李才张望着会场问，“谁还有要说的？”

鸦雀无声。

“没有人说了我们就……”李才的声音被打断，一个快成九十度罗锅的老头站起来，问李才，“我刚才看见你们那当官的给赵掌柜的扔牌子了，跟戏里的一样，是判赵掌柜的死刑吧？”李才皱着眉头说：“是，叔，你有啥要说的？”

“良心啊，人不能丧天良啊，如果我不替赵掌柜的说几句公道话，死了会下地狱受罪的……”

黑馍隔着一片人喊，“爹，你赶紧闭嘴！”

这是黑馍的爹张旺发。黑馍的爹说：“赵掌柜的两个儿子都死在了中条山抗日前线，中条山打仗的时候你们为什么不去？你们还要抢送往中条山的粮食，赵掌柜阻拦错在哪儿了？如果不是那些娃们在前线挡着，我们这里早让日本鬼子占了，李才，你娘恐怕早让日本鬼子日了。”

黑馍喊，“你再说我就开枪了。”

张旺发拍着胸口喊，“开枪吧，朝你爹这里开，你就是个畜生，如果不是赵掌柜的收留，你早饿死了。”

黑馍对民兵喊，“你们是死人？”几个民兵扑过去，把张旺发的嘴捂住，拖走了。

黑馍气急败坏地指着赵掌柜的，“我就是恨这老财迷，给自己儿子吃白馍，给我吃黑馍，你的儿子嘲笑我，给我起绰号黑馍。你整天给我吃黑馍，要不，我能长这么黑吗?”

台下出现了几声嘲讽的笑声，有胆子大一点的嘟囔着说，“给黑馍吃就是大善人了，不知好歹，自己的脸黑怪馍。”

大人物咳嗽了两声，李才闻声大声喊，“现在宣判赵富贵死刑，就地立即执行。”大人物站起来摆摆手，慈悲地说：“不，不，这里是学校，孩子们要读书，不能血腥味太浓，来的时候我看见你们东门外有一片芦苇壕，就在那里吧。”

李才喊，“现将公审大会移到东门外芦苇壕。”

人群开始向校外散。大人物被李才、黑馍们拥着，走在最前面。两个警卫分散两边警惕地左顾右盼。紧跟着的是抬着桌子和椅子、高举着横幅的民兵。再后边就是那几个倒霉蛋，赵掌柜走在最前面，脖颈上还插着被大人物写上名字的木牌。大概是姚东奎的凛然激励了他，他一改刚才吓坏的样子，不屈地挺着小脑袋。小脑袋后面的小辫子开了，白发像秋天的芦苇花一样，迎风招展。春光明媚，空气清新，一群鸟在麦田上空翻飞，似乎为将吃上新麦子而兴奋不已。赵掌柜挣扎着想扭头看看曾经是自家的波浪翻滚的麦田，被民兵及时按住了。一个民兵骑着一头毛驴，挥舞着一面小红旗，在通往东门外芦苇壕的三旬公路上来回跑着，想竭力营造出一个有秩序的队伍，但人们像是没有吃饱饭或过度疲劳，踢踢踏踏，一段有一段无，有些想溜号，被旗子及时挡了回来。我背着小槿走在教师队伍中间。小槿好像睡着了，哈喇子流了我一肩。

队伍上了云惠渠大桥，就看见东门外的高坡了。云阳乡是一个古镇，四周曾有城墙，经过若干年的风吹雨淋，如今城墙颓废成高坡，高坡下就曾经是城壕的芦苇壕。会场就在坡中间。队伍的尾巴还在云惠桥上，头那边已经准备好了，远远地看见横幅钉在谁家房子的山墙上，庄基此刻变成了主席台。大人物坐在课桌后的椅子上，居高临下地望着城壕里一片片翠绿的芦苇和墨绿发稠的水。

队伍终于集中在坡中了，坡是斜慢坡，松软的土壤上长着野草，正是野花开放的季节，坡上野花烂漫。人们的大脚深深地踩在野花上，防止不小心滚到芦苇壕里去。一个个倒霉蛋面向芦苇壕跪在紧挨主席台的高坡上，一个个手里紧抓住长得根深叶茂的野草，否则会固定不住自己的膝盖，滚到人群中。

大人物似乎已经失去了耐心，直接让李才宣布对赵富贵执行枪毙。

赵掌柜瘦小的被捆成粽子一样的身躯像猴子一样拼命向上蹦，边蹦边喊，但他喊的是什么没有人听清，因为有前车之鉴，赵掌柜被一条烂毛巾早早塞住了嘴。也是因为有前车之鉴，黑馍在民兵押开赵富贵距自己一定距离后，从后面向那团芦苇花开了一枪，两个民兵一撒手，赵掌柜就像中枪的猴子一样，先蹦了一下，然后向坡下滚，坡下几簇旺盛的芦苇没有拦住他，“扑通”一声掉进了墨绿的水里。由于相隔了一段距离，游击队员黑馍没有一枪将赵富贵毙命，赵富贵掉进了墨绿的水里还像猴子一样蹦了几下，可以想象，如果赵富贵没有被捆成粽子，有可能扑腾着爬上岸来。

李才对人群喊，“杀害游击队员公审大会到此……”

“等等!”李才的声音被一个歇斯底里的破嗓门打断。喊者是那个游击队员孙地娃的娘。孙地娃的娘手里挥舞着一根拐棍，没等李才回话，就往坡上的主席台上走，步履蹒跚，宽大的大襟褂子扑棱着，像只垂死挣扎的老母鸡。一个民兵跑过去要扶她，被她打了一拐棍。孙地娃的娘走到大人物的桌子旁，却没理大人物，面对着大众，用棍子连戳了几下地皮。李才说：“大娘，有什么意见请说嘛。”

“大伙说说，”孙地娃娘将拐棍向人群扬了扬，“这审判公平吗？我儿子牺牲的时候才十六岁，人生还长着哪，只用个棺材瓤子给我儿抵命，公平吗？冤有头，债有主，不是国民党特务庄平来征粮，这个棺材瓤子通啥风报啥信？是不是这个理?”

李才问，“大娘，你这是啥意思?”

孙地娃娘转了一下身，侧身对着李才，顿了顿拐棍，“庄平死到哪里你们不知道可以，他的娘跑到哪里了一时抓不到也可以，可他的老婆和娃在这里！老婆跟庄平没有血脉关系，可以再找别个男人，当别个男人的老婆就跟庄平没关系了，断了，可娃是庄平的血脉，断不了，就是有了新爹也无法断，谁的娃就是谁的娃。枪毙庄平的娃，用他的娃为我娃抵命！我，就是这个意思。”

李才张口结舌，支吾道，“大娘，那是个一岁不到的娃，是无罪的。”

孙地娃娘愤怒地扔下了拐棍，两手扒拉开大衣襟，露出耷拉得很长的干瘪的乳房，然后照准那干瘪的乳房“啪啪”打了两下，说：“我儿吃着这奶长到十岁，他就不是娃？他就活该死？你不会是因为庄平是尚怀道的女婿就包庇吧？你今天的官位是尚怀道扶上去的吧？”

李才说：“大娘，你说哪儿去了？我什么时候不秉公办事了？”

孙地娃娘这才对着大人物跪下了，哭号着说：“大长官，求你为我儿主持公道。”大人物厌恶地皱了皱眉，一个民兵去拉孙地娃娘起来，孙地娃娘说，“不给我儿报仇就不起来。”

“儿啊！你说你冤不冤啊，好不容易盼到云阳乡解放了……”孙地娃娘撅着大屁股，对着大人物边号边磕头。大人物的目光冷酷地盯着李才，李才的脸上冒出了汗水，低头看了一会儿脚尖，一会儿抬起头用求援的目光看人群，又躲闪开人群的目光，最后将目光落在了我脸上。

我双手紧抱着小槿，怒视着台上的孙地娃娘。小槿好像知道自己面临的危险，小脸藏在我的腋窝里，两只小手紧紧地抓住我的衣袖。李才脸上挂着不自然的笑，畏畏缩缩地走到大人物面前，弓着腰乞求着什么，而大人物不怎么理会，一手拿起笔，一手拿起一个小木牌，慢条斯理地写着字。

人群里发出一阵唏嘘，大人物一写字就是要杀人了。

大人物终于写完了，出人意料地将木牌摔到了李才脚下，李才弯腰拾起来，看了看，身子对着大人物伫立了一会儿，然后僵硬地移到台子边沿，喘着粗气喊，“现在宣判，杀害游击队员孙地娃元凶国民党特务庄平之女庄小槿死刑，就地立即执行。”

我抱着小槿站起来，喊了一声：“谁敢动这孩子一根毫毛，我爸回来杀你全家。”我的声音不高，也不尖利，但它却割裂了空气，空气发出咝咝的声音。

李才僵了。黑馍僵了。

大人物对黑馍说：“执行命令。”

黑馍带着两个民兵，挤过一个个树桩一样僵硬的人，来到了我面前。我一手抱着小槿，一手捏着刚从头上取下来的形如鹰嘴的金属发夹，对着黑馍的眼睛说，“作恶，戳瞎你的眼睛！”

黑馍回头向台子上望去，李才踱着步，仿佛在活动刚才僵硬的腿，大人物仰天闭着眼睛，孙地娃娘还在鸡啄米一样对大人物磕着头。

黑馍回过头，喉结剧烈地滚动了几下，说出了一句令所有在场的人意外的温柔体贴的话，“大姐，我们这都是为你做好事，没有了庄平的这个包袱，你跟宋师长今后的生活干干净净，不扯不挂的一窝亲多好啊！大姐。”

我一口唾沫吐在了黑馍脸上，黑馍抹了抹脸上的唾沫，说：“大姐，其实我黑馍是个有良心的人，念着你给我吃过一块白点心，我才给你说这掏心窝子的话，你不领情，就别怪我不客气了。”黑馍后退一步，用枪口拨开我的发夹，又迅速向前，枪口抵住了小槿的脑袋。小槿两只眼睛对着黑馍的脸惊恐地大睁着，黄黄软软的头发刺猬一样竖了起来。

黑馍说：“大姐，你以后会感谢我的。你闭上眼，我开枪了……”

“向我开枪！打死我，是我该枪毙……”这时你奶奶像一只中枪的大鸟，从天而降，扑在了黑馍面前，护住我和小槿。“杀我吧，杀我吧，”你奶奶疯狂地叫着，“我是庄平的娘，是我生了庄平，我该枪毙！”

黑馍的枪口移到了你奶奶胸口上，扭头看高处的大人物，大人物扔下一个小木牌，厌烦地挥挥手，“一块儿吧，老小一块儿处理掉。”

我抱着小槿，撞开黑馍的枪，向高处的大人物喊，“畜生，你杀这些对抗日有功的人是什么居心？你是汉奸还是日本鬼子托生的？你是来替日本鬼子报仇的吗？”

大人物像被一股强电流击中，整个身体抽搐了一下，将手中的毛笔投到台下，大声喊，“竟敢如此辱骂党的审判！一块儿杀掉，赶紧开枪！”

一个民兵把枪口对准了我，黑馍拦住那个民兵，垂下了头，对我说：“大姐，反抗是没有用的，我不会执行杀你的命令，想想你的将来，忍一忍，让我们把你的这两个拖累除掉吧。”黑馍抬起头的时候，两眼里竟全是泪水。

黑馍把小槿夺过去，给你奶奶，两个民兵拉开我，清出一个小空场，你奶奶抱着小槿，站在空场中间，黑馍让其他的民兵躲开，他一人向你奶奶和小槿举起了枪。

枪响了。

我晕了过去。

在枪声中倒下去的却是黑馍，一枪命中脑门。人群大乱，拥挤着四处逃，民兵们也随人群逃，想到自己的职责，又停下来胡乱朝人群头顶上放枪。混乱平息后，人们才发现，那个大人物扑在课桌上死了。背后中了两枪，让他立即毙命的是头上中的枪，子弹从耳朵上方穿颅而过，流出的白白红红的黏稠液体盖住了孙地娃娘的头，老太太没中一枪一弹，活活给吓死了。大人物的两个警卫也中弹身亡。

这个杀害游击队员孙地娃的公审大会以大人物、大人物的两个警卫和黑馍被枪杀告终。在云阳乡革命历史斗争中是最黑暗的一笔也是最鲜红的一笔，但云阳乡的史料里只字未提。

是谁开的枪？哪一方面的人开的枪？是个跨世纪谜团。

十二、心惊胆战的日子

这显然是为了救你奶奶和小槿，我们怎么能逃掉被追查的干系？我和你奶奶估计李才们很快会上门抓我们的，逼我们交出开枪的人或可能开枪的人，在公审大会上，在光天化日之下打死一个大人物可比在混战中打死一个游击队员严重得多。你奶奶昼夜抱住小槿不撒手，我一下课就往家跑，看到她们都在，我怦怦跳的心才能平静一点。我们就这样等待着新的灾难来临，曾经经历的惊恐和危险，已经把你奶奶脸上的生命颜色褪去得一干二净，我回家面对的是一张随时准备自卫的紧张呆滞的苍白面孔，而小槿一从睡梦里醒来，就惊恐地东张西望，头发竖成小刺猬。

三天过去了，却风平浪静，连小队长羊眼都没有来过。我们有些百思不解。你奶奶说：会不会人家准备更厉害的一手呢？你还是带孩子去西安城找姥爷吧。我在这儿等着，杀了我出了气，这事也许就结了，保住小槿活下来。我说：外面有人盯着，跑不了，等等看吧，要走也是你带着孩了走，他们不敢把我怎么样。

一直没有露面的羊眼娘来了，羊眼娘说："啊呀！快吓死我了，这三天都瘫在炕上下不来，如果那大人物要羊眼枪毙人，死的就是我们羊眼了。叭一枪，跟鸡被剁了头还跑似的，黑馍死了还拉枪栓哩。"羊眼娘说，"其实李才和黑馍都下不去手，是那个大人物逼的。那开枪救你们的是谁啊？"

你奶奶说："我们不知道啊！"

羊眼娘说："不知道也跟你们一定有关系啊，想想谁可能呢？不会是你儿子回来了吧？他可是神枪手。"

你奶奶赶紧说："怎么可能呢？我儿子在郑州突围中死了。"

羊眼娘说："出了这么大的事，上面一定要来人抓你们破这案的，你们如果说不出来个人，可能过不了这一关。李才让羊眼派人监视着你们，怕你们跑了，羊眼没理，后来是李才自己派的人监视你们，都是黑馍的手下。什么东西？一个国民党逃兵，怕死鬼，现在威风起来了。"羊眼娘骂完了李才，叹了口气，又说："要不让羊眼找李才说和说和？李才他再不是东西，心没那么黑，再说，李才不像那大人物，把人一杀走了，没他的事了，李才家可在这儿，乡里乡亲的，他不怕尚先生回来算账？"

你奶奶像见到了救星，攥着羊眼娘的手，激动得泪流满面，"大恩人哪，我正说要去谢您那天让我藏你们家，可被这事整得没敢出门，这又让您操心了，怎么感谢您哪？"你奶奶要给羊眼娘下跪，羊眼娘赶忙拉住，"当紧的，你看家里有啥能拿出手的东西，让羊眼给送去。礼多人不怪。话有三说，救了你们，不能就肯定跟你们有关系，那大人物能杀老人和孩子，想想多作孽，仇人能少吗？黑馍也打死过不少人，没准人家是来寻仇的，正赶上这当口，是你们命不该死。无论如何，上面来调查，有人替你们说话就比没有强。"

你奶奶赶忙说："对，对，让我看看。"你奶奶扫视着屋内，屋里能有什么值钱的东西呢？你奶奶用眼睛看我，我知道她想到了宋北辰的两块银圆，我对羊眼娘说："让我看看能不能借点，一定能想出办法的，回头让我妈给你送去。"

羊眼娘走后，我慢慢思考着说："我什么时候给过黑馍一块白点心？我好像没跟他有过交往啊？"你奶奶说："快别再想这事了，舍财免灾，那银圆拿出来吧！"

我说："这些人都贪财，你不怕这是给咱设的套啊？等你没有东西给他们了，再要你的命。"

你奶奶不说话了。

我继续想刚才的问题，想到了黑馍抬起脸的时候那满眼的泪水，突然想起来了，关中农村有个习俗，快过年的时候，经常走动的人家之间互相送花馍，人们看见在皑皑白雪中有挑着红色担子走街串巷送花馍的就知道要过年了。那是十年前的事了，我奶奶让我打开西安城老韩家送的德懋功水晶饼分给家里人吃，我刚打开礼盒，东门里赵掌柜的长工张旺发送花馍来了，挑担子的是一个皮色很黑的小子。黑小子放下担子，拿出一盘雪白的花馍递给张旺发，张旺发双手毕恭毕敬地递给我奶奶。我顺手给了黑小子一块德懋功水晶饼。我还想起来了，这个黑小子把水晶饼捧在手里看了又看，低头小口咬了一点，嚼了嚼，然后抬起头，这个黑小子竟然满眼泪水。我说：吃吧，吃完了大姐再给你。这个黑小子却转身跑了，花馍担子是张旺发挑出门的。

我不知道我们云阳乡人民是咋想问题的，黑馍把养大了他的赵掌柜的当仇人，原因是赵掌柜的给自已儿子吃的是白馍给他吃的是黑馍，可赵掌柜自己也吃的是黑馍呀，这一点是四里八乡嘲笑赵掌柜的话柄，黑馍怎么能不知道呢？我只给黑馍吃过一块白点心，黑馍却牢记着，把我当恩人报答。还有赵掌柜的，赵掌柜是有名的财迷，舍不得这，舍不得那，却舍得将自已用白馍喂养长大的儿子送到中条山打仗。

我对垂手站在一边等话的你奶奶说："都知道咱穷得吃野菜，突然拿出银圆来，让人咋想？认为咱们是装穷，藏着金山银山呢。你先把那小羊送过去，探探路。"

"孩子一直盼着吃那小羊的奶啊。"

"正因为他们知道咱把那小羊看得很重，送给他们，他们才相信我们没有更好的东西了。"

为了防止小槿见奶奶牵着小羊送人哭闹，我先一步抱起小槿离开了家。我抱着小槿来到了木桥上，这是我在宋北辰走后除了学校和家，唯一待的时间最长的地方。我每时每刻都盼着东面路的尽头出现宋北辰飞奔而来的身影。在这种恐惧中，宋北辰就是我的希望，宋北辰临别的几句话，为我描绘出了一幅光辉灿烂的幸福蓝图，这蓝图是一种力量，使我能用微笑面对惊慌失措的婆婆和村里人复杂的目光。

北辰啊！你就是我的精神支柱，就是一根把我的腰、背和脖子穿起来的隐性的中心轴，有了这根轴，我才不会七零八落地瘫下去。

小羊送出去了，老母鸡和小鸡崽都送出去了，我拿出两块银圆换成碎票，一点一点地送着，我对求李才高抬贵手并没有抱希望，我只是想拖延时间，等宋北辰回来。一直拖到没有东西可送了，宋北辰也没有回来，一个字的书信也没寄来。

羊眼娘来过几次都空手而归，撂下话保不住人了。不送东西了，想象中的可怕事情还没有发生，只是窑前种的地被羊眼带的民兵给毁了，他们说这地是农会的，你们凭什么种东西？他们用铁锨把春玉米给铲了，用镰刀把黄豆苗割了。羊眼娘和几个妇女提着笼把玉米苗和豆苗捡回去喂自家的羊。羊眼娘说：羊眼想进步，得表现给李才他们看，云阳乡的天下今后可能是李才的了。你奶奶坐在窑里不敢出去阻拦，只是流泪。我说：毁就毁了吧，也许不等那庄稼熟我们就走了，到头来还不是人家的？你奶奶愁苦地说，我怕他们不几天还会找出别的事情来，说那井是农会的不让咱们吃水，说那路是农会的，不让我们走。我说，我们再坚持一下吧，宋北辰应该快回来了。

你奶奶说："我真怕啊，我们把所有希望都寄托在北辰身上，绳从细处断啊，北辰是出去带兵打仗的，子弹不长眼啊！"

你奶奶担心的何尝不是我的担心？我每天都在木桥上等待邮递员，学校里订有一份报纸，常会登一些前方战事的消息。西安城解放的消息登过了，伤亡只有二十七个人，后来的报纸又登出了这二十七个人的名单，没有宋北辰啊，宋北辰是师长，只有在战斗非常惨烈的时候才可能殃及他。可怎么就没有消息呢？

你奶奶每晚给宋北辰纳鞋底，哧溜哧溜地响，那针脚又小又密。慈母手中线，游子身上衣，宋北辰就是你奶奶心里的儿子，有了这个儿子，这家就能撑住。

十三、哥哥带回的消息

我们不知道，其实在我和你奶奶因大人物被杀而提心吊胆的日子里，还有一个人也在提心吊胆，这个人就是李才。一是怕那杀手再回来杀他，毕竟他是公审大会的二号人物；二是上级一定会派人来为大人物收尸，抓凶手，大人物死在了云阳乡，死在了自己身边，他自己倒没事，大人物死了，黑馍死了，公审大会搞成了这个样子，他是要负责任的，上级一定会严肃处理他的，弄不好要削官为民了；三是这是一起影响很恶劣的案子，上级不会不派专案组来破案的，让他协助是必然的，这案又直关尚先生的事，让他怎么协助？尚先生待人和蔼大度，但绝不是一盏省油的灯，专案组不怕，搞下事情屁股一拍走了，他可不行，他的家在这儿，他还想在这里好好干个人样子哩。然而，上面却迟迟没有人来，他亲自上县上找县长卫民生，卫民生躲着不见，其他的人打哈哈。也没有家属来，尸体放臭了，臭不可闻，李才没有办法，自己做主以革命烈士的名义将大人物埋在了他“牺牲”的地方——芦苇壕的坡中间，墓碑上没有墓主的名字，只写着“革命烈士”四个字。大人物一到云阳乡就叮嘱过李才，他干的工作性质要求在任何情况下都不能泄露他的名字，即使死了。

李才将大人物埋葬后，派人给县长卫民生去汇报，卫民生看都没看就将汇报材料丢给派去的人，说：拿回去让你们区长擦屁股吧。这卫民生什么意思呢？很明显，他为了巴结大人物，把县长得罪了，当时他是权衡过利弊的，谁知道大人物会死？偷鸡不成蚀把米，正在李才万分沮丧的时候，门被踢开了，是你舅舅找他来了。

李才知道这一天早晚会来的，大人物、黑馍都死了，尚家的怨恨就只有转到他头上了。你舅舅有文化，见多识广，是泾阳县党组织知名的少壮派，跟县长卫民生是穿一条裤子的发小。卫民生对大人物死的冷淡跟尚家人的感情绝对有关系。令李才没有想到的是你舅舅在对他发了一通火之后，对他说：这么长时间了没有人理睬，就说明以后也不会有人理睬了，你把心放在肚子里，没事了。李才当然希望没有人理睬了，这起严重的刺杀案最好的结果就是不了了之。

你舅舅给我们带来了一个好消息——你父亲回来了。你舅舅说，你父亲突围出去后，没有跟齐占田走，他往回逃了，但没逃多远，被解放军抓了差抬担架，一抬就大半年，后来不需要担架队了，解放军给每人发了两块银圆，让各自回家。你父亲找到了我娘家在西安城的家里。

你舅舅同时又带回来一个坏消息。你舅舅让你父亲找韩冬或李建，让他们带他去向共产党组织投诚。你父亲走后就再没了踪影，你舅舅找到韩冬，韩冬说，他没有见到过你父亲，找到李建，李建说你父亲没有找过他。就是说，你父亲离开你舅舅后失踪了。在西安城解放的前夜，西安城里的混乱局面是可想而知的，对于你父亲这样一个国民党通缉过的要犯，共产党眼中钉的军统特务，死在谁手里都有可能。你姥爷让你舅舅回来看你父亲是不是回到了云阳乡。

你父亲让你舅舅把解放军给他的两块银圆转交给了我，我捏着这两块不知被你父亲摸过多少次的银圆，泪如泉涌。你父亲一点也没有花，怎么活着到西安城的，可想而知。

没有找到你父亲，你舅舅又连夜回西安城了，你舅舅还给我带来一个惊人的消息，你父亲不是庄平，是庄铭，他在三原县医院给我说的庄铭只是他的小名的说法是骗我的？他竟然对我这样保密？那个真庄平找不到了？我怎么觉得这个事情有些怪诞，像是把一个人分成了两个人，一个人是不可以分成两个的，除非其中一个是假的。

几天后你舅舅给我来了信，让我放心，你父亲找到了，在西安狄山监狱，他们在设法救他。

十四、抉择分手

公审大会的阴霾消散后，关中平原迎来了一年中最忙的季节——夏收。学校也放忙假了。这是你奶奶盼望已久的季节，你奶奶带着小槿早出晚归，小槿屁股后面兜着一个棉帘子，可以自己坐在地上玩。自从公审大会后，你奶奶不让小槿离开自己视线半步，仿佛有人四面埋伏要伺机抢她孙女，对这种病态，我没有办法救治，也就由着她了。你奶奶不让我拾麦穗，你奶奶说：你在家做好饭就好了，在大太阳底下晒黑了，北辰回来该怪我了。实际上你奶奶是心里紧张，怕我晒黑了宋北辰看不上我了。

你奶奶忙着拾麦穗也不会忘记倾听远方的声音，直起腰向远方瞭望。你奶奶对我说，有几次她看见宋北辰回来了，他还骑着那匹白马，比以前更瘦了，风吹起军装跟翅膀一样。你奶奶忧心地说：是不是北辰出事了，是魂跑回来找我们啊？你脸色怎么这么难看呢？是不是得到北辰不好的信了？我亲儿子都没了，还有什么顶不住？你告诉我。我笑笑说：尚致见到北辰了，刚解放，啥都是军管，忙，会回来的。

有一天，宋北辰真的像你奶奶的幻觉那样，骑着马飞奔而来了。在地里忙碌的和村人看见了，喊你奶奶，你奶奶早看见了，你奶奶丢下孙女，踩着麦茬子边跑边喊北辰，但半解放的脚让她身体翩翩起舞，欲速则不达。

宋北辰勒住马，向喊声传来的方向瞭望，然后放马向麦茬地跑过来。

人们放下手里的活，看到宋师长把你奶奶抱上马，然后牵着马，找到你奶奶丢下的筐子和孩子。

这时我一个学生飞快地跑出麦茬地，跑过木桥，边跑边喊：尚老师，宋师长回来了。我听到学生的喊声，急急忙忙锁了窑门，躲到城墙上了。我站在城墙上的一棵树后，看到你奶奶搂着孩子骑在马上，宋北辰一手牵马，一手提着盛满麦穗的筐子，向城角窑走来。到了窑前，宋北辰把筐子放下，先把孩子抱下来放到石桌上，再把你奶奶抱下来，你奶奶有些扭扭捏捏。你奶奶是个大骨架，但宋北辰长胳膊长腿，一点也不费劲。

我看到，宋北辰把马拴好，提着桶到井上绞水，你奶奶抱起小槿，把手卷成喇叭，对着村庄那边喊起来：惠，惠，看谁回来了？北辰回来了。你奶奶的声音充满喜悦，你奶奶一半是呼唤我，一半是喊给村里人听的。我靠在树上，双手捂住脸呜呜哭起来。

我只让自己哭了一小会儿，擦干眼泪，平静了一下，踩着杂草，从城墙上走到城墙北端，下了城墙，到学校拿了一本书，然后走到回家的路上。

月光如水，水冰凉。我记不清我是怎么与这个跑了一百多里路，怀着火热爱情的人微笑着吃完晚饭的，我记得我们像亲密情侣一样走在月亮下的时候，那月光如水，冰凉刺骨，我越想对他说分手的时候，感觉越寒冷。

其实，那个夜晚很美丽温馨的，比我跟宋北辰第一次约会的那个日月同辉的夜晚还美丽温馨。天空是明亮的，白色的云朵像白色牡丹花盛开在湛蓝的夜空。城墙上和农家院落里的枣树正在开花，淡淡的清香随着晚风飘散，果园东边的村庄飘来一阵阵因丰收而传来的喜悦戏文。田野里弥漫着新麦茬甜丝丝的味道。

“这样的夜晚多好啊，跟我打仗时梦想的一样，有月光，有花香，身边有一个心爱的女人。走了那么多艰苦的路，打了那么多仗，好像就是为了实现这样一个梦，你说我的思想是不是落后了？不是我一个人，我和战友一起聊，都有同感，战争胜利了，思想却落后了，想老婆孩子热炕头了。

“你怎么不说话？

“哪儿不舒服吗？你脸色不好，饭也吃得少。”

我摇摇头。

“你怎么好像哭了？”宋北辰停下了脚。

“没有，没有。”

我继续向前走，过了木桥，宋北辰追上来，我们肩并肩向大桥那边走。

“我觉得我不配做你的……老婆，我的问题比较多，你应该找一个社会关系各方面简单的女孩，得来今天的生活不易，不能因为我……我的意思你明白吗？”

“你怎么又谈这些了？发生什么事了？”

这是一个机会，我应该抓住这个机会把你父亲回来的事告诉他，将我的决定告诉他。但是，我不忍心当头给他火热的心上泼一盆凉水。于是，我摇了摇头说，没有什么事，都挺好的。

月光下的大桥和柳树是一幅铅笔素描画，夜行的马车在画里发出清脆的行进声。我想，等上了大桥吧，坐在大桥上慢慢给他讲，比较平稳一些。

我们上了大桥，在桥槛上坐下了。

宋北辰说：“这里真好，风大，凉快。”

我说：“是啊。”

“还有些浪漫，怪不得老戏里面约会总在桥上。”

“是啊。”

“我这个当兵的也讲起浪漫了，你不会笑我吧？”

“不会。”

“呃，我给你买了，”宋北辰从上衣口袋里摸出一个小纸包，“德懋功的水晶饼。”

我没有接，垂着头。

宋北辰把纸包打开，放在桥槛上，表功似的说：“一点皮都没有蹭掉，一路上我都像保护心肝一样保护着呢！你看啊！”

一块圆圆的洁白的点心放在两张叠起来的褐色油麻纸中间，熠熠地闪着月亮的光辉，我笑了笑，“很漂亮。”

宋北辰小心翼翼的双手连纸捧起来递在我面前，“吃吧，我看你饭吃得很少。”我双手接过来，两眼水汪汪地看着宋北辰，宋北辰说：“我给大娘和孩子都买了，怕大娘咬不动，买的是桃酥饼，给孩子买的是糖豆。这是专给你买的，吃吧。”宋北辰理解错了我的眼神。

如果不是一块，是几块，我可能都没有这样感动和难过，宋北辰是没有钱啊，解放军穷，给了我两块银圆之后，给你奶奶和大姐买了桃酥和糖豆之后，恐怕就只剩下给我买一块水晶饼的钱了，这块水晶饼没有蹭掉一点皮，可见他把它看得多么珍贵。我装着闻水晶饼的香味，悄悄用麻纸角擦眼泪，我在城墙上就下决心，不哭，不能让宋北辰看见我心里难过。

“真香啊!”

“那就快吃吧!”

我咬了一小口，将水晶饼捧到宋北辰嘴边。宋北辰把嘴躲开，我固执地非让他吃，他没办法咬了一小点。我们两个人像小孩子一样相互看看，笑了。我咬了一点，又送到宋北辰嘴边，宋北辰又咬了一点。

这情景犹如我和你父亲吃巧克力时的情景，那时是甜蜜爱情的开始，现在却是与另一个男人的结束，而对面的男人还蒙在鼓里，他脸上还发出那样甜蜜的微笑！这愈加让我的心发酸。

吃完了水晶饼，默默地你望着我，我望着你，从宋北辰眼睛里发出的光芒看，我知道他心里热切地期待着什么，我不能在他要拥抱我的时候，推开他说，我们分手吧。那就放在路上说吧，活动着身体的时候，可能承受打击的痛苦能分散一些，让北辰再多笑一会儿吧!

“我们再走走。”我说。宋北辰有些不愿意，看我已经起身，也只好随了我。我们沿着大渠岸向北走，这是让我投入宋北辰怀抱的那段路。

月光下的嵯峨少了日光下的沟沟坎坎，黛色更纯净，更像一位丰腴的睡美人，那条山路闪烁着洁白的月光，更像美人脖子上挂的珍珠项链。宋北辰望着那条小路说，“告诉你个好消息，我在西安城碰上照金那边医院的首长了，我介绍了你的情况，首长高兴极了，要知道那医院里正缺少正经学习过的护士，首长夸我给解放军招揽了一个人才。不久，不久啊，等我忙完了西安的事情，我带着你沿着这条路去照金。让你穿着军装跟我结婚，这是我对你的承诺，这个承诺就要变成现实了，高兴吗?”

我低下了头，不再看那条路。

“你这样，不会是不想去了吧？我看大娘很支持啊，都给你准备行李了。我向大娘保证，等我们安顿好了，就接她们去，我看大娘是一个很能吃苦的人。”

我停下脚步，张了张嘴，可什么也没说出来，默默地站了一会儿，对等待着我说话的宋北辰说，“回去吧!”然后我独自快步向回走。

宋北辰几大步跨到我面前，挡住我的去路，“你能不能告诉我，到底出了什么事了?”宋北辰有些生气了。

“宋北辰，”我咬了咬牙，把要说的话说出来了，但我听到的却是另一个人的声音，这是个隐形人，只听见声音不见人，隐形人说:“为什么这么多天没有你的消息?”

“你是生我气了?”宋北辰笑了，刮了我一下鼻子，“小心眼!解放了西安城的第二天，我就到华山剿匪了，打起仗来没有心思给你捎信，也没有碰上能给你捎信的人，这一点怪我，我刚才给大娘说过了。”

去华山剿匪了?我抓住了宋北辰的衣角，担心地问，“没有伤着吧?”

“没有。还是比较顺利的。”

我像你奶奶那样，拉扯着宋北辰的衣角，又抬起手抚摸宋北辰胸前“中国人民解放军”的布胸章，宋北辰不知道这是分手的预兆，两手抱住了我的腰。这时隐形人附在我耳边，对我说，“赶紧对他说吧，不能再拖了。”

“北辰，松开手，听我说，庄平还活着，他回来了。”隐形人大概等不及我，自己对宋北辰说了，声音僵硬，没有丝毫感情。

宋北辰瘦长的脸抽搐了几下，僵住了。

“庄平还活着。”隐形人说。

“大娘不知道?”宋北辰的声音也变得像隐形人的声音，僵硬，没有了丝毫感情。

“不知道。我没有给她说。”隐形人说。

“为什么?”

“庄平到了西安城又失踪了，没法给老人交代，哦，对了，他不是庄平，是庄铭……”此后我听到那个隐形人的声音就像要断水的河流，一会儿有一会儿无地给宋北辰颠三倒四地说着什么。隐形人说了什么我不知道，我浑身哆嗦得像筛糠，只知道自己将要被冻死了。

宋北辰脱下军上衣给我披上，又给我紧了紧领口，让他的军上衣跟斗篷一样把我围住。一股生机勃勃的男人气息沁人肺腑，这是我要永别了的珍贵的气息，我像一只极力要把喙插入胸羽里的鸟，勾起头竭力吮吸着。

但宋北辰不让我吮吸，两只大手夹着我的下巴，迫使我把脸抬起来，对着他的脸。我看到他眼睛里刚才还闪烁的光辉没有了，眼睛如熄灭的油灯，黑洞洞的，他的白色衬衣在月光下显得更白，把脸衬托得愈发黑。我感觉他的身体有些发抖，但不是因为冷，相反是因为热，他是在克制着某种炙热的情绪冲动，维护着坚硬的外壳，否则，那情绪可能会像火山爆发时的岩浆，一发不可收拾。他这种痛苦的控制，实在让我恐惧，我抖得更厉害了。

过了很长时间，也许是一会儿，我听到了宋北辰平静的声音。宋北辰说："惠，听我说，事情不会像你想得那么糟糕，我回到西安城，就去找尚先生，我们一起努力，会有一个好结果的。"顿了顿，他又说，"平心而论，国军是为这个民族付出了血本的，庄平……不，是庄铭，庄铭也是个好军人，对我们没有血债，对我们党还做过贡献，我曾经受过重伤，九死一生，也许我能活到今天就是靠庄平冒着生命危险从上海运回来的药挽救的，如今庄铭落到这样的下场，是不公平的。"

听了这话，我眼睛里的泪水一串串地往下滴，滴滴答答，淅淅沥沥，我完全忘记了自己站在城墙上下的不哭的决心。宋北辰两只大手捧着我的脸，用拇指抹着我的泪花，声音有几分哽咽，"我实在……实在舍不得你继续过这样的生活……但是，我不能夺掉庄铭这最后一点希望。惠，我是男人，还是让我说出这一句话吧！我们分手，分手吧！"

"我们分手吧！"这句在我的想象中会给我造成如刀割的疼痛的一句话，真的被说出来后，却感觉不到了疼痛。我仰起头，看到了洁白的云朵和刺目的月光，然后看见了宋北辰那棱角分明的瘦长脸，那坚毅的双唇，高挺的鼻梁，他的眼睛变得湛蓝，如深深的湖，充满悲凉，我知道的，他的悲凉除了为自己，更多的是为了我。我的眼泪更多了，他的拇指抹不过来了，他放下我的脸，撩起裹在我身上的军衣袖子，给我擦眼泪，他说："给你说过的，这样哭会把眼睛哭坏的，不要哭了。放心吧，我会找到一个好姑娘的。"

他的意思是我在为他哭，他是明白我的，那种被刀割般的痛苦，这时才突然袭击了我。

宋北辰走的时候不愿意打扰你奶奶，悄悄牵了马，我把他送过木桥到大路边上。我踮着脚把军装给他穿上，一粒一粒扣好扣子，拉平展，那情景像一个送儿出征的母亲。

宋北辰上了马，看了看我，又斜着身子伸手抹掉了我挂在眼角的泪珠，“以后不要再哭了，哭没有用，只会伤害眼睛，要相信这样的混乱会很快过去的，一切都会好起来的。我走了。” 这是宋北辰给我说的最后一段话。

月光忧愁郁悒，月光晶莹寒凉，月光像光滑洁白的丝绸从天而降，田野、村庄、伸向远方的路都披上了这样的丝绸。宋北辰策马扬鞭的身影将这样的丝绸撕开一道口子，这口子渐渐缩小，最后缩成一条缝隙，这缝隙顷刻间又被月光弥合了。

从此一别，再未相见。

你奶奶坐在桌前的油灯下给宋北辰的新鞋上鞋帮，头也不抬地说，“北辰，那边窑我给你收拾好了，跑了一天了，惠给你把热水端过去，洗洗，睡吧。这鞋就剩几针了，明天就可以穿新鞋了。”

“妈，别做了，睡觉吧?”

你奶奶这才抬起头，“北辰呢?”

“已经走了。”

你奶奶停下手里的活，担心地看着我，“北辰不是说住两天吗?”

我咬了咬牙，说：“我告诉宋北辰，书先回来了。”

你奶奶怔怔地看着我，似乎没有听明白我的话。我说：“书先没有死，也没有去台湾，他现在在西安城，是尚致带回来的信。”

“我说惠哪，是真的吗？你怎么跟说别人的事一样?”你奶奶的脸苍白了，“这么多天了，你为什么不告诉我呢?”

我不再想说一句话了，我选择了你父亲后，感觉的却是宋北辰把我的心掏空带走了。

“老天有眼哪!”你奶奶尖叫了一声，摇摇晃晃站起来，由于身体支撑不住，又摇摇晃晃坐下了，用还捏着锥子的手捂住嘴巴，觉得不够，又用缠着绳子的手压在上面，这样哭声才没有放出来。

十五、无奈的父亲

三天后，一直忙于革命工作的你姥爷回来了。你姥爷带回了你父亲的详细消息。你姥爷说，你父亲在监狱里求生欲望很强烈，给毛主席写了一封信，惊动了军管会，军管会派人找他了解情况。你姥爷说：能找的人我都找了，我在想办法能留下他一条命。你姥爷说，宋北辰也在帮你父亲，西安城刚解放，他是军人，比我们这些地方上的说得上话。宋北辰有面子，看到过庄平给毛主席写的信。宋北辰说，只要能证明庄铭是庄平的替身，帮我们共产党做的事能证实，留下一条命问题不大，但宋北辰也说了，庄铭的问题很特殊，也比较复杂，首先要为他争取活下来的时间，澄清可能需要一段相当长的时间。

“惠，爸还有一件事情要告诉你，”你姥爷的声音充满忧虑和悲伤，“爸从西安城回来是准备搬家的，爸要去西安城做事了，初步定在银行工作，你姨和弟弟妹妹都要走了，致也要稳定在西安城工作，以后成家也会在西安城，这里就没有尚家堡了。以后就是新社会了，惠，我得提醒你，以前的日子永远没有了，如果政府能确认庄铭是庄平的替身，认可了庄铭为我党做过好事，那也只不过是将功折罪，他虽然是冒名上的黄埔军校当的国民党军官，但构成了事实经历，我们努力的最好结果是戴上历史反革命的帽子返乡，接受监督劳动改造。这个事实你能接受吗?”

我低头不语。

“看得出宋北辰对你是真好，人善良厚道且敢作敢为，他为一个国民党军官奔走呼号，对自己的影响是很不利的，宋师长跟你是这样的关系却能实心实意地帮庄铭，这是一个多么难得的好人啊，失去他，爸觉得很可惜。庄铭也是个好娃，不管怎样，我们都会竭尽全力去救他的。”

你姥爷把那块仅存的十五年藏的邓家产裕兴重茯砖茶找出来，说：“以前我救过一位解放军首长，他胃不好，忒认咱这茶，我给他送去，看他能不能帮上忙。唉，爸现在是有病乱投医啊，前天有个人给我开了个价，自古到今都没有哪个组织是铜墙铁壁啊，前面无路钱为马，为你李伯伯把家里的好东西都卖了。爸现在已经捉襟见肘了。”

听了你姥爷的话，我才发现你姥爷最近老了许多，头发、胡子都花白了。我从口袋里拿出那两块银圆，交给你姥爷。你姥爷落泪了，“爸有时候也很无奈啊，爸是地主出身，是搞地下工作的，比不上人家那些贫农出身扛枪打仗的来得硬气。今后，爸可能帮不上你多大忙，与宋师长的事你再想想，爸不参与任何意见。如果你选择了宋师长，爸也不会不管庄铭一家的，爸毕竟在这里干了这些年，让他们一家在这里落下户，过上有房住、有土地的安稳日子还是能办到的。”

你姥爷的倾向很明显。

我说：“爸，我决定了，还跟庄铭过。”

当时做这样的决定一点也不难，让我难以忍受的是那根已经与我的血肉长在了一起的支撑我身体的轴被抽动的痛苦，我不知道这根轴被抽走后，我还能不能站立，能不能正常活动，但我还是做了这种选择，理由很简单，宋北辰离了我能讨到一个好姑娘，会生活得很好，而你父亲就不行了，离了婚，你父亲一家人怎么能在云阳乡待下去？落难到这一步又不是你父亲的过错，你父亲是离不开我的，放弃了去台湾回来找家，我怎么能忍心让这个家散了去攀高枝？离开了我，这一家人该怎么活？

其实，没有想象的那么可怕，甚至正好相反，人啊，常常被自己想象的痛苦吓倒，真正面对的时候，并不是那么回事。与宋北辰在一起的时候，我并没有觉得幸福，相反，我总是哭哭啼啼地沉浸在痛苦中。与宋北辰的幸福，是在与宋北辰分手后的回忆中感觉到的。我原以为失去了宋北辰我的精神会垮掉的，起码有一段时间会萎靡不振的，可是没有，我感到身体里的那根轴不但在，而且更坚韧了，我回忆着宋北辰说过的每句话，每一个表情，我还展开想象力，想象着宋北辰能娶到一个怎样的妻子。新中国就要成立了，而宋北辰又是功臣，他的仕途会很辉煌的，如果娶了我，会影响他的前途的，我相信他娶了谁都会比娶我幸福。因此我为自己的决定而感到自豪，体味到了一种为心爱的人做了一件好事的那种快乐和幸福。

怎么样把这段短暂的时光给你讲得很长呢？怎样才能把同样的事情反复重述让你不厌烦呢？再说，如果这一切都是事实、行为和言谈，我还能够描述，还能用某种方式把它们表述出来，但是，宋北辰走了，我们已经分了手，我除了回忆的感受之外，找不出使我幸福的其他原因，又怎么能够描述呢？黎明醒来，我想到宋北辰，我感到幸福；去学校的路上，我想到跟宋北辰走过的路，我感到幸福；我看到学校里的丁香树，我感到幸福；我帮你奶奶做家务，我感到幸福——无论到什么地方，幸福步步跟随着我，这种幸福并不存在于任何可以明确指出的事物中，而完全是在我的身上，片刻也不能离开。我就是这样以甜蜜的回忆填补我永远失去的希望，以使自己得到支撑而没有倒下去。

十六、丈夫回来了

你父亲回来的时候，和村人在大路边的棉花地里摘棉花，你奶奶带着小槿在紧邻棉花地的刚割过的豆子地里捡豆子，听到有人对她喊：好像你儿子回来了。你奶奶直起腰向马路望去，看到一个破衣烂衫的人背着一个挎包，一瘸一拐地走来，你奶奶用蓝巾将眼睛擦了又擦，才看清楚了那个人确实是她曾经一身戎装、威武英俊的儿子。你父亲是从你奶奶那颤抖的洋腔里判别出是自己母亲的。

事情的结果比你姥爷努力的最好目标还要好，你父亲没有戴历史反革命帽子，做了一个有历史污点的结论释放了。

你舅舅说，宋北辰起了关键作用。宋北辰到底怎样给你父亲帮的忙，你姥爷和你舅舅都不太清楚。你舅舅说，等他知道要向宋北辰道谢的时候，宋北辰已经挥师北上到内蒙古剿匪了。

十七、北辰来信了

经过你姥爷的努力，这一家人结束了十一年的黑人黑户时代，在和村落户了。无论如何，这是开始了一个新的时代，我提议让你父亲改名，忘记过去的一切，重打锣鼓另开张，开始一种没有战争、再不受颠沛流离之苦的新生活。不知是你父亲忘不了韩冬曾经的那份温暖，还是忘不了曾经对共产主义的那份情怀，否定了我提议的新名字庄安，改回到他参加共产主义夜校时的名字——庄坚。

新政府还是公平的，豇豆一行，茄子一行，分得很清楚，你父亲历史有污点，但家庭成分是贫农，可以享受分地、房和家具的待遇，令人啼笑皆非的是这些分到的东西都是你姥爷的。尚家大院的门楼、围墙拆了，把里面一个小院一个小院的隔墙也拆了，让所有的大瓦房都敞亮地暴露在光天化日之下，让所有的大瓦房变成西瓜被切了。我们分了个西瓜把——原来做后院门房的一个小套间。这是我的意思，给你分你不能不要，要了你心又不安，所以就要了这么两间没人要的房子。尽管这样，我还是遭到了人戳脊梁骨：你真行啊，带着一窝子外人分娘家的东西哩！

住进娘家的房子，看到那些熟悉的板凳桌子，不由自主拿我现在的境况与过去相比，不断回忆我留恋的少女生活，特别是我去照金的梦想。过去我是这家里的一个孩子，现在家里人都走了，只有我留了下来，在人们的眼里，那个尚家大姑娘的身影已经远去，现在出现在他们眼前的是外来户庄坚的老婆，一个外人。目睹可以见证我过去幸福生活的那些东西，更使我感受到了今非昔比的难堪困境，我要是去别的地方可能会好受一些，但是，我能往哪里去？能得到今天一个落脚地又是多么不容易。但每想到我就要这样在这里过一辈子，又觉得我怎么可能这样过一辈子，一辈子该是多么漫长啊！与宋北辰一起走过的地方是我可以消除这种难过的地方，不断地回忆那些甜蜜的往事，虽然能增加我对失去幸福的伤感，但也能使我得到一些安慰，让我感到身体里的轴还在。我又告诉自己，没有想象的那么糟糕，一切都会好起来的。

走过来了，才知道时间不可怕，时间是最好的良药，时间一长，你就不会感到那么痛苦了，好多你认为永远不会忘记的东西竟忘掉了，或者想起来也觉得没什么了。日子就这样一天天熬着过去。

你姑姑高中毕业后，我找了同学卫民生，将你姑姑安排在了县妇女会工作。你姑姑出落得像她哥哥一样漂亮，大眼睛水灵灵的，又有文化，好小伙儿围着追，可你姑姑都不同意，你奶奶也都不同意，娘俩都说要嫁宋北辰那样的干部。后来，你姑姑嫁给了你姑父，当时你姑父在省政府工作，下去检查工作，一眼看上了你姑姑。你姑父是上过抗大的延安干部，比宋北辰职位还高，比你姑姑大将近二十岁，又瘦又矮，我和你父亲坚决不同意，你奶奶也不同意，你姑姑坚持跟我们斗争了一段时间后，偷着结了婚。你姑姑结了婚，有什么好东西都往娘家拿，你姑父是高级干部，有些特供的好东西。你姑父只想着干好革命工作，根本不管家里的事，有了你二姐后，你奶奶带着孩子常住你姑姑家，我慢慢看出来了，你姑姑嫁给你姑父，就是为了这些，可以说，你姑姑把自己幸福的一半用来孝顺母亲、报答哥嫂的恩情了。

一九五三年，国家为了推动农村的金融工作，在农村发展银行，你姥爷当时是西北区银行的副行长，想办法让你父亲进了三原县银行，你父亲不顾我的反对，自愿去了嵯峨山里的一个信用社，你父亲又自愿干起了最辛苦的外勤工作，整天在山里跑，你奶奶做鞋都来不及。这是一段社会经过大动荡后，停下来喘息的日子，我也借机喘了一口气。

一九五四年冬天，我突然接到了从内蒙古寄来的一封信。我记得很清楚，那一天我心里莫名其妙地不安静，站在窗前向院子里望，那时候没有打土院墙，用树枝围起来那么一圈篱笆做院墙，你奶奶收晾在篱笆上的你二姐小桃的尿布，天变坏了，发暗，还起了风。你奶奶边收边说，要下雪了。两只喜鹊在院子上空喳喳叫着盘旋，像是要找个落脚的地方。风吹起它们的羽毛，蓬蓬松松的，它们先落在那棵年轻的枣树上，之后飞到我窗前的一小堆干柴上。“喜鹊报信来了，”你奶奶说，“有客人要来了，或者是有信来。”过了一会儿，邮递员的自行车停在了篱笆外。一般信是送到村上办公室的，由于我们家常有包裹来，你姑姑的、你舅舅的，邮递员就熟了，有信也顺便送家里了。邮递员说：“信，内蒙古的。”你奶奶扔下手里的尿布，小跑着取了信，激动地对我喊，“惠，快出来看，内蒙古的，是不是北辰的？我说这孩子不会忘了我们的。”

是宋北辰的。宋北辰告诉我，他现在在家乡阿拉善草原一个叫宝力德的军马场当场长，军马场就在他们村庄宝力德附近，每天骑着马在草原上跑，很快乐。他已经是一个两岁男孩的父亲了，妻子是军马场卫生所的护士，苏州人。信里夹着一张全家福照片，说不上来他妻子长得怎么样，笑得很甜蜜。儿子的小模样里已经有了父亲的影子。真好啊！你奶奶高兴地抹起了眼泪。

你奶奶让我把那双鞋寄给宋北辰，我没有寄，只给宋北辰回了一封简单的信，我告诉他，庄铭回来了，一家人在云阳乡安了家，有地种，有房子住，我已经有了第二个女儿，一切都很好，勿念。从此再没有接到宋北辰的来信。

宋北辰知道我惦念他，对他心怀愧疚，所以，他给我送来了他幸福的消息。我也知道他在惦念我的生活，我给他送去了我生活平安的消息，这就够了。

宋北辰随信还寄来一支歌，他在信上说，他在北京开会，听到了这支歌，他一听就喜欢上了，想到我也一定喜欢，就借到歌谱抄了下来。可以想象，宋北辰不识谱，要把这歌谱用笔抄下来多不容易。他说回到草原上，一骑上马跑，耳边就会响起这支歌，让他感到非常快乐和自豪。这支歌就是《草原上升起不落的太阳》。

即使是在那样的环境下，我在不影响干事情的时候仍然会唱歌，唱歌能使我紧缩的心暂时得到舒缓，干拉风箱烧水的活最适合唱歌，我低头添一把柴，仰起头来放声歌唱两句，再低下头添把柴，再仰起头放声歌唱两句，以歌的节奏决定拉风箱的节奏，以风箱的节奏决定添柴的节奏。接到宋北辰信后，我有一种无法述说的快乐，我把激情便倾注到歌声中了：

蓝蓝的天上白云飘，白云下面马儿跑，
挥动鞭儿响四方，百鸟齐飞翔。
要是有人来问我，这是什么地方？
我就骄傲地告诉他，这是我的家乡……

歌声飘向田野，飘过果园，进入村庄。起初，人们都觉得这歌太好听了，停下手里的活倾听，然后就慢慢学会了。后来，人们听到唱歌就想捂耳朵，为什么？因为我的歌声永远是单曲循环，再美的歌声，永远是单曲循环谁也受不了。但无论如何，这歌成了我们的村歌，村里的大人孩子都会唱，放羊的老汉挥羊鞭都有了这歌的韵律。就是现在，和村的田野里偶然还会响起一两句“蓝蓝的天上白云飘”。

有时候我会梦见宋北辰，梦见宋北辰的梦境都差不多，他在远远的地方骑着马，我在远远的地方对他唱歌，他听到我的歌声会勒住马听一会儿，然后向我飞奔而来。梦的世界真好，现实中不可能的美好，在梦中能够看到。

十八、眼睛哭坏了

一九五七年，反右运动开始，陕西省报大版头条刊登了李建是陕西省最大右派的消息，我感到了恐慌，李建给你父亲写过证明材料，会不会拔出萝卜带出泥？这么大的来势汹汹的群众运动，如果把你父亲翻出来，可能凶多吉少。果然，你父亲被翻出来了，不过，没有我想得那么严重，你父亲被定为被大右派包庇的漏网历史反革命分子，被清除出银行队伍，回乡劳动改造。说老实话，对于信仰，你父亲始终是模糊又敬畏的，说他是坚定的抗日分子当之无愧，但说他是历史反革命分子可真不够格，对这样一个思想平庸人云亦云的吃国民党的饭帮共产党的忙的人定为反革命分子，简直是抬举了他。

从此，我整日沉浸在了恐慌不安中，在我的记忆中，批斗会随意化日常化是从那个时候开始的。右派大多是文人，农村没有右派可揪可斗，没有也要跟上风斗可以斗的人，比如，地、富、反、坏。那时候，有相当一部分人喜好批斗人，把批斗人当成出人头地，光宗耀祖。和村周围的几个自然村是一个运动小组，批斗会的固定地点在我教书的培英学校，学校的教师和学生都要参加，台上被批斗的是自己的丈夫，台下是我的学生和同事，还要跟着呼打倒之类的口号，可以想象我是多么难堪。开始我还能躲进办公室一会儿，后来有人跟校长反映了，我就不敢躲了。你姥爷是地主出身，每一次运动都在风口浪尖上，也没有办法罩着我们了。

一九六四年我辞职当了农民，除了忍受不了学校对我这样家庭有问题的进行无休止的开会、教育、写思想汇报外，还跟你的两次吓唬我有关系。那段时间，你奶奶带你二姐和三姐住姑姑家蹭吃蹭喝，你大姐在县城上中学住校，你父亲在很远的地方修铁路，家里就剩下你了，我只好把你锁在家里。白天还可以，晚上我经常被集中到小李村学校开会，小李村学校是附近几所学校里家庭情况不好的教师学习集中点。你从小就不是省油的灯，浓眉大眼，身宽体阔，没有惹着你很懂事很乖，惹着你了，你会拼命闹，闹起来没完没了。黑夜，把你一个人锁在黑屋里，让你一个人趴在窗户上看黑夜里的庄稼摆动，听树呜呜地叫，就是惹着你了，你绝不会因为常被这样对待而习惯而放弃闹腾，你放声且无休止的大哭把村里的狗都惹烦了，狗跑到你哭的窗下仰头高叫，你面对着大张着嘴的狗只会更加拼命地哭。你当然不只是哭，你还会把被子扔到地上，有一次你把我给你灌的暖壶的盖子拧开，把那滚烫的水倒在自己身上。这一次你的哭声创了历史新高，你的哭声穿过了一大片深冬的空旷原野，穿过小李村人家的屋顶，传到了小李村小学，有人悄声告诉我说，好像你小蝶的声音。那个时候，你的哭声嘹亮已经出了名。我放下正在读的思想汇报跑了出去。我没有走大路，我是逆着你哭声传过来的直径从田野里斜插过来的，田野是小麦地，地垄和没有拔干净的棉花秆绊倒了我几次，但都没有影响我的奔跑速度，我跑回家一看，你的半个身子被烫烂了。我以为你身上会留疤，庆幸你没有烫着脸。从此你失去了享用一只暖壶的温暖。好了烫伤后，你把闹腾的精力放到了炕的上空吊着的一只篮子上。过去，农村人家的熟食怕被老鼠吃掉，都放在一只篮子里吊在空中。四岁的智商不但能让你把暖壶盖拧下来，还能让你把被子、枕头推到那只篮子下，然后踩在这些东西上抓篮子，高度只能让你抓住篮子的上沿，取不下来，你便抓住篮子的上沿把身子吊起来悠荡，悠荡悠荡，扑通一声，篮子脱钩，你和篮子一起摔到了炕下，这次你只哭了几声，因为你晕过去了。我回家看到的是一地馒头，我的女儿躺在地上，左边一只眼肿起了拳头大的包，黑青黑青的，我抱起你，灌了一点水，你清醒过来后，我在你起了青包的左眼前晃动着两根指头，“这是几？这是几?”你竖起了两根指头。其实，你左边的眼睛根本睁不开，你是用右边眼睛看到的，慌了神的我没有捂住你的右眼。你命大，身上和眼睛都没有留下残疾，但我无论如何不干教师了，我回到村上当起了农民。当农民可以把孩子带到地头上，晚上开会的时候也可以把孩子带到会场。

我的农民当得并不比教师轻松，那时是农业社管理，集体耕作，我视力不好，但老天爷饿不死瞎家雀，总有好心人的，村里有几个好心人轮流跟我搭帮，我锄不干净的草，她们的锄就伸过来帮几下。其实和村的人还是念旧情的，开批斗会只是让你父亲作陪，低头认罪站在台子前面，尽管私底下对你父亲的过去议论纷纷，有时候对你父亲吆五喝六的，但从没有拉到会场上让交代问题，当然你父亲也从不惹事，跟头牛一样，不说话，只干活。也有人骂过他，他当没听见，也有人打过他，但他从来不还手，回家也不给我说，我都是从别人嘴里听到的。我总是想保护你父亲，但要看情况，要巧妙，否则，你父亲会受更大欺负。

后来发生的一件事让我一下子跌入了黑暗的深渊。有一天在田里锄玉米，没有看到眼前的坟墓有塌陷危险，一脚踩空，跌进了墓坑里，墓坑里的棺材已经腐朽，我摔在了骷髅上，脸被枯骨擦破了一大片。此后多少天我都陷在与骷髅拥抱的噩梦里。我怎么就落到了这一步？每晚从噩梦惊醒，所有的伤心事涌上心头，我就哭，捂着被子哭到天亮。到天亮该干啥还要干啥。有一天，我听到鸡叫三遍了，村那边传来了上工的钟声，可我的眼前还是黑夜，家里就你和我两个人，我摸索着把你摇醒，问你是不是天亮了，你说是天亮了。

我的眼睛看不见了。我扶着门框，我听到你哭喊着“我妈眼睛瞎了，快来人啊!”跑远了。那年你五岁。

在无尽的黑暗里，宋北辰的话在耳边响起，“不敢这样哭，会把眼睛哭坏的。我们一个兵，一条腿被炸掉了，总是哭，把眼睛哭坏了。”我早就发现，哭后视力会变得模糊，但过一段时间就恢复了，后来我也发现，恢复期越来越长了，而且恢复的程度也越来越差，但是哭是一种释放，每次哭完后我的心情会好一些。

你父亲自戴上历史反革命分子帽子后，有两种几乎绝对不相容的东西，在他身上结合到一起，我很难想象这是怎么回事。一方面是行动迟钝，思想混乱，差不多总是事后才明白过来，仓促之间，从来没有做出一件恰如其分的事，也说不出一句恰如其分的话，那个行动敏捷、头脑聪明的人不知哪里去了。另一方面却是非常炽热的气质，热烈而好冲动的激情，这样的时候不多，偶尔露峥嵘的那种，但让人更加操心，比如，一只马蜂窝建在柴垛下面，你父亲竟想起用火把烧马蜂窝，结果马蜂窝还没烧毁，柴垛起大火了。这一家老老少少，在我娘家门上讨生活，我就是这一家人的灵魂，我没有了精神，这家人怎么办?

村里人把你父亲从工地上叫了回来，你父亲带我去三原县的医院看，说是视网膜脱落，开了眼药，每天点三次，渐渐有了一点光亮，慢慢地恢复了一些。工地催着你父亲回去，你父亲就走了，我也下地干活了，视力大不如以前，村里人同情我，我干多干少，干得怎么样，没有人说我，我就是一个混工分的。医生让我每天早晨起来看远处的绿色树木和庄稼，一个农民，早晨起来要劳动，面对的就是绿色，也不用刻意去看。眼药我也不点了，眼睛恢复到这个程度，眼药已经没有了效果。

有一次你舅舅因公事路过云阳乡来看我，我当时扛着一把锄，准备上工，跟你舅舅走对面，你舅舅想给我一个惊喜，没有老远叫我，走到跟前了，见我没理他，就挡住了我，我躲开他，继续往前走，你舅舅这才叫我。我眼睁睁地面对眼前的人影问，是致吧？你舅舅吃了一惊，问我的眼睛怎么了，我说快瞎了。你舅舅当时就哭了，带着我去西安看，西安大夫说，这眼睛的视网膜快掉了，掉了眼睛就瞎了，没有什么好办法。你姥爷也急了，找了上海一个眼科名医，让你舅舅陪我去，上海的结论比西安的还悲观，我的眼睛没治了，就要双目失明了。你姑姑又接我去北京看眼睛（你姑姑随姑父调进北京了），结论比上海的还糟糕，也许我轻轻咳一下，或稍微揉一下就会瞎的。

我的心情可想而知，想到那次可怕的黑夜，我那可怕的想象总是走在不幸事件的前面，不断向我描述出那个极可怕的不幸的情景及后果。我不怕死，我怕瞎眼活着，但我又不能死，这个家不能离开我，那段时间，这个家就跟房塌了一样。你父亲不让我上工挣工分了，怕什么东西迷了眼睛，你奶奶带着你两个姐姐从北京回来了，不让我干家务，怕烟呛了我会咳，让我唯一做的就是闭眼休息。可是，这样我的泪水会更多，眼睛瞎得会更快。

我一边经受着这样痛苦的煎熬，一边又想怎么应对这灾难来临的办法，我眼睛瞎了，不能下地劳动挣工分，也干不来家务，我才四十二岁，难道一辈子都沉在黑夜里等死？我想到了写作，我说到底还是一个有幻想特质的人，而幻想往往是医治绝望的良药，我从小就喜欢文学，我写过诗，写过歌词，还写过小文章，战争时期印在传单上，后来在报纸上也发表过。我看过《钢铁是怎样炼成的》，这部感动了一代人的作品不就是一个瞎子写的吗？文学能点亮瞎子的眼睛，向保尔·柯察金学习。欲望和担忧相互交替地侵蚀了我一段时间后，我决定了写小说，写小说能充分发挥想象力，想象力会让人快乐。

你父亲、你奶奶都很支持我，在他们的心里大概是只要我能心情好，干什么都行。要想写小说，先要看人家怎样写，就是先读一些好作品。你舅舅知道后，在西安找了些文学书，中外名著，专程给我送来，还鼓励我说，我写成了，他让人改成话剧，让他们团演出。当时你舅舅在陕西话剧团当团长。

我开始刻苦读书了，由于我确信眼睛就要瞎了，又由于我对这种命运处之泰然了，心态倒十分平静。我无忧无虑地享受我那为时不多的光明时光。当我的心被我的那些强烈的写作激情所占据的时候，我就把一切可怕的事情置之度外了。我的孩子们个个聪明漂亮，我的丈夫虽然经历了颠覆性的人生变化，但为人宽厚，相貌英俊依然。枣树上的枣红了，果园里的苹果红了，尽管我看不清楚，但还能看到秋黄中的点点红色。我学会了这样宽慰自己。尽管读书对眼睛不好，可我要在这有限的能看见书上的字的时候多读几本书，当然，我还是注意保护眼睛的，我读书的时候在屋外，读一阵，抬头望一望远处的树木庄稼。有时候，有几只小鸟悄悄地从我头顶掠过去了，把无声的阴影投在书上。有人过来说，杏树落叶子了，我马上就会想到那刚才掠过的不是小鸟是杏叶，酒红色的杏叶一旦飞离开来，先是平缓缓地在空中飘荡，然后就落在树边的麦田里，麦子刚刚长出新绿，草坪一样，杏叶撒出点点橙色的星星。世界将在眼前消失的时候，才感受到这个世界处处都是美丽的。

也许在冬天来临之时，我将什么都看不见了，我必须勤奋地读书，为自己在瞎了之后写书多积累一些储备。我还分出一些时间来练习闭目写字，总之，我一切为眼睛瞎了后做好了准备。

那个时候能读到的书很有限，没有那么多书让你读，你舅舅能找来的书我很快读完了，我又研究性地反复读，在春天将要来的时候我开始写作了，我写了几个豆腐块的小故事，我的光明时间是有限的，我想在我还有光明的时候能够得到一点惊喜，我想把那些心中酝酿的冗长的故事放到我沉入黑暗以后慢慢去写。

冬天已经来临，春天还会远吗？可是，我看不见春天了，我必须像枯枝那样催出新的生命，我才不会被春天所抛弃！这就是我那个时候读过英国诗人雪莱的诗后产生的心灵回响。只要心灵不屈，上帝给你关了一扇门，也会为你打开一扇窗。我的眼睛不行了，可我的鼻子和耳朵变得灵敏起来。空气中有了土腥和青涩的气息，我知道土地解冻了。在这个世界上，虽然有好多东西我已经看不见了，但它们并没有抛弃我，还在我的身边，我看不见鸟，但我能听见鸟叫，我能从它们的叫声里感受到它们的喜怒哀乐，能判断出这是清晨还是黄昏。我听出了画眉的鸣叫发生了变化，在啼啭中有了激情的跳跃，清亮而有力地传到了远方！我知道春天来了。我曾以为再也看不到的春天来了，当我看到大地上出现了一片朦胧新绿，闻到了空气中有了花香的时候，心中的喜悦真是难以形容。

看到春天，对我来说是复活，我已不再相信大夫的话了。我在读书以后，视力再没有下降过，感到有更模糊的时候，但很快就恢复了。我对自己说，阴霾来临的时候，把心情放在畅朗的阳光下，阴霾就跑掉了。对别人来说，一九六五年的春天，是一个普通的春天，对我来说，是一个得到脱胎换骨、重新复活的春天，我不再伤心痛哭了，我觉得光明就是幸福，只要眼前有光明在，我就永远不会流眼泪了，而我的小文章连连在报纸上发表，给我的幸福感更是锦上添花，田间地头都传送着我发表的小故事。我又一次成了名人。

春天来了，农活多了起来，翻地、播种、梳理返青的麦苗。我又恢复了田间劳动，当然我是量力而行的。我在家里的枣树下写文章，过了一段时间算下来，文章比工分的收入还略高一些。随着我的文章的增多，找我约稿的人就多了，公社成立了故事会，让我写故事，原来就职的学校也来找我写故事，由他们跟村里协商给我记工分。我平均每天挣的工分比一个壮劳力还多。

要写的故事多了，现实中就没有那么顺手的素材够我写了，我就开始瞎编，也可以说是跑到虚幻之乡去寻找，而我那富于创造力的想象不久就让我找到了恰如我意的人物和故事。在我的不间断地冥思默想之中，我畅饮着前所从未有过的那种甘甜的情感激流。

名气越来越大了，人们把我叫苏联红军的那个瞎子作家——保尔。我想成为作家的野心受到了这些名气的鼓舞，我也想像保尔那样把经历的人和事写成大作。文学爱好者是一回事，文学写作者是另一回事，我只是个豆腐块故事的作者，距作家还很远，我沮丧过，沮丧过后再重新开始。

文学创作虽然艰辛，但它连接着我的快乐，连接着这个大家庭的快乐。然而，“文化大革命”来了，这次政治飓风席卷全国各个角落、每个人，即使我这样一个瞎子，也没有逃过，白天我要在田间地头教社员高唱革命歌曲，晚上要参加批斗会。我那可给我带来光明的作家梦想被这飓风卷走了。

以后，老了，那梦想就再也没有回来。

十九、伤心的如玉

跟做梦似的，一夜之间，右派平反了，李建官复原职，你父亲的历史反革命分子帽子摘了，再后来，农村没有贫农地主之分了，成分都叫村民。上世纪八十年代大陆与台湾两岸转道香港开始走动。齐占田在香港报纸上发了寻找大陆儿子齐和平的寻人启事。这是芦苇河边一别，你父亲得到的四哥的第一个消息，也是郑州一别，如玉得到的齐占田的第一个消息，这个消息还是如玉带来的。

如玉回娘家后，我们来往过几封信就断了音信。大概是一九八七年，我们还在和村住的时候，如玉突然来了，我的眼睛不行，看见大门里走进来一个瘦瘦高高的人影子，长发披肩，连衣裙，那个年代，这是城里最时髦的打扮。人没有走到跟前，就叫大姐，哭起来。

如玉这三十年来在兰州靠在刺绣厂绣枕套生活，一个人带儿子，没有再嫁人。如玉还像年轻时一样爱漂亮，烫着发，但面容并不显年轻，骨瘦如柴，眼神也比我好不了多少，如玉说是自年轻没日没夜地绣花，把眼睛使坏了，我们是一对瞎子。如玉说齐和平长得跟老齐如一个模子倒出来的，孩子一直在被人欺负中长大，后来被一个高干女儿相中，结了婚，住进了人家家，从此，她就跟没有儿子一样。如玉说齐占田在台湾弃戎经商，娶了新太太，生儿育女，齐家在冀中平原绝了迹，在海外却鼎盛起来，齐占田从一柳条箱金条起家，到了身价几个亿美元，公司由台湾开到了美国，儿女由台湾遍布到七个国家。齐占田招儿子齐和平去了一次香港，父子团聚。如玉多次要求见齐占田，均被拒，如玉心里难过得实在受不了，从兰州来找我诉苦，如玉说与其这样，还不如没有老齐的消息。虽然这么说，心里还是放不下，让我给她教唱一首歌，她把歌谱都带来了。如玉的嗓音坏了，到高音没了声，到低音也没了声，她说是由于刚回到兰州那阵娘家弟弟要撵她娘俩走，她大声号的，最后总算是绣花厂收留了她。如玉学会唱以后，就经常半天半天不见人影，我觉得如玉有些精神不正常，让你父亲悄悄跟踪了一次，结果发现，如玉是偷偷一个人到清峪河边唱歌去了，对着一河水，唱一阵，哭一阵。

如玉万一想不开跳了河怎么办？从那以后我就陪着如玉去唱歌，你父亲装着割草，远远地看着，防止如玉跳了河我没能力救她上来。我跟如玉唱着唱着也会流出眼泪。这支歌叫什么名字我想不起来了，我还记着歌词：

我站在海岸上，把祖国的台湾省遥望，
日月潭碧波在心中荡漾，阿里山林涛在耳边震响，
台湾同胞，我骨肉兄弟，我们日日夜夜把你们挂在心上……

如玉突然走后，我望着河对岸发呆，如玉是把这条河当成了台湾海峡，

她唱歌的情景从我脑海中挥之不去，她的弱不禁风的身体，哀伤的目光，被风吹起的白发，如今还历历在目。如玉要走事先是有前兆的，她执意要给我绣一对枕套，我们一起赶集，买了丝线和布，此后如玉不到河边唱歌了。如玉绣花时眼睛都要贴到布上了，弄不好针会扎了眼睛，我怎么劝都不起作用，如玉坚持把枕套绣完了。绣的那花，让我哭笑不得，一堆乱草。我和你父亲一没留神，如玉给我们留了张字条走了，字条上说她找老齐去了，有消息告诉我们。几个月后，我们收到了如玉从厦门来的信，信上说，她在厦门找了一份扫马路的工作，马路在海边上，可以随时向台湾那边瞭望。

我担心她这份工作做不长，她那眼神，能把马路扫干净吗？果然，后来如玉来信说，她换工作了，新工作是在一家养老院给老人按摩，养老院在海边，偶尔可以让她打海外电话，她说她与老齐通过电话，老齐的声音跟过去一样洪亮，在通话中，她提到了我们，老齐的反应很平淡，连一个代问好都没有。如玉就是这样隔着大海，爱着老齐，恨着老齐，骂老齐在那边吃香的喝辣的，让她在这边受罪。

吃香的喝辣的又怎么样？看看于右任的《望大陆》就知道了：

> 葬我于高山之上兮，望我大陆。大陆不可见兮，只有痛哭。
> 葬我于高山之上兮，望我故乡。故乡不可见兮，永不能忘。
> 天苍苍，野茫茫。山之上，国有殇。

这是多么地大苦大悲啊！

一大伙外乡人，逃命到那么个小岛上，把岛都要压沉了，这些年怎么可能不受苦？都一样，我们现在的日子不是也很好吗？都一样。

两岸关系是越来越好了，前人旧事又激起了我要写作的欲望，我也提起了笔，可我已经老了，写不了几个字就头晕，血压升高，经受不起那些涌上心头的酸甜苦辣了。

可是，人老了，我跟你父亲总免不了要说一说过去的事情，但那些令人痛苦、屈辱的事情从不提及，也从不提及庄平这个名字。

你父亲死的时候很痛苦，一直喊庄平的名字，人之将死，谁不想回归自己呢？庄平就是他自己，他不应该到死都不对我说实话。

第三章　听我讲那过去的事情

一、我准备写书

父亲是突发脑出血而亡的。母亲很痛苦，在那些天里，母亲翻来覆去地给我们讲父亲过去的事情，还有她自己过去的事情，一股脑儿地讲，再没有任何忌讳。

我一一记了下来，为了简便，我都以第一人称记录。我想写成一本书，给孩子们看。

之后，我像一个专破历史遗案的侦探，又像一个研究历史的学者，一一推敲和追寻母亲的讲述。在这个过程中，我自然会联想到我自己记忆中的一些事情，比如，想起了大学时代引人瞩目的高年级同学程飞。我一进校门程飞的名字就如雷贯耳，然后就有同学指给我那个走过来的男生就是程飞，程飞不胖不瘦，不高不低，不俊不丑，再普通不过一男生，程飞之所以成为公众人物，是因为家里住的是将军小楼，装着电话，楼上楼下一共有十九个窗子。程飞没有毕业，就挥挥手，乘着大人物的翅膀飞了。有说是去了涉密的军事研究单位，有说去了培养外交官的学校，有说去了国安部门，总之，是去了令大家望尘莫及的没有相当背景去不了的地方。关于程飞家庭背景信息的传播此刻达到了高潮。程飞家的大人物是程飞父亲程庄，河南省郑东县大口镇人。日本鬼子踏入大口镇之初即一九三七年秋，这个中原大地的青年农民拿起了枪，参加了八路军刚刚组建的一支游击队，这支游击队起初包括程庄只有三人，这三人游击队做的第一件事就是在一个晚上炸了鬼子在大口镇镇口新建的炮楼。一九三七年秋的那个晚上，我父亲在大口镇玉米地里追赶的应该是程飞父亲的这三人游击队，遗憾的是父亲没有追上，如果父亲追上了，那父亲的人生该是怎样的篇章？我的人生是不是也会像程飞那样乘着父亲的翅膀飞翔？

我想说什么呢？说说我过去的事情，过去的，就是过去的，有的是很久的过去，有的是刚刚过去的过去，总之，这些过去与以上种种内容有关，也可以说，是我对孩子们的一个交代，我不能给孩子们一些支离破碎、迷雾重重、将孩子们扔到沼泽地的故事。

我把它捋成条块，讲得可能清楚一些。

二、八百壮士跳黄河

中条山战役中到底有没有八百壮士跳黄河之事？更具体地说，有没有旗手唱着华县老腔带领一伙新兵跳黄河？

我能翻阅到的史料中都没有此记载。但有与这八百壮士跳黄河战斗背景相似的三位国民党将领壮烈牺牲的记载，让我们记住他们的名字和面孔：

王俊，陕西蒲城人。黄埔军校第三期学员，师长，一九四一年五月九日在中条山战役中带领全师将士奋勇抵抗，在与日军展开的肉搏战中壮烈牺牲，后被追授为陆军中将。

陈文杞，福建莆田人。黄埔军校第五期学员，师参谋长，与师长王俊一起壮烈牺牲。

梁希贤，陕西同官（今属铜川市）人，副师长，一九四一年五月九日在王俊、陈文杞壮烈殉国后，率余部继续坚守台寨村阵地，直到官兵伤亡殆尽，跳黄河自杀，慷慨殉国。

史料上有他们的照片，战争年代，英雄出少年，不管他们高矮胖瘦，眉眼怎样，都显得是那么年轻，生机勃发，都有我母亲说的那种酷派——浑身洋溢着英勇战斗的精神。

有朋友给我提供了一个消息，说是前几年有个记者找到在西安城的原国民党第十七路军中曾参加过中条山保卫战的一个老人，求证八百壮士跳黄河一事，老人说，他也是听说，并没有看到“八百冷娃”扑黄河，但那场大战之后，他和战友奉令前往三门峡打捞安葬死难者，三门峡特殊的河底结构，尸体冲到这里会滞留。老人说，千人都有，不要说八百几百了，男的女的都有，衣服都被水打掉了。老人说，他们那一次就有一百多人在那里捞，捞上来就地埋，在三门峡的北边有一个沟，都埋在那个沟里，哪一部分的、叫个啥、家在哪里根本不知道，捞上来就埋。埋了就算不错了，有好多都漂走了。也就是说，跳黄河的国军官兵有八百之多不容置疑了，尽管老人所见的死者中可能有日本鬼子扔进黄河的尸体。

因中条山战役的将领孙蔚如、孔从州是西安城灞桥区人，当时追随赴中条山抗战的青年居多，以后传说也就多，这几十年来，灞桥区涌现出一代代、可以说是前仆后继赴中条山为各种传说寻找真相的人。灞桥区一位农民作家写了一本厚厚的纪实文学叫《立马中条》，书中写到了八百壮士跳黄河一事，不过存在一点差异，书中写的那位旗手是唱着秦腔“两狼山——战胡儿啊——天摇地动——好男儿——为国家——何惧——死——生啊——”跳下黄河的，而不是华县长腔“军校——鞴马——大刀伺候——”。

后来我发现关于那个旗手流传有三个版本。版本一，如《立马中条》中写到的，那个旗手对着三秦大地的西方跪下叩头然后唱着秦腔跳下去。版本二，一位有名有姓的当地农民讲，那位旗手双手紧紧攥着他的部队的军旗，军旗已经被枪弹撕裂，他仍然双手高擎着。他在跳河前吼唱了几句秦腔，“ 两狼山——战胡儿啊——天摇地动——好男儿——为国家——何惧——死——生啊—— ”。日军退却，发现黄河水浪里有一杆军旗，叫人下河打捞这杆军旗时，拖出两具尸首来。旗杆从一个人的后背戳进去，穿透前胸，这是一个鬼子兵。压在鬼子尸体上边还紧紧攥着旗杆的人，是中国士兵，就是那个吼着秦腔最后跳入黄河的旗手。版本三，中条山战役三天后，陕西国军总司令在黄河滩召开公祭大会。将士一律臂挽黑纱，司令面对黄河，眼含热泪，攥拳起誓：此仇不报，我自当引颈自戮，以谢国人！话音刚落，有人看见黄河里浮出尸体，一个人双手握着旗杆，旗杆下像穿糖葫芦一样穿着两个日本鬼子。

这三个版本显然有杜撰的痕迹。

没有刘孟廉讲的版本。在政协一位干部提供的老兵名单中有一人叫马啸山的是华阴县的，我找到了马啸山的村口。向路人打听马啸山，这人给我指着另一个人，“是他爸！”真是运气不错，一下就找到了马啸山的儿子。我跟着马啸山的儿子走。这是一个看上去有五十好几的男人，衣衫破旧，但基本干净。走了一段路，我问到了没有，他往前一指，“哇。”又继续往前走了一段我再问，他还是往前一指，“哇。”“哇”是方言，那里的意思。

眼看要把村走完了，他还是“哇”。我这才发现这是个傻子。再问一人，这人说，“早过了，往回走，烂土房的那家就是。”

这是村里唯一住土房的一家。破败的土院墙上长着一尺长的蒿子，破败的土屋顶上铺着塑料纸防漏雨，没有铺塑料纸的地方长出了高高低低的酸溜溜草。几块板钉成的院门大开着，里面传出“咵咵”两声敲木凳的声音，然后是“军校——哎——鞴马——哎！”自喊自答的华阴老腔。

我顿时热泪盈眶。

马啸山枯瘦如柴，脑袋上没有一根头发，光如葫芦。脸就是一团反复揉过的黄麻纸，曲曲弯弯的褶子找不出来龙去脉。与我拜访的为数不多的那些中条山老兵不同的是，马啸山的身体和精神出乎意料地好，却不想给我谈往事。

在我再三申明造访原因后，马啸山才迟迟疑疑地说，“那个小伙儿是你爸？我就是那个旗手黑豆，看在你爸的分上，我就给你说说吧！有那么回事，跳黄河的那个旗手是我表哥牛娃。在战场上，旗手是要冲在前面，号手是在后面的，表哥照顾我，与我调换了。你别看平时人人都怕死，在战场上没有人怕死，我们新兵营也有老兵，往前上的时候老兵让我们跟在他们后面。跳河的时候，老兵都让鬼子打死了，我们像羊羔一样挤在崖上，我表哥站在最边上，他举起旗，喊了一声‘军校’跳下去了，其他人应声‘哎’就跟着下去了。我在后面，跟着往崖边去的时候摔了一跤，这时候鬼子用机枪扫，我后面的人中枪压到了我身上，后来我们的人又打了过来，把我从死人堆里扒出来，我捡了一条命。再后来我跟着队伍撤过了黄河，在河南跟鬼子打。抗日胜利的时候我是连长，后来就不想打了，回家了。后来家里地被分了，房也分了，我戴上了历史反革命帽子。我娶不上媳妇，家里就给我张罗了一个瓜（傻子）女子，瓜女子生了一个瓜儿子后死了，我就养着这个瓜儿子到现在。瓜了好，不知道苦。我能活到今天，身体还这么好，就是因为我儿瓜，没有了我，我儿咋办哩？我必须活着。我不想过去的事，这几年时不时有人来问我过去那些事，我一律不知道，我心早死了，死了还能知道啥？”

马啸山说这些的时候，像说别人的事一样平静，与我前面见过的老兵形成了强烈对比。瓜儿子对着他嘿嘿地笑着。

我想给他一点安慰，我说：“八百壮士跳黄河的事以后可能还会传出其他版本，您可能是唯一的见证者了，您委屈了这么多年，出来讲讲吧？”

马啸山摇了摇头，“我劝你别辛苦了，求证个啥？打了好几年，跳黄河的多了，别说唱老腔的、唱秦腔的，恐怕唱晋剧的、河南梆子的，唱啥的都可能有，就看谁听到的是哪个了。你走吧！军校——哎，鞴马——”

一语惊醒梦中人。滚滚黄河，浩荡黄河，怒吼黄河，三百里长的中条山，三百里长的黄河沿岸，三年时间，一千零九十五个日夜，多少个战地来回易手？那么，跳黄河的有多少人？有多少拨？有多少人唱着家乡的戏词？谁能说得清？

我走了，当身后的老腔唱到“大小儿郎齐向前”的时候，那嘶哑苍老的声音里突然出现了一声如天空被撕裂了一样的叫喊声，“老天爷啊！你终于开眼了！”接着是失声痛哭，苍老、干裂、悲凉。

心会死，但记忆不会死，而且它会世世代代源远流长。

在动笔前，我去了一趟中条山。夕阳夕照中，我站在中条山中的西姚温村的抗日英雄纪念碑前，一一读着那些战死疆场的英雄名字。坚实古朴的碑身及背后那绵延不绝的重叠山峦将我笼罩进一片庄严肃穆之中。远处，中条山南绝壁之下，黄河水声隐隐入耳。一张张年轻的面孔在我面前清晰、鲜活起来。

最后，我想用我拜访过的一位研究中条山战役的文史研究员的话结束这个话题：

“中条山战役是抗战中最大的耻辱”这是谁说的？不是参加中条山战役的烈士们勇士们浴血拼杀，陕西的东大门早就打开，整个西北就会沦陷。最后中条山虽然没有守住，但它为别的战场做出了牺牲，消耗了敌人的战斗力，扭转了战况，使他们无力再打开陕西的东大门。中条山战役的惨烈正好说明了国军抗战之英勇，不怕牺牲之精神，如果不是这样，扔下枪跑了，那就不会惨烈，把惨烈叫耻辱……

三、大人物被枪杀

大人物到底是谁打死的？半个多世纪都过去了，谜底还未揭晓。

当时有许多人认为大人物的死跟要枪杀我奶奶和我大姐有绝对关系，对这一点有两个版本一时传得很邪乎：一是我父亲所为。说人死了？谁看见了？没准就在云阳乡周围转悠，半夜回家是老婆孩子热炕头哩，不要忘了，人家是神枪手，想打你眼睛打不到鼻子上。二是我姥爷所为，一个外来人在人家尚先生的地盘上要枪毙人家的外孙和亲家？你不死谁死？人家要杀你不用亲自动手，找个神枪手对人家尚先生是个碎碎的事。可令人奇怪的是，这么大一个人物，那样被当众打死了，出了这么大的事，政府竟没有了下文，无人问津，跟死了条狗差不多。这么着又传出了好几个新版本，版本一，大人物嗜人血，在延安整风运动中枪杀了若干怀着赤诚之心投奔延安的好干部，大人物是被陕北高原下来的革命干部枪杀的，为那些死去的忠良报仇。版本二，大人物是从延安下来的督战肃反的工作组组长，心忒狠，杀人如麻，不说别的，如果赵掌柜的两个儿子还活着，手里还有枪，也会追杀他的，言外之意，大人物是被他镇压的反革命分子的亲人或者亲信仇杀的。版本三，在国共合作时期，大人物在国共两党之间穿针引线，掌握了国军许多情报，大人物将情报送给了日本人，国军军统追杀他的时候，他躲到了延安。十年过去了，他以为垂死挣扎的国军早已把他遗忘了，出了延安，结果在著名的红色云阳乡，竟遭到了国军的枪杀。版本四，大人物在西安城干地下党的时候叛变，出卖了好多同志，这个叛徒在党内隐藏这些年才被挖出来，公审实在太丢人，干脆这样处决了了事。联想到了我母亲骂大人物是汉奸，尚惠是谁？是国民党军统特务庄平的老婆，对大人物是略知一二的，所以人们更相信版本四。

上世纪八十年代，赵掌柜破败的老屋门框上一下子钉上了两个光荣烈属牌。公审会后，赵掌柜被人们从稀泥里拉出来，埋在了曾经属于他的土地里，也算是对赵掌柜的一点安慰。赵掌柜的三儿子号哭着上坟把这件事告诉赵掌柜，那三儿子跪在坟前哭着哭着，怒从心头起，带上自己的儿子（赵掌柜的孙子）把李才给大人物立的墓碑挖出来，立在了赵掌柜的坟前。

无论如何，赵掌柜的死都是因我父亲而起的，所以，当庄小槿成为云阳乡指引农民致富的领导人之后，将赵家可以扶持的孙子推了出来，姥爷虽然退了休，但在银行很有些人脉，赵家孙子在姥爷和庄小槿的扶持下，登上了陕西明星农民企业家的舞台，成为赵云蔬菜股份公司董事长。云阳乡这个陕西关中地区的大粮仓，看不见一望无际的绿色麦田了，看见的是一望无际的白色塑料棚，云阳乡变身为陕西关中地区著名的大棚菜生产基地。赵家盖起了大宅院，又成了云阳乡屈指可数的财主。赵家孙子给爷爷坟头上搭建了个亭子，为爷爷遮风挡雨。

这个大人物究竟是谁呢？如果我母亲当时在公审会上看清了大人物的面孔，我母亲会认出来的，我母亲见过这个大人物的照片。可惜我母亲那个时候的眼睛已经看不清远处的东西了，母亲骂大人物的那些话，纯粹是歪打正着。

讲到这里，你应该猜出这个大人物是谁了。

四、庄平的儿子找来了

庄平和庄铭到底是一个人，还是两个人？

这个问题困扰和伤害了我的整个童年和少年时代。

我们这一代人都经历过开学的第一天的同一件事——填一张“家庭及社会关系基本情况”表。一年级第一学期第一天，还没有上过学，不会写字，自然这张表由自己口述，班主任老师代笔。我是躲在门外，看其他的同学都散了，老师身边没有了人，才进来的，尽管是一个村的，父亲的政治面貌不会没有同学不知道，我还是躲着他们。

“你父亲到底叫庄平还是庄铭？”老师这样问我。

我们和村与其他的村庄都隔着一片相当大的田野，培英学校就改为了和村小学，只有和村的孩子在这里上学。那时的老师都是村干部指定的贫下中农出身的有点文化的农民。我们的老师叫张桂珍，是队长的妹妹。张老师土生土长在和村，能不知道我父亲的名字叫庄坚吗？面对老师的提问，我莫名其妙，在这之前我不知道我父亲用过这两个名字。我说：庄坚。张老师的嘴撇了撇，张老师为什么要撇嘴呢？我不知道，但她嘴角下撇显出的两条印子，如两把小刀，扎伤了我的心。

我明白了张老师撇嘴的原因是在几天后的一个下午。我在公路边的低水渠岸边割草，我家喂了两只羊，一只老奶羊，产出的奶喂妹妹，一只骟过的小羊，是将献给姥爷的生日礼物。春天的羊羔养到冬天就可以吃肉了，姥爷的生日在冬天，我们家没有别的给姥爷送，每年春天买一只羊羔给姥爷养着。我们都盼着姥爷过生日，因为姥爷过生日的时候，母亲会带我们其中的一个进西安城。母亲常说的一句话是“我看谁干活好，就带谁给你姥爷过生日去”。让我记忆犹新的是有一年母亲带我去了，正碰上我一个姨从广州出差回来，姨带回来一把香蕉，那是我第一次吃到香蕉，这世界上有这样怪的水果？不是圆的，是跟镰刀一样的弯的，皮不用刀子削，跟剥玉米一样用手一扯就下来了。这世界上还有这样好吃的水果？不用怎么嚼，绵软、滑爽、甜蜜，吃的时候没有水分从嘴角流下来。这个记忆使我至今对香蕉情有独钟。哦，扯远了，回到正题上。我正在割草，一阵风把两个人的闲聊吹进了我的耳朵里。

“唉，尚先生留下的东西就剩下学校还看得见了。”

“人家尚先生是往好处去了，尚先生就是尚先生，眼睛亮，要不是早早参加了革命，现在正是大地主分子让人批斗哩！”

“有那么多地，还有工厂，没准都被枪毙了，人和人的脑袋瓜就是不一样，旧社会，人家是大地主，吃香的，喝辣的，新社会了，人家进西安城当银行行长了。听说，吴县长还上门给人家作揖哩，想让银行拿钱给咱修水库哩！尚先生二话没说，让吴县长拿麻袋来装钱。嘿嘿，尚先生当行长，那银行还不是咱县的？朝里有人好做官。”

我抬起头，转过身子，看到说话的是两个坐在马车上的老头，一个抱着鞭杆，一个抱着烟杆，马车不急不慢，悠闲地从东往西走，大概是从三原县城赶集回来的。我没出生前城墙就在“大跃进”的高潮中夷为平地了，培英小学里的两栋楼，就很惹人瞩目了。我经常能听到过路的人由楼说起我姥爷，都是夸赞我姥爷的。这一次有些不同，他们说到了另一个内容。

“可惜，可惜他大姑娘了，你说尚先生在这点上眼睛咋就不亮了哩？把女子嫁给一个国民党特务！”

“你别胡说了，你说的那个叫庄平，尚先生的女婿庄坚没改名前叫庄铭，不是一个人。”

“你真相信？戏里有狸猫换太子，那也是谁都没有见过太子，太子是刚生下来换的，咱们尚先生可好，女婿都成云阳乡的风云人物了，硬是将太子换成了狸猫，啥庄铭是苦出身，啥为了抗日才参加了国民党，哄鬼哩？我看，庄平和庄铭压根就是一个人。”

“老听人说起这档子事，我还没见过其人呢。”

“他常去买棉花，你去云阳乡镇的时候在籽棉加工厂转转，听到谁撇洋腔，谁就是。”

“就是他啊，我见过，当时我还纳闷哩，在咱这乡下，怎么会有北京城的干部哩？”

马车上了桥，不见了。

我握着镰刀的手直发抖。我明白了张老师问我“你父亲到底叫庄平还是庄铭”的用意，他们不相信我父亲是庄铭，他们说我姥爷耍狸猫换太子的把戏。我姥爷在我心里就是神，他们这样说我姥爷，我感到非常愤怒。

这天晚上我把路边听到的话悄悄告诉了母亲，母亲平淡地说：不论是庄平还是庄铭，都是你亲生爸爸，亲生爸爸只有一个，你记住这一点就行了。

我的心里纠缠着一团可怕的迷雾，我开始关注父亲了。父亲干的是生产队最重的活，最脏的活，又是工分最少的。父亲艰苦劳动的情形总是让我难过，比如说犁地，生产队有一头牛是瞎子，那头牛就是父亲的，别人挑剩下的才是父亲的，瞎牛不可能走得快，别人已经回家吃饭了，父亲还在犁地。父亲赶牛的洋腔与众不同，牛大概听不懂，不怎么听话。犁地是一幅很好看的情景，有一点百舸争流的意思，我寻找父亲身影的时候，不用眼睛，用耳朵。你可以想象，那个撇着洋腔把地犁得歪歪扭扭，时时被人呵斥的人就是我父亲，我心里充满的会是什么？是海水，冰凉苦涩。

我的姥爷是太阳，是让人仰望的，我虽然不怎么能感觉到他的温暖，但足以令我骄傲。还有，虽然我从来没有见过李爷，但我的母亲、姥爷、舅舅动辄就说你李爷怎么怎么样的。李爷解放后在陕西省人民政府做大官，救李爷是我们这个家族中的骄傲，当然也是我的骄傲。我就是在这样的环境中养成一颗既十分高傲而又十分卑微的心灵，一种优柔怯弱却又不受约束的性格，这种性格摇摆于软弱与勇敢、犹豫与坚定间，最后让我自身充满了矛盾。

随着世事的变化，我也越来越不把父亲到底是庄平还是庄铭当一回事了，但不等于不想搞清楚，我想，等父亲最后的日子再问，那个时候他绝对会说真话，但父亲在梦中突然离开我们，使我永远失去了这个机会。

在我做准备动笔写书期间真相冷不丁地站在了我面前。

“我叫庄小平。

“我从台湾来。

“我是庄平的儿子。我为寻找我的父亲而来。”

这样自我介绍的人瘦瘦的，高高的，戴着一顶黑色礼帽，穿着一件黑色风衣。我猛一抬头，以为是我父亲疑团的始作俑者韩春从历史的尘埃里钻出来为我答疑解惑来了。庄小平六十岁左右，操着一口黏黏糊糊的台湾腔，却有一种影视剧里特工的凌厉风度。

当时，我正躺在社区的一把躺椅上对着头顶上的绒线花树发呆。绒线花开的正是时候，鲜红的花朵像红缨枪的红缨，藏在翠绿的羽毛形的叶子底下，让人联想到上世纪革命根据地放哨的少年。我看似逍遥，实际在苦苦思索，我头脑里在勾画一张将要写的这本书的路线图，我的红箭头行走到一个地方迷茫起来——去哪个方向找庄平？其实，很多时候文学作品的虚拟是来自于现实的，好作家能把假的写成真的，赖作家能把真的写成假的，我不想当后者，所以才苦恼。现实中的庄平的儿子庄小平出现在我面前，我瞪着眼睛，给自己一点时间，让自己从纷乱的虚拟的庄平的情景中醒来。

“不要吃惊。我父亲曾是优秀的特工，我是他的儿子。”

庄小平言简意赅，我明白他的意思是他有父亲的遗传，能找到我这里不是难事。

“请您带我去看看他老人家。”

老人家显然指我父亲。我感觉庄小平比我知道得多，并且比我知道得更诡秘。

“我是因为自己的职业才姗姗来迟。”

看到庄小平深不可测的眼睛，我猜测他在台湾干的是情报一类的工作，现在被“解密”了，所以才姗姗来迟。

“我来西安城有一段时间了，我在档案馆看到了你留下的踪迹，你试图在寻找什么，看看我们寻找的是不是一样，或者有部分一样。”

自此，我一句话都没有说，因为我刚想出要说什么，他就回答了。

我本该对他表示热情，至少寒暄几句，但他那么严肃，那么地言简意赅，我如果寒暄，不但俗不可耐，还会招他反感。

我把车从车库里开出来，请他坐上。走到社区门口刷卡的时候，送花的快递到了门口，庄小平把手伸出窗外接花付钱。庄小平把送花的时间都计算得分毫不差，这是个怎样的人啊？庄小平为我父亲买了一束白菊花。

我们在埋葬父亲时，给父亲墓地栽了一棵苦楝树。如今，在关中平原一望无际的田野里，苦楝树用它伸展在空中像巨伞一样的树冠告诉我父亲坟头的具体位置。父亲墓地杂草茂盛，野花肥硕，看不见一抔黄土。看到庄小平跪在野草上，泪如泉涌，我突然产生了一个想法，如果庄铭与庄平就是一个人，那么庄小平就会是我父亲在北平时的儿子，这样，眼前这个从天而降的男人就是我同父异母的哥哥。我父亲之所以对我母亲不承认他是庄平，会不会就是这个原因？继而我又想，父亲没有去台湾，会不会是把去台湾的机票给了他的前妻和儿子？

庄小平站起身来又鞠了三个躬。走出田野，庄小平在大路上站住了，他望着远处的嵯峨山，我说，叫嵯峨山。庄小平若有所思地“呃”了一声，我指着山中那一条白色说，那是条山路，庄小平又是若有所思地“呃”了一声。

“要不要上去看看？”我这样建议道。然而，这时庄小平的手机响了，庄小平接完电话，说他母亲病危，他要回台湾了，我送他到机场。

路上，庄小平说，他曾经找过韩冬，遭拒，但他还是想办法跟韩冬通了电话，听到他的自我介绍，韩冬只说了一句“我不认识庄平”就立即挂了电话。嘿嘿……庄小平笑了两声，我从后视镜里看到庄小平的笑脸极其阴险。庄小平是找到了韩冬，韩冬那里有庄平的线索？

“找父亲也是母亲的愿望，很遗憾，”庄小平顿了顿说，“庄小蝶，我们可能有一个共同的目标——找庄平，如果你有了我父亲的消息，拜托告诉我。”

“你记得当年父亲的模样吗？”

“母亲身怀六甲的时候父亲去西安城的，说是去执行一个任务，很快就回来，再也没有回来。母亲说，我长得很像父亲。那些年，一直是韩春伯伯照顾着我们娘儿俩，去台湾是韩春的意见，他用一块泾阳茯砖茶为我们换来了去台湾的资格。他本来是要跟我们一起去台湾的，我们已经在成都会合了，可是，有人给韩伯伯送来什么情报，韩伯伯说他要回西安城办件事，让我们等他。我们最后等来的是一个陌生军官，军官说韩春在办事前向他交代过，如果三天韩春没有来找他，就说明出事了，让他赶紧到成都带我们走。那个军官说，他是得到韩春被解放军抓捕的消息后才离开的。母亲在台湾一直未嫁人，有时候，我们要靠救济生活。我成人后，让母亲过上了安稳的生活。”

庄小平大概是觉得时间紧迫了，一口气给我说了这么多。庄小平在说这些的时候，我从后视镜里偷偷瞄庄小平，这个人鼻子、嘴巴、下巴说不上跟我父亲像还是不像，但眼睛是绝对不像，我父亲是典型的浓眉大眼，这庄小平眼型悠长，是典型的小细缝缝眼。怪不得我父亲假冒庄平在火车站出场的时候要尽量用钢盔把眼睛遮住。

“我父亲跟你父亲是两个人，这是我的DNA。”庄小平从后面递过来一张单子，我没有接，我不愿意承认自己是个自作多情的人，也不愿意做一个让人能从背后看穿心事的人。庄小平欠起身，将单子放在了副驾驶座上。

“你们是什么时候去台湾的？”

“一九四九年五月，我的生日是五月十二日，我们在成都旅店里住，韩伯伯给我买了生日蛋糕，没有来得及给我点蜡烛就走了。我记得很清楚，我母亲把我拉到窗前，望着韩伯伯的背影说：多看伯伯几眼吧，你爸爸就是这样急急忙忙走的。”

几滴清泪从庄小平冷峻的脸上流下来，闪着亮光。

“拜托了，替我找找我父亲，如果能找到疑似的尸骨，看能不能做个DNA鉴定。”

庄小平的意思是通过与他的DNA比对，确定庄平的白骨。

尽管我信庄小平的话，我们不是一个父亲，我还是悄悄做了DNA，结果是我们没有丝毫血缘关系。我把这件事告诉了母亲，母亲竟一病不起。

庄小平给我解开了一个谜，却抛下了一团谜，韩春在成都接到了什么情报，使他抛下庄小平娘儿俩回到西安？是谁送的情报？庄小平为什么也要找韩冬？

五、韩冬的秘密

韩冬到底有多少秘密？

我父亲实际是一个头脑特别简单的人，但世道让他有过复杂的经历，在一茬又一茬名目繁多的政治运动中，那些经历不但变成了一口袋装满铁镐、铁锤之类足以砸烂他狗头的工具，还变成了一口袋装满暗藏有“坏人坏事”的黑色档案。

我人生的记忆是从“文化大革命”开始的，最初给我的记忆是如一阵阵寒流一样传来的坏消息，李建李爷爷将自己狗头塞进水缸里自杀了；教母亲唱歌和做花的地下党赵老师用草帽带把自己的狗头吊在树上自杀了；姥爷站在板凳上挨批斗，有人蹬倒了板凳，姥爷的狗腿摔断了；舅舅的狗脸被涂上戏中小鬼的颜色游街。然后，给我留下深刻记忆的不是批斗会，是羊眼背着枪不断陪着陌生人进我们家门。那些陌生人一脸冰霜，目光阴冷。父亲看到他们，总是脸色发白，面部僵硬，我感到父亲整个神经如寒风中的树枝在簌簌发抖，非常恐惧。我见过羊眼用枪抵着父亲的头，红卫兵用矛尖对准父亲的胸，也没有见父亲这样恐惧过。在我幼小的心灵里，那不速之客就是夜猫子，他们一进门，我们家里就立即充满了不祥和恐怖的气息。母亲像他们会把我们吃掉一样，急忙把我们和奶奶赶出去，自己却悄悄躲在里屋，伸长耳朵。

我家只有两间房，是里外间，外间靠窗户放着一张裂开了很宽一条缝的核桃木大桌子，桌子上放着茶壶茶杯，两边各有一把椅子，是招待客人的地方。不速之客常常是两个人，一人坐一把椅子，我父亲搬一只方凳，坐在第三边稍远一点的地方。羊眼背着枪站在我父亲身后，好像随时准备用枪把子砸我父亲的背或者把我父亲押走。不速之客喜欢拍桌子大叫，“你老实说，不说老实话你知道会是什么下场。”羊眼会马上跟着帮腔，“你不老实提供材料，我就给你开批斗会。”

羊眼带着不速之客走后，母亲从里屋出来，与呆若木鸡的父亲悄声说一会儿话，他们的表情充满担忧。后来我知道这是搞外调的，多少年杳无音讯的朋友、同事、同学、熟人，甚至曾经的左邻右舍，在接待这些不速之客中得到了他们的消息。令父母害怕的是不知该怎么回答不速之客的问题，才能不给这些过去的朋友等带来灾难。母亲躲在里屋的门帘后，透过门帘缝刚好能看见父亲，母亲的视力其实不行，她主要是从来人的问话里判断父亲会遇到什么困难，该怎么回答。每当父亲不知该怎么说或有说不好话的苗头，母亲就从里屋出来了。我对这些不速之客既恐惧又充满好奇，我常会钻到床底下偷听。

第一次听到韩冬的名字就是我钻在床底下，从不速之客的嘴里听到的。不速之客的意思是韩冬领导的党的地下小组被军统破坏了，七名小组成员只有韩冬活着，这引起了他们的怀疑，他们怀疑韩冬不是内奸就是叛徒，其中原因还有韩冬的哥哥韩春就是军统的大特务头子。韩冬的脱险经历太像戏剧了，他们觉得不可信。韩冬是不是内奸或叛徒，军统特务是清楚的，所以找到了父亲。显然，不速之客不知道韩冬脱险是因为父亲的解救，也不知道父亲曾想用这一条将功折罪因韩冬的坚决否定而搁浅。

父亲沉默不语。我躲在床下听到不速之客拍了桌子，震得桌子上的茶碗蹦了几蹦，水洒了出来，顺着桌缝流到了地上。

“你的沉默是不是就是肯定？他是怎么叛变的？老实对我们说。”

羊眼说：“那个韩冬是我们这儿的常客，我们把他当亲人，闹了半天是叛徒？你包庇他到现在，要不是革命群众眼睛雪亮，这条毒蛇还隐藏在我们革命队伍里。”

父亲还是不说话。我知道，父亲是在等待母亲的出场，听了母亲说什么，父亲就知道该怎么办了。

“快说，我说韩冬都被揪出来了，人家人都找上门了，你还包个屁呀?”羊眼催促道。

母亲从里屋里出来了，母亲对父亲说：“好好想想，说不清楚我们是会有麻烦的。”

父亲的脑袋没有母亲的好用，但对母亲递话的领悟力却非常高，母亲的意思是十多年前救韩冬的事都无法说清楚，现在说实话不是自找麻烦吗?

父亲说：“我没听说过韩冬被捕，因为那个时候我不在军统上班，我在列车上，当列车长。”

“你跟韩春亲密得穿一条裤子，韩冬是不是被他哥哥收买当了内奸?”

“不知道。抗日战争初期我在他家住过不到两年，没有了来往。”

后来，不速之客再怎么恫吓，父亲就是不知道。不速之客无奈地走了。

后来就再也没有听到过韩冬的名字。听了母亲的讲述，我很容易地在百度上搜索到了韩冬的信息。我感到母亲的讲述里有些历史迷雾，我想驱散这些迷雾，曲曲折折找到了韩冬的准确地址，均遭拒。

庄小平走后，我反复回味庄小平说过的话，觉得庄小平已经给我指明了一条寻找到庄平的路——找韩冬。在那段历史中，至今活着的除了韩冬，我再找不到第二个人。我再次找韩冬，韩冬仍然以年事已高、身体很糟糕、无力满足我的愿望而拒绝了我的求见。

他身上有不愿意让我知道的秘密？庄小平嘿嘿笑的那两声，说明庄小平已经确定。

六、宋北辰与母亲的爱情

母亲跟宋北辰到底是怎样的一种情感？为什么我一想到宋北辰就产生一种缠绵悱恻的感情？

母亲给我讲她跟宋北辰的故事时有一个细节，母亲站在大河岸上望嵯峨，宋北辰在河坡下饮马，宋北辰看见她的时候产生了揪心的疼痛，怎么可能？在我的想象里，那晚风撩起母亲卷曲长发和青色旗袍下摆的情景，在夕阳西下的乡村背景下一定如一幅风情万千的画，是这幅画吸引了宋北辰的目光。虽然母亲消瘦，但旗袍合体，凸凹有致地勾勒出一番乡下女人不可比拟的曲线，那是来自山坳里的人无从想象的风光。首先是那么一幅风情画吸引了宋北辰，然后是母亲当时如风雨飘摇的身世让宋北辰产生了怜爱，此后宋北辰对母亲的关爱大概跟他最初的这一瞬间产生的心理有相当的关系。父亲对母亲也是一样，父亲一生对母亲都像那块巧克力糖——把好东西交给母亲，在农村生活的时候，父亲从田野里回来，总要带点吃的交给母亲，有时候是几串野葡萄，有时候是几颗浆果，有时候是一把甜草。父亲出远门，一定会带好吃的回来，哪怕是一点点。有一次父亲去耀县，带回一块耀县的特产琼锅糖，父亲为了买这块糖，花掉了回家的车票钱，披星戴月翻过嵯峨山，步行了一百多里路。母亲知道后哭了，母亲说：过去，我家耀县那边送过来的琼锅糖多得长工都吃腻了。父亲和母亲一生的日子也像那块巧克力，是苦也是甜。母亲说，当年那个时候在他们心里巧克力就是巧克力，稀罕的糖果，不代表什么，如果与现在代表的甜蜜、浓郁、深沉的爱情等这些华丽的辞藻沾边，那纯粹是歪打正着而已。

还有一个细节，宋北辰对母亲说：不敢这样哭，会哭坏眼睛的。这说明母亲当时的视力是不错的，不然，她怎么能看到站在操场那边丁香树下的宋北辰“你不过来我就不走”的坚定？

我出生在六十年代初，距母亲这段浪漫史过去了八年，在我的记忆里，母亲的视力极差，小时候当我从远处向她跑过去的时候，她总要问一句：是小蝶吧？听到我的应声，母亲才张开怀抱。听到宋北辰说的“不要哭了，这样哭会把眼睛哭坏的”这句话，我突然想到，母亲的眼睛没准真是哭坏的。母亲的眼睛在北京、西安城都看过，是玻璃体混浊，玻璃体混浊的其中一条原因是周边组织发炎。以前母亲经常哭，经常是夜晚捂着被子哭，眼泪存在眼窝里哪里有不发炎的？如果母亲跟宋北辰结了婚，是不是就不会有这样的遭遇？

资料记载，西安城基本上是和平解放的，一共用了六个小时，伤亡解放军五十七人。歼灭国军两千多人。在庆祝西安城解放六十周年的文献展览中，我看到了解放军在咸阳过渭河的照片，没有队形，分散开来蹚水过河。解放军穿着长裤，光着膀子，戴着帽子，背着捆成炸药包一样的背包，长枪杆和鞋捆在背包顶上，渭水淹没到大腿中间。五月的河水大概还很凉，大家龇牙咧嘴，一副忍受凉水刺激的痛苦表情。如果我舅舅的情报准确，这应该是宋北辰的部队，如果宋北辰的坐骑不能蹚过这么深的河水，他也应该是这样过河的。

母亲有一只小皮箱，放在家里的大板柜上。我对这个小皮箱的印象很深，咖啡色，有铜扣，里面放的都是母亲的贵重物品，有母亲年轻时的照片，当教师时的工作证等。我对这个小皮箱总有一种神秘感。奶奶说，你妈妈当年是一手抱着小槿，一手提着这只皮箱从郑州逃回来的。小皮箱的铜锁扣是坏的，想翻还是可以翻的。有那么一段时间，见家里没人且判断会有一段时间没有人会回来的时候，我就爬上板柜翻皮箱，原因是那里面有一张上面有两个解放军的照片，那时候的孩子，对解放军充满向往，何况还有一个女解放军。那个女解放军的脸像母亲，长长的，抱着孩子坐在一把椅子上，后面站着一个瘦高的男解放军，我觉得奇怪，解放军都是站着队扛着枪的，怎么会是这种状态？后来我发现偷看这张照片的还有奶奶，奶奶总是把这张照片拿到院子里光线好的地方看，翻来覆去地看。有一次奶奶正看的时候妈妈回来了，奶奶说：这下好了，北辰有一个这样好的家我就不惦记了，我总觉得对不住人家孩子。我知道那一男一女的解放军中有一个叫北辰。

箱子里令我感兴趣的还有一双鞋，是黑色直贡呢面的，我比了比，比我的小胳膊都长，这是谁的鞋呢？

宋北辰来信的时候还没有我，我也是在母亲“蓝蓝的天上白云飘”的歌声中长大的。添一把柴仰起头唱两句，然后再添一把柴唱两句，有时候锅里的水烧开了母亲还在唱，这是留在我记忆里的母亲唱歌的基本情形。我上学后，村里的同学取笑我说：我们家的羊叫、公鸡打鸣都有了你妈歌声的意思。和村的小孩子不会说韵律，说意思。

宋北辰的消息跟韩冬的一样，是从不速之客嘴里知道的。

有一天，羊眼领着两个解放军进了门，也是不速之客的范畴，但我没有夜猫子进宅的感觉，相反，我感到那闪闪的帽徽和鲜红的领章让我家蓬荜生辉。这两个不速之客是外调宋北辰的，先找母亲谈话，后找父亲谈话。我虽然还处在懵懂的年龄，但我落草在这样一个随时都有可能倾巢于政治疾风中的巢里，我的羽翼早硬。从他们的谈话中，我听明白了四件事，一是在我家有些神秘的人物北辰姓宋，曾是位南征北战的解放军师长，但他也没有逃过“文化大革命”的风暴；二是宋北辰与母亲有关系的罪状是生活作风糜烂，解放战争期间与地主家大小姐有一腿，这个大小姐是我母亲；三是宋北辰与父亲有关系的罪状是在肃反期间，破坏镇压反革命，为国民党特务鸣冤叫屈；四是宋北辰被革命造反派打断了三条肋骨和一条腿。

我母亲没有愤怒也没有哭泣，非常冷静地一口否认了她与宋北辰的往事。这样撒谎母亲是要冒很大风险的，除了我们这些小孩子村里谁不知道啊，外村有好些人都知道，而且羊眼就站在旁边，但母亲就是坚决地否认了。

无论有多少人知道我母亲与宋北辰的事情，我父亲就是不知道。我父亲说，宋北辰这个名字他第一次听说，宋北辰为他鸣冤叫屈的事他根本不知道，因为当时他被关在监狱里，不知道外面的事情。父亲说的是实话。这两个解放军走后，我的父母亲没有像以往那样凑在一起咬耳朵，而是各自木呆呆地坐着。过了一会儿，母亲说：我跟宋北辰是有过那么一段，都准备结婚了，村里的人也都知道，但是，我宁愿死，也不能让他们从我嘴里得到半点口实。父亲像没有听见，还是木呆呆的。

后来，庄小槿从外面跑回来了，大哭大闹。那时候庄小槿已经高中毕业了，遇上“文化大革命”，没上成大学，回村劳动了。庄小槿蹬上一个小凳子，把母亲的小皮箱打开从板柜上摔下来，把宋北辰的信和照片撕得粉碎，把那一双大鞋用剪子剪破了帮子，用斧头剁烂了鞋底。我明白了，宋北辰给我们家带来了耻辱。

父母还是木呆呆地坐着，没有阻拦，奶奶两手拍着大腿，痛心不已，但也没有阻拦。也许，父亲、母亲和奶奶都希望有关宋北辰的一切东西都永远在我们家消失。

羊眼娘很快来送信了。羊眼娘说，羊眼跟那两个解放军没有说实话，解放军问村里人，村里人也说没那事，还骂他们那里人给我们大姑娘泼脏水。羊眼娘说：这天下是怎么了？连宋师长那样打江山的解放军也会遭这么大的罪？

母亲从抽屉里拿出一包水果糖给了羊眼娘。水果糖是姑姑从北京寄来的，那时候我姑姑已经跟姑父进京了，姑父在中央部级机关任高官。小时候我常听到奶奶唠叨的一句话是：没有你妈妈，就没有你姑姑的今天。姑姑牢记着哥嫂的恩情，我们姐妹穿着来自北京城的衣服，吃着来自北京城的好东西，让所有知道的人都快羡慕死了。

羊眼娘走后，母亲抱了大量的柴，给锅里填满了水，拉风箱烧水，放声唱歌：

> 蓝蓝的天上白云飘，白云下面马儿跑。
> 挥动鞭儿响四方，百鸟齐飞翔……

父亲坐在我家自留地地头的井台上，雕塑一样不动。奶奶坐到父亲身边，儿啊儿啊地给父亲解释。我站在旁边听，父亲和奶奶都认为我听不懂，其实我能听懂，我听后还由此联想到了看过的《白毛女》电影，我觉得母亲像喜儿，宋北辰像王大春。照片上那个瘦瘦高高的宋北辰多像王大春啊！现在听起来我把母亲比作喜儿、把宋北辰比作王大春，有些太勉强，但那个时候我没有别的可联想，只有东村跑、西村跑地看过三部用木杆子挑块白布演的电影——《白毛女》《地道战》《地雷战》。我不但把宋北辰跟王大春联系起来，还用丰富的想象让母亲这颗苦瓜因有王大春般的宋北辰的这根藤而变得甜蜜起来。我判断是非的标准很简单，能让一颗苦瓜甜蜜起来的藤有什么不好？苦瓜喜欢能让自己甜蜜的藤有什么不对？我主动到院子外给母亲抱柴，我感觉自己是想用抱柴表示点什么。表示点什么，我自己也说不清楚，也许是想给母亲点安慰，看上去母亲是扬着头纵情歌唱，其实是在抽泣，瘦削的肩膀耸动着，背后的褂子被汗水沁湿了一片。平时母亲是家里的灵魂人物，此时是那样地孤独和可怜。我觉得此时如果母亲不尽情地拉风箱歌唱，会像喜儿一样逃到深山里住山洞吃野果变成白毛女，从此我们就没有妈妈了。

那天晚上，母亲的歌声飘荡了大半夜，由嘹亮到嘶哑到歇斯底里，杜鹃啼血，至死不休，我觉得母亲的歌声让整个田野村庄都笼罩在恐怖之中。以后母亲回忆到这个夜晚时说：其实我不是在发泄什么，当时我的心情跟在三原医院里对着你爸爸唱歌的心情一样，我觉得我的歌声会给宋北辰送去福音，如果我停下来不唱歌，宋北辰会被人活活打死，或者死在昏迷中。母亲是在为遥远的正在受罪的宋北辰歌唱。

母亲是在我动笔写书后去世的，上帝让她活到八十六岁，好像就是等我写这本书。母亲得的是脑梗，后来发展成综合征，母亲能动的只有嘴和眼睛，嘴能动，却发不出一点声来，但自始至终母亲头脑都很清晰。临终前母亲的嘴剧烈地动着，眼睛巴巴地看着我，大夫说：“你妈妈有心愿未了，想办法让你妈妈闭上眼，安静地走吧！”我想了想，对母亲说，“妈妈，让我猜猜你想干什么，如果猜对了，你眨眨眼，不对，你眼睛就别动。”

“你想唱歌？”母亲眨了眨眼。

“你知道自己发不出声了，想让我替你唱歌？”母亲眨了眨眼。

“妈妈，如果我唱的歌对你的心思，你就眨眨眼，我就继续唱。”

五月的鲜花，开遍了原野，鲜花掩盖着志士的鲜血……

母亲的眼泪从暗淡无光的眼睛里淌出来，但是，母亲没有眨一下眼睛，大概怕我误解，任凭眼泪怎么流淌都坚持不眨眼。

蓝蓝的天上白云飘，白云下面马儿跑……

母亲眨了眨眼睛，怕我看不清，又使劲眨着，直到我点点头。

母亲的嘴动起来，看她的嘴形，是和着我的声音歌唱，由于脸部肌肉的僵硬，我看不出来母亲脸上的表情，但我感觉出来她的脸上正洋溢着甜蜜的笑意。母亲带着这种甜蜜的笑意安详地闭上了眼睛。自此，我知道，这些年，母亲爱着的不是我父亲，是宋北辰。可以想象，母亲临终时眼前浮现的是宋北辰骑着骏马在草原上奔驰的身影，母亲的灵魂在宋北辰喜爱的歌声中脱开了她的躯体，飞向了内蒙古阿拉善草原，飞向了宋北辰。

听母亲说，宋北辰有一个蒙古族名字叫阿拉但嘎达斯，内蒙古人给男孩起名喜欢用大自然的名字，阿拉但嘎达斯是蒙古族语，意思是北辰，即北极星。蒙古小伙子阿拉但嘎达斯奔赴延安后改名宋北辰，宋是取了带他去延安的汉人老师的姓。宋北辰就是闪耀在母亲心中的北极星，陪伴着母亲度过了那些寒夜般的日子。我想，在母亲拉风箱纵情歌唱的时候，母亲眼前的东西绝不是锅台，不是被黑烟熏黑的屋顶，而是宋北辰骑着骏马在绿色草原上奔驰的壮美情景，这样的壮美情景如鲜花幸福着她，安慰着她，是支撑她度过艰难岁月的体内的那个温暖的轴。

七、神秘的韩春

韩春有多神秘？

从上世纪八十年代后期，我家又开始出现不速之客了，还是把我父亲当成了活着的黑档案，但目的是截然不同的。

第一个来访者是位作家，叫丁一，时间大概是一九八六年，我当时正好在家。丁一说他正在为他的一部小说《古城谍英003》收集素材，是一个传说激发了他的灵感，这个传说就是韩春带着装扮成十三朝皇帝的勇士的特工杀汉奸的故事。

丁一希望我父亲多讲一些抗战期间西安城军统抓汉奸的案例。结果是作家知道的比我父亲还多，但作家没有失望，作家说这种情况他预料到了，特工嘛，干的都是神不知鬼不觉的事，无名英雄，而特工的魅力也正在于此，只要你给我一鳞半爪就够了，其余归创作。

我在家里还碰到一位来访的作家，叫岁月，岁月知道我父亲已不在人世，是专程来找我母亲的。岁月是位剧作家，他将创作四十集电视连续剧《神秘枪手》，他说：“在十多年前，我听到一个传说，一名躲在西门城楼里的国军士兵用狙击步枪打下了一架日本轰炸机，这个传说有些邪乎，我没有在意，但在前些天，我在美国采访一个前国军军官后人的时候看到了一封韩春给这位军官写的信，我顿时对这个神枪手发生了兴趣，经过曲折的追索，我找来了。”

我看到了作家岁月带来的韩春那封信的摘要。

西安城，作为中国反法西斯抗战的重要后方基地，在八年的抗日战争中饱受日军的空袭，自第一次一九三七年十一月二十日日军空袭西郊机场，到最后一次一九四四年十月三十日，击落来犯日轰炸机一架，击毙日飞行员两名，根据中国方面有据可查的记录，日军先后空袭西安城一百四十五次，炸死炸伤西安城军民两千余人。在漫长的防空作战中，中国空军和地面防空部队奋起反击，顽强抵抗。

一九四四年十二月二十二日，《秦风日报》报道，“据某某航空站消息，今晨拂晓，敌机数架，由晋窜入我市上空，我英勇迎战，当即发生空战，被我击落敌机内之驾驶员，摔出机外丈许，脑部中弹，显系当场毙命，两腿及左手被火烧焦，残骸坠落本市西郊”云。

对于苦斗中的中国，这样一个小小的胜利带来的只是短暂的喜悦，不久这则消息就被淡忘了，但是，我不会忘，因为这是我精心策划的在地面上用狙击步枪干的，由于种种原因，没有如实宣传。前些天我突然从一个日本朋友那里得到消息——日军疾风战斗机队长在西安城空战殉国，引起了日本方面很大的反响。这位队长正是被称为陆航之花的王中王飞行员岩桥让五少佐。

……日军的记载是岩桥发动自杀性攻击战死，谓岩桥击落美机一架后开始扫射机场的停机坪，因为看到中方一架战斗机正在滑跑起飞，准备迎战，为了消灭这架飞机岩桥实施了自杀式撞击而阵亡。这种“壮烈”的死，事后判明毫无依据，大概是日军不想让自己英雄死得太平常的习惯作祟而已。

根据美军人员的回忆，岩桥是对地面进行过扫射，但不是在机场，岩桥最有可能的命运是正在扫射的时候，被中国防空部队的一个神枪手一枪命中，当即死亡，飞机失去控制坠落。

我的神枪手是十二月二十一日击落了一架日机，遗憾的是，我们没有意识到自己击落的是一个如此人物，所以根本没有对这名飞行员做深入的了解。

望您帮我查一下这个驾驶员是谁，是不是岩桥让五。如果是，在中国击毙的日军王牌飞行员名册里，南乡茂章等四大天王、驱逐王三轮宽、轰炸王奥田喜久司等等之后，还应该增加一个陆航之花岩桥让五吧！

作家岁月说，“这位国军后人说，他的前辈不负重托，费了好大的周折终于查清了被神枪手击毙的确是岩桥让五，但此时大陆已解放，韩春听不到这个喜讯了。”

作家岁月说，“有史料记载，在西安城遭轰炸的七年中，只有两架敌机被击落，一架是我中美航空站战机拦截击落的，另一架是被地面的狙击枪打中飞行员的脑袋，怎么个被枪击中了脑袋，史料上没有记载，时间、地点、事件都有，就是没有人物，所以我将他称为神秘枪手。今天找不到有记载的史料不等于没有史料记载过，六十多年过去了，也许被老鼠咬掉了、被一把火烧了、被沤烂在哪里了都说不定，再说，没有史料记载不等于没有此事，战乱年代，谁会为六十年后的史海钩沉着想呢？我推测那个传说中的中国地面部队的神枪手就是你父亲，但遗憾的是，我从岩桥让五死前的飞行经历里看到，你父亲与韩春联手打下的这架敌机不一定是扫射韩春父亲的麻燕二，你们之所以坚信这架就是的理由是从此再没有出现过低空扫射的飞机。你想，王牌飞行员岩桥让五被击落了，那麻燕二还敢放肆吗？岩桥让五到底做没做麻燕二的替死鬼，这个谜给我留下了创作的空间。”

作家岁月说，“你父亲就是这部电视剧里的男一号——一个隐藏在国民党军统里的共产党特工，神枪手，我是来寻找真相的，不是激发灵感。我看过丁一的书，丁一写的是庄平在从北平到西安城赴任的路上被共产党抓获，然后共产党派你父亲冒充庄平渗透到陕西军统核心，这跟好多谍战片雷同，有什么意思呢？我想尽力寻找真相，在这个世界上唯一可以避免雷同的办法是向真相贴近。”

我说：“其实神秘的不是枪手，是那个引诱敌机飞行员将头伸出机舱的人——韩春，他死得很神秘，用一支普通钢笔的笔尖扎破了颈动脉，失血过多死亡，你信吗?”

作家岁月说，“难说，如果是我们，肯定不行，韩春是高级特工，给人想象的空间就很大了。”

我说：“这是你创作的空间，你可以想象他到底是怎么死的。还有是什么大事情让韩春放弃了去台湾?”

作家岁月说，“《神秘枪手》的二号人物就是韩春，我们也是想以此剧纪念为我们西安城幸免战争之苦做出贡献的人们。”

我找遍了史料，也没有搜集到韩春的照片，对他的面孔没有直观认识，对母亲的话我半信半疑，母亲讲的韩春形象，影视剧里屡见不鲜。战争年代尤其是在云阳乡这块土地上长大成人的母亲，有鲜明的英雄情结，只要是能干的男人，只要是她崇拜的男人，在她的眼里都是英俊的。

韩春是个没有给后人留下任何可查资料的人物。

八、韩冬来信了

庄平在哪里？韩冬那里到底有什么秘密?

庄小平走后，我曾去北京找过韩冬，那是北京郊外一处风景区，山坡上、小路边种满了枫树。秋季，我可以想象这里的基本姿态：树上的红叶似火，树下的红叶如血。我被韩冬拒之门外，我明白，他拒绝的不是我这个人，而是我要问的问题。

突然有一天，我接到了韩冬的电话，当时我正拿着钢笔尖扎我手腕上的动脉血管，这也是被我无法想象韩春能用它刺破脖子上的动脉血管闹的，我苦闷，我的书布下了一个个谜，却找不到令人信服的谜底，这算什么呀?我心里烦得要死，真想扎破动脉，见点血。

韩冬的声音很虚弱，自报家门后，等着我说话，我沉默着，一是我还没有从吃惊中缓过神来，二是我要表示一下曾被他拒之门外的愤怒。过了一会儿，他问我收到他的信没有，我说没有。他说，请为我保守秘密。我说，为什么？他没有回答我，过了一会儿，听筒里传来了喘气声，然后是嘭一声，我感到不妙，连呼韩老，没有回应，后来听到那边惊呼了一声韩老，接着一片纷乱的喊声：快，插上氧！快，人工呼吸！电话啪一声，断了。

很显然，韩冬是在病房里给我打的电话，正打着生命发生了危险，我心里非常不安，盼望着韩冬能活过来，而第二天，我就在媒体上看到了韩冬逝世的消息。从消息上看，韩冬是在与我通话后的三个小时后死亡的。很可能“请为我保守秘密”是他在人间的最后一句话，也可以称为临终遗言。

那是一封什么样的信？没有人想把秘密带进坟墓，韩冬在生命最后关头把秘密传给了我，那秘密一定有我想知道的谜底，本应该惊喜，但因为噩耗，我惊喜不起来，感到我愧对了韩冬什么。

半个月过去了，信还没有到。那个时候北方连绵秋雨，我想是不是路不好走？半路丢了？或者是韩冬在弥留之际的那三个小时内，要求把信半路截回去？

信终于来了，是一个沉甸甸的大包裹，是按特别贵重的印刷品类别邮寄过来的，上面布满了所到之处的查收、发送等印章，我费了很大的劲，才用剪刀一层一层地剪开了那牛皮一样结实的包裹皮。

信，显然是韩冬亲笔写的。十六开信纸，字像火柴棍拼的，大的如核桃，小的也有花生米大，歪歪斜斜，整张看上去就像一片晾晒的柴草，可以想象当时韩冬身体多么虚弱、眼神多么不济！为了保密，不能让人看见，更不能让人代笔，要在医生、护士、秘书、勤务兵层层关怀的包围中，偷偷摸摸地写，是多么不容易啊！

无论多么地虚弱，多么地奄奄一息，多么地要保密，总算把信写完了，把他想告诉我的秘密全部告诉我了。我不安地想，如果不是这些字，可能韩冬还活着，是这些字让他万箭穿心、加速了死亡，然而，这封信又是那么长，拖拖拉拉，断断续续，又让我感到这封信是他的精神支柱，是他的信念，是这封信未完成而使他坚持着，一次次战胜死神，延长了生命。如果是这样，那么信写完之时，就是他生命终结之时，但又由于保密事情的牵挂，使他活到了给我打电话之时，然而，韩冬还是有牵挂地离去了，这个牵挂就是没有等到我对他的保密承诺。

第四章　听韩冬讲那过去的事情

一、我与你父亲

窗外的枫叶又红了，连绵秋雨落在红叶上，凝成雨滴从叶尖上滚下来，晶莹透亮，但我怎么看那都是血滴，从刀尖上落下来的血滴。其实，我的眼神是无法看到雨滴的，是我的心灵看到的。

我在病床上躺了多少个日子了？

窗外树上知了的高歌转成了地上草坪里秋虫的低鸣，接着是秋雨落在枫叶上的声音。只要我向窗外看，就看见一片湿漉漉的血红在窥探我，窥探我内心的秘密。

小蝶，请允许我这样亲切地称呼你，如果我没做那件事，你一定叫我韩伯伯多年了。我和你父亲曾经亲如兄弟啊！当秘书对我说你要见我的时候，我就知道这一天还是来了。虽然我的本能和惯性拒绝了你，但我心里一直在与你对话。一个人再能逃，逃不过自己的心。

我已经老朽了，整个人像干柴做的，有事没事都嘎嘎响，就差一把火了。我得的是中风，身体是斜的，肩膀是斜的，头是斜的，眼睛鼻子嘴都是斜的，就像一间倾斜的房子，眼看就要倒塌、七零八落了。用尽了现代医学的技术和药剂，也无济于事，病入膏肓了。唯一不是后天病理造成的是眼睛的斜视，跟我哥韩春的一样，左眼斜视，这一点与遗传有关，到底还是归了祖宗。最严重的是心脏，支架、搭桥都做了，我的心脏里塞满了亮晶晶的金属物质。死亡是转眼间的事。

过去的一切始终埋藏在我心里，我时常问自己，要不要把秘密带进棺材里？没有人想把秘密带进棺材的，那样会很痛苦，会死不瞑目，在我生命即将结束的时候，你来了，庄小平来了，恍惚中，我觉得这是老天对我的眷顾，让我能在生命的最后时刻磊落起来。

你们能来找我，说明你们知道了一些事，你们还想知道一些事，还想证实一些事。往事如烟，团聚在我的心房，从哪里打开窗口？从我对你父亲的态度变化的原因讲起吧，不然，你不明白我是怎么啦，世界上的事不会无缘无故地起变化。

是的，我是一个辛勤并快乐地为党工作的青年。说实在的，我记不清你父亲那时的样子了，好像很瘦，眼睛很大，眼睛里充满了如跑散了的羊羔那样的孤独、迷茫和惶恐。我们唱的是从来就没有救世主，但我们却满怀着救世主的心理，拯救全世界受苦的人，我就是怀着救世主的心理，鼓动你父亲参加共产党的，那个时候，我们的崇高理想就是要把水深火热之中的人救出来，这份理想让我对共产主义事业充满了热爱。当然，动员爱国青年加入我们的队伍，也是我们的一项工作。我家在西安城里开了个面馆，我本可以过一种丰衣足食的生活，可我就是抛弃了这种生活，我一不怕苦，二不怕死，来回穿梭于延安与西安城两地为党工作，为党工作我很快乐。

你听说过延安整风吧？这次运动给我记忆深刻的是恐惧。由于我哥哥是国民党军统的人，我被怀疑成哥哥派来渗透在革命队伍中的特务，关起来审查，我不是特务，拿什么交代？他们就说我顽抗，我怕的不是他们威逼，怕的是他们没有任何证据，仅凭捕风捉影甚至捕风捉影都没有，就可以处决一个人。我心爱的姑娘米嘉，被怀疑为美国派来的特务，由于受不了冤屈，用丝袜上吊自尽了。后来，我弄清楚了米嘉是被人陷害，祸根是我。跟米嘉住一个窑洞里的另一个姑娘也爱上了我，我不爱她，我爱米嘉，她就恨米嘉，诬告米嘉说梦话，梦话是跟一个美国特务接头。米嘉到底说梦话没有且不说，就说这个姑娘反映的情况，这个姑娘说米嘉梦话里说的是外国话，可是，这个姑娘大字不识，怎么听得懂外国话？怎么就知道是跟美国特务接头？但是，我的米嘉就是这样没了。

是我的爱害死了米嘉。米嘉，我永远忘不了你刚到延安的那天晚上你站在贴着窗花的窗子前的样子，你穿着一件淡紫色大衣，围着白色拉毛围巾，如一枝丁香，美得让我喘不过气来。以后在我的一生中时常想要形容一下当时你投向我的那抹魅力无穷的微笑，我都没有办法办到。现在，我想这样来形容，米嘉，你的美如电一样，走近或用手指触碰一下，便会照亮心房或是立即被电死，离开你就会终生携带着追求和悲伤的有磁性电波流浪。我触碰了你，可是，死的不是我，是你，米嘉！

我又哭了。人老了，爱哭。

米嘉的死让我痛不欲生，我盼望着我也能死，无论自杀或被枪毙，冤不冤无所谓，只要能在那个世界与米嘉相见。我有特工的经历，直觉告诉我，我差一点被杀，其根子不是在我哥哥身上，是另有原因的。俗话说，没有不透风的墙，从各个渠道获得的信息在我脑子里汇聚为一点，就是有一个人想让我死。这人就是胡济斋，是一个大人物，曾被我怀疑过是汉奸。我怀疑他是汉奸的原因是我哥哥韩春怀疑他是汉奸，我虽然跟哥哥不是一个阵线，但对哥哥的侦缉能力和人品，我是没有一丝怀疑的。知道我是什么时候开始认定他是汉奸吗？是我们一起去军校做刘孟廉工作的时候，我哥哥在三耀村伏击了我们，是你父亲给我哥哥报的信，事后，我从你父亲那里探到了我哥哥伏击我们的原因，在这之前，我只是怀疑。出于对党的忠诚，我向上级报告了这一情况，上级让我继续跟着胡济斋干，拿到胡济斋的汉奸证据。由于这个胡济斋的狡猾，我长时间拿不到证据，又由于胡济斋在延安根系的丰富，最终这件事还是不了了之。胡济斋是有很大学问的人，不是小肚鸡肠的人，他不是恨我，是怕我，怕我早晚有一天会扒下他的画皮，要知道，我有一个追着他不放的哥哥。我也明白，这个人也是我的祸根。这些我们都心知肚明，却还要一起工作，我还要受他的领导，想想看，我每天的日子是多么地如履薄冰。虽然我被审查的原因根本不在于哥哥，但我还是吸取了教训，尽量不跟出身不好的人来往，必须来往的也要疏远。我疏远了你父亲和你姥爷，我去延安绕着你姥爷家走，因为你姥爷是地主出身，你父亲是国民党军统的人。也是在这个时候，我发现我革命的目的不那么纯粹了，我革命这些年了，我不能在即将胜利的时候被党疏远、被党踢出门，更不能被胡济斋灭掉。我要更好地表现，升官，升得越高，越安全。我鼓动你父亲去郑州投奔齐占田，就是想让你父亲帮助我策反齐占田，如果能和平解放郑州，我就可以立大功。齐占田久拿不下，延安派了胡济斋出面，我不能让自己苦心经营的事情让胡济斋拿走头功，于是，我想了一石三鸟的办法，我把胡济斋要去郑州的情报送给了我哥哥，一是可以帮助哥哥完成心愿，为民族除掉败类；二是可以除掉我的心头之患；三是可以拿头功。我也猜到我哥哥会去找你父亲，你父亲是个神枪手，对我哥哥唯命是从，你父亲也由于各种情感的牵扯对胡济斋恨之入骨，刺杀胡济斋你父亲是最好的人选。你父亲到我们的住处查东观西，我就知道我猜对了，我暗暗帮你父亲策划刺杀方案。可在节骨眼上事情起了突然变化，这个变化你一定很清楚了，这是天意，谁也无法补救。当时我看见你父亲端着枪追过来了，我本来跑在胡济斋的身后，为了给你父亲开枪的机会，我装作去保护那个来报信的女人，闪开，可我没有防备那个女人扑过去为胡济斋挡子弹。我真是后悔死了，如果我是紧紧地抱住那个女人，你父亲不说向胡济斋开一枪，开三枪都来得及，怪我，怪我啊！我只好跟胡济斋一起逃了。胡济斋就是胡济斋，他在郑州有策应，尽管齐占田围得跟铁桶一样，我们还是顺利逃出来了。这个刺杀计划，胡济斋一无所知，我却吓得几天一闭眼就是胡济斋用枪指着我。在郑州，你父亲留给我的最后记忆是端着枪大步向前跑，后面跟着一群怒吼的国军。我知道你父亲为什么跑那么快，是想打死胡济斋而放跑我，否则我会死在乱枪之下。我们亲如兄弟，我们心有灵犀啊！

解放前夕，你父亲找到了我，与那个提着长枪向前跑的英姿勃发的庄铭判若两人，像霜打的秋草。你父亲是让我带他找我们的组织投诚。说实话，我有些犹豫，你父亲离开西安城近两年了，对大兵压境、解放西安城就在眼前的我们，你父亲的投诚对我们没有什么意义，带你父亲投诚不但不会让我立功，还会对我影响不好。所以，我在极力鼓动你父亲逃跑没有成功之后，把你父亲打发到我家等待。我一方面怕影响了我的仕途，一方面又受着良心的谴责，我犹豫着想给你父亲找一个更好的出路。说老实话，我也担心你父亲的投诚会变成自投罗网，那两天，要迎接西安城解放，我也确实忙，结果，你父亲在我家被捕了。你们一定怀疑是我告密让解放军逮捕你父亲的，你舅舅就这样质问过我，为此，我感到很冤枉也很痛苦。

我是一个良心让狗吃了的人吗？我常这样责备式地问自己。你父亲救过我，我是永世不能忘记的，在渭河桥遇到危险，本来你父亲可以躲得远远的不冲上来引火烧身，但他为了救我冲上来了。你父亲在狱中把这件事作为重要的一条将功折罪的理由写给了毛主席。你父亲哪里知道，因为延安整风的余悸让我跟组织撒了谎。全组的人都死了，就我活着，谁听了都要打个问号，如果我说是你父亲救了我，就是不产生新的嫌疑，也会对我今后不利，所以，我撒谎了，我对组织说是一个根红苗正的党员救了我，当然事先我跟这个党员捏拢好了，这个对他来说是立了一功，何乐而不为？

我永远忘不掉我们接到你父亲信的情景，那是我心灵饱受痛苦折磨的开始。为了及时清理战败方留下的问题，组织设立了一个特别问题处理小组，组长是我在延安的最高领导林永青，算我组里共十五人。那天小组聚在一起要开会，狄山监狱的一把手张文武来晚了，进门举着一封信说，这是一个国军在押犯写的，大家猜他是写给谁的？结果没有人猜对。张文武将信封的正面让大家看。这个信封是用纸糊的，糊得皱皱巴巴，我们都看见了，那上面写了四个大字“毛泽东收”。真是天下之大，无奇不有，一个在押犯竟给毛主席写信？大家哈哈大笑之后，七嘴八舌之后，都想知道这个人给毛主席写了些什么。有人说是写给毛主席的，只有毛主席能打开，有人说，如果那样，毛主席整天就干拆信的事了，怎么指挥争取最后的胜利？最后这封信由张文武拆开了，张文武大声给大家读信，听过两句，我就知道这信是谁写的了，这话我太熟悉了。我预感到了不妙，我浑身冒出了冷汗，果然，很快我的预感得到了验证，你可以想象当时产生的震动。大家没有看我，大家相互看着，交换着眼色，惊讶的、疑问的、鄙夷的，我能怎么办？我知道这对你父亲生死攸关，如果我在这之前没有对组织撒谎，我会说写得属实，那不丢人，不尴尬，可事情正好相反。大家交换完了眼色，一齐看着我，那是等我回答他们无声的问题。我的脑袋一片空白，至于当时西安城刚解放，我正处在将被委以重任的关头，这件事对我的政治前途是有很大影响的等等问题是我以后才反应过来的，我当时的表现完全出于一种下意识的掩饰，我拍了桌子，显得非常愤怒，强烈要求组织把这件事查清楚，还我清白。事后，我非常后悔，虽然当时在座的人对你父亲乱骂一气，但我知道，他们相信你父亲，不相信我，他们都是一些长着狗鼻子、狐狸脑袋的人精。我在关公门前耍大刀了。不知是愚蠢还是天真，我当时竟产生了两个希望，一个是有人能愤怒地把这封信撕掉，一派胡言乱语，别浪费我们的时间，西安城刚解放有多少迫在眉睫的事等着我们做？二是希望张文武拍案而起：我回去就把这个人毙了，对这种垂死挣扎的反动派决不能手软！可是，这两种希望的结果都没有出现，出现的是最糟糕的情形，林永青从张文武手上拿过信，默默地独自看完，夹进了他的笔记本。林永青一脸严肃地对张文武说：这个人一定不要杀，留下，特殊处理，又对全体成员说：这件事不要外传，我们要相信韩冬同志，韩冬同志的党小组出事，是叛徒出卖，事实很清楚。这话明显有问题，现场疑虑的不是党小组的出事原因，而是我怎么脱险的，我感到林永青没有给我开脱什么，反而加重了在座人的疑虑。在座的包括我，很想知道这封信后面的内容，林永青却只字不提。

此后我被恐惧包围，我不知道你父亲信的后面还写了些什么，不知道我被救这件事会不会被重新调查。我发现大家出来进去碰面打招呼时表情都有些怪了，是笑不是笑，不是笑却是笑，我不知道是不是我心理作用，也不知道我自己对别人的表情是不是也是这样。但我可以肯定林永青的表情真的是与以前不同了，有些气恼、有些怜悯、有些宽慰，比较复杂，林永青是干情报出身的，但他不是战斗在敌人心脏，而是战斗在自己组织内部，他坐镇在延安，绰号“清道夫”，可以说我哥韩春是林永青的手下败将，是林永青将我哥精心布置隐藏在延安革命队伍里的军统特务一个一个捉尽的，开创了延安无军统内奸的历史。否则，我哥韩春也不会为追杀一个胡济斋，费尽心机终没得逞。我哥的心病也是我的心病，这一点我们道不同，却相互为谋。

林永青看我的眼神不对，我也是干过地下党的，我能看出来，上面我说的那些气恼、怜悯之类的东西是在他的表情上，一目了然。深刻的东西藏在林永青的眼睛里，他眼睛里有一团雾，看我的眼光就像从雾里伸出来的刀子，欲把我的五脏六腑挑出来了，把所有藏在五脏六腑里的东西都要亮出来了。让我沮丧的是我想不出一个良策来扭转这个局面，好像只剩下听天由命了。我也想到了一个办法，向林永青“自首”，“自首”的目的是让他手下留情，自己看清楚了就行了，不要暴露在光天化日之下让大家都看清楚，可心里想是一回事，做是另一回事，我做不到。

这件事情的折磨戛然而止于林永青用电话把我叫进他的办公室。我进了他的办公室，他示意我把门关好，在我们谈话之前他还向窗外看了看，他这样做让我心里不是更紧张，而是充满了感激，我以为他要跟我谈我扯谎的事了。我想赶在林永青开口之前主动承认，但林永青还是抢在了我的前面，他说：“有一个事情我们两个去执行，高度机密，马已经在等你了，你先走，半个小时后我再走，知道秦岭下的丰裕口吧？沿山根下的小路向西五百米的地方，向山坡上看，有棵独立的大杨树，你拉马上去，在树下等我。”林永青对这次神秘任务的解释是“我在执行命令”。

林永青一直没有提那封信的事，我也看出来他也不想让我提，事情就这样过去了。随之而来的是我要饱尝遭良心谴责的滋味，这滋味很折磨人，把我折磨得脆弱不堪，我是信仰共产主义的无神论者，可是我祈祷了，我向上帝祈祷，保佑你父亲能不被枪毙，能活下来。我知道你父亲的命现在是由林永青说了算，我把林永青交给我的任务完成得很出色，而且我们共同保守着同一个天大的秘密，所以，我感到我和林永青关系非同一般，我是不是可以求求林永青枪下留人？可是，林永青对我不远不近，像是我们中间任何事情都没有发生过，这让我好难开口。我时常被梦里枪毙你父亲的枪声惊醒。我又想起了“自首”，我的自首可以换来对你父亲的将功折罪，而自首预示着我将身败名裂，前途黯淡。我挺过来了。你父亲的事情解决得比较公正，我暗暗地感激林永青。以后在一茬又一茬名目繁多的政治运动中，我牢记着延安整风的教训，除去“文化大革命”，均未被波及，而林永青历次被扔进如炼狱之火的运动中，而我历次如火中取栗，将他救出来。我把对你父亲的愧疚，转化成了对林永青的报答。

啊，好像写得时间够长了，我得休息了，我不知道是不是完成了一件事的叙述，先告一段落吧！

不行了，我心脏又难受了，疼，疼起来了……

……

二、我与哥哥

我病房的窗子很大，从冬天太阳偏转过来的季节开始，一直对着澄澈明朗的蓝天，宽阔的蓝天犹如汛期的一条大河，半个冬天整个房子都洋溢着未来春天的气息。

春天终于来了。窗外的枫树非常地翠绿，小鸟在其中歌唱，阳光很好。一晃大半年过去了，现在是春天了。在这半年里，我被抢救过多次，现在好一些了。刚才我问了秘书今天是几号，秘书说五月二十五日，我猜对了，今天是我哥哥的忌日。

六十二年前的今天，我给我哥哥提供了自杀工具，我哥哥自杀了。这个秘密直至今天，只有我一个人知道。一个钢笔尖怎么能刺破颈后的动脉血管呢？我哥是军统中的精英，杰出的特工，被传言神化得不能再神化了。

六十二年前的今天，林永青让我去给我哥做工作，交出他所知道的秘密。我有这样一个哥哥，真是让我太尴尬了。我知道这是徒劳，但也要积极奉命，同时我把这当成了最后一次为哥哥做点什么的机会。做点什么呢？我哥哥必死无疑，像他这样的军统特务必将戴着大牌子游街，必将被人摔臭鸡蛋，必将跪在被血浸得绵软的河滩地上，被人一枪打碎脑袋，对我哥哥来说，尊严比生命更重要。我能为我哥哥做的事是让他有尊严地死——自杀。上吊的绳子我带不进去，刀子、玻璃这些能割破动脉血管的东西我也是带不进去的，用完后这些东西也容易被发现，我必暴露无遗，我想到了钉子。我将一个不大不小的钉子去掉盖，把钉子尖磨了又磨，让它锋利无比。我还拿这颗钉子在自己的手腕上扎了又扎，确定哥哥完全可以用它扎破手腕上的血管后，将这颗钉子扎进我的鞋帮里。我去掉钉子盖的原因一是我好将钉子彻底藏进鞋帮，二是哥哥扎破血管后可将钉子用铁镣砸进地缝里。我知道那监狱的地面是用砖铺的，砖和砖之间有填满细土的缝，很容易将钉子砸进去，然后用土把上面封起来，没有人找得到自杀的凶器，就不会有人怀疑我，我相信哥哥会有办法让伤口看不出来是用钉子干的。我没有送给哥哥过礼物，这是我唯一也是最后送给哥哥的礼物——一颗可以自杀的钉子，我相信这是哥哥最需要的礼物。我尽管做了心理准备，但走进监狱的时候，我的腿还是发软，我感到自己是踩在棉花上，我也知道，你父亲也在这个监狱里，说不定，他已经看见了我，我必须走快些。

果然，我一无所获，哥哥说："如果我给了你他们想要的东西，以后会害了你的，我就是想给他们东西也不会给你，你我是水火不容，死也是水火不容，哥哥能给你做的就这些，你好自为之吧！"只有我知道，我哥哥是用我送进去的钉子刺破了脖子后的动脉血管，而不是用钢笔。我没有想到，我哥哥有那么高超的技术，用钉子刺破了动脉血管，即将血尽而亡时又将钢笔尖插进去，做这样的事情是需要多大的承受能力和决心？哥哥啊，我的哥哥，你这是为了掩护弟弟啊！后来，林永青给了我一个银圆，让我好好安葬哥哥。

我哥哥的自杀，是我们兄弟特工生涯史上合作得最黑暗的也是最鲜红的，是最华丽的也是最悲壮的一次。我们合作得天衣无缝，可是，从此我心里裂开了一个很大的无法愈合的口子，这六十二年来我都在扪心自问，我给哥哥提供自杀工具，只是为了帮助哥哥吗？我老实地回答自己，我为了自己的前途，真的是希望哥哥早死。我哥哥怎么会看不出我心里的小九九？他该是多么悲伤啊！但他那样残酷地杀死了自己，配合我完成了我的心愿！

恐怕只有林永青知道，如果不是我有意给我哥哥的一个铁杆特工透露胡济斋离开延安去了泾阳的消息，我哥哥会在台湾安稳地度过一生。当时西安城处在解放的前夕，我哥哥已经离开西安城到成都准备乘飞机去台湾了。我知道哥哥是带着遗憾走的，哥哥的遗憾就是没有杀掉胡济斋，当我得到胡济斋出了延安的消息，第一反应就是给哥哥送信，我知道哥哥不会放弃追杀胡济斋的机会，我哥哥会遥控指挥追杀胡济斋的。但是，我哥哥亲自回来了。我哥哥明知道西安城已经危机四伏、十面埋伏，还是回来了。那时候成都到西安城没有铁路，我哥哥乔装打扮，坐着借来的成都的一个资本家的轿车，披星戴月，日夜兼程，走到咸阳时，被我们的人合围了。知道哥哥被抓捕的消息，我才恍然大悟，这是一个圈套，我反复思索，想不出来是谁设的圈套，在我执行完林永青交给我的秘密任务以后，我断定是林永青设的圈套。林永青这个在延安坐镇七年多的“清道夫”，对我们兄弟了如指掌，对我哥哥的了解比我还深入。是我将我哥哥引入了林永青的圈套，林永青利用了我。可我恨不起来林永青，如果要恨，就恨我自己吧。此后我多次帮林永青还有一个原因，是林永青给了我完成哥哥遗愿的机会，也可以说，是林永青完成了我哥哥的遗愿。

哥哥，你的灵魂可以安息了，我说的是你的灵魂。六十二年前，我预见性地给你坟前没有立墓碑，也没有将你埋在父亲的坟墓旁，但“文革”中你的坟茔还是被人刨了……

信纸怎么湿了？我哭了，当我的细胞、我的骨头、我的五脏六腑干瘪萎缩后，我的泪水异常丰沛起来，不行了，我哭得不能继续了，对不起，今天是我哥哥的忌日，让我好好哭一哭吧！

我看到天上的星星也在哭。我看到那高不可攀的上天低低地垂下来，天顶直弯到窗台的一盆兰花旁边，仿佛小时候哥哥带着我到农村沟谷里摘果子时拉下来的树枝，哥哥拉树枝我摘果子……

……

三、我哥哥与林永青

我们继续吧!

先告诉你一件事，是我刚才知道的，六十二年过去了，竟然还有陌生人记得我哥哥的忌日。我哥哥没有坟茔，没有尸骨，有人给我哥哥在网上建立了一个韩春天堂纪念馆，是我秘书发现的。秘书把笔记本电脑搬给我看，上面有我哥哥的灵堂，有许多的怀念文章，有的还是九〇后的，上面还可以献花、上香、烧纸，还有音乐，音乐真是天堂的音乐，纯净、优美、缥缈。我感到哥哥真是在天堂里，过着和平安详的生活……这又说到哪里去了？我是想给你说说我和林永青共同坚守的那个秘密。

我哥哥韩春临逃往台湾前，将他无法完成的事情丢给了我们——共产党，我哥哥能这样做，是相信共产党是恨汉奸的，也是会处决汉奸的，我们毕竟都是中国人。我哥将一个叫李小亚的女人和一个叫二根的男人隐藏在秦岭的一个山洞里。六十二年前的今天，我哥在我走后给林永青写了一封信，是用密码写的。林永青当时说了一句我过后很久才理解的话，林永青说，感谢这位老兄明白我的苦衷，为我想得这么周到。其实这也没有什么奇怪的，我哥和林永青之间存在着彼此都心知肚明的秘密，这个秘密就是胡济斋，不同的是我哥哥判定胡济斋是汉奸，林永青是怀疑。

现在继续前面说过的话头。我与林永青在丰裕口向西五百米的大杨树底下会合，化装成农民，骑着马，按照我哥哥在信中的指引，找到了那个山洞。山洞口伪装得很好，就是猎人经过都不会发现这儿有一个洞口。这个洞很深，我们打着手电寻找，后来闻到了人的屎尿的臭味，我们循着臭味而去，走近了才听到一个声音喊，“救命，救救我!”声音非常沙哑微弱。

我们找到了这两个人，在经过长期的拷问、关押、凌辱后，他们已经丧失了人的模样，幽灵一般可怕。他们脚上戴着脚镣，脚镣又被固定在一根砸实的木桩上，他们身边放有足够维持一个月生存的水和食品，地上还铺着麦草，麦草上放着被子，我哥哥是想让他们没病没灾地活到我们到来的那一天。两人看见我们都瞪着惊恐的又是疑问的眼睛愣怔着。

哥哥为我们留下了打开锁的钥匙。林永青没有用钥匙打开锁，带他们回去审问，而是忍受着山洞里的肮脏和臭气就地审问，我一手捂着鼻子，一手在口袋里摸纸和笔要做记录，林永青说：不用了，听清楚就行了。林永青先问了那个女的，那个女的的回答证明了胡济斋就是汉奸。这个女人交代说，在抗日战争初期，她在北平被日本特务抓去训练，当了汉奸特务，后来被派到西安，她利用美色把中共一个大人物拉下了水，为日本特务提供情报。这个人写得一手好字，喜好书法。这个人，不要金钱，他要字画。日本特务就在三学街开了一个叫臻品轩的字画店铺，一边方便此人跟日本特务联络，一边为此人收购字画。那店铺后面有一个院子，她有时去这个院子里供这个大人物享乐。后来，这个字画店被破获，日本特务全部被歼。此后，她被这个大人物追杀，大人物想杀人灭口，她无奈之下向你父亲求救，把她以贩毒罪投进监狱保护了起来。这女人控诉，这个大汉奸说，自己变成了鬼，要想变成人就要杀掉所有知道他是鬼的人，杀掉所有知道他是鬼的人他才能变成人。最后李小亚哀求把她带出山洞，她跪在地上，哀求着说：放我出去吧，就是让大人物杀了我也不想在这儿待了，我只是个小汉奸，伺候大人物的妓女，那也是没办法呀，被日本特务逼的，赦免我吧，我再也不敢了，我不想进你们的监狱了。林永青说：我们是共产党的解放军，是国民党把你们扔到这山洞里跑了。李小亚跪着爬过来，头磕在硬邦邦的地上，“这么说我还是有功之臣！想想，国民党杀了你们多少人？大人物给日本送情报，日本人帮你们杀了不少国民党。就那一次炸天水行营，就死了三十多人，那可都是高官啊！你们要感谢我啊！放了我吧！”林永青回答李小亚的是枪声，林永青枪法是很不错的，大概因为气愤，手发抖，一枪打在了李小亚脖子上，李小亚嗷嗷叫着说：“别杀我，我错了，我还年轻，我想回家！”

这时，一直沉默的二根说话了，“放……过她吧！她是帮……日本人，也帮了咱们……党啊，饶了她吧！”二根说话结巴，显然由于长期不说话，舌头僵硬了。林永青用枪指了一下二根，二根叫起来，“你们……到底是国民党……还是共产党?”林永青一甩手，开枪打在了李小亚头上，李小亚抽搐了几下，挺直身子不动了。二根叫起来，“狗……日的，你们……是……国民党，打死……我吧！”林永青说，“我们是共产党，但我们首先是中国人。”二根呆住不叫了。

我们带着二根一起离开了山洞。林永青站定，望着远处山下的平原对二根说，西安城解放了，你家云阳乡也解放了，现在是解放军的天下。二根高兴地做欢呼状，他好像已经不知道用嘴表达他的心情了。林永青打开挎包，取出一身新衣服，让二根换上，又从挎包里拿出吃的，说：这是你们泾阳有名的锅盔夹辣子，吃吧。二根高兴地吃起来，林永青又让我把水壶递给二根喝，二根一路走着一路充满幸福地吃着喝着。林永青脸上的表情充满了怜爱。初夏的阳光经过绿树的调和和煦温暖，空气中弥漫着苦艾的苦涩气息和野花的香味。二根吃饱喝足，舌头灵转起来，林永青问什么他说什么，我埋头听着，尽管我心里也高兴，但还是有点不是滋味，我哥哥苦苦想知道的东西，林永青不费吹灰之力就知道了，比如说，庄平的下落。二根说，事情都过去一年多了，他几乎忘掉了那件事，国民党却突然深入云阳乡抓了他，让他说出庄平的下落。

庄平，我终于提到了。

二根说：我就是不说，越打我越不说，急死他们，我就是这脾气。我看着二根已经扭曲变形的脸，变形的手指，我能想象得出我哥哥对这个游击队员进行了怎样的刑讯。二根是一个农民，有一股犟劲。我哥哥让多少聪明的人屈服了，却没有让这个看上去有些愚蠢的农民屈服。林永青拿出一张照片来，问二根认不认识这个人。二根说：这是那个延安的首长，是我们游击队的首长介绍给我们的，让我们听他的，他还在我家吃过饭哩，他一定还认识我。二根容光焕发，像遇到了亲人，恨不得把这几年的话补回来，由开始林永青问什么答什么到后来自说自话起来，他说他要娶什么样的媳妇，生几个儿子，他那僵硬的舌头能把普通的语句变得那样地抒情。快出山的时候，林永青说：你们往前走着，我方便一下。我和二根继续往前走，一声刺耳的枪声，二根倒在了我身边。

枪是从侧面树林里打过来的，我和林永青立即反击，但我们连开枪人的影子都没有看见，我们只看见青绿的树叶飘落。我们通过察看，从压倒的野草判断，伏击者只有两个人，起码有一个是神枪手。我们谁也没说话，但我们都明白，是我哥哥的余党，他们不向我开枪是因为我是韩春的弟弟。林永青把枪扔到地上，拔起苦艾来。林永青明白，如果想让他死，他已经倒在地上了，对方不向他开枪，是因为胡济斋需要他去除。我也把枪扔在地上，拔起苦艾来。那个季节山区里到处是没膝高的苦艾。我们用苦艾在一身新衣的二根身上堆起一个不小的坟头。

下山后，我扭头回望了一下秦岭山，片片绿影中掩映着几树花红，很庄重美丽，重见天日的二根就这样永远留在了庄重又美丽的秦岭之中，回不到他的关中大平原了。

回来的路上，林永青对我说，我军在中条山的战斗中也失利过，失利得很蹊跷，有人怀疑有内奸出卖，我方也将视线转到胡济斋身上过，也苦于没有证据，又有人为的干扰，就放下了，后来又听到我的汇报，虽然还是没抓到证据，但是，他从来没有放弃过对胡济斋的怀疑，他从来没有怀疑过我哥哥是无中生有给胡济斋造冤案来破坏统一战线。

但是，为什么不把李小亚和二根留下呢？留着他们，不就可以把胡济斋送上审判台了吗？林永青像我哥哥当年一样，已经失去了耐心，干脆快刀斩乱麻了。这就是我下面要讲的事了，可以给你解开另一个谜。

胡济斋离开延安去云阳，是林永青的计谋，可谓一石二鸟。一是引鱼上钩，抓住了特务头子韩春；二是引蛇出洞，除掉了汉奸胡济斋。林永青对我下了秘密处死胡济斋的命令，对我解释的还是那句“我在执行命令”的话，后面加了一句“你只对我负责”。林永青交给我两匹马和一个神枪手，告诉我胡济斋在我熟悉的云阳乡。我不是林永青的嫡系，也没有很强的特工能力，表面上好像是因为我对云阳乡熟悉才派我这活的，其实，我心里明白，林永青交给我的唯一理由是相信我绝对会秘密认真地去执行，他把我和哥哥想杀死胡济斋的心思摸得清清楚楚。

这样的任务对我来说珍贵又惊恐。胡济斋身边有两个警卫很厉害，另外还有民兵跟随着，取胜的关键点是要一枪毙命且立即脱身。对我有三种可能的结果，一是被当场击毙，落下我是特务的臭名；二是我被活捉，审讯再审讯，也不能出卖林永青；三是成功，这个概率有多大？想想庄平和我哥的失败就知道了。这个任务无异于赌博，林永青派我也是知道我甘心情愿去冒死，我一旦被抓，出卖他的概率比别人都会小。我相信这个神枪手也与我一样，神枪手看上去二十三四岁，是陕北口音，是被胡济斋害死的谁的儿子也说不定。

我累了，长话短说吧。我们成功了。你现在明白了吧，葬在云阳乡东门外芦苇壕坡上的那个大人物就是这样死的。知道这个秘密的只有四个人，林永青、我、神枪手，还有你舅舅。不过，我告诉你舅舅了好几个版本，说是我听到的传说。当时你舅舅到我这里来找你父亲，我否定了你父亲来找过我，可能出于内疚抑或总想在这个大少爷面前亮一手，我把这个机密以听到的传说的形式泄露给了你舅舅。其实那天我们并没有想在会场上下手，人太多，民兵也多，我们只是混在人群里跟踪胡济斋，眼看黑馍向你奶奶开枪了，我们临时改变了方案，我向黑馍开枪，神枪手向胡济斋开枪，我本意是想打伤黑馍，救你奶奶，却把他打死了。我不是神枪手，却打出了神枪手的水平。这里面还有一个事，胡济斋是让神枪手打死的，那两个警卫却不是，如果没有人趁乱向那两个警卫开枪，我们可能会完成了任务，但不会活着回来。当时起码有两股力量在会场。会场的混乱让我们很容易就溜掉了。后来林永青查清楚了，另外那一股力量是我哥的手下，是国共两党联手除掉了这个大汉奸。

若干年后，我们都老朽了，我问林永青，他是执行的谁的命令，林永青说，他自己的命令。

林永青前些年去世了，之前我去看他，他开玩笑说，他到了那个世界还想跟我哥哥斗，没有对手很无聊，这些年他活得很无聊，估计我哥哥在那个世界也是一样无聊，盼着他去呢。

我也快去了，我让哥哥和父亲在那边等得太久了。你父亲也在那边，我不知道你父亲会不会原谅我而再次成为好兄弟。

四、庄平在嵯峨山上

……

秋雨过后，秋阳分外洁净明亮，窗外枝头上只剩下几片红叶了，像几只红艳艳的鸟在静静看着我，很好，我需要安静，让珍贵的安静包围着我。

我还有什么要给你讲的?

哦，庄平，该说说庄平了。如果不是自报门户的庄小平找上门来，我真是想不起这件事了。庄小平不愧是一个优秀特工的儿子，他找对了。

你父亲到底是不是庄平，我是最清楚的。我第一次见你父亲就喜欢上了，那时候你父亲还是一个大男孩，瘦得脸上就剩下眼睛了，一双大眼睛迷茫单纯。我喜欢听他说话，口音好听洋气，我极力鼓动你父亲加入我们的队伍，但你父亲总是想参加国军的队伍。在我和我哥之间，你父亲更喜欢我，却总等待着我哥的召唤。我发现你父亲的变化是他去中条山之后，见了我躲躲闪闪，鬼鬼祟祟。你父亲崇拜我哥，有阵子你父亲成了我哥的编外人员。你父亲忠厚，但也是一个特工的料，他发现了日本特务机关。那时候我也在西安城搞情报，我总想投机取巧，从哥哥那里借力，我的办法就是跟在我哥的后面，无论如何，惩治民族败类是国共两党的共同愿望。你父亲可能给你讲过他发现有一个拉三轮车的跟踪我哥的人，但你父亲不知道那个拉三轮车的就是我。

我当时的秘密任务，就是抓我们党内的汉奸，那时有泄密事件发生，上级怀疑在西安出了问题，给了我一个名单，让我注意观察。我在观察胡济斋的时候发现了有人跟踪他，我明白了，这是我哥哥的人，我只要跟上哥哥的人就行了。后来，我发现那个臻品轩是日本特务机关，我上报了，我们加大了对这个点的监视，我哥发现敌人察觉了，不得不端掉了。是我破坏了我哥哥拿住胡济斋汉奸的证据。

你父亲上学后改名庄平，说是因为北平是他的家乡。后来，我们的内线报告，我哥哥韩冬在军校课堂上讲，你父亲是从北平来的特务，我吓了一大跳，我仔细分析后，觉得不可能，如果你父亲真的是北平来的特务，我哥哥反而不会在课堂上讲，我哥这是为什么呢？是在欲盖弥彰，必定有一个真的庄平，他在哪儿？我也就这么想了想，只要我能肯定你父亲还是原来的那个庄铭就行了。

我们取得了胜利，你父亲军统特务庄平的身份面临着杀头的危险了。我认为你父亲不是庄平，但也没有什么实质性证据，只是自己的判断，我是不敢为他打保票的，甚至我也起了疑心。我以前认为你父亲有特工的天赋，是不是我的一厢情愿？是天赋还是经过了培训？你父亲是神枪手，真的是从小打鸟练的？你父亲为什么就偏偏流落在我家？为什么日本特务要暗杀我哥的时候你父亲保护了他……我越想越觉得蹊跷的事很多。当然我也想到了，你父亲如果真是庄平，为什么会给我们做那么多好事呢？

特别小组向我调查时，我能说什么？还是我曾经给你父亲说的，要向我们证明你不是庄平，除非我们人中有见过庄平的人作证或真正的庄平站在我们面前。

你父亲还是有运气的，二根证实了你父亲不是庄平。现在我把二根死前跟林永青的对话告诉你。

林永青问："组织让你们把庄平送到延安，你们为什么放跑了？"二根说："不是放跑了，是我们把他杀了。翻嵯峨山的时候，延安来的首长说，他得到了情报，前面路上有敌人埋伏，带上庄平是个累赘，让我们把他从马上卸下来，用石头砸他的头。我们就把麻袋套在庄平头上，黑馍压住人，我跪在地上用石头砸庄平的头。首长说，不要让敌人认出来，砸碎。我又换了一块可手的大石头砸，嵯峨山上到处是石头。完了，我们把人拖到路边的低处，用沙石埋了。"林永青问："那为什么我们得到的消息是庄平跑了？"二根说，"首长再三叮嘱我们，这件事不要外传，有人问就说路上遇到了敌人，他趁机跑了。"二根又补充说："首长说他很快会再来的，让黑馍当队长，我当副队长。"林永青说："问题是后来真有一个庄平出现了，你们会不会没有将人砸死？"二根说："不会，脑浆都从麻袋眼里砸出来了，溅了我一脸。"林永青拿出一张照片让二根看，二根说："不是这个人，这是尚先生的女婿，也叫庄平，也说洋腔，但绝不是一个人，我们砸死的那个庄平是小眼睛。"

真正的庄平在你父亲冒名进军校之前就变成了嵯峨山上的白骨了。我哥哥大概觉得庄平回不来了，才让你父亲抛头露面顶替庄平。后来，我们特别小组通过一定渠道在北平弄清楚了庄平的情况，庄平是位出色的特工，抗战初期破获过日本特务机关，刺杀汉奸，当然，在抗战之前，也破获过我党地下组织，杀害过共产党员。

小蝶，这就是我们那代人经过的历史……

有机会替我为庄平送一束花吧！他在嵯峨山上，我们去照金的那条山路旁。

嵯峨山，留下我青春脚印的地方，解放以后我再没去过，那里现在是什么景色呢？靡靡秋草、沟壑苍茫？

五、我与宋北辰

……

我明明知道还有要给你讲的，可怎么也想不起来了。

从护士和大夫来回穿梭在我身边判断，我的情况很不好，但是我强烈地反对他们打搅我的宁静。我非常需要宁静，宁静下来，让寂寞包围我，那些在我头脑里沉睡的东西才肯苏醒，我需要从窗外投进来的阳光里听到静的声音，那样能听到记忆的声音，让记忆点点滴滴蠕动起来。我在又一次抢救后睁开了眼睛，看到一个高个、黑瘦、穿着解放初期军装的人站在我面前，对我怒气冲冲，想把我这个快死的人一把抓起来扔到窗外。这是幻觉，这幻觉让我想起来了，我最后要给你讲的就是这个人。

他叫宋北辰，曾是四十七师师长，我们在延安、照金都见过面。俗话说，和尚不亲庙亲，我们来自五湖四海，为了一个共同的目标，走到一起来了。但是，我恨他，是他的侦察连协助林永青抓住了我哥哥。他的侦察连长还炫耀说，他一眼就认出了那个传奇人物，他不管怎么易容，我就认准一点，此人左眼是斜眼，斜眼是易不了的。我也知道恨宋北辰没有道理，但我就是恨他。

但是，我还是要告诉你，没有这个人，你父亲不一定能从监狱里活着出来。宋北辰找到我住的地方，要我出面证明你父亲救过我，为你父亲将功折罪，我想一定是你姥爷求过宋北辰了，我知道宋北辰的军队在云阳乡驻扎过，你姥爷又是一个很能拉拢人心的人。你想啊，你姥爷、你舅舅都找过我，我都拒绝了，对宋北辰我能怎么样？宋北辰又找到了特别小组，这个蒙古族人，仗着自己是军人，把当时最高的权力机构军委会直辖下的特别小组当成了他骑马的草原，想怎么闯就怎么闯，他先找了林永青，后又找到我的办公室，他对林永青可能比较客气，因为我没有听到他对林永青说话的声音。他对我就不客气了，他好像是专门要打我脸的，他骂我的声音让全院子的人都走出来劝架了。骂了我些啥？我不用说，你都能猜到。有个人实在听不下去了，对他说：这是什么地方？你为一个国民党反动派大吵大闹，你会犯错误的。宋北辰立即指着那个人说：我就是要替这个国民党反动派军统特务说话，你知道这个国民党反动派军统特务为我们做过什么吗？我们难道要做那种过河拆桥、卸磨杀驴的事情吗？韩冬，你个王八蛋，没有庄铭，你能活到今天吗？你睁眼不认账，你是人吗？我就是要替庄铭说句公道话，来呀，把我也送到监狱里。你父亲的信是在小范围内剥掉了我的脸面，林永青不让外传，范围还控制得住，而宋北辰是在一个大范围，当众打我的脸。最后还是林永青解了围，林永青严肃地说：宋北辰同志，相信我们，我们会认真全面考虑的，刚才不是说了嘛，你尽快找到那个担架队的女医生或张团长，我们也会通过组织了解这个人给延安护送药品和电台的事。总之，我们不会草菅人命的。

宋北辰指着天说：我会的，我会发动我的每一个战友和战士去找，挖地三尺也会给你把这个担架队找出来。

林永青没有说庄平，也没有说庄铭，而说这个人，这预示着什么？我知道，以宋北辰的决心和能力，一定会找到那个担架队的女医生或张团长。我当时不知道该为你父亲高兴，还是该为自己担忧。

宋北辰果然找到了那个担架队的女医生和张团长，那个女医生叫张虹影，她去狄山监狱见到了你父亲，张虹影不用管面前这个人叫庄平还是叫庄铭，只要看是不是那个给她抬过担架、救了担架队所有民夫和伤员的人就行了。张虹影确认了。张虹影在证明材料中写道：

当时我从他的口音就断定他身份可疑，穿着一身当地农民的衣服，口音却是北平的，而且衣服也不合适，太短了。他的牙齿在夜色里洁白如玉，一看就是不抽烟、很讲口腔卫生的人，衣服上却有着很重的旱烟味和常年不洗澡的体味。但当时急着用人，只要没杀心就行了。而张团长一眼就看出了他是国军军官，他额上的头发明显有被大盖帽压过的沟渠。敌人打得很猛烈，在枪弹的火光中，我看到庄铭（我问过他的名字，他说他叫庄铭）在杂树中像一匹伶俐的豹子一样逃窜。敌人的子弹像小鸟一样啾啾叫着追着他飞去。伤员们都闻到了树叶被枪弹重创的焦香的味道。我看见一道火舌窜过去，他栽倒了，但这火舌过后，他又跃起了，又像豹子一样逃窜。敌人向他追去，枪声越来越远，我们脱离了危险。他拿出牺牲自己的精神救了十三个解放军伤员和二十五个民夫，包括我共三十九人。更让我感动的是，他引跑了敌人后又回来找到了我们，他说，他是个男人，不能把抬担架的活扔给一个女人，张团长的枪还可以守卫这些伤员和他自己，我不能拿走。他一直帮我抬着担架，把伤员送到郑州医院。我急着救伤员没有跟他道声谢就走了，更没有兑现要给他还一筐饼子的承诺。我经历过无数的枪林弹雨，遇见过很多让我感激不尽的人，但他让我最为难忘和感激，因为，他不是我们队伍的人，也不是老百姓，他是国军军官，我们的敌人，却不顾自己的死活救我们。说实在的，这件事让我事后想起来都觉得不真实，因为我找不出让他那么挺身而出的理由，最后，我只能这样认为：也许，战争中的许多事都是这样，没有为什么，只有直觉或下意识，而这种直觉或下意识是由人的品质决定和驱使的，这种品质是纯粹的人性的善良和气质，没有党派和阶级的烙印，这种品质挽救了我们的伤员和民夫的生命。

此事，张庚同志与我一起作证。

上帝像是故意惩罚我，让宋北辰当我的镜子，让这个女人当我的镜子，让我自己看到自己是多么地丑陋不堪。这些年，我身居高位，却总能看到有几双眼睛在鄙视我，宋北辰，林永青，你姥爷，你父亲，你舅舅，他们都在鄙视我。

我的仕途很顺利，一路从西安城飙飞到北京。冤家路窄，宋北辰成为我的下级，他千里迢迢跑到北京，是接我指示、听我报告的，我在上面做报告，他在下面听，非常认真和谦虚，但我总觉得他眼睛里射出来的是蔑视的光，我坐得再高，还是觉得他在高处，是那样地居高临下。我的心实际在向党组织撒谎的时候已经被自己戳得千疮百孔了，这些年我并没有你父亲、没有宋北辰活得好。

说到这里，我想起一点，要跟你说清楚，你父亲在我家被捕，不是我出卖的，我本来是想当天晚上就回家，一是想再耐心说服你父亲赶紧逃，二是我必须要让你父亲知道，救我的事说出去对他只有坏处没有好处。我也不是一个心黑手辣的人，如果是，我会杀了你父亲，我会编一个理由说你父亲想杀我，我是为了自卫才开枪。报告你父亲躲在我家的是一个曾经跟你奶奶住在一个大杂院的裁缝，都在一个巷子里住着，我也认识，他对我说，他是出于对你奶奶的反感，你奶奶喜欢在院子里大声炫耀你父亲，你父亲的好多事情都是你奶奶炫耀出去的，包括你父亲对我哥、对张灵甫、对刘孟廉的崇拜，裁缝说他很反感你奶奶那腔调，影响了他做活挣钱。你奶奶还指使他放下手里的活给大家摘杏子，但分给他的却并不比别人多。

得知你父亲被抓，我心里真是很难过。他救过我的命，也为我们做过很大贡献，我也知道你父亲骨子里没有国、共立场，我是解放军，特别小组成员，我本可以直接为你父亲申诉，可我没有，在敌人面前，我是一个勇士，在自己组织面前，我却是一个懦夫。

我非常感激你父亲在“文革”中没有承认他救过我，否则，“文化大革命”这一关我是很难过去的。近些年，我很想去看望你父亲，想忏悔，但我还是不敢面对过去……

我实在不能再写了，也写得差不多了，我让护士叫邮局的人来，我要亲自看着打包裹。

最后我有一个请求，请你保守秘密，为我保留原有的尊严，我希望死后还是一个令人尊敬的人。

切切!!!

第五章　高山与大漠

一、高山

三个感叹号，像三把大刀，立在我面前。我会为韩冬保守这些所谓的秘密吗？不会，不是我报复，不是我不仁慈，我认为不管是谁，不管处在什么样的状况，都应该诚实，都应该为自己的所作所为负责。

庄小平走后，一直没有来电话，我因为一直没有进展也没有给庄小平打电话，看过韩冬的信后，我给庄小平打电话，想告诉他，他父亲的下落，我想建议他再来一次，我们一起沿着去照金的山路寻找，能找到的希望是渺茫的，但不能不去找。电话竟是空号。我只好按他留下的地址写了一封信寄过去。数月后，我接到了庄小平夫人的来信，信中说庄小平从大陆回去后不久，因突发心脏病去世，她孤独一人，便搬去跟女儿一起住了，所以没有及时收到信。至于寻找庄平遗骨一事，她说，她重病缠身，女儿也工作一大堆走不开，就拜托我了，如果找到了，请告知，这边安排做DNA鉴定，算了结小平一桩心事。如果找不到，就不要为难了，战争时期，白骨成山，有几人能找回？

我将韩冬的信提到父母的坟前，划了根火柴。信纸被火舌化成一只只飞舞的黑蝴蝶，然后飘落，即将沦为泥土。似乎一切就这样尘埃落定了。

当我站起来又一次遥望嵯峨山，凝视着那条通往照金的山路时，我说，庄平伯伯，我是庄铭的孩子，当我从你身边过时，你一定要拉住我的裤脚说，我在这儿。之后，我突然想不明白了，这么多年了，我为什么不顺着这条路去照金呢？这条山路在母亲无限绵长的回忆中也曾是我产生过无数遐想的路啊！

我驱车一路向北，穿过关中茂盛的田野，来到了嵯峨山下。十年前，全国掀起修高速公路的热潮之后，嵯峨山的石头一下变成了宝贝，当地村民纷纷炸山取石，将炸下来的石块碎成栗子大小的碎石块，卖给修高速公路的，两年前政府禁止了这种无序开采，嵯峨山重归寂寞。眼前的睡美人已没有了睡美人的悠然，是那样地遍体鳞伤。

山上没有人烟。眼前除了山梁沟壑中肃立的野草杂树外，别无他物。苍凉又苍茫。从山路两边留下的扩路痕迹可以看出过去这条路的崎岖狭窄，可以想象当年宋北辰带一个师走路的、骑马的、背锅挑担的是多么拥挤不堪，是多么不容易。这条路上印满了我姥爷、我舅舅、韩冬等那些革命人奔忙的脚印，还有那些奔赴延安参加革命的学生的脚印。此刻，我走在这条路上，想得更多的却是庄平。庄平在这条路上留下的不是脚印，是白骨。也许在我的潜意识里走上这条路的动机就是找庄平，要不，为什么现在才来到这条路上？我明明知道不可能寻找到，为什么我还是走走停停，寻寻觅觅？我忽然想到我父亲当年自愿到嵯峨山工作，自愿当跑外勤的农贷员，是不是为了寻找庄平？父亲应该能分析到庄平有可能被杀害在这条路上。抬头望山路，仿佛看到父亲寻觅的身影在远处。泪水模糊了我的双眼。

庄平伯伯，你在这条路上等待了七十年了，在这七十年里，从这条路上走过的说一口你家乡口音的家乡人恐怕就我父亲一人，你当初为什么不伸手抓住他的裤脚说“我在这儿”？

脑袋里回旋的思绪和山中的寂静让我如坠梦中，在此后的回忆中，我也是怎么想都觉得像梦，纷乱、神奇、不可思议。渺无人烟的荒山野岭中突然出现那么一个神仙般的老者，你无法理解，只能称为是天意。当时我的状态如在梦境，所以，我一点不心惊，也没有觉得奇怪，如调侃一般问老者。

“我正找您老人家哩，我向您打听个事。”

“你说。”

“这年代有点久了，也只有像您这老神仙才可能知道。”

“能有多久？你说。”

“一九三九年春天，这条路的左右两边发现过死人没有？”

“五十多年前，就有人这样问过我了，没见。”

“问您的那个人是不是撇着洋腔？”

“是，他老在这一带转悠，还问过别人，都说没见过。”

“那是我爸，今天我又来了，我决心把这山山岭岭翻个遍。”

“只要你有能耐，随便。”

“碰到您，我就不用费那劲了。我们狭路相逢是老天安排的，老天让我问您，这山上比以前绿多了，植树造林啥的没有挖出来过白骨？”

“没有。”

“修路呢？”

“没有。”

“炸石头呢？”

“有。”

“怎么回事？”

“两年前，下面村里有一人到山上打炮眼发现的。这里干燥少雨，啥都好好的，头上套着一条麻袋，身上穿着国民党军服。村里人上山看稀奇，有人拿棍子一扒拉，衣服碎了，再扒拉开麻袋，头盖骨是碎的，跟一堆碎碗片似的。”

“后来呢？”

“跟石头一起送进机器里轧碎卖走铺路去了。”

我有一种心肝欲碎的痛苦，我必须要站上这高山之巅干点什么才能解除这种痛苦。我驾车加大油门向高处开，高到车开不上去了，我抛下车，爬上一个山头。想必这就是睡美人的鼻子尖，因为周围没有比这更高的山头了。山头是石崖，光秃秃的，太阳暴烈地晒着。

“庄平伯伯！”

我对着那高高的天空，对着想象中的庄平呼唤。我相信，庄平的在天之灵是能听到的，我说了很多安慰的话，送去我的祝福，我的深情。我说：庄平伯伯，您的尸骨虽然碎了，不知去向，没关系的，您的灵魂是活着的，永远活在人们心中。庄平伯伯，您的骨头在高速路上，总会有来自北平家乡的车从您身边经过，给您带去家乡泥土的芬芳，也总会有台湾同胞从您身旁经过，您可以托他们，带去您对您的血脉的祝福……

二、大漠

母亲说嵯峨山后是照金，这山后可后的大了。嵯峨山是一条山区与平原的分水岭，嵯峨山南面是平原，北边是绵绵不断的山峦。去年，我坐了到榆林的支线飞机从这片山峦上空飞过，飞机很低，地貌看得很清楚，我当时就联想到了那个关于嵯峨的传说，感叹这一片山峦真像滔滔奔腾的洪水。我继高山之巅之后继续向北，就陷入这片洪水之中了。我在这片洪水中大约走了五个小时，到了照金。

正式介绍照金的地理位置：陕西耀县西北部的一个山区小镇，坐落在纵贯陕北的桥山山脉南端，西连淳化、旬邑，北接宜君，东靠铜川，南邻泾阳、三原一带的嵯峨山，四面环山，沟壑纵横，林密如海，地势险要。而我要去的薛家寨正在照金的中心，高山之巅险峰林立，悬崖峭壁上横贯数处天然岩洞，寨势雄奇，极为险要，是久负盛名的古战场。薛家寨山下正在修建红色旅游区，路口封起来，禁止入内。我只好仰望了再仰望，那山峰之中，有母亲向往的红军医院，有宋北辰队伍驻扎过的山洞。路口里面播放着红色经典歌曲，当《草原上升起不落的太阳》响起来的时候，我的眼睛不由向北遥望，宋北辰说照金的北边是他的家乡阿拉善草原——母亲灵魂飞去的地方。

继高山之巅之后，我继续向北，我无法遏止要去阿拉善草原见宋北辰的冲动，尽管宋北辰很可能已不在人世。

由于是一时冲动，没有事先做功课，当我穿过陕北高原，来到内蒙古阿拉善时傻眼了，满目的黄沙，一望无际的黄沙。这是阿拉善，但这是草原吗？蓝蓝的天上白云飘，白云底下黄沙跑，空中没有鸟，地上也看不到村庄。宝力德军马场在哪儿呢？翻过黄土高原，地势变得平坦开阔起来，大概是土地辽阔人烟稀少的缘故，路修得十分宽阔，我是依照路标的指引到这里的。宝力德军马场在宝力德湖边上，那就先找湖吧。我想问问路，路上没有行人，所见到的都是飞驰而过的汽车。我只好顺路开着车找人家。走了不知多少里路，看到路边坐一老太太，鲜红的头巾包住半张漆黑的脸。我四处张望了一下，没有人烟，怎么会有一个老太太坐在路边呢？又是上帝的安排？嵯峨山的老者有点仙气，但这老太太多少有点鬼魅，上帝怎么派了这么一个人在这儿等我？

走近一看，老太太是做生意的。老太太脚前放着一个柳条筐，里面放着几条深褐色东西。老太太看见我停了车，赶忙提起筐子走到我车前，扒拉着那东西说：看看，多好的肉苁蓉，买点吧。这是肉苁蓉？我跟老太太打趣说：你们这儿连根草都不长，还长肉苁蓉？老太太指着远处说：那不是一片梭梭林吗？

我下了车，瞭望着那片黄沙中的梭梭林，问宝力德湖在哪里。老太太愣怔了一下，笑道，“你就在湖上，还问在哪里？”

我下意识看了看脚下，这是湖？

“原来就在这里，现在没有了。”

“一个湖，怎么会没了呢？”

“沙子埋了，草原、村庄都让沙子埋了，没了。”

“这里原来有一个叫宝力德的军马场吧？”

“有，后来散了，没草了还不散了？留下来的就剩我们老两口了，我们原来都在军马场工作。”

“宋北辰，你知道吧？”

“知道，知道，我们老场长，怎么会不知道呢？”提到宋北辰，老人的话多了起来，破碎零乱，像一群随风飘落的树叶。宋北辰的眼睛，是全场最明亮的，宋北辰的马是全场骑得最好的，比小伙子都骑得好，宋北辰的脾气是全场最大的。说到宋北辰干的事，她的话连贯起来：宋北辰有远见啊，带领大伙种梭梭林，梭梭林能挡风沙，哦，就是那片，现在越来越小了。你说上面是咋想的，这里种树植草都不长，却要我们垦草种麦子？宋北辰不干，就跟上面对着干，啊呀呀，“文化大革命”来了，宋北辰就遭罪了，宋北辰死硬死硬的，宁死不屈……啊呀呀，过去的事情全抖搂出来了，啊呀呀，宋北辰在关中平原打仗的时候，跟一个大地主小姐好上了，地主小姐的丈夫是个特务，啊呀呀……啊呀呀……宋北辰被打残了，拖着一条腿，再也上不了马了……宋北辰啊，放着草原上本乡本土的女人不找，喜欢外地女人，人家看跟上他受罪，就跟他离婚了，带着孩子走了……可怜啊，就一个人光棍到底了……直到宋北辰死，也没有那娘儿俩的消息……啊呀呀，你不会是他的孩子吧，早该来找爹了……啊呀呀，你看上去有些太年轻啊……那孩子是五三年的……啊呀呀，你咋哭了呢？你是那孩子吧？啊呀呀，不对，那孩子是个男孩。

我泪如泉涌。

我怀着缅怀的心情，在已经没了的宝力德军马场徜徉至太阳西下，然后去了宋北辰种的那片梭梭林做告别。梭梭林成灌丛状，高不过三米，干形扭曲，叶子发干发灰，林中有干死的梭梭树。一个形如枯槁的老人，穿一身破烂的黄军装，光着脚，靠在树上，用严厉的疑问眼光看着我走近。这就是老太太的丈夫，以采寄生在梭梭树气根上的肉苁蓉为生。

老人带着我走上了一个沙丘，指着远处告诉我，宋北辰就埋在那里，原来有土，是埋在土里的，后来那堆土就被黄沙埋没了。

那里是一幅壮美的画，落日，大漠，长风。

我大声呼喊：北辰伯伯，虽然没有了草原，没有了军马场，只要你在这里，我母亲的灵魂就在这里盘旋高歌……

蓝蓝的天上白云飘，白云下面马儿跑……